W0222568

Wieland Freund
Die unwahrscheinliche Reise
des Jonas Nichts

aus dem Spinnenpalast
für Luzie und Nano

Wieland Freund

Die unwahrscheinliche Reise des Jonas Nichts

Roman

BELTZ
& Gelberg

Wieland Freund, geboren 1969, lebt mit seiner Familie in Berlin. Bei Beltz & Gelberg erschienen von ihm bisher »Krakonos«, »Wecke niemals einen Schrat!« und »Träum niemals von der Wilden Jagd!«, die drei Bände um »Törtel, die Schildkröte aus dem McGrün«, »Ich,Toft und der Geisterhund von Sandkas« sowie das Bilderbuch »Zuhause gesucht«.

MIX
Papier aus verantwortungsvollen Quellen
FSC® C089473

Dieses Buch ist erhältlich als:
ISBN 978-3-407-82358-8 Print
ISBN 978-3-407-74131-8 E-Book (EPUB)

© 2018 Beltz & Gelberg
in der Verlagsgruppe Beltz · Weinheim Basel
Werderstraße 10, 69469 Weinheim
Alle Rechte vorbehalten
Das Buch erschien erstmals 2007 © Beltz & Gelberg
Einbandgestaltung: Geviert Grafik & Typografie, München
Druck und Bindung: Beltz Grafische Betriebe, Bad Langensalza
Printed in Germany
1 2 3 4 5 22 21 20 19 18

Weitere Informationen zu unseren Autor_innen und Titeln
finden Sie unter: www.beltz.de

Personen

Jonas Nichts, *ein zwölfjähriger Junge*
Peregrin Aber, *Advokat, sein Vormund*
Tabbi, *Köchin in Wunderlich*
Ruben, *Wunderlichs stummer Diener*
Clara Fink zu Wunderlich, *Baronin, seine verstorbene Herrin*
Alma Fink zu Wunderlich, *Baronin, ihre Cousine*
Irmingast, *Almas Beichtvater*
Arnon Blau, *Claras Sekretär, verschwunden*
Brand, *Wirt*
Elsa, *seine Magd*
Werk, *Peregrin Abers Kanzleischreiber*

Ole Mond, *Jonas' Freund*

Die Sieben:
Der Marquis de Lunette
Der Erbprinz Leopold
Der General Grimbert
Der Abt Faramund
Fiet Finger
Suleman Mond
Core

Die Kaiserin von Kanaria
Der Hirte, *Herrscher über die Flüsterstadt*

Der Hermes, *Trabant und Diener des Marquis de Lunette*

Tilla
Kolman
Arne
Bror
} *Trabanten aus einem Dorf am See*

Tanger, *Monokel, ein Freund Fiet Fingers*

Lubbe, *Faun, der berühmteste Schauspieler Callamaars*

Krempel, *Wicht, Rebell*

Trut, *Alb, ein Gefangener des Hirten*

Walrider, *sein Sohn, Rebell*

Das 1. Kapitel,
in dem sich alles verändert, weil eine Kutsche kommt

In der Nacht hatte es wieder gefroren. Die Felder biss der Frost, auf den Äckern klumpten harte Brocken Erde und in den Rinnen und Rillen des zerfurchten Hofs waren die Pfützen noch überfroren. Wie winzige Gletscher lagen sie unterhalb der brüchigen Gipfel, die die Karrenräder aufgetürmt hatten. Man musste nur klein genug sein, um das zu sehen.

Die Schweine standen im Koben. Von ihren mächtigen Leibern dampfte es in den Morgen, grunzend drängten sie sich um den Trog. Sie hatten Jonas Nichts schon gesehen. Er war aus der Hintertür gestolpert, seiner Atemwolke hinterher. Seine Holzschuhe brachen krachend das Eis auf den Pfützen und trugen die Gipfel über den Tälern der Spurrillen ab. Die Pampe im Bottich schwappte – Kartoffelschalen, Soßenreste, welkes oder zerkochtes Gemüse, Elsas Küche gab einiges her.

Die Schweine balgten sich schon um die besten Plätze. Über den Misthaufen stakste unbeteiligt der Hahn. Wenn es fror, stank der alte Mist nicht, bald jedoch, wenn Brand zu misten begonnen hätte, würde die feuchte Wärme des neuen aufsteigen wie Nebel. Aber Brand lag noch mit offenem Mund auf seinem Strohsack und dünstete Bier aus.

Jonas leerte den Bottich in den Trog, das Grunzen und Schmatzen der Schweine begleitete ihn zurück bis ins Haus. Er strich sich das fransige Haar aus der Stirn, streifte die

Holzschuhe ab und lief auf oft gestopften Strümpfen in die Gaststube. Seit vielen Tagen hatte sich niemand mehr in diese Einöde verirrt. Jonas wischte trotzdem Tische und Bänke und streute Stroh auf dem gestampften Boden aus. Dann schlich er sich in die Küche.

Elsa stand schon über das Feuer gebeugt, in einer Schüssel ging Brotteig. Für einen stummen Moment trafen sich ihre Blicke. Elsas Augen waren noch klein, die von Jonas waren so groß und sonderbar wie immer. Sein linkes Auge war grün, sein rechtes von einem durchscheinenden, sehr hellen Blau. Elsa konnte sich nie genug darüber wundern, kaum ein Tag verging, an dem sie nicht davon sprach, aber am frühen Morgen hatte sie für seine »Geisteraugen« noch keine Zeit. Über die zerkratzte Tischplatte schob sie ihm einen Kanten Brot von gestern zu. Sie goss ihm auch einen Becher Milch ein, und Jonas aß und trank, und als er fertig war, holte er den Zettel hervor.

Das Papier war schon ganz brüchig, weil Jonas es immer mit sich herumtrug, und es wäre vernünftiger gewesen, den Zettel in der Küchenbank aufzubewahren, aber das brachte Jonas nicht fertig. Der Zettel und dessen Geschichte waren alles, was er besaß. Vorsichtig strich er ihn glatt, wie immer achtete er darauf, die wenigen Buchstaben nicht zu berühren. Sie waren mit Bleistift geschrieben, und Jonas hatte Angst, sie würden sich abtragen. Schon jetzt war die Schrift ganz blass, ein immer heller werdendes Grau auf dem immer dunkler werdenden Papier.

JONAS
NICHTS

So stand das auf dem Zettel, untereinandergeschrieben, als hätte das eine Wort mit dem anderen nichts zu tun. Und doch ergaben beide Wörter zusammen Jonas' Namen. Der Zettel war seine Geburtsurkunde, seine Taufbescheinigung und sein einziges Erbe. Brand hatte ihm den Zettel gegeben, und seitdem hatte Jonas die Geschichte, die zu dem Zettel gehörte, immer wieder hören wollen. Dann kauerte er sich zu Brands Füßen, nah an den Ofen der leeren Gaststube, und piesackte Brand mit Fragen, als könnte er dessen launischer Erinnerung so auf die Sprünge helfen.

Manches an Jonas' Geschichte immerhin war gewiss, Brand änderte es nie. Die Kälte dieser Nacht vor zwölf Jahren, der Wind, der über die Hügel pfiff, das lange verlorene Lammfell, in das der winzige Jonas gewickelt gewesen war. Dazu die vornehme Kleidung des Reiters, der ihn gebracht hatte, der lange Mantel, die Lederstiefel, der Hut tief in der Stirn. Von Zeit zu Zeit glaubte Jonas sogar, dass Brand den Reiter kannte und wusste, wo er hergekommen war, aber in diesem Punkt verriet Brand sich nie. Manchmal ließ er den Reiter auf einem Schimmel kommen, manchmal auf einem großen Braunen, und wenn Brand mürrisch war oder einfach nicht betrunken genug, dann hatte das Pferd gar keine Farbe und die Geschichte war kurz.

War sie lang, ließ Brand zwischen zwei Mundvoll Bier einen Sturm heulen und die Fensterläden klappern, und ein einziges Mal hatte er sogar erzählt, dass der Reiter ihm Geld gegeben hatte dafür, dass er Jonas nahm. Aber das erwähnte Brand nie wieder, und Jonas kam auch nicht darauf zurück. Brand war nie gemein, aber launisch, und das Geld hätte aus dem Knecht Jonas einen Gast gemacht. Daran war Brand bestimmt nicht gelegen.

»Mehr?«, fragte Elsa, und als Jonas nickte, goss sie ihm Milch nach. Jonas trank in kleinen Schlucken.

Er hätte die Schrift auf dem Zettel jederzeit nachmachen können. Er kannte die Bögen, die Unterlänge, den Schwung des O und das Hin und Her des S. Auch mit geschlossenen Augen sah er, wie die beiden Worte schräg nach unten abfielen. Sie waren im Stehen geschrieben, bei sehr wenig Licht, Jonas hatte sich das oft beschreiben lassen. Kein Wort hatte der Schreiber gesprochen, stumm sei er gewesen, hatte Brand gesagt, und auf Brands Fragen hatte der Mann so lange mit einem Nicken oder einem Kopfschütteln oder gar nicht geantwortet, bis Brand gefragt hatte, wie das Baby hieß. Da hatte der Stumme den Zettel und den Bleistift aus seiner Manteltasche geholt und das erste Wort geschrieben.

Jonas.

»Und wie weiter?«, hatte Brand gefragt, aber keine Antwort bekommen. Der Stumme habe müde ausgesehen, erschöpft von einem langen Ritt, verzweifelt. Vielleicht, dachte Jonas oft, hat er mich nicht abgeben wollen. Vielleicht war er unglücklich darüber. Vielleicht war der Stumme ja sein Vater und fühlte wie alle Väter.

Aber Brand hatte nicht lockergelassen, er hatte den Mann am Handgelenk gepackt und, so hatte er es wenigstens einmal beschrieben, ihm tief in die Augen gesehen. Jonas stellte sich Brand dabei vor, die ewig roten Augen über den Tränensäcken aufgerissen.

»Was soll ich dem Jungen sagen, wo er herkommt, wenn er groß wird?«, hatte Brand gesagt.

Und dann hatte der Stumme das zweite Wort aufgeschrieben, es war bloß die Antwort auf diese Frage.

Nichts.

Natürlich ergab das zusammen keinen Namen, aber Brand hatte einen eigenartigen Humor und so hatte er einen Namen daraus gemacht.

»Jeder braucht einen«, hatte er geknurrt. »Einer ist so gut wie der andere.«

Als er Brand hinten im Haus rumoren hörte, trank Jonas aus und ging zurück in den Hof. Er hatte nie etwas anderes gesehen als diesen Flecken Erde, die Felder ringsum und die Häuser des Dorfs hügelabwärts, die sich an engen Gassen um die Kirche wanden. Manchmal, wenn er über die kahlen Hügel schaute und sah, wie der Wind an den Gräsern riss, dann packte ihn das Fernweh, und er stellte sich vor, wie der Stumme wiederkäme, um ihn in ein weit entferntes Land zu bringen. Wenn er sich das allzu genau vorstellte allerdings, bekam er Angst und lief eilig in den Stall mit seinen mistbeschmierten Wänden. Dann fasste er die Kuh an der feuchten Nase, lief zum Koben und kniff die Schweine oder zerbröselte altes Brot, um die Hühner zu füttern. Die Hühner mit ihren schwarzen Augen schienen auch immer in die Ferne zu sehen und kamen doch nur über den Hof hinaus, wenn der Fuchs sie holte.

Jonas war froh, als er Brand über den Hof schlurfen sah, das drahtige, graue Haar zerrauft, der Rücken noch krumm. Sie würden einfach anfangen zu misten. Wie jeden Tag.

Aber dieser war kein Tag wie andere. Mittags lag Brand mit seiner verdreckten Hose auf der Küchenbank und Jonas spielte im Hof. Die Tannenzapfen hatte er in den angetauten Boden gedrückt – Brand hatte sie einmal aus seiner Hosentasche gekramt. Das war der Räuberwald, in dem der Räuber Wieflinger lebte. Der Wieflinger war bloß ein Kiesel, aber für Jonas hatte dieser Kiesel ein Gesicht, und wenn es jemand hätte wissen wollen, dann hätte Jonas eine lange Geschichte über den Wieflinger erzählen können, eine endlos lange Kette von Geschichten. Wie der Wieflinger einmal den Kurier des Königs ausgeraubt hatte. Wie er später aus dem Hühnerstall-Gefängnis floh. Wie er beinahe im Meer einer Pfütze ertrunken wäre und nur davonkam, weil er sich auf ein vorbeitreibendes Floß rettete, das Jonas aus kleinen Zweigen und einem Bindfaden gebaut hatte. Manchmal träumte Jonas sogar vom Wieflinger. Der Räuber war ein unsichtbarer Freund.

Gerade trat er auf eine Lichtung im Tannenzapfenwald, da bemerkte er, weit hinten auf dem Hügelkamm, die Kutsche. Der Wieflinger lud die Muskete durch, Jonas schnalzte mit der Zunge. Noch war die Kutsche nicht größer als Jonas' Daumennagel, ein Flecken Schwarz unter dem weiten Grau des Himmels, gerade groß genug für den Räuber. Der Wieflinger ging hinter einem Tannenzapfen in Deckung und schob sich den Hut aus der Stirn. Aber die Kutsche kam näher und hielt geradewegs auf den Hof zu. Bald war sie so groß wie Jonas' Hand, zu groß für den Räuber, und Jonas stand auf, um Brand zu rufen. Der Wieflinger blieb allein in seinem Räuberwald zurück. Wer es nicht besser wusste, musste ihn für einen Kiesel halten.

Brand streckte das Becken vor, verschränkte die Arme vor der Brust und reckte das Kinn – er stand immer so da, wenn jemand kam. Nie sprach er das erste Wort, immer sah er misstrauisch aus, die Augen und die Lippen schmal. Jonas stand meist hinter ihm, einen Schritt versetzt, neugierig und ein wenig ängstlich, so wie jetzt. Er hörte schon die Hufe dumpf auf den gefrorenen Boden schlagen, sah die Räder sich drehen, dass die Speichen verschwammen, roch die sauren Pferdeleiber, als die Kutsche hielt. Glänzend schwarz lackiert war sie, mit elegant geschwungenen Laternen, die bestimmt schon seit dem Morgengrauen brannten. Auf dem Kutschbock saß ein großer Mann mit doppelt geknöpftem Mantel, unter dem

Hut lugte sein halblanges schwarzes Haar hervor. Ein Lächeln huschte über das Gesicht des Mannes, als er Jonas sah, und Jonas schaute eilig weg. Wie der Kutscher Brand zunickte, bemerkte er trotzdem. Es war ein leises Nicken, als sähe man sich jeden Tag oder hätte sich doch wenigstens gestern zuletzt gesehen. Brand nickte auf dieselbe Art zurück. Keiner sprach ein Wort.

Der Kutscher sprang vom Bock und öffnete den Schlag. Das kreisrunde Dach eines Zylinders aus Biberfilz erschien, ein sehr kleiner, von einer knappen Gamasche bedeckter Knöpfstiefel tastete nach dem Tritt, und dann entfaltete sich ein in teures, schwarzes Tuch gehüllter Mann zu kaum anderthalb Metern Größe ohne Zylinder. Er stemmte seinen Spazierstock mit dem Silberknauf in den Boden, strich sich erst über den kugelrunden Bauch, der so gar nicht zu den dünnen Beinen, die ihn trugen, passen wollte, und ordnete dann den langen Spitzbart. Schließlich räusperte er sich sorgfältig.

»Herr Brand, nehme ich an?« Jonas hatte noch nie jemanden so sprechen gehört, jede Silbe klar und messerscharf. Nicht einmal der Lehrer unten im Dorf sprach so.

Brand nickte. Sonst stand er ganz still.

»Wenn ich mich vorstellen darf? Peregrin Aber, Advokat.« Der Mann verbeugte sich leicht und lupfte den Zylinder. Eine kleine Glatze kam zum Vorschein, über die lange Strähnen mausgrauen Haars gekämmt waren. »Den Herrn«, sagte Peregrin Aber und wies auf den Kutscher, der mindestens zwei Köpfe größer war als er, »kennen Sie ja bereits. Sie können sich deshalb vielleicht vorstellen, weshalb wir gekommen sind.«

Jonas sah erst zum Kutscher, dann zu Brand hinüber. Der Kutscher formte ein Wort mit den Lippen, und Jonas wurde es heiß und kalt, als er begriff. Der Kutscher konnte nur mit den Lippen sprechen. Er war stumm!

Brands Adamsapfel wanderte einmal auf und ab.

»Ja«, sagte Brand matt.

»Ist das der Junge?« Peregrin Aber zeigte mit seinem Spazierstock auf Jonas und sah ihn dann neugierig an. Seine Augen funkelten. »Bist du der junge Jonas?« Er lächelte ihm aus dem Gestrüpp seines Kinnbarts zu.

Jonas drängte sich näher an Brand. Er brachte keinen Ton heraus. Er wusste, was ein Advokat war. Ein Rechtsanwalt. Ein Rechtsverdreher. Das sagte Brand immer voller Verachtung.

»Vielleicht dürfen wir eintreten, Herr Brand? Die Angelegenheit ist durchaus kompliziert. Außerdem ist es kalt hier draußen. Ganz ungemütlich.« Peregrin Aber sah zum Himmel hinauf. »Bestimmt gibt es bald Schnee«, fügte er hinzu, als fürchtete er, vor der Tür noch einzuschneien.

Brand beugte sich zu Jonas herunter. »Geh in den Hof, ja? Ich komme später.« Seine Stimme war brüchig.

Jonas zögerte, aber schließlich gehorchte er – wie immer. Langsam ging er fort, nicht, ohne noch einen Blick über die Schulter zu werfen, um die drei Männer ins Haus gehen zu sehen. Brand vorweg, ein wenig gebeugt, dann Peregrin Aber, der seinen Spazierstock schwang, und zuletzt, mit zwei Schritten Abstand, der stumme Kutscher. Unwillkürlich tastete Jonas nach dem Zettel in seiner Hosentasche. Sie waren gekommen, um ihn zu holen! Das war keine Angst, sondern Gewissheit. Mit einem Mal wusste Jonas ganz genau, dass er die Schweine heute Morgen zum letzten Mal gefüttert hatte. Plötzlich wollte er jedes von ihnen noch einmal berühren, der Kuh und jedem Huhn noch etwas zuflüstern, den Stall noch einmal sehen und von jedem Raum im Haus Abschied nehmen. An Brand und Elsa wagte er gar nicht zu denken. Er sah über die Hügel hinweg, bis sein Blick verschwamm, weil ihm das Wasser in die Augen schoss. Beinahe blind war Jonas hinter seinen Tränen, als er zu dem winzigen Wald aus Tannenzapfen stolperte, um den Räuber Wieflinger zu suchen. Wenigstens ihn wollte er behalten. Er stopfte den Kiesel in seine Hosentasche.

Brand fand ihn im Stall bei der Kuh. Jonas wusste nicht, was er sagen sollte, und Brand wusste es auch nicht. Der alte Brand mit seinen müden Augen! Lange stand er vor ihm.

Jonas klaubte einen Halm aus dem Stroh und zerrieb ihn zwischen den Fingern.

»Du wirst jetzt ein vornehmer Bengel«, sagte Brand endlich.

Jonas zog die Nase hoch. Ihm kam es vor, als hielten alle, Brand, der Stumme und der Advokat, ein altes Versprechen und nur Jonas hatte von diesem Versprechen nichts gewusst. »Ich will nicht weg«, sagte er, ohne aufzuschauen.

In Brands Stimme lag Wehmut. »Es ist besser so, glaub mir.« Brand strich sich das widerspenstige Haar aus der Stirn. »Ihr brecht gleich auf. Der Rechtsverdreher wird dir alles erklären. Elsa packt schon deine Sachen. Aber wenn du erst da bist, schmeißen die sowieso alles weg. Deine paar Lumpen! Sie haben bestimmt viel schönere Sachen für dich. Freu dich also, wenn du kannst.« Brand versagte für einen Augenblick die Stimme. »Wenn nicht, freust du dich eben später.«

Jonas starrte auf die verklebten Beine der Kuh. »Wo bringen die mich hin?«, fragte er. All das fühlte sich an wie eine unverdiente Strafe.

»Du hast geerbt, Jonas. Du hast ein vornehmes Haus geerbt. Du wirst ein vornehmer Mann.«

Jonas ließ die Reste des Strohhalms aus seiner Hand regnen. Er wollte bleiben, wer er war. Der Junge beim Wirt Brand. »Ich will nichts erben«, sagte er düster.

Jetzt lachte Brand. »Doch, du willst. Du weißt ja nicht, was du redest. Hierhin verirrt sich doch nur der Wind, Kerl. Was könntest du hier schon anfangen? Willst du so werden wie ich?« So hatte Brand noch nie gesprochen.

»Hat der Mann mich gebracht? Der Kutscher? Ist er stumm?« Eigentlich wusste Jonas die Antwort.

»Ja.«

»Hast du ihn gekannt? Hast du damals schon gewusst, wer er war?«

Brand antwortete nicht gleich. »Er heißt Ruben. Ich kenne ihn seit langer Zeit. Er ist der Diener dort, wo du hingehst. Er ist ein guter Mann. Nicht dein Vater, wenn du das meinst.«

»Weißt du, wer mein Vater ist?«

»Nein.«

Jonas schwieg. Welchen Grund gab es jetzt noch, Brand zu glauben?

»Ich weiß es wirklich nicht«, sagte Brand leise.

»Hat dieser Ruben damals gesagt, dass er wiederkommt?«

»Ja.«

Jonas griff nach dem nächsten Halm. Heute Morgen hatte er das Stroh hier ausgestreut. Das war doch auch sein Stall, selbst wenn er Brand gehörte. »Warum hast du es mir dann nicht verraten? Dass sie mich holen.«

Brand sah traurig aus. Heute Abend würde er allein in der kalten Gaststube sitzen und trinken, Jonas wusste es genau. »Ich hatte keine Ahnung, wann Ruben kommt«, flüsterte Brand. »Ich wollte nicht, dass du wartest.«

Brand stand stocksteif, als es ans Abschiednehmen ging, Elsa heulte Rotz und Wasser. Sie hatte Jonas schluchzend ihr schmutzigbraunes Pappköfferchen geschenkt, ihm die gute Mütze aufgesetzt und die Nase geputzt wie einem kleinen Jungen.

»Denkst du an uns, ja?«, schniefte sie und versprach, für Jonas zu beten, und das machte alles nur noch schlimmer. Elsa mit ihren Heiligenbildchen, über die Brand lachte.

»Gute Frau, er schreibt Ihnen ja«, sagte Peregrin Aber, lief hin und her, schüttelte Brand geschäftig die Hand, tätschelte flüchtig Elsas Schulter und ahnte nicht, dass sie gar nicht lesen konnte. Schließlich schob er Jonas auf die Kutsche zu. »Er schreibt! Er schreibt! Lange Briefe, gute Frau!«, rief er, und dann öffnete Ruben den Schlag. Der Wind war gekommen und zerrte an Brands Jacke.

Jonas' Wangen waren wie taub. Die Tränen liefen ihm über das Gesicht, ohne dass er es spürte, und als Ruben ihm das Pappköfferchen abnahm und dabei einen Augenblick lang seine Hand hielt, geriet er ganz durcheinander. Ruben hatte ihm etwas zugesteckt, ein Stück Papier, weich, weil der Diener es schon eine ganze Weile in seiner Faust verbarg. Jonas sah zu ihm auf, aber Ruben drückte bloß den Finger gegen die Lippen.

Der Wind wirbelte in Rubens Haar, eine Strähne legte sich über seine Augen. Vergebens versuchte Jonas sich vorzustellen, wie dieser Mann ihn hierhergebracht hatte. Dann stieg er in die Kutsche und wischte sich mit dem Ärmel das Gesicht.

»Auf Wiedersehen!«, rief Peregrin Aber fröhlich und Elsa schluchzte herzzerreißend.

»Auf Wiedersehen«, flüsterte Jonas, als der Advokat ihm nachstieg, und konnte bloß auf den Holzboden der Kutsche sehen. Erst als sie anruckte und Peregrin Aber sich noch einmal in den Wind beugte und den Zylinder lupfte, las er den Zettel in seiner hohlen Hand. Es war dieselbe Schrift, in der vor zwölf Jahren sein Name geschrieben worden war.

EGAL, WER DICH FRAGT.
DU BIST NICHT 12. DU BIST 13!

Das 2. Kapitel
wäre aufschlussreicher, wenn Peregrin Aber nicht einschliefe

Bis Jonas in der Fremde war, dauerte es nicht lang. Brand war beinahe nie gereist, und wenn doch, dann hatte er Jonas nicht mitgenommen. Draußen hinter den Kutschenfenstern war deshalb schon bald alles neu. Nach wenigen Meilen drängten sich die weit geschwungenen Hügel zu einem buckligen Labyrinth und jeder Buckel schien sich über ein Geheimnis zu beugen. Die Kutsche rollte in verschwiegene Täler hinab und stieg gleich den nächsten Hang wieder hinauf, ohne dass ein einziges Geheimnis gelüftet worden wäre. Von den Kuppen der Hügel sah Jonas auf zersauste, geduckte Heideflächen, offenes Land, über das der Wind flüsterte, damit ihn niemand verstand. Dörfer gab es ringsum keine. Alle Bäume standen einsam und allein unter einem riesigen, unruhigen Himmel.

In der Kutsche war es kalt. In den verblichenen Samtvorhängen vor den Fenstern hing ein ferner Hauch von Duftwasser, und rührte man sich, dann stöhnten die ledernen Polsterbänke. Jonas hielt Rubens Zettel fest in seiner Faust verborgen und hatte die Hand unter die Decke gesteckt, die Peregrin Aber umständlich über seinen Schoß gebreitet hatte. Jonas wollte nicht, dass der Advokat den Zettel sah. Ich bin dreizehn, dachte er immer wieder, aber das ist nicht wahr.

Peregrin Aber schlug derweil unter seiner Decke die Beine übereinander, wippte mit den Schnürstiefeln und sah aus dem

Fenster. Nur dann und wann blinzelte er zu seinem Schützling hinüber. Jonas wusste, wie es ihm ging – es ging ja allen so. Erst fiel ihnen auf, dass an Jonas etwas anders war, und dann, nach einer Weile, blieb ihr Blick an seinen verschiedenfarbigen Augen hängen, eins grün und eines hellblau. Doch Peregrin Aber verlor über Jonas' Augen kein Wort. Es war, als wollte er bloß den rechten Zeitpunkt abpassen, um ein Gespräch zu beginnen, und dafür, dass Peregrin Aber ein durch und durch ungeduldiger Mann war, ließ er Jonas viel Zeit.

»So«, sagte er nach einer kleinen Ewigkeit und rieb sich die kleinen Hände. »Zwölf Jahre bist du jung, nicht wahr?« Der Advokat hatte seine Stimme gezuckert. Er gab sich Mühe.

Jonas wurde trotzdem rot. Er hatte die Wahl. Er konnte sein erstes Gespräch mit Peregrin Aber mit einer Lüge beginnen oder den stummen Diener draußen auf dem Kutschbock enttäuschen. Ruben, der ihm den Zettel gegeben hatte.

Egal, wer dich fragt …

Noch fester schloss Jonas die Finger um das kleine Stück Papier. Er hatte jetzt zwei solcher Zettel, und wenn er überlegte, dann waren sie ihm wichtiger als jedes vornehme Haus der Welt.

»Nein, Herr Aber«, sagte er deshalb mit bebender Stimme. »Ich bin schon dreizehn. Diesen Herbst bin ich dreizehn geworden.« Die Lüge war ausführlicher, als es Jonas lieb war.

»So, so«, machte der Advokat, und Jonas fürchtete bereits das Schlimmste, doch Peregrin Abers struppiges Lächeln war aufs Haar so bemüht wie zuvor. »Und dieser Brand hat dir also den Namen *Nichts* gegeben? *Nichts* wie *etwas*?«

Jonas nickte.

»Ungewöhnlich«, murmelte der Advokat. »Aber so sei es. Namen soll man nicht ändern, richtig? Namen ändern ist wie

Gesichter stehlen.« Er sah Jonas neugierig an. »Mein Sohn!«, begann er erneut, lauter diesmal und beinahe getragen. »Ich weiß, dass du …« Und dann folgte etwas sehr Verständnisvolles über Jonas' schwierige Lage und Peregrin Abers Hände flatterten dazu.

Aber Jonas konnte nicht mehr zuhören. *Mein Sohn*, hatte der Advokat gesagt und Jonas wurde heiß. Er musste allen Mut zusammennehmen, um Peregrin Aber zu unterbrechen.

»Sind *Sie* mein Vater?«, fragte er.

Peregrin Aber wich zurück, bis er gegen die Lehne seiner gepolsterten Sitzbank stieß. »Oh nein!«, rief er. »Wie kommst du denn *darauf*, Junge?!«

»Sie haben *Sohn* zu mir gesagt«, flüsterte Jonas.

»Ach so!« Peregrin Aber seufzte erleichtert. »Das sagt man doch nur so«, erklärte er. »Man sagt das, wenn … wenn …« Er wedelte mit seinen blassen, kleinen Händen, als könnte er die beste Erklärung aus der Luft klauben. »Man sagt das, wenn man viel älter ist als du.« Der Advokat nickte zufrieden. »So wie ich. Verstehst du?«

Jonas nickte stumm.

»Wo war ich stehengeblieben?«

Jonas wusste es nicht.

»Genau!«, rief Peregrin Aber. »Ich wollte dir sagen, dass ich weiß, wie dir zumute sein muss. Bestimmt fürchtest du dich ein wenig, habe ich recht?« Der Advokat beugte sich zu Jonas vor. Die Kutsche erklomm den nächsten Hügel. Sachte wurde Jonas gegen die Lehne gedrückt, und vielleicht sah es jetzt so aus, als wiche er zurück.

Peregrin Aber fiel es nicht auf. »Das Wichtigste hat dir Brand bereits erzählt. Richtig? Du *erbst*, junger Jonas. Du wirst Wunderlich erben, ein altes Herrenhaus. Was sagst du dazu?«

Jonas sagte nichts dazu. Er hörte das Geschirr der Pferde klirren und dachte an Ruben oben auf dem Bock. *Wunderlich*. Ein Herrenhaus. Dort war Ruben Diener.

»Nun?«, wiederholte Peregrin Aber. »Bist du denn nicht neugierig? Willst du mir denn gar keine Frage stellen? Du willst mir doch bestimmt eine Frage stellen!«

»Warum?«, flüsterte Jonas.

Peregrin Aber lehnte sich zurück und klatschte in die Hände. »Das, mein So… – *Junge*, ist eine gute Frage!« Der Advokat nahm den Zylinder ab, legte ihn auf die Bank und strich sich sorgfältig die langen Haarsträhnen über den kleinen, kahlen Kopf. »Du erbst Wunderlich, weil seine Besitzerin das so wollte. Sie hat es in ihr Testament geschrieben, das wir morgen eröffnen wollen. Das heißt, *ich* habe es in ihr Testament geschrieben, und zwar auf ihren Wunsch hin. Aber ich will es nicht unnötig kompliziert machen. Kurzum! Clara Baronin Fink zu Wunderlich hat dir ihr Haus vermacht.« Peregrin Aber nickte entschlossen und machte eine kurze Pause. »Wir haben sie letzte Woche beerdigt«, sagte er dann und senkte den Blick. »Gott sei ihrer Seele gnädig.«

Jonas sah zum Fenster hinaus. Baronin Fink zu Wunderlich. Eine Adlige. Ob sie seine Mutter war?

»Warum?«, flüsterte er noch einmal. Seine Frage war ja nicht beantwortet. Warum sollte *ihm* jemand etwas vererben? Er dachte an die Schweine, die er jeden Morgen gefüttert hatte.

»Warum sie gestorben ist?« Peregrin Aber senkte die Stimme, bis sie so leise war, wie es ein vertrauliches Gespräch verdiente. »Sie war schon lange krank, mein Junge. Viele Jahre. Außerdem war sie über siebzig. Es kam …« Er strich sich über den Bart. »Es kam nicht gerade überraschend.« Er schlug wieder die Augen nieder.

Draußen hörte Jonas Rubens Peitsche knallen. Wenn die Baronin so alt gewesen war, konnte sie nicht seine Mutter sein.

»Warum hat sie mir ihr Haus denn vererbt? Sie kannte mich doch gar nicht.«

»Nun«, begann Peregrin Aber, »wenn ich ehrlich sein soll – und ich will ehrlich mit dir sein –, ich weiß es nicht. Bis sie mich rief, um das Testament aufzusetzen, hatte ich noch nie von dir gehört, Jonas, und ich war – jawohl – überrascht! Das Testament ist in mancherlei Hinsicht etwas seltsam, aber …« Peregrin Aber machte plötzlich einen für seine Möglichkeiten langen Hals. »… wir werden es durchsetzen. Auch wenn es Alma nicht schmeckt! Du musst wissen, Junge, ich bin als dein Vormund eingesetzt, bis du großjährig bist, und werde dir bis dahin beistehen. Und darüber hinaus! … Wenn du das möchtest, versteht sich.«

Jonas hatte Mühe zu folgen. So viel erfuhr er da und konnte doch nur eine Frage auf einmal stellen.

»Wer ist Alma?«

Peregrin Aber wirkte erleichtert, diese Frage eindeutig beantworten zu können. Es war die Sorte Frage, die er mochte. »Alma ist Claras Cousine«, erklärte er. »Clara und Alma sind zusammen in Wunderlich aufgewachsen – vor langer Zeit – und Alma wäre – wie soll ich sagen? – Claras …« Er wedelte wieder mit den Händen. »… *natürliche* Erbin gewesen. Die einzige noch lebende Verwandte und so weiter und so fort. Aber Alma hat keine Kinder, so wie Clara keine hatte, und das Testament sieht für Alma …« An dieser Stelle unterbrach sich Peregrin Aber. »Doch gedulde dich bis morgen, Junge! Ich kann jetzt nicht das ganze Testament ausbreiten und habe das auch Alma gegenüber nicht getan. Es ist … sozusagen … ein Geheimnis. Ein *offenes* Geheimnis. Aber immerhin – ein Geheimnis. Geheimnisse dieser Art gibt es übrigens eine ganz Menge in Wunderlich.« Er lehnte sich zurück und verschränkte die Arme vor der Brust, offenbar fest entschlossen, nicht weiter vorzugreifen.

Jonas rauschte der Kopf. Alma? Clara? Durfte er denn jetzt gar keine Frage mehr stellen?

»Wie haben Sie mich gefunden?«

Peregrin Aber lächelte. »Ruben wusste, wo du steckst, und ich nehme an, Clara wusste es auch.« Dann verschwand sein Lächeln und er fing an zu flüstern. »Nur Alma hatte keine Vorstellung, glaube ich.« Der Advokat setzte eine Verschwörermiene auf. »Ich bin mir nicht sicher, Junge, aber ich vermute, Clara hat alles darangesetzt, Alma zu überleben, um dich erst dann zu holen.« Er schüttelte verständnislos den Kopf. »Ein aussichtsloses Unterfangen, wenn man bedenkt, dass Clara älter war und dazu sehr gebrechlich. Weißt du, es ist wirklich ein äußerst merkwürdiges Testament.« Er nickte vor sich hin und das Gespräch erstarb.

Die Kutsche kam voran. Es hatte zu dämmern begonnen und am Himmel tobten dunkle Wolken. Peregrin Aber war das Kinn auf die Brust gesunken. Er schlief den Schlaf des Gerechten.

Jonas sah den Schatten zu, wie sie draußen über das Land huschten, vom Wind und den Wolken gescheucht. Er hätte gern einen klaren Gedanken gefasst, aber das gelang ihm nicht. Alles war ungewiss und Jonas hatte Angst. Nur zu gern hätte er sich jetzt auf Brands Küchenbank zusammengerollt. Und bestimmt hätte er Brand diesmal keine Fragen gestellt. Er suchte in seiner Hosentasche nach dem ersten Zettel, hielt ihn im Dämmerlicht neben den zweiten und versuchte, beide zusammenzuzählen, als handelte es sich um eine Rechenaufgabe. Das Ergebnis war mager. Er hieß Jonas, er sollte nichts über seine Herkunft erfahren und niemandem verraten, dass er zwölf Jahre alt war. Ganz so, als wäre er selbst ein Geheimnis.

Jonas schloss die Augen. Was wusste er noch? Ein Diener namens Ruben hatte Brand dafür bezahlt, dass er ihn großzog, eine Baronin hatte ihm ihr vornehmes Haus vermacht und ihre Cousine würde ihn dafür hassen. Er öffnete die Augen wieder. Draußen war es plötzlich stockfinster. Nur das dünne Licht der Laternen am Bock irrte noch über den gefrorenen Boden. Jonas saß reglos da, sah im ersten Mondlicht die Wolken fliehen und lauschte den ruhigen Atemzügen Peregrin Abers. Das ging so lange so, bis im Laternenlicht der Kutsche die großen Bruchsteine einer Mauer erschienen. Sie passierten ein Tor! Plötzlich war Jonas hellwach und sein Herz raste. Sie fuhren einen letzten Hügel hinauf! Unter den Rädern der Kutsche knirschten Kiesel. Jonas griff sich an den Hemdkragen. Auf einmal bekam er keine Luft.

»Was?« Peregrin Aber schreckte hoch und stieß seinen Zylinder von der Bank. Im Halbdunkel begann er nach ihm zu tasten. »Wir sind da, ja?« Er hatte den Zylinder gefunden. »Ich muss für einen Augenblick eingeschlafen sein.« Er scheuchte einen Frosch aus seinem Hals.

Die Kutsche hielt. Jonas hörte Ruben vom Bock springen und seine Schritte näher kommen. Dann öffnete der Diener den Schlag.

»Das ging ja flott!«, rief Peregrin Aber fröhlich, war schon auf den kurzen, dünnen Beinen und stieg als Erster aus.

Jonas blieb sitzen. Er machte sich ganz klein, ballte die Hände zu Fäusten und kniff die Augen zu. Er wollte nicht wissen, wo er angekommen war.

Dann spürte er, wie jemand seine Schulter berührte, und

sah auf. Ruben zwinkerte ihm zu, öffnete den Mund und formte mit den Lippen ein O.

Jonas verstand.

Komm!

Das 3. Kapitel
Ein blinder Passagier

An Rubens Arm stolperte Jonas in die kalte Nacht. Mit klopfendem Herzen sah er an dem alten Haus hinauf. Im fahlen Mondlicht leuchtete die Bruchsteinfassade beinahe weiß. Efeu rankte an ihr hinauf, und weil die Nacht keine Farben kennt, waren die Blätter grau wie Staub, der aus dem Gemäuer quoll. Alle Fenster waren schwarz, und die vielen dünnen Kamine auf dem Dachfirst drängten sich zusammen, als würden sie frieren.

In Jonas stritten Angst und Neugier. Wunderlich war so alt, wie nur Steine werden, mehr eine Burg als ein Haus. Über der mächtigen Tür, vor der die Kutsche zum Stehen gekommen war, ragte ein bröckelnder Erker hervor, und wenn Jonas den Kopf weit in den Nacken legte, konnte er die Zinnen eines kreisrunden Turms ausmachen, der sich irgendwo hinter der Fassade erhob. Jonas hörte eine Eule rufen, es ging ihm durch Mark und Bein. Wunderlich war ein Ort am Ende vom Ende der Welt.

Peregrin Aber streckte sich.

»Tja«, sagte er leutselig. »Das ist es also, junger Jonas Nichts. Weiß Gott ein altes Gemäuer.« Er zog ein endlos langes Taschentuch aus seinem Ärmel und schnäuzte sich ausführlich.

Hinter den Mauern rührte sich nichts.

Ruben nickte Jonas zu und schwang sich wieder auf den Kutschbock. Mit klirrendem Geschirr fuhr die Kutsche an.

Jonas sah ihr nach, einen Augenblick lang verwundert. Aber ja! Die Pferde mussten noch versorgt werden.

»Die Stallungen liegen auf der anderen Seite«, sagte Peregrin Aber und verstaute sein Taschentuch, nicht ohne es vorher wieder ordentlich zusammenzulegen.

»Ja«, sagte Jonas leise.

Es war jetzt ganz still. Die kahlen Bäume zwischen Haus und Mauer waren riesige Schemen, stumme Wächter mit krummen Armen und gichtigen Fingern, hundert Jahre alt.

»Vielleicht ist ja noch jemand wach.« Der Advokat wies auf die schwere Tür, ein dunkler Fleck im Gemäuer vor ihnen. »Weißt du, wir rechnen besser nicht mit einem höflichen Empfang. Die ganze Situation …« Er brach ab und zuckte hilflos mit den Schultern.

Jonas dachte an Alma, die er noch gar nicht kannte und lieber nie kennenlernen wollte. »Ich muss …«, begann er leise. »Ich brauche …« Wie sollte er das sagen? Er wollte ja nicht undankbar sein. »Ich weiß gar nicht, was ich mit einem Haus anfangen soll«, platzte er schließlich heraus. Bei Brand hatte er nicht einmal ein eigenes Zimmer gehabt, sondern auf der Küchenbank geschlafen. Das war doch genug.

Doch Peregrin Aber schüttelte den Kopf. »Mein Junge«, sagte er. »Das Haus gehört dir und damit basta!« Er fasste Jonas sanft am Ellbogen. »Wir gehen jetzt hinein.« Und damit schob er Jonas bis vor die Tür.

An das Türblatt war ein großer, eiserner Klopfer in Form eines Vogels genagelt, und Peregrin Aber ergriff den Ring, um sich bemerkbar zu machen.

»Das Wappentier der Finks«, erklärte er. »Im Hellen erkennt man es besser. Es ist – nun ja – ein Fink.« Peregrin Aber lächelte, als wollte er sich für einen verunglückten Witz entschuldigen.

Der Advokat hielt den Ring immer noch fest umklammert. Noch hatte er nicht geklopft. »Hast du schon einmal ein Wappentier gesehen, Jonas?«

Jonas schüttelte den Kopf. Obwohl er natürlich wusste, was ein Wappentier war. Ritter hatten eines. Auf ihre Schilde waren Drachen, Löwen oder Schlangen gemalt. Aber ein Fink?

»Du musst wissen, dass die Finks ein bekanntes Geschlecht waren, Junge. Vor langer, langer Zeit. Als die Könige noch was zu melden hatten.« Peregrin Aber lächelte verschmitzt. »Ein gewisser Leopold Fink war sogar einmal der Sechsunddreißigste in der Thronfolge. Weißt du, was das heißt?«

Jonas hätte den Kopf geschüttelt, wäre er dazu gekommen, doch Peregrin Aber redete gleich weiter.

»Das heißt, dass er König geworden wäre, wenn fünfunddreißig arme, adelige Gestalten das Pech gehabt hätten, gleich hintereinander das Zeitliche zu segnen. Fünfunddreißig pompöse Beerdigungen und zack! – ein Fink auf dem Thron.« Der Advokat grinste. »Ich erzähle dir das nur, weil Alma einen gewissen Wert darauf legt. Um nicht zu sagen, dass sie lächerlich stolz darauf ist. Aber das ist alles so lange her, dass es schon gar nicht mehr wahr ist. Wenn es überhaupt jemals gestimmt hat.« Peregrin Aber sah Jonas an, zog spöttisch eine Augenbraue hoch und ließ endlich den Ring gegen den eisernen Finken schlagen.

Das Klopfen hallte fürchterlich.

Der Advokat streckte den kurzen Rücken durch und den Bauch vor. Er strich sich über den Bart und rückte den Zylinder zurecht. Peregrin Aber war bereit.

Doch nichts geschah.

Jonas' Herz hämmerte gegen seine Brust. Er starrte auf den übergroßen Finken und der starrte eisern zurück.

Peregrin Aber schlug den Ring noch einmal gegen das Metall und wieder hallte das Klopfen durch die Nacht. Konnte man es drinnen denn nicht hören?

Jonas hatte gerade begonnen sich vorzustellen, wie einfach niemand aufmachte und sie unverrichteter Dinge wieder fortfahren müssten, zurück zu Brand und Elsa, da knackte die Tür, und die Angeln quietschten wie ein Hund, dem man auf den Schwanz getreten war.

Jonas schrak zusammen.

»Ja?«, flüsterte es durch den Türspalt.

Aber es war niemand zu sehen.

»Tabbi?« Peregrin Abers stets entschlossene Stimme war ein wenig ins Wanken geraten. »Sind Sie das, Tabbi?«

»Herr Doktor! Um diese Zeit?«, flüsterte es. Dann ging die Tür auf und eine große, grobknochige Frau in Pantoffeln, Nachthemd, Nachthaube und Morgenmantel erschien auf der Schwelle. Sie schlug die Arme umeinander, als sie in die Kälte trat. Dann fiel ihr Blick auf Jonas.

»Ist das der Junge?«, raunte sie.

Peregrin Aber erhob jetzt trotzig die Stimme. »Der junge Herr Jonas Nichts, jawohl!«, sagte er. »Und jetzt lassen Sie uns doch nicht so lange in der Kälte stehen, Tabbi!«

Wiederum fasste er Jonas am Ellbogen und schob ihn an Tabbi vorbei durch die Tür.

Drinnen war es noch finsterer als draußen. Jonas roch Stein und spürte einen großen Raum. Plötzlich hallten ihre Schritte. Sehen jedoch konnte Jonas nichts.

»Ob Sie bitte Licht machen könnten, Tabbi?« Peregrin Aber klang etwas ungehalten.

Die Tür fiel zurück ins Schloss. Jonas hörte das Tappen der Frau auf dem Fußboden, dann wurde ein Streichholz angerissen und gleich darauf flackerte eine Kerzenflamme auf. Ihr Licht war zu schwach, um den Raum zu erhellen, es malte nur

Schatten an die nächste Wand. Immerhin sah Jonas jetzt Tabbis langes Gesicht und ihr kräftiges Kinn, von unten beleuchtet. Sie war nicht mehr jung, graues Haar hing ihr ungekämmt in den Nacken, und tiefe Sorgenfalten erschienen auf ihrer Stirn, als sie auf Jonas herabsah.

»Ich bin Tabbi«, sagte sie. »Die Wirtschafterin. – Baroness Claras Köchin«, fügte sie noch hinzu und bekreuzigte sich schnell mit der freien Hand.

Jonas hörte staunend zu. Er kam sich klein und schwach vor in diesem großen, unsichtbaren Raum.

»Es ist wohl niemand aufgeblieben, was?« Peregrin Aber ließ den Blick durch die Dunkelheit schweifen. Zusammen standen sie in einem schmalen Ring aus Licht, einer wunderlichen, winzigen Insel.

Tabbi kam noch einen Schritt näher. »Alma ist schon seit heute Morgen fort«, raunte sie. Dann warf sie einen Blick über die Schulter, als wollte sie sich davon überzeugen, dass niemand lauschte. »Im *Spielzimmer*«, flüsterte sie dann.

Jonas trat von einem Fuß auf den anderen. War Alma nicht schon eine alte Frau?

Doch Peregrin Aber wollte offenbar nichts von Alma hören. »So«, sagte er unwirsch. »Das mag sein. Wir haben nicht gegessen, Tabbi. Es ist doch wohl noch etwas in der Küche?«

Aber zu Jonas' Entsetzen war es nicht Tabbi, die antwortete. Antwort kam vielmehr aus der Tiefe des dunklen Raums. Von oben.

»Es ist bestimmt noch etwas übrig, meine Herren.«

Selbst der tapfere Peregrin Aber zuckte zusammen, und Jonas glaubte, sein erstes Gespenst zu sehen. Brand hatte oft von den Geistern der Heide erzählt, unter ihnen ein kopfloser Reiter. Dem Gespenst, das er jetzt sah, fehlte allerdings der Körper. Hoch über ihnen nämlich, im hinteren Teil des großen Raums, erschien ein bloßer Kopf und schwebte langsam zu ihnen herab. Kerzenlicht spiegelte sich in den runden Gläsern einer Brille, Jonas machte eine hohe, schmale Stirn aus und eine scharfe Nase.

»Ich hoffe, Ihre Reise war angenehm, Herr Doktor. Ich habe Sie erwartet.« Die Stimme war so dunkel wie der Raum, aus dem sie kam.

»Hochwürden!«, stieß Peregrin Aber aus und dazu jede Menge Luft.

Jonas begriff. Da stieg jemand eine im Dunkel liegende Treppe herunter und war so schwarz gekleidet wie die Nacht. Stufe um Stufe senkte der Kopf sich zu ihnen herab. Schließlich hallten Schritte über den Fußboden.

Niemand sprach, bis der Mann ihren kleinen Kreis erreicht hatte. Er hielt sich sehr aufrecht und alles an ihm war lang, das Gesicht, die Hände, mit denen er den Kerzenständer hielt, sogar die Zähne. Sie waren dünn und spitz wie Nägel.

»Guten Abend«, sagte der Mann, aber das klang wie eine Drohung.

»Guten Abend«, antwortete Peregrin Aber mit Nachdruck. »Sie steigen ja zu uns herab wie der Heilige Geist, Hochwürden.«

Der Mann sah auf Peregrin Aber hinab und begann dann Jonas zu mustern. Immer noch waren seine Augen unsichtbar, in den Brillengläsern flackerte das Licht der Kerze.

»Wer ist *das*, Herr Doktor?«, sagte der Mann, als hielte er mit spitzen Fingern etwas hoch.

Peregrin Abers Lippen wurden schmal. »Wir wollen nicht so tun, als wüssten wir nicht, dass Veränderungen ins Haus stehen, Hochwürden. Das ist der junge Herr Jonas Nichts, den ich soeben abgeholt habe. Und das«, sagte der Advokat und wandte sich Jonas zu, »ist der Herr Pfarrer Irmingast. Baroness Almas geistiger Beistand. Habe ich das richtig ausgedrückt, Hochwürden?«

Irmingast überhörte die Frage. Nach wie vor hatte er nur Augen für Jonas. Unsichtbare Augen, der spiegelnden Brillengläser wegen.

»*Nichts* heißt du, mein Junge? Ein ungewöhnlicher Name. Was soll er bedeuten?« Der Pfarrer wandte sich an den Advokaten. »Ein Bastard, nehme ich an.«

Jonas wusste, was ein Bastard war, ein uneheliches Kind. Aber ob er ein Bastard war, wusste er nicht. Vielleicht wäre er in diesem Augenblick lieber einer gewesen als – nichts.

»Gott liebt jedes seiner Schäfchen und seine Liebe macht uns alle gleich. Ist es nicht so, Hochwürden?« Irmingast und der Advokat standen sich gegenüber wie Jungs auf dem Kirchplatz, kurz bevor sie sich die Nasen blutig schlagen.

»Gewiss.« Irmingast lächelte dünn und zeigte seine schrecklichen Zähne. »Und wie alt bist du, Jonas Nichts? *Zwölf* würde ich sagen. Ja. Zwölf.« Seine Stimme war leiser geworden, und er nickte kaum merklich, so, als würde ihm nach langer Zeit ein alter Verdacht bestätigt.

Jonas wurde gleichzeitig heiß und kalt. »Ich bin schon dreizehn, Hochwürden«, sagte er mit zitternder Stimme und fingerte in seiner Hosentasche nach Rubens Zettel.

»Ach!« Irmingast hielt seine Kerze ein wenig tiefer, um Jonas besser betrachten zu können. »Sag, ist dein eines Auge blind?« Die Kerzenflamme kam Jonas' Gesicht plötzlich bedrohlich nah. Er spürte die Blicke auf sich. Nicht nur den von Irmingast. Auch Tabbi beugte sich jetzt neugierig zu ihm herab.

»Nein«, flüsterte Jonas. »Ich kann gut sehen.«

Peregrin Aber räusperte sich. »Der Junge hat einfach verschiedenfarbige Augen. So was kommt vor.« Er räusperte sich noch einmal.

»Ja«, sagte Irmingast leise, bevor er wieder die Stimme hob. »Und etwas mager bist du auch.« Seine spitzen Finger schlossen sich um Jonas' Oberarm. Noch nie war Jonas eine Berührung so unangenehm gewesen. »Sie haben dich nicht anständig gefüttert, Kleiner.« Irmingast drückte noch einmal zu, bevor er ihn wieder losließ und seine Brille zurechtrückte. Immer noch waren seine Augen nicht zu sehen. »Tabbi! Bestimmt finden sich auch ein paar ordentliche Kleider in den Schränken des Hauses. Der junge Mann sieht doch etwas ärmlich aus. Wollen Sie sich darum kümmern?«

Tabbi nickte beflissen. »Natürlich, Hochwürden«, sagte sie.

Jonas rieb sich unauffällig den Arm. Er wollte Irmingasts Berührung wegwischen.

»Und für eine Mahlzeit ist gesorgt? Tabbi?«

»Ja, Hochwürden.«

»Fein.« Irmingast bleckte erneut die Zähne und lächelte reihum jedem zu. An Jonas blieb sein Spiegelblick hängen. »Dann sehen wir uns morgen. Zur Testamentseröffnung. Ich wünsche einen gesegneten Appetit. Gute Nacht allerseits.« Und nach einer angedeuteten Verbeugung stieg er die Treppe wieder hinauf, Stufe für Stufe, ohne Eile.

Jonas hatte eine Gänsehaut, als er das Licht der Kerze endlich verschwinden sah.

Sie aßen in einer kalten Küche, die Jonas mit ihrem Steinfußboden und dem Doppelgewölbe wie eine Grotte vorkam. Tabbi tischte auf, lief vom Tisch zum Küchenschrank, vom Küchenschrank wieder zum Tisch und dann in die Speisekammer. Vielleicht war sie froh, sich nicht setzen zu müssen.

Peregrin Aber speiste lustlos und Jonas brachte gar nichts

hinunter. Er war hellwach und zugleich so erschöpft, dass er schrecklich fror. Wenn er auf das Essen sah, musste er an die langen Zähne des Pfarrers denken und stellte sich vor, wie sie sich in etwas Weiches bohrten. Die Aussicht auf eine Nacht allein in einem Zimmer auf Wunderlich versetzte ihn in heillose Unruhe. Er sehnte sich nach seiner Küchenbank und den vertrauten Geräuschen, nach Brands pfeifendem Schnarchen und dem fernen Rumoren im Stall.

Indem er sich mit seinem Taschentuch die Mundwinkel tupfte, gab Peregrin Aber das Signal zum Aufbruch. Tabbi hatte einen großen Leuchter beschafft und für den Advokaten und seinen jungen Schützling je ein Nachtlicht. So bewaffnet, ging es durch die große, dunkle Halle jene Treppe hinauf, über die auch Irmingast verschwunden war.

Die Treppe hatte endlos viele Stufen und knarzte wie ein altes Schiff. Überall roch es muffig. Tabbis Leuchter malte wilde Schatten an die Wände eines breiten Korridors im ersten Stock. Aus schweren Bilderrahmen sahen ihnen blasse Gestalten misstrauisch nach. Nur für Augenblicke wurden diese Gestalten sichtbar, dann verschmolz die dicke Ölfarbe wieder mit der Dunkelheit.

»Lauter Finken«, murmelte Peregrin Aber, und das sollte wohl heißen, dass die Bilder Verwandte von Clara und Alma darstellten. Weitere Erklärungen jedoch blieben aus. Der Advokat hatte es eilig. Er hielt sein Nachtlicht am lang ausgestreckten Arm und lief ihm hinterher. Hinter jeder Tür, an der sie vorbeikamen, vermutete Jonas den Pfarrer oder Alma, und bestimmt wäre sein Herz stehengeblieben, hätte sich eine dieser Türen geöffnet.

Schließlich hielt Tabbi vor einer von ihnen an, den großen Leuchter fest in der Hand. »Ich habe gedacht, der Junge schläft am besten im Gästezimmer neben Ihrem, Herr Doktor«, sagte sie. »Es gibt eine Verbindungstür.« Sie lächelte Jonas an.

»Ja, ja«, sagte Peregrin Aber. »Der Junge muss aber hundemüde sein. Er wird schlafen wie ein Stein.« Er sah zu Jonas herüber. »Nicht wahr?«

Jonas nickte stumm. Er hatte verstanden. Ohnehin hätte er es nicht gewagt, den Advokaten zu stören.

Peregrin Aber steuerte auf seine Tür zu. »Gute Nacht, Jonas Nichts. Zeigen Sie ihm alles, Tabbi.« Und schon war er verschwunden, Nachtlicht voraus.

Jonas blieb allein mit Tabbi im Korridor zurück. Das Kerzenlicht fiel auf ein weiteres Gemälde gleich neben der Tür. Ein Mann mit langem, schwarzem Haar, Schnurrbart und einem weißen Kragen blickte den Gang entlang. Jonas fielen seine Hände auf, die sich auf den Bilderrahmen zu stützen schienen. Die Hände waren lang und leblos und weiß wie Wachs.

»Komm, Junge. Du musst dich nicht fürchten.« Tabbi öffnete die Tür und die Kerzen erhellten ein großes Zimmer. Schwere Vorhänge hingen vor den nachtschwarzen Fenstern, hinter dem Kamingitter war ein Feuer eben erst erloschen. Noch war es im Zimmer warm. Jonas bemerkte ein großes, hohes Bett mit einem Baldachin, in das er beinahe würde hinaufklettern müssen. An der Wand gegenüber stand ein zierlicher Sekretär, davor ein Stuhl auf dünnen Beinen. Jonas war erleichtert, dass das Bild über dem Sekretär eine Kutsche zeigte. Wenigstens würde ihn niemand anstieren, wenn er erst allein im Zimmer wäre.

»Gefällt es dir, Jonas?«, fragte Tabbi. »Eigentlich müsste ich ja Herr zu dir sagen. Junger Herr … Nichts.« Sie zögerte, bevor sie weitersprach. »Ich habe mir natürlich auch so meine Gedanken gemacht. Wegen des Testaments. Ruben und ich – also … wir freuen uns, dass du da bist.«

Jonas wurde rot. Es wusste nicht, was er darauf sagen sollte. »Das Zimmer ist sehr schön«, murmelte er schließlich und sah auf den dicken Teppich voller wilder Muster. Er hätte Tabbi gern erzählt, dass er noch nie in einem Bett geschlafen hatte, sondern immer bloß auf einem Strohsack.

»Na ja«, sagte Tabbi. »Das ist natürlich alles ziemlich viel für dich. Und wir werden ja noch reichlich Gelegenheit haben, uns zu unterhalten.« Sie rückte ihre Nachthaube zurecht. »Da liegt ein Nachthemd auf deinem Bett. Schlaf gut, Junge.«

Hinter ihr klappte die Tür zu.

Jonas lauschte noch eine Weile auf Tabbis Schritte, dann ging er langsam auf das riesige Bett zu und stellte seine Kerze auf einen Nachttisch. Das Holz des Nachttischs war poliert, und Jonas strich mit der Hand darüber und bewunderte die Einlegearbeiten. Wie viele Farben Holz haben konnte.

Auf dem Bett lag Elsas Pappköfferchen, neben dem ausgebreiteten Nachthemd. Jonas befühlte den Stoff. Er war ganz weich, nicht zu vergleichen mit dem groben Hemd, das er trug. Aber was war das? Jonas musste lächeln, als er seinen dritten Zettel fand. Ruben musste ihn auf das Nachthemd gelegt haben, als er den Koffer brachte.

ICH BESCHÜTZE DICH

stand auf dem Zettel. Jonas legte ihn unter das Kopfkissen, das ihm plötzlich so groß und dick und weich vorkam wie eine Wolke. Dann kramte er auch die anderen beiden Zettel aus der Hosentasche und legte sie dazu. Aber da war noch etwas in seiner Tasche, etwas Hartes. Jonas fingerte den Kiesel heraus und hielt den Räuber Wieflinger in seiner Hand. Er dachte an den Hof und den verwaisten Räuberwald aus Tannenzapfen. Ob Brand die Zapfen finden würde? Jonas wünschte es sich. Schließlich legte er auch den Kiesel zu den drei Zetteln in das geheime Nest. Von allen unbemerkt war der Wieflinger auf das Dach der Kutsche geklettert und mitgefahren, ein blinder Passagier, an dessen Hut und Haar der Fahrtwind zerrte.

Das 4. Kapitel
Das Testament wird eröffnet

Es waren die Krähen, ihre heiseren Rufe schlichen sich in diesen unruhigen Traum. Sie stoben über den tobenden Himmel und stießen auf Wunderlich hinab. Da lag es, unter ihnen. Die bleigrauen Dächer und das Spalier der Kamine, die bleichen Mauern, und am Efeu zerrte der garstige Wind. Er rüttelte an den in Blei gefassten Fenstern, schlug gegen das vergessene Tor der Remise und stürmte pfeifend den Torweg. Wütend schlug er die Krähen zurück, und sie schimpften so lange, bis sich Jonas ruckartig aufsetzte.

Draußen hatte ein grauer, windiger Tag begonnen, und im ersten Augenblick wusste Jonas nicht, wo er war. Dann warf er sich rücklings auf das Kissen zurück, denn alles fiel ihm wieder ein. Wunderlich, Irmingast, die unsichtbare Alma und – das Testament.

Als könnte er diesen Gedanken entkommen, schlug Jonas die schwere Bettdecke zurück und lief an der kalten Asche des Kamins vorbei bis zum Fenster. Im Zimmer war es frostig, der Wind polterte gegen das Fenster und drängte durch die Ritzen. Jonas schlang die Arme um sein Nachthemd.

Vor dem Fenster besetzten die Krähen flatternd und streitend eine alte Zeder, eine von vielen in einem verwilderten Park, der sich bis zu einer hohen, steingrauen Mauer erstreckte. Hinter der Mauer erhob sich auf der Kuppel eines Hügels eine Weide, ihre Zweige schwangen im Wind wie totes Haar. Erst wollte Jonas an Peregrin Abers Tür klopfen, aber dann verließ ihn der Mut. Lieber schlüpfte er eilig in seine Sachen. Niemand sollte ihn im Nachthemd sehen.

Er schnürte gerade die Schuhe, als es klopfte.

Tabbi erschien, den Arm voller Kleidung. »Also, *die* Sachen kannst du gleich wieder ausziehen!«, sagte sie, während Jonas sich noch an seinem Schuh zu schaffen machte. Sie trat ans Bett, legte ihren Stapel ab und hielt einen schwarzen Rock hoch, beinahe so lang wie ein Mantel. »Schau! Da passt du doch rein!«

Jonas stand auf, einen Moment abgelenkt, weil er im hölzernen Kopfteil des Betts eine Schnitzerei entdeckt hatte, die ihm bislang nicht aufgefallen war. Es war der gleiche Fink, der auch draußen an die Tür genagelt war, sitzend, die Flügel sorgsam auf den Rücken gefaltet, den kleinen Kegelschnabel keck gereckt.

»Komm, zieh das aus!« Tabbi kniete schon vor ihm und knöpfte ihm die Joppe auf. Die Nachthaube von gestern war verschwunden und Tabbis Haar in einen strengen Knoten gebunden. Sie roch nach Frühstück, frisch gebrühtem Kaffee und noch warmem Brot. »Jetzt hilf doch mal mit!«

Nach einer Weile, in der Jonas wie ein kleiner Junge die Arme hatte ausstrecken, sich aufs Bett setzen oder wieder aufstehen müssen, war er fertig. Zum langen Rock trug er nun eine passend schwarze Hose, dazu ein weißes Hemd, dessen breiter Kragen ihm bis auf die Schultern fiel. Tabbi trat einen Schritt zurück, legte eine Hand an ihr kantiges Kinn und betrachtete ihr Werk.

»Da kann man nicht meckern«, sagte sie. »Jetzt siehst du wirklich aus wie ein junger Herr!« Sie strich ihm das struppige Haar aus der Stirn, zupfte noch einmal an den Rockschößen und Jonas sah an sich hinunter. Er kam sich plötzlich größer und kleiner zugleich vor. So wie er sah der Bürgermeisterjunge im Dorf aus, der steif wie ein Besenstiel an der Hand seiner Mutter ging. Er sah wieder auf, wie um sich in Tabbi zu spiegeln.

»Diese Augen, Junge!« Die Köchin starrte ihn immer noch an. »Es kommt einem vor, als würdest du einen zweimal anschauen. Von zwei Seiten. Oder aus zwei Köpfen?« Sie lächelte.

Jonas wusste nicht, was er sagen sollte. Er wusste es nie, wenn die Rede auf seine Augen kam.

»Aber jetzt gibt es erst einmal Frühstück«, sagte Tabbi betont munter. »Der Herr Doktor wartet schon.«

Mit seltsam steifem Rücken, ganz so, als könnte man in Kleidung wie seiner gar nicht anders, ging Jonas an Tabbis Hand den Korridor entlang. Im Tageslicht sahen die Finken an der Wand flach und unbeteiligt aus, vielleicht schliefen sie ja tagsüber mit ihren ewig offenen Augen und erwachten erst nachts in flackerndem Kerzenlicht zum Leben. Möglicherweise aber nahm auch bloß Tabbis große, harte Hand den Gemälden ihren Schrecken. Jonas jedenfalls folgte Tabbi ganz gern bis zur Treppe, deren flache, breite Stufen sich wie ein Wasserfall in die Eingangshalle stürzten.

Die Halle unter ihnen war gleich zwei Stockwerke hoch. Die Treppe lief erst auf einen Absatz zu, machte dort kehrt und lief auf dem Steinfußboden der Halle zwischen zwei gewaltigen Pfosten aus. Hoch oben an der Decke hing ein gewaltiger Kristallleuchter, größer als das größte Wagenrad. Jonas musste die ganze Zeit auf diesen Leuchter starren, als er an Tabbis Hand treppab stieg. Wenn man genau hinhörte, sang das geschliffene Glas im Luftzug.

Peregrin Aber saß im Speisezimmer, in Hemdsärmeln über eine Zeitung gebeugt. Sein von Tabbi gebürsteter schwarzer Rock hing über der Lehne eines gepolsterten Stuhls, die Zeitung war, zu Peregrin Abers Leidwesen, über eine Woche alt. Er hatte sie selbst nach Wunderlich gebracht, wohin sich sonst niemals eine Nachricht aus der Welt verirrte.

Als Jonas erschien, sah der Advokat auf, faltete die Zeitung geräuschvoll zusammen und setzte sein Lächeln auf wie einen Hut.

»Jonas!«, sagte er. »Gut geschlafen? Guten Morgen!«

Jonas nickte bloß und setzte sich schüchtern an den großen Tisch. Am liebsten hätte er gar nichts angefasst, denn weder das glänzend weiße Service mit dem Blumenmuster noch die beiden silbernen Kannen auf ihrem Stövchen sahen aus, als dürfte man sie berühren. Jonas wäre auch lieber hungrig geblieben, als auf die gestärkte Tischdecke zu kleckern.

Doch Peregrin Aber hatte schon nach einer Brotscheibe gelangt, sie auf Jonas' riesigen Teller gelegt und reichte ihm die Butterdose. »Iss, mein Junge«, sagte er, als setzte sich Jonas schon seit Jahren jeden Morgen an diesen Tisch. Dann fiel dem Advokaten ein, dass er Jonas wenigstens eine Sorge nehmen könnte. »Die Herrschaften haben schon gefrühstückt. Irmingast und die Baroness.«

Zaghaft griff Jonas nach dem glänzenden Messer. Es war viel schwerer, als er erwartet hatte.

»Wegen des Testaments …«, sagte der Advokat, während Jonas sein Brot vorsichtig butterte, und raschelte noch einmal mit der Zeitung. »Du musst keine Angst haben. Du hast das Recht auf deiner Seite. Und mich.« Peregrin Aber lächelte etwas selbstgefällig. »Was so ziemlich dasselbe ist.«

Aber Jonas merkte, dass sich auch Peregrin Aber nicht

wohl in seiner Haut fühlte. Aus der Ungeduld des Advokaten war Unruhe geworden, Peregrin Aber rutschte auf seinem Stuhl hin und her, bis Jonas endlich seine Scheibe Brot heruntergewürgt hatte. Jonas' Mund war trocken, aber den Tee, den Tabbi ihm eingegossen hatte, rührte er trotzdem nicht an. Seine Hände zitterten und um nichts in der Welt wollte er den Tee verschütten. Vielleicht wäre es ihm besser gegangen, wenn Ruben in der Nähe gewesen wäre, um ihn auch vor Teetassen und Tischdecken zu beschützen, aber der stumme Diener war weit und breit nicht zu sehen. Sogar Tabbi war mittlerweile verschwunden.

Jonas verschränkte seine Hände, damit sie Ruhe gaben.

Wenig später stolperte er Peregrin Abers flatternden Rockschößen hinterher. Die Knöpfstiefel des Advokaten klapperten über den Steinfußboden, seine kleine Ledermappe trug er wie ein Banner. Jonas musste immer wieder einen Laufschritt einlegen, um nicht den Anschluss zu verlieren.

Wieder ging es durch die Eingangshalle, diesmal allerdings nicht die Treppe hinauf, sondern durch eine schwere Tür in einen anderen Flügel des Herrenhauses. Hier im Korridor war es etwas wärmer, so, als würden die Zimmer hinter den Türen zu Jonas' Rechter beheizt. Vor einer Tür mit gleich zwei Flügeln blieb Peregrin Aber stehen, hob die Hand, um anzuklopfen, und entschied sich dann dagegen. Lieber drückte er die große Klinke hinunter und ließ Jonas ein.

Drinnen roch es nach Papier, trocken und staubig. Jonas hatte noch nie eine Bibliothek gesehen. Er legte den Kopf in den Nacken. Die Regale reichten bis zur Decke. Die Bücher darin schlossen ihre Reihen und drehten ihm ihre ledernen Rücken zu, als wären sie sich selbst genug. Jonas musste an die Bibel denken, die Elsa besaß, aber nicht lesen konnte.

Doch in der Finsternis zwischen den Seiten geschah, was geschah, auch so.

Peregrin Aber schloss die Tür und klapperte über das Parkett zu einem Tisch aus schwarzem Holz inmitten der Regale. Jeder Stuhl an diesem Tisch sah aus wie ein Thron. Hohe Lehnen voller Schnitzwerk, die Polster aus festem, glänzendem Leder. An der Wand neben der Tür tickte eine riesige Uhr. Das Ticken war jetzt das einzige Geräusch im Raum, und je länger Peregrin Aber schwieg, desto bedrohlicher wurde es.

Es war, als würde Jonas ausgezählt.

»Setz dich«, sagte Peregrin Aber dann auch noch, und hinter der dicken Tischplatte kam Jonas sich endgültig vor, als würde gleich ein Urteil über ihn gesprochen. Vielleicht war Wunderlich ein Gefängnis, dachte er, aber noch bevor dieser Gedanke sich zur ganzen Größe seines Schreckens entfalten konnte, flog die Tür auf und wie ein aufgebrachter Fasan rauschte Baronin Alma Fink zu Wunderlich in die Bibliothek. Plötzlich war alles ein Flattern und Bauschen aus Seide, Taft und Rosshaar. Alma war eine plumpe, schwere Frau in einem schwarzen Krinolinenrock von den Ausmaßen einer Kirchenglocke. Das eisgraue Haar trug sie in der Mitte gescheitelt und über den großen Ohren zu fetten Schnecken gedreht. Ihre feisten Wangen waren erhitzt, ihr Doppelkinn bebte vor Erregung. Aus dem aufgebrachten Fasan war mit einem Mal eine aufgeregte Pute geworden.

»Ich protestiere!«, keifte sie, noch bevor sie überhaupt zum Stehen gekommen war. »Ich lasse mich in meinem eigenen Haus nicht in die Bibliothek bestellen!«

Es war Irmingast, ganz in Schwarz gekleidet, der die Tür hinter ihr schloss. Sogar das matte Licht in der Bibliothek warfen seine Brillengläser zurück.

Jonas machte sich hinter der Tischplatte so klein, wie er eben konnte.

»Ich«, keuchte Alma, »zähle Thronfolger zu meinen Ahnen. Muss ich darauf hinweisen, dass mein Ahnherr Leopold der Sechsunddreißigste in der Thronfolge war? Aber dergleichen wissen Hergelaufene wie Sie wohl nicht mehr, Herr Doktor, wie? Wie? Was?« Sie bedachte Peregrin Aber mit einem bösen Blick. Ihr Hals zuckte vor und zurück.

»Guten Morgen, Baroness.« Peregrin Aber klang ausgesucht höflich. »Ich freue mich sehr, dass Sie gekommen sind. Und wenn Sie mir die Bemerkung gestatten, bitte …« Beinahe keck legte er den Kopf schief. »Um die Besitzrechte an diesem Haus zu klären, sind wir hier. Ich sage das nur, weil Sie von *Ihrem* Haus gesprochen haben. – Sie haben doch wohl hoffentlich gut geschlafen?«

»Ich habe *überhaupt nicht* geschlafen«, fauchte die Baronin. »Ist das dieser Junge?« Almas Blick war abschätzig.

Jonas duckte sich. Alma war furchterregend und vor Irmingast gleich neben der tickenden Uhr hatte er noch größere Angst. Tagsüber sah der Pfarrer mit seinen langen, scharfen Zügen und den ewig verborgenen Augen nicht weniger unheimlich aus als nachts.

»Das ist Jonas Nichts«, sagte Peregrin Aber nüchtern. »Wollen wir uns setzen?« Mit der ausgestreckten Hand wies er auf den Tisch und schaute dabei zu Irmingast hinüber. Der hatte sich immer noch nicht gerührt. Kalt lächelnd stand er da. Beobachtete er Jonas?

»Hochwürden?«, fragte Peregrin Aber. »Ich nehme an, die Baroness wünscht Ihre Anwesenheit.«

»Das tue ich, jawohl!«, kreischte Alma, und als sie knisternd den Krinolinenrock anhob, um sich zu setzen, sah es einen Augenblick lang so aus, als wollte sie mit den Flügeln schlagen.

Den armen Jonas würdigte sie keines Blickes mehr. Stattdessen hob sie ihre fleischige Nase empört himmelwärts und begann mit plumpen Fingern auf die Tischplatte zu trommeln.

Irmingast durchmaß derweil würdevoll den Raum. Er hatte die Hände auf den Rücken gefaltet und sein Gesicht zeigte keine Regung. Dünn, fast messerscharf war sein Mund. Schaudernd stellte sich Jonas die langen, spitzen Zähne vor.

Peregrin Aber setzte sich als Letzter, ans Kopfende des Tischs, und legte die Ledermappe, die er mitgebracht hatte, akkurat vor sich. Die Parteien saßen sich schweigend gegenüber, die Baroness und der Pfarrer auf der einen Seite, Jonas sehr allein auf der anderen.

Der Advokat räusperte sich und ging ans Werk, indem er mit feierlicher Miene seine Mappe aufschlug. »Sehr geehrte Anwesende!«, sagte er mit Grabesstimme. »Geschätzte Baroness! Hochwürden! Lieber Jonas!« Peregrin Abers Blick wanderte einmal reihum. Die Luft war zum Schneiden. Jonas hätte jetzt gern im Wind auf dem vertrauten Hof gestanden oder doch wenigstens an einem Fenster.

Peregrin Aber studierte etwas in seiner Mappe. Offenbar suchte er nach den richtigen Worten, jedenfalls klappte sein Mund ein paar Mal auf und zu. »Das Testament, das hier vor mir liegt«, sagte er schließlich, »hat mir die jüngst verschiedene Clara Freifrau Fink zu Wunderlich an ihrem Todestag diktiert. Ich …« Er kämpfte mit einem Frosch im Hals »… denke mit großen Gefühlen der Trauer an diesen Abend zurück. Wenn Sie mir diese persönliche Bemerkung gestatten wollen, geschätzte Anwesende, ich habe Baroness Clara verehrt.« Peregrin Aber war von seinen eigenen Worten gerührt.

Am Tisch herrschte betretenes Schweigen.

Jonas starrte auf die Tischkante. Für einen Augenblick konnte er den Wieflinger sehen, wie er sich von dort abseilte, den Filzhut auf dem Kopf, ein Messer zwischen den Zähnen. Der Wieflinger war auf der Flucht, keine Frage. Auf einer alten, faulen Burg hatte man ihn eingesperrt, aber schon war er entkommen und auf dem Weg in die Freiheit.

Peregrin Aber fing sich wieder. »Erlauben Sie deshalb, verehrte Baroness, dass ich Ihnen noch einmal mein tief empfundenes Beileid ausspreche.«

Alma nickte herablassend.

Peregrin Aber raschelte mit dem Bogen Papier, sein Ton wurde wieder geschäftsmäßig, er sprach schnell. »Ich übergehe nun die üblichen Einleitungsformeln. Nach der Eröffnung erhalten die betroffenen Parteien – so sie es wünschen – eine Abschrift des Testaments. Zeugen seiner Abfassung waren die Wirtschafterin Tabbi und der Diener Ruben. Beide haben unterzeichnet und können beeiden, dass Baroness Clara auch in ihren letzten Stunden bei klarem Verstand war.« Er machte eine Pause und wandte sich dann wieder an Alma. »Wir alle wissen, verehrte Baroness, dass Ihre Base – Gott hab sie selig –, trotz ihres über Jahre bedauernswerten Zustands über einen regen Geist verfügte.«

Alma reagierte nicht und Peregrin Aber fuhr fort. »Das Testament betrifft alle Besitzstände der Baroness, das Anwesen ebenso wie die ...« – er hüstelte – »... eher bescheidenen Geldsummen, die ich seit Jahren verwalte. Ich beginne also mit der Verlesung.«

Alma bebte vor Anspannung.

Jonas sank noch ein Stück tiefer in seinen Stuhl.

»Erstens!« Peregrin Abers Stimme dröhnte jetzt in Jonas' Ohren. »*Meinen ganzen Besitz vermache ich, Clara Baronin Fink zu Wunderlich, dem jungen Jonas, wohnhaft beim Wirt Brand.*«

»Was?« Alma war ganz der spitze Schrei, den sie ausstieß.

Rauschend schoss sie aus ihrem Stuhl, ihre Wangen glühten. »Das ist ein Skandal!«, schrie sie mit sich überschlagender Stimme.

Doch während Jonas sich wegduckte, als würde ihn diese Stimme sonst wie ein Peitschenhieb treffen, blieb Peregrin Aber gefasst. Wahrscheinlich hatte er mit diesem Ausbruch gerechnet. »Werte Baroness! Ich empfehle, mich bis zum Ende anzuhören.«

»Auf keinen Fall! Nein!« Alma schrie immer noch, sandte aber einen Hilfe suchenden Blick an Irmingast, der daraufhin eine beschwichtigende Geste machte. Der Pfarrer wirkte völlig ungerührt.

Alma setzte sich wieder, ihr Atem ging schwer.

Peregrin Aber fuhr fort. »Zweitens! *Bis zur Großjährigkeit des Jonas bestelle ich Doktor Peregrin Aber zu seinem Vormund. Er verpflichtet sich, das ererbte Vermögen bis zu diesem Zeitpunkt zu verwalten und für die Bildung des Jungen Sorge zu tragen. Des Weiteren haben sich meine Köchin Tabbi und mein Diener Ruben verpflichtet, Jonas stets treu zu dienen.*«

Langsam richtete Jonas sich wieder auf. Dieser Punkt hatte etwas Tröstliches.

»Drittens! *Meine Base Alma ist die Letzte in der langen Reihe derer Fink zu Wunderlich. Mit ihr stirbt meine Familie aus. Allein aus diesem Grund sei Alma Baronin Fink lebenslanges Wohnrecht auf Wunderlich verliehen.*«

Von Alma kam ein verächtliches Zischen. Ganz offensichtlich war ihr das nicht genug.

»Viertens!« Peregrin Abers Stimme hatte plötzlich ein wenig von ihrer Sicherheit eingebüßt. Beinahe zweifelnd las er den nächsten Absatz im Testament vor. Er war knapp gefasst. »*Jonas*«, sagte der Advokat, »*ist es lebenslang verboten, das Spielzimmer zu betreten.*«

Plötzlich schienen alle Blicke auf Jonas zu ruhen. Dabei verstand er kein Wort. Das Spielzimmer, das Spielzimmer – Tabbi hatte es gestern erwähnt.

»Ich, ähem …« Peregrin Aber räusperte sich wieder. »Ich verstehe diesen Punkt selbst nicht«, murmelte er. »Aber die Baroness hat darauf bestanden.«

»Wird er enterbt, wenn er das Spielzimmer betritt?«, kreischte Alma voller Vorfreude.

»Nein.« Peregrin Aber schüttelte bedächtig den Kopf. »Einen entsprechenden Passus gibt es nicht. Der Junge wird sich auch so daran halten. Nicht wahr, Jonas?«

Jonas wurde rot und beeilte sich zu nicken.

»Dann fahre ich fort.« Peregrin Abers Stimme hatte die alte Bestimmtheit wieder. »Fünftens! *Sollte Jonas vor Erreichen der Großjährigkeit ums Leben kommen, geht mein ganzer Besitz in den Schoß der Kirche über. In diesem Fall ist der Anspruch meiner Base Alma auf Wohnrecht null und nichtig.*« Peregrin Aber ließ den Bogen Papier, den er zuletzt in der Hand gehalten hatte, langsam sinken. »*Das ist mein letzter Wille*«, sagte er leise.

Für eine Weile war nur das Ticken der großen Uhr zu hören.

Aber Almas Beherrschung währte nicht lange. Wie ein Grollen begann es, dann war ihre Stimme Blitz und Donner. Ihr wüstes Schimpfen regnete wild auf Jonas herab. Sie nannte ihn einen »dahergelaufenen Bengel« und dabei blieb es nicht.

»Ich werde das Testament anfechten!«, heulte sie schließlich, mehr blau als rot im Gesicht, und mit einem schaurig lang gezogenen »Niemals!« stürmte sie aus der Bibliothek. Wie eine Gewitterwolke verschwand der Saum ihres schwarzen Kleids um die Ecke.

Danach tickte wieder bloß die Uhr.

Peregrin Aber tupfte sich mit seinem großen Schnupftuch die Stirn.

Irmingast saß reglos da, die Ellbogen auf die Tischplatte gestützt, die Brille wie aus Eis. »Warum *dieser* Junge?«, sagte er leise. Aber es klang gar nicht wie eine Frage.

Das 5. Kapitel
Jonas verliert einen Verbündeten und besucht ein Grab

Die Finger des Wieflinger krallten sich in den Felsen, mühsam suchte er sich seinen Weg hinab. Der in den Stein geschlagene riesige Fink lag jetzt schon ein ganzes Stück weit über ihm, das Kläffen der Hundemeute wurde leiser. Die Köter standen jetzt bestimmt ratlos an der Klippe, oben am Kopfteil des Betts, aber auch sie würden einen Weg hinab finden. Der Wieflinger war noch lange nicht in Sicherheit.

Mit einem beherzten Sprung endete sein Abstieg. Knietief versank er im Schnee der Bettdecke. Es hatte zu stürmen begonnen. Der Wieflinger schlug den Kragen hoch, drückte sich den Räuberhut tief in die Stirn und kämpfte sich durch die Schneemassen. In seinem langen Schnurrbart klumpte Eis.

Als der Wieflinger das Fußende des Bettes erreicht hatte, fiel ihm der gewaltige Baum des Bettpfostens auf. Er sprang, klammerte sich fest und rutschte dann den glatten Stamm hinab. Nur keine Zeit verlieren! Der Wieflinger konnte die Hunde wieder hören, ihr Geifern und wie ihre Läufe den Schnee peitschten. Er rückte die Muskete zurecht, die er über dem Rücken trug. Der böse Graf Irmingast war nah.

Der Bettpfostenbaum wurzelte im sumpfigen Grund des Teppichs. Hier gab es schillernd schwarze Schlangen und in den dunklen Seen des Musters schwammen giftige Fische mit teuflisch spitzen Zähnen. Der Wieflinger zog den Säbel blank und begann, sich einen Weg durch das Pflanzenmeer ringsum zu schlagen. Da klopfte es. Mitten in der Bewegung hielt der Wieflinger inne und sah zur Tür.

»Jonas?« Zwischen den Türpfosten stand Peregrin Aber in seinem gebürsteten Rock. Die Testamentseröffnung lag kaum eine Stunde zurück.

Der Advokat sah auf Jonas herab, der auf dem Teppich kauerte. »Was tust du da?«

Schnell vergrub Jonas den Kiesel in seiner Hosentasche. »Ich spiele«, sagte er. Der Wieflinger war entkommen. Den Grafen Irmingast hatte der Erdboden verschluckt. Vielleicht hatten die Hunde im Schnee die Spur verloren.

»Natürlich. Du spielst.« Peregrin Aber nickte bedächtig. Seltsamerweise trug er seinen Mantel über dem Arm. Mit seinen kurzen Fingern bearbeitete er die Krempe seines Biberfilzzylinders. »Jonas«, sagte er. »Ich bin gekommen, um mich zu verabschieden.«

»Wie bitte?«, fragte Jonas leise.

»Ich …« Peregrin Aber trat nervös von einem Bein aufs andere. »Ich kann nicht immer hier sein, Junge. Das verstehst du doch, oder? Ich habe Arbeit in der Stadt. Die Kanzlei …« Er breitete die Arme aus, Zylinder rechts, Mantel links. »Aber …« Zögernd trat er ins Zimmer und schloss behutsam die Tür. »Aber ich komme dich natürlich besuchen. Und ich schicke dir einen Hauslehrer, wenn ich erst einen gefunden habe.«

Ein Hauslehrer? Ohne dass er darüber nachgedacht hätte, war Jonas davon ausgegangen, dass Peregrin Aber bei ihm bleiben würde. Er war doch sein neuer Vormund. Peregrin Aber war doch, was bislang immer Brand gewesen war.

»Nun schau nicht so«, sagte der Advokat und verzog das Gesicht.

Jonas dachte an Alma und Irmingast. Dann dachte er an

Ruben, den er seit gestern nicht mehr zu Gesicht bekommen hatte. Wie konnte Peregrin Aber ihn nur allein lassen?

»Ruben und Tabbi bleiben natürlich hier.« Der Advokat war bis auf einen Schritt herangekommen und Jonas stand auf. Er war gar nicht so viel kleiner als Peregrin Aber und kam sich doch so vor.

»Muss ich …« Er dachte daran, wie er abends oft mit Brand und Elsa am Küchentisch gesessen hatte. »Muss ich mit ihnen essen? Mit Irmingast und Alma, meine ich?« Tagsüber würde er sich in seinem Zimmer verstecken können. Aber es war eine schreckliche Vorstellung, ihnen ganz allein gegenüberzusitzen, wenn es Essen gab.

Peregrin Aber legte die Stirn in Falten. »Du kannst schlecht mit dem Gesinde essen, Jonas«, sagte er. »Du darfst nicht vergessen, dass du der neue Herr in Wunderlich bist. Die Baroness und Hochwürden sind deine Gäste. Nicht umgekehrt.«

Jonas seufzte. Er fühlte sich wie ein davongejagter Hund und nicht wie der Herr im Haus. Er wusste überhaupt nicht, wie ein Herr sich fühlte.

Peregrin Aber jedoch war mit seiner Antwort zufrieden. »Bevor ich fahre, würde ich dir gern noch etwas zeigen, Junge. Draußen. Magst du mitkommen?«

Jonas nickte unglücklich.

Immerhin wartete Ruben draußen vor der Tür. Als Jonas hinaustrat, kniete der Diener sich vor ihn hin, rückte ihm die Mütze zurecht und fasste ihn an den Schultern. Fragend wanderten seine Augenbrauen dabei in die Höhe. Aber was antwortet man auf eine Frage, die mit den Augen gestellt wird?

Jonas versuchte zu lächeln und scheiterte kläglich. Er spürte, wie Rubens große Hände aufmunternd seine Oberarme drückten. Die Berührung tat gut.

Dann formten Rubens Lippen ein O. Wie gestern Nacht, als sie angekommen waren.

Komm!

Zu dritt liefen sie die Auffahrt hinab, weg von Wunderlichs dicken Mauern, und Jonas war plötzlich nicht mehr ganz so schwer ums Herz. Die Auffahrt war mit Kieseln bestreut. Vielleicht könnte er hier den Grafen Irmingast finden, den neuen Feind des Wieflinger. Ein schwarzer Kiesel wäre dafür gut. Oder wenigstens ein dunkler, ein hinterhältig grauer. Einer, den man auf dem Teppich in seinem Zimmer nicht gleich sähe.

Peregrin Aber schwang derweil seinen Stock und gab das Tempo vor. Ruben hatte eine Hand auf Jonas' Schulter gelegt. Er trug wieder den doppelt geknöpften Mantel und der Wind wirbelte in seinem Haar. Jonas wäre gern noch lange so weitergegangen, einfach immer geradeaus.

Nachdem sie das Tor durchquert hatten, wandte sich Peregrin Aber nach rechts und sie folgten der Mauer. Weit und breit gab es nichts zu sehen als mattes, gelblich graues Gras, das sich steif vor Erschöpfung an die hart gefrorenen Hügel klammerte. Am Himmel darüber türmten sich Wolken wie Gebirge aus Blei. Ein Schwarm Krähen trudelte herab, dann trug der Wind die Vögel wieder hinauf. Auf und ab ging das. Auf und ab.

Zwei Schritte voraus, pfiff der unverwüstliche Peregrin Aber ein Lied. Fetzen davon wehten zu Jonas herüber.

Schließlich erklommen sie den Hügel, dessen Kuppe Jonas schon von seinem Fenster aus gesehen hatte. Es ging zu der Weide hinauf, in der am Morgen die Krähen gehockt hatten. Nur ein paar Schritte von ihrem Stamm entfernt friedete ein aus Gusseisen geschmiedeter Zaun einen kleinen Flecken Erde ein. Über den Grabstein, der zwischen den Gittern stand, strichen die Äste der Weide. Jonas ahnte, wer hier begraben lag.

Peregrin Aber blieb vor dem Zaun stehen und faltete die Hände vor dem Bauch. Wortlos gesellten sich Jonas und Ruben zu ihm und Jonas las die in den Stein gemeißelte Grabinschrift. Es waren nur ein paar wenige Worte:

CLARA
SCHAU IN DIE FERNE

Jonas hätte gern gefragt, was diese Inschrift bedeutete, aber weil Peregrin Aber so andächtig schwieg, hielt er lieber den Mund. Vielleicht hätte er jetzt traurig sein müssen, immerhin hatte die Frau dort unter der Erde gewusst, dass es ihn gab, und in ihren letzten Stunden an ihn gedacht. Aber Jonas war nicht traurig. Nicht wegen Clara jedenfalls. Er sah über das Grab hinweg bis dahin, wo Himmel und Erde sich in einer feinen Linie trafen. Dann schloss er die Augen und spürte den Wind an seinen Wangen. Er wusste nicht einmal, wie Clara ausgesehen hatte.

»Hier liegt sie«, sagte Peregrin Aber nach einer kleinen Ewigkeit. »Sie war eine gute Frau, Jonas. Sie hatte ein großes, gutes Herz. «

Dann kehrte wieder Stille ein. Nur die Weide über ihnen rauschte. Ihre Zweige schwangen hin und her.

»Es ist eine seltsame Grabinschrift, nicht wahr?«, fing Peregrin Aber schließlich wieder an. »Du willst bestimmt wissen, was sie bedeutet. Aber leider verstehe ich sie selber nicht. Clara hat sie sich gewünscht. Ich nehme an, Ruben könnte uns erklären, was sie damit meinte. Aber er wird es uns nicht verraten. Oder? … Ruben?« Peregrin Aber sah zum Diener hinauf.

Aber Ruben stand wie versteinert da, den Blick in die Ferne gerichtet – so wie es auf dem Grabstein stand. Es war, als hätte er den Advokaten gar nicht gehört.

»Woran ist sie gestorben?«, krächzte Jonas. Seine Stimme war plötzlich belegt.

Peregrin Aber trat einen Schritt näher ans Grab und legte eine Hand auf das schmiedeeiserne Gitter. »Am Schlagfluss«, sagte er. »Letzten Endes. Vor zwölf oder dreizehn Jahren hat sie der Schlag getroffen. Seitdem saß sie im Rollstuhl. Ein kleines Wunder, dass sie noch so lange gelebt hat.«

Jonas nickte, als verstünde er. »Wieso hat Alma das Haus nicht bekommen?«, fragte er dann. »Mochte Clara Alma nicht?« Jonas konnte sich sehr gut vorstellen, dass man Alma nicht mochte.

Peregrin Aber zuckte mit den Schultern. »Genau weiß ich es nicht, Junge. Du musst denken, dass ich, verglichen mit den beiden Damen, ein junger Hüpfer bin. Aber anscheinend waren Clara und Alma jahrzehntelang ein Herz und eine Seele. Habe ich dir erzählt, dass die beiden zusammen groß geworden sind? Hier auf Wunderlich? Stell dir vor, sie hatten nur einander. Als Kinder. Und später auch. Aber irgendwann müssen sie sich zerstritten haben. In den letzten Jahren haben sie kaum mehr miteinander geredet.« Er seufzte.

Jonas versuchte, sich Alma als Kind vorzustellen, aber das war unmöglich. »Und Irmingast?«, fragte er dann.

Peregrin Aber ließ die Umzäunung wieder los und wandte sich vom Grab ab. Gemeinsam sahen sie nun auf Wunderlich hinab. Das Anwesen lag in einer Senke. Vier Flügel umschlossen einen Innenhof, aus dem der kreisrunde Turm ragte, dessen Zinnen Jonas gestern Nacht schon gesehen hatte.

»Um Irmingast gab es wohl auch Streit«, antwortete der Advokat. »Er ist seit vielen Jahren Almas Beichtvater. Sie lesen gemeinsam die Bibel und beten, und Alma will partout nicht auf ihn verzichten. Aber Clara mochte Irmingast nie besonders. Und dann ist da noch diese seltsame Sache mit dem

Spielzimmer. Deshalb wurde auch gestritten, soweit ich weiß. Ruben, wo ist dieses Spielzimmer eigentlich?«

Der Diener stand jetzt in ihrem Rücken, auch er sah auf die alten Mauern Wunderlichs hinab. Peregrin Abers Frage beantwortete er nicht. Er hätte nur auf einen Teil von Wunderlich zeigen müssen, aber stattdessen schüttelte er den Kopf. Warum machte er nur aus allem ein Geheimnis?

Plötzlich, und wenn auch nur für einen Augenblick, war Jonas wütend auf Ruben, der so viel wissen musste und nichts preisgab.

»Na ja.« Peregrin Aber schien sich ein für alle Mal mit Rubens Verschlossenheit abgefunden zu haben. »Auf jeden Fall verschwindet Alma stundenlang in diesem Spielzimmer. Was immer sie da treibt.« Dann hielt er inne. »Für dich ist das aber kein Grund, neugierig zu werden, Jonas. Verstanden? Das Spielzimmer ist tabu. Wie es im Testament steht. Ich sollte gar nicht darüber reden.« Er fasste seinen Spazierstock fester. »Über etwas anderes müssen wir aber reden, Junge. Auch wenn es unangenehm ist.«

Jonas wartete ungeduldig, bis der Advokat weitersprach.

»Du erinnerst dich an den letzten Absatz im Testament?«

Jonas schüttelte den Kopf. Er gab sich große Mühe, die Testamentseröffnung zu vergessen.

»Doch.« In Peregrin Abers Stimme schwang ein sanfter Vorwurf mit. »Natürlich erinnerst du dich! Der letzte Absatz besagt, dass, wenn du …« Peregrin Aber sah etwas betreten auf das schmutzig gelbe Gras zu seinen Füßen. Dann sprach er schnell weiter. »… dass, wenn du ums Leben kommst, Alma Wunderlich verlassen muss.« Der Advokat sah wieder auf. Seine Stirn lag in Falten. »Hand aufs Herz, Junge! Dieser Passus macht mir Sorge. Er klingt wie eine Lebensversicherung. Verstehst du, was ich sagen will? Dieser Teil des Testaments klingt, als hätte es Clara für nötig gehalten, dein Leben zu versichern. Kannst du mir folgen?«

Jonas konnte nicht. »Haben Sie Clara denn nicht gefragt, was das bedeuten soll?«, fragte er.

»Doch, natürlich«, sagte Peregrin Aber nachdenklich. »Nur habe ich keine Antwort bekommen. Weder zu diesem Passus noch zu diesem merkwürdigen Verbot, das Spielzimmer zu betreten. Clara war in beiden Fragen so verschlossen wie unser stummer Freund hier.« Der Advokat bedachte Ruben mit einer vagen Geste.

»Junge!«, setzte der Advokat dann wieder an. »Ich will dir nichts vormachen. Der Passus klingt so, als könnte Alma dir nach dem Leben trachten. Oder besser gesagt – als wäre Clara davon ausgegangen, dass Alma dir ohne diesen Passus nach dem Leben trachten würde. Verstehst du mich jetzt?«

Jonas schluckte schwer. Clara hatte befürchtet, dass Alma ihn ermorden würde. Das war es, was Peregrin Aber ihm beizubringen versuchte.

»Wann kommen Sie wieder?«, flüsterte Jonas. Es war plötzlich noch viel schrecklicher, dass Peregrin Aber abreiste.

»In ein paar Wochen, Junge. Spätestens zu Weihnachten.« Peregrin Aber fasste ihn am Arm. »Ruben bringt mich mit der Kutsche in die Stadt. Es geht nicht anders. Aber er wird spätestens morgen wieder da sein. Wirst du dich in Acht nehmen?«

Jonas kämpfte mit den Tränen.

»Versprichst du das?«

Er wollte nicht weinen.

»Jonas?«

Jonas starrte auf Wunderlich hinab. Er hörte den Advokaten, aber er verstand ihn nicht. Wie ein Stachel ragte der Turm dort unten aus der Mitte des alten Gemäuers.

Das 6. Kapitel
Brotteig, Sand und Leim

»Und ich werde *nicht* mit diesem Jungen essen! Er verdirbt mir den Appetit!« Alma stampfte wütend auf. Ihre vielen Röcke rauschten dazu. »Er macht mir ein Magengeschwür, dieser … dieser … Erbschleicher!«, fauchte sie.

Jonas stand im Türrahmen des Speisezimmers, die Hände schüchtern vor dem Bauch verschränkt, den Blick gesenkt. Jetzt machte er einen Schritt rückwärts. Er kämpfte seit Stunden mit den Tränen, und seit er die Kutsche mit Ruben auf dem Bock und Peregrin Aber im Schlag die Auffahrt hatte hinunterrollen sehen, hatte er diesen Kampf schon mehr als einmal verloren. Quälend langsam war die Kutsche verschwunden. Ewig noch hatte er sie sehen können, ein schwarzer Fleck unter dem drückenden Himmel.

»Er soll fort! Fort! Fort! Fort!« Alma war außer sich. Sie stand vor dem prächtig gedeckten Tisch und ihr Speichel regnete auf die Porzellanteller, das schwere, silberne Besteck und das im Kerzenlicht funkelnde Kristallglas. Eine eisengraue Strähne hatte sich aus der Haarschnecke über ihrem Ohr gelöst.

Jonas trat noch einen Schritt zurück und stieß gegen Tabbi, der es nur mit Mühe gelang, die dampfende Schüssel, die sie trug, nicht fallen zu lassen. »Junge!«, flüsterte sie erschrocken.

Jonas hatte das furchtbare Gefühl, weder vor noch zurück zu können. Er zog den Kopf ein und tastete nach der kleinen Beule in seiner Hosentasche. Dort lag der Wieflinger in einem raschelnden Bett aus drei Zetteln. Im Kopf setzte Jonas zusammen, was auf ihnen stand: *Jonas Nichts. Egal, wer dich fragt: Du bist nicht 12. Du bist 13! Ich beschütze dich.* Nur war Ruben eben nicht da.

»Weg mit dir! Weg mit dir, du Bastard!« Almas Hals hatte sich rot verfärbt und war zu seinem doppelten Umfang angeschwollen. Die Perlenkette, die sie für das Abendessen umgelegt hatte, spannte. Passende Ohrringe zogen ihre Ohrläppchen lang. Jonas ekelte sich vor Alma.

»Aber, Baroness!« Irmingast, der bislang still am Tisch gesessen hatte, erhob sich. »Lassen Sie den armen Jungen doch Platz nehmen«, sagte er beschwichtigend.

Almas Mund schnappte auf und zu.

»Es ist unsere Christenpflicht, Baroness.«

Alma stieß einen Laut der Empörung aus, ließ sich aber vom Pfarrer den Stuhl zurechtrücken und setzte sich schnaufend auf ihre Röcke.

Irmingast entblößte seine schrecklichen Zähne und bedachte Jonas mit einem gefährlichen, blicklosen Lächeln. Einmal mehr waren seine Brillengläser undurchdringlich. Kerzenschein, sonst nichts. »Komm, Junge!«

Jonas blieb stocksteif stehen, bis Tabbi ihm einen mitleidigen Schubs gab. Mit klopfendem Herzen und heißen Wangen setzte er sich. Er wusste nicht, wohin mit seinen Augen, und starrte auf den schimmernden Teller.

Alma saß ihm gegenüber und schwieg bedrohlich. Am Kopfende des Tischs goss sich Irmingast ein Glas Wein ein. Tabbi in ihrer frisch gestärkten Schürze legte Kartoffeln vor und verschwand mit einem schwachen Luftzug.

Jonas hielt den Atem an.

»Nun, junger Mann?« Irmingasts Stimme triefte vor Freundlichkeit. »Gefällt es dir in Wunderlich?«

Jonas brauchte eine Ewigkeit, bis er ein »Ja« herausbrachte, eine für jeden am Tisch offensichtliche Lüge. Unter der Tischdecke knetete er seine Hände.

»Nicht so schüchtern!«, rief Irmingast in einem Ton, als würde er gerade jemandem auf die Schulter klopfen.

»Jetzt, wo der schäbige Advokat fort ist, kriegt er's wohl mit der Angst!«, keifte Alma dazwischen. »Fühlst dich nicht mehr wohl in deiner Haut, was? Was? – Bube?«

Jonas wagte nicht, zu ihr hinüberzusehen.

Glücklicherweise kam in diesem Augenblick Tabbi zurück. Sie balancierte ein schweres Tablett.

»Ah!«, rief Irmingast aufgeräumt. »Was ist es denn, Tabbi?«

»Forelle blau, Hochwürden.« Tabbi stellte das Tablett vorsichtig auf den Tisch. Zwischen welken Petersiliensträußchen dampften drei große, blassgraue Forellen. Ein leichter Essiggeruch stieg von den Fischen auf. Jonas spürte, wie sich sein Magen zu einem kleinen, harten Ball verkrampfte.

»Das wird dir schmecken!« Irmingast blähte schnuppernd die Nasenlöcher.

Mit einem ekelhaften Schmatzen landete eine der Forellen auf Jonas' Teller. Tabbi hatte sie ihm vorgelegt, aber es kam Jonas vor, als wäre der Fisch gesprungen. Er sah so biegsam und zugleich fest aus, als wäre er noch am Leben.

Irmingast faltete mit ernster Miene die Hände. »Himmlischer Vater«, murmelte er. »Segne uns're Speis und Trank, die wir von deiner großen Güte empfangen.«

Inbrünstig fiel Alma ein. »Gib uns Gnade und Gedeihen, dass wir all deine Gaben dir zur Ehre und zur Wohlfahrt gebrauchen.«

Jonas kannte das Tischgebet nicht. Tonlos bewegte er die Lippen.

»Und auch von deiner Liebe niemals geschieden werden. Durch Christus, unseren Herrn.«

»Durch Christus, unseren Herrn!«, echote Alma.

»Guten Appetit allerseits!« Irmingast faltete seine Serviette auseinander und breitete sie über seinen Schoß. Dann griff er nach seinem Besteck, hielt einen Augenblick inne und sah Jonas an. »Guten Appetit.« Das klang wie ein Befehl.

Jonas unterdrückte ein Würgen. Ein einsames, milchig gekochtes Fischauge starrte ihn an, unendlich traurig und ein wenig grausam dazu.

»Weißt du …« Auf Irmingasts großer Gabel lag das erste Stück weißlichen Fleischs. »Diese Forellen …« Er zeigte seine Zähne und schob sich die Gabel in den Mund.

Jonas schauderte.

»Diese Forellen«, sagte Irmingast mit vollem Mund, »kommen aus dem Teich hinter dem Haus. Bist du da schon gewesen?«

Jonas schüttelte kraftlos den Kopf. Der Fisch auf seinem Teller drohte ihm. Gegenüber klapperte Alma eifrig mit ihrem Besteck. Offensichtlich war ihr der Hunger doch nicht vergangen.

»Dein großer Freund Ruben kümmert sich um den Teich. Und die Fische. Ruben ist doch dein Freund. Oder?« Irmingast kaute geräuschvoll.

Jonas nickte schwach und kam sich gleich wie ein Verräter vor. Wollte der Pfarrer ihn aushorchen? Was ging ihn Ruben an?

»Jetzt iss doch endlich!« Irmingast klappte auf seinem Teller ein Stück glitschiger Fischhaut zurück. »Es wäre unhöflich, das Essen nicht einmal anzurühren, mein Junge.«

Jonas sah verzweifelt neben seinen Teller. Links von ihm lag eine Gabel, aber das Gerät rechts hatte er noch nie gesehen. Es war kein richtiges Messer. Eher sah es wie ein schmaler Tortenheber aus.

»Natürlich! Er ist auch noch undankbar!«, fauchte Alma und schickte ein Fitzelchen Fischfleisch auf die Tischdecke. »Dem Habenichts ist das Essen wohl nicht gut genug.«

Jonas griff nach der Gabel und zerteilte zitternd eine Kartoffel. Irmingast goss sich Wein nach. »Als ich so alt war wie du«, sagte er und ließ den Wein im Glas kreisen, »habe ich nicht solche Köstlichkeiten zu essen bekommen.« Er nahm einen Schluck. »Als ich zwölf war, Kleiner, gab es an manchem Tag nur trocken Brot.«

Jonas fasste die Gabel so fest, dass seine Fingerspitzen weiß wurden, und starrte dem Fisch ins trübe Auge. »Ich bin nicht zwölf, Hochwürden«, sagte er mit festerer Stimme, als er sich selbst zugetraut hätte. »Ich bin schon dreizehn.« Zum ersten Mal an diesem Abend sah Jonas Irmingast ins Gesicht. »Wissen Sie das nicht mehr?«

Der Pfarrer lächelte. »Vergebung«, sagte er leise. »Wie komme ich nur darauf, dass du zwölf bist?« Er stellte sein Glas ab und begann wieder, seinen Fisch zu zerteilen. »Hast du nicht gestern Abend gesagt, du wärest zwölf? Doch, doch, ich erinnere mich genau. Gestern Abend in der Halle. Zwölf.«

»Nein, Hochwürden. Ich bin schon im Herbst dreizehn geworden.«

»Und wer sind deine Eltern?« Irmingast schoss die Frage ab wie einen Pfeil. Die Brillengläser waren unverwandt auf Jonas gerichtet.

Jonas schob seinen Teller ein Stück von sich. »Ich weiß es nicht, Hochwürden«, sagte er leise.

»So?« Irmingast spießte eine Kartoffel auf. »Und wie bist du zu diesem Wirt gekommen?«

»Genau!«, rief Alma. »Wie bist du denn zu diesem Wirt gekommen?« Almas Teller war beinahe leer. Über das Fischgerippe mit dem verwaisten Kopf funkelte sie Jonas an. Ihr Blick war unverstellt gemein.

Jonas spürte, wie er rot wurde. Er durfte Ruben auf keinen Fall erwähnen und überlegte fieberhaft. »Ich …«, fing er an, noch bevor er wusste, was er sagen sollte. »Ich habe auf der Schwelle gelegen.« Das klang nach einer der Geschichten, die Elsa erzählte, und genau da hatte Jonas seine Antwort auch her.

»Ach!« Irmingast legte ungläubig den Kopf schief. »Und wer hat dich dorthingelegt? Auf diese Schwelle? Das war doch nicht etwa der Storch?« Der Pfarrer lachte höhnisch und Jonas kam ein Verdacht. Wusste Irmingast mehr über ihn als er selbst? Vielleicht fragte Irmingast gar nicht, um Antwort zu bekommen, sondern um zu prüfen, wie viel Jonas wusste. Vielleicht …

»Ich weiß es nicht«, flüsterte Jonas, eigentlich für sich.

»Ein Bastard eben.« Alma legte das Besteck auf ihren Teller und tupfte sich mit der Serviette die farblosen Lippen. »Ich hätte es nie für möglich gehalten, dass ich einmal mit einem Bastard am Tisch sitzen muss. Nie! Mein Ahnherr Leopold würde sich im Grab umdrehen, wenn er mich hier sitzen sähe! Mit diesem … diesem … Bettler!« Geräuschvoll schob sie ihren Stuhl zurück. »Hochwürden!«, sagte sie. »Sie haben versprochen, mit mir in der Bibel zu lesen! Das Evangelium nach Matthäus. Das haben Sie doch wohl nicht vergessen?« Sie stand auf und sah Irmingast herausfordernd an.

»Aber, Baroness! Wie könnte ich das vergessen!« Eilig griff Irmingast nach der Serviette. Dann zeigte er Jonas noch einmal seine Zähne. »Bis morgen – Herr *Nichts*.«

Als die Tür hinter den beiden zuklappte, schob sich Jonas eine kalte Kartoffel auf die Gabel. Er hatte es überstanden.

»Sind sie weg?« Tabbi kam auf leisen Sohlen herein. Sie hatte eine Verschwörermiene aufgesetzt. »War es sehr schlimm?« Dann sah sie auf seinen Teller. »Du hast ja gar nichts gegessen!«

»Doch. Eine Kartoffel«, sagte Jonas.

Tabbi lächelte und fing an, die Teller aufzuschichten. »Die Baroness kommt abends oft gar nicht zu Tisch«, sagte sie. »Und manchmal könntest du früh zu Bett gehen und vorher essen. Bei mir in der Küche.« Sie zwinkerte ihm zu.

Jonas lächelte dankbar zurück.

Tabbi rasselte mit dem schmutzigen Besteck. »Magst du noch einen Nachtisch?« Sie langte nach der Schüssel mit den Kartoffeln. »Pass auf!«, sagte sie mit heller Stimme. »Wenn du deinen Nachtisch isst, dann zeige ich dir etwas. Einverstanden?«

»Ja«, sagte Jonas, eigentlich nur, um Tabbi nicht zu enttäuschen. Dann aß er den süßen, tröstlichen Pudding Löffel für Löffel, bis Tabbi in der Küche fertig war. Mit einer angenehmen Schwere folgte er der Köchin schließlich durch die dunkle Halle. Hoch oben unter der Decke spiegelte sich der Kerzenschein schwach in den Kristalltropfen des sonst unsichtbaren Leuchters.

»Wo gehen wir hin?«, flüsterte Jonas.

Tabbi lächelte verschmitzt. »Ich möchte dir etwas zeigen. Kannst du dir vorstellen, dass hier einmal Kinder gespielt haben?« Sie deutete die große, dunkle Treppe hinauf, als könnte in diesem Moment ein Schwarm Kinder über die Stufen in die Halle flattern.

Jonas schüttelte den Kopf. Gern hätte er Tabbi erklärt, dass er sich spielende Kinder überhaupt nur schwer vorstellen konnte. Er hatte so selten welche gesehen. Bei Brand hatte es schließlich keine gegeben – außer ihm.

Tabbi stieß die Tür zu dem Flügel auf, in dem auch die Bibliothek lag. Aus einer nur angelehnten Tür gleich zu ihrer Rechten schwappte Licht.

»Psst!« Tabbi legte den Finger an den Mund.

Auf Zehenspitzen passierten sie die Tür. Jonas hörte Irmingasts kräftige Stimme. Unwillkürlich blieb er stehen, obwohl Tabbi ihn gleich am Ärmel zupfte. In einem seltsamen Singsang trug der Pfarrer etwas vor.

»*Da sie aber hinweggezogen waren, siehe, da erschien der Engel des Herrn und sprach: Stehe auf, und nimm das Kindlein zu dir, und fliehe ins Ägyptenland, und bleibe allda, bis ich dir sage; denn es ist vorhanden, dass Herodes das Kind suche, dasselbe umzubringen.*«

»Jetzt komm schon!« Mit einem kräftigen Ruck zog Tabbi Jonas vom Fleck und ließ ihn den Rest ihres Weges nicht mehr los.

»Da ist Almas Kapelle«, raunte sie, als sie Jonas' fragenden Blick zurück bemerkte. »Bibelstunde.«

Schließlich blieb sie vor der Flügeltür der Bibliothek stehen. Was konnte sie Jonas hier zeigen wollen?

Tabbi öffnete die Tür nur einen Spalt, die Bücher schluckten den Kerzenschein wie ein Wald das Sonnenlicht. Jonas hatte gleich das Gefühl, als schliefe jemand in diesem Raum. Die große Uhr tickte mit der Strenge eines Wachsoldaten.

Tabbi fasste Jonas' Hand und zog ihn weiter. Das Licht fiel auf die schlafenden Bücher, ohne ihre Träume zu stören. Sehr schwach spiegelte es sich im schwarzen Holz, als sie am Tisch vorbeihuschten. Jonas hatte es während der Testamentseröffnung nicht bemerkt, aber hinter dem schweren Regal, vor dem der Tisch stand, setzte sich die Bibliothek noch fort. Noch mehr Regale rahmten dort ein nachtschwarzes Fenster ein, und dem Fenster gegenüber hingen zwei Gemälde an der Wand, gleich groß und in den gleichen vergoldeten Rahmen. Vor ihnen blieb Tabbi stehen.

»Schau!«, sagte sie. »Da sind die Kinder, die hier einmal gespielt haben.«

Jedes der Bilder zeigte ein Mädchen.

Jonas trat einen Schritt näher, es fiel ihm schwer genug. Etwas Unheimliches ging von diesen Bildern aus. Die Mädchen kamen ihm vor wie Gespenster, seit Ewigkeiten so alt wie er in diesem Augenblick.

»Das sind Clara und Alma«, sagte Tabbi leise.

Es war so leicht, die beiden zu unterscheiden. Alma war das dicke Mädchen mit den kleinen Augen und dem beleidigten Blick. Sie saß, aber ein pompöser Rock verdeckte den Stuhl. Clara hingegen stand. Ihr Bild zeigte ein schmächtiges Kind, das in seinem Kleid fast verschwand. Weiß wie ein Leinentuch war ihr Gesicht, aber die großen Augen darin blitzten. Almas Lippen waren kaum mehr als ein Strich, Claras hingegen sahen aus, als würden sie gleich das nächste Wort formen, und dann wiederum das nächste und noch eins und noch eins, bis die Geschichte zu Ende erzählt wäre und die nächste begänne. Die Geschichten warteten hinter diesem Mund so wie hinter dem von Irmingast das Gitter seiner Zähne.

»Was hält sie da in der Hand?« Jonas trat so nah an das Bild heran, dass seine Nasenspitze beinahe die Leinwand berührte. In Claras blassen Händen war etwas Buntes verborgen, sehr klein und nur mit grobem Pinselstrich gemalt. Es war schwer zu erkennen, was es war, es wollte so gar nicht zu dem Bild passen, den dunklen Farben von Kleid und Hintergrund und dem ungesunden Weiß der Haut. Das kleine Ding war rot und blau und gelb und grün.

»Das ist irgendein Spielzeug«, sagte Tabbi. »Die Kinder

müssen so viel Spielzeug gehabt haben! Damals lebte der Baron noch. Er hat sie kaum aus dem Haus gelassen, aber er hat ihnen Spielsachen gekauft, so viel sie wollten.«

Jonas griff nach Tabbis Leuchter. Es dauerte einen Augenblick, bis er herausgefunden hatte, wie er ihn halten musste, damit der Kerzenschein sich in der Ölfarbe nicht spiegelte. Dann aber konnte er erkennen, was Clara hielt. Es war eine kleine Figur mit blauem Rock, roten Kniebundhosen und einer lustigen gelben Mütze auf einem grünen Podest. Sie stand ein wenig vorgebeugt und zu ihren Füßen tanzte eine noch viel winzigere Figur in denselben Farben. Der Maler hatte ihre Umrisse nur noch angedeutet.

»Die Figur spielt mit einer Marionette, oder?« Jonas sah Tabbi fragend an.

»Ich weiß nicht. Ich habe mir das Bild nie so genau angesehen.« Jetzt beugte sich auch Tabbi vor, blinzelnd. »Ich glaube, das ist Sonneberger Spielzeug.« Sie richtete sich wieder auf. »Sie haben es früher aus Brotteig gemacht, weißt du? Aus Brotteig, Sand und Leim.« Sie lächelte bei der Vorstellung. »So was hast du nie gehabt, was?«

»Nein.« Jonas konnte den Blick von der Figur nicht lösen. »Sie muss ihr viel bedeutet haben, wenn sie sogar mit auf dem Bild ist«, murmelte er.

»Bestimmt.« Tabbi nickte nachdenklich. »Clara sprühte, wenn du weißt, was ich meine. Selbst als sie schon eine alte Frau war und in diesem Ding saß. Diesem Rollstuhl. Einmal hat sie mich einen Kuchen backen lassen, der sollte aussehen wie ein kleines Schloss. Stell dir vor! Der Kuchen ist mir ziemlich misslungen.« Sie lachte.

»Ob es diese Figur noch gibt?«, fragte Jonas. Eigentlich überlegte er laut.

Tabbi fasste sich an ihr starkes Kinn. »Ich weiß nicht.

Wahrscheinlich verstaubt das jetzt alles im Spielzimmer. Aber da darf ich nicht rein. Und du, Jonas, darfst das auch nicht, hörst du?«

Er war ganz woanders.

»Hörst du, Jonas?«

Das 7. Kapitel,
in welchem Jonas sucht und findet

In der Nacht hatte es geschneit, und als Jonas am Morgen zu seinem Fenster lief, schneite es noch immer. Winzige, feine Flocken segelten vom Himmel und eroberten das Land. Die Hügel ringsum hatten sich in Wellen verwandelt und rollten durch eine gleißende, pappige See. Jonas drückte seine Nase an die kalte Fensterscheibe. Die traurige Weide neben Claras Grab trug jetzt einen dicken, weißen Saum. Jonas fiel der Geruch des Holzschuppens ein, in dem sein Schlitten stand. Wäre er noch bei Brand, würde er jetzt von Elsa einen Kerzenstummel borgen und die Kufen wachsen. Er lächelte. Im ersten Schnee des Jahres wurde einem niemals kalt.

Wenig später lief er die große Treppe hinab. Heute Morgen sah der Leuchter an der Decke aus, als wäre er aus Eis. Kalte Luft drängte in die Halle.

Tabbi stand in der offenen Tür und sah hinaus. Statt Jonas zu begrüßen, zog sie ihn einfach an sich und gemeinsam sahen sie den Flocken beim Fallen zu. Die Auffahrt bis hinunter zur Mauer war schon verschwunden. Der Schnee machte jede Fläche gleich.

»Schön, nicht?«, sagte Jonas, als lägen auch seine Sorgen dort unter dem Schnee begraben, eingefroren und unsichtbar, wenigstens bis es wieder tauen würde.

»Ja«, sagte Tabbi. »Es hat so lange nicht mehr geschneit. Jeden Sommer vergesse ich, wie das ist. Und wenn erst der Herbst kommt, kann ich es mir nicht mehr vorstellen.« Dann gefror ihr Lächeln. »Nur dumm, dass es ausgerechnet heute sein muss.« Sie fasste Jonas ein wenig fester. »Ruben wird in der Stadt bleiben müssen, bis die Wege besser sind.«

»Oh.« Daran hatte Jonas nicht gedacht. »Er fährt bestimmt trotzdem los«, sagte er leise.

Tabbi wiegte ihren großen Kopf. »Vielleicht. Aber dann wird er ewig brauchen, Junge. Besser, du wartest nicht auf ihn. Hm?«

Jonas kniff die Lippen zusammen.

»Tut mir leid«, sagte Tabbi. »Aber du könntest mir helfen, weißt du? Jemand muss Schnee schieben, wo Ruben nicht da ist. Würdest du das tun? Nach dem Frühstück?«

Frühstück? Besorgt sah Jonas an Tabbi hoch. Das Abendessen gestern saß ihm noch in den Knochen.

»Oh! Keine Sorge!« Tabbi knuffte ihn. »Von Hochwürden und der Baroness ist weit und breit nichts zu sehen! Du kannst bei mir in der Küche essen.«

Bald darauf stand Jonas im Innenhof von Wunderlich. Er trug die gute Mütze, seine alte Joppe, und Tabbi hatte ihm einen dicken Wollschal umgebunden. Die Handschuhe gehörten Ruben und waren ihm zu groß. Beim Schneeschippen würden sie eher hinderlich sein.

Jonas atmete tief ein und sog die feuchte, kalte Luft durch die Nase. Wunderlichs Innenhof kam ihm vor wie eine Schachtel, die der Schnee, würde er nur lange genug fallen, füllen würde bis zum Rand. Alle vier Flügel des Herrenhauses waren gleich lang, und von jedem führte eine Doppeltür direkt auf den Hof. Genau in der Mitte des Hofs stand der Turm. Er war hoch und dünn und rund, und seine Steine schienen älter als alles andere hier zu sein. Sie waren verwittert, geplatzt und schlecht verfugt und einige der Zinnen hoch oben waren abgebrochen. Ein paar wenige Steinstufen führten zu einer verzogenen, rissigen Tür, ein Geländer gab es nicht. Die wenigen Fenster des Turms waren mit Blendläden verschlossen. Regen, Wind und Frost hatten den Anstrich der Läden schon abplatzen lassen, bis nur noch das bleiche, morsche Holz übrig war.

Der Schnee reichte Jonas mittlerweile bis zu den Knöcheln, und er wollte bereits einen Weg zum Turm frei schaufeln, so wie Tabbi es ihm aufgetragen hatte, als ihm die Spuren auffielen. Schon war der neue Schnee dabei, sie wieder verschwinden zu lassen, aber noch waren sie deutlich zu sehen. Eine Spur führte vom rechten Flügel des Hauses zum Turm, die andere kam von links. Unwillkürlich sah Jonas sich um, aber im Innenhof regte sich nichts.

Er lehnte die Schaufel an die Wand, stopfte die Handschuhe in die Taschen seiner Joppe und stapfte auf den Turm zu. An der Bruchsteintreppe trafen sich die Spuren. Eine stammte von großen Schuhen, die andere von etwas kleineren. Beide Spuren endeten vor der Tür des Turms und keine führte zurück.

Jonas überlegte. Tabbi war hinter ihm in der Küche mit ihrer Arbeit beschäftigt, also konnten nur Irmingast und Alma die Spuren hinterlassen haben – Irmingast die großen, Alma die kleineren. Aber was taten die beiden im Turm?

Jonas legte den Kopf in den Nacken und sah zu den Zinnen hinauf. Schneeflocken fielen in sein Gesicht und perlten als kaltes Wasser über seine Wangen. Und wenn dort oben im Turm das Spielzimmer war? Wenn Alma dort verschwand, stundenlang, jeden Tag?

Jonas hatte keinen Beweis und war sich doch sicher. Ohne groß zu überlegen, setzte er einen Fuß auf die erste Treppenstufe, gleich neben die beiden ineinander verschwimmenden

Spuren. Dann stieg er noch eine Stufe höher und noch eine und noch eine, bis er schließlich vor der Tür stand.

Etwas zerrte an ihm. Er durfte nicht ins Spielzimmer, Clara hatte es in ihrem Testament verboten, aber wenn er darüber nachdachte, war ihm das egal. Was konnte ihm schon passieren? Sollten sie ihn doch von Wunderlich fortschicken! Es wäre ihm ganz recht. Er legte eine Hand auf den Türknauf. Das Metall war eisekalt. Eine ganze Weile blieb er so stehen.

Warum führten zwei Spuren zum Turm?

Warum zog ihn der Turm so unwiderstehlich an?

Aber er musste vernünftig sein. Irgendwo hinter der Tür warteten Alma und Irmingast. Er wäre verrückt, wenn er hineinginge.

Jonas ließ den Knauf wieder los, lief die Treppe hinab und folgte Almas Spuren über den Hof. Die Spuren zum Turm hielten schließlich noch eine andere Botschaft für ihn bereit – die Luft war rein.

Er stemmte sich gegen die Tür, durch die Alma gekommen war, und sie schwang auf. In diesem Flügel von Wunderlich war er noch nie gewesen. Er sah auf den verschlissenen Teppich und zog die Schuhe aus. Er hörte seinen Atem gehen.

Und jetzt?

Jonas wusste nicht mit letzter Gewissheit, wo er war, aber er war sich ziemlich sicher, dass er sich im hinteren Flügel von Wunderlich befand. Wenn er von hier aus den Innenhof überqueren würde, käme er zur Eingangshalle. Im Flügel rechts von ihm mussten die Küche und das Speisezimmer liegen, und darüber, ein Stockwerk höher, sein Zimmer. Im Flügel links wiederum waren die Bibliothek und Almas Kapelle.

Jonas versuchte, die Flügel den Himmelsrichtungen zuzuordnen. Er war im Ostflügel untergebracht, vor seinem Fenster ging die Sonne auf. Also lagen Bibliothek und Kapelle im Westflügel. Die große Eingangstür ging nach Norden heraus und er musste jetzt im Südflügel sein. Hinter dem Südflügel waren bestimmt der Teich, in dem Ruben seine Fische zog, und der Garten, den Jonas noch nie gesehen hatte. Sogar Elsas Gemüsegarten ging nach Süden hinaus. Und bestimmt genoss auch eine Baronin die Nachmittagssonne. Außerdem – wo sollte Alma schon hergekommen sein, so früh am Morgen, wenn nicht aus ihrem Zimmer?

Und dieses Zimmer war jetzt leer.

Auf gut Glück wandte sich Jonas nach links und eilte den Korridor hinab, auf Strümpfen und unhörbar. Nur die erste Tür kostete ihn Überwindung, sein Hals wurde ganz eng, als er die Klinke herunterdrückte, aber dann arbeitete sich Jonas immer schneller vor, Tür für Tür.

Zunächst führten sie alle in Zimmer, in denen nur noch Möbel wohnten. Jonas sah staubige Tische und Sekretäre, verschlissene Betten und Stühle, auf denen schon seit vielen Jahren niemand mehr gesessen hatte. Kalte, stickige Luft schlug ihm entgegen, auf den Möbeln und Fensterbänken lag der Staub fingerdick. In manchen Räumen waren die Möbel und sogar die Bilder an der Wand verhängt, manchmal waren auch die Blendläden vor den Fenstern geschlossen, und er hatte das Gefühl, in eine dunkle Höhle zu schauen. Nur durch ein paar Ritzen kroch dann ein fades Licht.

Jonas betrat kein einziges dieser Zimmer. Er war nicht neugierig auf Wunderlich, vielmehr suchte er etwas Bestimmtes, auch wenn er nicht wusste, was genau das war. Er dachte an das Bild in der Bibliothek und die kleine Figur in Claras Händen. Tabbi konnte unrecht haben, dachte er. Vielleicht war dieser Puppenspieler gar nicht im Spielzimmer.

Er lugte in den nächsten, abgedunkelten Raum und schloss die Tür gleich wieder. Er hatte nicht viel Zeit. Alma konnte jetzt oder in vielen Stunden zurückkommen, genauso Irmingast. Außerdem würde Tabbi irgendwann bemerken, dass er nicht Schnee schippte. Vielleicht suchte sie ihn schon.

Aber was würde er mit der Figur anfangen, wenn er sie wirklich fände?

»Weiter«, sagte eine tiefe Stimme da. Sie gehörte dem Räuber Wieflinger, und Jonas erschrak kein bisschen, denn nur er konnte sie hören.

Er öffnete die nächste Tür und das Zimmer war warm.

Einen Augenblick lang blieb er auf der Schwelle stehen und genoss das Gefühl, am Ziel zu sein.

Almas Zimmer.

An der Wand gegenüber hing ein großes Kreuz, darunter stand eine Kommode. Es gab einen Toilettentisch mit einem schimmernden Spiegel, einen bulligen Schrank und ein ausladendes, ungemachtes Bett. Dem Bett gegenüber hing ein Fink in goldenem Rahmen. Er hatte üppiges, aufwändig frisiertes schwarzes Haar und einen stolzen Zug um die Mundwinkel. An einer seiner bleichen Hände trug er einen schweren Ring, auf dessen Siegel ein Fink geprägt war.

Jonas war sich sicher, dass das Bild den Ahnherren Leopold zeigte, den Sechsunddreißigsten einer lange bedeutungslos gewordenen Thronfolge. Aber es kümmerte ihn nicht weiter.

Entschlossen ging er zur Kommode und zog die oberste Schublade auf. Ein Geruch nach Rosenwasser machte sich breit. Jonas fand eine Bibel, ein Gebetbuch, einen Rosenkranz und eine Schatulle. Die Schatulle war verschlossen, in ihrem kleinen Schloss steckte kein Schlüssel. Er schüttelte sie und es rasselte in ihrem Innern.

Schmuck, dachte Jonas, auch wenn er sich nicht sicher war.

Er stellte die Schatulle zurück an ihren Platz, schloss die Schublade und zog die nächste auf. Ein Stapel Heiligenbildchen verrutschte, ein paar Kerzen rollten rumpelnd auf ihn zu. Im Übrigen war die Lade leer. Jonas stapelte die kleinen Zettel sorgfältig neu, schob die Kerzen zurück an ihren Platz und machte sich an die letzte Schublade. Sie schien leer zu sein, so leicht und hohl kam sie ihm entgegen. Doch was war das? Jonas fasste zu und zog seine Beute an sich.

Er spitzte die Ohren. Ringsum war es still.

Erst dann nahm er das schmale, winzig kleine Heft in Augenschein. Es war in ein Stück dicker, grauer Tapete eingebunden. Er schlug das Heft auf und blätterte schnell durch die wenigen Seiten, die mit einem dünnen, weißen Faden zusammengeheftet waren. Die Blätter waren vergilbt und mit einer winzigen, krakeligen, völlig unlesbaren Schrift bedeckt. Immer wieder waren grobe Zeichnungen zwischen die Zeilen gestreut. Jonas erkannte eine Hügellandschaft, einen See, dann eine Stadt mit wundervoll verwinkelten Häusern. Die Bildunterschrift zu dieser Zeichnung ließ sich mit etwas Mühe vielleicht entziffern, die Lettern waren größer. Jonas kniff die Augen zusammen und buchstabierte. Da war ein großes *E*, da ein kleines *w*, und dieses lang gestreckte, stürmisch hingeworfene Wort hieß *fabelhaft*, nein *fabelhafte*. Dann hatte er es zusammen.

Es war einmal ein kleines Mädchen namens Alma, das wachte über eine fabelhafte Stadt, die hieß Callamaar.

Einen Augenblick hielt er inne, dachte an das Gemälde mit dem kleinen Mädchen Alma und ließ diesen sonderbaren Namen nachklingen. *Callamaar*. Dann blätterte er weiter. Aber schon auf der nächsten Seite verlief die Tinte. Vielleicht war das Heft einmal nass geworden.

Schließlich blätterte Jonas zurück bis zum Vorsatzblatt. Es war leer, bis auf drei schmale Zeilen am rechten oberen Rand, die er zunächst gar nicht bemerkt hatte. Sie waren in einer anderen Schrift geschrieben, sehr ordentlich, wenn auch ebenso winzig wie der Rest.

Erstes Heft, CF, stand da, dann ein Datum – ein Tag vor über dreizehn Jahren – und schließlich ein Name. *Arnon Blau*.

Jonas verstand nicht.

CF?

CF.

Clara Fink?

Aber wer war Arnon Blau? Jonas hatte diesen Namen noch nie gehört.

Einen Augenblick lang war er fest entschlossen, das Heft zurück in die Schublade zu legen, aber dann tat er etwas ganz anderes. Er knöpfte seine Joppe auf und steckte das Heft in die Innentasche.

Weiter, dachte er. Die Zeit lief ihm davon.

Mit langen Schritten näherte er sich dem großen Schrank und öffnete seine Türen. Ein muffiger Geruch schlug ihm entgegen. Kleider, nichts als Kleider. Er ging in die Hocke und tastete den Boden des Schranks ab. Ein Paar Pantoffeln, sonst nichts. Eilig schloss er die Schranktüren. Er hatte das Heft, nach dem er gar nicht gesucht hatte, aber wo war der Puppenspieler? Er wusste nicht, warum, aber er hätte schwören können, dass Alma diese Figur besaß. Oder sollte Tabbi recht haben? Könnte der Puppenspieler wirklich im Spielzimmer sein?

Noch einmal sah er sich um. Er stellte sich Alma vor, nicht ohne Widerwillen. Er sah sie noch einmal voller Empörung in die Bibliothek rauschen. Er erinnerte sich daran, wie sie sich ohne Umschweife über ihren Fisch hergemacht hatte. Was für eine Art Versteck würde Alma sich ausdenken?

Jonas sah zum Ahnherren Leopold hinüber. Hinter dem Bilderrahmen, das wäre ein gutes Versteck für eine so kleine

Figur. Aber als er das Bild vorsichtig anhob, wusste er schon, dass er dort nicht fündig werden würde. Almas Versteck würde naheliegend sein, simpel. Jonas rückte das Bild wieder zurecht.

Wenn er doch nur mehr Zeit hätte!

Er zwang sich, ruhig zu überlegen.

Also …

Mal angenommen …

Zwar hatte Alma alle Zeit der Welt gehabt, den Puppenspieler zu verstecken, aber angenommen, er, Jonas, müsste in aller Eile etwas verbergen – welches Versteck würde er dann wählen? Sein Blick fiel auf das große, ungemachte Bett.

Ja.

Mit schnellen Schritten ging er darauf zu, legte sich auf den Bauch und tastete den Fußboden darunter ab. Doch er verwischte bloß den Staub. Er kniete sich hin und hob die Matratze an, nur ein Stück weit, sodass er eine Hand in den Spalt bekam. Wieder tastete er, und diesmal piekste ihn etwas in die Hand, etwas Spitzes, Kleines, Hartes. Jonas griff zu und förderte eine Handvoll Buntes ans Licht. Sein Herz schlug schneller. Sonneberger Figuren! Und gleich zwei! Sie waren auf dieselben kleinen, grünen Podeste geklebt wie die Figur auf Claras Porträt.

Jonas vergaß alles um sich herum, als er sie betrachtete. Minutenlang hockte er einfach da und sah auf sie herab. Dann stellte er sie auf dem Fußboden auf, so als würde das Spiel gleich beginnen.

Die erste Figur war ein Soldat. Ganz stramm stand er da, hoch aufgerichtet, kerzengerade. Jonas vergaß gleich, dass dieser Soldat aus Brotteig und Sand und Leim gemacht war und kaum länger als sein Zeigefinger. Unter dem engen roten Rock musste einfach ein Herz schlagen. Jeden Augenblick konnte sich eines der Beine in den Kniebundhosen und den makellos weißen Strümpfen bewegen, gleich würde die Hand, die jetzt an der Hüfte klebte, den Säbel ziehen. Und am Abend würde dieser Soldat seinen seltsam verbeulten Dreispitz absetzen, ihn auf den Wirtshaustisch legen, »Wein!« brüllen und sich den Schnurrbart zwirbeln. Vielleicht war er ein Feldherr, bestimmt ein General. Und die Figur neben ihm war sein König.

Jonas bewunderte den langen Mantel, den der König locker um die Schultern geworfen hatte. Der Mantel war dick und weiß und voller schwarzer Tupfen – ein Hermelin. Darunter trug der König eine prächtige Uniform. Goldene Tressen, gelber Rock und gelbe Hose, weiße Strümpfe und glänzende schwarze Schuhe. Natürlich trug der König auch eine Krone über dem schwarzen Haar, reckte stolz das glatte Kinn und trug sein Zepter wie eine Fahne. Jonas streckte den Finger nach dem König aus und berührte ihn sanft. Ganz glatt fühlte sich der Lack an.

Aber wo war der Puppenspieler?

Jonas löste den Blick von den beiden Figuren und hob die Matratze noch einmal an. Eine ganze Weile fingerte er unter ihr herum, bis er auf noch eine Figur stieß.

Wen sie darstellte, war schwer zu sagen, aber der Puppenspieler war es gewiss nicht. Der dritte Mann trug eine altmodische graue Perücke, einen gelben Rock über einem Rüschenhemd, dazu eine rosafarbene Schärpe und hellblaue Kniebundhosen über weißen Strümpfen. Er hatte die Arme verschränkt, den linken Fuß auf einen Stein gestellt und seine Augen suchten einen unsichtbaren Himmel ab. Vor sich hatte der Mann ein schwarzes Gerät auf drei dünnen Beinen aufgebaut, die bestimmt leicht abbrechen würden. Jonas hatte keine Idee, was für ein Gerät das sein könnte.

Er stellte auch diese Figur auf den Fußboden, in eine Reihe mit den beiden anderen.

Warum hatte Alma sie versteckt? Und wo war der Puppenspieler?

Unter der Matratze lag nichts mehr verborgen.

Noch einmal sah Jonas auf den Soldaten, den König und den dritten Mann hinab, und zu seiner eigenen Überraschung nickte er ihnen zu, genauso wie Ruben vom Kutschbock aus Brand zugenickt hatte. Dann ließ er alle drei vorsichtig in seine Tasche gleiten und lief schnell zur Tür. Er war finster entschlossen. Irgendjemand auf Wunderlich würde reden müssen, und da Ruben nicht da war, konnte das nur Tabbi sein.

Das 8. Kapitel
bringt Tabbi zum Reden

Ja, glaubst du denn, dass du der Einzige bist, der Spuren lesen kann?« Tabbi war ganz rot geworden. Eine graue Haarsträhne hatte sich aus ihrem Dutt gelöst und baumelte vor ihrer Stirn. Ihre Nasenwurzel zierte eine beeindruckende Zornesfalte. »Glaubst du, ich kann das nicht? Und Irmingast? Und Alma?« Offensichtlich war es Tabbi einerlei, ob jemand sie hören konnte. Sie schrie und fuchtelte mit Jonas' Schuhen. Die immerhin hatte sie gefunden, da, wo Jonas sie ausgezogen hatte, im Südflügel, an der Tür zum Innenhof. »Du bist im Spielzimmer gewesen! Im Turm! Ja, bist du denn von allen guten Geistern verlassen?«

Jonas' Finger schlossen sich um die drei Sonneberger Figuren in seiner Jackentasche. Er ließ sich bereitwillig ausschimpfen – vor Tabbi hatte er keine Angst. Nur dass auch Irmingast und Alma seine Spuren im Innenhof bemerken könnten, machte ihm Sorge. Aber er wischte den Gedanken beiseite.

»Ich bin nicht im Turm gewesen«, sagte er ruhig. »Ich war in Almas Zimmer.«

Tabbi traute ihren Ohren nicht. Ihr Mund ging auf und wieder zu, dann strich sie sich ohne ersichtlichen Grund über die Schürze. »Was?«, krächzte sie.

»Ich war in Almas Zimmer«, wiederholte Jonas. »Ich habe noch mehr Sonneberger Figuren gefunden. Solche wie auf Claras Bild.« Vorsichtig zog er sie aus seiner Tasche und hielt sie Tabbi hin.

Tabbi schnappte nach Luft. »Du hast sie *mitgenommen*?«, flüsterte sie.

Jonas nickte. »Alma hatte sie unter ihrer Matratze versteckt«, sagte er. »Hast du sie schon mal gesehen?«

Tabbi sah auf das bunte, verhakte Durcheinander auf seiner Hand. Das Zepter des Königs hatte sich unter dem seltsamen Gerät des dritten Manns verklemmt. Der Soldat lag so stocksteif daneben, als sei ihm das Wirrwarr schrecklich unangenehm.

Tabbi verzog die Oberlippe. Sie sagte kein Wort.

»Und das hier habe ich gefunden.« Jonas ließ die drei Figuren wieder verschwinden und zog das Heft hervor, das er in der Kommode entdeckt hatte. Er hielt es Tabbi vor die Nase. »Das habe ich auch mitgenommen.« Er war jetzt richtig stolz darauf, es nicht dagelassen zu haben. »Weißt du, was das ist?«

Auch diesmal antwortete Tabbi nicht. Stattdessen runzelte sie die Stirn und griff nach Jonas' Hand. »Komm mit!«

In der Küche schloss sie eilig die Tür.

»Warum hast du das getan, Jonas?«

»Ich weiß nicht.« Er sagte die Wahrheit. »Ich hatte das Gefühl, es wäre das Richtige.«

»So.« Tabbi war blass geworden. Mit einer fahrigen Bewegung versuchte sie, die eine widerspenstige Haarsträhne hinter ihr Ohr zu klemmen. »Das kann nicht gut gehen, hörst du? Sie finden das raus. Alma findet das raus und dann schicken sie dich fort. Alma wird sagen, dass du ihr das Heft gestohlen hast. Und die Figuren!«

»Das ist mir egal«, sagt Jonas. »Sollen sie mich doch fortschicken.« Viel schlimmer, als es war, konnte es nicht werden, dachte er. Außerdem war er sich nicht einmal sicher, ob sie ihn fortschicken konnten. Und es war auch noch gar nicht ausgemacht, dass Alma das Heft und die Figuren gleich vermissen würde. Und überhaupt war das alles jetzt nicht wichtig.

»Weißt du nun, was das ist, oder nicht?« Er hielt ihr wieder das Heft unter die Nase.

Tabbi verschränkte die Hände hinter dem Rücken. Sie wollte das Heft nicht einmal anfassen.

»Ich glaube, Clara hat das geschrieben«, sagte Jonas. »Und ich glaube, das Heft ist schon sehr alt. Da steht etwas von dem kleinen Mädchen Alma drin.«

Tabbi sah auf den Fußboden. Eine ganze Weile rührte sie sich nicht, dann ging sie entschlossen an Jonas vorbei zum Spülstein. Sie sah aus dem Fenster, als sie zu reden begann.

»Ich habe dieses Heft noch nie gesehen«, sagte sie, während Jonas ihren breiten, knochigen Rücken betrachtete. »Clara hat sich immer Geschichten ausgedacht. Früher. Bestimmt auch welche für Alma. Und du hast jetzt herausgefunden, dass sie ihre Geschichten aufgeschrieben hat. Na fein! Aber ich bin bloß die Wirtschafterin. Und ich war noch gar nicht auf der Welt, als die beiden Kinder waren.«

»Und später? Als du schon hier warst?« Jonas ließ nicht locker.

Tabbi schwieg und starrte weiter aus dem Fenster. Draußen fiel immer noch Schnee. Als ginge ein Vorhang aus Flocken nieder.

»Alma hat die Sonneberger Figuren versteckt! *Spielzeug*, Tabbi! Dabei ist sie schon eine alte Frau.« Er würde weiterfragen. Sollte Tabbi doch sauer sein.

Langsam drehte die Köchin sich um und lehnte sich gegen den Spülstein. Ihre Lippen waren fest verschlossen.

»Tabbi! Was tut Alma im Spielzimmer? Sie ist stundenlang da drin, das hast du selbst gesagt!«

In der Küche war es jetzt gespenstisch still.

»Manchmal ist sie *tagelang* da drin, Jonas«, flüsterte Tabbi plötzlich. »Sie geht in den Turm und kommt *tagelang* nicht wieder.«

»Und was tut sie da?« Jonas flüsterte jetzt auch.

Tabbi zuckte hilflos mit den Schultern. »Ich habe keine Ahnung. Wunderlich ist seltsam. Die beiden waren seltsam. Immer schon.« Sie sah ihn lange an.

»Jetzt erzähl schon, was du weißt!«

»Eigentlich weiß ich gar nichts.« Sie machte eine Pause. »Clara und Alma waren immer allein, verstehst du? Siebzig Jahre lang. Immer hier und … hier ist doch nichts. Nur die Hügel … und der Wind.« Sie brach ab. »Mir ist auch manchmal einsam zumute gewesen in all den Jahren. Deshalb war ich so froh, dass du gekommen bist.« Zu Jonas' Überraschung lächelte sie.

»Und weiter?«, fragte Jonas. Er hielt wieder das Heft hoch. »Ich kann das meiste nicht lesen«, sagte er ehrlich, »aber einen Satz doch. *Es war einmal ein kleines Mädchen namens Alma, das wachte über eine fabelhafte Stadt, die hieß Callamaar*. Das hat bestimmt Clara geschrieben. Weißt du was über Callamaar?«

Tabbi schüttelte den Kopf. »Das klingt schon so ausgedacht, Junge! Das ist halt eine von diesen Geschichten. Versteh doch! Clara und Alma haben in ihren Spielen *gelebt*! Nicht auf Wunderlich, sondern in ihren Spielen! Sie haben sich ein anderes Leben ausgedacht. Im Spiel. Und sie haben nie zu spielen aufgehört. All die vielen Jahre nicht. Sie sind grau über ihren Geschichten geworden. Alt und grau! Sie waren … sie waren …« Tabbi suchte nach einem passenden Vergleich. »Sie waren wie Kartoffeln, die im Keller keimen«, sagte sie dann.

»Und warum haben sie sich zerstritten, wenn sie doch immer zusammen gespielt haben? Und warum hat Clara nicht Alma das Haus vererbt, sondern mir? Was habe ich denn mit all diesen Dingen zu tun?« Jonas Stimme war jetzt dünner, als ihm lieb war.

Tabbi antwortete lange nicht. »Ruben würde mir den Hals umdrehen, wenn er uns jetzt hören könnte«, sagte sie schließlich.

»Ruben hat mir einen Zettel geschrieben!«, platzte Jonas heraus. »Darauf steht, dass er mich beschützt!«

»Eben«, sagte Tabbi tonlos. »Du sollst das alles überhaupt nicht wissen. Ruben will nicht, dass du es weißt. Clara wollte es nicht.«

Jonas biss die Zähne zusammen. Er wollte Tabbi unbedingt zum Reden bringen, aber jetzt, wo sie Ruben erwähnt hatte, war er nicht mehr sicher, ob es gelingen würde.

»Als Ruben mich zu Brand gebracht hat«, fing er wieder an, »als ich ein Baby war, ist er da von hier gekommen? Bin ich in Wunderlich geboren?« Er dachte an den ersten Zettel, den Ruben ihm zugesteckt hatte. Niemandem sollte er verraten, dass er zwölf war. Aber auch das war ihm gerade egal. Wenigstens der Köchin würde er die Wahrheit sagen. Ihr vertraute er. »Ich bin zwölf Jahre alt, Tabbi. Hat Ruben mich vor zwölf Jahren von hier weggebracht?«

»Das musst du Ruben fragen. Ich war nicht dabei.«

»Wo nicht dabei? Was war denn vor zwölf Jahren?«

Tabbi stieß sich vom Spülstein ab. »Möchtest du Milch?«

»Tabbi! Was war vor zwölf Jahren?«

Aber sie beachtete ihn nicht. Stattdessen ging sie zum Herd, öffnete die Klappe und schürte das Feuer. Erst als Jonas schon nicht mehr mit einer Antwort rechnete, fing sie an zu reden. »Ich weiß nicht, ob es vor genau zwölf Jahren war, aber um diese Zeit hat sich alles verändert. Clara und Alma stritten nur noch, sie fauchten sich immer an und redeten dann gar nicht mehr miteinander. Obwohl sie beide noch ins Spielzimmer gingen und tagelang dort blieben. Ich weiß nicht, was sie da gemacht haben. Sie gingen alleine rein und alleine raus, aber drinnen waren sie zusammen. Dann wurde Clara krank. Sie musste das Bett hüten. Sie war gelähmt, Jonas. Sie konnte keinen Schritt mehr tun. Sogar in diesem Rollstuhl konnte sie nur eine Weile sitzen.«

»Und dann?« Innerlich zitterte er. Jedes Wort saugte er auf.

»In der Nacht, als Clara der Schlag traf, haben wir alle gedacht, dass sie stirbt. Ruben ist den Doktor holen gefahren, mit der Kutsche, aber Clara wollte nicht, dass er fährt. Er muss ins Spielzimmer, hat sie immer gerufen, und als Ruben mit dem Doktor kam, am nächsten Morgen, hat er noch vor dem Doktor ins Zimmer müssen, zur Baroness, und sie hat ihn fortgeschickt. Er war bestimmt eine Woche lang weg. Oder länger. Ich weiß nicht, wo er war.« Tabbi hockte jetzt vor dem Herd. Sie erzählte atemlos.

»Und Irmingast?«, fragte Jonas. »Wo war Irmingast?« Er hatte nicht vergessen, dass auch die Spuren des Pfarrers zum Turm führten.

»Irmingast.« Tabbi richtete sich wieder auf. »Er ist auch so um diese Zeit gekommen. Ja – noch bevor Clara krank wurde. An seiner Kutsche ist ein Rad gebrochen, damals, hier in der Nähe, und als es wieder heil war, hat Alma ihn gebeten zu bleiben. Oder er hat sich selbst eingeladen – was weiß denn ich!« Tabbi schnaufte. »Und jetzt reicht es, Junge. Das ist alles vorbei. Vorbei und vergessen!«

Nichts ist vorbei, dachte Jonas, gar nichts, und er beschloss, seine letzte Karte auszuspielen. »Wer ist Arnon Blau?«, fragte er und sah, wie Tabbi erschrak.

»Woher kennst du diesen Namen?« Sie flüsterte wieder.

»Er steht im Heft. Vorn auf der ersten Seite. Und da steht auch ein Datum, Tabbi. Arnon Blau war vor zwölf Jahren auch hier, stimmt's? Du hast mir nicht die ganze Geschichte erzählt!«

»Ruben wird mich vierteilen«, sagte Tabbi tonlos. »Das kann nicht gut gehen.«

»Sag es mir! Bitte!«

Plötzlich sprach Tabbi ganz schnell, so als wollte sie es nur noch hinter sich bringen. »Der Herr Blau war nur kurze Zeit hier. Er hat hier gearbeitet. Er war Claras Sekretär. Frag mich nicht, was er gemacht hat. Er hat Papiere sortiert. Der liebe Gott weiß, wo diese Papiere alle herkamen! Und dann ist er eines Tages einfach verschwunden. Ohne seine Sachen, ohne alles. Sogar seine Kleider waren noch in seinem Zimmer. Und er war einfach weg. Clara war damals sehr aufgeregt. Wer weiß, ob sie nicht deshalb so krank wurde. Aber Arnon Blau blieb verschwunden. Bis heute.« Abrupt brach sie ab. Sie atmete schwer.

»Verschwunden?«, fragte Jonas.

»Er war ein seltsamer Mensch.« Tabbi sah ihn an und sah doch an ihm vorbei. »So still. Für sich. Ich sehe ihn noch draußen spazieren gehen. Sein eines Bein war kürzer als das andere, weißt du. Er ging so komisch deswegen. Wie eine Waage, die sich nicht auspendeln wollte.«

»Er ist einfach *verschwunden*?«, fragte Jonas noch einmal.

Tabbi schluckte. »Hör auf«, sagte sie gequält. »Hör bitte auf! Und schau mich nicht so an mit deinen komischen Augen. – Das ist alles, was ich weiß.«

Das 9. Kapitel
bringt jede Menge Scherben

An diesem Nachmittag reiste der Wieflinger nach Callamaar. Jonas' gute Mütze hatte sich in ein Schiff verwandelt, der Wieflinger hatte unsichtbare Segel gesetzt und war in See gestochen. Er war in einen Sturm geraten, der mit Jonas' Stimme heulte, er hatte, von der Gischt durchnässt, wie ein Wilder Wasser geschöpft, und doch war das Schiff gesunken. Aber der Wieflinger war ein guter Schwimmer. Nach Stunden im Wasser, die wie Minuten vergingen, schleppte er sich mit letzter Kraft an ein Ufer. Er war auf der Suche nach einem Mann namens Arnon Blau, der zuletzt in Callamaar gesehen worden und dann verschwunden war. Der Wieflinger lag da und atmete schwer. Seine Hände krallten sich in den feuchten Ufersand. Langsam verlor er das Bewusstsein.

Tabbi weckte ihn. Sie rüttelte an seiner Schulter.

»Was?«

»Aufwachen!«

Jonas rieb sich die Augen. Er war auf seinem Bett eingeschlafen, sogar die Joppe hatte er noch an. In der Hand hielt er den Räuber. Der Kiesel war ganz warm. Vor ihm auf dem Bett lagen der König, der Soldat und der geheimnisvolle dritte Mann. Sie lagen dort wie auf einer Insel.

Tabbi verbarg etwas in ihrer Schürze. »Also«, sagte sie. »Wo du so neugierig bist!« Sie schüttelte die Schürze aus und etwas plumpste auf Jonas' Bettdecke.

Augenblicklich war er hellwach.

»Wo hast du das her?«

Er griff nach einer der beiden Figuren. Ein kleiner, abgerissen wirkender Junge auf dem üblichen grünen Podest. Noch ein Sonneberger Spielzeug.

»Aus Claras alter Studierstube.« Tabbi stemmte die Hände in die Hüften.

Jonas nahm sich die zweite Figur. Sie war prachtvoll. Ein kräftiger Mann in einem langen blauen Kaftan, mit einem weißen Turban auf dem Kopf und einem dichten, schwarzen Schnurrbart im Gesicht. Am langen Zügel führte er ein weißes Pferd mit rotem Sattel und Zaumzeug. Jonas dachte an Brands Erzählung, an den Reiter in der stürmischen Nacht. Brand hatte nie ein eigenes Pferd gehabt.

»Das nennt man einen türkischen Reiter, glaube ich«, sagte Tabbi.

Jonas strich mit dem Zeigefinger über den glatten Hals des Schimmels. »Und der Puppenspieler?«, fragte er. »Die Figur von Claras Bild?«

Tabbi schüttelte den Kopf. »Das sind die Einzigen und ich habe bestimmt nichts übersehen. Ich habe das ganze Zimmer auf den Kopf gestellt. Weißt du, wo diese beiden waren?« Sie machte eine bedeutungsschwangere Pause. »Unter dem Fußboden. Unter einer Bohle. Sie waren versteckt, Jonas. Clara hat sie versteckt!«

»Oder Ruben«, sagte Jonas. Er hatte begriffen, dass Ruben Claras Wünsche erfüllte – über ihren Tod hinaus. Er drehte und wendete den türkischen Reiter. Ob er einen Namen hatte? Ob Clara ihm einen gegeben hatte?

»Wenn du Ruben etwas von den Figuren erzählst«, sagte Tabbi, »sind wir geschiedene Leute.«

»Ich sag ihm nichts«, sagte Jonas, obwohl er wusste, dass ihm das schwerfallen würde. Ruben war sein Freund. Daran hatte er keinen Zweifel. »Warum waren die Figuren versteckt, Tabbi? Wer sollte sie nicht finden?«

»Na, wer wohl?« Mit einem Seufzer setzte sich Tabbi aufs Bett. »Alma natürlich. Aber es ist bloß Spielzeug, Junge. Altes Spielzeug. Es bedeutet nichts. Für uns, meine ich.«

Jonas war sich da nicht so sicher, aber das sagte er nicht. Er legte den türkischen Reiter zur Seite und schaute sich noch einmal den Jungen an. Der grinste so keck unter seinem Mützenschirm hervor. Dann griff er nach Elsas Pappköfferchen und legte alle fünf Figuren vorsichtig hinein. Schließlich legte er auch den Wieflinger dazu. Jetzt waren sie zu sechst.

»Ich habe versucht, deine Spuren im Schnee zu verwischen«, sagte Tabbi und stützte den Kopf in die Hände. »Ich habe geschaufelt und geschaufelt, aber ich glaube, es war zu spät. Irmingast und Alma waren schon zurück. Ich weiß nicht, ob sie etwas bemerkt haben.« Sie sah ihm dabei zu, wie er das Köfferchen unters Bett schob – vorerst. Auf Dauer bräuchte er ein besseres Versteck.

»Ich weiß nicht, was hier los ist, Jonas«, sagte Tabbi aufgeregt, »aber wir müssen jetzt zusammenhalten. Wir dürfen uns nicht mehr aus den Augen lassen. Der Herr Doktor hat mir erzählt, dass er sich Sorgen macht. Wegen des Testaments. Dass Alma dir etwas antun könnte! Ich hab das erst gar nicht glauben wollen! Aber jetzt …«

»Aber jetzt? Was ist denn jetzt?« Jonas hatte mehr Angst vor Irmingast als vor Alma und im Moment schienen ihm beide weit weg. Er war in seinem Zimmer, Tabbi saß vor ihm auf seinem Bett, und er hatte angefangen, sein Schicksal selbst in die Hand zu nehmen. Er hatte fünf Sonneberger Figuren. Er wusste mehr, als Alma und der Pfarrer ahnten.

Oder stimmte das gar nicht? Was wusste er schon wirklich?

Von einem Augenblick auf den nächsten glaubte er zu schrumpfen.

»Es ist nur so ein Gefühl.« Tabbi strich ihm über das Haar. »Aber ab jetzt isst du bei mir in der Küche. Einverstanden?«

Jonas nickte. »Wann kommt Ruben, Tabbi?«

»Bald.«

In den nächsten Stunden wich Jonas Tabbi nicht von der Seite. Er half ihr, das Abendessen vorzubereiten, wischte mit ihr im Speisezimmer Staub, sah ihr beim Plätten zu und folgte ihr sogar in die dunkle Speisekammer, wo in einem hölzernen Kasten die Kartoffeln lagerten.

Als er die verschrumpelten Knollen sah, musste er daran denken, was Tabbi gesagt hatte. *Sie waren wie Kartoffeln, die im Keller keimen.*

Wo Callamaar wohl lag?

Jonas dachte an den Wieflinger. Ob er und der König und der Soldat, der Mann mit dem seltsamen Gerät, der Junge und der türkische Reiter schon ein Lagerfeuer entzündet hatten, Fleisch aus den Satteltaschen des Schimmels brieten und sich ihr seltsames Leben erzählten? Nein. Wenigstens den König konnte er sich nicht an einem Lagerfeuer vorstellen.

Er sah noch einmal auf den Kartoffelkasten hinab.

Dann folgte er Tabbi wieder in die Küche und die Angst holte ihn ein. War er zu weit gegangen? Hätte er die Figuren und das Heft besser an ihrem Platz gelassen?

Einmal, als er mit dem Lappen über den Tisch im Speisezimmer fuhr, war er sich sicher, Schritte zu hören, die sich Richtung Südflügel verloren, aber als er dann stocksteif dastand und sogar den Atem anhielt, war es doch wieder ganz still. Nur Tabbi rumorte hinter der Tür. Wild entschlossen schwang sie den Besen, verschob Teppiche und rückte sie wieder zurecht, und wenn sie bemerkte, dass Jonas ihr zusah, summte sie sogar dabei. Nicht besonders überzeugend allerdings. Eigentlich knurrte Tabbi bloß melodisch.

Als die Dämmerung in die Fenster fiel, hatten sie sich bis in die große Halle vorgearbeitet. Tabbi kratzte mit dem Besen über den Steinfußboden und Jonas stand mit einem Kehrblech und einem Eimer bereit. Eigentlich sahen sie kaum noch etwas, aber mit der Arbeit aufhören wollten sie auch nicht. Vielleicht fürchtete sich auch Tabbi vor dem Abend. Jonas fürchtete sich jedenfalls.

»Hörst du das?«, fragte er.

Es war ihm wie ein Knirschen vorgekommen.

»Was?«, fragte Tabbi.

»Das knackt so.«

»Ich hör nichts.«

»Doch! Da ist es wieder! Lass doch mal das Fegen sein!«

Tabbi hielt inne und stützte sich auf den Besenstiel. Aber jetzt war es still.

»Ich hör wirklich nichts.«

»Ich glaube, es kam von der Treppe.« Jonas sah die breiten Stufen hinauf, die sich nach oben hin schon im Dunkel verloren.

Tabbi schaute ihn zweifelnd an. Dann machte sie ein entschlossenes Gesicht. »Hallo?«, rief sie die Treppe hinauf. »Hochwürden? Baroness?«

Statt einer Antwort knirschte es noch einmal. Viel lauter als zuvor.

Jonas zuckte zusammen.

Was konnte das nur sein?

Sein Blick schweifte noch einmal über die Treppe und die im Dunkeln verborgene Galerie bis zur Decke. Dort hing der Leuchter und schimmerte im letzten Licht.

Der Leuchter …

Es knirschte wieder und Jonas sah den Leuchter sacken. Hunderte von Kristallperlen schlugen in diesem Augenblick gegeneinander, ein hoher zitternder Ton füllte die Halle.

»TABBI!«

Sie stand genau unter dem Leuchter! Jetzt riss sie den Kopf hoch. Der Besenstiel schlug auf dem Boden auf. Es knirschte wieder, tausendfach schlug Glas gegen Glas, und in dem Moment, als Jonas begriff, dass der Leuchter fallen würde, stürzte er vor, sprang Tabbi an und riss sie im Fallen fort. Ineinander verkeilt stürzten sie, auf allen vieren kroch Jonas weiter.

Der Leuchter sauste singend herab und zerbarst. Der Krach war ohrenbetäubend, in den dumpfen Knall mischte sich ein entsetzliches Knirschen und Klirren. Scherben pfiffen wie Geschosse durch den Raum und schlugen gegen die Wände, eine traf Jonas so hart wie ein Stein.

Dann war plötzlich alles still.

Jonas, immer noch auf allen vieren, wandte sich um. Tabbi saß auf dem Fußboden und rieb sich die Wange. Vor ihnen lag ein weißer See aus Scherben, darin schwamm, was vom Leuchter übrig geblieben war. Nicht mehr als ein metallenes Gerippe. Gespenstisch schimmerte das zerborstene Glas in der Dunkelheit.

»Mein Gott!« Tabbi begutachtete die Hand, mit der sie sich die Wange gerieben hatte. Sie war voller Blut. Eine der Scherben musste sie getroffen haben.

»Jonas! Bist du verletzt?«

»Nein.« Er war jetzt bis zu Tabbi gekrochen. »Aber du.«

»Das ist nicht schlimm. Nur ein Kratzer.« Sie wischte sich wieder über die Wange. »Wie konnte das geschehen?«

Jonas sah zur Decke hinauf. Aber es war schon zu dunkel,

nicht einmal den Stumpf des Leuchters dort oben konnte er erkennen.

»Es könnte ein Unfall gewesen sein«, murmelte Tabbi.

Jonas schwieg. Wo waren Alma und Irmingast jetzt? Sie konnten diesen Krach unmöglich überhört haben.

Jonas' Blick wanderte zur Treppe, dann zur Tür.

»Tabbi ...«

Weiter kam er nicht. Die Tür schwang auf, blaues Dämmerlicht wehte in die Halle, Schneeflocken stoben herein. Jonas' Muskeln verspannten sich.

Was ...?

Was ...?

Jemand trat in die Halle. Ein Rumpf, Schultern, ein Kopf. Es war ein großer Mann.

»Hallo?«, rief Tabbi.

Keine Antwort.

»Hallo?« Ihre Stimme überschlug sich. »Jetzt antworten Sie doch! Jetzt sagen Sie doch etwas! Um Himmels willen! Warum antworten Sie denn nicht?«

Jonas musste lächeln. Er wusste schon, wer da gekommen war.

Auf Rubens Schultern lag noch Schnee.

Das 10. Kapitel
enthält einen ersten Brief an Peregrin Aber

Wunderlich, 15. November

Herr Doktor!

Ich schreibe Ihnen in großer Aufregung! Sie müssten einmal sehen, wie mir die Hände zittern! Ich kriege sie gar nicht mehr still! Verzeihen Sie also die unleserliche Schrift, aber es hat gestern einen Mordanschlag gegeben auf den jungen Jonas Nichts! Der junge Herr Nichts und ich waren gerade mit dem Reinemachen beschäftigt in der großen Halle, da kam der Leuchter von der Decke und ist in tausend Stücke zerbrochen. Ich finde immer noch Scherben, obwohl ich die halbe Nacht gefegt habe. Der Leuchter jedenfalls hätte den jungen Herrn Nichts und mich auf der Stelle totgeschlagen, wenn der junge Herr Nichts nicht zuvor ein verdächtiges Geräusch gehört hätte und mich gerade noch rechtzeitig umgeworfen. Es ist also niemand zu Schaden gekommen, dem Herrgott sei Dank!

Gleich nach dem Unglück kam Ruben zur Tür herein, und als ich in der Nacht, als der junge Herr Nichts schon auf seinem Zimmer schlief, die Scherben zusammengekehrt habe, hat Ruben die Reste vom Leuchter von der Decke gekurbelt. Herr Doktor, Sie wissen, wie Ruben ist, er redet nicht und kann es ja auch gar nicht, aber ich habe doch in seinem Gesicht gesehen, dass der Leuchter nicht einfach so von der Decke gekommen ist! Ich könnte schwören, jemand hat sich daran zu schaffen gemacht und wollte nicht mich, sondern den jungen Herrn Nichts treffen. Und da habe ich mich natürlich an Ihre Warnung erinnert, Herr Doktor, was die Baroness anbelangt. Und jetzt lebe ich in beständiger Angst um den jungen Herrn Nichts, wie Sie sich denken können. Und nicht nur ich, Ruben auch. Er hat die ganze Nacht vorm Zimmer des jungen Herrn Nichts gewacht und lässt ihn auch gar nicht mehr aus den Augen. Einmal hat er für einen Augenblick nicht gewusst, wo der Junge steckt, und ist gleich ganz aufgeregt darüber geworden. Aber dann stand der junge Herr Nichts einfach in der Küche, als sei nichts geschehen. Aber dass ich einen Brief an Sie schreibe, Herr Doktor, das wollte Ruben trotzdem nicht, so schlimm es auch steht. Er weiß mehr als wir, Herr Doktor, aber er will's nicht sagen und will auch gar nicht, dass es ans Tageslicht kommt.

Ich halte es aber für meine Christenpflicht, zu sagen, dass in Wunderlich etwas faul ist. Seit der Leuchter von der Decke gekommen ist, haben wir weder von Hochwürden noch von der Baroness etwas zu Gesicht gekriegt. Ich glaube, dass beide im Spielzimmer verschwunden sind, aber traue mich nicht hinein, um nachzuschauen. Die verstorbene Baroness, Gott hab sie selig, hat mich nie ins Spielzimmer lassen, und Ruben würde mich jetzt auch nicht lassen. Sie wissen ja, Herr Doktor, wie er ist. Alles, was die verstorbene Baroness, Gott hab sie selig, ihm aufgetragen hat, ist ihm heilig. Aber ich weiß nicht, Herr Doktor, ob das richtig ist. Ich weiß nicht, ob Ruben dem jungen Herrn Nichts damit dient.

Der junge Herr Nichts, müssen Sie wissen, hat nämlich gestöbert und einiges Sonneberger Spielzeug gefunden, und ich muss zugeben, ich habe ihm auch geholfen dabei, als

Ruben nicht da war. Und der junge Herr Nichts macht nun viel Aufhebens um dieses Spielzeug. Ich glaube, er denkt den ganzen Tag daran und überlegt sehr viel, was man ihm auch nicht verübeln kann, schließlich weiß der arme Bub ja gar nicht, wes Kind er ist, und wüsste es doch sicher gern. Was die Herkunft des jungen Herrn Nichts aber wieder mit dem Spielzeug zu tun hat, kann ich nicht verstehen, und ich glaube, er selbst versteht's auch nicht.
Herr Doktor! Sie müssen nach Wunderlich kommen! Ich weiß mir nicht mehr zu helfen! Dass die Baroness und Hochwürden nicht da sind und doch da sind, das macht mich noch ganz verrückt! Und Ruben kann doch nicht immer so weitermachen und aufpassen wie ein Luchs und alle Geheimnisse bewahren, als könnte er sie totschweigen! Herr Doktor! Sie müssen kommen! Die verstorbene Baroness, Gott hab sie selig, hat Ihnen den Jungen anvertraut. Ich fürchte um den Jungen!

Tabbi, Köchin

PS
Ich weiß gar nicht, wie ich diesen Brief auf die Post befördern soll. Ruben wird ihn nicht besorgen, weil er den jungen Herrn Nichts nicht aus den Augen lässt. Ich bin ganz verzweifelt.

Das 11. Kapitel
Lauf, Jonas, lauf!

»Aaa?«, fragte Jonas und sah in Rubens Rachen.

Rubens Lippen zogen sich zu einem Lächeln auseinander. Er schüttelte den Kopf. Dann formten seine Lippen wieder denselben Laut. Sie spitzten sich dabei.

Jonas formte die Bewegung mit seinen Lippen nach. »Ooo«, sagte er.

Ruben nickte. Dann fing er wieder von vorne an. Erst presste er die Schneidezähne auf die Unterlippe und schob den Unterkiefer dann ein wenig vor.

»Fo…«, sagte Jonas. »Forelle!« Darauf hätte er auch früher kommen können.

Ruben lachte stumm, und Jonas, die Hände in den Taschen seiner Joppe vergraben, setzte vorsichtig einen Fuß auf den Teich. Das Eis unter der Schneedecke knirschte. Noch war es nicht sehr dick.

»Vielleicht trägt es ja bald«, sagte Jonas. »Dann könnten wir Schlittschuh laufen.« Das hatte er noch nie getan, aber einmal hatte er die Kinder auf dem Dorfteich Schlittschuh laufen sehen. Im Sommer hatte er in diesem Teich schwimmen gelernt. An einem guten Tag mit einem aufgeräumten Brand.

Ruben reagierte nicht. Sein Blick war zum Südflügel hinüber gewandert und suchte die Fassade ab. Aber im Haus rührte sich nichts. Wunderlich war so grau und verschwiegen wie der Himmel.

»Habt ihr überhaupt Schlittschuhe?« Seit Ruben zurück

war und ihm nicht mehr von der Seite wich, hatte Jonas gelernt, dass er am besten solche Fragen stellte, auf die man mit ja oder nein antworten konnte. Das machte das Gespräch zwar etwas einseitig, hielt es aber immerhin in Gang.

Ruben zuckte mit den Schultern.

Jonas fragte sich, wie lange sie hier draußen die Zeit totschlagen konnten. Und wo sie danach die Zeit totschlagen würden. Es war schwierig, mit jemandem zusammen zu sein, der gerade über das, was drängte, nicht reden wollte.

Jonas machte noch einen Anlauf. »Wo sind Alma und Irmingast?« Es machte doch keinen Sinn, nicht darüber zu sprechen.

Ruben starrte auf den zugefrorenen Teich.

»Sind sie im Spielzimmer, Ruben?« Andererseits gab es Anzeichen, dass wenigstens einer von ihnen im Haus gewesen war. Tabbi schwor Stein und Bein, dass sie Schritte gehört hatte.

Ruben legte einen Finger an die Lippen.

Jonas wandte sich ärgerlich ab. Es war hoffnungslos. Den ganzen Tag schon hatte er Ruben zu löchern versucht und war doch jedes Mal an ihm abgeprallt.

Was war mit dem Leuchter, Ruben?

Wovor musst du mich beschützen, Ruben?

Warum darf ich nicht ins Spielzimmer?

Wo hast du mich damals hergeholt, Ruben?

Warum darf ich nicht sagen, dass ich zwölf bin?

Wer sind meine Eltern?

Jedes Mal nichts.

Claras winziges Heft hatte Jonas erst gar nicht erwähnt. Er war sich fast sicher, dass Ruben es ihm wegnehmen würde. Und dass er nichts von den Sonneberger Figuren sagen würde, hatte er Tabbi versprochen.

Dabei konnte Jonas sehen, wie angestrengt Ruben nach einem Ausweg suchte. Ständig lag seine Stirn in Falten und Jonas hätte gern Gedanken gelesen.

Er bohrte einen Absatz in die Schneedecke über dem gefrorenen Teich, hörte das Eis knacken und stellte sich vor, wie der Riss unter dem Schnee wanderte. Irgendwann würden sie alle einbrechen. Die Geheimnisse hielten nicht stand. Tabbi war schon jetzt nur noch ein Schatten ihrer selbst. Sie hatte dunkle Ringe unter den Augen und war fahrig und schreckhaft. Außerdem hätte Jonas geschworen, dass sie mit Ruben gestritten hatte. Wenn Ruben nicht wäre und wie ein Schießhund auf ihn aufpasste, er wurde schnurstracks in den Turm gehen und das Spielzimmer suchen. Irmingast hin, Alma her.

Oder hatte etwa Alma sich an dem Leuchter zu schaffen gemacht? *Alma könnte dir nach dem Leben trachten*, hatte Peregrin Aber gesagt.

Jonas blinzelte über die Schneedecke und versuchte sich vorzustellen, wie Alma bei Morgengrauen in die Halle schlich, den Leuchter herunterkurbelte und dann mit einem Messer die Seile anritzte. Die alte, feiste Alma mit ihren steifen Röcken? Nein – dann schon eher Irmingast mit seinen langen Fingern.

Aber Alma und Irmingast machten gemeinsame Sache und Claras Testament schützte Jonas vor beiden. Alma würde schließlich ihr Wohnrecht verlieren, wenn ihm etwas zustieße, und dann müsste auch Irmingast seine Koffer packen. Außer Alma wollte ja wohl niemand, dass der Pfarrer blieb. Und das galt selbst dann, wenn jemand anders Jagd auf Jonas machte. Jemand anders … Aber wer?

Überhaupt – was, wenn Alma und Irmingast oder ein unsichtbarer Dritter es auf alle abgesehen hätten und nicht nur auf ihn? Wenn sie einfach jeden aus dem Weg räumen wollten, ihn und Tabbi und Ruben? Vielleicht war es ja gar kein

Zufall gewesen, dass Tabbi unter dem Leuchter gestanden hatte, als er fiel.

Jonas sah zum Haus hinüber. Sie hätten Tabbi nicht alleine lassen sollen.

»Wollen wir gehen?«

Ruben war in Gedanken, er kam von weit her. Fast überrascht sah er Jonas an, dann nickte er.

Langsam trotteten sie zurück, jeder für sich, bis Ruben sich hinkniete und Jonas an den Schultern fasste. Auf einmal war Rubens Gesicht ganz nah. Jonas sah die haarfeinen Fältchen um seine Augen, dann starrte er auf Rubens Mund, um die Lippen zu lesen.

»Was?«, sagte er schließlich und gab mit einem Lächeln auf.

Aber Ruben lächelte nicht mit. Stattdessen formte er dieselben Worte noch einmal.

Jonas' Lippen, seine Zunge vollzogen jede dieser Bewegungen nach, zunächst stumm, dann unter Einsatz der Stimme.

»Es tut mir leid«, sagte Jonas schließlich an Rubens statt.

Ruben nickte. Er sah traurig aus.

»Was tut dir leid?« Jonas verbesserte sich. »Tut es dir leid, dass du mir nichts verraten kannst?«

Aber Ruben kam nicht mehr dazu, zu antworten. Es knallte, entsetzlich laut. Kaum einen Meter vor ihnen stob Schnee auf. Rubens Augen waren plötzlich riesengroß, er riss den Kopf zur Seite und starrte auf den Südflügel.

Plötzlich wich alles Blut aus Jonas' Gliedern. Sie wurden beschossen!

Irgendwo da im Südflügel hatte jemand ein Gewehr!

Noch ein Knall, Schnee spritzte, aber da hatte Ruben Jonas schon gepackt und rannte auf Wunderlich zu. Halb trug er Jonas, halb schleifte er ihn. Jonas sah Schnee, Himmel, Haus, Rubens wirbelnde Beine.

»Nein!«, rief er. Sie rannten ja auf den Schützen zu! »Lass mich los!« Jonas strampelte, wollte sich befreien, aber Rubens Griff war eisern.

Irgendwie kam Jonas auf die Füße, rutschte, spürte kalten, nassen Schnee an den Händen und hatte dann die Tür zum Südflügel erreicht. Er begriff. Ruben hatte den Angriff unterlaufen! Der Schütze musste irgendwo über ihnen sein, im ersten Stock, und Ruben hatte die einzige Deckung gesucht, die es weit und breit gab. Das Herrenhaus.

Jonas hastete über die Schwelle. Keuchend drückte er sich neben Ruben an die Wand. Es war kein weiterer Schuss gefallen. Für den Augenblick waren sie in Sicherheit.

Rubens Blick wanderte den Korridor entlang. Dann griff er Jonas' Hand und zog ihn fort. Sie rannten den Gang entlang, bis Ruben eine Tür aufriss, dann stürmten sie durch eine Zimmerflucht. Ihre Schritte hallten, Jonas war atemlos vor Angst. Wo sollten sie hin? Hatte Ruben denn kein Gewehr? Rannten sie, um eines zu holen?

Sie hatten den nächsten Korridor erreicht. Für einen Augenblick blieb Ruben stehen, warf den Kopf hin und her, lauschte.

Schritte, da waren Schritte hinter ihnen!

Ruben zog so heftig an seinem Arm, dass Jonas beinahe gestürzt wäre. Alles in ihm war jetzt in Aufruhr, seine Augen füllten sich mit Tränen. Blind stolperte er Ruben hinterher in den Innenhof.

Wieder fiel ein Schuss.

Jonas schrie. Aber er war nicht getroffen und auch Ruben war unversehrt.

Sie hetzten durch den Schnee, auf den Turm zu. Den Stachel.

Aber warum? Der Turm war eine Falle! Es gab nur die

eine Tür! Nur einen Weg hinein und dann keinen mehr heraus.

Jonas stürzte auf den Stufen und rappelte sich wieder hoch. Ruben hatte den Ärmel seiner Joppe gefasst, drückte mit der anderen Hand die Tür auf, zog Jonas hinein und schlug die Tür zu. Keuchend lehnte er sich gegen sie, unter dem schweren Mantel hob und senkte sich seine Brust. Das Haar hing ihm wirr ins Gesicht.

Jonas stand stocksteif. Hier kamen sie nicht mehr heraus. Der Turm war ein Gefängnis.

Ruben deutete mit dem Finger auf seine Lippen, damit Jonas von ihnen las, aber Jonas war viel zu aufgeregt. Er versuchte, sich zu beruhigen, aber davon schlug sein Herz bloß noch viel schneller. Rubens Mund war nur ein schwarzes Loch. Jonas zitterte am ganzen Leib.

»Ich verstehe nicht!«, schrie er. »Ich verstehe nicht!« Dann fing er an zu schluchzen.

Ruben fingerte in seiner Manteltasche, dann kniete er sich hin. Zwischen seinen Fingern zitterte ein Zettel, er hatte einen Bleistiftstummel in der Hand.

Jonas bebte, während er zusah, wie Ruben einige wenige Worte schrieb. Steil fielen sie nach unten ab. Rubens Fingernägel wurden ganz weiß, so fest hielt er den Stift.

ERSTE TÜR SPIELZIMMER
GEH IN DEN SCHRANK

ICH HALTE IHN AUF
ICH FINDE DICH

In Jonas krampfte sich alles zusammen. Zum ersten Mal sah

er sich um. Sie waren in einem Vorraum, um sie herum nichts als nacktes Mauerwerk. Zwei Schritte entfernt schraubte sich eine steinerne Wendeltreppe empor.

Aber er war wie gelähmt. Er konnte Ruben nicht allein lassen. Er …

Geh in den Schrank? War das ein gutes Versteck?

Ruben drückte Jonas' Hand, einmal bloß, ganz kurz und sehr fest. Seine Lippen bewegten sich wieder. Unendlich langsam formte Jonas die Bewegung nach.

»Lauf!«, flüsterte er, und dann stolperte er schon die Treppe hoch, die Hand an die eiskalten Steine der Mauer gepresst. Er sah noch, wie Ruben sich gegen die Tür drückte, dann schluckte ihn die erste Wendung der Treppe. Er hörte sich keuchen. Er spürte seine Beine nicht. Aber sie liefen.

Augenblicke später hatte er einen Treppenabsatz erreicht und sah die Tür. Krumm hing sie in den Angeln und er zögerte, aber dann fasste er die schwarz angelaufene, eiserne Klinke. Das Türblatt schabte über den Stein, der Raum dahinter war kalt und lag im Halbdunkel. Jonas zwang sich einzutreten. Er war darauf gefasst, Alma oder Irmingast zu begegnen, aber der Raum war leer. Nur ein wenig trübes Tageslicht zwängte sich durch die Ritzen der geschlossenen Blendläden. Es fiel auf einen zerschlissenen Teppich, einen Tisch und zwei Stühle. An den nackten Wänden waren Regalbretter angebracht. Überall stand Spielzeug. Auf dem Teppich, auf dem Tisch, auf den Regalen. Jonas entdeckte ein Pferd auf Rädern und ein staubbedecktes Puppenhaus. Auf dem Tisch lagen verblichene Bastelbögen, in das wirre Haar der Porzellanpuppen auf dem Regal waren die Motten gefallen. Hier hatte seit Jahren niemand mehr gespielt.

Der Schrank war ein großes, dunkles, von Alter und

Feuchtigkeit verzogenes Ding. Misstrauisch durchquerte Jonas den Raum, bis er vor ihm stand. Das Holz des Schranks war im Halbdunkel fast schwarz. Von den großen Spiegeln, die einmal die Schranktüren geschmückt hatten, war nicht mehr als eine halbblinde Scherbe übrig. Eine Schrecksekunde lang sah Jonas sich selbst, ein seltsam verwischtes, schmales Gesicht unter dem fransigen Haar, ein Auge sichtbar heller als das andere. Ein Stück weit darunter steckte ein großer grauer Schlüssel in einem einfachen Schloss.

Geh in den Schrank. Geh in den Schrank?

Wie gebannt, so als würde keine Zeit vergehen, starrte Jonas auf die seltsam schimmernde Ritze, an der die beiden Türen des Schranks aufeinandertrafen. Nur ein kleiner Riegel hielt sie zusammen. Leise schlugen die Türen gegeneinander, ganz so, als rüttelte jemand daran.

Jonas hörte sich flüstern. *Lauf!*

Er griff nach dem Schlüssel, der Ring schmiegte sich in seine Hand. Er spürte den leisen Widerstand, als der Schlüsselbart gegen die verborgenen Stifte drückte. Dann gab das Schloss mit einem Knacken nach. Knarzend schwangen die Türen auf und ein warmer Wind griff nach Jonas' Haar.

Der Anblick verschlug ihm den Atem. Hinter den Türen, im Innern des Schranks, erstreckte sich eine Graslandschaft. Die Wiesen waren märchenhaft grün. Der Wind kämmte die Grashalme, bunte Schmetterlinge taumelten umher, Jonas konnte schier unendlich weit sehen. Er hörte Vögel singen.

Tirili.

Tirili.

Tirili.

Im ersten Augenblick glaubte er, vor einer geheimen Tür nach draußen zu stehen. Aber … draußen lag doch Schnee!

Dann fiel unten der nächste Schuss.

Ruben! Jonas' Augen füllten sich wieder mit Tränen, und die Wiese, diese irre Wiese verschwamm in bunten Schlieren.

Geh in den Schrank!

Jonas hob einen Fuß und setzte ihn wie auf eine Treppenstufe. Unter seiner Sohle spürte er weiche Erde. Der Wind stieg ihm in die Nase. Jonas roch das Gras.

Das 12. Kapitel
verhilft Jonas zu einer neuen Bekanntschaft

Jonas rannte. Er rannte über das unwirklich satte, grüne Gras und die sanft geschwungenen Hügel, er rannte so schnell, dass die Schmetterlinge in der Luft zu stehen schienen wie winzige Wimpel im Wind. Jonas rannte so lange, bis es ihm die Brust zuschnürte und er vor Anstrengung husten musste. Dann stützte er die Hände auf die Knie, keuchte und staunte.

Er war in einem Schrank.

Er war in keinem Schrank – es konnte nicht sein.

Als er den Schuss gehört hatte, unten im Hof, war er auf die Wiese getreten und gleich losgelaufen. Ein einziges Mal nur hatte er sich noch umgesehen, aber nicht glauben können, was es da zu sehen gab. Die Graslandschaft, ein blauer, wie gemalter Himmel mit Schäfchenwolken und in der Luft eine Tür. Selbst wenn man wusste, dass sich hinter dieser Tür ein dunkles Turmzimmer verbarg, in dem der Putz von den Wänden bröckelte und vergessene Bastelbögen verblichen, konnte man es nicht glauben.

Langsam beruhigte sich sein Atem. Jonas richtete sich auf, nahm die Mütze ab und wischte sich die Stirn. Es war sommerlich warm, er schwitzte. Wie lange war er gelaufen? Wie weit war er gekommen? Und wo würde Ruben ihn suchen?

Ich finde dich.

Und wenn es gar nicht Ruben wäre, der ihn suchen käme?

Ich halte ihn auf.

Ihn.

Ihn?

Wen? Wer hatte geschossen?

Zum zweiten Mal sah Jonas zurück, aber die Tür in der Luft war aus seinem Blickfeld verschwunden. Hinter ihm lag nur das Meer aus Gras, über das er gekommen war. Und vor ihm, am Horizont, drängten sich Bäume aneinander, als teilten sie dort drüben raschelnd und flüsternd ein Geheimnis.

Ein Wald. Dort würde er sich verstecken können und warten. Wenn alles gut ging, dann auf Ruben. Und wenn nicht, dann …

Jonas stopfte die gute Mütze in die Tasche, zog die Joppe aus und hängte sie sich über die Schulter. Dann hielt er auf die Baumgruppe zu. Ganz so, als sei es das Normalste von der Welt, dass kilometertief in einem Schrank Bäume bis in den Himmel wuchsen.

Als er den Wald erreichte, verwandelte sich der frühe in einen späten Abend. Rote Schlieren säumten den Himmel, und die Sonne tauchte ab, um eine andere Welt zu bescheinen. Unglaublich, dass über Wunderlich schon die Winternacht hereingebrochen sein musste und der Frost den Schnee auf den Ästen der Weide über Claras Grab vereiste. Und doch musste es so sein.

Jonas sah ins Geäst hinauf, folgte dem nächsten Tirili mit den Augen und erhaschte einen Flecken Gelb, bevor der kleine Vogel im dichten Laubwerk verschwand. Dann schreckte ihn ein durchdringender Schrei auf, ein volltönendes Miau wie das einer mächtigen Katze. Es war ganz nah, gleich in seinem Rücken. Jonas fuhr herum, aber es war keine Katze, sondern ein schillernd blauer Pfau. Missmutig hockte der große Vogel auf einem kräftigen Ast. Wie ein Bündel Reisig hing sein eingefaltetes Rad herab. Aus kleinen, schwarzen Augen stierte der Pfau ihn an.

Jonas wich zurück, Schritt für Schritt, den Pfau im Blick, bis er rücklings gegen einen Baumstamm prallte. Das machte ein Geräusch, als würde Papier reißen. Der Pfau miaute wieder. Jonas wandte sich um. In den Baum, gegen den er gestoßen war, war ein Stück weit über Jonas' Kopf ein Nagel geschlagen und darunter klemmte ein Fetzen Papier. Das abgerissene Plakat war auf den Boden gefallen. Jonas warf noch einen prüfenden Blick zu dem Pfau hinüber, dann bückte er sich und hob es auf. Das Plakat zeigte das Porträt eines bärtigen Mannes mit Augen so groß wie Untertassen und einer Nase, die fast so lang und dünn und krumm war wie ein Zweig. *TOT ODER LEBENDIG*, stand in großen Lettern über dem Bild, darunter wurde die Schrift kleiner. Der Pfau schien das Interesse verloren zu haben und stierte jetzt ins Leere. Jonas las.

Krempel, Wicht

Der Gesuchte ist drei Fuß hoch.
Er hat große Augen und eine lange Nase.
Er trägt einen Bart und braune Gewänder.

Krempel ist in Abwesenheit lebenslanger Verbrechen gegen die Wahrscheinlichkeit für schuldig befunden worden.
Nach § 1 Absatz 2 der Höchsten Kaiserlichen Verfügung beleidigt seine Existenz die Majestät.
Nach geheimdienstlichen Erkenntnissen ist Krempel Rebell und gefährlich.
Auf seine Ergreifung ist eine Belohnung ausgesetzt.

Im Namen der unfehlbaren Höchsten Kaiserlichen Hoheit,

O. R. (Oberster Richter)

Jonas war wie vor den Kopf geschlagen. Ein Wicht? Er starrte auf das Bild. Ein Kaiser? Ein Richter? Ein Rebell? Wohin um Himmels willen war er geraten? Er sah auf, aber die Bäume blieben Bäume und über der Hügellandschaft hinter den Stämmen brach eine gewöhnliche Sommernacht herein. Die Farben verblassten, der Pfau schien jetzt zu schlafen.

Vielleicht war Wicht ja nur ein anderes Wort für einen kleinen Mann? Aber diese Augen …

Fein säuberlich faltete Jonas den Steckbrief zusammen und steckte ihn in die Innentasche seiner Joppe. Sein Magen knurrte. Er würde sich ein Versteck suchen müssen, von dem aus er den Weg, den er gekommen war, übersehen könnte. Er …

»Willst du dir die Belohnung verdienen?«

Zuerst schrie Jonas, und weil Jonas schrie, schrie dann auch der Pfau. Aus dem Halbdunkel zwischen den Stämmen kam ein meckerndes Gelächter.

»Hast wohl Angst, was?«

Es knackte. Ein Zweig brach.

»Musst keine Angst haben. Kindern tu ich nichts.«

Jonas rang nach Atem, suchte Worte. War *er* das? Hatte Ruben ihn *nicht* aufhalten können? Andererseits – war das nicht die Stimme eines Jungen, die er da hörte?

Wie ein Schatten löste sich jemand von einem Stamm und trat ins Dämmerlicht. Der Jemand war nicht größer als Jonas.

»Ich bin Ole Mond«, sagte er. »Und wer bist du?«

Der Junge war jetzt nur ein paar Schritte von ihm entfernt. Ein Wust dicker, kupferroter Haare wies von seinem Kopf in alle Himmelsrichtungen, das Gesicht darunter war klein und leuchtend blass. Ole Mond trug einen knöchellangen, dunklen Mantel und einen breiten Gürtel um den Bauch. Die Gurte eines Rucksacks schnitten ihm in die Schultern.

Jonas' erster Gedanke war, dass er alles geheim halten musste. Wunderlich, Ruben, das Spielzimmer, das Heft, das Clara geschrieben hatte und das er immer noch bei sich trug, und sogar seinen Namen. Aber sein Mundwerk machte alle guten Vorsätze gleich zunichte.

»Jonas«, sagte Jonas.

»Jonas. Gut. Und weiter?«

»Nichts«, sagte Jonas und ärgerte sich.

»Nichts weiter. Auch gut«, sagte Ole Mond.

»Nein«, hörte Jonas sich sagen. »Nichts ist das Weiter. Ich heiße so. Nichts ist ein Name. Meiner jedenfalls.«

Ole Mond hatte einen unheimlich großen Mund. Er grinste unverschämt. Dann trat er einen Schritt näher, die Daumen unter die Gurte seines Rucksacks geklemmt. »Es gibt nichts, das es nicht gibt«, sagte er und klang ziemlich großspurig dabei. »Ich weiß das. Ich habe alles gesehen. So bin ich.«

Er schaute Jonas neugierig an und Jonas schaute weg.

»Also«, sagte Ole. »Willst du jetzt den armen Krempel fangen? Kopfgeldjäger werden? Siehst gar nicht wie ein Trabant aus.«

»Wie ein was?«, fragte Jonas leise.

Ole Mond zog eine Braue hoch und legte langsam den Kopf schief. »Ja, sag mal … Wo kommst *du* denn her, dass du nicht weißt, was ein Trabant ist?«

Jonas zwang sich zu überlegen. »Von da«, sagte er schließlich und wies zumindest ungefähr in die Richtung, aus der er gekommen war. »Ich warte auf jemanden.« Aber das war schon wieder ein Satz zu viel gewesen.

»Auf wen denn?«, fragte Ole Mond.

»Das …«, sagte Jonas und bohrte die Fingernägel in seine Handflächen, »… geht dich nichts an.« Er rechnete fest mit einer scharfen Antwort, aber Ole Mond nickte anerkennend.

»Was dagegen, wenn ich dir Gesellschaft leiste?«, fragte er. »Es wird langsam dunkel und ich bin ein bisschen müde.« Ohne eine Antwort abzuwarten, schnallte er den Rucksack ab und wuchtete ihn auf den Boden. »Hast du Hunger?«, fragte er. »Wir könnten ein Feuer machen.«

»Ja«, sagte Jonas. »N-Nein!«, sagte er dann. »Kein Feuer. Bitte.«

Ole hatte sich schon über den Rucksack gebeugt und sah jetzt auf. »Ja. Nein. Ja. Nein«, sagte er, etwas unwirsch und ein wenig spöttisch. »Hör mal! Wenn hier was im Argen liegt und du dich vielleicht versteckst, dann sag es besser. Ich fürchte mich vor gar nichts, aber ich weiß ganz gern, wovor ich mich nicht fürchte. Alles klar?« Mit der rechten Hand griff er sich an sein linkes Ohr. »Siehst du das hier?«

Jonas trat einen Schritt näher, zögernd. Durch Oles Ohrläppchen war ein kleiner goldener Ring gestochen.

Ole Mond hatte sich wieder aufgerichtet und funkelte ihn an. »Ich hab das selber gemacht«, sagte er. »Ich bin nämlich viel unterwegs, weißt du? Ich bin ständig unterwegs, immer eigentlich. Ich bin ein Wanderer, ja? Und wenn mir einer mal was tun sollte und ich dann in meinem Blut liege und mich dann einer findet, dann darf er den Ohrring dafür nehmen, dass er mir ein Grab schaufelt. So ist das. Der Ohrring ist aus purem Gold.« Ole verschränkte die Arme. »Ich«, sagte er, »habe keine Angst.«

Dafür hatte Jonas jetzt welche. Er starrte Ole an und versuchte die Angst herunterzuwürgen wie einen ekelhaften, knorpeligen Brocken Fleisch.

»Sag mal«, sagte Ole. »Siehst du mit beiden Augen eigentlich dasselbe?« Mit blanker Neugier schaute er Jonas ins Gesicht. »Hab ich noch nie gesehen, zwei verschiedene Augen.«

»Ja«, knurrte Jonas. »Ich sehe mit beiden Augen dich.«

Ole Mond legte den Kopf schief. »Sei's drum.« Er fasste wieder nach seinem Ohr. »Die Seeleute machen das so mit dem Ohrring«, erklärte er. »Das hab ich mal gehört. Auch wenn es hier gar keine Seeleute gibt. Ich habe jedenfalls noch nie welche getroffen. Weit und breit kein Meer.« Er wandte sich wieder seinem Rucksack zu. »Kein Feuer also«, murmelte er.

»Ja, kein Feuer wäre besser. Danke«, sagte Jonas. Er war ganz zerrissen. Einerseits war er froh, dass Ole Mond aufgetaucht war. Andererseits strengte es ihn an. Er musste seine Gedanken beisammenhalten. Er durfte sich nicht verraten. Er musste doch wachsam sein. Die Dunkelheit kam jetzt mit Riesenschritten.

»Willst du hier bleiben über Nacht?« Mit einiger Mühe zog Ole ein wirres Knäuel aus dem prallen Rucksack und schüttelte es so lange aus, bis es wie eine Decke aussah. Er breitete sie aus. »Setz dich«, sagte er. »Erst essen wir drauf, dann schlafen wir drunter.« Er zuckte zweimal mit den Augenbrauen, aufmunternd.

»Ich bin nicht müde«, sagte Jonas. Das war glattweg gelogen. Er war so erschöpft, dass es wehtat, aber er durfte doch nicht schlafen. Schnell sah er zu den Hügeln hinüber, doch es war schon fast nichts mehr zu erkennen. Was, wenn Ruben in der Nacht einfach an ihm vorbeiliefe?

Ole Mond grunzte, griff wieder in den Rucksack und holte zwei Äpfel und ein dickes Stück Brot hervor. »Da«, sagte er, brach das Brot entzwei und hielt Jonas eine Hälfte hin. »Jetzt setz dich doch endlich.«

Es tat gut, die Beine auszustrecken.

Sie aßen schweigend. Ole Mond schmatzte laut.

»Dieses Plakat ...«, sagte er, als er das Gehäuse seines Apfels schließlich in die Dunkelheit zwischen den Bäumen pfefferte. »Über dieses Plakat musst du dir keine Sorgen machen. Solche wie dich und mich suchen sie nämlich nicht. Du bist *wahrscheinlich*, ja? Bis auf die Augen vielleicht. Aber sonst wahrscheinlich. Aber das weißt du ja schon alles, nehme ich an.«

»Ja. Klar«, log Jonas. »Weiß ich alles. Weiß doch jeder.«

»Hm-m«, machte Ole Mond. Er glaubte Jonas kein Wort, so viel war klar.

Wahrscheinlich, dachte Jonas. Was sollte das bloß heißen? Es konnte *wahrscheinlich* Regen geben. Eine Kuh konnte *wahrscheinlich* morgen kalben. Aber konnte jemand wahrscheinlich *sein*?

»So einer wie Krempel zum Beispiel ist nicht wahrscheinlich«, sagte Ole wie zu sich selbst. »Obwohl das natürlich schwer zu entscheiden ist. Es gibt keine Regel. Außer die, die die Kaiserin aufgestellt hat, natürlich.«

»Natürlich«, sagte Jonas beflissen. Zu seiner Beruhigung war ein halber Mond aufgegangen und warf ein wenig Licht. Jonas spähte über die Hügel. Viel sehen konnte er nicht. Er wandte sich wieder seinem neuen Bekannten zu. Ole macht seinem Namen Ehre. Sein Gesicht war so bleich wie das Mondlicht.

»Nichts zu sehen, was?«, sagte Ole mitfühlend. »Pass nur auf. Dein Freund kommt schon noch.«

Für einen Moment erstarb das Gespräch. In den Bäumen über ihnen knisterte und knackte es, als legten sich die Äste und Zweige zur Ruh.

»Man muss es einfach wissen«, sagte Ole Mond nach einer Weile. »Von selber kommt man nicht drauf. Ein Wicht zum Beispiel ist unwahrscheinlich. Ein Trabant dagegen ist wahrscheinlich.« Er deutete auf den Baum gegenüber. »Ein Pfau ist wieder wahrscheinlich. Ein Basilisk ist aber unwahrscheinlich. Was irgendwie unlogisch ist, wenn man's bedenkt. Oder?«

»Hast du schon mal einen … einen Basel… einen Basi…« Jonas brach ab. Er kannte nicht mal das Wort.

»Einen Basilisken gesehen?«, half Ole Mond aus. »Klar. Eines Tages stand er vor mir. Einfach so. Mit allem Drum und Dran. Vier Füße, Krone, die Dornen an den Flügeln und der Schlangenschwanz natürlich. Ist aber schon eine Weile her. Er ist dann auch gleich weggeflogen.« Ole Mond fuhr sich durch den wüsten Haarschopf und kratzte sich dann ausgiebig den Schädel.

Es gibt eigentlich keine Vögel mit Schlangenschwanz, dachte Jonas. Und eigentlich gibt es auch keine Wichte. Pfaue allerdings gibt es. Wenn er es sich recht überlegte, verstand Jonas ziemlich gut, was *wahrscheinlich* war und was nicht. Auch wenn er keine Ahnung hatte, wer oder was ein Trabant war und wie er selbst in das ganze Durcheinander passte.

»Wie auch immer«, sagte Ole Mond und streckte sich. »Ich muss jetzt schlafen.« Ohne vorher die Schnürsenkel zu öffnen, zerrte er sich die halbhohen Stiefel von den Füßen. »Ob du wohl von der Decke runtergehen könntest?«

Jonas stand auf.

»Danke. Ich nehme an, du bist immer noch nicht müde, ja?« Ole begann sich in die Decke einzuwickeln. Dann schob er sich den Rucksack als Kopfkissen zurecht.

»Ich bin … wach«, sagte Jonas. »Mir geht's gut.« Er lehnte sich an den Baumstamm und fühlte sich plötzlich sehr allein. Am liebsten hätte er Ole in diesem Augenblick alles erzählt. Von Brand, von Wunderlich und dem seltsamen Schrank. Aber dann zog er bloß die Schultern hoch bis zu den Ohren und starrte an den Baumstämmen vorbei in die Dunkelheit.

Wenig später atmete Ole Mond tief und regelmäßig.

Jonas kauerte sich an den Stamm und schlang die Arme um die Knie. Nichts regte sich auf den Hügeln, nicht mal ein Tier. Selbst im Geäst über ihm war es jetzt still. Es war, als schliefe sogar die Erde, auf der er saß – schwer und traumlos.

Nicht einschlafen, dachte er noch, aber die Stirn sank ihm doch auf die Knie.

Das 13. Kapitel,
in welchem ein Unglück geschieht

Jonas! Jonas!« Ole Mond hatte ihn an der Schulter gepackt und rüttelte, nicht besonders sanft. Er flüsterte heiser.

Jonas versuchte einen wirren Traum abzuschütteln. In einen kahlen Raum brandete Wind. Eine Schranktür schwang auf und schlug wieder zu. Jonas stand im Spielzimmer. Er hörte jemanden flüstern, zischen. Er hob den Kopf.

»Schhh.« Ole legte einen Finger an die Lippen. Um ihn herum tauchte der Halbmond alles in ein schwaches, milchiges Licht.

Jonas tat der Nacken weh. Er blinzelte. Er war ganz steif. Immer noch saß er am Fuße des Baums, von den eigenen Armen zusammengeschnürt wie ein Paket.

»Bist du jetzt endlich wach?«

Ohne zu wissen wie, war Jonas plötzlich auf den Füßen. Einen Moment lang schwankte er. Ruben! Er hätte nicht einschlafen dürfen! »Ist er da?«

»Leise, verdammt!«, zischte Ole Mond und zog Jonas wieder zu sich hinab. »Sei leise und hör hin!«

Jonas spitzte die Ohren. Was er hörte, klang nach getrockneten Bohnen in einem stählernen Topf. Das Geräusch kam von den Hügeln her. Noch war es ganz leise.

»Wartest du etwa auf eine ganze Kompanie?«, fragte Ole. Er brachte es fertig, zu grinsen. Er war noch auf Socken. Sein Haarschopf sah noch wüster aus als zuvor. Sein Gesicht leuchtete.

»Was ist das?«, flüsterte Jonas entgeistert. Es war ein unheimliches Geräusch und es kam näher.

»Säbelrasseln«, raunte Ole. »Das sind Soldaten. Ich schwöre.« Er ließ sich auf den Hosenboden fallen und stülpte sich die Stiefel über die Füße. Dann stopfte er die Decke in den Rucksack.

Jonas starrte in die Dunkelheit, die Dunkelheit starrte zurück. »Was für Soldaten?«

»Kaiserliche.« Ole schnallte sich den Rucksack um. Er war leise und schnell. Jonas sah ihm verdutzt zu, nicht neidisch, aber auf eine seltsame Art sehnsüchtig. Vielleicht weil Ole wusste, was er tat.

»Du hast dir das Plakat doch in die Tasche gesteckt«, zischte Ole.

Jonas brauchte einen Augenblick, um zu verstehen. »Die suchen den Wicht?«, flüsterte er. »Krempel?«

Das Säbelrasseln kam näher. Jetzt konnte Jonas auch das dumpfe Grollen des Gleichschritts hören.

»Sie suchen solche wie Krempel. Unwahrscheinliche.« Ole hockte jetzt wieder neben ihm, so nah, dass Jonas ihn atmen hörte. »Sie sind oft nachts unterwegs.« Ole hatte einen verächtlichen Zug um den Mund. »Aber Krempel werden sie hier nicht finden.«

»Was sollen wir denn jetzt tun?« Jonas spürte, wie fahrig er war. Kaum ein Gedanke ließ sich festhalten. Jeder stürzte vorbei.

»Still halten. Und auf der Hut sein.«

Jonas schluckte laut. Dann biss er sich so fest auf die Zähne, dass sich seine Kiefermuskeln zu kleinen Bällen verhärteten.

Irgendwie machte es das besser.

»Du musst keine Angst haben«, flüsterte Ole. »Schlimmstenfalls würden sie uns wegschicken. Sie haben keine Ahnung, wer ich bin.«

Jonas stutzte. Was sollte das wieder heißen? Wer war denn Ole Mond, dass die Kaiserlichen ihn nicht erkennen durften? Aber Jonas hatte sich schon viel zu viele Blößen gegeben. Er würde nicht weiter nachfragen, sondern auf Ruben warten. Stumm verfluchte er die Soldaten. Warum mussten sie gerade jetzt auftauchen?

Der Pfau im Baum gegenüber war aufgewacht und miaute. Mit einem ungelenken Satz verließ er seinen Ast und schleppte sein schweres Rad davon wie ein Bündel Reisig. Er hatte auch keine gute Nacht.

»Da.« Plötzlich waren sie in Sicht, eine Zweierreihe aus bleichen Uniformen unter dem Mond, vielleicht fünfzig Schritt entfernt. Klirrend kamen die Soldaten zum Stehen. Es war ungefähr ein Dutzend Männer. Ein großer Kerl mit tressenbesetzter Brust an ihrer Spitze brüllte in die Nacht.

»WER DA?«

Jonas zuckte zusammen. Hatte der Anführer sie entdeckt? Aber Oles Hand lag wie zur Beruhigung auf seiner Schulter.

»ZEIGT EUCH!«

Der Anführer stierte in Richtung der Hügel weiter hinten. Jonas folgte seinem Blick, konnte aber nichts erkennen.

»KOMPANIE!«, donnerte der Anführer.

In die bleiche Horde hinter ihm kam Bewegung.

»ENTZÜNDET DIE FACKELN!«

Mit einem unterdrückten Fluch drückte Ole Jonas zu Boden. Die Erde roch würzig. Sie kam so nah wie in einem Traum. Auf einmal war Jonas schwindlig.

Dann wurde es hell. Von einem Augenblick auf den anderen waren die Soldaten dort drüben in ein flackerndes Licht getaucht. Jeder zweite von ihnen hielt eine Fackel hoch, an der die Flammen leckten. Sattgelb erschienen die Uniformen jetzt im Licht, Gesichter leuchteten auf und verschwanden wieder im Schatten.

»ZIEHT BLANK!«

Ein Geräusch wie Messerwetzen. Blanke Säbel spiegelten die flackernden Lichter. Jonas' Finger krallten sich in die schwere Erde.

»HALT!«, bellte der Anführer.

Da vorn war eine Bewegung im Gras. So als richtete sich jemand auf.

»KOMPANIE!«, brüllte der Anführer. »FASST IHN!«

Dann war alles ein Rennen, Stürzen, Huschen. Die Soldaten stoben klirrend auseinander. Wie Irrlichter schwankten die Fackeln in der Finsternis. Seit sie brannten, war die Dunkelheit, die sie umgab, undurchdringlicher als zuvor.

Jonas spürte seinen Atem schneller gehen, immer schneller. Er schloss die Augen und machte sie gleich wieder auf, weil ihm sonst noch schwindliger wurde.

»ER IST DA!«, brüllte der Anführer, jetzt wieder ins Dunkel getaucht. »DA!«

Ole neben ihm war vor Anspannung ganz steif.

»DORT!«, schrie der Anführer.

Die Erde zerbröselte zwischen Jonas' Fingern.

»DA!«

Die Soldaten stürmten vor, machten kehrt, stürmten zurück. Einer fiel, wie eine Sternschnuppe stürzte seine Fackel ins Gras. Zwei andere stießen fluchend gegeneinander.

Jonas riss die Augen auf, so weit er konnte.

»OH, IHR VERDAMMTEN AUTOMATEN!«, fluchte der Anführer.

Erst jetzt entdeckte Jonas den Schatten, der wie ein Hase zwischen den Soldaten Haken schlug. Gebückt, dann aufrecht spurtete er voran, bis sich ihm ein Soldat in den Weg stellte. Dann tauchte der Schatten wieder ab, für einen Augenblick erneut unsichtbar.

Mit heiseren Stimmen riefen sich die Soldaten etwas zu.

»Hier!«

»Hierher!«

»Hab dich!«, krächzte einer. Aber dann fiel er bloß um, ganz so wie der andere zuvor, Fackel voran.

Der Schatten schien zu entkommen. Jonas hatte ihn wieder im Blick, nur noch zwei Soldaten versperrten ihm den Weg ins Offene. Doch jetzt warf sich einer dieser beiden dem Schatten zwischen die Beine. Der Schatten strauchelte und fiel. Nur ein Zwinkern später war auch der zweite Soldat über ihm. Seine Fackel hatte er achtlos zur Seite geworden. Jetzt hörte man ein Keuchen.

Aber es war ein ungleicher Kampf. Immer mehr Soldaten kamen heran. Gespenstisch sah es aus, als sie die Kämpfenden mit ihren Fackeln umringten. Jonas sah fassungslos zu, zu keinem Gedanken mehr fähig, so, als wäre er innerlich taub.

Der Anführer kam als Letzter hinzu, für ihn teilte sich der Kreis. Zu Füßen der Soldaten war es jetzt still.

»STELLT IHN HIN!«, donnerte der Anführer.

Es wurde gezogen und gezerrt, und dann, erst dann erkannte Jonas den Schatten. Einer der beiden Soldaten, die ihn gefasst hatten, drehte ihm die Arme auf den Rücken. Der Gefangene streckte den Kopf vor, das halblange Haar hing ihm wild in die Stirn.

Es war Ruben!

Im selben Moment schloss sich Ole Monds Hand um Jonas' aufgerissenen Mund. Jonas versuchte sich loszuwinden, und wurde mit einem Rempler in die Rippen bestraft.

»Halt bloß den Rand!«, zischte Ole.

Aber Jonas gab noch nicht auf. Mit beiden Händen griff er nach Oles Arm, der ihm den Mund verschloss. Die Taubheit war fort, in ihm war jetzt alles in Aufruhr. Mit einem Mal hatte er ungeheure Kräfte.

Ruben! Er musste zu Ruben!

Ole ließ los. »Wenn du ihm helfen willst, dann hältst du jetzt still.«

Jonas sank augenblicklich in sich zusammen. Ole hatte recht. Was konnten zwei Jungen gegen ein Dutzend Soldaten ausrichten? Es war zu spät.

Er sah wieder auf, ganz und gar mutlos.

»WER SEID IHR?« Der Anführer hatte sich vor Ruben aufgebaut, das Kinn gereckt, die Brust geschwollen.

Aber Ruben würde nicht antworten. Er konnte nicht antworten. Er war stumm. Jonas' Fäuste schlossen sich. Er biss sich wieder auf die Zähne.

»RAUS MIT DER SPRACHE, DU BANDIT! WAS SCHLEICHST DU HIER HERUM?«

Und dann geschah etwas, das viel unglaublicher war als jeder Wicht und jeder Basilisk, etwas, das durch und durch *unwahrscheinlich* war. Jonas hörte, wie sein Name gerufen wurde. Er hörte eine Stimme, die er noch nie gehört hatte und doch erkannte. Es war Rubens Stimme.

»Jonas!«

Aber das konnte nicht sein. Konnte nicht. Konnte …

»Jonas!«

Der Soldat in seinem Rücken riss Ruben zurück, Jonas meinte, den Ruck zwischen den Schulterblättern zu spüren. Aber Ruben brüllte weiter, am Anführer vorbei, einfach in die Nacht hinein.

»Hüte dich vor dem Hirten! Jonas! Hörst du! Hüte dich vor dem Hirten!«

Wieso konnte er sprechen? Warum?

Der Soldat riss Ruben zu Boden.

»STOPFT IHM DAS MAUL!«, schrie der Anführer wütend.

Aber Ruben rief immer noch. »Jonas! Such den Spinnenpalast! Den Spinnen…!« Dann erst erstickte seine Stimme. Drei Soldaten waren jetzt über ihm, ein Knäuel aus Leibern. Ruben hatte keine Chance.

Jonas ließ den Kopf sinken. Alle Kraft hatte ihn verlassen. Er zitterte am ganzen Körper. Plötzlich war ihm eisig kalt.

Dann spürte er Oles warmen Atem an seinem Ohr. »Weg hier!«

Aber Jonas rührte sich nicht. Er hatte die Augen geschlossen, das Gesicht gegen den Waldboden gepresst. Ole sollte abhauen – ihn allein lassen – jetzt!

Aber Ole dachte gar nicht daran. Er zerrte an Jonas' Arm. Er flüsterte.

»Du kannst ihm nicht helfen. Nicht jetzt. Also mach schon!«

Nein, dachte Jonas, aber dieser Gedanke war so kraftlos wie er selbst.

»Komm jetzt!«, fluchte Ole. »Komm!«

Das 14. Kapitel
liefert einige höchst unvollständige Erklärungen Ole Monds

Sie kauerten am Waldrand, unter ihnen floss das Gras sanft eine Senke hinab. Schon am frühen Morgen war der Himmel blauer als blau, die strahlend weißen Wölkchen wirkten wie ausgestanzt und auch das Tirili der kleinen gelben Vögel in den Bäumen blieb sich immer gleich.

In Jonas' Ohren klang es wie Spott. Er hatte den Kopf in die Hände gestützt und versuchte nachzudenken. Bis jetzt hatte er kaum eine Gelegenheit dazu gehabt. Ole Mond hatte ihn durch den nächtlichen Wald geschleift, und erst als die Sonne sich schon wieder dieser seltsamen Welt zuwandte, hatten sie Rast gemacht, ganz außer Atem. Jonas hatte nicht die geringste Vorstellung, wohin Ole ihn führte, aber er war ihm willenlos gefolgt, immer noch wie betäubt.

Ole kaute geräuschvoll, er schien einen schier unerschöpflichen Vorrat an Äpfeln zu besitzen.

»Ich weiß, wo sie ihn hinbringen«, sagte er undeutlich.

Von gelegentlichen Zurufen Oles und bruchstückhaften Fragen, die Jonas in der Nacht zwar gestellt, aber nicht beantwortet bekommen hatte, waren das die ersten Worte, seit Ruben in die Fänge der Soldaten geraten war. Jonas musste immer daran denken. Er sah Ruben vor sich und hörte ihn rufen und verstand jedes Wort und doch nichts.

Hüte dich vor dem Hirten!
Such den Spinnenpalast!

Aber warum konnte Ruben plötzlich sprechen? Hatte er sich in Wunderlich nur stumm *gestellt*? Immerhin – er war aus dem Turm entkommen, unverletzt. Das war die gute Nachricht. Jonas seufzte.

»Hörst du mich eigentlich?«, fragte Ole Mond.

»Ja«, sagte Jonas leise. »Schon.«

»Ich habe gesagt, ich weiß, wo sie ihn hinbringen, deinen Freund.«

»Warum haben sie ihn denn überhaupt festgenommen?« Jonas wollte eins nach dem anderen bedenken, unbedingt.

Ole schnaubte. »Na, weil er sich versteckt hat und weggelaufen ist natürlich. Sonst sah er doch ganz wahrscheinlich aus. Größer als ein Wicht, kleiner als ein Fängge, und ein Monokelauge oder so was hatte er auch nicht.«

»Monokelauge.« Jonas wiederholte das fremde Wort einfach nur. Es war nicht einmal eine Frage.

Ole bohrte sich den Zeigefinger mitten in die bleiche Stirn. »Monokel haben nur ein einziges Auge. Da.«

Jonas nickte schwach. »Und wer ist der Hirte, Ole?«, fragte er tonlos. War das nicht die wichtigste Frage von allen?

Aber Ole fiel die Antwort offenbar schwer. Seine Lippen wurden ganz schmal, und er wirkte noch blasser, als er ohnehin war. Nervös begann er an seinem Ohrring zu fummeln. »Wir reden hier nicht gern über ihn«, sagte er endlich. »Viele sagen, es bringt Unglück, seinen Namen auch nur in den Mund zu nehmen. Dein Freund hat also recht. Hüte dich vor ihm.«

»Aber wer ist … *er*?« Jetzt wollte auch Jonas das Wort nicht sagen. *Hirte*, dachte er dann gleich darauf, als würde ihn jemand dazu zwingen.

Ole zuckte mit den Schultern. Wahrscheinlich wollte er bedeuten, es sei ihm egal, aber eher sah es so aus, als schüttele er einen schlimmen Gedanken ab. »Das weiß keiner. Vielleicht ist er ein Ungeheuer. Vielleicht ein Geist. Aber bestimmt kein Schutzgeist, das sage ich dir. Und bevor du mich weiter löcherst – ich weiß nicht, was der Spinnenpalast ist. Ich habe noch nie davon gehört. Und wenn ich noch nicht davon gehört habe, heißt das was. Ich war ja schon überall.«

Jonas starrte ins Leere. Er hätte Ruben so nötig gehabt. Einen winzigen Moment lang überlegte er zurückzugehen, durch den Schrank, nach Wunderlich. Aber es war unvorstellbar, Ruben bei den Soldaten zurückzulassen. Ruben war ihm gefolgt und er würde Ruben folgen. Wie und wohin auch immer. Er beschloss das in diesem Moment – ein für alle Mal.

Die Jungen schwiegen für eine ganze Weile, jeder hing seinen Gedanken nach.

»Wollen wir eigentlich weiter so tun, als wüsstest du Bescheid?«, fragte Ole schließlich. Er klang jetzt wieder munterer. »Als würdest du dich hier auskennen und so weiter? Ich meine, ich weiß sowieso, dass du noch nie hier gewesen bist.« Er legte den Kopf schief. »Wo du herkommst, weiß ich aber nicht. Keine Ahnung. Und dabei renne ich mit dir durch den Wald, als machte *mir* einer Feuer unter dem Hintern.«

Jonas senkte den Blick.

»Zum Donnerwetter«, fügte Ole Mond noch an, aber es war milder Fluch.

Jonas starrte auf den Boden und suchte nach den richtigen Worten – falls es sie überhaupt gab. Genau da, wo er saß, trafen sich Wald und Wiese.

»Bist du«, begann er vorsichtig und vermied es dabei, Ole anzusehen, »auch … durch … diesen … Schrank …« Er brach ab. Es war ein sinnloser Versuch. Wenn Ole Mond durch den

Schrank im Spielzimmer hierhergekommen wäre, dann hätte Tabbi doch davon gewusst. Oder nicht?

»Was für ein Schrank?«, fragte Ole.

»Nichts«, sagte Jonas. »Weißt du, ich komme von da vorne, von hinter dem Wald, hinter den Hügeln, und ich war wirklich noch nie hier. Ich habe noch nie einen Basilisken gesehen. Und keinen Wicht. Und ich weiß auch nicht, was ein Trabant ist und was Kaiserliche sind.« Er war ganz froh, dass er das gesagt hatte.

Ole Mond nickte andächtig. Dann pulte er mit der Zunge nach einem Apfelrest zwischen seinen Zähnen. »Die Soldaten waren Trabanten«, sagte er schließlich. »Aber das konnte man natürlich nicht so richtig sehen, in der Nacht. Außerdem waren es ziemlich gute Trabanten. Aus Kanaria, also direkt aus dem Schloss. Das sind die besten. Bei denen merkt man es weniger leicht. Wenn man die Gesichter nicht so genau sieht, meine ich.«

Jonas starrte ihn verständnislos an. »Was ist Kanaria, Ole?«, fragte er dann mit seiner neu gewonnenen Freiheit, Fragen stellen zu können.

»Das hier ist Kanaria. Die Gegend heißt so. Und das Schloss auch. Ich glaube, wegen der ganzen Kanarienvögel in den Bäumen. Hast du sie gesehen? Die Gelben?« Er deutete in einen Wipfel hinauf, auch wenn da gerade kein Vogel zu sehen war. »Tirili«, sagte Ole und lächelte müde.

»Und in dem Schloss Kanaria wohnt die Kaiserin, die auf dem Steckbrief erwähnt wird?«

»Genau. Wenn sie da ist. Sie ist nämlich nicht immer da. Und der, der gestern Nacht so rumgebrüllt hat, der Große, das ist ihr General. Der General Grimbert. So heißt er.« Ole klang fast ein wenig abwesend, so als dächte er über etwas ganz anderes nach. »Sag mal, *wie* war das mit dem Schrank?«

Jonas seufzte wieder. Vielleicht verlor er hier über all diesen Erklärungen viel zu viel Zeit. Vielleicht hätte er Ole besser einfach nur gefragt, wo die Soldaten Ruben hinbringen würden. Andererseits konnte er von Ole kaum ehrliche Antworten erwarten, wenn er selbst keine gab.

»Ich …«, setzte er an. »Also gut, ich bin durch einen Schrank gekommen. Ich habe die Schranktür aufgemacht und dann war da diese Wiese. Eigentlich war dann das alles hier da. In dem Schrank.« In einer hilflosen Geste breitete er die Arme aus.

Ole grinste, wie wohl nur Ole grinsen konnte, mit Augen, Ohren, Nase und Mund. »Das hast du wohl geträumt, was?«

»Kann sein«, sagte Jonas. »Jedenfalls war ich noch nie hier.«

»Hm.« Für den Augenblick schien sich Ole zufriedenzugeben. »Wie alt bist du eigentlich?«

Jonas spürte, wie er eine Gänsehaut bekam. »Dreizehn«, sagte er. »Seit letztem Herbst.« *Wer immer dich fragt*, hatte Ruben geschrieben, und das galt auch – sogar – für Ole Mond. Die Gänsehaut verschwand. Jonas fühlte sich besser, als die Lüge heraus war.

»Pah!«, sagte Ole. »Du siehst überhaupt nicht wie dreizehn aus. Du bist ja kleiner als ich.«

Das stimmte nicht. Sie waren gleich groß.

»Wie alt bist du denn?«, fragte Jonas.

Ole Mond stützte die Handflächen auf den Boden und legte den Kopf etwas zurück. »Ich bin zwölf«, sagte er. »Und ich bin der Einzige hier, der zwölf ist. Weit und breit der Einzige.« Er grinste wieder sein Ole-Grinsen. »Aber das ist eine andere Geschichte. Willst du jetzt wissen, wohin sie deinen Freund bringen?« Er beugte sich wieder vor. »Wer ist er überhaupt?«

»Er heißt Ruben«, sagte Jonas. »Er ist …« Er überlegte einen Augenblick. »Er ist so eine Art Onkel.« Er nickte heftig. Ihm gefiel seine Erklärung. »Ruben kennt mich schon, seit ich ganz klein bin. Wir wollten uns hier treffen.«

»Onkel Ruben also.« Ole griff nach dem Rucksack. »Sie bringen ihn nach Kanaria. Zum Schloss. Ich bin da erst vor ein paar Tagen gewesen. Hab so rumgeschaut. Wenn du willst, bring ich dich hin.« Er stand auf.

»Ole?«

»Ja?«

»Warum dürfen die Kaiserlichen nicht wissen, wer du bist?«

Mit viel Schwung landete der Rucksack auf Oles Rücken. »Weil ich zwölf bin. Darum.« Mehr hatte Ole Mond nicht zu sagen.

Eine halbe Ewigkeit lang folgte Jonas Oles wippendem Rucksack. Es ging die Senke hinab und dann hinauf in den nächsten Wald, wo die Sonne lichte Flecken auf den Boden warf. Sie kletterten über umgestürzte, malerisch mit Moos bewachsene Stämme, schlugen sich durch Unterholz, das so dicht war, wie es sich für Unterholz gehörte, und von Zeit zu Zeit überquerten sie eine Lichtung – dann schien ihnen die Sonne auf einmal warm ins Gesicht. Schließlich sah Jonas von einem Hügel aus Wasser schimmern. Erst war es nicht mehr als ein Zwinkern, dann öffnete sich das Blau wie ein Auge in der Landschaft. Auf einer letzten Anhöhe vor dem Ufer streckte Ole den Arm aus wie ein Feldherr.

»Siehst du die Dächer?«, fragte er.

Jetzt, da sie endlich still standen, ließ Jonas den Blick schweifen. Als blauer Spiegel lag der See unter ihm, wie eine Himmelslache kam er ihm vor. Jonas erkannte das gezackte gegenüberliegende Ufer und eine von Bäumen gesäumte Insel, ein grüner, dunkler Fleck im hellen Wasserblau. Zu seinen Füßen duckten sich einige Reetdächer unter vereinzelte Bäume, ein paar Häuser drängten sich bis fast ans Ufer.

»Ist das … ist das Callamaar?« Es war eine Art Eingebung. Jonas hatte die Häuser gesehen und an das Bild gedacht, das Clara in das winzige Heft gemalt hatte, auch wenn es ganz andere, größere Häuser zeigte.

Ole starrte ihn entgeistert an. »Woher weißt du von Callamaar?«

Jonas wurde rot. Er wusste selbst nicht, warum. »I-Ich«, stotterte er los, »ich habe davon gehört. Ich weiß eigentlich gar nichts.«

»So?« Zweifelnd hob Ole Mond seine Brauen. »Callamaar gibt's auch gar nicht mehr. Vergiss Callamaar! Das da ist einfach ein Trabantendorf. Komm!« Er legte eine Hand auf Jonas' Rücken und schob ihn an. »Aber leise! Nicht, dass sie besonders gut aufpassen, aber sie sollen uns nicht sehen.« Und schon war Ole wieder zwei Schritte voraus.

Jonas stolperte ihm hinterher. In seinen Ohren rauschte es. Ole Mond kannte Callamaar! Die Stadt gab es wirklich oder wenigstens hatte es sie gegeben. Aber was bedeutete das? Am liebsten hätte Jonas gleich sofort einen Zettel hervorgeholt und alles aufgeschrieben, was er bislang erfahren hatte. Jede Möglichkeit wollte er notieren, alles bedenken und nichts vergessen.

Denn wenn Ole Mond es kannte, war Callamaar dann nicht der Beweis, dass auch Clara hier gewesen war?

Und musste, was für Clara galt, nicht auch für Alma gelten?

Plötzlich sah sich Jonas um, wie gehetzt.

Wo waren denn Alma und Irmingast, wenn sie im Spielzimmer waren? Hier!

Natürlich hier!

Warum nur hatte er das nicht gleich verstanden? Und jetzt war auch klar, warum er nicht ins Spielzimmer durfte. Clara hatte nicht gewollt, dass er hierherkam. Nicht das Spielzimmer mit seinen mottenzerfressenen Puppen, sondern Kanaria war verboten!

Und warum war Kanaria verboten?

Weil …

Weil Jonas dort in Gefahr war. In einer unverstandenen und unsichtbaren Gefahr, die hier noch viel größer war als in Wunderlich. Jonas sah noch einmal über seine Schulter, den langen Weg zurück. Aber er hatte seine Entscheidung schon getroffen.

Mit schnellen Schritten schloss er zu Ole auf, wie einen Talisman berührte er heimlich den Rucksack. Sie hatten das Dorf fast schon erreicht.

Trabanten, dachte Jonas, so wie er gelernt hatte, *Basilisk* oder *Monokelauge* zu denken. Es war, als öffnete man die Arme, ohne zu wissen, was da gesprungen käme.

Das 15. Kapitel
enthält einen zweiten Brief an Peregrin Aber

Peregrin Aber hatte die Arme ausgebreitet, die Ellbogen ausgestellt und die kleinen, sauberen Hände auf die große, ordentliche Schreibtischplatte gestützt. Alles war an seinem Platz – die Akten, die Federn, die beiden Tintenfässer und der Advokat. Der Lärm, den nur Städte machen, drang durch ein großes Fenster in Peregrin Abers Rücken wie von fern in die Kanzlei. Doch welcher Bierkutscher auch immer da unten so gottlos fluchte, Peregrin Aber könnte ihm Genugtuung verschaffen – unter seiner Perücke – in seinem Talar – vor Gericht. Und auch die Dame, der gerade zwei Straßen weiter ein unbedacht ausgeleerter Kübel Unrat den teuren Hut und die neue Frisur verdarb, könnte schimpfend und stinkend die so vertrauenswürdig knarzende Treppe zur Kanzlei erklimmen, um sich Rat in Sachen »Unrat« zu holen, wie Peregrin Aber den Fall seinem Schreiber Cornelius Werk gegenüber vielleicht bald nennen würde. Draußen an der Tür des würdevollen Stadthauses jedenfalls war ein Schild angebracht, das nicht nur diese Dame einlud, jede Art von Streit die Treppe hinaufzutragen.

Peregrin Aber
Doktor der Jurisprudenz
Advokat

stand da, und das glänzende Messingschild, das der Schreiber

Werk jeden Morgen mit seinem Atem und einem feinen Tuch polierte, sah tatsächlich aus, als wäre alles gut oder würde es doch werden.

Peregrin Aber also hätte sich zufrieden in seinen dick gepolsterten Kanzleisessel zurücklehnen können, wäre nicht, kaum dass das Messingschild an der Tür in vertrautem Glanz erstrahlte, ein atemloser Eilbote im Vorzimmer erschienen, um hartnäckig nach dem Herrn Doktor zu verlangen.

Keineswegs glücklich über diese morgendliche Störung, war Peregrin Aber schließlich aus seinem Zimmer gekommen, um einen vom scharfen Ritt erschöpften jungen Mann anzutreffen, dem der Neuschnee gerade von den Schultern taute. Gleich zwei Briefe holte dieser Bote, nachdem er sich erst umständlich die Handschuhe von den Fingern gezogen hatte, aus seiner Tasche und schon da schwante Peregrin Aber Böses. Die Briefe kamen aus Wunderlich, das sah er auf den ersten Blick, und stirnrunzelnd folgte er dem wirren Bericht des Boten. Es sei schon dunkel gewesen, als eine ältere Frau auf dem Rücken eines Kutschgauls bei der Poststation eingetroffen sei und Himmel und Hölle in Bewegung gesetzt habe, damit ihre beiden Briefe noch in der Nacht bestellt würden.

Peregrin Aber enthielt sich eines Kommentars, dankte knapp und ließ den tintenbekleckSten Schreiber Werk Münzen aus der Kasse fingern, um den Boten zu bezahlen. Danach zog sich der Advokat hinter das Bollwerk seines Schreibtisches zurück und öffnete den ersten, fein säuberlich mit seinem Namen adressierten Brief. Die Schrift auf dem zweiten Umschlag hingegen war schon in Auflösung begriffen, die Tinte schlitterte nur so über das Papier. Doch Peregrin Aber war der Reihe nach vorgegangen, wie immer.

Mittlerweile lag der erste Brief gelesen vor ihm, das Wesentliche hatte der Advokat mit jener roten Tinte unterstrichen, die sonst den zahlreichen Fehlern des Schreibers Werk vorbehalten war. Folgendes hatte Peregrin Aber mit entschlossenen, geraden Strichen markiert.

es hat gestern einen Mordanschlag gegeben auf den jungen Jonas Nichts
niemand zu Schaden gekommen
weder von Hochwürden noch von der Baroness etwas zu Gesicht gekriegt
Sie müssen kommen

Für einen drei Seiten langen Brief war das weiß Gott magere Beute. Zu Peregrin Abers Verdruss hatte Tabbi alles zweimal gesagt, und statt sich an die Tatsachen zu halten, hatte sie nichts Besseres zu tun gehabt, als wilde Gerüchte über Sonneberger Spielzeug in die Welt zu setzen.

Sonneberger Spielzeug! Das hatte Peregrin Aber nicht unterstrichen. Verständnislos schüttelte er den Kopf.

Die Sache mit dem Leuchter hingegen war ernsthaft zu bedenken. Nach gewissenhafter Abwägung allerdings tippte Peregrin Aber auf einen Unfall. Wunderlich war morsch, und das Gemäuer lag so einsam, dass man dort leicht Gespenster sehen konnte.

Peregrin Aber legte den ersten Brief innerlich schon zu den Akten, bevor er nach dem zweiten griff. Diesmal sprangen ihm die Ausrufezeichen förmlich entgegen. Er begann ihn zu lesen, Satz für Satz.

16. November

Alles ist ganz fürchterlich, Herr Doktor! Es hat Schüsse gegeben! Ich werde vor Angst ganz verrückt!

Für einen Augenblick hatte Peregrin Abers mit roter Tinte vollgesogene Feder über dem Wort *Schüsse* gezittert, jetzt legte er sie beiseite. Erst achtlos, sodass sie nicht, wie sonst, zur Schreibtischkante ausgerichtet war, dann sorgfältig, damit die Feder verlässlich da lag, wo sie immer lag.

Ordnung!, ermahnte sich der Advokat. Dann beugte er sich wieder über Tabbis schlitternde Schrift.

Folgendes, Herr Doktor, hat sich zugetragen, es ist kaum ein paar Stunden her. Ich stehe am Herd, nur ein paar Schritte, von wo ich jetzt sitze, und da gibt es einen gehörigen Schlag! Erst denke ich an den Leuchter, der schon in tausend Scherben zersprungen ist! Aber dann weiß ich gleich, dass ich einen Schuss gehört habe! Gott sei Dank habe ich in meinem Leben nicht oft Schüsse gehört, Herr Doktor, aber ich erkenne doch welche, wenn ich sie höre.

Peregrin Aber seufzte schwer. Schon nach wenigen Zeilen war Tabbis Bericht ein heilloses Durcheinander. Aber jahrzehntelanges Aktenstudium und das hartnäckige Entziffern von Kleingedrucktem hatten den Advokaten gelehrt, niemals einen Satz zu überspringen. Mit Leidensmiene las er weiter.

Gleich laufe ich aus der Küche zum Innenhof, woher der Schuss gekommen ist, und sehe gerade noch, wie Ruben den jungen Herrn Nichts über den Platz zerrt, hin zum vermaledeiten Turm. Ich will die beiden noch anrufen, aber da schlägt die Tür zum Turm auch schon zu! Gerade will ich also auf den Innenhof, da höre ich eilige Schritte, und auf der anderen Seite – Himmelherrgott! Lieber Herr Doktor! Ich denke, mir erscheint der Leibhaftige!

»So«, knurrte Peregrin Aber, aber auch sein gewohnheitsmäßiger Spott konnte ihn jetzt nicht mehr beruhigen. Mit der Ordnung, schwante dem Advokaten, war es vorbei.

Was ich sehe, Herr Doktor, ist dies. Da läuft eine schwarze Gestalt auf den Turm zu! Der Mann ist mit einer großen Kapuze vermummt und sein Gesicht kann ich nicht sehen, aber das Jagdgewehr in seinen Händen, das ist nun zweimal länger als der gefährlichste Prügel! Ich kann nicht anders als mich bekreuzigen! Und wie ich das Kreuz noch schlage, da fällt der nächste Schuss! Der schwarze Mann hat angelegt und auf die Tür vom Turm gefeuert! Aber dann nimmt er die Flinte wieder von der Schulter und läuft in den Südflügel zurück! So schnell ich kann, laufe ich zum Turm und will in meiner Angst um den jungen Herrn Nichts gleich die Tür aufstoßen! Aber was finde ich? Jemand hält die Tür zu, so fest er kann! Ich bin schon eine alte Frau, Herr Doktor, aber ich habe mich doch wie ein Rammbock gegen die Tür geworfen! Geholfen hat es nichts. Was tun?, denke ich also. Und da fällt mir ein, dass es ja Ruben und der junge Jonas Nichts sein könnten, die sich gegen die Tür stemmen, weil sie mich für den schwarzen Mann halten! Ruben!, rufe ich also, ich bin es, Tabbi, die Köchin! Und da geht die Tür auch einen Spalt weit auf, und wie bin ich, Herr Doktor, erschrocken! Denn Ruben war bleich wie der Tod! Wo ist der junge Herr Nichts?, herrsche ich ihn an, wo ich doch jetzt in den Turm sehen kann und weit und breit nichts vom jungen Herrn Nichts entdecke. Aber Ruben gibt mir keine Antwort, wie könnte er auch, wo er doch stumm ist, und stürzt an mir vorbei auf den Hof und schaut wie wild nach allen Seiten, dass ihm das Haar nur so die Wange peitscht! Da entlang, rufe ich und zeige auf den Südflügel, und schon ist Ruben fort.

Und was dann geschah, Herr Doktor, das will noch viel weniger in meinen Kopf als alles Vorherige! Denn plötzlich war das Haus nur noch ein Absatzklappern, Treppensteigen, Türenschlagen, ganz so, als würden die Gespenster Fangen spielen! Schubladen polterten auf den Boden, Schränke wurden ausgeleert, und ich irrte hilflos in den Gängen umher, immer auf der Suche nach Ruben und immer in Angst, dem Schwarzen zu begegnen! Doch es war wie mit dem Hasen und dem Igel, Herr Doktor, nur andersherum! Denn wo ich auch hinkam, war niemand mehr! Aber dann, Herr Doktor!, war es, als hätte ich eine Erscheinung – jawohl! Ruben und der schwarze Mann, dämmerte es mir, suchten die Sonneberger Figuren!

Peregrin Aber stöhnte auf, las aber gleich weiter.

Ach, Herr Doktor, ich weiß ja gar nicht, was diese Figuren bedeuten, und weiß doch von Herzen, sie bedeuten viel! Also laufe ich in die Halle zurück und die Treppe hinauf und zum Zimmer des jungen Herrn Nichts! Denn da, lieber Herr Doktor, sind die Figuren ja versteckt! Aber wie stockt mir der Atem, als ich das Zimmer erreiche! Denn noch bevor ich durch die offene Tür bin, merke ich, dass jemand im Zimmer ist! Und wie wird mir, als ich hineinschaue! Denn unter dem Bett des jungen Herrn Nichts ragen die schwarzen Hosenbeine des schwarzen Mannes hervor und gar nicht die braunen von Ruben! Und ausge-

rechnet unter dem Bett macht sich der schwarze Mann zu schaffen, wo doch das Pappköfferchen vom jungen Herrn Nichts da verborgen liegt mit all den Sonneberger Figuren drin! Und dann trifft mich bald der Schlag, als ich merke, dass der Mann wieder unter dem Bett hervorkriecht!
Was soll ich, Herr Doktor, sagen! So schnell meine alten Beine mich trugen, bin ich davongelaufen und habe mich im erstbesten Zimmer versteckt und den Riegel vorgelegt. Wohl habe ich bald darauf Schritte gehört, aber eine Weile zugewartet habe ich doch! Ich versichere Sie, Herr Doktor, dass ich meinen ganzen Mut zusammennehmen musste, um überhaupt wieder aus dem Zimmer hervorzukommen, und dass ich tausendfach vor Angst gestorben bin, als ich danach unter das Bett des jungen Herrn Nichts gekrochen bin, um das Pappköfferchen gestohlen zu finden. Gestohlen, Herr Doktor! Gestohlen! Und im Haus ist jetzt nichts und niemand mehr, soweit ich das sagen kann. Der schwarze Mann ist fort, Gott sei Dank, Herr Doktor! Aber Ruben ist auch fort! Und ebenso der junge Jonas Nichts, was mir grässlichen Kummer macht! Alle sind fort, Herr Doktor, alle!, und ich bin ganz allein!

Tabbi, Köchin

PS
Jetzt laufe ich in den Stall und sattele mir eins der Kutschpferde! Ich bin schon eine alte Frau! Der Herrgott stehe mir bei, dass ich die Poststation erreiche!

Peregrin Aber hatte zu Ende gelesen. Er atmete tief aus und faltete seine Hände über den Brief. In seiner Brust pochte das schlechte Gewissen. Wie viel besser, dachte er jetzt, wäre es doch gewesen, den Jungen mit in die Stadt zu nehmen! Aber hätte das nicht geheißen, Wunderlich Alma zu überlassen? Oh, dieses verwünschte Testament!

Peregrin Abers Fingerknöchel traten weiß hervor, so fest presste er die Hände zusammen. Als er es bemerkte, hüstelte er verlegen. Dann faltete er Tabbis Brief sorgfältig wieder zusammen.

»*Werk!*«, rief er schließlich durch die geschlossene Tür, die sich gleich darauf öffnete.

Schlotternd nahm der kleine Schreiber Werk vor dem großen Schreibtisch Aufstellung. Alle seine Fehler waren ihm bewusst, auch die neuerlichen, die er noch gar nicht kannte.

Aber Peregrin Aber hatte für Vorhaltungen diesmal keine Zeit. Scharf, wenn auch mit einer Spur Sorge und einer Spur Selbstmitleid, sah er Werk ins bange Gesicht.

»Eine Kutsche«, knurrte er. »Es drängt!«

Werk nickte beflissen und war schon wieder an der Tür, da –

»Und noch etwas, Werk!«

– traf ihn die Stimme seines Herrn in den Rücken.

»Ja?«, flüsterte der Schreiber der Tür zu.

»Es gibt da etwas …«, murmelte Peregrin Aber plötzlich ganz in Gedanken versunken, »… es gibt da etwas, das Sie für mich herausfinden müssen. Noch bevor ich abreise. In Windeseile, Werk. In Windeseile!«

Das 16. Kapitel
Trabanten

Kaum einen Steinwurf entfernt kauerte sich ein schmuckes, weißes Häuschen in einen verkrauteten Garten. Hinter dem Zaun war ein kleines Boot aufgebockt, von dessen Rumpf die Farbe blätterte, und von einem Holzgestell hingen verblichene, oft geflickte Fischernetze. Jeden Moment könnte jemand aus der niedrigen Hintertür treten. Aber Ole ging ungerührt am Zaun vorbei und bog auf einen schmalen Pfad ein, der um das Haus führte.

Am Saum eines sandigen, kleinen Platzes, noch im Schatten der Hauswand, blieb er stehen. In der Mitte des Platzes wurzelte eine ausladende Eiche und warf ihren Schatten in den Staub, gegenüber schwappte schon der See ans Ufer. Ein langer, dunkler Holzsteg führte auf das Wasser hinaus, an seinen Flanken waren kleine Boote vertäut, ein paar dünne Masten schwankten sanft hin und her.

Jonas war es, als machte sich, weit hinten am Steg, jemand in einem der Boote zu schaffen, aber er war sich nicht sicher und wurde auch gleich abgelenkt. Von rechts, von der Front des Häuschens, kam ein Kratzen und Schaben. Es kam näher, bis es schließlich ganz nah war, und dann puffte, in Kniehöhe, ein Wölkchen Staub auf. Danach entfernte sich das Geräusch mit der gleichen Regelmäßigkeit, mit der es sich genähert hatte.

Sie standen ganz still, alle beide. Das Schaben und Kratzen kam wieder näher, erneut stob der Staub auf und vermengte sich dann mit dem Sand zu Jonas' Füßen. Mit der Verlässlichkeit eines Uhrwerks zog das Geräusch wieder von dannen.

Was um Himmels willen war das?

»Schau mal um die Ecke«, flüsterte Ole Mond. »Jetzt!«

Jonas wurde es heiß und kalt. Eigentlich traute er sich nicht, aber Ole drängte, und so legte er doch beide Hände an die Hauswand, streckte den Kopf vor und riskierte einen schnellen Blick. Vor dem Haus schwang eine Frau den Besen, es waren seine Borsten, die kratzend und schabend über den Boden strichen. Dabei war der Platz, den die Frau fegte, nicht einmal gepflastert. Der Sand stob bloß auf und legte sich wieder. Die Frau trug einen langen, weiten Rock und eine Haube und sah nicht ein einziges Mal auf. Wie ein Automat ging sie ihrer sinnlosen Arbeit nach. Vor fegte sie und zurück, vor und zurück, und Jonas und Ole flüsterten nur miteinander, sobald sie sich wieder entfernte.

»Was macht sie da?«, raunte Jonas.

Ole grinste frech. »Eigentlich gar nichts. Und jetzt schau mal da.«

Quer über den sandigen Platz schob ein Mann eine Karre vor sich her. Er sah wie ein Bauer aus, trug eine Mütze über dem farblos braunen Haar und hatte um seinen Hosenbund einen Strick geknotet. Seine Karre war leer. Er schob sie an der Eiche vorbei und verschwand dann langsam aus dem Blickfeld. Solange er konnte, starrte Jonas auf sein Gesicht und doch fiel es ihm schwer, es sich zu merken. Zwar erkannte er unter dem Mützenschirm eine Nase, einen Mund und eine Augenpartie, aber die Nase war eine Allerweltsnase, der Mund ein Allerweltsmund und die Augen waren ausdruckslos. Es würde schon die Karre und den seltsamen Gürtel brauchen, um diesen Mann wiederzuerkennen.

Jonas warf noch einen Blick um die Ecke. Die Frau in ihrem Kranz aus Staub war unermüdlich.

Dann kam der Bauer wieder. Er nahm denselben Weg zurück, seine Karre war immer noch leer.

Jonas rieb sich die Augen. Er kam sich vor wie in einer Schleife, so, als drehte jemand eine Uhr zurück, immer wieder, und immer wieder geschähe dasselbe.

»Sind sie …«, fragte er schließlich und suchte den richtigen Ausdruck, »… *lebendig*?« Wahrscheinlich war es das falsche Wort.

Ole wiegte den Kopf hin und her. »Ja, schon«, flüsterte er. »Wenn jetzt die Kaiserin käme, würden sie auf den Platz rennen und jubeln und Blumen werfen und so. Und wenn sie uns bemerken würden, kämen sie auch angerannt. Sie sind ziemlich misstrauisch. Ich meine, wenn etwas anders ist als sonst. Trabanten eben. Sie haben nicht mal Namen, weißt du?«

Jonas wartete ab, bis sich der Besen wieder entfernte. »Aber die Soldaten, die waren doch …«

»Ja, ja«, unterbrach ihn Ole ungeduldig. »Das habe ich dir doch schon erklärt. Die sind besser. Aber da war ja auch Grimbert dabei, der General. Der ist kein Trabant. Aber wenn er nicht dabei ist, also … ich habe schon Trabantensoldaten gesehen, die stur geradeaus durch einen Bach gelaufen sind, obwohl es gleich nebenan eine Brücke gab.«

Der Bauer kam wieder vorbei, dann mussten sie warten, bis der Besen kehrtmachte.

Ole zeigte auf die Insel im See. »Da liegt das Schloss«, sagte er.

»Im See?«

»Hm-m. Auf der Insel. Wir brauchen ein Boot.« Ole spähte zum Steg hinüber. »Wir müssen aber den richtigen Moment abwarten. Da am Steg, in einem Boot, ist noch einer. Hast du ihn gesehen?«

»Ja«, sagte Jonas. »Nein.« Er war maßlos verwirrt.

»Also. Wir gehen los, wenn der Kerl mit der Karre ein paar Schritte hinter dem Baum ist und die Frau da gerade umkehrt. Der in dem Boot starrt alle paar Minuten auf den Steg. Aber darum kümmern wir uns später.«

»Du willst …?« Jonas war entsetzt. Wollte Ole wirklich einfach so über den Platz spazieren?

»Keine Sorge. Ich hab das schon oft gemacht.« Ole lugte um die Hausecke. Es dauerte noch eine ganze Weile, bis der Bauer wieder vorbeischob, aber dann zählte Ole »Eins, zwei, drei« und zog Jonas aus der Deckung.

Es war gespenstisch. Sie gingen über den Platz, als trügen sie eine Tarnkappe. Jonas warf einen Blick zu der Frau hinüber. Zum ersten Mal konnte er sie von der Seite sehen und er erschrak. Im Großen und Ganzen nämlich sah sie genau wie der Bauer aus, das gleiche farblos braune Haar, die gleiche Ausdruckslosigkeit. Wie im Schlaf fegte sie weiter.

»Jetzt komm schon, du Träumer!«, zischte Ole.

So leise wie möglich betraten sie den Steg. Wenigstens roch das Wasser nach Wasser, kühl und ein bisschen nach Fisch.

Ole hatte den Mann im Boot fest im Blick. Er schien sich über ein Netz zu beugen, das ein Stück weit aus seinem Ruderboot hing, und Jonas fand seine schlimmste Befürchtung bestätigt – der Fischer sah aus wie die Frau, die wie der Bauer aussah, auch wenn sich nur schwer sagen ließ, wie. Nur das blaue Fischerhemd und sein rotes Halstuch unterschieden ihn.

»Wir nehmen das da.« Ole kauerte sich auf den Steg und rutschte, die Beine voraus, in eines der Ruderboote. Er löste schon das Tau, als Jonas ihm folgte. Das Boot schwankte. »Runter!« Ole drückte Jonas' Kopf unter den Steg. Der See gluckerte und schmatzte.

»Jetzt guckt er«, flüsterte Ole. Dann ließ er Jonas wieder los, hockte sich auf die Ruderbank und schnallte den Rucksack ab.

Jonas kauerte sich in den Bug, den Kopf noch immer eingezogen. Er linste zur Insel hinüber. Es war ein ganzes Stück bis dorthin.

Ole legte sich in die Riemen. Von den Ruderblättern triefte das Wasser, platschend tauchte das Holz in den See.

Jonas sah zum Ufer zurück. Schlag für Schlag entfernte es sich, erst langsam, dann, sobald Ole seinen Rhythmus gefunden hatte und das Boot Fahrt aufnahm, immer schneller. Die Frau fegte ungerührt weiter, der Bauer schob seine Karre, der Fischer war hinter dem Steg nicht zu sehen. Aus sicherem Abstand taten die drei Jonas leid. Sie waren ja schlimmer dran als er – so ganz ohne Namen. Er tauchte seine Hand ins Wasser und stellte sich vor, dass die Frau vor dem Haus Mathilde hieß, nein, Tilla, und dass der Fischer, Bror, sieben Kinder hatte, die er sonntags vor dem Frühstück wie die Orgelpfeifen aufstellte. Er stellte sich vor, dass Tillas Vetter Kolman der Dorfälteste war, Kolman mit dem wüsten Bart, der so gern Karamell aß und für den Tilla, wenn er zu Besuch kam, Butter und Zucker und eine Pfanne bereitstellte. Jonas' Hand durchschnitt das Wasser. Der Bauer hieß Arne und würde seine Karre mit roter Farbe streichen, und wenn es dunkel würde und die Karre vor seinem Häuschen trocknete, würde er, wie immer, das Schnitzmesser hervorholen und die kleinen Figuren schnitzen, mit denen die sieben Kinder von Bror so gerne spielten. Und … ja! … war es nicht Bror gewesen, der den Wieflinger gefunden hatte? Am Ufer? Nach dem

Sturm über dem See? Aber wie kam er jetzt eigentlich auf den …

»Jonas?«, fragte Ole. »Hörst du mich, Jonas Nichts?«

Mit einem Knirschen lief der Bug am Inselufer auf. Über die fette, mit Steinen gespickte Ufererde beugten sich prachtvolle Bäume. Nicht einmal in ihrem Schatten war es kühl, nur sehr angenehm. Eine Brise kräuselte jetzt den See, das Laub streichelte den Tag, die Kanarienvögel schwatzten. Am anderen Ufer war das Trabantendorf jetzt so klein wie Spielzeug.

Ole sprang über Jonas hinweg aus dem Boot. »Besser, wir tarnen es ein bisschen«, murmelte er und verschwand zwischen den Bäumen. Als Jonas an Land kletterte, hörte er Ole schon Zweige und Äste abbrechen, und während er durch die seltsam geraden Reihen der Bäume etwas mehr von der Insel zu erhaschen versuchte, wuchtete Ole das Boot schon an Land und bedeckte es raschelnd mit Blättern. Die Insel war so lau und schön, dass sich Jonas kaum vorstellen konnte, wie hier ein Gefangener hingebracht wurde. Wie es Ruben bloß ging?

»Ole?«

Ole rieb sich gerade die Hände. Das Boot war nicht unsichtbar, aber fast.

»Was machen sie denn jetzt mit Ruben, Ole?«

»Hm.« Ole schmierte sich den verbliebenen Dreck in seine kupferroten Haare. »Es gibt hier eine Kaserne, nicht weit vom Schloss«, sagte er.

»Und dann? Sie sperren ihn ein. Und dann?«

Ole zuckte die Achseln. »Mal sehen.«

Jonas verschluckte seine Sorgen.

Auf der Insel gab es kein Unterholz. Die Bäume standen wie Säulen, und als sie bald darauf eine breite, schnurgerade Allee erreichten, kam sich Jonas vor, als bewegte er sich unter einem leuchtend grünen Gewölbe. Die gewaltigen Bäume über ihm steckten die Köpfe zusammen, der Weg, den sie beschirmten, war vor Sauberkeit ganz bleich. Jonas bemerkte einen Pfau, der sein eingefaltetes Rad über den Weg schleppte und dann seitab zwischen den Bäumen verschwand.

»Müssen wir uns eigentlich nicht verstecken?«, fragte er.

Ole rückte seinen Gürtel zurecht. »Da gibt's nichts zu verstecken«, sagte er. »Du wirst schon sehen. Und dich kennt sowieso keiner.« Ole sagte das nicht ohne Genugtuung. »Wir sind bloß zwei Jungen, verstehst du? Wir würden nichts herausfinden, wenn wir nur durch die Gegend kriechen, damit uns keiner sieht. Außerdem …« Er kratzte sich den Kopf. »Die sind da ziemlich beschäftigt, weißt du? Mit ihren Sachen.«

»Sachen?«

»Ja. Sachen eben.«

Sie gingen weiter die Allee entlang, als würden sie erwartet.

Dann sah Jonas zwischen den Bäumen am Wegesrand etwas Weißes leuchten, und sie verließen den Weg und liefen unter Bäumen, bis sie es erreicht hatten. Es war eine Art Denkmal, allein der Sockel ragte bis über Jonas' Kopf. Darauf erhob sich ein gewaltiger Vogel aus weißem Marmor, die Flügel noch ausgebreitet, als würde er gerade landen, den Schnabel geöffnet.

»Noch so ein Kanarienvogel«, erklärte Ole abfällig. »Die sind hier überall.«

»Mitten im Wald?«, fragte Jonas ungläubig.

»Das ist kein Wald«, sagte Ole. »Das ist ein Park. Der Schlosspark. Der äußere Teil.«

Jonas starrte zu dem Vogel hinauf. Riesenhaft, wie er war, kam er ihm wie ein Raubtier vor, das auf dem Sockel Beute schlug. Und im ersten Augenblick glaubte er wirklich, es wäre der Vogel, der da so kreischte, aber dann sah er den leuchtenden Flecken Gelb durch den Säulenwald der Bäume auf sie zustürmen, einen prachtvoll gekleideten Mann mit zitronengelbem Rock, wild flatternden Schößen und makellos weißen Kniestrümpfen unter der Kniehose. Auf dem Kopf trug der Mann eine aberwitzige, weiße Perücke.

»Heißa!«, juchzte er und wäre fast vor den Marmorsockel gerannt, hinter dem er jetzt verschwand.

»Haha!«, hörte Jonas es von der anderen Seite meckern. »Haha! Ich hab Euch! Ich hab Euch!«

Und dann kam der Kopf um die Ecke geschossen, die Perücke war verrutscht und hing dem Mann halb über das Ohr. Jonas erkannte das farblos braune Haar und auch den leeren, diesmal ins Irre kippenden Ausdruck im gepuderten Gesicht.

Der Trabant riss den Mund auf, seine Vorfreude verwandelte sich in heillose Überraschung. Er rollte mit den Augen und dann quäkte er los.

»Aber was? Ja, wo steckt er denn dann?« Mit einer fahrigen, aber geübten Geste rückte sich der Trabant die Perücke zurecht. Wie ein Vogel schob er den Kopf vor. »Nein, nein. Die erbliche Majestät sieht ganz anders aus, *ganz* anders. Sie ist viel *größer.*« Er verzog die Mundwinkel. »Und auch viel besser *frisiert.* Ihr müsst«, er hob den Zeigefinger, »zum Hoffriseur, ihr Spitzbuben.« Flink und ungeniert griff er nach Oles kupferrotem Haarwust. »Er soll ondulieren, hört ihr? *On-du-lie-ren.*« Er malte eine Locke in die Luft, tastete dann noch einmal nach seiner Perücke und wandte sich schließlich ab, als hätte er Jonas und Ole schon vergessen.

»Majestät?«, juchzte er. »Eure erbliche Majestät? Eins, zwei, drei, vier – ICH KOMME!«

Das 17. Kapitel
führt das chinesische Hofzeremoniell ein

Im Zickzack tanzte der Trabant über die Allee, die beiden Jungen folgten ihm in sicherem Abstand. Manchmal wickelte sich der Trabant um einen der glatten Stämme am Wegesrand, rief »Huhu!« und »Kuckuck!« und »Hab dich!« in den stillen Wald, und weil die Bäume jedes Mal betreten schwiegen, lief er immer gleich weiter, die Hand auf der Perücke, als bliese sie ihm sonst ein Wind vom Kopf. Sein irres Gekicher begleitete die Jungen den ganzen Weg, und erst als sich die Allee öffnete, begann es sich zu verlieren.

Im ersten Augenblick glaubte Jonas zu träumen, und zwar einen von diesen Träumen, aus denen man kopfschüttelnd erwacht. Er sah nur gleißendes Weiß, goldglänzendes Gelb und das satte dunkle Grün der Hecken und Buchsbäume, die aber gar nicht wie Hecken und Buchsbäume ausschauten, sondern wie Kugeln, Kegel und Pyramiden. Manche von ihnen waren manns-, andere nur kniehoch, und alle waren sie so sorgfältig über die weite Fläche verteilt, als sollten sie eine Torte verzieren. Weiß wie Ströme aus Sahne flossen die Wege an ihnen vorbei, bestreut mit makellos runden Kieseln.

Hätte Jonas von hoch oben auf diese Wege geschaut, er hätte die Kreise und Halbkreise, die ineinandergeschobenen Ringe gesehen, die sie formten, aber Jonas' Blick war schon weiter über die offene Fläche geirrt, angezogen vom nächsten Spektakel und gleich abgelenkt vom übernächsten.

Da waren Blumenrabatten in jeder erdenklichen Form und

Farbe, rund und eckig und geschwungen und immer sauber begrenzt, und da war das Wasser, das auf dem Marmor klimperte wie auf einem Klavier. Gleich drei Brunnen spien es hoch in den sattblauen Himmel und dann sprengten Abertausende Tropfen leuchtend und schillernd wieder hinab in die gewaltigen, glitzernden Becken.

Unvermittelt fiel Jonas Oles Frage ein, ob er mit beiden Augen dasselbe sähe, und aus einer Laune heraus kniff er erst das eine zu, das grüne, und dann das andere, das blaue, helle. Es war nicht ganz dasselbe; von Augenblick zu Augenblick rückten die Brunnen ein Stück zur Seite, so, als könnte Jonas sie, bloß indem er sie ansah, verschieben.

Aber Jonas vergaß sein Spiel gleich, denn was für Brunnen das waren! Höher als das höchste Haus, das Jonas – wenigstens bis eben – je gesehen hatte, türmten sich die Figuren aus strahlend weißem Marmor, so, als hätte ein Riese sie dort gestapelt. Hoffnungslos ineinander verschlungen, *schmückten* sie nicht den Brunnen, sie *waren* der Brunnen – ein Monument aus Marmorleibern. Elefanten wanden den Rüssel um Löwenleiber, Löwen klammerten ihre Pranken an Pferdeschweife, Pferdehälse klebten an Adlerschwingen und hoch oben über dieser verwickelten Welt thronten riesenhaft die kaiserlichen Kanarienvögel und spuckten gewaltige Fontänen in die Welt.

Es waren hässliche Vögel, dachte Jonas. Sie waren so unangenehm wie … er wusste nicht, was.

Doch selbst die Brunnen waren nur der Vorhof zur Pracht, denn erst hinter ihrem Schleier aus Gischt erhob sich das Schloss. Kanaria war zu groß, um es mit einem einzigen Blick zu fassen, selbst von hier, noch halb unter dem Laubdach der schnurgeraden Allee.

Jonas kam das Schloss vor wie ein goldener Riegel, der den

Park verschloss, und einen seltsam wirren, unscharfen Gedanken lang wünschte er sich, Elsa könnte es sehen, um dann später, an Brands Herd, in Gedanken ihre Märchenprinzen hierherzuschicken, in Samt und Seide gekleidet und auf weißen Pferden. Plötzlich sah er Elsa da stehen, wo jetzt Ole stand, und verzückt und gar nicht ungläubig in die Hände klatschen, und dann stand wieder Ole da und Jonas stierte auf das Schloss.

Es war drei Stockwerke hoch, und jedes davon kam ihm wie eine endlose Reihe hoher Fenster und Terrassentüren vor, in schönster Regelmäßigkeit unterbrochen vom goldgelben Anstrich. Hoch oben, auf dem flachen Schlossdach standen gegen den Himmel kleine, aus der Nähe bestimmt aber riesenhafte Figuren, stramme Soldaten ebenso wie die unausweichlichen Kanarien. Darunter begann die erste Reihe von Fenstern, schwer mit Stuck beladen, und auf der Balkonbrüstung in der Mitte drängten sich wiederum so viele steinerne Gestalten, als würde dort ein unbewegtes, stummes Fest gefeiert.

Eine Etage tiefer waren die Fenster noch höher und der dazugehörige, von mächtigen Säulen getragene Balkon wirkte wie eine Loge im Theater des Parks. Im untersten Stockwerk schließlich öffnete sich jede der Türen auf die tiefe, mit übermannshohen Topfpalmen dekorierte Terrasse, von der über die ganze Front eine makellos weiße Treppe hinab in den Park führte. Die Stufen dieser Treppe waren so niedrig und tief, dass, wer sich auf den langen Weg nach unten machte, mehr herabflösse als -stiege.

Jonas holte tief Luft. Elsa war aus seinen Gedanken verschwunden. Die Kaiserin, der dieses Schloss gehörte, musste mächtig sein, dachte er. Und ausgerechnet in die Fänge ihrer Soldaten war Ruben geraten.

»Da wären wir also«, murmelte Ole Mond, der mit seinem abgetragenen Mantel, dem Rucksack und seiner himmelschreienden Frisur so gar nicht nach Kanaria passte.

Denn wer sich im Park tummelte, trug das Kostüm des Trabanten, dem sie auf der Allee begegnet waren – weiße Perücken, zitronengelbe Röcke und Kniehosen, dazu Kniestrümpfe und Schnallenschuhe. Jonas hatte den kichernden, kieksenden Kerl natürlich lange aus den Augen verloren, aber ohnehin schien es ihn dutzendfach zu geben. Auf jedem Weg stand, stolperte, stöberte seinesgleichen. Manche Trabanten krochen unter den aufgeputzten Hecken und Buchsbäumen herum, andere staksten durch die Blumenrabatten, den Blick gesenkt, als hätten sie dort etwas verloren, und einer von ihnen war eben erst durch das flache Auffangbecken eines Brunnens gewatet und mühte sich nun mit vom Wasser durchsichtigen Strümpfen, einen Elefanten aus Marmor zu besteigen.

Hörte man genauer hin, dann klangen die Rufe der Trabanten durch die Wassermusik bis zu Jonas und Ole herüber.

»Ich hab ihn, ich hab ihn!«

»Habt Ihr ihn?«

»Eure erbliche Majestät?«

»Huhu!«

»Huhu?«

»Was …?«, fragte Jonas, aber Ole hatte ihn schon sanft angeschoben, und dann taten sie den ersten Schritt in dieses seltsame Paradies. Wären Jonas' Sorgen kleiner gewesen, sein Staunen wäre ihm angenehm gewesen – warm wie Wasser im Sommer und sattgelb wie dann das Licht.

Auf geradem Weg – soweit die verschlungenen Pfade das zuließen – steuerten sie auf das Schloss zu und mit jedem Schritt wurde es größer. Sie gingen an den Kegeln, Kugeln, Rabatten vorbei, auf Höhe der Brunnen traf das Sprühwasser auf ihre Haut, und zwei-, dreimal wichen sie einem heranstürmenden Trabanten aus. Glucksend war er auf heißer Spur – auf welcher auch immer.

Schließlich erklommen sie die von der Sonne warmen Stufen der fließenden Treppe. Vom milchigen Schleier der Gischt befreit, strahlte Kanaria noch goldener. Der nächste Trabant stürmte ihnen entgegen, verlor seine Perücke, rief »Hoppla!« und machte kehrt, um sie wieder aufzulesen. Heillos glücklich strahlte er die Jungen an, um sie gleich darauf zu vergessen. »Hier bin ich! Hier bin ich!« rufend, verwandelte er sich zwischen den Wasserschleiern bald darauf in einen ziellos umhertaumelnden Zitronenfalter.

Ole sah ihm belustigt nach. »Weißt du, was sie hier spielen?«, fragte er.

Jonas zuckte ratlos mit den Schultern. »*Fangen?*«

»Nein.« Ole grinste sein Ole-Grinsen. Er wandte sich um und sah wieder die Stufen hinauf, über deren oberstem Rand das Schloss thronte. »Sie spielen *Verstecken*. Ehrlich.«

Stirnrunzelnd nahm Jonas die letzten Stufen. Sie hatten den äußersten Rand der ausladenden Terrasse erreicht. Hier oben waren noch mehr Trabanten als im Park, es wimmelte geradezu von ihnen. Aufgeregt liefen sie umher, stießen sich an und manchmal auch um oder packten einander kichernd an den Schultern und gluckten ihr ewiges »Habt Ihr ihn gesehen? Habt Ihr ihn gesehen?«. Für Jonas und Ole hatten sie überhaupt keine Zeit.

»Wen suchen sie denn?«, fragte Jonas, während Ole ihnen einen Weg bis in die Mitte der Terrasse bahnte.

Aber Ole grinste nur wieder, bis Jonas halbwegs freie Sicht auf eine von Palmen umstandene, dick gepolsterte, mit zahllosen goldenen Troddeln verzierte Ottomane hatte, gleich vor den weit offen stehenden Terrassentüren unterhalb des großen Balkons.

Auf der Ottomane lag ein junger Mann. Er trug einen prächtigen, tressenbesetzten Uniformrock, und seine langen Beine steckten in weißen, engen Reithosen und glänzend schwarzen Stiefeln, die ihm bis über die Knie reichten. Seinen eher kleinen Kopf schmückten so sorgfältig frisierte Haare, dass die Locken über seiner Stirn anzubranden schienen wie ein schwarzes, glänzendes Meer. Gleich vier eifrige Trabanten fächelten ihm mit Palmwedeln Luft zu, aber der junge Mann wirkte dennoch missmutig, gelangweilt und erschöpft. Den irrlichternden Trabanten um ihn herum folgte er kaum mit einem halben Auge.

»*Ihn* suchen sie«, sagte Ole Mond und tippte mit seinem schmutzigen Zeigefinger in Richtung der prachtvollen Ottomane. »Das ist der Erbprinz. Leopold.«

Jonas musste sich erst sammeln. Erbprinz war ein großes Wort. Aber dann musste er doch fragen. »Ihn? Aber … Aber er … Sie haben ihn doch schon gefunden. Ich meine, er ist doch da. Er hat sich doch gar nicht versteckt.«

Ausgerechnet in diesem Augenblick stolperte ein Trabant über die Ottomane und stürzte. Aber der Erbprinz nahm es nicht einmal zur Kenntnis und der Trabant rappelte sich auch gleich wieder auf und eilte mit klappernden Absätzen davon.

»Nein«, sagte Ole Mond. »Die Mühe macht er sich nicht. Komisches Spiel, oder?«

Jonas kaute auf seiner Unterlippe herum und nickte nachdenklich, bis ihn der nächste Rempler eines Trabanten unterbrach.

»Gleich finde ich ihn! Gleich finde ich ihn!«, kreischte der Trabant. »Was für ein famoses Versteck sich Eure erbliche Majestät diesmal doch wieder ausgedacht hat!«

Aber das eigentlich endlose Spiel ging doch seinem Ende entgegen, und zwar nicht, weil der ein oder andere Trabant mittlerweile schon keuchend auf den Treppenstufen saß. Vielmehr war es ein markerschütternder Schrei, der das bunte Treiben unterbrach.

Leopold stand plötzlich auf seinen langen Beinen, aufgerichtet zu seiner ganzen majestätischen Größe – größer sogar, da die erbliche Majestät wutentbrannt auf und ab hüpfte. Leopolds eben noch blasses, gelangweiltes Gesicht war feuerrot angelaufen, auf dem schmalen Schädel stürmte sein Haar, und die Palmwedel schwingenden Trabanten in seiner unmittelbaren Nähe wichen entsetzt zurück.

Doch zu spät! Denn schon hatte der Erbprinz einen von ihnen gepackt – auch wenn Jonas das Gefühl hatte, er hätte sich ebenso gut einen anderen packen können.

»Flügeladjutant!«, brüllte Leopold, während sich seine Faust um die fein geklöppelte Spitze schloss, die aus dem Kragen des Trabanten spross. »Flügeladjutant, du bist in Ungnade gefallen! Du hast Majestät von einer Bremse stechen lassen! Da! Da!« Mit der Linken wies Leopold empört auf seinen rechten Handrücken, wo ihn die rebellische Bremse offensichtlich erwischt hatte. Und weil er dazu beide Hände brauchte, ließ er den verdatterten Trabanten einfach los, der daraufhin wie ein leerer Sack zu Boden sank.

»Er hätte mich beschützen sollen!«, rief Leopold entgeistert in die Runde. »Er war doch zu meinem Schutz dabei!«

Jonas hielt den Atem an. Es war still geworden, nur die Brunnen rauschten, und die Röte in Leopolds Gesicht schien schon abzuklingen. Aber dann klang es laut und vernehmlich aus dem Park, wo ein versprengter Trabant immer noch Verstecken spielte.

»Huhu! Huhu!«

Die Stille war auf einmal drückend.

»Eure erbliche Majestät?«

Jonas zog unwillkürlich den Kopf ein, der Erbprinz verfärbte sich unmittelbar. Dann zischte er durch blaue Lippen. »Chinesisches Zeremoniell! Sofort!«

Die Trabanten klappten zusammen, als hätten sie in der Hüfte ein Scharnier. Es hätte nicht viel gefehlt, und sie hätten sich am Terrassenboden die Stirn blutig geschlagen, so tief verbeugten sie sich. Jonas spürte Oles Hand im Nacken und gleich darauf sah er nur noch die Schnallenschuhe und Strümpfe der Trabanten. Ein ganzer Wald von ihnen wurzelte in den auf einmal im Schatten der Körper liegenden Terrassenfliesen, da und dort baumelte der steife Zopf einer Perücke von einem besonders tief gebeugten Kopf. Die Stimmung war zum Zerreißen gespannt. Sekunden vergingen auf einmal wie Stunden.

Dann knallte, nicht weit von Jonas, eine Tür. Ole stupste ihn an, und als er sich vorsichtig wieder erhob, sah er auf ein Meer zitronengelber Trabantenrücken, so buckelig wie Wellenkämme, wenn auch völlig bewegungslos. Niemand außer Jonas und Ole hatte sich wieder aufgerichtet, keiner machte auch nur einen Mucks.

Das Wasser im Park musizierte unverdrossen.

Der Erbprinz war verschwunden.

Das 18. Kapitel
Lieber O

Die Dämmerung setzte ein, rosaschön, die Stille war ohrenbetäubend. Von einem Augenblick auf den nächsten war der Schlosspark verwaist. Die Brunnen waren versiegt, sie tropften nicht einmal mehr und lautlos kräuselte sich das Wasser in den großen Becken. Die strahlend weißen Elefanten, Löwen, Adler, Kanarien wirkten auf einmal wie verzaubert – Abrakadabra, verwandelt in Stein. Nur die makellosen Kiesel knirschten noch unter Jonas' Schritten. Er und Ole waren allein.

Die große Terrasse war wie leer gefegt, und Jonas kam es vor, als hätten sich die Türen des Schlosses nicht hinter den mit hängenden Schultern davon trottenden Trabanten, sondern hinter Ruben geschlossen. Eben noch hatte der Aufruhr ihn abgelenkt, jetzt konnte er plötzlich an nichts anderes mehr denken.

Wo war Ruben jetzt? Würden sie ihn laufen lassen, weil er, wie Ole gesagt hatte, wahrscheinlich war? Oder hatte Ole die Gefahr heruntergespielt? Bislang, dachte Jonas bedrückt, waren sie nicht einmal bis zu den Soldaten vorgestoßen, geschweige denn bis zu ihrem polternden General.

Ole Mond hatte auf einmal einen verächtlichen Zug um den Mund. Mit seinem schäbigen Mantel, die Finger unter die Riemen seines Rucksacks geklemmt, schlenderte er durch den Park, als könnte er einstecken, was immer er wolle – hier einen Marmorflügel abbrechen, dort eine krallenbewehrte Tatze.

Nur einmal sah er zum Schloss zurück, und Jonas war, als suchte er ein bestimmtes Fenster. Ole hob sogar die Hand, aber womöglich nur, um nach seinem kleinen Ohrring zu tasten.

»Ole?«

»Hm?«

»Wo gehen wir jetzt hin?«

Aber Ole Mond war maulfaul. »Da drüben ist die Kaserne«, murmelte er bloß. »Mal sehen.«

Schließlich verließen sie den Schlossgarten und liefen im Schatten einer anderen Allee weiter. Der Weg war so sauber und bleich wie der, den sie gekommen waren, nur stürmte diesmal kein kichernder Trabant voran. Selbst das Tirili der Kanarien klang jetzt matt. Vielleicht sangen sich die Vögel, vom Tag erschöpft, schon in den Schlaf.

»Was genau ist ein Erbprinz, Ole?« Jonas hatte Mühe, mit Ole Schritt zu halten.

»Ein Prinz, der erbt«, sagte Ole. »Irgendwann. Was sonst?«

»*Was* erbt?«, fragte Jonas.

Ole fuhr sich durchs Haar. »Alles. Kanaria. Das Schloss. Die Trabanten. Dich. Wenn du dich für einen Untertan hältst, heißt das.«

Jonas dachte immer noch an Ruben. »Ich bin kein Untertan«, murmelte er und tastete in seiner Hosentasche nach den Zetteln, die Ruben ihm geschrieben hatte. *Ich beschütze dich*, stand auf einem von ihnen. Das sollte auch andersherum gelten.

»Gut«, sagte Ole und schritt aus. »Ich bin auch kein Untertan.«

»Ich meine …« Jonas setzte noch einmal an. »Ist Leopold der Sohn der Kaiserin?«

Ole blieb abrupt stehen und sah ihn an. »Das ist alles viel

komplizierter, als du denkst«, sagte er. »*Viel* komplizierter. Ich schlage vor, wir sehen nach deinem Freund und du kümmerst dich nicht um den Rest. Was hältst du davon?«

Jonas nickte. Er gehörte nicht hierher. Er hatte verstanden. Es hätte ihn erleichtern können, aber es beschämte und verletzte ihn zugleich.

Ole schien das zu spüren. »Tut mir leid«, sagte er und klang plötzlich weniger unwirsch. »Irgendwann kriege ich in Kanaria immer schlechte Laune.«

Jonas sah ihn fragend an.

»Ist halt so«, sagte Ole Mond. »Hat viele Gründe.« Er legte Jonas einen Arm um die Schulter. »Wenn dein Onkel erst frei ist und du noch in deinen Schrank oder deinen Traum oder wohin auch immer zurückkannst, dann tust du's, ja? Ist kein guter Ort hier.« Er schüttelte den Kopf, das Gesicht vielleicht noch eine Spur blasser als sonst.

Dann gingen sie weiter, und weil Jonas, verlegen, wie er war, nicht wusste, wohin er schauen sollte, schaute er in den Wald. Einmal blitzte weiß ein Denkmal zwischen den Bäumen auf, ein anderes Mal öffnete ein Stamm am Wegesrand sein Auge.

Was?

Jonas blieb stocksteif stehen und starrte auf den Stamm. Die Borke war uneben und rau, gewöhnliche Rinde. Und doch hätte Jonas geschworen, dass sich dort gerade eben noch ein Lid gehoben und ein blankes, dunkles Auge freigegeben hatte. Der Baum hatte ihn angesehen! Oder besser – das Auge im Baum hatte ihn angesehen! Es hatte ihm sogar *nach*gesehen! Aber jetzt war da nichts mehr. Bloß ein Baum mit fingerdicker Rinde.

»Jonas?« Ole stand mitten auf der Allee, schon zehn, zwanzig Schritte entfernt. »Was tust du da?«

»Ich …« Jonas sah noch einmal auf den Baum. Dann schüttelte er ungläubig den Kopf. Er war müde. Er war sogar sehr müde. »Ich komme schon!«, rief er und schloss schnell zu Ole auf.

Die Kaserne war ein kastenförmiger, sandfarbener Bau mit gemeinen kleinen Fenstern. Über den tristen, gepflasterten Platz vor dem Portal senkte sich bereits die Dämmerung. Jonas und Ole hatten die Rufe schon von weitem gehört.

»RICHT EUCH!«

»DIE AUGEN LINKS!«

»DIE AUGEN RECHTS!«

»NACH LINKS SCHWENKT … UM!«

Dann, als sie das Ende der Allee erreicht hatten, sahen sie, wem die Kommandos galten. Eine Abteilung Soldaten stand stramm auf dem weiten Platz, sorgsam zu einem Viereck aus Leibern sortiert, den Blick unverwandt auf den General Grimbert gerichtet. Gewaltig und steif stand der da, so breit, so unerschütterlich, so fest verwurzelt wie ein Baum. Die Soldaten in ihren gelben Röcken hätten Herbstblätter sein können, die er soeben abgeworfen hatte.

»IN EINER LINIE … ANGETRETEN!«, rief der General.

Die Trabanten in ihren gelben Uniformen lösten sich voneinander und standen bald darauf in einer schnurgeraden Linie vor dem General.

»UUUUND – ABZÄHLEN!«

In der Reihe wurde es unruhig. Die Soldaten drehten die Köpfe aufgeregt nach allen Seiten, scharrten mit den Füßen, ihre Säbelgehänge klirrten.

»ABZÄHLEN, IHR AUTOMATEN! ABZÄHLEN, HABE ICH GESAGT!«

Eine peinliche Stille legte sich über den Platz. Der Himmel war jetzt von einem tiefen Dunkelblau, mit violetten Schlieren durchzogen. Der General tappte ungeduldig mit dem Stiefel aufs Pflaster. Die Wut schien in ihm aufzusteigen wie Lava in einem Vulkan.

»Fünf!«, kiekste plötzlich einer der Trabanten.

Damit war der Bann gebrochen. Die Soldaten begannen eifrig Zahlen zu krähen.

»Zwei!«

»Sieben!«

»Zwölf!«

»Acht!«

»NEIN!« Der General Grimbert stampfte wütend auf.

»Drei!«

»Elf!«

»AUFHÖREN! *AUFHÖREN!*«, brüllte er in den Zahlensalat hinein.

»Neun!«

Die Trabanten kamen gerade erst so richtig in Fahrt.

»Vier!«

»Zehn!«

»VON VORNE! VON *VORNE* ZÄHLEN!« Grimberts Stimme zitterte – vor Wut oder aus lauter Verzweiflung. »EINS, ZWEI, DREI, VIER! HÖRT IHR? VON VORNE!« Jetzt stand der General wieder still. Plötzlich hingen seine Schultern.

»General?«, stotterte einer der Trabanten. »Ich bi-bi-bibitte um Vergebung, aber e-e-e-eben war ich die Nummer a-a-a-acht. Ich weiß es no-no-no-noch ganz genau. B-B-B-Beim Abzählen eben. Ich erinnere mich d-d-d-deutlich. Als wä-wä-wä-wär's gestern gewesen.« Er hängte noch ein erleichtertes »Jawohl!« an. Jetzt war es raus.

Jonas hätte etwas dafür gegeben, das Gesicht des Generals in diesem Augenblick aus der Nähe sehen zu können. Wahrscheinlich stand ihm gerade der Mund offen. Vielleicht schloss er auch einfach nur die Augen. Es geschah ihm recht – dem Wichtjäger, dem Rubenfänger! Auch wenn das nur ein schwacher Trost war.

»Ja«, sagte Grimbert matt. »Eben warst du die Acht.« Er ließ den Kopf hängen. »Wir üben das noch einmal«, erklärte er. »Aber erst morgen. Für heute ist's genug.« Er seufzte so laut, dass man es über den ganzen Platz hören konnte. »ABTEILUNG?« Er hatte wieder die Stimme gehoben. »HALB LINKS SCHWENKT! … MARSCH!«

Eine halbe Drehung später trotteten die Trabanten im Gänsemarsch davon, bis das Portal der Kaserne sie einen nach dem anderen schluckte. Sie verschwanden wie Ameisen in ihrem Bau.

Der General blieb mutterseelenallein auf dem verwaisten Platz zurück und pulte mit der Stiefelspitze zwischen den Pflastersteinen. Bald schon würde er nicht mehr als eine schwarze Silhouette sein, ein einsamer Baum im späten Abendlicht, ein zackiger Schatten.

Jonas' Blick glitt an den Mauern der Kaserne hinauf. Waren die Fenster vergittert? Er dachte an die vergangene Nacht. Diese Trabantensoldaten waren selbst zum Abzählen zu stumpf. Aber sie hatten Ruben dennoch gefangen – sie waren viele. Ob Ruben hinter einem dieser Fenster war? Sah er vielleicht hinaus? Beobachtete er den entmutigten General, so, wie Jonas und Ole ihn beobachteten? Oder lag er in irgendeinem Keller in Ketten?

»HE! IHR DA!«

Jonas schrak zusammen. Mit langen Schritten kam Grimbert auf sie zu. Jeder von Jonas' Muskeln spannte sich, er war schon auf dem Sprung. Weg! Aber Oles Finger krallten sich in seinen Ärmel.

»Zu spät«, wisperte er.

Die Absätze des Generals knallten aufs Pflaster, dann hatte er die Allee erreicht und stand vor ihnen – lange Beine, breite Schultern und ein wolliger Backenbart im Gesicht. Wie eine Felsnase ragte sein glattes Kinn aus den Barthaaren hervor.

Auf dem gewaltigen Schädel trug Grimbert einen Dreispitz mit steil nach oben gebogener Krempe, an seiner gewölbten Brust klimperten und bimmelten die Orden so lange, bis der General ganz still stand. Es war nur ein paar Stunden her, dass sich dieser Mann ziemlich genau so vor Ruben aufgebaut hatte.

Raus mit der Sprache, du Bandit! Jonas hatte es noch in den Ohren. Er sah Ruben wieder vor sich, die Arme auf den Rücken gedreht, das Haar in der Stirn. Er verschloss seine Lippen, so fest er konnte.

»Wohin des Wegs?« Grimbert hatte seinen Blick auf Ole gerichtet, aber der hielt den Kopf gesenkt. »Na? Raus mit der Sprache!«

Die gleichen Worte!, dachte Jonas.

Ole antwortete leise, ohne aufzusehen. »Zum Marquis de Lunette«, sagte er. »Wir werden erwartet.«

Der General stemmte die Hände in die Hüften und räusperte sich. »So«, brummte er. »Zum Marquis also. Und woher?«

»Aus der Flüsterstadt«, antwortete Ole, und Jonas versuchte seine Überraschung zu verbergen. Was für eine Flüsterstadt? Was für ein Marquis? Ole log. Er musste lügen. Es konnte einfach nicht sein, dass sie erwartet wurden.

Jonas' Gesicht fühlte sich plötzlich an, als wäre es aus

Holz. Ob Grimbert gerade prüfte, ob er auch wirklich wahrscheinlich aussah? In der Dämmerung würden Jonas' verschiedenfarbige Augen hoffentlich nicht auffallen. Und selbst wenn – er *war* doch wahrscheinlich, durch und durch.

»Und das soll ich dir glauben?« Der General starrte auf Oles wirren roten Haarschopf hinab. »Kannst du beweisen, was du da sagst?«

Ole sprach immer noch leise, aber seine Stimme hatte nun etwas Trotziges, beinahe Drohendes. »Der Marquis wird es beweisen«, presste er heraus. Ole versuchte seinen Unwillen zu verbergen, aber Jonas spürte ihn doch. Es fiel Ole schwer, dem Blick des Generals auszuweichen. Jonas fiel es leicht. Er war nicht stolz, jedenfalls nicht so wie Ole.

»Das«, sagte Grimbert, »werden wir ja sehen.« Seine Hand schwebte schon über Oles schmaler Schulter, aber sie packte nicht zu.

Über die Allee in ihrem Rücken kamen eilige Schritte. Jonas hörte ein atemloses Keuchen.

»Was willst *du* hier?«, fragte Grimbert über ihre Köpfe hinweg. Er klang überrascht. Seine Hand hielt er immer noch ausgestreckt.

Jonas drehte sich um, gerade als der Trabant zum Stehen kam. Er sah wie einer von Leopolds Spielgefährten aus, nur trug er statt des schmucken Rocks über den weißen Strümpfen und Schnallenschuhen eine große, mit Flecken übersäte Küchenschürze. Sogar seine Perücke zierte ein großer, brauner Saucenfleck.

»Ich bitte untertänigst um Vergebung, General. Ganz untertänigst um Vergebung. Ich bin untröstlich, Euch zu stören! Ich bin zerknirscht!« Der Trabant katzbuckelte unaufhörlich.

»Ja, ja. Schon gut«, knurrte Grimbert. »Was bringst du?«

Der Trabant richtete sich zögerlich auf, schaute einmal vorsichtig in die Runde und strich sich dann die schmutzige Schürze glatt. »Ich …«, fing er an.

»JETZT RED SCHON!«

»Ich bringe ein Bi… ein Bi… ein Bi-Bi-Bi…«

»Ein *Billet*?« Grimberts Blick durchbohrte den Trabanten förmlich. Am liebsten hätte Jonas den armen Tropf bei der Hand genommen.

»Genau!«, stieß der Trabant hervor.

»Von wem?«

»Von … also …« Der Trabant warf Jonas einen Hilfe suchenden Blick zu. »Also, das Billet ist gar nicht für Euch, Herr General … Generalissimus. Bitte untertänigst um Verzeihung. – Vergebung. – Nachsicht. Das Bi-Bi-Bi…« Er ruckte mit dem Kopf wie ein pickendes Huhn. »Also, der *Brief* ist für den jungen Herrn hier.« Er verbeugte sich vor Ole.

Der hielt den Kopf zwar immer noch gesenkt, grinste aber schon wieder sein Ole-Grinsen.

»Aha«, sagte Grimbert verstimmt. »Und wer schickt dich?«

»Der Marquis de Lunette«, antwortete der Trabant eifrig. »Er nennt mich seinen Hermes. Seinen Hermes. Ich erledige die Botengänge für ihn.« Er verbeugte sich wieder, diesmal allerdings nicht ohne Stolz.

»Dann mal her mit dem Billet!« Grimberts kräftige Hand wanderte von Oles Schulter bis vor die bekleckerte Brust des Trabanten. »*Ich* werde es öffnen.«

Der Trabant sah zu Ole hinüber, und erst, als der nickte, pulte er unter seiner Schürze nach einem vielfach gefalteten, winzigen Brief. »Bitte sehr, General … Generalissimus. Ich bitte noch einmal untertänigst, ergebenst um Verzeihung. Wegen der Störung … Ich bin *zerknirscht*!« Vor lauter Verlegenheit griff er nach seiner Perücke und langte genau in den großen Saucenfleck. Die schmutzige Hand wischte er an der Schürze ab.

Grimbert brach das kleine rote Siegel und entfaltete den Brief. Stirnrunzelnd las er, erst leise, dann laut. »*Lieber O*«, las er und verzog dabei abfällig die Mundwinkel. »*Was für eine schöne Überraschung! Habe dich durchs Fernrohr gesehen. Erwarte dich. Dein Freund Lunette.*« Grimbert ließ den Brief sinken. »Wer ist O?«

»Ich«, sagte Ole. Er schaute noch immer nicht auf.

»O?«, knurrte Grimbert.

»Ottokar«, log Ole. Warum nannte er nur einen falschen Namen?

»Aus der Flüsterstadt, sagst du?«

»Ja.«

»Und dein Freund?« Das Misstrauen in Grimberts Stimme war unüberhörbar.

»Auch«, sagte Ole.

»Hm.« Grimbert reichte Ole den Brief. »Von mir aus könnt ihr gehen. Los! Geht schon!«

Der Trabant verbeugte sich noch einmal. Ole war schon zwei, drei Schritte weit auf der Allee Richtung Schloss, da fiel Grimbert offensichtlich noch etwas ein.

»Warte mal!«, brummte er und fasste Jonas an der Schulter.

»Ja?« Plötzlich bekam Jonas einen Riesenschreck. Seine Stimme zitterte.

Grimbert nestelte an seinen Orden herum, das Kinn auf der Brust. »Hast du … habt ihr gesehen, wie wir exerziert haben? Habt ihr zugeschaut?«

Jonas nickte. Er hatte einen trockenen Hals.

»Dann …«, sagte Grimbert leise, »wäre ich euch dankbar, wenn ihr dem Marquis nichts davon erzählen würdet. Meine Jungs waren heute nicht gut. Sie sind etwas durcheinander.

Aber das muss der Marquis nicht erfahren. Wir, äh, wollen niemanden beunruhigen. Verstehst du?«

»Ja«, krächzte Jonas. »Ja.« *Nein* wäre die Wahrheit gewesen.

»Du sagst also nichts? Versprochen?«

»Ja. Ja.«

»Gut.« Der General strich noch einmal über seine Orden, nickte Jonas zum Abschied ernsthaft zu und ging dann mit großen Schritten über den weiten Platz zur Kaserne.

Einen Augenblick lang sah Jonas ihm nach. Der Himmel war jetzt nachtblau, aus weiter Ferne leuchteten die Sterne und unter dem gewaltigen Himmelszelt wirkte der General auf einmal sehr klein. Jonas hob langsam die Hand, spreizte seine fünf Finger und nahm Maß. Seine ausgestreckte Hand leuchtete beinahe weiß. Grimbert war kaum größer als sein Zeigefinger.

Das 19. Kapitel
erzählt von Sonne, Mond und Sternen

Das Schloss leuchtete aus allen Fenstern und rollte Teppiche aus Licht die große Treppe hinab. Von der Balkonbrüstung warfen die steinernen Gesellen rätselhafte Schatten. Die Luft war lau und kam vom See herüber.

Jonas sah in den sternenklaren Himmel hinauf, dann folgte er Ole einmal mehr über die breiten, tiefen Stufen vom Park zur Terrasse hinauf. Vor Beflissenheit schnaufend, führte der bekleckste Hermes sie an – am ersten, zweiten, dritten Trabanten vorbei. Alle machten sie Platz, in ihren Mienen gab es nichts zu lesen. Jonas und Ole waren im Schloss, plötzlich war alles ganz einfach.

Der Hermes buckelte vor jeder Tür, die er ihnen aufhielt. Zuerst draußen auf der stillen Terrasse, wo Sand unter ihren Sohlen knirschte, dann drinnen im kühlen Vestibül, wo ihre Schritte auf den großen, grauen Kacheln hallten. Sie spazierten an schlanken, weißen Säulen und einem stolzen, bunt emaillierten Pfau aus Bronze vorbei. Königlich und steif hockte er für immer auf einer Vase.

Schließlich erreichten sie eine große Tür mit zwei Flügeln. Die zahllosen Entschuldigungen des Hermes verloren sich wie üblich in einem unverständlichen Gemurmel. »Hier hinein, die Herrschaften, bitte sehr, Vorsicht Stufe, ich bitte vielmals um Vergebung für die Ungelegenheit. Verzeihung, Verzeihung, Verzeihung.«

Vor der Flügeltür war seine Verbeugung besonders tief, und als er mit rotem Kopf wieder auftauchte, hatte er einen nicht ganz sauberen Finger an die Lippen gelegt.

»Ich bitte tausendfach um Entschuldigung«, flüsterte er. »Aber hinter dieser Tür herrscht striktes Redeverbot. In den Prunkräumen darf kein Wort über die Lippen der Herrschaften kommen. Weder im Appartement seiner erblichen Majestät noch auf der Gesandtentreppe hinter dieser Tür.« Er schaute drein, als hätte er soeben die Ankunft des Weltgerichts verkündet. »Es gilt das chinesische Hofzeremoniell. In der Umgebung seiner erblichen Majestät darf unter keinen Umständen gesprochen werden.« Dann blitzte in seinen sonst so stumpfen Augen plötzlich etwas auf. »Es stürmt auf Jupiter. Das sagt mein Herr an solchen Tagen.« Verschwörerisch sah er nach allen Seiten. *»Der Marquis«*, raunte er dann und buckelte gleich wieder, diesmal wahrscheinlich vor der bloßen Vorstellung seines Herrn und Meisters.

Jupiter? Jonas war immer noch bemüht, seine Verblüffung zu verbergen. Er war, als die wärmende Sonne verschwand, wieder in seine Joppe geschlüpft und vergrub die Hände in den Taschen. Oder war das vielleicht unpassend? Er grub seine Hände wieder aus und wusste dann nicht, wohin mit ihnen. Er war unruhig. Er hatte so viele Fragen.

Wer war der Marquis de Lunette?

Und wer war Ole, dass der Marquis ihm Briefe schrieb?

Aber sie waren im Schloss und mit dem Auftauchen des Marquis gab es Hoffnung für Ruben. Natürlich blieb das ein bloßes Gefühl – so unbestimmt wie alles, seit Peregrin Aber bei Brand aufgetaucht war.

Der Hermes war so weit. Ehrfürchtig öffnete er die Tür, und Jonas kam es vor, als würde eine Welle aus Rot über ihm zusammenschlagen. Rot war der Marmor an den Wänden, rot waren die Falten werfenden Umhänge der Menschen auf den Wandgemälden, rot war noch der Teppich, der von der breiten Treppe bis fast genau vor ihre Füße floss. Und was nicht rot war, war ein Feuerwerk aus Gold und Weiß und gleißendem Licht.

Jonas blinzelte. Der helle Schein der Lüster blendete ihn ebenso sehr wie die schiere Pracht des Treppenhauses.

Der Hermes presste noch einmal den Finger an die Lippen. Sie traten ein. Die Gesandtentreppe war riesig, eine Welt für sich.

Überlebensgroße weiße Plastiken – Kanarien vor allem, aber auch Menschen mit vor Stolz geschwellter Brust – hockten, standen, saßen in den Nischen überall in den Wänden, und der Stuck, der die Bögen über ihnen schmückte, glänzte golden. Der Fußboden, die Wände, sogar die Treppenläufe waren aus kostbarem Marmor und die gewölbte Decke viele Meter über ihren Köpfen war in leuchtenden Farben ausgemalt.

Jonas kam kaum zwei Schritte weit auf dem tiefen Teppich, da musste er einfach den Kopf in den Nacken legen, um genauer hinzusehen. Vor einem sanftblauen Himmel tummelten sich dort oben Rad schlagende Pfauen, flatternde Kanarien und viele fette, rosafarbene Engel. Riesige weiße Schwingen klebten zwischen ihren Schulterblättern. Und über allem, genau in der Deckenmitte, thronte auf einem goldenen Sessel ein bärtiger Riese in einem roten, wallenden Gewand. Mit seinen mächtigen Armen und Beinen und dem alles überschauenden, bohrenden Blick mochte dieser Riese Gottvater selbst sein. Jonas ging dieser Blick bis unter die Haut und er wandte sich ab.

Hermes und Ole hatten schon den Fuß der Treppe erreicht. So schnell er konnte, schloss Jonas zu ihnen auf und ließ seine Hand über den glatten, kühlen Marmor des Treppenlaufs gleiten. Vor ihm wippte Oles verdreckter Rucksack, der krumme Rücken des Hermes war ein, zwei Stufen voraus. Sonst war weit und breit niemand zu sehen. Trotzdem fühlte Jonas sich beobachtet.

Erst auf der letzten Stufe wagte er es, wieder nach dem Deckengemälde zu schauen, und gleich schrak er zusammen. Vom Himmelsthron traf ihn ein stechender Blick aus einem blanken Auge. Konnte das sein? Schaute der Herrgott anderswohin als eben? Folgte er ihnen mit seinen gemalten Augen? Mit dem einen wenigstens, das … vielleicht … etwas größer …? Nein. Jonas dachte an das Auge im Baum mit seinem Lid aus Rinde. Er hatte sich getäuscht. Er täuschte sich wieder.

Noch einmal sah er zur Decke hinauf. Die göttlichen Augen kamen ihm plötzlich kleiner vor. Bestimmt sahen sie nirgendshin.

Verstört drängte er sich an Oles Seite. Der Hermes buckelte schon vor der nächsten Tür. Sie war schwer mit vergoldetem Stuck beladen, öffnete sich zu Jonas' Erleichterung aber auf einen viel schlichteren, halbdunklen Korridor.

Der Hermes räusperte sich umständlich.

»Du kannst wieder sprechen«, sagte Ole leise, während sie über den Korridor gingen.

Aber Jonas sagte lieber nichts über das Auge. »Woher kennst du den Marquis?«, flüsterte er.

Ole zuckte die Schultern. »Ein alter Freund.« Dann wandte er den Blick wieder nach vorne.

Es ging eine Dienstbotentreppe hinauf. Ihr Führer schnaufte.

Der Marquis de Lunette erwartete sie schon. Er stand in der Tür, am Ende eines Korridors im zweiten Stock. Licht fiel aus der Zimmerflucht in seinem Rücken und verwandelte die kleinen Härchen, die von seiner grauen Perücke abstanden, in einen struppigen Heiligenschein. Der Marquis war groß und dünn und alt. Ein klein wenig gebeugt stand er da, der faltige Hals ragte aus einem Rüschenhemd mit offenem Kragen und überlangen, bauschigen Ärmeln. Dazu trug der Marquis eine himmelblaue, glänzende Kniebundhose.

»Ole Mond!«, rief er und breitete theatralisch die Arme aus. »Dich schickt ein guter Geist!«

Kaum dass sie die Tür erreicht hatten, drückte der Marquis Ole fest an sich. Dann strich er zu Jonas' Überraschung dem Hermes zärtlich über die Wange. »Das hast du gut gemacht, mein Kleiner. War er widerlich, der olle Grimbert?«

Lunette zwinkerte Jonas verschwörerisch zu.

Aufgeregt klappte der Hermes den Mund auf und zu. Bestimmt wusste er nicht, was er sagen sollte.

»Einerlei!«, rief Lunette. »Du hast sie hergebracht. Prima!« Er sah zu Jonas hinunter. »Früher haben wir Schach gespielt, Grimbert und ich«, verkündete er aufgeräumt. »Aber Grimbert kann nicht verlieren. Wir mussten es aufgeben.« Er lachte. Über seinem Gesicht lag eine dicke Schicht weißen Puders, die Zähne wirkten dagegen fast braun.

»Also, mein Sohn!« Jetzt legte er Ole die Hand auf die Schulter. »Wollen wir nicht reingehen?« Die Wangen des Marquis zierte je ein kreisrunder Fleck roter Schminke. Zwischen seiner Adlernase und den eigentümlich roten Lippen prangte ein dicker, schwarzer, erkennbar aufgemalter Schönheitsfleck.

»Herzilein«, sagte Lunette und seine Hand wanderte schon wieder. Diesmal fasste er die Nase des Hermes neckisch zwischen Daumen und Zeigefinger. »Ich rufe, wenn ich dich brauche. Ja?«

Der Hermes verbeugte sich tiefer denn je.

»Leg dich schlafen, Süßer!« Lunette sah dem Trabanten nach, wie er eilfertig über den Korridor verschwand. »Wisst ihr, Jungs«, murmelte er und legte die schmalen Finger an sein hageres Kinn, »ich finde, er gewinnt an Ausdruck. Je mehr man sich mit ihnen beschäftigt, desto mehr Regungen zeigen sie. Ich hasse es, wenn sie so teilnahmslos in der Ecke stehen. Es macht mich richtig traurig. Dich nicht auch, Ole?«

Aber Ole war schon durch die Tür, ganz so, als sei er in den Räumen des Marquis zu Hause.

Der Marquis bewohnte zwei Zimmer im Schloss. Im ersten, durch das sie eintraten, standen ein schwerer, mit Papieren überladener Schreibtisch und eine Ottomane wie die, auf der Leopold am Nachmittag auf der Terrasse gelegen hatte.

Lunette hatte Jonas einen Arm um die Schultern gelegt und sie durchmaßen den Raum wie alte Freunde. Es kam Jonas komisch vor, aber es war ihm nicht unangenehm.

Das zweite Zimmer wirkte um einiges gemütlicher, hinter dem Kamingitter leuchtete die Glut. In einer Ecke des Raums stand ein Bett, über das eine weinrote, mit Goldbrokat verzierte Tagesdecke gebreitet war. Gleich unterhalb eines Fensters fand sich ein kleiner, von zwei gepolsterten Stühlen umstellter Tisch mit einem Schachspiel. Auf dem Brett bedrängten die schwarzen Figuren die weißen. Es sah ganz so aus, als hätten sie den Marquis bei einer Partie gegen sich selbst unterbrochen.

Ole lehnte am Fenster über Eck und sah hinaus, ohne dem eigentümlichen Gerät neben sich Beachtung zu schenken. Es war ein wirklich seltsames Ding, und obwohl Jonas nicht wusste, wozu es diente, kam es ihm bekannt vor.

Hatte er so etwas schon einmal gesehen?

Das Gerät war lang und rund, insgesamt eher schmal, verbreiterte sich aber von vorne nach hinten und stand auf drei dünnen Beinen aus Metall, die man wahrscheinlich zusammenklappen konnte. Sein Äußeres war mit Leder bezogen, sein Inneres blieb Jonas ein Rätsel.

»Es ist ein Teleskop, Jonas«, sagte Lunette. »Ein Fernrohr. Es holt, was fern ist, ganz nah heran.«

Jonas war es peinlich, dass der Marquis seine Neugier bemerkt hatte.

»Du musst wissen, ich bin der Sterngucker seiner Majestät.« Lunette schmunzelte. »Sein …«, er grinste beinahe unverschämt, »… *Astrologe*. Glaubst du an Horoskope, mein Junge? Wann bist du geboren?«

Jonas zuckte. Da war sie wieder, die Frage, auf die er lügen musste. »Im Herbst«, murmelte er.

»Weißt du es nicht genauer?« Die Frage des Marquis hatte nichts Bohrendes, eher machte sie deutlich, dass Lunette bereit war, darüber hinwegzugehen.

Jonas schüttelte den Kopf.

»Vielleicht bist du ein Schütze«, sagte Lunette im Plauderton. »Oder ein *Skorpion*.« Er riss spaßeshalber die Augen auf, so, als fürchtete er sich. »Ach, weißt du, ich bin ohnehin kein richtiger Sterndeuter. Mit dem Fernrohr da schaue ich in die Welt, nicht in den Himmel. Und richtige Horoskope sind hier auch gar nicht erwünscht. Hast du Leopold eigentlich schon kennengelernt? Den Erbprinzen?«

Jonas wusste nicht, was er antworten sollte. Kennengelernt war das falsche Wort. Er schwieg verlegen.

Aber auch darüber ging der Marquis hinweg. »Leopold würde toben, wenn die Sterne es mal nicht gut mit ihm meinten. Oder er würde sich in einen seiner prächtigen Winkel zurückziehen und schmollen. Und die Kaiserin … Ach! Die

Kaiserin.« Er fuhr sich über die Perücke und sah Jonas an, als würde der schon verstehen. »Sag mal, Junge, das ist ja ganz etwas Besonderes.«

Jonas blieb nicht einmal genug Zeit, zurückzuweichen. Schon lag die Hand des Marquis auf seinem Gesicht, der weiche Daumen knapp unter Jonas' hellblauem Auge. »Sie sind verschiedenfarbig. So etwas habe ich noch nie gesehen! Du musst ein ganz besonderer Junge sein.«

»Ich habe ihn im Wald gefunden«, murmelte Ole Mond. Es klang, als wäre Jonas ein Gegenstand.

»So?« Lunette zog seine Hand zurück. Immer noch neugierig sah er Jonas an. »Was ich sagen wollte – ich habe mir ein anderes System ausgedacht. Für die Sterne, meine ich. Die Astrologen glauben, der Mars stünde für den Widder, Saturn für den Wassermann, Merkur für den Zwilling und so weiter. Aber das ist mir einerlei. Ich mache es anders, Jonas. Schau! Es gibt sieben Planeten – die Sonne, den Mond, Merkur, Venus, Mars, Jupiter und Saturn. Und es gibt die Sieben. Die berühmten Sieben!« Er lächelte. »Core, Suleman, Fiet, Grimbert, Leopold, Faramund und …« Er machte eine kleine Pause und sein Lächeln verzog sich zu einem Grinsen. »… den Marquis de Lunette.«

Jonas stand stocksteif. Er begriff nichts, gar nichts.

»Was läge da also näher, als sieben und sieben zusammenzuzählen?« Der Marquis strahlte ihn an. »Suleman ist dann natürlich der Mond, schließlich heißt er so. Wie sein Neffe, unser junger Freund hier.« Lunette bedachte Ole mit einem liebevollen Blick.

Jonas fühlte sich entsetzlich hilflos.

»Fiet Finger ist Merkur«, fuhr der Marquis fort, »schon weil er so klein ist. Grimbert ist natürlich Mars. Mars, der Gott des Krieges, du weißt … Und Leopold kann nur Jupiter sein, der größte Planet, der majestätische Planet – aufgeblasen, wie er ist. Wusstest du, dass es auf Jupiter stürmt? Rote Stürme plagen den großen Jupiter, so, wie sie ja auch den Erbprinzen plagen, nicht wahr? Innere Stürme, meine ich, auch wenn ich ihm das nicht sagen würde. Er würde mich dafür verbannen! Oder wenigstens dreimal *anspeien* lassen! *Oha!*« Er legte eine Hand auf den Mund und grinste zwischen seinen krummen Fingern hindurch.

»Lunette …«, sagte Ole.

»Einen Augenblick!« Der Marquis hob den Zeigefinger. »Ich bin gleich fertig. Ich weiß, du hast das alles schon gehört.« Er sah wieder Jonas an, der verzweifelt bemüht war, zu folgen und sich all diese Namen zu merken. »Bleiben also noch drei übrig, lieber Jonas. Hast du mitgezählt? Suleman ist der Mond, Fiet der Merkur, Grimbert der Mars, Leopold ist Jupiter.«

Schulterzuckend schlenderte Ole in den anderen Raum hinüber. Jonas sah ihm nach, blieb aber wie angewurzelt stehen.

»Bleiben Core, Faramund und meine Wenigkeit. Die Zuordnung ist ganz einfach. Faramund ist natürlich Saturn, der Planet der Melancholie, schließlich hat er etwas Schlechtgelauntes, Schwarzes – schon immer übrigens. Und Core – die arme Core! – kann nur die Sonne sein. Stimmt's?«

Jonas nickte hilflos.

»Und damit bleibt für den alten Lunette nur der Planet der Schönheit. VENUS!« Der Marquis zeigte lachend seine braunen Zähne. »Richtig? Konntest du mir folgen?«

Ganz langsam schüttelte Jonas den Kopf.

Lunette lachte wieder. »Das macht nichts«, sagte er fröhlich. »Eigentlich ist es auch Unsinn. Feierlicher Unfug! Ein Spiel! Zu meinem Zeitvertreib.« Er wurde ernst, wenigstens schien es so. Er senkte seine Stimme. »Manchmal bin ich einsam, Jonas. Nichts ist mehr so, wie es einmal war.«

»Wer«, fragte Jonas stockend, »sind *die Sieben*?«

»Was sagst du da?« Der Marquis legte die Stirn in Falten und den Kopf schief. »Du kennst die Sieben nicht?«

Jonas schluckte. »Nein«, sagte er so leise, dass es fast unhörbar war.

»Ach!«

»Ich kenne sie wirklich nicht«, hauchte er.

»Interessant«, murmelte Lunette. »Aber du bist doch kein Trabant.«

»Nein«, flüsterte Jonas. Er hatte das Gefühl zu schrumpfen, und vielleicht wäre das auch gar keine schlechte Idee gewesen – bis zur Unsichtbarkeit zu schrumpfen.

»Interessant«, sagte Lunette noch einmal. Er schaute nachdenklich in Jonas' Augen. »Magst du mir erzählen, wo du herkommst?«

Jonas schüttelte den Kopf. Mit einem Mal war er dem Marquis, der auf gar nichts zu bestehen schien, unendlich dankbar.

»Gut.« Lunette nickte bedächtig. Sachlich sprach er weiter. »Die Sieben sind die, mit denen alles angefangen hat. Die Gründerväter, wenn du so willst, obwohl Core natürlich eine Gründermutter war. Wir haben das Land besiedelt. Wir haben Callamaar gegründet. Wir waren die Ersten.« Lunette breitete die Hände aus. »Hier.«

Callamaar. Unwillkürlich legte Jonas eine Hand auf seine Brust. In der Innentasche seiner Joppe war Claras Heft verborgen. Dort hatte er diesen Namen zum ersten Mal gelesen. *Callamaar*.

»Und Ole hat dir nichts davon erzählt? Das sieht im ähnlich. Wenn du willst, erzähle ich dir mehr davon. Aber jetzt ist es spät.« Der Marquis sah zum dunklen Fenster hinüber. »Wo steckt Ole überhaupt?«

Lunette fasste Jonas am Ellbogen und schob ihn ins andere Zimmer hinüber.

Ole hatte sich fest in seinen alten Mantel gewickelt und lag auf der Ottomane. Er schlief tief und fest.

Suleman Mond, dachte Jonas. Ole hatte einen Onkel und dieser Onkel war einer von den Sieben. Ole hatte nichts davon erzählt. Er hatte gar nichts erzählt. Plötzlich war Jonas von Ole enttäuscht.

Der Marquis sah versonnen auf den Schlafenden hinab. Oles kupferrotes Haar schimmerte im Kerzenlicht, sein Gesicht schien milchweiß.

Lunette sprach leise. Seine Stimme war weich. »Er ist unser kleiner Erlöser, weißt du?«

Das 20. Kapitel
Peregrin Aber kehrt zurück

Peregrin Aber ließ vor der Remise halten und bequemte sich selbst. Er öffnete den Schlag, der kleine Knöpfstiefel mit der knappen Gamasche suchte tastend den Tritt und versank mit dem nächsten Schritt im Schnee. Der Advokat unterdrückte einen Fluch und stakste bis zum Remisentor. Er hatte beschlossen, den Rückweg zu sichern. Vorher würde er den Kutscher nicht entlassen.

Das Tor öffnete sich ächzend, die Kutsche der Finks stand als großer, schwarzer Schemen auf dem gestampften Boden. Im Stall nebenan hörte Peregrin Aber die Pferde atmen.

Fein, dachte er. Notfalls würde er später selbst anschirren.

Er kehrte nach draußen zurück, die Laterne der von Werk gemieteten Kutsche umgab ein gespenstischer Hof aus schimmerndem Licht. Der Atem des in seinen Schal vergrabenen Kutschers dampfte in Schwaden vom Bock.

»Sie können abfahren!«, knurrte Peregrin Aber. »Holen Sie sich Ihren Lohn bei meinem Schreiber.«

Der Kutscher nickte, und Peregrin Aber sah dem Wagen noch nach, wie er durch Schnee und Dunkelheit nicht schnell genug davonrumpeln konnte. Dann rückte er sich den Zylinder zurecht, sah erst zum Himmel hinauf, an dem nachtschwarze Wolken tobten, und dann nach Wunderlich hinüber. Nicht ein Fenster war erleuchtet, nur der schwindsüchtige Mond ließ den Schnee ringsum unwirklich schimmern.

Peregrin Aber schlug den Pelzkragen seines Mantels hoch, fasste den silbernen Knauf seines Stocks, so fest er konnte, und stapfte missmutig los. Der Schnee knirschte unter seinen Sohlen, ein leiser Wind rieb sich an den Ästen der Bäume. Sonst war es totenstill. Bis er den eisernen Finken, der als Türklopfer diente, erreicht hatte, litt Peregrin Aber an seiner Aufgabe.

Dann jedoch klappte er den Pelzkragen wieder zurück, so als könnten ihm Kälte und Dunkelheit nichts anhaben, und nahm Haltung an. Eiskalt lag der eiserne Ring in seiner Hand, und unwillkürlich fuhr der Advokat zusammen, als es tatsächlich klopfte.

Nichts, aber auch gar nichts geschah.

Peregrin Aber schickte einen zweifelnden Blick die Mauern von Wunderlich hinauf. Die schauderhaften Kamine ragten in die Nacht.

Er klopfte noch einmal.

Wieder nichts.

Jetzt drängten die widerwärtigsten Gespenster auf ihn ein, aber Peregrin Aber verscheuchte sie mit einer rüden Handbewegung.

Auch gut, dachte er. Dann würde er sich eben selbst Zutritt verschaffen.

Er fasste den Stock an seinem Ende und kaum einen Augenblick später splitterte die Scheibe des nächstgelegenen Fensters unter dem Aufprall des silbernen Knaufs.

Diesmal erschrak Peregrin Aber nicht. Er fühlte sich als Herr der Lage. Wenigstens bemühte er sich darum.

Fluchend erklomm er das steinerne Fensterbrett und langte, mühsam balancierend, an den gefährlichen Splittern der Scheibe vorbei ins Innere. Er brauchte eine halbe Ewigkeit, um das Fenster zu entriegeln, aber schließlich gelang es ihm. Mit bangen Gedanken an seinen abends oft schmerzenden

Rücken ließ er sich hinab und kam wankend auf einem Teppich zum Stehen.

Geschafft. Peregrin Aber zwinkerte. Seine Augen mussten sich an die Finsternis des Raums erst gewöhnen. Stand da ein Tisch? War das da die Tür? Führte sie in die Halle?

»Tabbi?«

Keine Antwort.

Peregrin Aber tastete sich mit dem Stock voran, stieß auf die Tür und fand, nachdem er mehrfach ins Leere gegriffen hatte, die Klinke. Er drückte die Tür auf und sein nächster Schritt spürte Stein. Er musste die Halle erreicht haben, ganz wie er vermutet hatte.

»Halt!«, ertönte es da. »Halt oder ich schieße!«

Gleich hob Peregrin Aber die Hände, polternd fiel der Stock zu Boden. Einige tausend Gedanken schossen dem Advokaten durch den Kopf, viel zu viele, um einen einzigen davon in Worte zu fassen.

Ein Streichholz wurde angerissen, dann leuchtete eine Handlaterne auf.

Tabbi saß auf den untersten Stufen der großen Treppe, in den Händen hielt sie ein Jagdgewehr, das mindestens so lang war wie Peregrin Aber. Der Lauf zielte haargenau auf den Advokaten.

»Herr Doktor? Sind Sie das?«

Peregrin Aber nickte, hilflos und verzweifelt.

»Guter Gott! Endlich!«

Tabbi erhob sich, die Laterne in der einen Hand, die Flinte in der anderen. Das Haar hing ihr wie Spinnweben ins Gesicht, über der Schürze trug sie einen langen, alten Mantel. Das Gewehr hielt sie wie ein Großwildjäger.

Peregrin Aber ließ die zitternden Hände sinken. Er seufzte. »Sie haben mich zu Tode erschreckt, Tabbi«, sagte er tonlos.

Tabbi nickte mit grimmiger Miene. »Nichts ist, wie es war, Herr Doktor«, sagte sie düster. »Deshalb bin ich zuerst ins Jagdzimmer des verstorbenen Barons. Gott hab ihn selig.« Sie reckte die Flinte. »Da habe ich das Ding her. Und das Gewehr des schwarzen Manns habe ich auch gefunden. Er hat es achtlos zur Seite geworfen. Es kam auch aus dem Jagdzimmer. Dort fehlte eins.« Tabbi stand jetzt genau vor Peregrin Aber. Ihr Blick war gehetzt. »Ich glaube nicht, dass er noch da ist, der schwarze Mann. Es ist niemand mehr da. Niemand!«

»Ich weiß, Tabbi, ich weiß. Ich habe Ihre Briefe bekommen.« Peregrin Aber hatte sich einigermaßen beruhigt. Seine Hände zitterten nicht mehr. Er ließ den Blick durch das Halbdunkel der Halle gleiten. Das Gerippe des zerschmetterten Leuchters lag immer noch da.

Der Kolben von Tabbis Gewehr ruhte jetzt auf dem Steinfußboden, ihre große, harte Hand hielt den metallenen Lauf fest umschlossen. Sie sah wirklich so aus, als hätte sie soeben einen hinterindischen Elefanten erlegt.

»Hören Sie, Tabbi …«, setzte der Advokat an, aber die Köchin unterbrach ihn gleich.

»Es hat alles mit diesen Figuren zu tun, Herr Doktor!«, raunte sie. »Mit diesen Figuren und dem Spielzimmer! Ich habe mich bislang nicht hineingetraut. Aber jetzt, wo Sie da sind, Herr Doktor …«

»Natürlich, Tabbi, natürlich.« Peregrin Aber legte ihr sanft eine Hand auf die Schulter. Er klang wie ein Arzt. »Das ist alles sehr viel für Sie gewesen. Ich verstehe vollkommen. Aber nichts davon hat mit *Spielzeug* zu tun. Begreifen Sie doch!«

»So?« Tabbi funkelte ihn an. »Und warum hat der schwarze Mann dann die Sonneberger Figuren gesucht? Ich habe Ihnen doch alles geschrieben! Er hat sie gestohlen, die Figuren!

Und auch der junge Jonas Nichts war … Er war ganz närrisch ihretwegen.«

Peregrin Aber zuckte, als Tabbi Jonas' Namen in den Mund nahm, fing sich aber gleich wieder. »Jetzt hören Sie mir doch erst einmal zu, Tabbi! Ich weiß, wer der schwarze Mann ist. Kommen Sie! Ich würde das gern im Sitzen besprechen. Ist die Küche geheizt?«

»Sind Sie sicher? Sind Sie ganz sicher?« Tabbi stand vor dem Ofen und fütterte ihn mit Holzscheiten.

Peregrin Aber saß mit kalten, gefalteten Händen am Tisch. Eine Lampe brannte und tauchte sein Gesicht mit dem struppigen Bart in ein warmes Licht. Das Jagdgewehr lehnte an der Tischkante. »Sehr sicher«, sagte er. »Ich habe noch heute Morgen meinen Schreiber losgeschickt. Schauen Sie, als ich Ihre Briefe las, habe ich zwei und zwei zusammengezählt. Wer könnte Jonas schaden wollen, habe ich mich gefragt.«

»Alma natürlich!«, unterbrach ihn Tabbi. »Sie hasst den Jungen. Sie *hasst* ihn!«

»Ja«, sagte Peregrin Aber etwas unwirsch. Er wurde höchst ungern unterbrochen. »Andererseits muss Alma Claras Testament fürchten – ganz gleich, wer Jonas etwas antut.«

»Schon«, sagte Tabbi, stieß noch ein Holzscheit in die Glut und wischte sich die Hände an der Schürze.

»Dann«, fuhr Peregrin Aber fort, »habe ich an Irmingast gedacht. Er …«

»An Irmingast habe ich natürlich auch gedacht«, sagte Tabbi.

»Ja. Natürlich haben Sie das. Würden Sie mich denn jetzt ausreden lassen?« Peregrin Aber setzte missmutig den Biberfilzzylinder ab, der immer noch seinen kleinen Kopf krönte.

»Verzeihung.« Tabbi schaute betreten drein und zog sich

dann einen Küchenstuhl heran. Seine Beine schrammten über den Boden.

»Also.« Der Advokat strich über die Bespannung des Zylinders. »Ich habe also an Irmingast gedacht, aber dann fiel mir ein, dass Irmingast ja Almas Vertrauter ist. Die beiden sind verbündet. Und außerdem … also … ein Mann der *Kirche*? Ein Mordanschlag, Schüsse gar … und ein Mann der *Kirche*?«

Tabbi nickte heftig und öffnete schon den Mund. Unter Peregrin Abers gestrengem Blick machte sie ihn allerdings gleich wieder zu.

Einen Moment lang herrschte Stille. Nur das Feuer im Ofen knackte und knisterte. Peregrin Aber hatte wegen der ständigen Unterbrechungen den Faden verloren.

»Und deshalb haben Sie Ihren Schreiber losgeschickt?«, fragte Tabbi endlich.

»Genau. Ja. Wenn es nicht Alma war, dachte ich mir, und auch kein Dritter, Unbekannter – und wer sollte das schon sein? Ich meine, Jonas ist ein kleiner, unbescholtener Junge …«

»Ja?«, drängte Tabbi. »Dann?«

»Dann …«, stöhnte Peregrin Aber. »Dann musste es einfach Irmingast sein! Aber nicht der Irmingast, den wir kennen. Nicht der, den wir uns vorstellen, wenn wir darüber nachdenken, Tabbi. Verstehen Sie, was ich meine?«

Tabbi machte große Augen, und Peregrin Aber bemerkte nicht ohne Wohlgefallen, dass es ihr für einen Augenblick an Worten fehlte.

»Kurzum.« Der Advokat schlug die Beine übereinander. »Kurzum, Tabbi, ich erinnerte mich daran, dass mir Irmingast bei Gelegenheit einmal von seiner Zeit im Priesterseminar erzählt hatte. Einem Priesterseminar in der Stadt. Und genau dahin habe ich meinen Schreiber geschickt. Gleich heute Morgen. Sobald ich von den Vorgängen hier Kenntnis hatte.«

»Und? *Und*?« Tabbi durchbohrte den Advokaten mit ihren Blicken.

»Ja«, sagte Peregrin Aber und holte tief Luft. »Irmingast ist nie an diesem Priesterseminar gewesen! Er ist gar kein Geistlicher! Er ist ein *Hochstapler*, Tabbi!«

»NEIN!« Tabbi sprang auf und wusste dann gar nicht, wohin mit sich.

»Doch!« Peregrin Aber verschränkte die Hände vor der Brust. »Ein Betrüger! Sagen Sie, er hat sich hier doch regelrecht eingeschlichen, nicht wahr? Damals?«

»Ja, ja. Ein gebrochenes Rad. Und dann ist er einfach geblieben.« Tabbi setzte sich wieder. Sie überlegte. »Wäre schon möglich, dass Irmingast der Mann unter der Kapuze war. So groß und so schlank.« Sie versank in Gedanken. »Aber, Herr Doktor …«, sagte sie schließlich. »So ein Betrüger will doch auch betrügen, nicht wahr? Ich meine, Irmingast war ja nicht gerade ein Heiratsschwindler. Und gestohlen hat er auch nichts …«

»Nein, nein«, sagte Peregrin Aber schnell.

»… bis auf die Sonneberger Figuren!«, fügte Tabbi noch hinzu.

»Äh«, sagte der Advokat.

»Seltsam. Oder?«

Peregrin Aber schwieg jetzt eine lange Zeit. Was hatte es nur mit diesen Figuren auf sich? Sie waren doch eine fixe Idee! Spielzeug! Um Himmels willen!

»Tabbi«, sagte er dann. »Die entscheidende Frage ist doch, wo Jonas und Ruben sind. Was halten Sie davon, wenn Sie uns jetzt etwas zu essen machen und wir uns dann auf Spurensuche begeben? Na? Wie wäre das?«

Tabbi sah ihn ebenso zweifelnd wie durchdringend an.

»Bratkartoffeln«, sagte Peregrin Aber schnell. »Ich finde Bratkartoffeln immer sehr tröstlich. Und das geht doch auch recht flink, richtig?«

Tabbi nickte verdrossen und erhob sich. »Wenn Sie meinen, Herr Doktor.« Und dann verschwand sie in der Speisekammer.

Peregrin Aber atmete durch. *Ein Betrüger will auch betrügen*, dachte er. Ja. Dann … Dann …

Doch weiter kam der Advokat nicht. Aus der Speisekammer drang ein spitzer Schrei.

»Tabbi?«

»Herr Doktor! Herr Doktor!«

Wie der Blitz schoss Peregrin Aber aus seinem Stuhl, ignorierte den stechenden Schmerz in seinem Rücken und eilte mit wehendem Mantel in die Speisekammer. *Der schwarze Mann*, durchzuckte es ihn.

»Tabbi?«

Zwischen schwer beladenen Regalen, unter hängenden Würsten und baumelnden Schinken stand die Köchin vor dem Kartoffelkasten. In der Hand hielt sie ein einfaches, braunes Köfferchen aus Pappe.

Peregrin Aber stieß vor lauter Erleichterung gleich literweise Luft aus.

»Dieser Jonas!«, seufzte Tabbi und in ihre Züge stahl sich ein leises Lächeln. »Dieser Jonas! Er hat die Figuren einfach versteckt.« Sie drehte sich zu Peregrin Aber um. »Hier zwischen den Kartoffeln, Herr Doktor! In seinem Köfferchen. Hier zwischen den keimenden Kartoffeln!« Sie schüttelte so glücklich wie ungläubig den Kopf.

Wenig später saß Peregrin Aber wieder am Küchentisch, vor sich einen leer gegessenen Teller mit einigen wenigen Zwiebelresten sowie einer Fettspur und daneben fünf Sonneberger Figuren. Sie waren kaum fingerlang und standen auf eckigen grünen Podesten. Der Advokat betrachtete sie fassungslos.

Es war mitten in der Nacht.

»Schauen Sie sie genau an, Herr Doktor!«, sagte Tabbi vom Spülstein. »Sie hüten ein Geheimnis. Ich schwöre es! Wenn ich nur wüsste, welches!« Sie klapperte aufgeregt mit der Pfanne.

Peregrin Aber griff nach der größten Figur, offensichtlich einem türkischen Reiter. Er führte einen schönen, prachtvoll gezäumten Schimmel. Er drehte und wendete ihn in den Fingern und klopfte sogar auf die Unterseite des Podests.

»Mir scheinen sie ganz gewöhnlich«, sagte er dann. »Spielzeug, altes, schönes Spielzeug. Aber ich glaube nicht, dass etwas darin versteckt ist.«

Er stellte den türkischen Reiter zurück auf die Tischplatte und nahm sich die nächste Figur. Ihre Pastellfarben leuchteten gelb und rosa und hellblau.

»Sehr fein gearbeitet, wirklich.« Die Figur hatte die Arme verschränkt und einen Fuß auf einen winzigen Stein gestellt. Vor ihr stand ein dreibeiniges Stativ, das der Advokat jetzt befingerte. »Dieser hier hat ein Fernrohr, nicht wahr?«

»Ein Fernrohr?« Tabbi wandte sich um. Ihre Hände waren nass. »Ja, vielleicht«, sagte sie. »Und dann sind da noch ein König und ein Soldat und ein Junge. Eigentlich hat Jonas aber einen Puppenspieler gesucht. Nach dem hat er immer wieder gefragt. Wissen Sie, Herr Doktor, in der Bibliothek hängt ein Porträt von Clara als Kind. Und auf diesem Bild ist so ein kleiner Puppenspieler zu sehen. Nicht, dass ich es ohne Jonas erkannt hätte. Es ist *so* klein! Auf dem Bild.« Mit ihren nassen Fingern zeigte sie einen winzigen Abstand. »Der Junge hat noch gute Augen.« Dann griff sie nach einem Trockentuch.

Peregrin Aber stellte auch den Mann mit dem Fernrohr zurück neben den Teller. Er zuckte ratlos die Achseln. Diese Sonneberger Figuren brachten sie keinen Schritt weiter.

»Der Junge muss den Koffer gestern versteckt haben, Herr Doktor«, sagte Tabbi. »Heimlich. Ich habe es Ihnen geschrieben – für einen kurzen Augenblick ist er uns entwischt und dann haben wir ihn in der Küche wiedergefunden. Da muss er den Koffer versteckt haben. Er hatte bestimmt einen Grund dafür, Herr Doktor! Selbst wenn er ihn gar nicht kannte, den Grund.«

Peregrin Aber brummte etwas Unverständliches. Wer seine Gründe nicht kannte, hatte auch keine. Das war seine Meinung. Er starrte noch eine Weile auf die bunten Figuren und zog dann den schäbigen kleinen Pappkoffer zu sich heran. Diese Magd hatte ihn dem Jungen geschenkt, Elsa, er erinnerte sich wohl. Ohne große Hoffnung machte er sich daran, das Köfferchen zu untersuchen.

»Tabbi? Was ist das?« Der Advokat hielt einen kleinen Kiesel in die Höhe. »Der war auch im Koffer«, sagte er.

Tabbi trat einen Schritt näher. »Das ist der Stein, mit dem der Junge immer gespielt hat«, erklärte sie. »Haben Sie ihn nie damit gesehen?«

Peregrin Aber schüttelte den Kopf. Auf was sollte er, bitteschön, denn alles achten?

»Oben in seinem Zimmer hat er ihn immer über den Teppich geschoben.« Tabbi ordnete sich das Haar. Dann begann sie, die Figuren sorgsam in Papier einzuwickeln – Peregrin Aber erkannte seine alte Zeitung. Schließlich verstaute Tabbi das Spielzeug wieder in dem kleinen Koffer. Offensichtlich rechnete sie nicht damit, dass Peregrin Aber noch viel zu ihm einfiele.

Der Advokat gab ihr den Kiesel, dann schloss Tabbi den Deckel.

»Wir müssen ins Spielzimmer, Herr Doktor. Bei Gott! Ich schwöre, da hat das Rätsel seinen Ursprung. Denken Sie doch nur an die langen Tage, die Alma und Irmingast verschwunden waren!«

Peregrin Aber nickte wiederum, diesmal wie unter Schmerzen, und griff sehr langsam nach seinem Zylinder. Humbug, dachte er und fügte sich doch ins Unvermeidliche. »Das Spielzimmer ist in diesem garstigen Turm, richtig?«, murmelte er und Tabbi nickte. »Ich dachte es mir«, brummelte er. Dann setzte er endlich den Zylinder auf und strich sich nachdenklich den Bart. »Gut, Tabbi, gehen wir. Aber lassen Sie um Himmels willen diese Flinte hier. Ich möchte nicht, dass Sie versehentlich eine Puppe niederschießen.«

Draußen im Hof herrschte finsterste Nacht, die kleinen Stunden vor dem winterlichen Morgengrauen waren die dunkelsten. Es war bitterkalt und der Weg zum Turm war glatt überfroren. Tabbi und der Advokat hielten sich schlitternd aneinander fest. Der Turm selbst sah aus wie ein alter Zahn in einem schwarzen Rachen.

»Achten Sie auf die Stufen, Herr Doktor!«, flüsterte Tabbi und leuchtete gewissenhaft mit ihrer Laterne. In der anderen Hand hielt sie Jonas' Köfferchen mit den Figuren. Peregrin Aber hatte nicht einmal versucht, es ihr auszureden.

»Was für ein scheußliches Gebäude!«, murmelte er, als er auf den Stufen vergebens nach einem Geländer tastete. Er wünschte sich Tageslicht. Er wünschte sich in seine Kanzlei!

Dann ruderte er unvermittelt mit den Armen. Beinahe wäre er gestürzt.

»Hier hinein, Herr Doktor!«

Die Tür zum Turm war aufgeschwungen und das Licht der Laterne irrte über unverputzte Wände. Die Luft drinnen war zugleich stickig und kalt. Peregrin Aber japste.

Den Weg die Wendeltreppe hinauf hielt er Tabbis kräftige Finger, mit der anderen Hand stützte er sich an der Wand ab. Immer wieder schlug sein Stock dabei dumpf gegen das Gemäuer.

Dann endlich hatten sie einen Treppenabsatz erreicht. Das Licht fiel auf eine schäbige Tür.

»Hier muss es sein«, flüsterte die Köchin.

Peregrin Aber schüttelte den Kopf. Nicht weil er Zweifel hatte, eher um den Kopf zu schütteln. Menschen wie er schüttelten in einer Lage wie dieser einfach den Kopf. So drückten sie ihr Missfallen aus, und genau genommen tat Peregrin Aber, indem er den Kopf schüttelte, sogar so, als wäre er ganz woanders.

Tabbi öffnete die Tür trotzdem.

Peregrin Aber hatte ihre Hand losgelassen. Nur mit größtem Widerwillen folgte er ihr über die Schwelle.

Viel gab Tabbis Laterne nicht her, aber doch genug für ein Bild der Verwahrlosung. Nackte Regalbretter an nackten Wänden, darauf schimmelndes Spielzeug und wallender Staub. Das Licht streifte ein leeres Puppenauge, die verbeulten Überbleibsel einer Kinderküche, kleine Töpfe, kleine Kessel, einen lädierten Nussknacker. Kaum vorstellbar, dass jemand hier Stunden oder gar Tage verbracht haben sollte.

Peregrin Aber schüttelte wieder den Kopf, diesmal ungläubig. Sie waren auf der falschen Fährte. Die ganze Spielzimmer-Geschichte war ein bloßes Märchen.

Im Halbdunkel stieß er gegen ein Spielzeugpferd, dessen Räder wimmerten. Wahrscheinlich drehten sie sich seit hundert Jahren zum ersten Mal.

»Schauen Sie, Herr Doktor. Eine Krippe.« Im Kegel von Tabbis Laterne erschien ein offener Stall, nicht größer als Peregrin Abers Zylinder. Von einem geschnitzten Ochsen platzte die braune Farbe, der Esel fehlte. Ein einsamer Josef war umgefallen. In der Krippe lag ein winziges milchweißes Jesuskind, das der Advokat gedankenverloren betrachtete, bis der Lichtschein weiterzog.

»Hier klappert doch etwas. Hören Sie das nicht auch, Herr Doktor?« Tabbi machte ein paar Schritte, nicht weit von ihr erkannte Peregrin Aber einen großen, alten, dunklen Schrank. In einer übrig gebliebenen Spiegelscherbe blitzte das Licht.

Dann ging die Köchin in die Knie.

»Schauen Sie mal!«

Peregrin Aber kam näher und hockte sich mühsam hin. Tabbi hatte die Laterne auf ein Stück Bastelbogen gerichtet, das auf dem zerschlissenen Teppich lag. Zwischen den darauf gemalten Kleidern, die niemand mehr ausgeschnitten hatte, war eine Fußspur zu erkennen, schwach, aber doch. Der Schuh eines großen Mannes hatte auf dem Papier seinen feuchten Abdruck hinterlassen.

»Irmingast!«, flüsterte Tabbi.

Peregrin Aber dachte angestrengt nach. »Oder Ruben«, sagte er schließlich. Er blinzelte in die Richtung, in die der Abdruck wies. Sein Blick fiel auf den Schrank. Aus der Ritze zwischen seinen Türen drang ein eigenartiger Schimmer. Und jetzt hörte Peregrin Aber es auch – leise schlugen die Schranktüren aneinander.

Der Advokat erhob sich. Er tat einen Schritt, dann noch einen und noch einen. Er fasste nach dem Schlüssel im Schloss, aber der Schrank war gar nicht verschlossen. Einen Augenblick rieben sich die Türen aneinander, dann schwangen sie auf.

Peregrin Aber entfuhr ein Laut fast kindlicher Überraschung. Er sah auf eine Wiese im tintig blauen Licht eines unmöglichen Sommermorgens. Im Schrank ging die Nacht zu Ende, in einem fernen Winkel des Horizonts erschien der noch schwache Schein einer apfelsinenfarbenen Sonne. Peregrin Aber spürte, wie ein angenehmer Wind seine Nase kitzelte. Er hielt sich den Zylinder wie ein Mann im Sturm.

Das 21. Kapitel
Kleine Geschichte Kanarias, erster Teil

Jonas stand am Ufer. Die Nacht war blau, der See spiegelte unbestimmte Lichter. Ruben wartete auf der anderen Seite, sein Hemd ein heller Fleck. Ich komme, wollte Jonas rufen, aber er konnte weder rufen noch kommen. Nur Ole konnte.

Ole setzte einen Fuß auf den See und ging übers Wasser. Tropfen perlten von seinen Schuhen.

Jonas blieb zurück, als hätten sie ihn vergessen. In seiner Brust wurde es eng. Dann spürte er, wie ihn jemand an der Schulter berührte. Es war nicht nötig, sich umzusehen, er wusste es so – der Wieflinger war gekommen. Der Wieflinger, Tilla, Kolman, Arne und Bror. Wie anders sie jetzt waren! Gar nicht mehr wie Trabanten! Jonas sah es nicht, er spürte, er *wusste* es.

Die Hand des Wieflingers lag auf seiner Joppe und knisterte mit dem Stoff; knisterte wieder.

Im nächsten Augenblick war der Traum vergessen, hinter dem Fenster leuchtete ein apfelsinenfarbener Morgen. Das Teleskop trat aus dem Schatten. Am Tisch über Eck saß der Marquis. Er knisterte mit den winzigen Seiten; knisterte wieder.

Der Schrecken kam mit einem Satz. Jonas saß senkrecht im Bett. *Das war Claras Heft!* Jonas' Joppe hing über der Lehne des anderen Stuhls. Lunette hatte seine Taschen durchsucht! Er hatte das Heft einfach genommen!

Ungerührt sah der Marquis zu ihm herüber und deutete ein Lächeln an. Fühlte er sich ertappt?

Jonas versuchte, sich zu fassen. Was sollte er jetzt tun? Konnte er dem Marquis Vorwürfe machen? Ihm das Heft aus der Hand reißen? Oder sollte er vorsichtshalber alles leugnen?

Ich habe das Heft noch nie gesehen.

Aber war der Marquis nicht sein Freund? Sein Verbündeter wenigstens?

»Ich kann es nicht lesen«, hörte Jonas sich sagen.

Lunette nickte. Dann wandte er sich wieder dem Heft zu und blätterte die nächste Seite um. »Das kann niemand mehr lesen«, sagte er nach einer Weile. »Aber das ist auch gar nicht nötig.« Er schlug das Heft zu und legte es auf den Tisch. Das Schachspiel stand immer noch da. Schwarz bedrängte Weiß. Es war keine Entscheidung gefallen.

»Wie meinen Sie das?« Jonas zog die schwere Bettdecke höher. Der Marquis war immer noch im Hemd, dabei war es kühl im Zimmer. Hatte Lunette gar nicht geschlafen?

»Ich kenne die Geschichte schon, Jonas.« Der Marquis legte die Hand auf das Heft. »Wenn man es recht bedenkt, ist es meine Geschichte.«

Es war so still im Raum. Was Lunette da sagte, hörte sich unheimlich an.

»Ich nehme an, du willst mir nicht sagen, wo du es herhast, das Heft?«

Jonas presste die Lippen zusammen. Dann schüttelte er den Kopf.

»Hm«, machte der Marquis.

»Haben Sie den Namen vorne gesehen?«, fragte Jonas. »*Arnon Blau*. Haben Sie den Namen schon einmal gehört?«

»Nein. Tut mir leid. Aber ich erkenne die Bilder. Die Landschaft. Die Stadt.«

»Callamaar«, sagte Jonas.

»Genau.«

»Ole sagt, Callamaar gibt es nicht mehr.«

»Das ist richtig.«

Ole schlief bestimmt noch.

Lunette nahm das Heft, beugte sich vor und steckte es wieder in die Innentasche von Jonas' Joppe. »Du willst es behalten. Oder?«

»Ja.«

»Ich hätte es nicht nehmen dürfen«, sagte der Marquis ernst. »Ich bitte dich um Entschuldigung. Aber du hast mich verwirrt. Vielleicht sind es bloß deine Augen.«

»Geisteraugen«, sagte Jonas leise und dachte an Elsa.

»Vielleicht«, sagte Lunette. »Aber was ist ein Geist?«

»*Huhu*«, machte Jonas und lächelte. Lunette meinte es gut mit ihm. Das war viel.

Für eine Weile saßen beide einfach da, in stillem Einverständnis.

»Wieso«, fragte Jonas schließlich, »ist Ole ein Erlöser?« Er hatte die Bettdecke noch ein wenig höher gezogen. Seit gestern Nacht spukte ihm dieses Wort im Kopf herum. *Erlöse uns von dem Bösen*, hörte er Elsa noch murmeln. Es war etwas Schreckliches daran.

Der Marquis sah ihn an. In seinem gepuderten Gesicht schimmerte das Weiß seiner Augen rötlich. Im schwachen Licht hätte Lunette ebenso gut eine alte Frau sein können.

»Ja«, sagte der Marquis gedehnt, schlug die Beine übereinander und fixierte nachdenklich die Spitze seines Schnallenschuhs. »Das werde ich dir erklären müssen. Es ist wohl an der Zeit, dass ich dir die ganze Geschichte erzähle.«

Aus dem angrenzenden Zimmer, vom Korridor, aus dem

Park hinter den Fenstern kam kein Laut. Der Himmel wurde zügig licht.

»Es ist seltsam«, begann der Marquis. »Die Geschichte beginnt, wo meine Erinnerung einsetzt. Du musst dir vorstellen, Jonas, ich war, als wir das Land, das wir heute Kanaria nennen, zum ersten Mal betraten, schon fast ein alter Mann. Und doch kann ich mich an nichts erinnern, das vorher gewesen wäre. Verstehst du mich? Als wäre ich nie ein kleiner Junge gewesen, sondern immer der, der ich bin.« Lunette hielt inne. »Mehr oder weniger«, fügte er leise hinzu.

Jonas wusste nicht recht, was er mit dem Gesagten anfangen sollte. Er schwieg, wie um den Marquis aufzufordern, doch endlich die eigentliche Geschichte zu erzählen.

»Das vorweg«, sagte Lunette. »Ich denke oft darüber nach. Deshalb.« Er räusperte sich. »Meine Erinnerung setzt auf den grünen Hügeln ein. Es ist Sommer und wir sind zu siebt. Wir waren von allem Anfang an zusammen. *Die Sieben*, Jonas – es war eine schöne Zeit. Core, könnte man wohl sagen, war die Seele unserer Gemeinschaft. Oder das Herz? Einerlei, *wie* man es sagt.« Lunette lächelte.

Jonas schloss die Augen und sank in sein Kissen zurück. Lunettes Stimme war jetzt ganz nah.

»Die anderen waren Fiet Finger, ein kleiner Junge; Suleman Mond, ein tapferer Krieger aus dem Morgenland; Faramund, ein Mönch; Grimbert und Leopold sowie meine Wenigkeit. Ich hab es noch vor Augen, wie Faramunds Kutte damals über das Gras schleifte. Oft sprengte Suleman voran und kam zurück, um Bericht zu erstatten. Offiziell war Leopold unser Anführer – damals war er noch König –, aber eigentlich war es immer Core, die weiterwusste. Mein Gott! Das ist Jahrzehnte her!«

Jonas hörte Lunette den Stuhl verrücken, aber er sah nicht

hin. Ihn beschäftigten andere Bilder. Er sah Grimbert, Leopold und den Marquis über die Wiesen streifen, über die auch er gelaufen war. Und seltsamerweise konnte er sich auch Suleman Mond und Fiet Finger vorstellen. Nur von Faramund und Core hatte er kein Bild.

»Wie auch immer.« Lunette seufzte. »Wir zogen durch Kanaria und immer weiter und schließlich gründeten wir Callamaar. Unsere Stadt. Unsere *Haupt*stadt. Wir bauten einen Palast für Leopold, viele, viele Häuser und eine Sternwarte für mich. Viele Jahre habe ich dort gelebt. Und wir wurden immer mehr. Wir *wuchsen*! Alben, Fängge, Faune, Monokel und Wichte zogen in die Stadt. Ich erinnere mich noch an den Tag, als Krempel kam.«

Jonas riss die Augen auf. Er wusste nicht, was Alben, Fängge, Faune waren. Aber … Krempel!

»Ja, ja«, sagte der Marquis. »Ich habe seinen Steckbrief in deiner Jacke gesehen. Aber damals gab es noch keine Kaiserin, und dieses hässliche Gerede, ob jemand *wahrscheinlich* ist oder nicht, das gab es auch nicht. In Callamaar wurden keine Prozesse geführt, Jonas. Und wenn einmal ein Unglück geschah, dann griffen die Schutzgeister ein.«

»Die …?«

»Die Schutzgeister – damals hatten sie uns noch nicht verlassen. Wir hatten Tempel für sie gebaut, einen für Ai und einen für Cai. Heute liegen die Tempel in Schutt und Asche.«

»Was sind Schutzgeister?« Jonas hatte das Wort schon einmal gehört. Ole hatte es erwähnt, im Zusammenhang mit dem Hirten. Er biss sich auf die Lippen.

Lunette zuckte mit den Schultern. »Das geht weit über meinen Horizont hinaus, Jonas. Schutzgeister sind gute Geister, im Großen und Ganzen. Manchmal zürnte Ai, so sagten jedenfalls die Leute, aber den Schaden, den Ai anrichtete, machte Cai wieder gut. Insbesondere Core war von Ai bedroht, aber Core sei, hieß es, Cais Liebling, und deshalb konnte Ai ihr nichts anhaben. Wir lebten also in Frieden. Bis Ai und Cai stritten – bis der einen nicht mehr gefiel, was die andere tat. So zumindest haben wir es uns erzählt. Du musst verstehen, Ai und Cai sind – waren – eine Sache des Glaubens. Man konnte sie nicht sehen, und doch wachten sie über Callamaar. Und ich glaube, Cai wachte auch noch über die Ferne.«

»Die Ferne?«

»Du hast noch nicht von ihr gehört?«

»Nein.«

Der Marquis schloss für einen Moment die Augen. »Ein wildes, weites Land«, sagte er. »Dorthin brachen sie auf, sobald Ai und Cai einander zürnten und sich nach und nach alles zum Schlechten wendete. Nicht nur die Götter stritten, musst du wissen, auch wir Sieben. Oder vielleicht stritten nur wir Sieben und gaben Ai und Cai die Schuld. Jedenfalls trennten wir uns. Und Core, Suleman und Fiet zogen in die Ferne.«

Jonas dachte an den eingefriedeten Grabstein unter der Weide vor seinem Fenster in Wunderlich. *Schau in die Ferne*, stand darauf. Clara war nicht nur in Callamaar gewesen. Sie war *überall* gewesen! Bestimmt auch in Kanaria.

Lunette sprach weiter. »Leopold, Grimbert, Faramund und ich wiederum gingen nach Kanaria. Ich weiß nicht einmal, warum ich mitging. Core war mir so viel näher als Leopold, und obwohl ich den alten Grimbert eigentlich ganz gern mag, konnte ich Faramund doch nie leiden. Damals schon nicht. Aber ich ging eben doch. Vielleicht, weil ich bequem war. Wildnis ist nicht gerade nach meinem Geschmack. Ich weiß es nicht.« Der Marquis war ganz in seine Erzählung versunken. »Wir bezogen das Schloss und die Kaiserin setzte sich selbst die Krone auf. Leopold hat sehr darunter gelitten – er tut es noch.«

»Woher kam die Kaiserin?« Es war jetzt taghell. Jonas lauschte mit wachsendem Unbehagen. Es war die Kaiserin, die Ruben gefangen hielt und vor der Ole sich verbarg. Er würde verstehen müssen, was geschehen war, um zu verstehen, was geschehen musste. Der Gedanke erschreckte ihn.

»Die Kaiserin?« Der Marquis lächelte bitter. »Wer könnte das sagen? Sie kam an Ais statt. Herrscherin zu Wasser und zu Lande, über Körper und Geist. Kaiserin aller Trabanten – zu denen letzten Endes auch ich zähle.«

Jonas stutzte. »Aber Sie sind doch kein Trabant.«

»Ich bin Sterngucker, Jonas. Weißt du, dass die großen Planeten Monde haben? So wie die Erde einen Mond hat? Treue Begleiter, die sich von ihrem Gestirn nicht lösen können. Diese Monde nennt man Trabanten. Es ist also ein schlechter Scherz, wenn ich mir Leopold als Jupiter denke. Denn hier in Kanaria ist nur die Kaiserin ein Planet. Und wie könnte ich Venus sein! Das ist der Übermut der Traurigen, Jonas, der Übermut der Verzweifelten. In Wahrheit sind wir alle Trabanten der Kaiserin. Wir sind uns dessen nur unterschiedlich bewusst. Der gute Hermes ahnt nichts und ich weiß es eben. Die Frage wäre – wer von uns beiden ist besser dran?« Er legte die Hände auf seine weiß gepuderten Wangen.

»Sie kam einfach so? Die Kaiserin?« Jonas rutschte zwischen den Laken unruhig hin und her. Clara war in Callamaar gewesen, sie hatte von der Ferne gewusst und wahrscheinlich auch Kanaria gekannt. Aber was taten Alma und Irmingast, wenn sie erst im Spielzimmer und dann im Schrank verschwanden? Wohin führten ihre Wege? Am liebsten hätte er Lunette nach den beiden gefragt.

»Einfach so? Nein!« Der Marquis klang jetzt bitterer denn

je. »Die Krönungsfeier war eine überwältigende Zeremonie. Hunderte, ach was, Tausende von frischen Trabanten jubelten. Später hat sie die meisten von ihnen auf die Dörfer rund um den See verteilt, wo sie jetzt dumpf und stumpf vor sich hin leben. Eigentlich kommen diese bemitleidenswerten Kreaturen nur zu sich, wenn die Unfehlbare Höchste Kaiserliche Hoheit in ihrer Kutsche anrauscht. Dann streuen sie wieder Blumen. Beim Krönungsfest damals war die Gesandtentreppe mit Lilien ...«

»Lass doch die alten Geschichten, Lunette.«

Mitten im Satz brach der Marquis ab, sein Blick wanderte zur Tür.

Jonas fuhr hoch.

Ole stand im Türrahmen, das Haar zerrauft, die Augen noch voller Schlaf. »Er ist gekommen, um seinen Onkel zu befreien. Mehr nicht.« Ole streckte sich. »Außerdem habe ich einen Bärenhunger. Meinst du, der Hermes würde uns was bringen?«

Der Hermes brachte was – scharf gebratenes Geflügel, Braten, weißes Brot, Käse und Obst. So hatte Jonas noch nie gefrühstückt. Der Marquis trank goldenen Wein in kleinen Schlucken.

Draußen vor dem Fenster irrte ein Häuflein Trabanten durch den Park. Die Sonne schien, die Brunnen sprudelten wieder. Das Licht brach sich in vielen Farben.

Jonas kaute und dachte an die Erzählung des Marquis. Er brannte darauf, mehr zu erfahren, aber in Oles Gegenwart wagte er nicht zu fragen. Es war nicht so, dass Ole ihn ausschloss, aber die ganze Geschichte sollte Jonas, wenn es nach Ole ging, auch nicht erfahren. Jonas wusste nicht, warum. Aber er spürte, dass der Marquis Oles Wunsch respektierte.

»Was macht eigentlich die erbliche Majestät?«, fragte Ole mit vollem Mund und riss sich ein Stück Brot ab.

Der Hermes stand hinter ihnen, die Schürze wie immer bekleckst, die Hände sorgsam hinter den Rücken gefaltet. »Keine Besserung, Herr«, antwortete er beflissen, so als wäre Leopold krank. »Ich bitte um Vergebung für die schlechte Nachricht, die ich überbringe. Aber das chinesische Hofzeremoniell ist noch nicht aufgehoben. Ihre erbliche Majestät hat den unglücklichen Flügeladjutanten, der das Missgeschick hatte, Majestät von einer tückischen Bremse stechen zu lassen, bereits mehrfach degradiert. Alle Orden sollen ihm von der Brust gerissen werden. Es war gar von Verbannung die Rede. Und ihre erbliche Majestät will jetzt gar niemanden mehr sehen. Auch nicht die Leibdiener. Zuvor ist es, ich bitte um Verzeihung, dass ich das so offen ausspreche, auch laut geworden in den Räumen ihrer erblichen Majestät.«

»Leopold hat gebrüllt?«, fragte Ole schmatzend.

»Verzeihung?« Der Hermes war verunsichert.

»Egal.« Ole tunkte sein Brot in eine Lache Bratensaft. »Hat der Flügeladjutant überhaupt Orden?«

»Vergebung? Ich verstehe nicht.« Der Hermes wurde ganz unruhig.

»Schon gut, Herzilein.« Lunette gab ihm einen erlösenden Wink. »Der junge Herr macht Spaß.«

»Ah! Ah ja! Ha. Ha. Ha.« Der Hermes lachte unter großer Anstrengung. »Ich bitte um Entschuldigung. Ich habe das nicht gleich verstanden.« Er hielt inne. Man sah richtig, wie er nachdachte. »Späße über die *Majestät*?«, fragte er dann spitz.

»Nein, nein. Keine Sorge.« Lunette machte eine beschwichtigende Geste. »Du kannst übrigens abräumen, mein Kleiner.«

Der Hermes klapperte mit den Tabletts.

Jonas fühlte sich angenehm schwer. Schon lange war er nicht mehr so satt gewesen.

»So, junger Mann«, sagte Lunette, als der Hermes wieder verschwunden war. »Und du bist also deines Freundes wegen hier?«

»Grimbert hat ihn festgenommen.« Wie selbstverständlich antwortete Ole für Jonas. Er breitete sich auf seinem Stuhl aus. »Wir haben es beobachtet, gestern Nacht.« Er erzählte die ganze Geschichte. Jonas saß still dabei.

»Und *warum* haben sie ihn festgenommen?«, fragte Lunette, als Ole zu Ende war.

»Weil er getürmt ist. Bloß darum. Er ist auf jeden Fall wahrscheinlich.« Ole verschränkte die Arme vor der Brust.

»Und warum ist er *getürmt*?« Der Marquis sah Jonas an.

Jonas zuckte mit den Schultern.

»Es war dunkel«, sagte Ole. »Vielleicht waren die Soldaten ihm einfach unheimlich.«

»Mysteriös«, murmelte Lunette. »Und er hat dich vor dem Hirten gewarnt und gesagt, dass du den *Spinnenpalast* suchen sollst? Das war alles?«

Jonas kam gar nicht dazu, etwas zu sagen.

»Mehr Zeit blieb ihm nicht«, erklärte Ole. »Ging alles sehr schnell. Weißt du etwa was von einem Spinnenpalast?«

»Nein.« Pause. »Nein.« Die Miene des Marquis verriet nichts. Ebenso gut hätte sein Gesicht jetzt eine Karnevalsmaske sein können – sehr weiß, die Wangen künstlich rot, dazu der große, dunkle Schönheitsfleck. »Das ist alles sehr rätselhaft.« Er wandte sich an Ole. »Du bist sicher, dass er wahrscheinlich ist?« Er meinte Ruben.

Ole nickte.

Jonas durchlebte einige bange Momente. Warum zögerte der Marquis? Konnte er nicht helfen?

»Dann glaube ich nicht, dass es zu einem Prozess kommt.« Lunette schüttelte nachdenklich den Kopf.

Prozess? Jonas erschrak. Dann dachte er an Peregrin Aber. Der war doch Advokat! Aber bestimmt war er noch in der Stadt und ahnte von nichts.

»Vielleicht …« Der Marquis sprach langsam. »Die Kaiserin ist nicht da. Jonas könnte also Leopold um Gnade für seinen Freund bitten. Leopold ist empfänglich für so was. Besonders wenn die Stürme auf Jupiter abflauen.« Er hielt inne und legte den Kopf schief. »Warum eigentlich nicht?«

»Aber es ist doch chinesisches Zeremoniell«, wandte Ole ein. »Seine erbliche Majestät«, er spitzte verächtlich die Lippen, »*empfängt niemanden*.«

Jonas' Blicke wanderten von Lunette zu Ole und zurück. Er wusste kaum, wovon die Rede war, dabei ging es ihn doch am allermeisten an.

Der Marquis war aufgestanden. Er trat ans Fenster und sah in den Park. »Hermes könnte helfen«, murmelte er nach einer Weile. »Ja!« Er drehte sich zu den Jungen um. »Wenn Leopold einsam und allein zur Nacht speist. Er ist in dieser Stimmung. Wir könnten es mit dem Tischlein-deck-dich versuchen.«

Das 22. Kapitel
Tischlein, deck dich

Sie blieben in den Räumen des Marquis, und der Tag war zäh, bis Jonas am Nachmittag auf der Ottomane einschlief. Die Hoffnung, dass Lunette seine Erzählung in Oles Gegenwart fortsetzen könnte, hatte er da schon aufgegeben. Der Marquis sprach lieber unverfänglich von den Sternen. Ole hörte kaum hin, er war die Ruhe selbst.

Als Jonas mit trockenem Mund aufwachte, dämmerte es bereits wieder. Im Zimmer nebenan unterhielten sich Lunette und Ole leise.

Jonas setzte sich auf und rief sich die Worte ins Gedächtnis, die der Marquis ihm eingeschärft hatte. »*Hoher König!*«, murmelte er. »*Ihr seid gnadenreich und barmherzig. Ich bin nur Euer nichtswürdiger Diener. Doch ich empfehle …*« Er stockte. »*Doch ich empfehle mich Eurer Großmut, wie es so viele Eurer Euch liebenden Untertanen tun. Im festen Vertrauen auf Eure … Eure …*« Wie war das noch? Er fing den Satz von Neuem an. »*Im festen Vertrauen auf Eure huldreiche Gnade bitte ich Euch deshalb um die Freilassung meines Onkels.*« Genau, das war's – fertig.

Er seufzte. Die Vorstellung, dem Erbprinzen allein in seinen Prunkräumen gegenüberzustehen, war an sich schon grauenhaft. Und nun sollte er sich in diese Prunkräume obendrein noch schleichen! Es war ein riskanter Plan, der Marquis hatte es zugegeben. Aber im schlimmsten Fall, tröstete sich Jonas, würde er nachher eingesperrt werden – zusammen mit Ruben.

Er stand auf.

»Und immer den Blick senken. Und auf den Knien bleiben!«, hatte Lunette gesagt.

Jonas würde es nicht vergessen.

Er ging ins andere Zimmer. Ole saß auf dem Bett, Lunette stand am Fenster. Zu seinen himmelblauen Hosen trug er jetzt eine rosa Schärpe und einen zitronengelben Rock. Außerdem hatte er offenbar frisches Puder aufgelegt.

»Entschuldigung«, sagte Jonas. »Ich wollte nicht einschlafen.«

»Ach was!« Lunette machte eine wegwischende Handbewegung. »Herzilein Hermes wird gleich kommen. Bist du bereit?«

Jonas antwortete nicht. Er dachte an die Schutzgeister Ai und Cai, an die Kaiserin, die sich selbst gekrönt hatte und Trabanten dahin und dorthin verschieben konnte. Er dachte an *die Sieben*, von denen einer Leopold war und einer Lunette. Wie sollte er bereit sein? Wofür genau?

»Kopf hoch!« Ole ging auf Jonas zu und legte ihm einen Arm um die Schulter. »Ich würde am liebsten mitkommen«, sagte er. »Ich habe überhaupt keine Lust, dich alleine gehen zu lassen. Aber Lunette ist dagegen. Sie dürfen mich nicht entdecken, weißt du?« Er tastete nach seinem Ohrring.

»Weil du zwölf bist«, sagte Jonas leise. Zwölf, nicht dreizehn, dachte er. *Zwölf*. Was zum Teufel hatte es damit auf sich? Hätte der Marquis am Morgen doch weitererzählt!

Lunette hatte die Stirn in Falten gelegt. »Ole sollte sein Glück nicht herausfordern«, sagte er. »Schlimm genug, dass ihr Grimbert in die Arme gelaufen seid.«

»Leopold würde mich so wenig erkennen wie der General«, widersprach Ole.

Aber der Marquis schüttelte den Kopf. »Wir müssen vorsichtig sein. Der Schnurrbart deines Onkels würde grau, wenn er auch nur wüsste, dass du hier bist.«

»Pah!«, machte Ole und setzte erneut an, aber ein zaghaftes Klopfen unterbrach ihn.

Murmelnd und buckelnd trat der Hermes ein.

Wenig später liefen sie durchs Vestibül, der Hermes wie immer voraus, Jonas dicht an den Marquis gedrängt. Im Park draußen vor den Terrassentüren war es schon fast dunkel. Auf einer Leiter balancierend entzündete ein Trabant die ersten Kerzen. Er sah verkniffen aus. Das chinesische Zeremoniell hing über dem Schloss wie eine dicke, schwarze Gewitterwolke.

Ihr Weg führte sie durch das Labyrinth der Dienstbotengänge, kahle Korridore, in die aus den angrenzenden Räumen nur wenig Licht fiel. Essensgeruch lag in der Luft, Jonas hörte Töpfe klappern, etwas quietschte. Er hatte in den Gängen gleich die Orientierung verloren, und es kam ihm vor, als würde er in einen Kerker gebracht. Sein Gesicht fühlte sich wieder ganz hölzern an. Lunette hatte ihn bei der Hand genommen, die Finger des Marquis waren kalt.

Das Tischlein-deck-dich sah aus wie ein großes Folterwerkzeug. Vier starke, senkrechte Pfeiler aus geschwärztem Eisen ragten vom Boden bis zur Decke. Im Übrigen war der Raum leer. Genau in der Mitte der Pfeiler stand – nicht auf den Bodenfliesen, sondern auf einem Stück wie ausgeschnitten wirkenden Parketts – ein prachtvoll gedeckter Tisch. Ein Küchentrabant machte sich an ihm zu schaffen, richtete Besteck aus und ordnete Blumen in einer bunt bemalten Porzellanvase. Der Hermes nahm ihn flüsternd beiseite und der Trabant verschwand.

Lunette stemmte die Hände in die Hüften und sah zur Decke hinauf. »Schau!«, raunte er. »Siehst du die Ritze da? Genau darüber liegt das Speisezimmer des Erbprinzen. Das Ganze funktioniert so ähnlich wie eine Falltür. Von hier aus wird ein Stück vom Fußboden oben heruntergekurbelt. Praktischerweise steht der Tisch gleich drauf, sodass man ihn hier unten decken und die Speisen anrichten kann. Da oben schließt sich währenddessen eine Klappe, damit der Erbprinz in kein Loch fällt. Gerade ist diese Klappe zu, siehst du? Deshalb die Ritze. Und gleich kurbeln wir den Tisch wieder hoch. Damit.« Er wies auf ein großes eisernes Rad mit einer langen Kurbel an einem der Pfeiler des Tischlein-deck-dichs.

Jonas hatte keine Augen dafür. »Und ich?«, fragte er mit zitternder Stimme. Er fühlte sich vor Aufregung ganz krank.

»Du kriechst unter den Tisch«, sagte Lunette.

Jonas schluckte.

Der Marquis legte ihm einen Arm um die Schulter und drückte ihn aufmunternd an sich. »Leopold ist nicht böse«, sagte er. »Er ist nur *verschroben.* Ziemlich verschroben. Das ist alles. Er hat es nicht leicht.«

Jonas nickte, erinnerte sich aber daran, wie Leopold auf der Terrasse den Trabanten geschüttelt hatte. Er würde für Ruben unter diesen Tisch kriechen, nur für Ruben.

Der Hermes war durch eine Tür verschwunden und kam nun, eine Serviette über dem Arm, mit einer dampfenden Suppenterrine wieder. Übervorsichtig stellte er sie auf den Tisch.

»Verzeihung, aber …« Er verbeugte sich. »Also … Das Essen wäre so weit. Die Suppe. Sie darf keinesfalls kalt werden. Keinesfalls kalt werden.« Er klang wie sein eigenes Echo.

»Gut.« Lunette gab Jonas einen Stups. »Du machst das schon, Junge. Immer schön unterwürfig, hörst du?«

Jonas war übel. Die Suppe roch auf einmal widerlich.

»Komm.« Der Marquis hob das lange Tischtuch an und Jonas kroch zögernd unter den Tisch. Es war ziemlich dunkel dort. Der Parkettboden war glatt und kühl.

Lunette schlug das Tischtuch noch einmal beiseite. Er musste sich bücken, um Jonas ansehen zu können, und das Blut stieg ihm ins gepuderte Gesicht. »Hör mal«, raunte er. »Wenn etwas schiefgeht, komme ich dich holen. Ja? Verlass dich auf mich!«

Dann schloss sich das Tischtuch wie ein Vorhang und nur einen Augenblick später begann die Kurbel des Tischlein-deck-dichs zu quietschen.

Jonas spürte, wie sich der Boden unter ihm hob. Bald hörte er Lunette und den Hermes unter sich vor Anstrengung keuchen. Das Tischtuch bewegte sich wie im Wind, über ihm auf der Tischplatte schlug Besteck gegen Porzellan. Dann öffnete sich die Luke in der Decke geräuschvoll. Jonas hielt den Atem an, bis sich die Klappe mit einem Krachen wieder unter ihm schloss.

Das bisschen Licht, das jetzt unter das Tischtuch fiel, war satter als unten, der ganze Raum schien wärmer zu sein. Er war im Speisezimmer des Erbprinzen.

Zunächst wagte Jonas nicht, sich auch nur zu rühren. Er lauschte angestrengt – auf Schritte oder auf ein Stühlerücken. Bestimmt wartete der Erbprinz darauf, dass die Suppe kam. Doch es war nichts zu hören.

Dann spähte Jonas nach allen Seiten. Er erwartete, ein paar Stiefel zu sehen, solche, wie sie Leopold auf der Terrasse getragen hatte, aber er entdeckte nichts. War niemand da?

Zentimeterweise wagte sich Jonas unter dem Tischtuch hervor, Kopf voraus. Das Erste, was er sah, waren brennende Kerzen in einem Halter an einer überladenen Wand. Vergoldeter Stuck wucherte dort, rosa Marmor begrenzte die Flächen, und alles, alles andere war aus pastellfarben bemaltem Porzellan – die Vasen auf dem Kaminsims, die Kerzenständer, sogar eine Uhr. Das Zimmer war so bunt, dass es in den Augen wehtat.

Jonas kroch ganz unter dem Tisch hervor und ging in die Hocke. Über dem Tisch hing ein gewaltiger Lüster, auch er aus Porzellan und wahrscheinlich zentnerschwer. Die Suppe dampfte noch. Der Raum war leer.

Zunächst wusste Jonas nicht weiter. Mit dem Gefühl, der Prunk des Speisezimmers könnte ihn sonst erdrücken, richtete er sich auf. Sollte er hier auf den Erbprinzen warten? Oder würde Leopold die Suppe einfach kalt werden lassen? Vielleicht hielt der Erbprinz es mit dem Essen ja wie mit dem Versteckspiel …

Nur – wo konnte er sein?

»*Hoher König*«, flüsterte Jonas probeweise und machte einen Schritt auf die nächste Tür zu. Sie stand halb offen, auf dem Türblatt prangte ein großer, goldener Kanarienvogel, von Blättern umrankt. Auf einmal war Jonas, als höre er von fern Musik.

War das möglich?

Er machte noch einen Schritt, das Parkett stöhnte. Dann ging er schnell bis zur Tür und trat in den angrenzenden Raum. Er war ganz in Weiß und Gold gehalten. Unter der Decke hing ein gläserner Lüster, dessen Kerzen brannten und sich in den dunklen Fenstern spiegelten. Hinter einem zierlichen Schreibtisch stand ein prunkvoller Sessel. Doch auch hier war niemand. Nur die Musik war jetzt deutlicher zu hören – Geigen stürmten voran.

Natürlich wäre Jonas am liebsten umgekehrt. Aber er hätte nicht einmal den Weg aus den Prunkräumen hinaus gewusst. Und außerdem war ja Hoffnung – Leopold könnte Ruben begnadigen!

Jonas huschte durch den Raum auf die nächste Tür zu. Er spürte die Wärme des Lüsters. Die Musik wurde lauter – feierlicher Hörnerschall, dazwischen schepperndes Blech. Aus dem angrenzenden Raum schwappte ein so bläuliches Licht, als wohnte der Mond darin. Jonas zögerte.

Blaues Licht?

Aber er war mutiger, als er dachte. Er lugte um den Türrahmen. Das Licht kam von einer leuchtend blauen Glaskugel am Fuß eines goldenen Betts. Es tauchte den ganzen Raum in sein künstliches Mondlicht. Das hier musste Leopolds Schlafzimmer sein.

Jonas ging auf Zehenspitzen weiter, am Bett mit seinem gewaltigen Baldachin vorbei. Er rechnete gar nicht mehr damit, dass jemand im Zimmer sein könnte.

Die Hörner drängten sich jetzt in den Vordergrund, die Streicher tauchten ab, um dann umso triumphaler zurückzukehren. Die Musik wurde immer lauter. Ihr musste er folgen.

Der Saal, in den er nun trat, war grell erleuchtet. Ein großes, strahlend weißes Marmorrelief prangte an seiner Stirnwand, die hohe Decke war gewölbt und ausgemalt. Die Musik war jetzt so laut, dass Jonas seine eigenen Schritte nicht mehr hörte. Hörner, Streicher und Blech trieben einander an, auf einen nächsten Höhepunkt zu.

Jonas trat der Schweiß auf die Stirn. Es war nicht die Aufregung allein. Im angrenzenden Raum musste die Hitze stehen. Durch die halb offene Flügeltür drang ein Geruch wie aus einer Kirche.

Jonas zögerte. Wo Musik war, waren Musikanten, und wo Musikanten waren, war der Erbprinz nicht allein. Aber er wollte jetzt nicht aufgeben. Er war so weit gekommen.

Er tat den entscheidenden Schritt, erreichte die Tür, und die Musik pfiff ihm um die Ohren. Die Streicher tobten, die Hörner hielten dagegen, das Blech ging dazwischen.

Jonas drückte sich durch die Tür, nur um gleich zurückzuweichen. Der Anblick war atemberaubend. Jonas stand am Rande eines bestimmt hundert Meter langen Saals, den ein Meer aus Kerzen erleuchtete. Zahllose Lüster sahen so aus, als ob sie lichterloh brannten, und tauchten das ausgemalte Gewölbe in ein sepiabraunes Licht. Es schien, als tanzten dort oben die Dämonen. An den beiden Seiten des Saals wiederum reihte sich Kandelaber an Kandelaber. Dreißig, vierzig, fünfzig von ihnen standen stramm wie strahlende Soldaten in einer Reihe und die lange Bahn des Parketts zwischen ihnen glänzte wie ein breiter Fluss aus Gold.

Jonas brauchte eine ganze Weile, um Leopold zu bemerken. Ganz am Ende des Saals wiegte er sich hin und her, aus Jonas' Perspektive nicht größer als ein Zinnsoldat. Und wieder vergingen lange Sekunden, bis Jonas begriff, was der Erbprinz da tat. Leopold tanzte, zur anschwellenden, abschwellenden, tobenden und dann plötzlich wieder säuselnden Musik! Ganz für sich, ganz allein, die Arme fest um den Uniformrock geschlungen. Alles war Licht und Klang, und Leopold wiegte sich oder wirbelte umher, lautlos glitten die Sohlen seiner Stiefel über das Parkett.

Jonas starrte ihn an, erst ungläubig und dann beinahe gerührt – so lange, bis ihm einfiel, dass er Leopold im denkbar ungünstigsten Augenblick störte.

Er musste sich verstecken, schoss es ihm durch den Kopf. Er musste sich verbergen und einen günstigeren Moment abwarten. Aber wo?

Hektisch sah er nach allen Seiten. Hier im Saal standen keine Möbel. War zwischen den Kandelabern Platz?

Und wer machte hier eigentlich Musik?

Leopold kam Pirouetten drehend näher, aber er hatte die Augen geschlossen. Traumverloren sah er aus, selbst seine kostbaren Locken schienen zu tanzen.

Bis zum nächsten Kandelaber waren es bloß drei, vier Schritte. Jonas huschte los, duckte sich, fand Platz, aber … Da war ein Vorhang!

Er überlegte nicht lang. Hinter dem Vorhang konnte nicht mehr als eine Nische sein. Genau gegenüber, einmal über den Fluss aus goldglänzendem Parkett hinweg, hing ja noch so ein Vorhang. Jonas drückte sich an dem schweren Stoff vorbei und kauerte sich augenblicklich hin. Leopold hatte ihn nicht bemerkt, Jonas war sich sicher.

Die Geigen allein bestimmten jetzt den Lauf der Melodie, eine Geige, so kam es Jonas vor, besonders. Er sah in das Halbdunkel zu seinen Füßen. Ihm blieb die Luft weg! Da war ein Schnallenschuh!

Blitzartig fuhr er herum und – entdeckte einen Trabanten. Selbstvergessen fiedelte er in Jonas' Rücken, die Augen fest geschlossen, die Wange inbrünstig an die Geige geschmiegt. Der Trabant hatte Jonas nicht einmal bemerkt.

Vielleicht, dachte Jonas, sollte er auch gar nichts bemerken. Vielleicht war er nur zum Musizieren da. Bestimmt gab es hinter allen Kandelabern eine Nische und bestimmt stand hinter jedem Vorhang ein musizierender Trabant.

Jonas wartete, bis sich sein Herzschlag beruhigt hatte, dann stand er lautlos auf, nicht mehr als eine Handbreit vom Trabanten entfernt. Der Gute fiedelte unverdrossen, obwohl ihm die Perücke dabei tief in die Stirn gerutscht war. Tapfer strich der Bogen über die Saiten. Einen Moment war Jonas versucht, dem armen Kerl auf die zitronengelbe Schulter zu klopfen. Aber dann zog er sich lieber doch gleich zurück, seitlich am schweren Vorhang vorbei, immer im Schutz des nahen Kandelabers.

Leopold war mittlerweile bis ans andere Ende des Saals geschwebt, die Musik war nur noch ein Hauch, ein Teppich sanfter Klänge – ohne Hörner, ohne Blech, bis auch die Streicher langsam verklangen.

Jonas stellte sich vor, wie der Trabant hinter dem Vorhang Geige und Bogen sinken ließ.

Leopold stand plötzlich ganz verloren da, die Arme immer noch um den eigenen Leib geschlungen.

Jonas' Atem ging wieder schneller. Bis auf das tausendfache Knistern der Kerzen war es jetzt still im Saal. Der richtige Moment war gekommen – wenn es denn einen richtigen Moment gab.

Jonas trat aus der Deckung. Er spürte die Hitze der Kerzen, seine Schritte kamen ihm plump vor und entsetzlich laut.

Leopold ließ die Arme sinken und öffnete die Augen.

Jonas horchte auf ein fernes Echo der Stimme des Marquis. *Immer schön unterwürfig, hörst du?* Er sank auf die Knie.

»Hoher König!«, fing er an. »Ihr seid gnadenreich und barmherzig. Ich … ich … ich …« Leopold starrte ihn an, nicht erschreckt, bloß verwundert. Er hatte die Arme vor der mit Orden behängten Brust verschränkt. Jonas wusste nicht, mit welcher Reaktion er gerechnet hatte, aber so brachte ihn Leopold völlig durcheinander.

»Ich … ich … ich …«, stotterte er weiter. Er verlor die Nerven.

»Ja?«, sagte Leopold leise.

Jonas verstummte. Er hatte die Chance vertan! Das war ein schreckliches Gefühl.

»Ja?«, sagte Leopold noch einmal, diesmal ganz sanft, und ging selbst auf die Knie.

Jonas erstarrte. Er war bloß noch ein Bündel aus Angst und Enttäuschung.

»Sag!«, flüsterte Leopold. »Du bist ein armer Junge, ja?« Er streckte den langen Arm aus und befühlte den Kragen von Jonas' Joppe. »Ich weiß, dass dieses Weibsbild meine Untertanen nicht gut behandelt. Oh ja, ich weiß das.« Voller Gefühl sah Leopold Jonas an. »Es müsste alles wohl gerichtet werden, ich weiß das, aber sie wird es niemals tun. Sie hat keinen Funken Majestätsgefühl, weißt du das, du Aschenputtel? Oh ja, es ist ganz schauderhaft und furchtbar arg! Man müsste sie scharf an den Ohren zerren dafür, dass sie euch so schlecht behandelt! Ihr braucht Kuchen, nicht wahr? Feinen Braten! Zuckerwerk! Ach!« Leopold ließ sich ziemlich unmajestätisch auf den weißen Hosenboden plumpsen und umarmte seine Knie.

Zusammen saßen sie nun in diesem riesigen Saal, ganz allein, auf dem Boden. Jonas wusste gar nicht, wie ihm geschah. Ihm fiel kein einziges Wort ein, das er hätte sagen können.

Aber Leopold schien auch gar nichts von ihm zu erwarten. »Wenn ich Kaiser wäre, du kleiner Froschkönig, dann hättet ihr das Paradies. Ihr! *Meine* Untertanen! Ihr sollt mich ja lieben, nicht wahr? Nicht vergöttern, nicht fürchten! *Lieben!* Ach!« Er strich sich die im Kerzenschein glänzenden Locken in Form. Er war ganz bei sich selbst.

Jonas versuchte noch, sich zu sammeln. Der Saal, die Musik, der Tanz hätten genügt, ihn zu verunsichern, aber am meisten verblüffte ihn jetzt, dass er Leopold auf einmal mochte. Der Erbprinz hatte viele Seiten, und jetzt – Jonas dachte an Lunette – war das Wetter auf Jupiter lieblich.

»Sag, du kleiner, zerlumpter Märchenprinz – hast du einen Wunsch, den ich dir erfüllen kann?« Leopold sah ihn versonnen an. »Kann ich dich glücklich machen? Möchtest du einmal ins Paradies schauen? Ich könnte für dich musizieren lassen. Oder wie wäre es mit einem Festmahl? Fünf Gänge! Ach was! Zehn! Sorbet! Oder willst du lieber eine fesche Uniform? Einen Diamanten? Willst du …«

»Ich …«, fing Jonas an. Er hatte Leopold nicht unterbrechen wollen, es kam nur so heraus.

»Ja?« Leopolds Stimme war samtweich.

»Der General Grimbert …«, sagte Jonas stockend. »Er hat meinen … *Onkel* festgenommen. Dabei …«

Er kam nicht weiter. Das Blut war Leopold ins Gesicht gestiegen. Er wütete. »Grimbert! Dieser Grobian! Oh, wie ich alles Militärische hasse! Es ist mir fremd! Es hat keine Poesie! Es ist …« Er unterbrach sich, das Gesicht jetzt weniger rot. »Ist dein Onkel ein Wicht? Ein Alb? Ein Faun?«

Jonas schüttelte den Kopf. »Er ist wahrscheinlich«, murmelte er.

»Ach!«, rief Leopold ärgerlich aus. »Das ist Unfug! Das ist ihr dummer, dummer Unfug! Und daraus spricht ihre ganze Seelenlosigkeit! Alles wahrhaft Poetische ist unwahrscheinlich. Und alles Wahrscheinliche ist wahrhaft unpoetisch. Und dafür, dass sie sich das ausgedacht hat, gehört sie dreimal, dreißigmal, dreihundertmal angespien!« Der Sturm in seiner Stimme flaute ab. »Als ich König war, Hänselchen«, sagte er sanft, »gab es keine Unwahrscheinlichen. Keine hässlichen Prozesse! Mein Reich war Dichtung!« Er breitete die Arme aus.

»*Sie?*«, fragte Jonas endlich. »Die Kaiserin?«

»Nenn sie nicht so«, sagte Leopold barsch. »Sprich *gar nicht* über sie.«

Eine Weile schwiegen sie beide. Dann hatte Leopold sich wieder beruhigt.

»Und du willst, dass ich deinen Onkel begnadige, ja? Ihm diesen Prozess erspare?«

Jonas nickte eifrig. Er machte auch schon voller Hoffnung den Mund auf, aber Leopold bedeutete ihm zu schweigen.

»Oh, ich weiß schon!«, sagte er. »Seit Wochen habt ihr nichts zu essen. Deine kleine Schwester, noch ein Säugling, weint vor Hunger. Und deine Mutter weint bittere Tränen. Deinen Vater hat die Schwindsucht geholt, nicht wahr? Oh ja! Und ohne die redliche Arbeit deines Onkels auf dem Feld, hinter dem Pflug, im Schweiße seines Angesichts, habt ihr nichts zu essen. Oh, ich weiß, ich weiß! Ach!« Er hielt inne, sehr bewegt. »Natürlich begnadige ich deinen Onkel! Gleich soll er freikommen! Und belohnen will ich sein gutes, großes Herz! Und Grimbert, dieser grobe Klotz, wird degradiert!«

Jonas hörte Schritte.

»Jeden Orden einzeln werde ich ihm vom Rock pflücken lassen! Auch er muss angespien werden! Mehrtausend …«

»Eure erbliche Majestät? Eure erbliche Majestät?« Die zaghaften Rufe kamen aus der Tiefe des Saals.

Jonas hatte den Marquis de Lunette schon erkannt. Mit wehendem Rock kam er über das Parkett geklappert, ein wenig gebeugt und aufgeregt.

Leopold schaute überrascht auf. »Marquis!«, rief er und klang nicht einmal verärgert. Er erhob sich, also beeilte sich auch Jonas, auf die Füße zu kommen. Ruben würde begnadigt werden! Er strahlte.

Lunette kam vor ihnen zum Stehen. Er rang nach Atem. Jonas hätte ihm so gern gesagt, dass alles gut würde.

»Woher wussten Sie, Marquis, dass ich soeben das chinesische Zeremoniell aufgehoben habe?«, fragte Leopold leutselig.

Einen Augenblick lang wirkte Lunette verwirrt, dann rettete er sich in eine tiefe Verbeugung. »Es stand«, sagte er, als er wieder auftauchte, »in den Sternen, Eure erbliche Majestät!«

»Ach! So? Tatsächlich?«

»Ja«, keuchte Lunette. »Aber«, er holte tief Luft, »das ist nicht alles, Eure erbliche Majestät. Es ist ...« Er zögerte. »Treten Sie doch bitte ans Fenster und sehen Sie selbst.«

Leopold nickte gnädig.

Eilig führte der Marquis sie aus dem Saal bis an ein großes Fenster. Dort zog er die Vorhänge beiseite und Jonas' Blick fiel auf ein Meer aus Lichtern.

Leopold neben ihm schien zur Salzsäule erstarrt.

Das große Fenster führte auf die andere Seite des Schlosses hinaus, nicht zum Park. Im hellen Schein erkannte Jonas eine schnurgerade, kilometerlange Auffahrt, über die mit Fackeln bewehrte Trabanten wie Glühwürmchen irrten. Erst nach und nach fanden sie ihren Platz und säumten schließlich die Auffahrt, bis sie wie eine Straße aus Feuer wirkte.

Als Jonas die Kutsche sehen konnte, ertönte Jubelgeschrei. Die Trabanten draußen waren ganz aus dem Häuschen.

»Nein!«, flüsterte Leopold heiser.

Die Kutsche war aus purem Gold, der Widerschein der Fackeln ließ sie leuchten. Zügig bahnte sie sich ihren Weg durch die Menge, die immer lauter schrie. Dann kam sie unmittelbar unter dem Fenster zum Stehen. Der gepflasterte Platz dort draußen war jetzt grell erleuchtet, es wimmelte von Trabanten.

Die Stirn des Marquis' lag in tiefen Falten. Das Licht draußen warf wilde Schatten bis in sein zerfurchtes Gesicht.

Leopold war auf die Knie gesunken. Er raufte sich das Haar, bis ein Orkan auf seinem Schädel tobte. »Nein! Nein!

Nein!«, jammerte er. »Ich will nicht, dass sie gekommen ist! Ich will sie nicht sehen!«

Jonas starrte wie gebannt auf die funkelnde Kutsche. Dass seine Hoffnung, Ruben könne freikommen, vergebens gewesen war, wusste er in diesem Augenblick. Denn die Kaiserin, die aus der Kutsche stieg, war niemand anderes als Alma.

Das 23. Kapitel
Kleine Geschichte Kanarias, zweiter Teil

Ich kenne sie!«, keuchte Jonas. »Ich weiß, wer sie ist!« Schritte hallten in den Gängen, Lunette zerrte an seinem Arm.

Das ganze Schloss war in Aufruhr. Trabanten mit flackernden, rußenden Fackeln kamen ihnen in den Dienstbotengängen entgegen. Jonas spürte die Hitze der Flammen, wenn die Trabanten sich an ihnen vorbeidrängten. Er und der Marquis schwammen gegen den Strom.

»Später!«, raunte der Marquis. Schweißperlen rannen über seine Wangen und verschmierten das Puder.

Aber *später* gab es nicht. Jonas' Gedanken blitzten. Auch wenn er es sich nie recht hatte vorstellen können, so hatte er doch gewusst, dass Alma in Callamaar gewesen war und Kanaria kennen musste, aber dass sie *die unfehlbare Höchste Kaiserliche Hoheit* war – *Herrscherin zu Wasser und zu Lande – Herrscherin über Körper und Geist – Kaiserin an Ais statt* –, das wollte nicht in seinen Kopf. Wie konnte, wer in Wunderlich wohnte, Kaiserin in Kanaria sein? Blieb man denn nicht derselbe, wenn man in den Schrank ging? Aber *er* war doch derselbe geblieben! Jonas, sonst nichts.

»Ich weiß, wer sie ist!«, presste er noch einmal hervor, aber statt nachzufragen, zog Lunette nur wieder an Jonas' Arm.

Wie einen, dem nicht zu helfen ist, hatten sie den mal wimmernden, mal wütenden Erbprinzen zurückgelassen, ein

Häuflein Elend, überstrahlt vom Glanz seiner Säle. »Wir müssen zu Ole.« Mehr hatte Lunette seitdem nicht gesagt.

Sie stolperten durch den Gang zu seinen Räumen und Lunette schloss lautstark die Tür. »Verdammt!«, entfuhr es ihm.

Ole stand still in der Tür zum zweiten Zimmer. »Ich weiß schon«, sagte er leise.

Lunette atmete schwer. »Du musst … verschwinden«, keuchte er. »Ich habe … nicht gedacht, … dass sie … so bald wiederkommt.« Er wischte sich die Stirn.

Ole lehnte sich gegen den Türrahmen und sah eine Weile zum dunklen Fenster hinüber. »Keine Begnadigung, schätze ich«, sagte er dann an Jonas gewandt.

Jonas schüttelte den Kopf. Das war das Allerschlimmste. Rubens Schicksal lag in Almas Hand! Ihm wurde schlecht bei diesem Gedanken. Alma hasste Ruben – auch dafür, dass er sein Freund war.

»Ich muss ihn befreien«, sagte er unvermittelt. »Unbedingt.«

»Vor allem müssen wir jetzt einen klaren Kopf bewahren.« Lunette hatte Atem geschöpft. Der Schweiß hatte feine Linien in sein Gesicht gemalt. »Was soll das heißen – du *kennst* sie?«

Jonas wurde es heiß und kalt. Unsicher sah er Ole an. »Ich …«, begann er. »Sie …« Wo sollte er anfangen?

»Moment mal!« Ole trat einen Schritt näher. »Kennst *wen*? Die *Kaiserin*?«

Jonas nickte. Er konnte Oles und Lunettes Blicke spüren, die Aufmerksamkeit war ihm unangenehm.

»Nun red schon«, drängte Ole.

Jonas stockte jetzt erst recht. Hilflos und stumm stand er da, bis sich endlich die ersten Worte lösten. »Ich habe dir doch von dem Schrank erzählt. Weißt du noch?« Verunsichert sah er zu Lunette hinüber.

»Schrank?«, fragte der Marquis bloß.

»Ein Schrank, ja. So ein großes, schwarzes Ding. Er steht in Wunderlich. Wunderlich ist ein Herrenhaus. Da komme ich her. Und Alma auch. Die Kaiserin, meine ich.«

»Alma«, sagte Lunette tonlos. Es war keine Frage. Er musste den Namen in Claras Heft schon einmal gelesen haben.

»Bist du sicher?«, fragte Ole misstrauisch.

Ein wenig später hockten sie vor dem Kamin, die Jungen auf dem Boden, Lunette auf einem Stuhl. Stockend hatte Jonas seine Geschichte zu Ende gebracht. Er hatte von Peregrin Aber und dem Testament erzählt, von Alma und Irmingast, von Ruben und Tabbi, dem Spielzimmer und den Schüssen, die gefallen waren. Dass er zwölf war, hatte er allerdings nicht gesagt – dafür war es zu spät, und außerdem galt Rubens Warnung nach wie vor. Und auch von den Sonneberger Figuren hatte er geschwiegen. Sie blieben sein Geheimnis.

Lunette starrte grübelnd in die Flammen. Ole hatte die Arme um die Knie geschlungen und wiegte sich hin und her.

Jonas war fürchterlich unruhig. Seine Geschichte hatte so *unwahrscheinlich* geklungen – er wusste kein besseres Wort. Und doch war Ruben in echter Not.

»Ich verstehe es nicht«, murmelte Lunette endlich. »Ich kann es nicht begreifen.« Er schüttelte den Kopf. »Und es hilft uns einstweilen auch nicht weiter. Oder?« Lunette streckte seine Hand aus und fasste Jonas' Arm. »Hör zu«, sagte er. »Wir können den Prozess gegen deinen Freund jetzt nicht mehr verhindern. Aber wir können noch hoffen, dass die Kaiserin ihm nicht wirklich an den Kragen will. Vielleicht hat all das, was in …« Er zögerte einen Moment »… in Wunderlich geschehen ist, hier gar keine so große Bedeutung.«

Jonas biss sich auf die Lippen. Dann schüttelte er verzweifelt den Kopf. Es hatte eine Bedeutung. Lunette konnte es sich bloß nicht vorstellen.

»Ole muss jetzt verschwinden«, fuhr der Marquis fort. »Aber wir beide können abwarten. Einverstanden?«

Jonas kam nicht dazu, zu antworten.

»Ich werde nicht verschwinden«, sagte Ole, klar und deutlich.

»Bitte?« Lunette war ehrlich verblüfft.

»Es ist zu wichtig«, sagte Ole mit fester Stimme. »Ich weiß nicht, was hier passiert. Aber hier passiert was und es ist wichtig. Ich bleibe.«

Lunette schwieg eine kleine Ewigkeit. »Wie du willst«, sagte er schließlich, kühl, aber nicht sehr. Dann sah er Jonas an, lange und nachdenklich. Auch das Rot auf seinen Wangen war verwischt. »Ich finde, er sollte die alten Geschichten kennen, Ole«, sagte Lunette schließlich.

Oles Blick verfinsterte sich. »Es ist gefährlich, wenn man sie kennt«, knurrte er.

»Und es kann noch gefährlicher sein, sie nicht zu kennen.« Der Marquis sah den Flammen zu, wie sie hinter dem Kamingitter um sich schlugen. »Du hast ja recht, Ole«, sagte er schließlich leise. »Etwas geschieht. Und genau deshalb sollte er Bescheid wissen.« Er räusperte sich. »Also, hör gut zu, Jonas! Vielleicht klingen die Geschichten in deinen Ohren anders als in meinen.«

Der Himmel vor den Fenstern war rabenschwarz, der Tumult im Schloss schien ferner, als er war. Jonas spitzte die Ohren.

»Ai und Cai hatten gestritten. Erinnere dich.« Lunette

sprach mit gedämpfter Stimme. »Und wir Sieben lebten seitdem in zwei Reichen – in Kanaria und in der Ferne. Wir wussten wenig voneinander, zwischen uns lag Callamaar. Nicht mehr das alte, lebendige Callamaar allerdings, das es gewesen war. Zuweilen war ich dort, dann schließlich gar nicht mehr, weil die Kaiserin es nicht gern sah. Überhaupt erließ sie immer mehr Verbote. Die meisten davon richteten sich gegen die Wichte, die Fängge, die Faune, Alben und Monokel. Auf einmal galten sie als *unwahrscheinlich* – nicht mal Grimbert, der damals noch zum Schachspielen kam, konnte es begreifen.« Lunette wies auf das Schachspiel auf dem Tisch. Schwarz bedrängte Weiß, immer noch.

»Erst«, fuhr Lunette fort, »durften sie die Grenze nach Kanaria nicht überschreiten, dann wurden sie höchstrichterlich gesucht. Es kam zu den ersten Prozessen – *Prozesse gegen die Unwahrscheinlichkeit*, hieß es –, und Cai, hörte man, zürnte in der Ferne.«

Jonas war vor Aufmerksamkeit ganz steif. Alles um ihn herum war vergessen, für den Moment zählte nur die Stimme des Marquis.

»Aber es sollte noch viel schlimmer kommen«, sagte Lunette mit rauer Stimme. »Cai verließ uns alle – es ist schwer, das zu erklären. Sie war nie Kanarias Schutzgeist gewesen, und doch hatte ich immer ihre Anwesenheit spüren können, verstehst du? Ich konnte ihr *Dasein* spüren – wenn auch von fern. Doch eines Tages war dieses Gefühl fort und dann ging alles Schlag auf Schlag. Eines Nachts verließ uns Faramund, der Mönch. Zunächst blieb er spurlos verschwunden, dann hörte man, dass er in Callamaar sei. Er war es, und die Stadt veränderte ihr Gesicht. Faramund schwang sich zu ihrem Herrscher auf. So dachten wir wenigstens – bis wir zum ersten Mal vom …« Er zögerte. »Bis wir zum ersten Mal vom

Hirten hörten. Faramund war in seine Dienste getreten, und über der Stadt, auf einem Hügel, wurde der Grundstein für das Schwarze Kloster gelegt.« Lunette sah Ole an. »Ich habe es nie gesehen, aber es ist immer noch im Bau. Richtig, Ole?«

Ole Mond rieb seinen Ohrring mit Daumen und Zeigefinger, er schien das immer zu tun – wenigstens oft –, wenn die Rede auf den Hirten kam. »Das Schwarze Kloster ist riesig«, sagte er leise. »Es wird immer größer.«

»Woher kam der … Hirte?«, fragte Jonas. Er konnte Rubens Stimme immer noch hören. *Hüte dich*.

Lunette legte die Stirn in Falten. »Niemand weiß es«, sagte er. »Er kam aus dem Nichts. Anders kann ich es nicht sagen. Und er blieb ein Geheimnis. Niemand lernte ihn kennen, so wie man die Kaiserin kennen kann. Faramund ist sein Ohr, sein Mund, seine Hand. Der …« Er zögerte wieder. »*Er* zeigt sich äußerst selten. Ole, dieser Teufelskerl, hat ihn gesehen. Ich nie.«

Aber Ole schwieg.

»Und dann?«, fragte Jonas.

»Dann«, flüsterte Lunette, »geschah das Schlimmste. Core starb, von Cai, ihrem Schutzgeist, verlassen.«

Jonas legte den Kopf in die Hände. Sie war *gestorben*. Eine rätselhafte Trauer überfiel ihn. *Core* – Herz und Seele, hatte Lunette gesagt. Plötzlich war Jonas weit, weit weg – er wusste selbst nicht, wo.

Oles feste Stimme holte ihn zurück. »Es gab nur einen Zeugen. Krempel hat es gesehen. Krempel – du weißt schon. Es war in der Ferne. Krempel sagt, Core sei einfach zusammengebrochen.«

»Einfach so?« Jonas' Stimme war belegt. Dabei konnte er sich Core doch nicht einmal vorstellen.

»Krempel saß hoch in einem Baum«, sagte Ole. »Er

brauchte eine Ewigkeit, bis er bei ihr war. Er sagt, es sei ein Mann bei ihr gewesen, als sie starb. Aber er konnte ihn nicht erkennen.«

Lunette räusperte sich lautstark. »Wie auch immer. Core war tot. Aber sie hinterließ … nun ja …« Er fuhr sich über das Kinn. »In der Ferne nennen sie es eine *Prophezeiung*.«

»Es *ist* eine Prophezeiung!«, sagte Ole bestimmt.

»Gut.« Lunette hatte das Kinn auf die Brust gelegt und las unsichtbare Flusen von seinem Rock. »Und diese Prophezeiung besagt, dass ein Junge, der im Augenblick ihres Todes geboren würde, uns erlösen würde – von der Kaiserin und vom Hirten.« Der Marquis machte eine Pause. »Das war vor zwölf Jahren.«

Still und sehr gerade saß Jonas da, während sich verschiedene Bilder seiner Erinnerung übereinanderlegten. Ole, wie er mit milchweißem Gesicht schlafend auf der Ottomane lag; Peregrin Aber, in der rumpelnden Kutsche, wie er *Zwölf Jahre bist du jung, nicht wahr* sagte; Irmingasts falsches Lächeln. *Wie komme ich nur darauf, dass du zwölf bist?* Zum ersten Mal machte der Zettel, den Ruben ihm noch bei Brand in die Hand gedrückt hatte, Sinn. *Du bist nicht 12. Du bist 13!* Und doch war Jonas verwirrt.

»Ole ist damals geboren«, sagte Lunette in die Stille hinein.

Ole zeigte keine Regung.

»Und andere Jungen natürlich auch.« Lunette seufzte. »Aber damals war der Hirte schon mächtig, Jonas, und er fand sie alle. Jeden Jungen, der in diesem Jahr geboren war, fand er, und nahm ihn zu sich. Alle wuchsen sie im Schwarzen Kloster auf, während es größer und größer wurde und Callamaar sich in die Flüsterstadt verwandelte – eine Stadt, in der sich niemand mehr offen zu sprechen traut. Die Herrschaft des Hirten lässt die Leute flüstern. Und wer sich nicht fügt, den holen die Jünger Faramunds. Und weißt du, wer die Jünger Faramunds sind, Jonas?«

Jonas starrte den Marquis an.

»Es sind die Jungen, die im Jahr von Cores Tod geboren wurden. Und sie sind tausendmal schlimmer als Trabanten. Keine willenlosen Trottel, sondern kleine, gefährliche Ungeheuer.«

In Jonas arbeitete es. *Deshalb* musste er dreizehn sein! *Deshalb* hatte Ruben ihn gewarnt. Aber wie passte das zusammen? Ruben hatte ihn vom Spielzimmer ferngehalten und ihn erst in den Schrank, nach Kanaria geschickt, als es keinen anderen Fluchtweg mehr gab. Und doch hatte er es so eilig gehabt, ihm diesen Zettel zuzustecken, dass er nicht einmal warten konnte, bis sie in Wunderlich waren. Warum? Warum war es auch in Wunderlich gefährlich, zwölf zu sein?

»Aber Ole …«, sagte Jonas schließlich.

»Aber ich.« Nach langer Zeit grinste Ole wieder, mit Ohren, Nase und Mund. »Genau. Ich bin zwölf und frei. Mich hat der Hirte nicht gefunden. Suleman Mond ist mein Onkel. Er hat es geschafft, mich in der Ferne zu verstecken.«

»Aber …«, fing Jonas wieder an. Wenn Ole so bedroht war, wie konnte es dann sein, dass er mutterseelenallein durch die Welt zog?

»Ja«, fiel der Marquis jetzt ein. »Ich weiß, was du denkst, Jonas. Und du hast recht. Ole ist leichtsinnig. Tollkühn. Und undankbar ist er auch.«

Ole verzog das Gesicht.

»Seiner Meinung nach«, fuhr Lunette fort, »müsste Suleman gegen den Hirten zu Felde ziehen. Ole will, dass er kämpft, statt sich in der Ferne zu verstecken. Und ginge es nach Ole, dann marschierten Suleman und seine Leute am besten auch gleich in Kanaria ein und stürzten die Kaiserin. Nur vergisst unser kleiner Erlöser dabei, dass in der Ferne nur noch ein Trüppchen Versprengter lebt. Alben, Fängge oder unser lieber Krempel, die sich vor Grimberts Trabanten *und* vor dem Hirten verstecken. Du hast doch den Steckbrief in deiner Tasche, Jonas. Krempel und seinesgleichen sind Gesetzlose, auch wenn die Gesetze ungerecht sind. Und Suleman Mond und Fiet Finger nützt es gar nichts, dass sie einmal zu den Sieben zählten. Cai hat uns verlassen, Jonas, und der Hirte ist mächtig. Sogar Grimbert hat Angst vor ihm. Er weiß, warum.«

»Grimbert versucht es wenigstens«, wandte Ole ein. »Er *wird* gegen den Hirten kämpfen. Wir haben ihn mit den Soldaten üben sehen. Gestern Abend.«

»Ach was!« Lunette klang plötzlich ärgerlich. »Das ist doch nutzlos. Und das weiß er auch. Noch eine Partie Schach, die er verliert!«

»Verlieren? Was soll das heißen?«, fragte Jonas.

Lunette lächelte bitter. »Schau, Jonas. Kanaria ist ein sinkendes Schiff. Es mag prachtvoll sein, aber es ist leck. Vom ersten Tag an ist es leck gewesen, und wenn ich es mir recht überlege, dann war es überhaupt nie ein richtiges Schiff, sondern immer bloß eine Attrappe. Schau dir die Trabanten an – alles Attrappen! Der Hirte lässt sich bloß Zeit. Aber früher oder später wird er seine Hand auch nach Kanaria ausstrecken. Erst nach Kanaria und schließlich bis in die Ferne. Er will *alles*! Und ich glaube nicht, dass irgendetwas dagegen hilft – es sei denn Cores Prophezeiung. Das Wunder ihrer Prophezeiung, von dem keiner weiß, worin es besteht.« Die letzten Worte hatte Lunette nur noch gemurmelt, und fast gingen sie in dem leisen, dann immer dringlicher werdenden Klopfen unter.

Ole sprang alarmiert auf. »Wer kann das sein?«

Auch Lunette war jetzt auf den Beinen. Mit dem ausgestreckten Arm hielt er Ole zurück. »Ihr bleibt hier«, sagte er.

Er ging ins Nebenzimmer und schloss die Tür.

Jonas lauschte atemlos. Ein Schrecken jagte den nächsten. Suchten sie nach Ole? Suchte Alma schon nach *ihm*?

Im Zimmer nebenan wurde jetzt getuschelt.

Jonas warf einen Blick zu Ole hinüber. Aber Oles Miene verriet nichts.

Dann ging die Tür auf und Lunette und der Hermes kamen herein. Der Hermes verbeugte sich tief.

»Er bringt Nachrichten«, sagte Lunette. »Sprich, Hermes.«

Der Hermes sammelte sich. Er knetete seine Finger. »Hoher Herr«, sagte er dann und sah seltsamerweise Jonas dabei an. »Ich bitte tausendmal um Verzeihung, aber …« Der Hermes war hin und her gerissen. Offensichtlich wollte er etwas loswerden, traute sich aber nicht.

Jonas hätte ihm gern geholfen, wusste aber nicht, wie.

»Du kannst offen sprechen, Herzilein«, sagte Lunette aufmunternd.

So angesprochen, verbeugte sich der Hermes gleich noch einmal. Sein Kopf war feuerrot, als er schließlich wieder aufrecht stand. Er schnappte nach Luft. Dann sprudelte es endlich aus ihm heraus. »Verzeihung – Vergebung, aber ich habe … Es ist nicht an mir vorbeigegangen, dass Sie, hoher Herr, Beziehungen pflegen zu dem jüngsten Gefangenen! Dem Mann in der Kaserne!«

Der Mann in der Kaserne! Ruben! Jonas sprang auf.

»Und ich wollte …« Der Hermes war drauf und dran, sich zu verhaspeln. »Ich erlaube, mir mitzuteilen, dass die Höchste aller Kaiserinnen verfügt zu geruhen … geruhen zu verfügen … zu verfügen geruht hat, dass gleich … dass es gleich bei

Tagesanbruch zu einem Prozess kommen soll. Gleich bei Tagesanbruch!« Der Hermes wusste nicht, wohin mit sich, und buckelte gleich wieder. »Es sind schlechte Nachrichten«, japste er dann. »Vergebung. Ich bin nur der, der sie bringt.«

Jonas sank das Herz. Der Prozess! So schnell!

Für einen Augenblick war es totenstill im Raum.

»Danke, Herzilein«, murmelte Lunette dann und räusperte sich. »Sag mal, Schätzchen. Du weißt schon, dass es der Kaiserin nicht recht wäre, dass du hier alles ausplauderst, oder?«

Der Hermes wand sich. »Ja«, presste er dann heraus und schlug die Augen nieder – ein ertappter Sünder.

»Und warum hast du es dennoch getan?« Lunette klang nicht streng, eher verwundert.

»Ich habe mit mir gerungen«, flüsterte der Hermes. »Ich war unten im Vestibül, als ich davon hörte. Sie tragen schon die Tische hinaus in den Hof. Alle sollen kommen und sich den Prozess anschauen.« Er brach ab.

»Und weiter?«, fragte Lunette.

Jonas fragte sich, worauf der Marquis hinauswollte.

»Und da wusste ich, dass ich Euch das mitteilen wollte. Ich …« Der Hermes riss die Augen auf, als wäre er erschrocken. »Ich habe es gespürt! Hier! Da!« Er schlug sich heftig gegen die Brust.

»Es war ein *Gefühl*, ja? Ein starkes *Gefühl*?« Lunette hatte den Kopf schief gelegt und sah den Hermes versonnen, fast glücklich an.

»Ja!«, hauchte der Hermes. »Ein *Gefühl*. Ja!« Er nickte aufgeregt.

»Danke«, sagte Lunette nur. Seine Stimme war rau. »Auch im tiefsten Tal ist Hoffnung, Herzilein. Wusstest du das?«

Der Hermes schüttelte nicht minder aufgeregt den Kopf.

Jonas glaubte zu verstehen. Der Hermes hatte aufgehört, bloß ein Trabant zu sein. Er hatte eine Entscheidung getroffen, wie sie Trabanten sonst nicht trafen. Und dann fiel ihm plötzlich sein Traum aus der letzten Nacht ein – der Traum von Tilla, Kolman und dem Wieflinger, den er eigentlich schon vergessen hatte. Und auch wenn er die Gründe dafür nicht kannte, tröstete ihn die unbestimmte Erinnerung an diesen Traum mehr noch als der Hermes, der ihnen gegen seine Natur die Treue hielt.

Jonas sah zum Fenster hinüber, nicht ruhig, aber weniger unruhig. Bald, dachte er, würde der Morgen grauen.

Das 24. Kapitel
Peregrin Aber beißt sich durch

Ein Zitronenfalter hatte sich in den Wald verirrt. Auf der Suche nach der nächsten Wiese flatterte er in den Lichterflecken unter den Bäumen umher und fast wäre er vor Tabbis ausgestellten Ellbogen geprallt.

Die Köchin stand breitbeinig da und hatte die Hände in die Hüften gestemmt. Über ihrer Nasenwurzel prangte eine steile Falte. »Sie müssen«, sagte sie gerade energisch, »nur auf die Füße kommen, Herr Doktor. Dann geht es schon. Kommen Sie erst mal in Tritt! Das schmiert die Gelenke.«

Der Zitronenfalter flog weiter, auf und davon, mitten in den frühen Morgen hinein.

Peregrin Aber blieb krumm und schief auf dem Waldboden liegen.

»Lassen Sie es uns doch wenigstens versuchen, Herr Doktor!«, drängte Tabbi.

Peregrin Aber stöhnte bloß, laut und unwiderruflich. Seine Miene war verzerrt, der Bart struppiger denn je, das verbliebene Haar zerrauft und sein sonst makelloser Anzug zeigte die deutlichen Spuren einer unter freiem Himmel verbrachten Nacht. Der Biberfilzzylinder lag neben ihm wie ein umgestürztes Denkmal.

»Herr Doktor! Nun lassen Sie sich nicht hängen!«

»Hängen?«, schnaufte Peregrin Aber. »Ich hänge nicht, Tabbi. Ich versichere Sie, es ist weit weniger als das.« Er stöhnte wieder.

»Es ist doch nur ein wenig Kreuzweh«, sagte Tabbi beschwichtigend.

»Ach ja?« Der Advokat betastete vorsichtig seinen Rücken, ungefähr da, wo sein Hinterteil begann. »Es ist ein ausgewachsener *Hexenschuss*! Ein Hexenschuss der allerschlimmsten Sorte sogar!« Er schloss die Augen, vom eigenen Elend überwältigt. »Es hat schon in Wunderlich gezwickt und gezwackt«, murmelte er leidend. »Und die Nacht hier draußen war dann einfach zu viel. Ooo!« Er hob klagend die Stimme. »Wer hätte gedacht, dass man sich in einem Schrank die Knochen verkühlen könnte!« Er schüttelte den Kopf, fassungslos.

»Es ist, wie es ist, Herr Doktor!«, sagte Tabbi unbarmherzig.

»Was meinen Sie? Den Rücken? Oder den ganzen Irrsinn dieser … dieser … *Reise*?« Peregrin Aber funkelte sie so wütend an, als wäre die Köchin an allem schuld.

»Beides«, sagte Tabbi. »Und jetzt versuchen wir es mal gemeinsam. Denken Sie an den armen Jonas, Herr Doktor! Wir müssen weiter!« Sie machte einen Schritt auf den Advokaten zu, fasste ihn unter den Achseln und zog.

»O! Aaa! Iii! Eee! U!«, jaulte Peregrin Aber.

»Jetzt stellen Sie sich nicht so an!«

»Anstellen? *Anstellen* nennen Sie das?« Peregrin Aber war empört.

Tabbi zerrte noch einmal.

»Oooooooo!«

Dann stand der Advokat auf den Füßen, immerhin. Aufrecht allerdings stand er nicht. Eher sah es so aus, als hätte sich sein Rücken mitten in einer tiefen Verbeugung verhakt. Peregrin Aber sah aus wie ein umgekipptes *L*.

Tabbi las den Zylinder vom Waldboden auf und pfropfte ihn auf den Advokatenkopf. »So«, sagte sie.

Peregrin Aber betastete unter großen Anstrengungen sein Kreuz. »Wenn Sie glauben, dass ich diesen Gewaltmarsch fortsetzen könnte, dann befinden Sie sich in einem Irrtum, das sage ich Ihnen. Ich brauche einen Arzt, Tabbi. Ich brauche Bettruhe! Und einen heißen Ziegelstein!« Er hielt inne. »Glauben Sie, dass in diesem Schrank Ärzte praktizieren?«

Tabbi griff entschlossen nach dem Pappköfferchen mit den Sonneberger Figuren. »Wie soll ich das wissen, Herr Doktor?«, seufzte sie. »Wenn wir doch nur eine Spur hätten! Der Junge kann ja überallhin gelaufen sein! Meinen Sie, Ruben hat ihn eingeholt?«

»Hoffentlich«, murmelte Peregrin Aber.

Auf ihrem langen Weg hatten die beiden alle möglichen Vermutungen angestellt. Und obwohl sich eine Seite Peregrin Abers nach wie vor weigerte, überhaupt anzuerkennen, dass sie in einem Schrank unterwegs waren, war sich eine andere doch im Klaren darüber, dass sowohl Jonas und Ruben als auch Alma und Irmingast in genau diesem Schrank sein mussten. Das Rätsel, wohin verschwand, wer im Spielzimmer verschwand, war also gelöst – auch wenn Peregrin Aber nicht verstand, wie das alles überhaupt möglich war. Tatsächlich kam ihm die ganze Angelegenheit völlig *unwahrscheinlich* vor – er hatte sogar in Betracht gezogen zu träumen. Doch die Last der Beweise, dass er nicht schlief, war leider überwältigend. Zurzeit blieb deshalb nur eine einzige vernünftige Schlussfolgerung – Jonas Nichts war in großer Gefahr, in größerer noch als in Wunderlich, und er, Peregrin Aber, musste den Jungen aus dieser Gefahr befreien. Die Klarheit dieses Gedankens gab ihm Auftrieb.

»Reichen Sie mir meinen Stock, Tabbi!«, stöhnte er und deutete tiefer in den Wald. »Da entlang, würde ich sagen.«

Von weitem hätte man Peregrin Aber, wie er tief gebeugt an Tabbis Arm durch den Wald stolperte, für einen Tattergreis halten müssen. Nur sehr, sehr langsam kam er vorwärts, mühsam, Schritt für Schritt. Es war nicht sein erster Hexenschuss – nur ungern erinnerte er sich daran, wie der schmalbrüstige Werk ihn einmal krumm und schief aus dem voll besetzten Gerichtssaal hatte tragen müssen –, aber es war bestimmt sein schlimmster. Unablässig murmelte Peregrin Aber Flüche, auch darin einem übellaunigen Greis nicht unähnlich.

Außerdem schien Tabbi keinen Funken Mitleid zu haben. Unbarmherzig trieb sie ihn an, und als er sich unter Schmerzenslauten einmal erschöpft auf einem umgestürzten Baumstamm niederließ – »O! Aaa! Iii! Eee! U!« –, tappte sie so lange ungeduldig mit dem Fuß, bis ihm die verdiente Rast gründlich verdorben war.

»Ich mach ja schon, Tabbi! Ich mach ja schon!« Er war ihr auf Gedeih und Verderb ausgeliefert, Peregrin Aber wusste es wohl. Er machte sich keine Illusionen. Nie.

Als sie schließlich einen Hang hinunterstolperten, lag die Tortur vieler Stunden hinter ihm. Tabbi hatte, von weitem schon, einen See ausgemacht, einen Fleck glitzernden blauen Wassers, dessen Anblick sogar den vom Schmerz ganz ausgelaugten und durstigen Peregrin Aber hatte trösten können. Wenn auch nur für ein paar Augenblicke.

Es ging ja nun – man stelle sich vor! – bergab. Mit einem *Hexenschuss*!

»Ooooo! Aaaaa! Ooooo!«

Dann geriet der Advokat tragischerweise aus dem Gleichgewicht. Kopfüber stürzte er den Hügel hinab, er hörte Tabbi noch rufen.

»Herr Doktor!«

Zu antworten fehlten ihm Kraft und Gelegenheit. Er schmeckte Erde, Grasbüschel peitschten ihm die Wangen, sein Rücken fühlte sich an, als prasselte Steinschlag auf ihn nieder.

Peregrin Aber rutschte und rutschte, bis ein Lattenzaun ihn stoppte. Dass es ein Lattenzaun war, darüber dachte der Advokat gar nicht nach. Denn jetzt tat ihm auch noch der Kopf weh, die Stirn brannte wie Feuer. Doch wenigstens lag sein unbeherrschbarer Körper endlich still. Peregrin Aber schloss die Augen.

»Meine Güte! Sie Armer!«, sagte Tabbi.

Ja! Peregrin Aber nickte stumm und schlug die Augen wieder auf.

Machte sie wieder zu.

Machte sie wieder auf.

Der Rocksaum vor seiner Nase gehörte gar nicht Tabbi!

»Haben Sie sich verletzt?« Die unbekannte Frau ging in die Hocke. Auf ihrem Kopf saß eine Haube, unter der lichtbraunes Haar hervorlugte, rund um ihre Nase drängten sich Sommersprossen. Die Frau sah ihn mitleidig an.

»Peregrin Aber«, stöhnte Peregrin Aber der Form halber. »Advokat.« Er fügte das an, um sich einen Rest Würde zu bewahren.

»Ich bin Tilla«, sagte die Frau.

In diesem Augenblick kam Tabbi den Hügel heruntergestürmt. »Herr Doktor!«, rief sie. »Alles in Ordnung?«

Peregrin Aber fand die Frage unangemessen. Es war ja nun mal überhaupt nichts in Ordnung. »Es geht schon«, sagte er leidend.

»Er hat einen bösen Hexenschuss«, erklärte Tabbi der Frau. Dann wischte sie sich eine Hand ab, um Tillas zu schütteln. »Tabbi«, sagte sie. »Ich bin Köchin in Wunderlich.«

Tilla begrüßte sie freundlich. »Wenn Sie wollen, können wir ihn reinschaffen«, sagte sie umstandslos. »So ein Hexenschuss ist eine üble Sache.«

Peregrin Aber nickte unbeachtet. Er fühlte sich übergangen, aber verstanden. Durch eine Ritze zwischen den Zaunlatten erkannte er ein weißes Häuschen, davor ein Boot und Fischernetze.

Im Haus duftete es nach Karamell. Peregrin Aber hatte das kleine Fischerdorf wohlwollend zur Kenntnis genommen. Die gekalkten Hauswände, die reetgedeckten Dächer, die ausladende Eiche auf dem Dorfplatz, der lange Steg und die dort vertäuten Boote und ganz besonders das sanfte Plätschern des Sees hatten ihm sein Gefühl für die Ordnung der Dinge zurückgegeben. Er war nicht beruhigt und auch nicht schmerzfrei, als Tabbi und Tilla ihn über die Schwelle des kleinen Häuschens schleiften, aber doch ein wenig zuversichtlicher.

Die Menschen hier waren sehr zuvorkommend, fand er, und das galt auch für den großen, schweren Mann, der sich Karamell kauend vom Küchentisch erhob, sobald Peregrin Abers vom Hexenschuss verzerrte Gestalt im Türrahmen erschien.

Der Mann trug einen verschossenen schwarzen Anzug und sein kurzes Haar und sein langer Bart erinnerten an das Fell eines Bären. Tilla stellte ihn als ihren Vetter Kolman vor, den Dorfältesten. Peregrin Aber beschloss, wenigstens probehalber Vertrauen zu ihm zu fassen.

Diesem Bären von Mann gelang es immerhin, den Advokaten ohne größere Schmerzen auf die Küchenbank zu hieven. Außerdem wurde ein heißer, in eine Decke gewickelter Ziegelstein in Peregrin Abers Rücken gelegt und ein kaltes Tuch auf seine Stirn. Der Advokat sah sich bereits auf dem Weg der Besserung. Er stöhnte, diesmal allerdings behaglich.

Draußen auf dem Platz tobte jetzt eine Horde Kinder. Immer mal wieder drückten sie sich die Nasen an Tillas Fenstern platt, um die Fremden zu bestaunen.

»Und Sie haben nie von Wunderlich gehört?«, fragte Tabbi. Sie saß vor einer Tasse Fischsuppe am Küchentisch.

»Nie«, sagte Kolman mit seiner Bärenstimme. »Aber das Neue hat in vielerlei Gestalt Einzug gehalten in unsere kleine Welt.« Wenn er nickte, wippte sein Bart auf und ab. »Oh ja! Oh ja!«, fügte er dann plötzlich in einem seltsamen Singsang an. »Rühmet das Licht der Welt! Denn alles, was lebt, wird von der Sonne beschienen, dem Himmelsrad des Lebens. Auf Erden, im Meer und in allen Tiefen.«

Tabbi sah ihn verdutzt an und nickte dann höflich.

Peregrin Aber wand sich – soweit sein Rücken das zuließ – auf der Küchenbank. Ein Sektierer! Ein Prediger! Das hatte ihm gerade noch gefehlt! »Sagen Sie, Herr Kolman!«, mischte er sich jetzt in das Gespräch. »Zu diesem Neuen, von dem sie da sprechen, zählt nicht zufällig auch ein Junge? Etwa dreizehn Jahre alt? Schmal? Mit verschiedenfarbigen Augen?«

Kolman sah ihn mit großen Augen an. Auch Tilla zog sich jetzt einen Stuhl heran.

»In Begleitung des Jungen«, setzte Peregrin Aber seine Beschreibung fort, »dürfte sich ein hochgewachsener Mann befinden. Schwarzes, halblanges Haar. Er trägt einen doppelt geknöpften Mantel. Ruben ist sein Name. Der Junge heißt Jonas Nichts.«

Tilla und Kolman wechselten Blicke.

Peregrin Aber setzte sich ächzend und erwartungsvoll zurecht.

»Wir …«, begann Tilla dann, aber der Dorfälteste räusperte sich lautstark und beanspruchte das Wort.

»Wahrlich«, sagte er. »Hier wurde ein Junge gesehen. Und ein zweiter gleich dazu.« Dann verstummte er wieder, als wüsste er nicht recht, wie er fortfahren sollte.

»Nein, nein«, sagte Peregrin Aber. »*Ein* Junge. Einer. Dreizehn, wie gesagt …«

»Zwölf«, unterbrach ihn Tabbi. »Ich glaube, Jonas ist zwölf.«

Peregrin Aber bedachte sie mit einem ungehaltenen Blick. »Das ist doch einerlei, Tabbi!« Er wandte sich wieder dem Dorfältesten zu. »Zwölf *oder* dreizehn also! Die Augen sind wirklich sehr auffällig. Er trägt eine dunkle Joppe. Und eine Mütze auf dem Kopf. Richtig, Tabbi?«

Tabbi nickte.

»Kein zweiter *Junge* allerdings. Ein *Mann*.« Peregrin Aber sah Kolman ungeduldig an.

»So grübelte ich, dies zu begreifen«, murmelte der Dorfälteste in seinen Bart.

»Bitte?«, sagte Peregrin Aber. Beim ersten Kennenlernen hatte er erwogen, diesen Kolman ins Vertrauen zu ziehen oder sich doch wenigstens vorsichtig nach dem *Schrank* zu erkundigen. Jetzt war er froh, es nicht getan zu haben. Der Mann hätte doch nur in Rätseln so undurchsichtig wie Weihrauchschwaden geantwortet.

»Hören Sie«, sagte da Tilla. »Kolman und ich haben die Jungen nicht gesehen. Aber Arne. Arne hat sie gesehen. An *dem* Tag.«

»*Welchem* Tag?« Peregrin Aber war drauf und dran, die Nerven zu verlieren. Warum konnten diese Menschen nicht geradeheraus sprechen? Einfach sagen, was der Fall war. *Ein* Junge. *Ein* Mann. Punkt. Aus. Er zappelte vor lauter Ungeduld auf seiner Küchenbank und wurde mit einem schmerzhaften Stich in sein Kreuz dafür bestraft. »Ooo!«

»Die Sonne lockt das Leben aus dem tiefsten Grund.« Kolman strich sich über den Bart. »Wir sind verwandelt!«, donnerte er dann. »Wir sind erweckt worden! Und wenn es kein Wunder ist, dann kommt es einem Wunder gleich!«

»So«, sagte Peregrin Aber. Er übertreibt, dachte er.

»Als wäre der Blitz in uns gefahren! Ja! Oh ja! Wir sind erweckt worden.« Der Dorfälteste verfiel wieder in seinen Singsang. »Himmelsrad, du belebtest mich wieder! Meine Klage verwandeltest du in hellen Schein!« Kolman sah bedeutsam drein. »Seit diese Jungen hier waren, tanzen wir. Könnt ihr verstehen? Seit diese Jungen hier waren, ist ein Leben, wo zuvor kein Leben war! Wir sind verwandelt!«

»*Ein* Junge«, sagte Peregrin Aber störrisch. »Es geht um *einen* Jungen. Und – vielleicht – einen Mann. Wenn Sie *nur* den Mann gesehen haben, würde uns das auch weiterhelfen.«

»Was meinen Sie denn mit – *verwandelt*?«, fragte Tabbi.

Jetzt ergriff Tilla das Wort. »Es ist wirklich wie ein Wunder«, sagte sie. »Es ist schwer zu beschreiben. Es geschah vorgestern. Auf einmal, von einem Augenblick auf den nächsten, fühlten wir uns alle anders, ganz anders. Als wären wir zuvor gar nicht am Leben gewesen …« Sie rang die Hände, weil ihr die Worte fehlten.

»Der Sonne Lebenslicht funkelt mit den Wassern«, murmelte Kolman in seinen Bart.

»Wasser«, wiederholte Peregrin Aber tonlos. »Ja. Aber eigentlich sprachen wir über den *Jungen*. Erinnern Sie sich?«

»*Zwei* Jungen. Arne sagt, es seien *zwei* Jungen gewesen«, erklärte Tilla gutwillig. »Und sie waren wirklich auf dem

Wasser. Sagt Arne. In einem Boot. Auf dem See. Arne hat sie in genau *diesem* Augenblick gesehen, wissen Sie. Genau in *diesem* Augenblick, der uns alle verändert hat, hat er aufgesehen, und da waren sie. Ruderten davon.«

Peregrin Aber bemerkte Tabbis zweifelnden Blick. Letzten Endes würde *er* Licht ins Dunkel bringen müssen. Wenn auch eine andere Sorte Licht, als dieser sektierererische Sonnenanbeter Kolman meinte.

»Sagen Sie, gute Frau«, wandte er sich an Tilla. »Meinen Sie, ich könnte mit diesem Herrn Arne sprechen? Ich meine …« Er sah an sich hinab, um seine Unpässlichkeit zu betonen. »Könnten Sie ihn freundlicherweise holen?«

Kolman erhob sich.

»Danke«, seufzte Peregrin Aber und rettete sich in einen angenehmen Gedanken. In einer vertrauteren Welt war er für seine exzellenten Verhörmethoden bekannt. Er würde aus diesem Arne schon kitzeln, was aus ihm zu kitzeln war.

Wenig später stand dieser Arne im Raum, umgeben von den wuseligen Kindern, die eben noch auf dem Dorfplatz gespielt hatten.

Peregrin Aber war eine gewisse Ähnlichkeit zwischen den Dorfbewohnern nicht entgangen. Wahrscheinlich waren sie alle mehr oder minder miteinander verwandt. Alle hatten sie braunes Haar, wenn auch in verschiedenen Schattierungen, und auch ihre Züge ähnelten sich, sah man vom jeweiligen Mienenspiel ab – von Kolmans feierlichem Ernst, Tillas ansteckender Freundlichkeit und der offensichtlichen Verdrucksthheit dieses Arne.

Arne hatte eine leuchtend rot gestrichene Schubkarre vor dem Haus abgestellt und war dann zögernd eingetreten. Nun stand er mit hochgezogenen Schultern vor Peregrin Aber, die

Hände zwischen Hosenbund und dem Strick, der ihm als Gürtel diente.

»Also, guter Mann«, sagte Peregrin Aber bemüht freundlich. »Was haben Sie vorgestern gesehen?«

Arne warf einen verstörten Blick in die Runde und antwortete erst, als der Dorfälteste, der wieder am Küchentisch Platz genommen hatte, ihm aufmunternd zunickte.

»Ein Boot.«

»Aha«, sagte Peregrin Aber. »Und weiter?«

»*Mein* Boot«, sagte Arne.

»So. Und wer *saß* in dem Boot?«

»Ein Junge«, sagte Arne.

»Aha!« Peregrin Aber merkte auf.

»Und noch ein Junge«, sagte Arne.

»Ach«, sagte Peregrin Aber enttäuscht.

»Der eine ruderte«, sagte Arne.

»Hm«, machte Peregrin Aber.

»Der andere nicht«, sagte Arne.

»Und wie sahen diese beiden Jungen aus?« Peregrin Aber spürte seine Geduld verrinnen wie den Sand in einem Stundenglas.

»Jungen eben«, sagte Arne.

»Hm«, machte Peregrin Aber wieder. Er musste diesem Arne einfach Zeit geben.

»Einer hatte rotes Haar.«

»So? Und der andere?«

»Eher dunkles«, sagte Arne. »Aber nicht richtig dunkel.«

»Trug er auch eine dunkle Joppe? Eine Mütze?«

»Ja«, sagte Arne.

»Fein«, sagte Peregrin Aber. »War auch ein Mann dabei?«

»Nein«, sagte Arne.

»Nicht?«

»Nein.«

»Gewiss?«

»Ja.«

»Aha«, sagte Peregrin Aber. »Und wo ruderte der eine Junge den anderen Jungen hin?«

»Zur Insel«, sagte Arne.

»Was für eine Insel?«

»Die Insel im See.«

»Natürlich die Insel im See!«, schnaubte Peregrin Aber. »Ich meine, was ist das für eine Insel?«

Arne stutzte.

»Einerlei«, sagte Peregrin Aber. »Darüber können wir auch später noch reden. Ist Ihnen sonst noch etwas an den beiden Jungen aufgefallen?«

»Nein«, sagte Arne.

»Denken Sie noch einmal nach!«

»Zu sehen war nichts weiter«, sagte Arne.

»Nichts«, sagte Peregrin Aber tonlos.

»Aber zu hören«, sagte Arne.

»Zu hören?« Peregrin Aber fuhr auf. »Oooo!« Der Hexenschuss.

»Bitte?«, sagte Arne.

»Nichts«, stöhnte Peregrin Aber und fasste sich mühsam ins Kreuz. »Fahren Sie bitte fort!«

»Wohin?«, fragte Arne.

»Reden Sie weiter, meine ich!«

»Worüber?«, fragte Arne.

»Über das, was Sie *gehört* haben, Himmelherrgott! Das Boot war doch schon ein Stück weit weg. Oder irre ich da?«

»Nein«, sagte Arne.

»Das Boot war *nicht* ein Stück weit weg?«

»Doch«, sagte Arne.
»Also«, sagte Peregrin Aber.
»Was soll ich jetzt sagen?«, fragte Arne verwirrt.
Peregrin Aber ballte die Fäuste. »Sie sollen mir sagen, was Sie gehört haben, zum Teufel!«
Kolman zuckte unter dem Fluch zusammen.
»Ich habe den einen Jungen flüstern gehört«, sagte Arne.
»*Flüstern?* Auf die Entfernung?«, kreischte Peregrin Aber.
»Ja«, sagte Arne.
»Und *was* hat er geflüstert, bitteschön?«
»Er hat unsere Namen geflüstert«, sagte Arne.
»So. Ihre Namen. Aha.«
»Ja«, sagte Arne.
»Hat der Junge Sie bei Ihrem Namen *gerufen*?«
»Nein«, sagte Arne.
»Sondern?«, zischte Peregrin Aber.
Arne zögerte einen Augenblick. »Er hat uns diese Namen gegeben«, sagte er dann leise.
Jetzt stutzte der Advokat. »*Gegeben?* Wie bei einer Taufe?«
»Ja«, sagte Arne.
»Wie kommen Sie darauf?«
»Wir hatten vorher keine Namen, glaube ich«, sagte Arne.
Peregrin Aber machte den Mund auf, aber es kam nichts heraus.
»Der Junge hat auch von Karamell geflüstert. Von meiner roten Karre und von den kleinen Figuren, die Bror schnitzt«, sagte Arne.
Peregrin Aber lehnte sich vorsichtig zurück. Er war in Schweiß ausgebrochen und fingerte in seinem Ärmel nach dem langen Taschentuch. Was in Gottes Namen ging hier vor?

Er versuchte, sich zu sammeln, aber vergebens. Die Tür wurde aufgestoßen, ein weiterer Dorfbewohner platzte herein. Er trug ein grobes Hemd und ein rotes Halstuch, offenbar handelte es sich um einen Fischer. Aufgeregt hielt er einen Fetzen Papier hoch.

»Bror!«, rief Tilla.

»Guten Tag«, sagte Peregrin Aber auf seiner Küchenbank und tupfte sich die schweißnasse Stirn. Er war der Verzweiflung nahe. Oder war er schon darüber hinaus?

»Da … da«, stotterte der Fischer los. »Da war ein Mann im See! Ich … ich habe ihn aus dem See gezogen!«

Peregrin Aber holte tief Luft. »Trug er einen doppelt geknöpften Mantel?«, fragte er schnell. Er musste einfach Herr des Verfahrens bleiben!

Der Fischer hatte ihn offensichtlich gerade erst bemerkt. Unsicher sah er zu ihm herüber.

»Antworte ihm, Bror«, brummte Kolman.

»Nein«, stammelte der Fischer. »Nein. Er … er trug ein Hemd. Und eine Weste. Und einen …« Er deutete auf seinen Schädel. »… großen Filzhut.«

»Wo ist dieser Mann jetzt?« Peregrin Aber wischte sich nochmals die Stirn. Plötzlich war er kurzatmig.

»Weg!«, japste Bror. »Gleich weg! Musste weiter. Hat er gesagt. Das hier hat er mir gegeben.« Er hielt wieder den Zettel hoch.

»Ist das was Schriftliches?« Peregrin Aber machte vor lauter Aufregung eine unbedachte Bewegung. »Oooo!«, jaulte er. Dann sprach er weiter, die Zähne zusammengebissen. »Ich bin Anwalt. Alles Schriftliche zu mir!« Er wedelte mit dem Arm.

Tilla reichte das Stückchen Papier weiter.

Es war feucht, der Advokat griff es mit zitternden Fingern.

Die Schrift war halb verwischt und kaum zu lesen, die Zeilen wild über das Papier verstreut. Peregrin Aber blinzelte. Er las.

AcHtuNk!
HiLffe FüR JoNAs NicHts!
geHt NAcH KAHNARiA!
HALtet eucH an den MARkie
De LüHNett! icH
sucHe DeN
spiNNeNpAHlAst!

WiefLiNgeR, foRMaHLs RäuBeR

Das 25. Kapitel
hält mehr als eine Überraschung bereit

Es war noch früh, aber die Sonne brannte schon von einem stechend blauen Himmel. Kanarias schimmernde Fassade warf das grelle Licht zurück, bis es über den Tischen flirrte. Auf dem gepflasterten Platz vor dem Schloss musste die Hitze stehen. Die Luft war trocken und staubig. Jonas war froh um den Schatten, den der Baum, an den er sich drückte, warf.

Jonas stand abseits, ganz am Rand der Traube aus Trabanten, die sich um den Platz drängte, und schwitzte. Unter der Perücke juckte es ihn, der zitronengelbe Rock hing schwer wie eine Gardine auf seinen Schultern. Der Hermes hatte all das besorgt – Rock und Rüschenhemd, Perücke, Schuhe, Hose und Strümpfe für Jonas und für Ole. Als Trabanten kostümiert standen sie jetzt da, halb vom Marquis und dem Hermes verdeckt, und warteten. Hinter ihnen erstreckte sich die lange Auffahrt bis hinunter zum himmelblauen See, wo die Fähre gerade wieder ablegte. Gestern Nacht hatte dieselbe Fähre die goldene Kutsche der Kaiserin gebracht – Almas Kutsche.

Jonas' Blick irrte über den Platz, die leeren Tische, die Stühle mit den hohen Lehnen und den schimmernden Thron in der Mitte, auf einem besonders hohen Podest. Dort würde Alma Platz nehmen. Könnte sie ihn von da aus sehen?

Jonas reckte den Hals und duckte sich gleich wieder. In die

Menge vor ihm kam Bewegung, dann standen alle auf einmal still. Zwei prachtvoll gekleidete Trabanten traten aus dem Schloss, das Sonnenlicht blitzte von ihren flaggenbehängten Fanfaren.

Jonas zuckte zusammen, als sie erklangen, und spürte gleich Oles Hand auf seinem Arm. Oles Lippen waren schmal, aber er nickte aufmunternd. Von nahem sah er reichlich unwahrscheinlich aus unter seiner Perücke.

»DAS HOHE GERICHT!«, krähte jetzt einer der Herolde, und gleich darauf schritten, um Würde bemüht, drei weitere Trabanten auf den Platz. Wie immer glichen sie sich aufs Haar – es gab sie nie nur einmal, ganz so, als seien dem Schöpfergott über den Trabanten die Ideen ausgegangen.

Das war ein befremdlicher Gedanke und Jonas schob ihn schnell beiseite.

Diese drei Trabanten waren in schwarze Talare gehüllt, jeder trug ein schweres, in schwarzes Leder gebundenes Buch unter dem Arm und eine wollige, graue Perücke auf dem Kopf. Fast im Gleichschritt traten sie an ihre Tische, legten mit großer Geste die Bücher ab und nahmen, den Saum ihrer Talare nach hinten werfend, mit hoch erhobenen Köpfen Platz. Aus leeren Augen starrten sie wortlos in die wispernde Menge.

Wieder erklangen die Fanfaren.

»SCHÄTZT EUCH GLÜCKLICH!«, krähte einer der Herolde dann.

»DIE UNFEHLBARE HÖCHSTE KAISERLICHE HOHEIT!«, fiel der andere ein.

»KAISERIN AN AIS STATT!«, übernahm der erste wieder – aber da war der Jubel schon losgebrochen.

Die Trabanten vor ihnen juchzten, johlten, brüllten. Arme schossen in die Höhe, Hälse wurden lang und länger, Blumen, von denen Jonas nicht wusste, woher sie auf einmal kamen, flogen auf den Platz und verwandelten das Pflaster nach und nach in ein Blütenmeer, während die Fanfarenbläser weiterkrähten.

»HERRSCHERIN ZU WASSER UND ZU LANDE!«

Jubel.

»HERRSCHERIN ÜBER KÖRPER UND GEIST!«

Jubel.

»DIE KAISERIN KANARIAS!«

In Jonas stieg eine ungekannte Wut hoch. Niemand schien zu bemerken, dass es doch nur eine alte, feiste Frau war, die nun im Blütenregen aus dem Schloss trat und mit sich bauschenden, goldglänzenden Röcken das Podest erklomm, um von dort oben, vor ihrem im Sonnenlicht schimmernden Thron, huldvoll in die entzückte Menge zu winken. Und doch war es bloß Alma, bis ins wächserne Gesicht und die eisgrauen Haarschnecken hinein. Jonas ballte die Fäuste. Oles Hand lag immer noch auf seinem Arm.

Auf Almas Geheiß – nicht mehr als ein Handzeichen – beruhigte sich die Menge. Kanarias Kaiserin hockte sich auf ihren Thron, ein triumphales Lächeln lag auf ihren farblosen Lippen.

Die Wut füllte Jonas jetzt ganz aus, und erst, als er den Erbprinzen erspähte, löste sich der Krampf in seiner Faust. Leopold war neben dem Podest stehen geblieben, die Hände hinter dem Rücken verschränkt. Jupiter sah aus, als hätte ihn der Sturm der vergangenen Nacht für immer verheert. Kraftlos hing Leopold das schwarze Haar in die Stirn, leblos stierte er in die bunte Blütenpracht zu seinen Füßen.

»DER OBERSTE RICHTER«, krähte einer der beiden Herolde.

Es war jetzt so still, dass Jonas den Richter in der Mitte mit den Buchseiten rascheln hörte. »Wir eröffnen hiermit feierlich«, murmelte der, »den 33. Prozess gegen die Unwahrscheinlichkeit.« Der Richter räusperte sich. »Ich verlese die feierlichen Grundsätze der Höchsten Kaiserlichen Verfügung.« Bevor er sich wieder über sein dickes Buch beugte, stierte er in die Menge. »Paragraph 1, Absatz 1. *Nichts ist wirklich außer Kanaria. Was Kanaria ist, bestimmt die Höchste Kaiserliche Majestät.*«

Zustimmendes Gemurmel unter den Zuschauern. Man wandte einander die ununterscheidbaren Köpfe zu und nickte beifällig.

Der Richter fuhr fort. »Paragraph 1, Absatz 2. *Alles Unwahrscheinliche beleidigt die Wirklichkeit Kanarias und damit die Höchste Kaiserliche Majestät.*«

Noch einmal Gemurmel, noch eifriger.

»*Was unwahrscheinlich ist*«, nuschelte der Richter, »*legen die Absätze 3 bis 9347 durch Höchsten Kaiserlichen Beschluss bis auf weiteres fest.*«

Lunette drehte sich zu Jonas um, seine Schminke war makellos, ein Panzer aus Puder und Rouge. »In dem Buch da«, raunte der Marquis, »stehen alle 9347 Dinge, die unwahrscheinlich sind. Alles, was nicht sein soll.«

Jonas nickte, ohne wirklich zu verstehen, und ließ Lunettes sorgenvollen Blick an sich abperlen. Er knetete seine Hände. Wo blieb Ruben? Würden sie ihn nicht herbringen?

Der Oberste Richter klappte sein dickes Buch geräuschvoll zu.

Alma sah befriedigt auf ihn hinab. »Man schaffe den Angeklagten herbei«, bellte sie dann.

Ganz am anderen Ende der Traube teilte sich die Menge. Rufe wurden laut, hässlich verzerrte Trabantenstimmen.

»Strauchdieb!«

»Bandit!«

»In den Kerker mit dir!«

Jonas reckte den Hals, bis er Ruben endlich sah. Die Tränen, die ihm jetzt in die Augen stiegen, waren alles zugleich – Trauer, Wut und Glück. Er hatte ihn gefunden, Ruben war ganz nah – und doch ferner vielleicht als je zuvor. Aber er war heil! Rubens Hände, sogar seine Füße lagen in Ketten, was seine Schritte kurz machte, doch er ging aus eigener Kraft, sehr aufrecht, den Kopf hoch erhoben. Das halblange, jetzt wirre Haar hatte er hinter die Ohren gestrichen und sein Hemd war schmutzig. Aber es war der alte Ruben, einen Kopf größer als die beiden Soldaten, die ihn begleiteten.

Oles Hand hatte sich fest um Jonas' Arm geschlossen, sogar der Hermes drehte sich jetzt zu ihm um. Doch Jonas nickte bloß, mit hartem Mund, den Blick fest auf seinen Freund gerichtet.

Ich beschütze dich.

Der Oberste Richter betrachtete den Angeklagten, als wüsste er auf einmal nicht mehr recht weiter. »Name?«, krächzte er schließlich.

Ruben sah ihn unverwandt an – ohne zu antworten.

Der Richter legte beide Hände auf sein dickes Buch. Er räusperte sich. »Ist Er ein Fängge? Albe? Faun?«

Keine Reaktion von Ruben.

Alma saß jetzt wie versteinert auf ihrem Thron, nur ihre Mundwinkel zuckten.

»Der Angeklagte spricht nicht«, krähte einer der beiden Soldaten.

Der Oberste Richter nahm das ausdruckslos zur Kenntnis. »Ich rufe als Zeugen den General Grimbert«, fuhr er mechanisch fort.

Die Menge teilte sich wieder, als Grimbert nach vorn

drängte, aber Jonas hatte nur Augen für Ruben. Wieso sprach er nicht? Er konnte doch sprechen! Jonas hatte seine Stimme doch gehört!

Grimbert hatte jetzt den Platz erreicht, warf einen vorsichtigen Blick auf Ruben und baute sich dann vor den Richtertischen auf. Jonas sah nicht viel mehr als sein breites Kreuz, über das sich der Uniformstoff spannte, und den kantigen Schädel des Generals.

»Ist das Euer Gefangener, General?«, fragte der Oberste Richter.

»JAWOHL!«, donnerte Grimbert.

»Und sein Name?« Der Oberste Richter beugte sich vor.

»UNBEKANNT«, gab Grimbert zurück. »Wir haben ihn vor drei Nächten aufgegriffen. Er hat versucht zu fliehen.«

»Aha«, sagte der Oberste Richter. »Und dabei hat er die Höchste Kaiserliche Majestät beleidigt?«

Grimbert zögerte einen Moment. »Nun …«, sagte er.

»Hat er? Oder hat er nicht?«

»Also …«

»Ja oder nein?«

Grimbert senkte den Blick. »Nein«, sagte er schließlich mit gedämpfter Stimme. »Der Mann ist wahrscheinlich.« Er stockte. »Würde ich sagen.«

Jonas sah zu Alma hinauf. Ihre Augen funkelten vor Zorn. »Unsinn«, keifte sie dann los. »Unsinn!« Das Blut war ihr ins Gesicht gestiegen. »Frag Er doch, ob der Angeklagte gesprochen hat«, zischte sie dann dem Obersten Richter zu. »*Gesprochen!* Hat der Angeklagte gesprochen? Frag Er das! Los! Los!«

Der Oberste Richter duckte sich wie unter Peitschenhieben. »Ha-Ha-Hat …«, stotterte er dann los, »ha-ha-hat der Angeklagte *gesprochen*, General?«

»JAWOHL!« Grimbert hatte seine Kaiserin verständnislos beobachtet. »Bei seiner Festnahme hat er etwas gerufen. Danach aber nichts mehr. Keinen Ton. Schweigt wie ein Grab, der Mann.« Er sah verunsichert zum Thron hinauf.

Alma hielt es jetzt nicht mehr auf ihrem Platz, sie stemmte sich hoch, das Gesicht verzerrt. »Hört ihr?«, rief sie in die Menge. »Der Angeklagte hat *gesprochen*! Es sind Worte aus seinem Mund gekommen.« Sie machte eine bedeutungsschwere Pause. »Und jetzt hört eure Kaiserin!« Sie hob den Arm, Speichel regnete aus ihrem Mund, als sie fortfuhr. »Denn dieser Mann …«, geiferte sie. »Dieser Mann …« Mit einem zitternden Zeigefinger wies sie auf Ruben. »… ist *stumm*! Schäbige Zauberei lässt ihn sprechen! Respektlose Hexerei! Teufelszeug!« Alma war jetzt fast blau im Gesicht, eine dick geschwollene Ader prangte an ihrem Hals. »Der Angeklagte ist …«, sie holte Luft, ihre Stimme schwoll an, »… UNWAHRSCHEINLICH!« Alma bebte.

Die ganze Zeit über schienen die Trabanten wie ein Mann den Atem angehalten zu haben, jetzt brach es aus ihnen heraus.

»In den Kerker mit ihm!«

»In den Kerker mit ihm!«

Nach und nach schrien sie wie aus einer Kehle.

»IN DEN KERKER MIT IHM!«

Doch Alma brachte sie mit einer rüden Handbewegung wieder zum Schweigen.

Jonas zitterte, vor Angst, vor maßlosem Zorn! Es war ein abgekartetes Spiel! Ebenso gut hätte sie Ruben gleich im Kerker lassen können.

»In den Kerker?«, kreischte Alma. »Bloß in den *Kerker*?«

Die Antwort kam wie aus einem Mund.

»An den Galgen!«, schrie die Menge.

»AN DEN GALGEN MIT IHM!«

Jonas schwankte, sein Blick trübte sich, glitt ab, wo immer er Halt suchte – wie ein Wassertropfen von einer Scheibe. Die geifernde Alma – das Podest – der trübsinnige Leopold – die leblosen Richter an ihren Tischen – Grimbert, stocksteif – Ruben, der sich nicht einmal rührte – und dann die weit aufgerissenen Augen Lunettes, ganz dicht vor Jonas' Gesicht.

»Nein!«, flüsterte Jonas. »Nein!«

Aber da war noch etwas anderes im Gange, etwas ganz anderes.

»Hinter den Baum!«, zischte der Marquis, plötzlich in höchster Aufregung. »Macht schon! Ole!«

Der Hermes drängte ihn zur Seite, Jonas wusste gar nicht, wie ihm geschah.

»AN DEN GALGEN!«, schrien die Trabanten immer noch und schüttelten die Fäuste.

Doch Alma schien die Menge gar nicht mehr wahrzunehmen, leicht schwankend stand sie vor ihrem Thron. Fassungslos starrte sie die lange Auffahrt hinab.

»Kopf runter, Ole!«, zischte Lunette, dessen knochige Arme plötzlich überall waren. Sie drängten Ole an den Baum und schoben Jonas und den Hermes so zurecht, dass ihre Körper Ole verbargen.

Warum? Jonas versuchte seine Lähmung abzuschütteln.

Ein Trabant nach dem anderen wandte sich jetzt um, bis sie schließlich alle zum See hinunterstarrten – die Zuschauer, die Richter und schließlich auch Jonas.

Dort unten am Wasser war die Fähre zurückgekehrt, sie dümpelte am Kai, und eine düstere Gruppe kam langsam die Auffahrt herauf, sehr klein, dann immer größer werdend, Schritt für Schritt, ganz ohne Eile. Bald machte Jonas ihre

Kutten aus, dann den blanken Schädel ihres Anführers, und schließlich hörte er auch den monotonen Singsang der Mönche, ein rhythmisches Auf und Ab, das umso bedrohlicher wurde, je näher es kam.

»Faramund!«, hörte er sich selber flüstern. Dann sah er Ole an, der sich winzig klein zu machen versuchte. Die Trabantenperücke hing Ole tief in die Stirn. Darunter war sein Gesicht grau.

»Still!«, zischte Lunette mit großen Augen. »Nur nicht bewegen! Still!«

Die Mönche kamen näher, sie folgten Faramund in Paaren. Je zwei von ihnen gingen nebeneinanderher, die großen Kapuzen tief ins Gesicht gezogen, die Hände in den weiten Ärmeln ihrer dunklen Kutten verborgen, die Rücken gebeugt – so wie Raubtiere vor dem Sprung. Sie waren klein, nicht größer als Jonas, und doch hatte er das deutliche Gefühl, nie etwas Gefährlicherem begegnet zu sein. Der Gesang der Mönche war jetzt deutlich zu verstehen.

»Grundguter Hirte,
Halt die Hand über uns,
Segne, schütze, schaffe uns,
Schalte, walte,
Du willst, Du weißt,
Sind wir, dann sind wir,
Was Du uns heißt.«

Sie wiederholten das immer und immer wieder, Jungenstimmen, die am Ende des Verses jedes Mal mit einem Zischen verklangen.

Die Jünger Faramunds!, schoss es Jonas durch den Kopf. Die Zwölfjährigen.

Ole hatte die Augen geschlossen, seine Lider schimmerten bläulich.

Als kämen dort Aussätzige, wichen die Trabanten nun zurück, bis der Platz wie eine offene Wunde wirkte. Niemand verdeckte mehr die Richter an ihren Tischen, den Zeugen Grimbert und Ruben, den Angeklagten. Alma stand immer noch schwankend vor ihrem Thron.

Jonas starrte auf Faramund. Der Mönch war mittelgroß und dick. Über seinen kahlen Schädel spannte sich fleckige Haut, sein Nacken war breit und wulstig, die Augen lagen tief im festen Fleisch seiner Wangen verborgen. Seine Kutte schleifte über das Gras, als er vorbeiging.

Dann verebbte der Singsang der Jünger, die Gruppe kam vor den Richtertischen zum Stehen.

Jonas hörte den Hermes keuchen.

Durch Alma ging jetzt ein Ruck, sie raffte ihre Kleider, setzte sich und sah auf die Angekommenen hinab.

»Kaiserin«, sagte Faramund bloß, ohne die Hände aus den Ärmeln seiner Kutte zu ziehen. Seine Stimme war hoch und dünn, er sprach seltsam melodisch, leise und drohend.

Alma verschränkte die Hände. »Du bist ein seltener Gast, Faramund«, entgegnete sie dann unsicher. »Was bringst du?«

Jonas sah zu Ruben hinüber. Er hatte sich nicht gerührt. Wusste er, was hier geschah?

»Ich bringe nichts, Kaiserin.« Faramund klang ebenso freundlich wie unverschämt. Alma hatte Angst vor ihm, nicht umgekehrt – jeder hätte das hören können. »Ich bin gekommen, um etwas zu holen.«

»So?«, krächzte Alma.

»Deinen Gefangenen will ich, Kaiserin«, fuhr Faramund ungerührt in seinem Singsang fort. Dann zog er eine bleiche, fleischige Hand aus der Kutte und deutete auf Ruben. »Den.«

Jonas stöhnte auf. Auf das Schlimmste folgte das Allerschlimmste. Oder …

»Nein!«, entfuhr es Alma.

Aber Faramund beachtete sie gar nicht weiter. Zwei seiner gesichtslosen Jünger traten vor und fassten Ruben an den Armen. Ihre Hände waren so fein und weiß, als würden sie nie benutzt. Unwillkürlich wich Ruben zurück.

»Gebt dem Hirten, was des Hirten ist«, sagte Faramund so leise, als spräche er nur für sich selbst. Dann fasste er einen beliebigen Trabanten ins Auge und starrte ihn mühelos nieder. »Und noch etwas.« Er hob die dünne Stimme, bis sie scharf wie ein Messer war. »Der Hirte …«, Faramund ließ seinen Blick über die Menge schweifen. »Der Hirte sucht einen Jungen. Dieser Junge ist hier gewesen. Er wurde … *gesehen.*«

Jonas' Gedanken rasten. Sie hatten … Sie wussten … Sie würden … Er drückte sich noch enger an Ole, so eng es nur ging. Faramund war auf ihrer Spur! Ole war in höchster Gefahr!

»Versteht ihr mich?« Faramunds Worte durchschnitten die Luft. »Dieser Junge gehört dem Hirten. Er hat ein blaues und ein grünes Auge. Sein Name ist Jonas Nichts.«

Das 26. Kapitel
Was fern ist, kommt nah

Jonas hielt die Perücke in der Hand, sein Haar war verschwitzt und klebte. Er rieb sich das Gesicht, als müsste er erst aufwachen. Sie suchten *ihn*! Nicht Ole, sondern ihn! Aber warum?

Er starrte auf die Lichterflecken am Boden, auf das hellbraune Laub vergangener Jahre, die fette Erde und die grünen Sprösslinge, die sich ihren Weg ans Licht bahnten, mühsam, aber unverzagt. Hinter ihm schwappte der See ans Ufer, in flachen, kristallklaren, gleichmäßigen Wellen. Nach und nach ging Jonas' Atem wieder ruhiger.

Ole und Lunette hockten vor ihm auf einem umgestürzten, bemoosten Baum. Auch der Hermes war hier gewesen, dann aber gleich wieder verschwunden, Jonas hatte es kaum bemerkt. Kanaria war nicht mehr als ein paar hundert Meter entfernt, doch von Bäumen und Strauchwerk verborgen.

Sie hatten den richtigen Moment abgepasst. Als Faramund seine Jünger sammelte, hatten sie sich in das Wäldchen zwischen Ufer und Auffahrt geschlagen – Lunette voraus, brechende Zweige, stoßweiser Atem. Nur aus den Augenwinkeln hatte Jonas noch gesehen, wie die anderen zur Fähre hinuntergingen, Faramund, Faramunds Jünger und Ruben, der wie ein Turm aus ihrer Mitte ragte. Den Stich, den ihm dieser Anblick versetzt hatte, spürte er noch jetzt. So lange hatte er Ruben gesucht und jetzt musste er ihn wieder ziehen lassen.

»Was bedeutet das alles?«, fragte er endlich, so, als hätten sie in ihrer Deckung nicht minutenlang geschwiegen.

Lunette schnaubte. »Sag du es mir, Jonas! Sag du es mir!« Der Marquis hatte die Hände flach auf den Stamm gestützt und die knochigen Schultern bis zu den Ohren hochgezogen. Die Sonne leuchtete ihm direkt ins Gesicht, in seinen tiefen Falten klebte verkrustetes Puder. Unwillig schüttelte Lunette den Kopf. »So weit ist er noch nie gegangen«, sagte er dann heiser. »Es geht zu Ende, ich weiß es genau. Früher hätte er das nicht gewagt.«

»Er? Wer?«, fragte Jonas. »Der Hirte?« Wenn er es bedachte, hatte Faramunds Erscheinen einen seltsamen Effekt. Einerseits war schrecklich, was geschehen war, und Jonas fühlte sich bedroht – ein Klumpen Angst saß fest in seiner Brust. Andererseits hatte ausgerechnet Faramund ihm und Ruben einen Aufschub gewährt. Ruben musste nicht an den Galgen. Und Alma war vorerst aus dem Spiel. Zumindest, wenn es Jonas gelang, die Insel zu verlassen. »Ich muss ihn einholen.« Eigentlich dachte Jonas bloß laut. Er würde Ruben folgen.

Oles Antwort kam überraschend. Seit Faramund aufgetaucht war, hatte er geschwiegen, jetzt war seine Stimme belegt. »Ich gehe auch«, krächzte er, immer noch ganz grau im Gesicht.

»Was?« Lunette sprang auf. »Hast du den Verstand verloren?« Wütend fuhr er Ole an. »Du willst Faramund folgen? Ausgerechnet du?«

Doch Ole hielt dem empörten Blick des Marquis stand. »Er sucht Jonas«, sagte er trotzig, »nicht mich. Und Jonas lässt du auch gehen.« Auf einmal schien Ole wieder bei Kräften zu sein.

Lunette suchte nach Worten. Sein Mund schnappte einmal auf und zu.

»Du hast mir sowieso nichts zu sagen.« Ole riss sich die Perücke vom Kopf und begann, den zitronengelben Rock aufzuknöpfen. Langsam kehrte ein wenig Farbe in seine Wangen zurück. »Einer muss Faramund schließlich nach. Du glaubst doch auch nicht, dass das schon alles war.« Ole streifte den Rock ab und ließ ihn auf den Boden fallen. »Es geht erst los. Du hast es gerade selbst gesagt.«

Jonas sah ihm staunend zu. Einmal mehr verstand er nicht. Er hatte doch gesehen, wie sehr sich Ole vor Faramund fürchtete. Aber vielleicht war es ja genau das. Vielleicht lief Ole seiner Angst hinterher, um sie zu besiegen. Passen würde das zu Ole.

»Warum um Himmels willen sucht er dich, Junge? Sag es mir!« Lunette hatte sich wieder Jonas zugewandt. In seinen Augen stand helle Aufregung.

Aber Jonas wich dem Blick des Marquis aus und begann ebenfalls, seinen Rock aufzuknöpfen. Plötzlich war er Ole wieder so nah wie auf ihrem Weg nach Kanaria – durch die Nacht, an den Trabanten vorbei, über den See. Zu seiner Überraschung erinnerte sich Jonas gern daran. Weiter, dachte er, immer weiter, und für einen kurzen Moment drückten seine Sorgen ihn nicht. Er und Ole. Ole und er.

»Was ist dran an dir und deiner Geschichte, Jonas?« Lunettes Stimme klang jetzt schrill.

Doch Jonas blieb die Antwort erspart – der Hermes brach durchs Unterholz.

»Ich bin untröstlich!«, jammerte der Hermes gleich, kaum dass er sie erreicht hatte, und das klang noch dringlicher als sonst.

Lunette fuhr zusammen. »Leise, verdammt!«, zischte er dann wütend durch die Zähne.

Der Hermes kämpfte mit den Tränen. »Ich … Oh! Es ist so

furchtbar!« Auf seinen ausgestreckten Armen lag Lunettes Teleskop. Der Hermes hatte es auf Jonas' und Oles Kleider gebettet. Deshalb war er verschwunden, schoss es Jonas durch den Kopf. Lunette hat ihn nach unseren Sachen geschickt.

»Ich habe es zerbrochen«, flüsterte der Hermes mit erstickter Stimme. Er fiel auf die Knie, das Teleskop im Arm, als wäre es tot. »Es ging nicht ab … Von … dem Dreifuß. Es … Oh! Es tut mir so leid!«

Lunette nahm das Teleskop an sich und warf einen schnellen Blick darauf. »Ach, Herzilein«, seufzte er dann, für den Augenblick versöhnt. »Du hättest das Stativ einfach mitbringen sollen! Es lässt sich zusammenklappen!«

Der Hermes schluchzte.

»Aber es ist nicht kaputt deshalb, Schatzi. Man kann noch durchsehen. Nur die Halterung ist verbogen.« Lunette pulte in einem Loch an der Unterseite des Fernrohrs.

»Wirklich? Man kann es noch verwenden?« In den tränenfeuchten Augen des Hermes glänzte Hoffnung.

Jonas musste lächeln.

»Ja! Ja doch!« Lunette nickte dem Hermes aufmunternd zu. »Nur musst du mir jetzt helfen, Lieber. Knie dich doch bitte da drüben ans Ufer. Wenn wir schon kein Stativ haben, brauche ich deinen Buckel.«

Es sah ein wenig seltsam aus – der Hermes auf allen vieren und der Marquis auf den Knien gleich davor. Wie auf einem Tisch ruhte das Teleskop auf dem Trabantenrücken. Lunette richtete es auf den See, schob es ein wenig hierhin und dorthin und hielt es dann fest.

»Komm, Jonas«, sagte er. »Schau durch. Viel mehr kann ich für euch nicht tun.« Der Marquis schien sich damit abgefunden zu haben, dass sie die Verfolgung aufnehmen wollten.

Jonas trat zögernd näher.

»Komm schon! Das eine Auge musst du zukneifen.«

Jonas kniete sich hin und spähte durch das Teleskop. Zuerst schrak er zurück, weil so nah kam, was doch fern war, aber dann ergab sich ein Bild. Die Passagiere der Fähre im Sonnenlicht. Jonas erkannte den Fährmann, einen Trabanten, Faramunds Jünger, die reglos am hölzernen Geländer der Fähre lehnten, und schließlich Faramund selbst. Sein fahler Schädel war vom Sonnenlicht beschienen, sein Blick stur nach vorn gerichtet, sein Ausdruck verschlossen. Und dann, mit einem Mal, war Ruben so nah, als könnte Jonas die Hand nach ihm ausstrecken, als könnte Ruben ihn hören.

»Halt durch!«, flüsterte Jonas. »Ich komme.« Dann kam er sich gleich komisch vor. Wie sollte er Ruben jetzt helfen?

»Lass mich mal!« Ole schob Jonas zur Seite.

Jonas wehrte sich nicht. Auch ohne Fernrohr konnte er die Fähre ausmachen, jetzt, da er wusste, wo sie war. Langsam trieb sie auf das gegenüberliegende Ufer zu, klein und immer kleiner werdend. Das Wasser strahlte tückisch blau.

»Verflucht!«, schimpfte Ole. »Wir werden eine Menge Zeit verlieren.« Er stand wieder auf.

Der Hermes tastete umständlich nach dem Teleskop, barg es von seinem Rücken und plumpste dann erleichtert in den Ufersand.

»Wir müssen einmal um die Insel, um das Boot zu holen. Und dann den ganzen Weg zurückrudern.« Ole fingerte nach seinem Ohrring. »Das gibt ihnen Stunden Vorsprung.«

Jonas überlegte. Ole hatte recht, es war ein langer Weg. Die Insel lag mitten im See, auf halber Strecke zwischen Trabantendorf und dem anderen Ufer, auf das die Fähre zuhielt. Und sie hatten ihr Boot noch nicht einmal geholt. Hoffentlich hatte es in der Zwischenzeit niemand entdeckt.

Der Marquis nickte bedächtig. Vielleicht war es ihm ganz recht, dass ein paar Stunden zwischen Ole und Faramund liegen würden.

Jonas sah wieder auf den See hinaus. Die Fähre hatte das Ufer fast erreicht. Immerhin wussten sie jetzt, wo Faramund an Land gehen würde. Von da aus würde Ole weiterwissen. »Was haben sie mit Ruben vor?«, fragte er.

»Ich wünschte, du könntest mir das sagen«, murmelte Lunette. »Ich wünschte es wirklich.« Mit der flachen Hand schirmte er die Augen ab. »Aus irgendeinem Grund ist dein Freund Ruben kriegswichtig, würde ich sagen.« Er sah Jonas forschend an.

»Krieg?« Das war ein schlimmes Wort.

»Hört auf!« Schnell schlüpfte Ole in seine abgetragenen Kleider. Sogar den langen Mantel streifte er über, trotz der Hitze. Seine Augen leuchteten wieder. »Komm, Jonas Nichts!«, sagte er und grinste.

Nur Augenblicke später waren sie wieder unterwegs. Jonas hatte Lunette und den Hermes hinter einer Uferbiegung verschwinden sehen, zaghaft hatte der Marquis die Hand gehoben und gewunken. Jonas spürte seine Umarmung noch.

»Wir sehen uns wieder, ich weiß es«, hatte Lunette geflüstert, und Jonas hatte sein Puder gerochen und jetzt kämpfte er mit einem Kloß im Hals. Der Abschied hatte ihn überrumpelt. Lunette, Leopold und Grimbert – drei der Sieben, dachte er, mit Faramund vier.

Nach einer Weile aber ließ er alle Gedanken fahren und folgte bloß noch Oles wippendem Rucksack – immer am Ufer entlang und manchmal im flachen Wasser, das kühl in Jonas' Schuhe drang. Einmal blitzte im Laub der Bäume das

Schloss auf, doch dann war es fort, wie weggespült. Der See schob sich wieder und wieder ans Ufer.

Sie hatten Glück, das Boot war noch an seinem Platz. Ole fegte die Zweige, mit denen er es bedeckt hatte, ungestüm zur Seite. Wie immer arbeitete er schnell.

»Hilf mir!« Ole stand schon bis zu den Knien im See. »Du musst schieben.«

Jonas presste seinen Körper fest gegen den Bug. »Warum tust du das?«, keuchte er.

»Was?« Ole zog so fest, dass ihm das Blut ins Gesicht stieg.

»Mir helfen. Mitkommen. Warum tust du das?« Jonas ächzte.

Dann gab das Boot seinen Widerstand auf, rutschte noch ein Stück und dümpelte auf einmal im Wasser.

Ole schnallte seinen Rucksack ab und warf ihn hinein. »Du kapierst es nicht«, sagte er. »Du bist es, der *mitkommt*. Nicht ich.« Er zog den nassen Mantel aus, knüllte ihn zusammen und warf ihn hinterher. »Ich warte schon so lange darauf, dass was passiert«, murmelte er dann. »Und jetzt passiert es.«

»Was?«, sagte Jonas. »Was passiert?« Er watete in den See hinein. Das Wasser war angenehm kühl.

»Der Hirte kommt. Und am Ende werden wir gegen ihn kämpfen. Faramund war nur der Vorbote.« Mit einer geschmeidigen Bewegung schwang sich Ole ins Boot. »Jetzt mach schon!« Er zog die Ruder hervor.

Jonas kletterte ihm nach. Die Hose klebte an seinen Beinen und tropfte. Das Boot kippelte. »Aber der Hirte ist doch mächtig. Ihr habt gesagt, der Hirte ist mächtig, und in der Ferne sind nur ein paar …« Rebellen, wollte er sagen, aber er brach ab. Es war nicht leicht, mit Ole zu reden.

Ole hakte die Ruder ein. »Lunette hat das gesagt, nicht *wir*«, brummte er. »Aber man kann nicht nichts tun. Ich bin froh, dass es losgeht.«

»Hast du denn keine Angst?«

»Nein.« Ole tat den ersten Schlag und brachte das Boot in Position. »Doch«, sagte er dann. »Aber das macht keinen Unterschied.«

Nein? Jonas schwieg für einen Augenblick. »Weißt du, wo sie Ruben hinbringen?«, fragte er schließlich.

Ole schüttelte den Kopf. »Wir werden sehen.« Er hatte seinen Rhythmus gefunden. Mit kräftigen Schlägen trieb er das Boot voran. Er schien nichts anderes mehr im Sinn zu haben, als voranzukommen.

Jonas sah auf das Wasser hinaus. Dort drüben am Ufer hatten sie das Boot gestohlen, jetzt brachte es sie auf die andere Seite des Sees. Mit jedem Ruderschlag wurde das Trabantendorf kleiner. Jonas erkannte den Steg, über den sie geschlichen waren, die Eiche auf dem staubigen Platz. Einen Augenblick lang glaubte er sogar, dort Bewegung ausmachen zu können – eine Gruppe von Leuten, die auf das kleine Haus zuhielt. Er dachte an die Frau mit dem Besen. Er dachte an den Bauern mit der Karre. Wieder und wieder tauchten die Ruderblätter ins Wasser. Bald würde die Insel zwischen ihnen und dem Trabantendorf liegen.

Er hatte sie sich immer wieder vorgestellt – Tilla, Arne, Kolman und Bror, die doch gar nicht so hießen, weil sie ja gar nicht hießen. Sie hatten keine Namen. Ole hatte es gesagt.

Jonas spürte den aufkommenden Fahrtwind. Vielleicht, dachte er, schiebt Arne gerade seine rote Karre nach Haus.

Er tauchte eine Hand ins Wasser, die Finger wie ein Kiel, und dann fiel ihm der Wieflinger ein, der lange Schnurrbart und der breitkrempige Hut, und für einen flüchtigen Augenblick konnte Jonas im wirbelnden Spiegel des Sees den Räuber sehen, wie er über wüste, graue Felsen kletterte.

Beinahe erschrocken zog er die Hand zurück. Das Wasser perlte von seiner Haut. Wie um sich festzuhalten, sah er Ole zu hinüber, der sich mächtig in die Riemen legte. Tilla, Kolman, der Wieflinger … Jonas wusste Bescheid – es gab sie ja gar nicht.

Das 27. Kapitel
Trut

Das Boot dümpelte zwischen freigespülten Wurzeln am Ufer, sie würden es nicht mehr brauchen. Jonas spähte zur Fähre hinüber. Still lag sie da, ein ganzes Stück weit entfernt. Der Fährtrabant stand zusammengesunken im Schatten eines Baums. Jonas sah noch einmal zur Insel hinüber. Kanaria hockte da wie eine bittere, vergoldete Kröte.

»Trink.« Ole hatte eine Flasche aus seinen überraschenden Beständen gefördert und sie mit Seewasser gefüllt. Sie tranken beide und füllten die Flasche wieder auf. Vorsichtshalber machten sie einen großen Bogen um die Anlegestelle. Faramund hatte zwei, vielleicht drei Stunden Vorsprung. Ole hatte sich mächtig in die Riemen gelegt, aber der Weg um die Insel war weit gewesen. Einmal hatte Jonas die Kaserne zwischen den Bäumen aufblitzen sehen. Sie hatten Glück gehabt, dass die Soldaten nicht auf sie aufmerksam geworden waren.

Jonas schaute landeinwärts. »Weißt du überhaupt, in welche Richtung sie aufgebrochen sind?« Er stellte sich vor, wie Ruben hierhergegangen war, dort von der Anlegestelle das Ufer hinauf.

»Vielleicht.« Ole wiegte den Kopf. »Es geht nicht darum, sie einzuholen, klar? Wir bleiben ihnen auf den Fersen.« Er tat zwei schnelle Schritte und wandte Jonas den Rücken zu. Dann drehte er sich doch noch einmal um. »Mehr können wir erst mal nicht tun«, sagte er versöhnlich.

Bald machte die Seeluft einer sengenden Hitze Platz. Der einzige Weg weit und breit war wie zu Stein getrocknet. Staub lag in der Luft, klebrig und gelb, und Jonas war für jeden Baum am Wegesrand dankbar. Im Schatten ging es sich leichter, zumal die Gegend immer steiniger wurde. Dürres Gras und braunes Moos bedeckten vor Trockenheit bleiche Felsen, dazwischen Lehmbrocken, die die Sonne ziegelhart brannte.

Sie hatten Glück, auf einen Bach zu treffen. An seinem Ufer, im Schatten dicht gedrängter Laubbäume, wuchs fettes, weiches Moos, glasklar rann das Wasser durch sein helles Bett. Wieder füllten sie die Flasche auf und stahlen sich einen Augenblick, um die bloßen Füße ins Wasser baumeln zu lassen. Der Bach säuselte, ein Kuckuck rief, die Stimmung war seltsam friedlich. Jonas kam sie vor wie die Ruhe vor dem Sturm.

»Hast du eigentlich Streit mit deinem Onkel?«, fragte er. Auf dem Weg hatte er immer wieder an die Sieben denken müssen. Von Suleman Mond wusste er wenig.

»Kann man so sagen.« Ole hatte sich vorgebeugt und ließ das kühle Wasser über seine Handgelenke rinnen.

»Bist du fortgelaufen?«

»Suleman hat mir nichts zu sagen.« Ole fuhr sich mit den nassen Händen durch das kupferrote Haar, bis dessen Spitzen senkrecht nach oben wiesen. »Aber er würde das wohl so sehen, schätze ich. Nicht, dass er mich suchen würde oder so. Er traut sich aus seinem Versteck ja nicht raus.«

»Aus der Ferne.« Jonas hatte immer noch keine rechte Vorstellung, was die Ferne eigentlich war. *Ein wildes, weites Land*, hatte Lunette gesagt.

»Genau«, murmelte Ole. »Da hocken er und Krempel und Walrider und wie sie alle heißen, und währenddessen führt Alma ihre Prozesse, und Faramund zieht durchs Land, und das Schwarze Kloster wird immer größer und der Hirte wird immer stärker. Deshalb streiten wir. Deshalb bin ich weg.« Ole sah Jonas ernst, fast wütend an. Für seine Verhältnisse war das eine lange Rede gewesen.

»Walrider?«, fragte Jonas. Er hörte den Namen zum ersten Mal.

»Ein Alb«, murmelte Ole. »Egal.«

»Und was ist mit Cores Prophezeiung?« Jonas war sie immer wieder durch den Kopf gegangen. Im Augenblick von Cores Tod sollte ein Junge geboren worden sein, der Rettung bringen würde.

»Was soll damit sein?« Ole wurde rot. »Lunette glaubt nicht wirklich daran. Das hast du doch schon spitz, oder? Und Suleman glaubt so halb daran. Aber wie zum Teufel soll ich die Prophezeiung erfüllen, wenn er mich in der Ferne versteckt? He? Das geht nicht. Also bin ich los.«

»Vielleicht«, sagte Jonas vorsichtig, »wollte er bloß warten, bis du erwachsen bist.«

»Damit der Hirte noch ein paar Jahre mehr Zeit hat? Nee!« Ole schüttelte heftig den Kopf. »Es geht jetzt los. Jetzt!«

»Und was willst du tun?«

»Das siehst du doch. Ich verstehe nicht genau, was gerade geschieht, das ist wahr. Aber so ist das nun mal mit Prophezeiungen – sie sind nie leicht zu verstehen. Meistens kapiert man eben erst hinterher, was sie bedeuten. Also suche ich jetzt deinen Freund Ruben. Irgendwie hat er mit allem zu tun. Er oder …« Ole warf Jonas einen seltsam finsteren Blick zu.

»Oder?«

»Oder du.«

Das klang wie ein Vorwurf.

Ole zog die Füße aus dem Wasser und griff nach seinen

Stiefeln. »Was noch lange nicht heißt, dass ich dir die Geschichte mit dem Schrank und diesen alten Frauen glaube. Wenigstens ist das nicht alles.«

»Es ist alles, was ich weiß«, sagte Jonas, aber es tat ihm weh, zu lügen. Wenn nur Rubens erster Zettel nicht gewesen wäre. *Egal, wer dich fragt*. Für einen Moment war Jonas sehr einsam.

Sie gingen weiter, Stunde um Stunde. Einmal gabelte sich der Weg, aber Ole war mürrisch genug, dass er über seine schnelle Entscheidung, sich nach links zu wenden, keine Auskunft gab. Oft ging es jetzt über felsigen Grund bergauf und Jonas fiel zurück.

Warte, wollte Jonas schon rufen, aber genau in diesem Augenblick drehte sich Ole zu ihm um und legte den Finger an die Lippen. Dann winkte er Jonas heran.

Jonas' Puls ging schneller. War da wer? Hatte Ole eine Spur?

Doch es war etwas völlig anderes. Als Jonas Ole erreicht hatte, fasste der ihn um die Schulter und wies mit ausgestrecktem Arm ein ganzes Stück voraus. Er deutete auf einen Baum am Wegesrand.

Jonas schauderte. Es war genauso wie im Park. Der Baum dort hatte ein Auge.

»Siehst du das?«, zischte Ole.

»Ja. Ja!« Jonas' Mund war plötzlich ganz ausgetrocknet. »Was ist das?«

Ole legte die Stirn in tiefe Falten. »Das sind die Augen des Hirten«, raunte er.

»Im Park war eines«, entfuhr es Jonas. »Ich habe in Kanaria solche Augen gesehen. Im Park. Und im Schloss.«

»Im Schloss?« Ole wurde blass.

»An der Decke. An der bemalten Decke. Im Treppenhaus.« Jonas war atemlos. Die Zunge klebte ihm am Gaumen. »Es hat auf uns runtergesehen, als der Hermes uns zu Lunette gebracht hat.«

»Bist du sicher? Bist du wirklich sicher?« Ole hatte ihn an den Schultern gepackt.

Jonas nickte stumm und starrte, an Ole vorbei, auf den Baum. Die Augen des Hirten!

»Warum hast du nichts gesagt, zum Teufel?« Ole fingerte wie wild an seinem Ohrring.

»Ich … ich habe es nicht geglaubt. Ich habe es nicht für möglich gehalten. Es war so … unwahrscheinlich.«

»Verflucht!«, zischte Ole.

Jonas war bestürzt.

»Deshalb ist Faramund nach Kanaria gekommen. Der Hirte hat uns mit diesen verdammten Augen gesehen. Deinen Freund bestimmt auch.« Ole ballte die Fäuste.

»Gesehen«, wiederholte Jonas tonlos. Mit einem Mal wuchs der Hirte zu ungeheurer, unfasslicher Größe.

Ole war fahrig. »Die Flüsterstadt ist voll von diesen Augen, Mann! Aber so weit von der Flüsterstadt weg habe ich noch nie eins gesehen, verstehst du? Und schon gar nicht in Kanaria. Augen in Kanaria! Verflucht!« Aufgeregt rieb er sich das Kinn. »Wir müssen runter von den Wegen. Sofort!«

»Ist …«, stotterte Jonas. »Und wenn er uns schon gesehen hat?«, keuchte er dann.

»Mit dem Auge da nicht«, knurrte Ole. »Hoffen wir mal, dass wir auf dem Weg hierher keins übersehen haben.«

Der Weg querfeldein war beschwerlich. Sie durchquerten einen dürren, vor Trockenheit knisternden Wald, setzten über ein dürftiges Rinnsal, das über steinigen Grund kroch, kletterten über immer nacktere Felsen, immer höher hinauf. Wenigstens brannte die Sonne nicht mehr, erschöpft hatte sie den Rückzug angetreten und senkte sich nun rot glühend über den Horizont. Später färbte sich der Himmel indigoblau, und nach und nach kühlte die Luft ein wenig ab, bis Jonas, wenn er beim Klettern Halt suchte, die aufgestaute Wärme der Felsen auffiel.

Der Mond war zurückgekehrt, ein mattsilberner Kreis, zu drei Vierteln voll. Jonas fürchtete die hereinbrechende Dunkelheit. Den ganzen Weg über hatte er Steine und Bäume nach den Augen des Hirten abgesucht. Sogar zu den aufgehenden Sternen sah er jetzt misstrauisch hinauf. Wie Himmelsspione kamen sie ihm vor.

Nach Luft ringend erreichten sie schließlich ein Felsplateau, eine weite, mit steinernen Brocken übersäte Fläche aus schwarzen Schatten und fließendem Grau.

»Zieh die Schuhe aus!« Auf einmal flüsterte Ole.

Jonas fragte nicht nach Gründen. Er sparte sich den Atem.

Auf Socken huschten sie über den warmen Stein bis zum Rand des Felsplateaus. Erst als sie bäuchlings dalagen, die Hände fest um die Felsenkante gekrallt, fing Ole wieder zu flüstern an. »Schau! Da ist der Steinbruch.«

Jonas war mulmig zumute. Unmittelbar vor seiner Nase brach der Fels steil in eine unergründliche Finsternis ab. Ole hatte nie zuvor einen Steinbruch erwähnt.

Starr vor Anspannung sah Jonas hinaus ins tiefe Blau der Dunkelheit. Weit vor ihnen ragte eine gewaltige, nackte Felswand auf. Vor ihr erstreckte sich ein Geröllfeld, auf das große, dunkle Felsquader wie Spielsteine verteilt waren. Ziemlich in der Mitte dieses Felds erhob sich ein hölzerner Turm. Jonas erkannte seine Verstrebungen und das kleine, überdachte Häuschen an seiner Spitze.

»Der Fels ist schwarz«, flüsterte Ole. »Hier brechen sie die Steine für das Kloster.«

»Und der Turm?«

»Ein Wachturm. Faramunds Jünger.« Ole legte eine Hand auf Jonas' Arm. »Keine Sorge. Sie können uns nicht sehen.«

Jonas atmete aus. Weit und breit rührte sich nichts und doch war dort unten im Steinbruch Leben. Er konnte es spüren. Faramunds Jünger oder … er wusste nicht, was. »Warum sind wir hergekommen?«, flüsterte er.

»Später.« Ole robbte langsam rückwärts. »Lass uns erst verschwinden.«

Vorsichtig zogen sie sich zurück, viel weiter, als Jonas zunächst angenommen hatte. Sie ließen das Plateau hinter sich und stiegen im noch schwachen Mondlicht ein ganzes Stück weit tiefer, bis sie ein Waldstück erreichten. Die Hitze war auf einmal wieder drückend, feuchter als den ganzen Tag. Grillen zirpten und Jonas' Schritte raschelten. Unter den Bäumen war die Nacht nicht mehr blau, sondern schwarz.

Nach ein paar unsicheren Schritten fasste Ole Jonas' Arm. »Hier«, sagte er leise und schnallte seinen Rucksack ab. Jonas sah kaum mehr als seine Umrisse.

Sie hockten sich auf den Waldboden. Die Grillen mussten überall sein. Sie tobten.

»Der Steinbruch ist ein Straflager«, sagte Ole schließlich. »Hier bringt Faramund die Gefangenen aus der Flüsterstadt her.«

Jonas glaubte zu verstehen. »Du meinst, sie bringen Ruben hierher?« War er etwa schon da? Irgendwo da zwischen den Felsen?

»Es könnte sein.« Ole raschelte.

»Und wie finden wir das heraus?«

»Warte ab.« Jonas sah, wie Ole die Wasserflasche an den

Mund setzte, und hörte ihn schlucken. »Meinst du, dass du schlafen kannst?«, fragte Ole, als er fertig war.

»Hier?« Jonas fiel aus allen Wolken. »Jetzt?«

»Es macht die Sache einfacher.« Ole bettete seinen Mantel zurecht und legte sich hin. »Komm! Lass es uns wenigstens versuchen.«

Jonas saß still da und horchte so lange auf die Grillen, bis auch die anderen Geräusche des Waldes ganz nah kamen. Das leise Rascheln der Blätter in den Wipfeln, das immer unerklärliche Knacken der Zweige. Nach einer Weile schien Ole zu schlafen, wenigstens rührte er sich nicht mehr, und seufzend schob sich Jonas die Joppe zurecht. Er würde nicht schlafen können, dachte er, wie auch, aber dann war genau das sein letzter klarer Gedanke, bevor er erschöpft wegdämmerte.

Sein Traum nahm ihm die Luft. Es war, als läge einer der schwarzen Felsquader tonnenschwer auf seiner Brust. Jonas wollte hochfahren, aufwachen, selbst im Traum, er wollte sich wenigstens auf die Seite werfen, aber die Last nagelte ihn an den Boden. Endlich riss er die Augen auf und schnappte keuchend nach Luft. Fettes, gelbes Mondlicht rann jetzt den Himmel hinab und tropfte von den Bäumen. Jonas war schweißgebadet, aber der Traum war noch nicht vorüber. Über ihm hockte ein Mann. Strahlend weißes, langes Haar fiel ihm zu beiden Seiten auf die nackte, weiß behaarte Brust. Seine Haut schimmerte im Mondlicht bläulich. Stumm sah er mit hell leuchtenden Augen auf Jonas hinab.

»Ole!« Jonas' Stimme erstickte. Er war in höchster Not!

»Du träumst nicht, Jonas!« Er hörte Ole aufspringen. »Du träumst nicht!«

Immer noch konnte er sich nicht rühren. Der Mann starrte still auf ihn hinab. Er war alt, wenigstens nicht jung, mit scharfen, klaren Zügen. Seine Brust hob und senkte sich gewaltig.

»Ich hatte kaum Kraft, herzukommen«, sagte er plötzlich, und seine Stimme war tief und weich.

Endlich war auch Ole da, über ihm, im Rücken des Mannes. Jonas spürte, wie der Druck auf seine Brust langsam nachließ.

»Danke, dass du trotzdem hier bist.« Ole klang feierlich. »Ich hatte gehofft, dass du kommen würdest, Trut.«

Der Mann sah zu Ole auf, die hellen Augen müde. »Sein Wille wird stärker«, sagte er. »Noch ein paar Meter und ich hätte es nicht zu euch geschafft.«

Ole nickte. »Jonas hat in Kanaria Augen gesehen. Im Schloss.«

Jonas stemmte sich mühsam auf seine Unterarme.

Der Mann sah ihn prüfend an. »Ich bin Trut. Gefangener des Hirten.« Immer noch hockte er da, die starken Arme ruhten auf seinen Knien. »Ich habe euch auf dem Plateau gesehen. Ihr müsst vorsichtiger sein.«

»Du solltest uns sehen«, sagte Ole. »Noch sind Albenaugen schärfer als die des Hirten.«

»Noch«, sagte Trut.

Für einen Augenblick schwiegen die beiden. Jonas starrte auf den Alb mit seinen schimmernden Haaren. Er kam ihm gar nicht unwahrscheinlich vor, nur märchenhaft.

»Du musst dich beeilen, Ole Mond«, sagte Trut schließlich. »Mir fehlt die Kraft, um länger hierzubleiben. Ich muss in den Steinbruch zurück, wenn es mich nicht zerreißen soll.«

Jonas krächzte etwas, das eine Frage hätte werden sollen.

Trut verstand auch so. »Das ist der Wille des Hirten, ja. Stärker als alle Ketten.« Die Brust des Albs hob und senkte sich noch immer. Er atmete jetzt schwer.

Die Grillen zirpten fieberhaft.

»Wir suchen Jonas' Freund …«, fing Ole an.

»Wir haben sie gesehen.« Trut schnitt ihm das Wort ab. »Stunden vor euch. Aber sie haben den Mann nicht hierhergebracht. Wer ist er?«

»Er ist ein Feind der Kaiserin«, sagte Jonas schnell.

»So?« Truts Augen leuchteten hell. »Und wer bist du?«

Jonas zögerte. Ihm wurde heiß. »Ich weiß es nicht«, sagte er schließlich leise. Das war die ganze Wahrheit, und Trut, so kam es ihm vor, forderte sie heraus. Früher hätte Jonas gesagt *Ich bin der Junge beim Wirt Brand*. Seit Ruben und Peregrin Aber gekommen waren jedoch, seit er durch den Schrank gegangen war, kam ihm die naheliegende Antwort wie eine unlösbare Frage vor. *Ich bin Jonas Nichts*.

Für einen kurzen Augenblick legte ihm Trut eine warme Hand auf die Schulter, so als hätte er Jonas' Gedanken gelesen und wollte ihm Mut machen. *Du bist Jonas Nichts*.

»Dafür ist jetzt keine Zeit«, mischte sich Ole ein. Er klang mürrisch. »Wo bringen sie ihn hin? Ins Kloster?«

Trut nickte knapp.

Jonas schloss die Augen. *Hüte dich*, Ruben. Im Kloster ist der Hirte. So war es doch, oder?

Als er die Augen wieder aufschlug, war das Gesicht des Albs ganz nah. »Du hast unheimliche Augen, Junge«, murmelte er. »Wunderbare Augen. Weißt du, was sie sehen?«

Jonas machte den Mund auf. Vergebens.

Aber Trut wollte gar keine Antwort. Er wandte sich noch einmal an Ole. »Du findest, was du brauchst, in der Höhle. Passt auf euch auf.«

Und im selben Augenblick war er verschwunden. Kein Zweig brach, kein Blatt raschelte. Eine einzige schnelle Bewegung und die Nacht hatte Trut verschluckt.

Das 28. Kapitel
öffnet hinterrücks eine Tür

Ole Mond sprach nicht über Trut. Er sprach nicht über den Steinbruch, der im Morgengrauen schon weit hinter ihnen lag, und auch über die Höhle, die Trut erwähnt hatte, schwieg er sich aus. Ole hatte es eilig, war immer drei Schritte voraus und ließ Jonas mit seinen irrlichternden Gedanken über Fängge, Faune und vor allem über Alben allein. Nicht immer hatte Jonas Augen für den felsigen Grund, über den sie liefen, und einmal stürzte er sogar. Mürrisch half Ole ihm wieder auf die Beine.

Der Himmel war an diesem Morgen von einer schmutzig weißen Wolkendecke verhängt. Darunter staute sich die Hitze und Jonas atmete flach. Gestern noch hatte er sich wieder und wieder gefragt, was sie denn tun könnten, sobald sie die Flüsterstadt erreichten; heute wollte er nur noch ankommen, ganz gleich, wo. Seine Beine spürte er kaum, und manchmal hatte er das Gefühl, als ginge er an Fäden, die ein ganz anderer zog. Dann fiel ihm Claras Puppenspieler ein, und eine Zeit lang verlor er sich in Gedanken an die seltsamen Sonneberger Figuren. In Wunderlich hatte er sich den Kopf über sie zerbrochen, jetzt kamen sie ihm so unwirklich vor wie das im Staub versunkene Spielzimmer.

Ein knapper Ruf ließ ihn aufschrecken. Ole hatte ein großes Auge in einem Felsen entdeckt, und Jonas kam gerade noch rechtzeitig, um aus sicherer Entfernung zu sehen, wie das Lid sich schloss und mit dem von Wind und Wetter glatt gewaschenen Stein verschmolz. Jonas und Ole tauschten bloß einen stummen Blick, dann machten sie einen großen Bogen um den Felsen und blieben so nah beieinander, dass sie sich beim Laufen an den Händen hätten halten können. Um sie herum gab es nichts als steile, grüne Hänge, die dunkler, zackiger Fels durchbrach.

Der Eingang der Höhle war von dürren Sträuchern verborgen. Zielsicher hatte Ole ein schmales, grasbewachsenes Plateau erklommen. Er schob die vor Trockenheit knisternden Büsche beiseite, als öffnete er eine Tür. Gleich darauf schlugen die Zweige zurück und einen Augenblick lang war Jonas wie ausgesperrt. Er wandte sich um, als könnte er den ganzen langen Weg, den sie gekommen waren, mit einem Blick fassen. Dann drückte auch er sich an den kratzenden Sträuchern vorbei.

Die Höhle war winzig, kaum mehr als drei, vier Schritte tief, und der sich vorwölbende trockene Stein ihrer Wände und die niedrige Decke ließen sie noch kleiner erscheinen, als sie ohnehin war. Ole musste sich bücken, um die aus groben Brettern zusammengezimmerte Kiste im hintersten Winkel der Höhle zu erreichen.

Still sah Jonas ihm zu. Ole hob den Deckel ab, lehnte ihn sorgsam an den Fels und zog dann ein dunkles Bündel aus der Kiste. Er trat einen Schritt vor, sodass er sich wieder aufrichten konnte, und faltete das Bündel dann auseinander. Als würde er ein Kleid anprobieren, hielt er sich den Stoff vor die Brust.

»Nein«, sagte Jonas bloß. Es war eine Kutte, wie sie die Jünger Faramunds trugen; von undefinierbar dunkler Farbe und aus einem groben Stoff.

»Doch«, sagte Ole und grinste triumphal. Achtlos ließ er die Kutte fallen, kehrte zur Kiste zurück und holte eine zweite hervor. »Nimm dir die da«, sagte er und zeigte auf die erste Kutte, die wild verdreht auf dem Höhlenboden lag.

Jonas zögerte. Wie eine abgestreifte Schlangenhaut kam ihm die Kutte vor. Aber dann griff er doch nach ihr und rieb den Stoff zwischen seinen Fingern. Er war so hart und rau wie Sackleinen.

»Siehst du? So werden wir doch noch zu Faramunds Jüngern.« Ole schnallte den Rucksack ab und zog sich seinen langen Mantel aus.

Jonas sah ihm fasziniert zu. Das also hatte Trut gemeint, als er von der Höhle sprach und dem, was sie brauchen würden. Sie würden als Jünger Faramunds in die Flüsterstadt einziehen! »Wo sind die her?«, fragte er, während Ole sich die Kutte über den Kopf zog. »Hast du sie hier versteckt?« Sein Respekt für Ole wuchs ins Unermessliche.

»Nee.« Ole zupfte die Kutte zurecht. Noch hatte er die große Kapuze nicht aufgesetzt. Vom Hals aufwärts war er noch der alte, verstrubbelte Ole mit dem Ohrring. »Das sind Fiets Sachen. Er hat ein paar solche Lager.« Ole zog die Ärmel lang, seine Hände verschwanden. »Ich kenne sie alle.«

»Fiet Finger?« Immer noch ein wenig zögerlich fasste Jonas nach dem Kuttensaum. Lunette, Leopold, Grimbert, Faramund, Fiet. Fünf von sieben.

»Fiet Finger«, bestätigte Ole und wandte Jonas den Rücken zu, um Mantel und Rucksack in der Kiste zu verstauen. »Er lebt in der Flüsterstadt. Meistens jedenfalls. Was natürlich nur weiß, wer's auch wissen soll.« Wie Ole das sagte, schien es nicht viel zu bedeuten, aber es bedeutete doch: *Du weißt es nicht – du gehörst nicht hierher*.

»Ich dachte, Fiet wäre einer der Rebellen«, sagte Jonas, als hätte er Oles Spitze nicht bemerkt, aber er kam sich vor wie ein kleiner, dummer Junge.

»Ist er auch.« Mantel und Rucksack waren verschwunden, Ole baute sich wieder vor Jonas auf. »Fiet ist ein Spion, verstehst du? Er versteckt sich in der Flüsterstadt, damit die Rebellen Bescheid wissen, was da so vor sich geht. Fiet ist klein. In den Augen des Hirten geht er als Jünger durch.« Ole grinste wieder. »So wie du und ich. Das heißt, wenn du das Ding endlich anziehst.«

Fast überrascht sah Jonas auf die Kutte in seinen Händen und zog sie dann schnell über den Kopf. Der Stoff roch muffig und sauer.

»Perfekt.« Mit flinken Fingern zupfte Ole ihm die Kutte zurecht. Als könnte man in so einem Kleidungsstück gar nicht anders, verschränkte Jonas die Finger unter den langen Ärmeln.

»Wird Fiet uns helfen?«, fragte er. Das alles war mehr, als er zu hoffen gewagt hatte. Vielleicht waren die Rebellen ja stärker, als Lunette glaubte. Wenigstens waren sie gewitzt und arbeiteten im Geheimen.

»Wenn er kann.« Ole zuckte die Achseln. »Komm! Ich will dir was zeigen.« Das war wieder der andere Ole, der mit dem offenen Gesicht und der hellen Stimme, sein Freund.

Sie traten ins Freie hinaus und erklommen das felsige Dach der Höhle. Ole voraus, hinter ihm Jonas, der mit den langen Ärmeln kämpfte. Immer wenn er mit den Händen Halt suchte, waren sie ihm im Weg. Schließlich standen sie hoch oben auf einem schmalen Grat, unmittelbar über dem Höhleneingang. Der Blick reichte weit und dann tief in einen Talkessel hinab.

Die Flüsterstadt! Dort im Tal lag sie wie in der Mulde eines felsigen Nests. Jonas schluckte einen Kloß in seinem Hals.

»Wir sind fast da«, sagte Ole.

Aus der Höhe betrachtet wirkte die Flüsterstadt wie aus

zweierlei Spielzeug gebaut. Auf der einen Seite ein kleinteiliges Gewirr aus Häusern, Gassen und Plätzen, alles in einem schäbigen, lehmfarbenen Braun – und daneben das Kloster, unberührbar schwarz und wie fettig glänzend. Es war so viel größer als die alte Stadt! Wie dicke Finger ragten die vielen, eigenartig verstreuten Türme aus der Mitte des Klosters auf, so, als wollten sie die streichholzdünnen Türme auf der anderen Seite der Stadt gleich zerbrechen. Wie ein in ruhiges Wasser geschleuderter Stein schien das riesenhafte, unüberschaubare Kloster ringförmige Wellen auszuschicken – hohe, tiefschwarze Mauern, die gegen das alte Callamaar brandeten. Die ursprüngliche Stadtmauer wirkte dagegen wie ein mürber Zaun, ihre Tore schienen für viel kleinere Menschen gebaut zu sein, als im Kloster wohnten. Jonas sah auf eine Stadt, die erstickte, und das Erste, was er empfand, war nicht Angst vor dem Hirten, sondern Trauer über das, was der Hirte angerichtet hatte.

»Callamaar«, sagte Ole mit bitterem Witz. Er fingerte auf seinem Rücken nach der Kapuze, und als er sie über seinen Kopf zog, kam es Jonas vor, als schlösse er wie ein Ritter das Visier. »Bist du bereit?«

Jonas sah noch einmal auf Stadt und Kloster hinab, als könnte er im Gewirr der Gassen oder im Labyrinth der schwarzen Mauern Ruben erspähen. Dann seufzte er und zog sich die Kapuze, so tief es nur ging, in die Stirn.

»Immer neben mir bleiben, hörst du?« Seltsam gedämpft drang Oles Stimme an sein Ohr. Zu jedem Schritt musste sich Jonas jetzt überreden, denn jeder Schritt brachte ihn dem Stadttor näher. Sein Mut sank, er konnte nichts dagegen tun.

»Kopf unten lassen und Hände wegstecken«, zischte Ole. »Es ist nicht schlimm. Sie reden nicht. Auch nicht miteinander. Du musst bloß die Klappe halten. Sie sprechen dich nicht an.«

Sie. Eine Gänsehaut kroch Jonas' Nacken hinauf, die feinen Haare dort stellten sich auf. Über dem Tor, hinter brüchigen, lehmfarbenen Zinnen, standen zwei Jünger Faramunds Wache, beide reglos und schwarz. Jonas hätte nicht einmal sagen können, ob sie den Torweg wirklich im Auge behielten, so leblos wirkten sie. Aber was, wenn sie aufmerksamer waren, als sie wirkten? Was, wenn sie Jonas und Ole durchschauten?

Die Stadtmauer war nur noch einen Steinwurf entfernt. Vor langer Zeit musste sie weiß gewesen sein, ganz Callamaar war weiß gewesen, Ole hatte es auf dem Weg hierher erzählt. Jetzt waren die Steine von einer Schmiere aus Dreck und Staub überzogen und von den eisernen Torflügeln blätterte dunkelrot der Rost. Sperrangelweit standen sie offen, aber nicht auf die einladende Art. Eher sahen sie wie eine Falle aus, die nur darauf wartete, zuzuschnappen.

Als sie den Torbogen durchquerten, hielt Jonas die Luft an. Doch nichts geschah. Sie waren zwei Jünger Faramunds, die heimkehrten – ganz so, wie es Ole gesagt hatte.

Vorsichtig hielt Jonas Ausschau. Sie befanden sich auf einer breiten, beiderseits von Bäumen umstandenen, wie leergefegten Straße. Die Bäume jedoch waren sonderbar. Nackt und steif standen sie da und trugen nicht ein Blatt. Durch das Gewirr der Äste und Zweige konnte Jonas die Giebelfassaden der großen Häuser erkennen, die beide Seiten der Allee säumten.

Ole begann zu flüstern. »Wir nennen es die tote Allee«, raunte er. »Callamaars alte Prachtstraße. Hast du die Bäume gesehen?«

Jonas nickte stumm. Er verstand. Die Bäume waren tot. An ihnen entlang blickte er die Straße hinauf – ein schnurgerader

Weg, eingerahmt vom grauen Gewölle der gestorbenen Zweige und Äste.

»Rechts!«, zischte Ole.

Unmittelbar senkte Jonas den Kopf, und dann waren sie auch schon zwischen den toten Bäumen hindurch, plötzlich ganz nah an den großen Häusern dahinter, die kaum lebendiger wirkten. Aus blinden Höhlen starrten sie Jonas an, die Fenster mit schäbigen Brettern vernagelt oder leer. Bloße schwarze Löcher, Stockwerk für Stockwerk. Der Putz bröckelte von den Mauern, jede Fassade war von derselben lehmbraunen Schmiere überzogen, und da und dort wurde eine Hauswand von einem Pfeiler gestützt, der selbst schon wieder so aussah, als würde er gleich einknicken. Dann, stellte Jonas sich vor, würde die Fassade fallen wie ein Baum und eine Wolke aus Schutt stiege auf. Weiter stadteinwärts wies die Häuserzeile schon Lücken auf – als hätte ein riesenhafter Maulwurf sie umgegraben und statt Erdhügeln Trümmerberge hinterlassen.

Bald darauf passierten sie ein Haus ohne Tür, der Eingang wie eingeschlagene Zähne. Aus der Finsternis des Korridors schlug Jonas eine Luft wie Regenwetter entgegen – trotz der Hitze draußen feucht und kalt.

Sie bogen in eine schmale Gasse ein, die sich unvermittelt zwischen zwei der großen Häuser auftat. Wie ein Tunnel kam sie Jonas vor, im Hohlraum zwischen den fensterlosen Wänden hallten ihre Schritte. Dann wand sich die Gasse wie ein Fluss, und von einem Augenblick auf den anderen fand sich Jonas in eben dem Gewirr von Häusern und Gassen wieder, das er nur Stunden zuvor von den Bergen aus gesehen hatte. So dicht gedrängt standen die Häuser hier, dass es schien, als müssten sie sich gegenseitig stützen. Und wieder waren alle Fenster tot und leer oder verrammelt. Kein Lebenszeichen weit und breit, nur blanke Pflastersteine, morsches Holz und brüchiges Mauerwerk, alles verwahrlost und verlassen.

»Gib Acht«, raunte Ole, aber es dauerte einen angsterfüllten Moment, bis Jonas das Auge gefunden hatte. Es saß tief in einem Türpfosten, schwarz und blank. Das gemaserte Lid zuckte.

»Weiter«, flüsterte Ole heiser.

Jonas' Herz stolperte, als sie das Auge passierten. Zwei Jünger Faramunds – hoffentlich war es wirklich das, was es sah.

Sie folgten den gewundenen Gassen, Ole schien zu wissen, wohin. Meist war es bis auf ihre eigenen Schritte totenstill, nur dann und wann schienen die Häuser selbst zu seufzen.

Sie waren bereits tief im Innern des alten Callamaar, als sie den Fängge sahen. Groß und bärtig, die nackten Arme dicht behaart, huschte er vor ihnen über die Gasse, die schmutzig grüne Kleidung in Fetzen. Wie, um sich zu verstecken, wandte Jonas sich ab, der Blick des Fängge aber traf ihn doch – in den großen, dunklen Augen stand die nackte Angst. Dann war er schon verschwunden, in einer winzigen Gasse zwischen den Hauswänden oder durch eine eingeschlagene Tür. Jonas brauchte einen Moment, um zu verstehen. Der Fängge floh. Er hielt sie für Jünger Faramunds.

Ole schien sich erst zu versichern, dass kein Auge des Hirten ihm zusah, dann legte er Jonas eine Hand auf den Arm. »Sie sind hier überall. Fängge, Faune, Alben, Monokel.« Er fasste nach seinem Ohrring. »Ich habe einmal gesehen, wie die Jünger Faramunds kamen und in ein Haus eingedrungen sind. Du weißt nie, wann sie kommen oder warum. Sie schlagen die Türen ein, durchsuchen das ganze Haus. Und dann zerren sie alle, die sie finden können, auf die Gasse hinaus. Meistens bringen sie sie dann in den Steinbruch.«

»Wie Trut.«

Ole nickte. »Niemand kann sich hier sicher fühlen. Nicht mal die Alben.«

Jonas starrte auf den Fleck, wo eben noch der Fängge gewesen war. Die Flüsterstadt verdiente ihren Namen. Sie war aus Angst gebaut.

Weiter ging es durch die labyrinthischen Gassen, und mehr und mehr kam Jonas die Stadt vor wie ein Raum ohne Tür, in dem die Stille, wie Wasser, langsam bis zur Zimmerdecke stieg.

Schließlich bogen sie in eine enge Sackgasse ein. An ihrem Ende erhob sich ein Turm, der aussah wie ein hoch aufgeschossener, ausgezehrter Greis. Krumm und schief, gehüllt in das ewige, alles bestimmende schmutzige Braun, schien er sich auf die viel kleineren Häuser der Umgebung zu lehnen, um doch in naher Zukunft einfach durchzubrechen. Eines der Häuser auf Höhe seiner wackligen Knie war schon eingestürzt, brockenweise waren die Mauerreste bis auf die Gasse gerollt. Bloß ein paar Grundmauern, die alte Rückwand und ein einsamer Stützpfeiler waren stehen geblieben.

Mit der Schulter gab Ole Jonas einen Stoß, und sie zogen sich unter das tief herabgezogene Vordach eines Hauses zurück, das dem Turm schräg gegenüber lag.

»Das war Lunettes Turm«, flüsterte Ole, als sie sich vorsichtig gegen die Hauswand lehnten. »Hat er dir von der Sternwarte erzählt?«

Jonas nickte. Er hatte noch im Ohr, wie der Marquis von der Gründung Callamaars erzählte. Was war nur aus der Hauptstadt der Sieben geworden! Jonas ließ den Blick schweifen, von der Spitze des wunden Turms hinab, über die Häuser, die sich um ihn drängten, bis auf die von den Trümmern übersäte Gasse. Er blinzelte. Er schaute noch einmal hin.

»Ole!«, entfuhr es ihm dann. Die Mauerbrocken waren voller Augen! Fünf, sechs, sieben Augen! Mehr, noch mehr! In jeden Ziegel, jeden mörtelverklebten Mauerrest, der auf der Gasse herumlag, schienen sie sich eingenistet zu haben! Ihre Lider schlugen wie winzige Flügel.

»Verdammt noch mal!« Ole klang halb ungläubig und halb entsetzt.

»Können sie uns sehen?« Jonas drückte sich so fest gegen die Hauswand in seinem Rücken, als wollte er in ihr verschwinden.

»Nein.« Fahrig schüttelte Ole unter der Kapuze den Kopf. »Ich glaube nicht.« Aber er schien sich nicht sicher zu sein. Pfeifend stieß er Luft aus. Eben noch hatte er sich besonnen seinen Weg durch die Stadt gebahnt, jetzt schien seine ganze Selbstsicherheit dahin. »Ich habe noch nie so viele auf einem Fleck gesehen. Nicht gut. Das ist gar nicht gut. Es sieht fast so aus, als bewachten sie den Weg zum Turm.« Ole wandte sich Jonas zu, und zum ersten Mal, seit sie das Stadttor passiert hatten, sah Jonas in sein Gesicht. Es wirkte nicht bloß ratlos. Es war so grau wie gestern, als Faramund in Kanaria erschienen war.

»Ich dachte, Fiet wäre in der Sternwarte«, murmelte Ole. »Aber an den Augen da kriegen mich keine zehn Pferde vorbei.«

»Und jetzt?« Jonas' Hände zitterten in den weiten Ärmeln seiner Kutte. Etwas Unvorhergesehenes war geschehen. Vielleicht war Fiet Finger gar nicht mehr in der Flüsterstadt. Vielleicht war er gefangen worden. Vielleicht waren die Rebellen schon lange besiegt.

Rücklings schob sich Ole an der Hauswand entlang, weg vom Turm und den wimmelnden Augen im Geröll.

Jonas folgte. Jetzt zitterten auch seine Knie. Plötzlich war ihm vor Angst so schwindlig, dass er für einen Moment die Augen schließen musste.

Als er sie wieder öffnete, wurde die Tür in Oles Rücken mit einem Ruck aufgerissen. Eine Hand schoss heraus und verkrallte sich in Oles Kutte. Einen Wimpernschlag lang sah es so aus, als würde Ole schweben, waagerecht lag er in der Luft. Dann hörte Jonas ihn im Haus zu Boden gehen. Und nur einen Augenblick später erkannte er, wer ihnen da hinterrücks aufgelauert hatte. Der Jünger Faramunds war nicht größer, aber viel stärker als er.

Das 29. Kapitel
Peregrin Aber erobert eine Insel

Peregrin Aber hatte kein Ohr für dieses einzigartige Geräusch, wenn etwas über eine Holzbrücke rollt – seine Lage war dafür zu unbequem. Ein Kissen in den wehen Rücken gestopft, saß er in Arnes roter Schubkarre, und Arne schob ihn wortlos über den Steg. Peregrin Aber kam sich vor wie ein Sack Kartoffeln. Um seine Würde bemüht, hielt er das Gespräch mit Tabbi mühsam in Gang. Wenigstens konnte er noch so klingen, als hätte er der Dame den Arm gereicht und als spazierten sie unbeschwert plaudernd zum Boot.

Nicht dass Peregrin Aber nach einer Plauderstunde zumute gewesen wäre – immerhin hatte er eine schlaflose Nacht auf der Küchenbank verbracht, unfähig, ein Bett auch nur zu erreichen. Und ebenso wenig hatte er einen Arm übrig, um ihn Tabbi galant zu reichen. Peregrin Aber hielt diesen absonderlichen Brief, den Bror, der Fischer, angeschleppt hatte, mit gleich beiden Händen fest. Einmal nämlich lenkte ihn dieser Wisch von den schmerzhaften Stößen ab, die die rumpelnde Karre ihm verpasste. Und zum anderen sah es so zumindest ein bisschen danach aus, als gäbe er, mit den wichtigen Papieren betraut, trotz seiner misslichen Lage die Richtung vor.

Peregrin Aber stierte auf das Blatt und sehnte sich nach seiner roten Tinte. *Achtung* mit *k* zu schreiben und *Palast* mit *h*! Mein Gott! Wie viele Rechtschreibfehler ließen sich auf so kleinem Raum noch unterbringen? Gegen den Verfasser dieser Zeilen war ja noch sein untalentierter Kanzleischreiber Werk ein wahrer Professor! Der Advokat blinzelte zu Tabbi hoch.

»Hören Sie, meine Liebe«, sagte er. »Wenn der in diesem Schreiben erwähnte Herr ein Marquis ist«, – Peregrin Aber hatte aus dem *Markie* des Schreibens mühsam auf einen *Marquis* geschlossen –, »dann muss sein Name französisch sein. *Lunette*. Das heißt *Fernrohr* auf Französisch. Wussten Sie das, Tabbi?«

»Nein, Herr Doktor.« Tabbis Stirn lag in Sorgenfalten. Sie beobachtete irgendetwas, was dort vorn auf dem Steg vor sich ging und Peregrin Aber verborgen blieb, weil die vorausgehende Tilla ihm die Sicht versperrte. »Meinen Sie denn, dass uns das hilft, Jonas zu finden?«, fragte Tabbi zweifelnd. Wie immer trug sie das Pappköfferchen des armen Jungen bei sich. Absurd, dachte der Advokat, wie sie an diesen Spielzeugfiguren festhält!

Peregrin Aber murmelte etwas in seinen Bart, er wusste selbst nicht genau, was. Tatsächlich wusste er überhaupt nicht, was er auf diesen Brief geben sollte. *WiefLiNgeR, foRMaHLs RäuBeR* … Was sollte das denn, bitteschön, heißen?

»Ah! Hallo!«, rief er dann mit der aufgesetzten Freundlichkeit eines Mannes, der zu seinem größten Unbehagen auf fremde Hilfe angewiesen war. Er hatte Kolman, diesen vermaledeiten Sonnenanbeter, entdeckt.

Kolman und Bror hatten – nicht unbedingt auf Peregrin Abers Geheiß, aber ihn in seiner Unpässlichkeit gewissermaßen vertretend – am frühen Nachmittag eine erste Fahrt zur Insel hinüber gewagt. Jetzt waren sie zurück, pünktlich, wie Peregrin Aber wohlwollend bemerkte. »Was«, rief er, »haben die Herren während ihrer Expedition in Erfahrung bringen können?«

Arne stellte die Schubkarre ab, und erst jetzt bemerkte Peregrin Aber den Unbekannten, der dort etwas ratlos zwischen Tilla, Kolman und Bror auf dem Steg stand. Was für ein seltsamer Zeitgenosse das war! Er trug eine grässlich gelbe Uniform und unter seiner soldatischen Mütze eine nachgerade lachhafte Perücke!

»Guten Tag«, sagte Peregrin Aber von seiner Schubkarre aus. »Wir sind einander noch nicht vorgestellt worden. Aber lautet mein Name. Ich bin Advokat.«

Der Gelbe sah ihn entgeistert an.

»Nun«, sagte Peregrin Aber ratlos.

Kolman sprang ein. Ausnahmsweise war ihm der Advokat dankbar. »Wahrlich!«, trompetete der Dorfälteste los. »Die Sonne hat uns den Weg zu diesem unserem Bruder geleuchtet!«

»Ach!«, sagte Peregrin Aber. Wobei die Rede von einem Bruder so abwegig vielleicht gar nicht war. Dachte man sich die Perücke weg und diese kuriose Kostümierung, sah der Gelbe den Dorfbewohnern nämlich wirklich ähnlich. Andererseits – sie ähnelten sich ja alle, irgendwie. »Der Mann kommt also von der Insel?«, fasste Peregrin Aber nach.

»Wir haben ihn dort gefunden«, mischte sich Bror jetzt ein. »Er ist wie wir! Bevor wir erleuchtet wurden. Er hat keinen Namen. Als wir ihn gefragt haben, wie er heißt, hat er bloß *Acht* gesagt.«

»Ge-ge-genau«, stotterte der Gelbe los. »A-A-A-Acht. Beim Abzählen war ich d-d-d-die Acht.« Er nickte bekräftigend.

Peregrin Aber beschloss, diese befremdliche Person vorerst nicht weiter zu beachten. »Und was«, sagte er an Bror gewandt, der ihm noch der Vernünftigste dieser drei zu sein schien, »haben Sie sonst noch auf der Insel gesehen?«

»Nicht viel«, murmelte Bror. »Wir haben ihn gleich am Ufer aufgegriffen, wo er das Abzählen übte. Als Kolman ihn angesprochen hat, wollte er gleich mit uns gehen. Er wolle nicht mehr auf der Insel bleiben, hat er gesagt. Aber er hat von einer Kaserne erzählt. Und von einem Schloss. Und von einer Kaiserin.«

»Von einer *Kaiserin*?« Peregrin Aber fuhr hoch und spürte gleich wieder den verteufelten Hexenschuss. »Was für eine Kaiserin in Gottes Namen?«

Bror und Kolman zuckten ratlos mit den Schultern, aber der Gelbe plärrte gleich los. »He-He-He-Herrscherin zu Wasser und Lande!«, krähte er. »Ü-Ü-Über Kö-Kö-Kö-Körper und Geist! Die Kai-Kai-Kai-Kaiserin von Ka-Ka-Kanaria!«

Peregrin Abers Mund wurde vor lauter Befremden ganz spitz. Der Mann ist verrückt, dachte er. Von allen guten Geistern verlassen. Ein hoffnungsloser Fall. »Bror!«, sagte er schließlich. »Ich muss das selbst in Augenschein nehmen! Rudern Sie uns zur Insel!« Dann sah er auf das Boot hinab, das dort unten auf dem Wasser dümpelte. Wie um Himmels willen sollte er da nur hineinkommen?

»O! Aaa! Iii! Eee! U!« Peregrin Abers kaum unterdrückte Schmerzenslaute hallten über das Inselufer, und bis der Advokat wieder in seiner mitgebrachten roten Karre saß und diesmal von Bror über die bleichen Wege des Parks geschoben wurde, war die blaue Stunde hereingebrochen.

Erst einmal von seinem Kissen gestützt, fühlte sich Peregrin Aber gar nicht übel. Während der Überfahrt war ihm ein Gemälde in den Sinn gekommen, das einen berühmten General zeigte, wie er, das Kinn hart im Wind, Kanu fahrend einen Fluss überquerte, und daraufhin hatte er sich selbst gleich in die Brust geworfen. Zudem machte die Insel auf ihn bislang einen ordentlichen Eindruck – sauber, gepflegt und zivilisiert. Die Luft war mild, der Himmel hing wie dunkelblauer Samt über den schönen Bäumen – Peregrin Aber atmete durch. »Ganz nett hier, Tabbi. Nicht wahr?«

Doch die Köchin war angespannt. Diese gefährliche steile Falte prangte wieder auf ihrer Stirn. »Hören Sie das auch, Herr Doktor?« Sie verlangsamte ihre Schritte.

Peregrin Aber hörte nichts. Die Bäume wiegten sich sanft und raschelten angenehm. Aber sonst?

Auch Kolman und Arne blieben jetzt stehen. Peregrin Abers Karre hielt abrupt. »Hören Sie!«, sagte der Advokat. »Wir können uns nicht von den kleinsten Kleinigkeiten aufhalten lassen!«

Doch dann hörte er es auch – den Klang von Schellen und Pferdegeschirr, dazu Hufschlag und ein höchst eigenartiges Kratzen und Knirschen. Und gleich darauf warfen Lichter ihren warmen Schein um die Wegbiegung. Peregrin Aber rückte sich schon den Zylinder zurecht, erstarrte aber in der Bewegung, die Hand in die Hutkrempe verkrallt. Mit dergleichen, versuchte er sich zu beruhigen, während er fassungslos hinsah, war nicht zu rechnen gewesen. Kein noch so gewissenhaftes Studium der Rechte bereitete einen vernunftbegabten Menschen auf einen solchen Anblick vor!

Ein prachtvoller Pferdeschlitten war um die Kurve gebogen. Seine Kufen schabten und kratzten über den Weg. Doch das war lange nicht alles, was Peregrin Aber mit offenem Mund bestaunte. Denn neben dem Schlitten lief ein halbes Dutzend Diener in gelber Livree, die aus aufgeschnittenen Kopfkissen Daunenfedern streuten. Es schneite! Mitten im Sommer – wenn auch in einem Sommer, für den Peregrin Aber, aus Wunderlich kommend, nach wie vor keine Erklärung hatte. Und der große Mann im Schlitten sah auch tatsächlich so aus, als sei es draußen bitterkalt. Sein Kinn steckte in einem kostbaren Pelzkragen und auf seinem Kopf saß eine gewaltige, mit Daunenfedern gesprenkelte Pelzmütze.

Der Schlitten kam knirschend zum Stehen und die Glöckchen am Geschirr des vorgespannten Rappen verklangen. Stumm standen sich die beiden Gruppen nun gegenüber; Tabbi, Kolman und Bror, wie sie Peregrin Abers rote Karre umringten, und der Schlitten mit seinem rätselhaften Passagier und dessen Dienern, die es aufgegeben hatten, mit Daunen zu werfen, und leise keuchten. Das Pferd schnaubte und schlug mit dem Schweif. Zwischen ihnen allen warf die Schlittenlaterne einen Kreis aus Licht auf den Weg. Peregrin Aber hätte sich gern in eine höfliche Begrüßung gerettet, aber er war stumm vor Staunen.

»VERNEIGT EUCH VOR IHRER ERBLICHEN MAJESTÄT!«, krähte da unvermittelt einer der Diener, das halbleere Kopfkissen vor der gelb gewandeten Brust. »VERNEIGT EUCH VOR DEM ERBPRINZEN LEOPOLD!«

Unendlich langsam lupfte Peregrin Aber den Zylinder. »Aber«, sagte er tonlos. »Advokat. Sehr erfreut.« Eben noch guter Dinge – der schöne Park! die gute Luft! –, fühlte er sich jetzt schrecklich mutlos.

»Hat Er den prachtvollen Schnee gesehen?«

Peregrin Aber zuckte, als sich der Mann im Schlitten ganz ohne Vorwarnung erhob. Der Mann war groß und schlank, und als er die Mütze abnahm, um traumverloren die Daunen aus ihrem Pelz zu lesen, fiel ihm das dichte, schwarz glänzende Haar schwungvoll in die Stirn. »Ich mag Schnee«, sagte er dann, wieder aufsehend. »Schnee wärmt mir das Herz, weil er alles ringsum in ein Märchen verwandelt!« Die Pelzmütze in der Hand, machte er eine ausladende Handbewegung. Dann stieg er mit seinen langen Beinen aus dem Schlitten und ging auf den Advokaten zu. »Wie die sieben Zwerge!«, sagte er und lächelte. »Und ich – ah ja! – ich bin euer Schneewittchen!«

Der Erbprinz Leopold! Vielleicht, dämmerte es Peregrin Aber, war an der Geschichte des Gelben vom Steg ja etwas dran. Vielleicht gab es wirklich eine Kaiserin auf der Insel. Außerdem, sahen diese kissenbewehrten Diener dem Gelben – und Kolman und Bror und Arne und Tilla – nicht wiederum grässlich ähnlich?

»Und?«, sagte der Prinz und sah auf den Advokaten herab. »Was führt Ihn in mein Märchenreich?«

Peregrin Aber verrenkte sich beinahe den Hals, um mit einem Blick Hilfe bei Tabbi zu suchen. Aber die steile Stirnfalte der Köchin sah mittlerweile gefährlich nach einer Kerbe aus, und so beschloss er, selbst das Wort zu ergreifen. Er räusperte sich umständlich. »Wir, verehrter Prinz, suchen einen Jungen«, begann er. »Jonas Nichts heißt er.«

»Nein!« Leopold klatschte vor Überraschung in die Hände. »Jonas Nichts? Oh!« Dann trübte sich sein Blick. »Was für eine herzzerreißende, traurige Geschichte!«

Peregrin Aber bekam einen gehörigen Schreck. »Traurig?«, entfuhr es ihm. »Inwiefern?«

»Ach!« Leopold drückte sich die Mütze an die Wange und schmiegte sich in den Pelz. »Der Vater schwindsüchtig! Die Mutter weint bittere Tränen! Das kleine Schwesterchen hungert!« Er hob wieder den Kopf und plötzlich funkelten seine Augen. »Rührend, nicht wahr?«

Peregrin Aber war maßlos erleichtert. »Werter Prinz!«, erklärte er. »Da muss eine Verwechslung vorliegen. Jonas Nichts hat keine Schwester. Und von Vater und Mutter ist auch nichts bekannt. Ich, Hoheit, bin sein Vormund. Aber lautet mein Name, wie schon gesagt. Ich bin, ich wies bereits darauf hin, von Beruf Advokat.«

»So?« Leopold wirkte irgendwie enttäuscht. »Na ja, dann ist die Geschichte eben gut ausgegangen. Der Junge ist gut untergebracht, alle sind glücklich und so fort. Obwohl …« Er brach ab und fuhr sich durchs Haar. »Nein!«, sagte er dann bestimmt. »Die Geschichte ist *nicht* gut ausgegangen. Denn Er sucht den Jungen ja noch. Und!« Er hob den schlanken, langen Zeigefinger. »Er ist nicht allein damit.« Leopold beugte sich vor und Peregrin Aber roch Parfüm. »Ich muss Ihm etwas anvertrauen.«

»Ja?«, flüsterte der Advokat, restlos verunsichert.

»Nein!« Der Erbprinz fuhr zurück und drehte sich unversehens zu seinen Dienern um. »Ihr da!«, rief er. »Seht zu, dass ihr ins Schloss zurückkommt. Und nehmt den Schlitten mit! Und das hier!« Er warf ihnen die Mütze zu und schälte sich aus seinem Mantel, den er gleich hinterherwarf. Darunter trug er einen blauen Uniformrock, weiße Reithosen und gewichste Schaftstiefel. »Die Luft ist lau!«, herrschte Leopold seine Diener an. »Merkt ihr das denn nicht? Ich brauche keinen Mantel. Außerdem erregt ihr mein Missfallen! Meine Empörung! Schert euch!«

Verdattert zogen die Diener ab, und der Erbprinz wartete, bis der Schlitten um die Wegbiegung verschwunden war und die Schellen langsam verklangen.

»Hör Er!«, sagte er dann in verschwörerischem Ton. »Sie alle sollen zuhören, wenn sie diesen Jungen finden wollen. Der Hirte will ihn einfangen, dieser grässliche Mensch! Und die … die … – ach, was soll's – die Kaiserin hätte ihn wohl auch gern. Sie hat getobt nach dem Prozess! Sie hat diesen Jungen zur Hölle gewünscht! Aber …«, er beugte sich noch näher heran, »ich glaube nicht, dass sie seiner habhaft werden konnte. Oh nein! Ich glaube nicht.«

Peregrin Aber rang nach Fassung. Er konnte nicht verstehen! Was um Himmels willen ging hier vor? Was für ein Hirte? Und was für ein *Prozess*? »Sind Sie sicher, Prinz, dass wir vom selben Jungen reden?«, stieß er hervor.

»Durchaus, ja.«

Die Antwort kam unerwartet, nämlich von der falschen Seite.

»Sie beide reden von demselben Jungen.«

Peregrin Aber spürte einen schmerzhaften Stich, als er sich nach der neuen Stimme umdrehte. Ein offensichtlich geschminkter alter Mann mit Perücke und einer gewagten rosafarbenen Schärpe drängte sich in ihren kleinen Kreis auf der Allee, unmittelbar hinter ihm folgte ein weiterer Diener, dieser mit einer völlig verdreckten Schürze über der Livree. Peregrin Aber war plötzlich zum Weinen zumute. Wie Wellen schlugen die Ereignisse über ihm zusammen. Ein Verrückter folgte auf den nächsten.

»Darf ich mich vorstellen?« Der eben angekommene Alte deutete eine Verbeugung an. »Ich bin der Marquis de Lunette.«

»Lunette!?« Peregrin Abers Gefühle kippten anlässlich dieses Namens gleich ins andere Extrem. »Warten Sie, ich habe da ein … ein Empfehlungsschreiben.« Er lächelte beinahe glücklich. »Das wird Klarheit schaffen, nehme ich an.« Er fischte den vermaledeiten Wisch aus seiner Rocktasche. Das verdächtige Wieflinger-Schreiben. »Schauen Sie!« Er hielt es dem Marquis hin.

Lunette überflog den Brief. »Wissen Sie, wer dieser Wieflinger ist?«, fragte er dann.

Peregrin Aber blieb nur, den Kopf zu schütteln.

»Hm.« Lunette gab ihm den Brief zurück. »Sie sind Peregrin Aber, der Advokat, nehme ich an. Und Sie«, er wandte sich Tabbi zu, »die Köchin Tabbi. Ich habe Sie in gewisser Weise erwartet. Jonas hat mir von Ihnen erzählt.«

Tabbi entfuhr ein Schrei der Erleichterung. »Sie haben ihn gesehen?«

»Gesehen und gesprochen. Gestern zuletzt. Da ging es ihm gut. Den Umständen entsprechend, sollte ich vielleicht einschränken«, fügte der Marquis an.

»Was für Umständen?« Von so vielerlei Gefühlen in Unruhe versetzt, versuchte Peregrin Aber, sich aus der Karre zu winden. Der starke Kolman kam ihm zu Hilfe. Schließlich stand Peregrin Aber vor dem Marquis – krumm und schief zwar, aber immerhin.

»Das ist eine lange Geschichte«, sagte Lunette. »Zu lang vielleicht.« Er wandte sich um und starrte in die Dämmerung. »Ich befürchte«, fuhr er dann fort, »wir alle sind in Gefahr. Ich kann das jetzt nicht alles ausbreiten. Aber hier im Schloss herrschte zuletzt großer Aufruhr. Es hat einen Prozess gegeben.«

Peregrin Aber nickte, als wüsste er Bescheid. Dass hier Prozesse geführt wurden, hatte eine beruhigende Wirkung auf ihn. Prozesse waren ihm vertraut.

»Und auch sonst ist nichts mehr, wie es früher war«, sagte Lunette mit Verschwörermiene. »Überall sind Wachposten versteckt. Soldaten aus der Kaserne. Man behält das Ufer im Auge. Jonas' Erscheinen hier hat dazu geführt, dass – wie soll ich sagen? Es hat dazu geführt, dass jemand offenbar mit Ihrem Erscheinen rechnet. Baronin Alma Fink zu Wunderlich – der Name sagt Ihnen doch etwas?«

»Natürlich!« Peregrin Aber stand so aufrecht es eben ging. Alma!, durchzuckte es ihn. »Ich habe …« Eigentlich hatte er anführen wollen, dass er Alma nur allzu gut kannte und obendrein lange Jahre ihr bescheidenes Vermögen verwaltet hatte, aber er brach ab. Die Zeit drängte. »Worauf wollen Sie hinaus, Marquis?«

Lunette warf einmal mehr einen nervösen Blick den Weg hinauf. »Ich weiß von dem Schrank im Spielzimmer«, sagte er leise. »Wir hier kennen Ihre Alma allerdings als Kaiserin. Als mächtige, gefährliche Kaiserin.«

Peregrin Aber sammelte noch seine Gedanken, als Leopold, der bislang schweigend zugehört hatte, sich zu Wort meldete. »Augenblick, Lunette!«, rief er. »Habe ich das richtig verstanden? Sie ist anderswo gar keine Kaiserin, sondern eine schäbige *Baronin*? Sie ist ...«, seine Stimme schraubte sich hinauf, »... eine *Hochstaplerin*?« Er stampfte mit dem Stiefel auf. »Oh, ich habe es geahnt! Oh, ich werde grob und wild!«

»Langsam, Eure erbliche Majestät, langsam!« Der Marquis machte eine beschwichtigende Handbewegung.

»Was?«, kreischte Leopold. »Langsam? Oh nein!« Er hob noch einmal die Stimme. »Wir werden sie absetzen! Absetzen! Lang lebe der König!« Er reckte die Faust.

Tabbi, ihn gar nicht weiter beachtend, drängte sich vor und legte Lunette eine Hand auf den Arm. »Wo ist Jonas, Herr Marquis? Sagen Sie es uns! Mein Gott! Er ist doch noch ein kleiner Junge! Er ist doch erst zwölf!«

Plötzlich war der Marquis wie erstarrt. »*Zwölf*, sagen Sie? Sind Sie sicher?«

»Das tut doch jetzt nichts zur Sache!«, stöhnte Peregrin Aber, dem das alles zu viel war, viel zu viel. »Wo steckt der Junge jetzt? So reden Sie doch endlich!«

»Zwölf Jahre«, sagte der Marquis noch einmal wie zu sich selbst. »Zwölf.« Er sah wieder den Weg hinauf. »Verdammt!«, zischte er dann. »Zu spät!«

Peregrin Aber fuhr herum, der Schmerz in seinem Kreuz holte ihn fast von den Füßen. Lichterschein auf dem Weg, eilige Stiefelschritte, Säbelrasseln.

»Fort!«, rief der Marquis mit heiserer Stimme. »Sie haben uns gesehen. Alma weiß, dass Sie hier sind! Sie haben uns alle zusammen gesehen. Wir müssen fort!«

»Unmöglich«, stöhnte Peregrin Aber, nach seinem Hexenschuss tastend. Nichts von alledem konnte er sich erklären, aber er wusste, wie sich ein Trupp Soldaten anhörte. Und wenn es – aus welchen Gründen auch immer – die böswillige Alma war, die diesen Trupp befehligte, dann …

»Weg von der Insel«, drängte Lunette.

»Ein König weicht nicht!«, brüllte der Erbprinz dazwischen, dessen Haar plötzlich stürmische Wellen schlug. »Nie! Und gewiss nicht vor einer Baronin aus Lug und Trug!«

Aber Lunette hörte nicht. »Habt ihr beide ein Boot?« Er sah Kolman und Bror an.

»Da vorn.« Bror zeigte Richtung Ufer.

»Dann los!« Der Marquis legte eine Hand in Peregrin Abers Rücken, als wollte er ihn anschieben.

»Herr Doktor! Sie müssen in die Karre zurück!«, rief Tabbi.

Erst schnürte sich Peregrin Abers Hals zusammen, dann machte die plötzlich beklemmende Enge Platz für echten Heldenmut. »Laufen Sie, Tabbi!«, sagte er gefasst. »Laufen Sie alle! Ich würde Sie doch nur aufhalten.«

»Nein!« Tabbi griff nach seinem Arm.

»Doch, Tabbi. Denken Sie an Jonas!« Die Soldaten kamen näher. Mit halbem Auge sah Peregrin Aber, wie sich heller Fackelschein über den Weg ergoss. »Mein Gott, Tabbi! So laufen Sie doch!«

Tabbis Haare waren wirr, ihre Augen weit aufgerissen. Sie drückte seine Hand.

Kolman und Bror liefen schon den Weg hinunter.

»Kommen Sie endlich!« Der Marquis de Lunette zog Tabbi fort. Peregrin Aber spürte, wie ihm ihre Hand entglitt, und dann sah er sie laufen, eingerahmt vom Marquis und dessen Diener. Peregrin Aber sah ihre Kleider flattern, sah sie das alte, schäbige Pappköfferchen schwenken, und dann verschwand Tabbi mit ihren Rettern seitab im Park.

Peregrin Aber seufzte, traurig und erleichtert zugleich. Nur der Prinz war jetzt noch bei ihm, aufrecht und glühend vor Stolz, gleich neben der verlassenen roten Karre. Sich schwer auf seinen Stock stützend, wandte der Advokat sich um. Mit lodernden Fackeln stürmten die Soldaten auf ihn zu, ein Stück weit hinter ihnen folgte eine goldene, hell erleuchtete Kutsche. Peregrin Aber baute sich, so gut es ging, neben Leopold auf, die abwegigen Daunenfedern zu seinen Füßen. Und so standen sie da, als die Soldaten kamen, einer groß und gerade, der andere klein und krumm, zwei Männer, die ihrem Schicksal ins Auge sahen.

Das 30. Kapitel
geht geheime Wege

Jonas kam auf die Knie, in blinder Wut. Niemand hielt ihn fest. Er wollte kämpfen. Der enge Flur war finster. Jonas hieb auf den erstbesten Schemen ein.

»Au!«

Jonas schlug noch einmal zu. Fest.

»Hör auf!« Die Stimme gehörte Ole Mond. »Spinnst du?« Ole gab ihm einen Tritt. Jonas fiel rücklings auf den Boden.

»Seid ihr von allen guten Geistern verlassen?« Die Stimme war fremd.

Jonas rappelte sich wieder auf. Das war der Jünger Faramunds! Blind schlug Jonas ins Dunkel. Wie eine Zwinge schloss sich eine unsichtbare Hand um seinen Arm.

»Lass mich los!«, schrie Jonas.

»Willst du wohl deine Klappe halten!«

»Lass mich los!« Jonas wand sich. Er trat.

Plötzlich war der Jünger über ihm. Er drehte ihm den Arm auf den Rücken. Bäuchlings lag Jonas da, die Nase auf dem Fußboden. Es roch widerlich hier drinnen.

»Halt schon still, du Dummkopf!«, fauchte die fremde Stimme. Dann – »Jetzt sag doch was, Ole!«

Ole Mond schien auf die Füße zu kommen. Er keuchte. »Das ist Fiet. Hör auf, Jonas! Es ist Fiet Finger!«

Jonas zappelte noch einmal, dann gab er den Widerstand auf. Der Jünger ließ ihn los.

Fiet Finger? Jonas tat der Arm weh.

»Suleman würde dir den Hals umdrehen, Ole. So viel ist sicher. Was zum Henker habt ihr hier zu suchen?« Fiet Finger – wenn das denn Fiet Finger war, der da sprach – klang ungehalten.

Jonas drehte sich auf den Rücken und setzte sich auf. Langsam verwandelte sich die Finsternis in ein Halbdunkel. Irgendwo am Ende des stinkenden Flurs stand eine Tür einen Spaltbreit offen, im angrenzenden Raum kroch durch ein Fenster Licht. Ole und Fiet standen nebeneinander, sie waren gleich groß; zwei Jünger Faramunds mit Kutte und Kapuze. Jonas rieb sich den schmerzenden Arm.

»Red nicht so«, sagte Ole zu Fiet.

»Sind das etwa meine Kutten?« Fiet griff nach Oles Ärmel.

Ole murmelte etwas Unverständliches.

»Kommt mit rüber«, sagte Fiet Finger ohne Umschweife.

Jonas kam auf die Füße und folgte den beiden durch die offene Tür. Der Raum nebenan war völlig leer, bloß häufchenweise Schutt und Staub auf dem nackten Boden. Die Wände waren bis auf ein paar nutzlose Haken kahl, das einzige Fenster ging auf einen verwaisten Hinterhof hinaus.

Fiet Finger schlug seine Kapuze zurück und Jonas erschrak. Fiet hatte die feinen, weichen Züge eines Jungen, dem noch lange kein Bart wachsen würde, nur war sein Haar grau und sein Gesicht war so ernst und wettergegerbt, wie das eines Kindes nie sein würde. Fiet Finger war im Körper eines Jungen erwachsen geworden. Er war zwölf Jahre alt und fünfzig zugleich.

»Wäre das nicht sanfter gegangen?« Ole rieb sich den Ellbogen.

Fiet Finger schüttelte den grauen Kopf und schloss dann die Tür. »Zu viele Augen jetzt«, sagte er dann. »Sie wuchern wie Unkraut mittlerweile. Und auch so schnell. Du weißt nie, wo das nächste plötzlich auftaucht. Und ich wollte dem Hirten keinen Blick auf uns drei gönnen. Drei Jünger im Gespräch, das hätte seinen Verdacht geweckt.« Fiet musterte Ole. »Geht's dir gut, Junge?« Er legte ihm einen Arm auf die Schulter. »Länger nicht gesehen. Hm?«

Ole entzog sich ihm, machte ein paar Schritte und begutachtete den kahlen Raum. »Ist die Luft hier denn rein?«

»Für den Moment schon.« Fiet Finger schob die Ärmel seiner Kutte hoch. Seine Arme waren dünn wie die eines Jungen, aber ziemlich behaart. »Und du«, sagte er dann zu Jonas, »bist Jonas Nichts.« Das klang nicht wie eine Frage.

Jonas nickte, einigermaßen überrascht. »Woher wissen Sie das?«

Fiet Finger grinste. »Ich habe so meine Quellen.« Dann verschwanden seine tiefen Grübchen wieder. »Im Ernst. Die Flüsterer flüstern von dir.«

»Wer?«, fragte Jonas.

»Die Leute in der Stadt«, mischte sich Ole ungnädig ein.

»Ihr wart bei Trut, nicht wahr?« Fiet rieb sich die Hände, als wäre ihm kalt. »Mir ist so was zu Ohren gekommen.«

Ole nickte.

Fiet starrte Jonas jetzt unverwandt an. »Es sind mehr Augen in der Stadt, seit ein gewisser Jonas Nichts gesucht wird. Die Jünger haben gestern ein paar Häuser durchkämmt. Auch Lunettes Turm. Dass sie dich suchen, ist ein offenes Geheimnis, Jonas.«

Jonas schluckte schwer. Die Wände des Raums schienen näher zu rücken. Warum suchten sie ihn? Warum hier? Und warum machten sie so eine große Sache daraus? Er sah zu Ole hinüber, aber Ole erwiderte den Blick nicht.

»Ich habe nicht geglaubt, dass ihr wirklich kommen würdet«, sagte Fiet. »Ihr wagt euch in die Höhle des Löwen. Ist euch das klar?«

Jonas nickte schwach, auch wenn ihm das so klar vielleicht gar nicht gewesen war. Es fühlte sich an, als wäre alles Blut aus seinem Gesicht gewichen.

»Wir sind wegen Ruben hier, Jonas' Freund. Faramund hat ihn aus Kanaria entführt«, sagte Ole kühl.

»Ich weiß.«

»Ist Ruben hier?«

Fiet nickte. »Im Kloster. Seit gestern Nacht. Faramund muss es verdammt eilig gehabt haben, ihn herzubringen. Spannend, dieser Ruben.«

»Wir wollen ihn befreien«, sagte Ole. »Lunette sagt, er ist kriegswichtig.«

»Kriegswichtig.« Fiet Finger blies die Backen auf. »Mag sein.« Seine farblosen Lippen wurden schmal. »Aber damit wir uns richtig verstehen, Ole – du befreist hier überhaupt niemanden. Ich war in der Ferne. Ich habe mit Suleman gesprochen. Dein Ausflug war lang. Und jetzt ist er zu Ende.«

Ole wurde dunkelrot im Gesicht.

Jonas sah den beiden verwundert zu. Es mochte die Wut sein, die Ole das Blut ins Gesicht trieb. Oder es war die Scham. Fiet behandelte ihn wie einen kleinen Jungen.

Ole machte den Mund auf.

Doch Fiet Finger ließ ihn gar nicht zu Wort kommen. »Widerspruch ist zwecklos, Ole Mond«, sagte er. »Du spukst lange genug durch das Land. Suleman und ich sind uns einig. Wenn wir hier fertig sind, geht's ab nach Hause. Kapiert?«

Ole verbiss sich seine Bemerkung. Er schwieg verbiestert.

Jonas sah betreten zu Boden. Lieber hätte er dieses Gespräch nicht gehört. Ole war eingefangen worden. Der selbstbestimmte *Wanderer*, der sich angeblich von niemandem etwas sagen ließ, hatte seinen Meister gefunden.

Als sie das leere Haus verließen, brütete Ole immer noch stumm vor sich hin, Fiet Finger behielt ihn stets im Auge. Sie hatten die Kapuzen übergezogen und waren dann zum Fenster hinausgeklettert. Fiet Finger bewegte sich mit großer Sicherheit, schnell, aber so aufmerksam, dass Jonas das Gefühl hatte, Fiet könne überhaupt nichts entgehen.

Sie überquerten den Hof, huschten durch die Hintertür in ein angrenzendes Haus, liefen durch dessen staubige Räume und traten dann auf eine verschwiegene Gasse hinaus. Es hatte zu dämmern begonnen und die Häuser der Flüsterstadt schienen noch enger zusammenzurücken.

Fiet führte sie über verborgene Wege, über schmale Streifen Unkraut zwischen zerfallenden Zäunen, durch verwahrloste Gemüsegärten, die man von keiner Gasse aus sah, und immer wieder durch leer stehende Häuser. Manchmal machte Jonas jetzt, wo es immer dunkler wurde, in dem ein oder anderen Fenster einen schwachen Lichtschein aus, vielleicht bloß eine brennende Kerze, vielleicht ein Feuer über einem geheimen Herd. Er stellte sich den Fängge vor, den er gesehen hatte, wie er jetzt geduckt in einem der vielen heruntergekommenen Häuser saß und verstohlen sein Essen hinunterschlang. Jonas hatte Hunger, jetzt fiel es ihm auf.

Er folgte Fiet und Ole in ein weiteres, dunkles Haus, die Tür hing mutlos in den Angeln. Dann führte Fiet sie eine unebene Kellertreppe hinab. Unten war es stockfinster. Jonas hörte Fiet mit einem Streichholz hantieren, dann flackerte eine Kerze auf und Laternenlicht fiel auf die nackten Ziegelwände der Kellermauern. Ein paar alte Fässer standen auf der gestampften Erde.

Keiner sprach ein Wort. Fiet ging mit seiner Laterne voran. Der Keller schien riesig zu sein, es roch muffig, die Luft war verbraucht. Jonas wurde es langsam eng um das Herz, da führte endlich wieder eine Treppe hinauf. Licht jedoch kam von oben keines, die Treppe endete vor einer verschlossenen Luke.

Fiet klopfte gegen die Luke, zweimal ganz kurz und einmal lang. Das Licht der Laterne flackerte. Fiet klopfte noch einmal, genau wie zuvor.

Dann ging die Luke auf, ein zweites Licht erschien und Fiet verschwand. Ole folgte ihm. Plötzlich war Jonas auf der dunklen Treppe allein. Er beeilte sich lieber. Zwei, drei unebene, eilig genommene Stufen, dann hatte er die offene Luke erreicht, streckte den Kopf hindurch und schrie auf. Er konnte nicht anders. Ein einsames Auge starrte ihn an.

»Pssst!«, machte ein großer Mund tief unter dem Auge.

Jonas stützte sich gegen die Kellerwand. Nur sein Kopf ragte schon über die Luke hinaus. Er zitterte am ganzen Körper.

»Das ist Tanger«, hörte er Fiet Finger sagen. »Er ist ein Freund.«

Jonas starrte den Monokel an. Der geneigte Kopf – mehr sah Jonas nicht – war riesig. Gewaltig wölbte sich die hohe, kahle Stirn, in ihrer Mitte saß tief das einzige, im Laternenlicht schimmernde Auge. Der Rest des Gesichts war bartlos und blass.

»Tu nicht so, Junge«, sagte Tanger mit tiefer Stimme. »Augen wie deine sieht man auch nicht alle Tage.«

»Ja.« Jonas musste unversehens lächeln. Der Schreck ließ nach und er stemmte sich hinauf. Auch oben war es, bis auf die Lichter der beiden Laternen, dunkel. Die Fenster ringsum waren verrammelt. Sie hatten Fiets Versteck erreicht – irgendein Haus in der Flüsterstadt. Vielleicht war es nur noch durch den Kellergang erreichbar.

Tanger richtete sich auf – er war groß, noch größer als Ruben. Auf seltsame Art dankbar sah Jonas ihn an – die ausgebeulten Hosen, das vielfach geflickte Hemd, den seltsam eiförmigen, kahlen Schädel mit dem einsamen Auge. Es war nicht, dass Tanger, von seinem Kopf einmal abgesehen, so menschlich wirkte. Etwas anderes stimmte ihn dankbar. Fiet Finger hatte Verbündete, sogar in der Flüsterstadt. Der Hirte, dachte Jonas, war nicht allmächtig. Dass Tanger ihnen half, war der Beweis.

Ole lehnte still in einem Türrahmen – die Brauen tief, die Augen klein, der sonst so große Mund zusammengepresst. Ole sah nicht so aus, als wollte er getröstet oder auch nur angesprochen werden.

Jonas folgte ihm und Fiet in das nächste Zimmer. Wenigstens ein paar Decken lagen hier unter den vernagelten Fenstern, Spuren eines flüchtigen Lagers. Sie setzten sich auf den Fußboden.

»Goldene Regel«, sagte Fiet. »Bleibe nie länger als eine Nacht am selben Ort.« Er kreuzte die Beine.

Tanger kam herein und brachte etwas zu essen. Kalte Kartoffeln, ein paar Rüben, ein hartes Stück Speck. Ole und Jonas aßen, Fiet und Tanger nicht.

»Und du hast dir also in den Kopf gesetzt, deinen Freund zu befreien«, nahm Fiet das Gespräch nach dem Essen wieder auf.

Jonas schluckte den letzten Bissen hinunter und nickte etwas halbherzig. Er wusste, dass er Ruben helfen musste, nur hatte er immer noch keine Vorstellung, wie.

»Dir ist klar, dass du dafür ins Kloster musst?«

Jonas spürte den Blick. Fiet Finger war einer von denen,

die seine verschiedenfarbigen Augen bemerkten, aber nicht darüber sprachen. Peregrin Aber hatte es genauso gehalten. »Wenn es sein muss«, sagte Jonas.

»Muss es«, sagte Fiet. »Hör zu. Wenn du darauf bestehst, werde ich dir helfen. Aber meine Hilfe reicht nicht weit. Niemand von uns ist je im Kloster gewesen. Geht alles gut, kann ich dich vielleicht hineinbringen. Aber hinter den Mauern bist du ganz auf dich allein gestellt.«

Jonas knetete seine Finger. Er sah Fiet nicht an, aber er nickte.

»Und wenn ich dich nur ein klein wenig besser kennen würde«, fuhr Fiet fort, »würde ich alles daran setzen, dass du nicht ins Kloster gehst, verstehst du? Nur, solange du ein Fremder bist, kann ich dir helfen. Würde ich dich besser kennen, würde ich es nicht tun. Es ist zu gefährlich.«

Jonas schwieg. Und wenn er nicht ins Kloster ginge? Was wollte er hinter diesen fetten, schwarzen Mauern schon ausrichten? Sollte er allein gegen Faramunds Jünger kämpfen? Genauso gut hätte er sich in den Bergen gleich zu Tode stürzen können.

»Überleg es dir noch mal«, sagte Fiet.

»Nein.« Jonas sah auf. Er *wollte* gehen. Er *musste* gehen. Er war Rubens letzte Chance. Oder nicht?

»Was … was tun sie da drin mit Ruben?« Jonas sah Ole an, aber Ole schwieg betreten. Jonas starrte in Tangers einsames Auge, aber Tanger senkte den kahlen Kopf.

Nur Fiet hielt seinem Blick stand. Er hob die Augenbrauen. »Ich weiß nichts über deinen Freund«, sagte er. »Die Frage, die ich mir stelle, ist – *was weiß er?*«

Jonas zuckte hilflos die Schultern. »Ruben ist stumm.« Er sah wieder zu Ole hinüber, der die Geschichte kannte. »Er *war* stumm, heißt das. Ich …« Beinahe geriet er jetzt ins Stottern. »Zumindest habe ich geglaubt, dass er stumm ist.«

Fiet zeigte keine Regung, er hörte nur aufmerksam zu.

»Eigentlich weiß ich nicht, was Ruben weiß«, sagte Jonas leise.

»Und du willst ihn trotzdem befreien?«

»Er hätte dasselbe getan.« Das klang richtig. Unter seiner Kutte, in der Tasche seiner Hose, bewahrte Jonas Rubens Zettel auf.

Ich beschütze dich.

»Einverstanden. Wer weiß, wofür es gut ist.« Fiet stand auf. Er sah auf Jonas hinab. Die Laterne in ihrer Mitte warf wilde Schatten an die Wand. »Wir beide werden heute Nacht aufbrechen. Aber vorher solltest du dich ausruhen. Tanger wird dir zeigen, wo. Den Rest deiner Geschichte kann mir auch unser Freund Ole erzählen. Nicht wahr? Ole?«

Aber Ole schien ihn gar nicht gehört zu haben. Er hatte die Hände in den Schoß gelegt und starrte sie mit finsterer Miene an.

Das 31. Kapitel
Jonas liest im Staub

Jonas wachte auf, bevor Fiet Finger kam. Tanger hatte ihn in ein winziges Zimmer gebracht und ihm eine säuerlich riechende Decke gegeben. Dann war der Monokel verschwunden und auf dem harten Boden wälzte sich Jonas lange hin und her. Sein eigener Entschluss verfolgte ihn, es war kaum zum Aushalten. Einmal erschien es ihm als Irrsinn, ins Kloster zu gehen, dann wieder wollte er am liebsten gleich aufbrechen.

Irgendwann schließlich holte ihn die Erschöpfung ein und hinter seinen geschlossenen Lidern wurde Halbvergessenes riesengroß. Es war, als würde seine Erinnerung anschwellen. Er sah wieder seinen Kiesel – den Kiesel, der der Wieflinger war –, wie er im angetauten Boden des Hofs steckte. Brand war nicht weit und zwischen Wachen und Schlafen meinte Jonas, Elsa in der Küche klappern zu hören. Die Zapfen, die rund um den Kiesel im Boden steckten, waren jetzt wirklich so hoch wie Bäume. Der Himmel über ihnen tobte. Die taubengrauen Wolken dort oben waren für alles, was sich unter ihnen duckte, gleichermaßen groß. Jonas hörte den Wind gehen. Die Luft roch nach Abschied.

Als er hochschreckte, war es, als wäre sein Schlaf nur dünn gewesen und leicht zu durchbrechen – so wie die feine Schicht Eis auf einer Pfütze im November. Jonas war gleich hellwach, auch wenn er sich in der undurchdringlichen Finsternis nicht einmal rührte. Er hörte sein Herz wummern. Dann hörte er Schritte.

Als die Tür aufging, sprang er auf.

Ein dünnes Licht begleitete Fiet. »Wenn du es dir anders überlegt hast, musst du es nur sagen.« Der kleine Mann war im Türrahmen stehen geblieben, das Licht in seinem Rücken wie Tau auf seinem grauen Haar.

Jonas schwitzte auf einmal, ein kalter Tropfen floh seinen Rücken hinab. »Ich will gehen«, krächzte er.

»Dann komm.« Fiet machte auf dem Absatz kehrt und wandte Jonas den Rücken zu. Den ganzen Weg lang drehte er sich kaum je zu ihm um.

Sie verließen das Haus durch den Kellergang; drinnen waren weder Ole noch Tanger zu sehen. Als Jonas durch die Luke in den Keller kletterte, kam es ihm vor, als würde er in die Hölle hinabsteigen.

Er hätte sich gern den Weg eingeprägt, aber schon bald, nachdem sie in einer ganz anderen Gasse als beim letzten Mal wieder aufgetaucht waren, verlor er die Orientierung. Nur der Mond beschien ihren Weg, in keinem Fenster leuchtete ein noch so schwaches Licht. Die Fassaden verschmolzen zu einer grauen, wuchernden Wand.

Jonas vertraute Fiet, aber dass Ole nicht da war, machte die Gassen noch gespenstischer. Keines der Häuser ringsum schien zu schlafen, sie knackten und seufzten nur noch schlimmer, noch unheimlicher als am Tag.

Nach einer geraumen Weile erreichten sie die tote Allee. Jedenfalls sah die breite Straße genau wie die tote Allee aus, nur war sie in diesem Teil der Stadt von einem breiten Kanal gesäumt. Der Mond badete im zähflüssigen schwarzen Wasser, das mächtig und still durch sein gemauertes Bett rollte. Da und dort war ein Kahn vertäut, helle Flecken auf der dunklen Oberfläche des Kanals, die meisten schon halb versunken.

Es ging jetzt immer geradeaus, am Wasser entlang, und dann über eine Brücke mit eisernem Geländer auf einen gepflasterten Platz, dessen Weite und Leere Jonas eher spürte als sah. Zu seiner Linken erhob sich ein großes, bestimmt prachtvolles Gebäude – in der mondhellen Nacht war es katzengrau. Eine breite Treppe führte hinauf zu einem überdachten Portal, darüber viele Reihen toter Fenster.

Fiet jedoch wandte sich nach rechts und nach wenigen Schritten erreichten sie eine offensichtliche Ruine. Früher einmal mussten die Säulen ein flaches Dach gestützt haben, jetzt jedoch waren die meisten zerbrochen und das Dach war bis auf einen kleinen Rest eingestürzt. Geblieben war eine Treppe mit flachen, tiefen Stufen, die hinaufführte zu einem sperrigen Haufen aus Trümmern und Schutt. Was von den Säulen ringsum übrig war, sah aus wie ein vom Sturm gemähter Wald aus Stein.

Sie rafften ihre Kutten und erklommen die Stufen. Unter den Sohlen knirschte der Schutt. Fiet suchte zwischen dem Stumpf einer Säule und Trümmern des Daches Deckung. Außer ihren eigenen Atemzügen war weit und breit nichts zu hören.

Schließlich begann Fiet zu flüstern. »Das hier ist der große Platz, Jonas. Das Zentrum des alten Callamaar. Schau!« Er fasste Jonas an der Schulter und wies zu dem massigen Gebäude hinüber, das sie links liegen gelassen hatten. »Das ist der alte Königspalast. Dort hat Leopold früher gewohnt.« Der ausgestreckte Arm wanderte weiter nach rechts. »Da hinauf liegt Ais Tempel. Und uns genau gegenüber, auf der anderen Seite des Platzes, steht das alte Theater.« Fiets Arm wanderte wieder. »Du kannst es jetzt in der Dunkelheit nicht sehen. Core hat viel Zeit dort verbracht.« Er ließ den Arm sinken. »Und das hier war einmal Cais Tempel. Siehst du da vorn die Reste des Altars?« Er stand auf, raffte erneut die Kutte und kletterte über eine gefällte Säule hinweg.

Jonas folgte ihm, halb neugierig und halb widerstrebend. Er stellte sich Core vor, wie sie hierhergekommen war, um zu ihrem Schutzgeist zu beten. Wie sie in einer glücklicheren Nacht als dieser die Stufen erklommen hatte und das Mondlicht zwischen den Säulen hindurch in den Tempel gefallen war. Doch seine Vorstellung reichte nicht weit. Er hatte kein Bild von Core und konnte sich auch keines machen.

Schließlich standen sie vor einem halb zerbrochenen Altar. Nicht mehr als der nackte Stein des Tisches und ein paar Stufen, die zu diesem Tisch hinaufführten, waren von ihm übrig.

Fiet hockte sich hin und strich durch den Staub vor den Stufen. »Früher bin ich oft hier gewesen«, murmelte er.

Jonas sah sich um. Das Mondlicht ließ die Steine gräulich schimmern. »Warum sind wir hier?«, flüsterte er.

»Wir warten.« Fiet setzte sich in den Staub. »Dort vorn, zwischen Ais Tempel und dem Theater hindurch, führt die Allee zum Kloster hinauf. Das Wasser des Kanals kommt von dort. Es kommt aus den Bergen und fließt über das Klostergelände. Wenn die Jünger zurück ins Kloster gehen, kommen sie hier vorbei. Jetzt in der Dunkelheit wirst du dich ihnen vielleicht anschließen können.«

»Anschließen?« Auf einmal rauschte es in Jonas' Ohren. Er sollte *mit den Jüngern* gehen?

»Es gibt keinen anderen Weg ins Kloster hinein«, sagte Fiet leise. Fast klang es, als wolle er sich entschuldigen.

»Ich soll …?« Jonas brach ab. Was hatte er sich eigentlich gedacht? Dass es einen bequemen Weg ins Kloster gäbe?

»Du sollst mit ihnen gehen, ja. Die Gruppen sind oft groß. Du gehst hinter ihnen. Wenn alles gut geht, bemerken sie dich gar nicht. Du bist so groß wie sie, du trägst eine Kutte. Es könnte klappen.«

Jonas nagte an seiner Unterlippe. Aber er nickte. So also, so also würde er ins Kloster kommen. Aber wäre nicht jeder andere Weg genauso beängstigend gewesen?

»Kennst du ihr Gebet? Du wirst es aufsagen müssen, wenn du nicht auffallen willst.«

Jonas überlegte einen Augenblick. Er sah die Jünger wieder vor sich, wie sie langsam die Auffahrt hinaufgingen, immer auf das Schloss zu. Er hatte ihren Singsang noch im Ohr.

»Grundguter Hirte,
Halt die Hand über uns,
Segne, schütze, schaffe uns,
Schalte, walte,
Du willst, Du weißt,
Sind wir, dann sind wir,
Was Du uns heißt.«

»Ich kann es auswendig«, flüsterte Jonas.

»Gut. Und da ist noch etwas.«

»Ja?«

Fiet räusperte sich. »Ich habe es nicht sagen wollen, solange Ole zuhörte. Es hätte ihn nur auf dumme Gedanken gebracht. Er …« Unter seiner Kapuze schien Fiet nach den richtigen Worten zu suchen. »Ole hat es nicht leicht mit dir, Jonas, nehme ich an. Cores Prophezeiung bedeutet ihm viel. Er ist damit aufgewachsen, dass er unsere Rettung ist. Und jetzt kommt ihr, du und dein Freund Ruben, und auf einmal setzt der Hirte alles daran, euch in die Finger zu kriegen. Euch und nicht Ole, verstehst du?«

Jonas nickte. Doch eigentlich verstand er Ole nicht. Er hätte ganz gern getauscht. Wäre es nicht sowieso viel einfacher, Ole zu sein und sich seiner Sache immer sicher?

Fiet fuhr fort. »Was ich aber eigentlich sagen wollte, ist – da war noch jemand in der Flüsterstadt, der nach dir gefragt hat.«

Jonas durchzuckte es. Noch jemand? »Wer?«, entfuhr es ihm.

»Psst! Du musst leise sein.« Fiet senkte selbst seine Stimme. »Ich kenne seinen Namen nicht. Ich habe ihn auch nicht gesehen, sondern nur von ihm gehört. Es ist ein Fremder. Niemand aus dem Kloster.«

»Und was will er?« Jonas war beunruhigt. Was, wenn der Fremde Irmingast wäre? Es hatte ihn in den zurückliegenden Tagen viel Mühe gekostet, nicht an den Pfarrer zu denken, an die langen Zähne und den spiegelnden Blick. Manchmal hatte er ihn vor sich gesehen, wie er, kurz bevor Peregrin Aber das Testament eröffnet hatte, an der Wand lehnte, gleich neben der bedrohlich tickenden Uhr der Bibliothek.

»Hör zu. Ich weiß nicht, was er von dir will. Ich weiß nicht mal, ob er überhaupt noch in der Stadt ist. Ich dachte nur, du solltest wissen, dass da noch jemand auf deiner Spur ist.«

»Danke«, murmelte Jonas. Er dachte nach. Der rätselhafte Arnon Blau fiel ihm ein, Claras verschwundener, hinkender Sekretär. Was, wenn auch er durch den Schrank gegangen wäre? Könnte er hergekommen sein und hier geblieben? Er überlegte, Fiet das Heft zu zeigen, das er in Almas Kommode gefunden hatte und zusammen mit Rubens Zettel und Krempels Steckbrief unter seiner Kutte verbarg. Arnon Blaus Name stand auf dem Vorsatzblatt. Aber vielleicht war es der falsche Moment, die Taschen auszuleeren. Und vielleicht war Fiet Finger dafür auch gar nicht der richtige Mann.

»Kennen Sie den Namen Arnon Blau?«, fragte Jonas schließlich nach einigem Zögern. »Oder …« Er hielt inne, als wollte der Name nicht über seine Lippen, »... Irmingast?«

Fiet musste nicht einmal überlegen. »Nein. Könnte einer von den beiden der Kerl sein, der nach dir fragt?«

»Ich ...« Jonas zuckte die Schultern. »Nein. Ich glaube nicht.« Woher sollte Arnon Blau, ein Mann, der seit einer Ewigkeit verschollen war, überhaupt von ihm wissen? Irmingast allerdings wusste sehr wohl von ihm. Leider.

Sie verfielen in Schweigen. Unter seiner Kapuze fühlt sich Jonas wie in einem Versteck. Fiet strich selbstvergessen durch den Staub.

»Es hat nichts mit dem Mann zu tun«, sagte Jonas schließlich leise, »aber ich würde Ihnen gern noch eine Frage stellen.«

»Und welche?« Fiet sah nicht einmal auf.

»Wissen Sie, wo der Spinnenpalast ist?«

Fiets Hand hielt abrupt still. »Der Spinnenpalast«, wiederholte er langsam. »Was soll das sein?«

»Ich weiß es nicht. Ruben hat ... Als Ruben in Kanaria festgenommen wurde, hat er mir etwas zugerufen. *Such den Spinnenpalast*, hat er gerufen.«

»Hm. Hast du schon mal jemanden danach gefragt?«

»Ja. Ole. Und Lunette.«

»Und? Wusste Lunette eine Antwort?«

Jonas schüttelte mutlos den Kopf.

»Tja.« Fiets Finger strichen wieder durch den Staub. »Ich weiß auch keine. Und wenn weder ich noch Lunette davon gehört haben, dann, denke ich, solltest du dich mit dem Gedanken anfreunden, dass es auch keinen Spinnenpalast gibt.« Fiet sah auf. »Nicht hier. Nicht in Kanaria. Und auch nicht in der Ferne.«

Sie schwiegen wieder.

»Ole hat mir von deinem Schrank erzählt, Jonas«, nahm

Fiet dann den Faden wieder auf. »Vielleicht liegt der Spinnenpalast ja auf der anderen Seite. Auf deiner Seite, meine ich.«

Fiets Worte machten Jonas noch mutloser. Es gab keinen Spinnenpalast in Wunderlich. Oder ließ sich das gar nicht sagen, solange er nicht wusste, was genau der Spinnenpalast eigentlich war?

Fiet hatte sich abgewandt und starrte auf den Platz hinaus. Ein leiser Wind war aufgekommen, strich über den Platz und klapperte mit allem, was in den nahen Gassen lose war – mit Fensterläden vielleicht und aufgebrochenen Türen.

Jonas' Hände fuhren durch den Staub am Boden. Es war unvernünftig, ins Kloster zu gehen. Er wusste es. Und doch wollte er es.

Nach und nach legten seine Finger den Boden frei, kleine unregelmäßige Kacheln. Im Sonnenlicht wären sie bunt gewesen, jetzt waren sie hellgrau, dunkelgrau, schwarz oder weiß. Jonas strich immer mehr Staub beiseite, fegte mit der Handkante den grobkörnigen Schutt weg, ging auf die Knie. Er arbeitete immer schneller, er vergaß alles um sich herum. Fiet, den Platz, den immer stärkeren Wind – und das, was ihm bevorstand. Eine seltsame Ahnung beschlich ihn.

Dann war das Mosaik freigelegt – ein Bild aus tausend Scherben. Jonas gingen die Augen über. Er atmete schwer. Das Bild dort auf dem Boden zeigte den Puppenspieler!

Er fasste sich an den Kopf und spürte den Staub, der an seinen Fingerspitzen klebte.

Es war der Puppenspieler von Claras Porträt in Wunderlich! Es gab keinen Zweifel. Dieselbe Figur, derselbe Rock, die Kniebundhosen, die übermütige Mütze. Und die Marionette natürlich. Winzig klein, aus kaum mehr als einem halben Dutzend Kachelscherben zusammengesetzt, tanzte sie zu seinen Füßen.

»Fiet!«

»Psst«, kam es ärgerlich zurück.

Jonas dämpfte seine Stimme. Es fiel ihm schwer. Da war der Puppenspieler – er hatte ihn so sehr gesucht! Claras Lieblingsfigur! In Cais Tempel! »Was … Wer ist das?« Jonas zeigte auf das Mosaik. Seine Hand zitterte.

»Das? Was?« Fiet Finger beugte sich vor. »Ach so«, sagte er dann. »Das ist Core. Cais Liebling.«

Das 32. Kapitel
bringt Jonas in große Gefahr

Jonas hatte beide Hände auf das Mosaik gestützt. Seine Gedanken rasten. Sie entwischten ihm immer wieder. Der Puppenspieler war eine Puppenspieler*in*! Der Puppenspieler war Core! Jonas ächzte vor Überraschung.

Denk nach, zwang er sich. Denk nach!

Der Puppenspieler war eine Sonneberger Figur. *Sie haben sie früher aus Brotteig gemacht, weißt du? Aus Brotteig, Sand und Leim.* Er konnte Tabbis Stimme noch hören. Damals in der Bibliothek, als ihm die Bücher ihre Rücken zuwandten – er sah sich noch vor Claras Porträt.

Jonas hockte sich hin und nahm die Finger zu Hilfe. Er hob den Daumen. »Eins«, flüsterte er. Der Puppenspieler.

Er hob den Zeigefinger. »Zwei.« Der türkische Reiter.

»Drei.« Der Mittelfinger. »Der König«, flüsterte Jonas.

Er stellte den Ringfinger aus. »Vier.« Der Soldat.

»Fünf.« Der kleine Finger. Der Junge mit der Mütze.

»Sechs«, zählte Jonas und spreizte seinen anderen Daumen. Der Mann mit der Schärpe und dem geheimnisvollen Gerät.

Jonas starrte auf seine Hände. Es waren sechs Sonneberger Figuren. Sechs, fast sieben. Er formte das Wort mit den Lippen, stumm, so wie Ruben Wörter geformt hatte. »Sieben.«

Der Mann mit der Schärpe!

Der Mann mit der rosafarbenen Schärpe!

Jonas' Herz machte einen Satz.

Lunette! Das geheimnisvolle Gerät der Sonneberger Figur war ein Fernrohr! Die Figur stellte Lunette dar!

Jonas stieß einen Laut der Überraschung aus. Aber Fiet beachtete ihn gar nicht weiter. Er hatte Cais Tempel vor seiner Zerstörung gekannt und dieses Mosaik hundertmal gesehen. Nach seiner dürren Erklärung hatte er sich einfach wieder auf die Lauer gelegt, spähte in die mondhelle Nacht hinaus und wartete auf Faramunds Jünger.

Immer noch starrte Jonas auf seine gespreizten Finger. Der gelbe Rock. Die blauen Hosen. Die Schärpe. Das Fernrohr. Lunette!

Und weiter?

Denk nach, sagte er sich wieder. Du weißt es!

Der König war Leopold; der Soldat war Grimbert; Fiet war der Junge; Core der Puppenspieler, der nicht mehr zu finden war. Jonas wurde vor Konzentration ganz steif. Zwei fehlten noch. Zwei der Sieben.

Der türkische Reiter konnte nicht Faramund darstellen. War er ein Abbild Suleman Monds? Aber dann fehlte Faramund nach wie vor. Es ging nicht auf. Und doch gab es einen Zusammenhang. Warum konnte er ihn bloß nicht sehen?

Der Wind pfiff jetzt über den dunklen Platz.

Hatten Alma und Clara Abbilder der Sieben in Wunderlich verwahrt? Aber warum sollten sie das getan haben? Und wieso sollten sie diese Abbilder verstecken – unter Matratzen und Dielen? Jonas vergrub das Gesicht in den schmutzigen Händen. Er wusste nicht weiter.

»Sie kommen!« Fiets heiseres Flüstern holte ihn in den zerstörten Tempel zurück.

Mit einem einzigen Satz war er an Fiets Seite. »Wo?«

»Da. Sie sind noch auf der toten Allee. Du kannst sie nicht sehen. Aber du kannst sie hören. Spitz die Ohren!«

Jonas lauschte. Das Gebet der Jünger Faramunds mischte sich in den flüsternden Wind.

»Sind wir, dann sind wir,
Was Du uns heißt«

Es schnürte Jonas den Hals zu. Er wollte sich diesen Jungen nicht anschließen. Er wollte vor ihnen weglaufen!

Jonas sah zum Himmel hinauf. Der Wind trieb jetzt eine Herde düsterer Wolken vor sich her. Das Mondlicht flackerte, verschwand, kehrte noch blasser zurück als zuvor. Plötzlich lag Feuchtigkeit in der Luft.

»Grundguter Hirte,
Halt die Hand über uns«

Die Stimmen kamen näher. Sie ritten auf dem Wind.

»Komm!« Fiet gab ihm ein Zeichen.

Sie verließen ihren Platz vor dem Altar, huschten über den Schutt und kauerten sich dann in den Schatten einer Säule unmittelbar neben der Treppe. Vor ihnen fegte der Wind den großen Platz. Oben am Himmel marschierten immer mehr Wolken auf.

»Hör zu!« Fiet Finger presste die Worte zwischen den Zähnen hervor. »Unsere Wege trennen sich jetzt. Wenn ich dir einen Schubs gebe, läufst du los. Nicht zu schnell, hörst du? Sobald du sie erreicht hast, hängst du dich einfach dran. Mach alles so, wie sie es machen. Bete!«

Jonas nickte aufgeregt.

»Wenn du erst im Kloster bist, musst du selbst weitersehen.

Viel Glück!« Fiet legte ihm eine Hand auf die Schulter. Sie warteten schweigend.

Jonas sah in die Dunkelheit hinaus. Kaum mehr Mondlicht. Viel Wind.

»Schalte, walte,
Du willst, Du weißt«

Da waren sie! Zwei, vier, sechs, zehn. Eine Prozession der Schatten. Die Jünger Faramunds. Jonas war wie ein Bogen gespannt. Fiets Hand lag auf seiner Schulter.

»Sind wir, dann sind wir,
Was Du uns heißt«

Sie waren vorüber. Jonas spürte den Druck von Fiets Hand. Dann war er schon unterwegs. Die Stufen hinab. Auf den Platz. Sein Atem flatterte.

»Grundguter Hirte,
Halt die Hand über uns«

Er hatte das Ende der Prozession erreicht. Er senkte den Kopf. Er faltete die Hände unter den langen Ärmeln.

»Segne, schütze, schaffe uns«

Und Jonas fiel ein.

»Schalte, walte,
Du willst, Du weißt,

Sind wir, dann sind wir,
Was Du uns heißt«

Es kam wie von selbst von seinen Lippen. Ein Vers folgte dem anderen. Schritt folgte auf Schritt. Langsam ging sein Atem wieder ruhiger. Sie hatten ihn nicht entdeckt! Jonas hätte gern zum Tempel zurückgesehen, aber er traute sich nicht. Der Wind zerrte an seiner Kutte. Erste Tropfen schlugen in den Staub.

»*Grundguter Hirte*«, murmelte Jonas. Es regnete jetzt. Das Wasser drang durch seine Kutte. Er spähte unter seiner Kapuze hervor. Die Jünger gingen tief gebeugt, stemmten sich gegen den Wind. Die Säume ihrer Kutten flatterten. Ihr Gebet wehte über den Platz.

Das da, rechts, musste das Theater sein, ein undurchdringlich schwarzer Klotz; links der zerstörte Tempel Ais. Jonas' Beine liefen wie von selbst.

»*Halt die Hand über uns*«, murmelte er.

Vor ihnen erhob sich das Kloster. Hinter seiner Mauer schimmerte Licht, vom Regen zu Schlieren verzogen. Jonas verengte die Augen zu Schlitzen. Das Wasser lief ihm jetzt über das Gesicht, der Regen wurde immer heftiger.

»*Segne, schütze, schaffe uns.*« Jonas betete lauter als zuvor, die Verse wirkten seltsam beruhigend.

Sie hatten die Klostermauer erreicht, das Gebet schwoll an, der Regen prasselte. Jonas war völlig durchweicht. Die Kapuze klebte an seinem Schädel.

Das gewaltige Tor schwang wie von Geisterhand auf, völlig geräuschlos, und es wurde heller. Sie durchschritten den ersten Mauerring, im schmalen Gang zwischen erster und zweiter Mauer brannten Fackeln. Eine verlosch zischend im Regen, andere waren von der Mauer geschützt und warfen ein tief orange, vom Regen verzerrtes Licht, das sich in den glatten, schwarzen Mauern spiegelte. Alles war seltsam ungefähr, nur das Gebet war gewiss.

»Schalte, walte,
Du willst, Du weißt,
Sind wir, dann sind wir,
Was Du uns heißt«

Sie passierten ein zweites Tor, sie passierten im Fackelschein ein drittes, sie erreichten einen Vorhof. Über ihnen erhoben sich die Umrisse der düsteren Klostertürme, vor ihnen spiegelte sich im nassen Pflaster das flackernde Licht. Ketten rasselten.

Ketten?

Jonas verstummte. Seine nassen Lippen hielten still. Er spähte aus den Augenwinkeln zur Seite. Rundum Mauern. Er stutzte und fiel einen Schritt zurück. Die Jünger beteten inbrünstig.

An die Mauern waren Gefangene gekettet! Mit ausgebreiteten Armen standen sie da und ließen die Köpfe hängen. Ihre Handgelenke in Ketten, die Ketten in den Mauern verankert.

Jonas zwang sich weiterzugehen. Der Regen fiel jetzt in langen Fäden.

»Sind wir, dann sind wir,
Was Du uns heißt«,

beteten die Jünger.

Was, wenn einer dieser Gefangenen Ruben wäre? Jonas brauchte einen Fleck in völliger Dunkelheit, um sich von der Gruppe zu lösen. Er hielt Ausschau, wartete, wartete länger. Nur noch wenige Schritte bis zum nächsten Tor …

Jetzt!

Jonas fiel einen, zwei, drei Schritte zurück, brach nach rechts aus und presste sich dann an die Mauer. Stur marschierten die Jünger weiter.

»Sind wir, dann sind wir,
Was Du uns heißt«

Ihre Stimmen wurden leiser, sie waren durch das nächste Tor. Das Wasser rann Jonas über die Wangen, mit dem langen Ärmel seiner Kutte wischte er sich das Gesicht. Bis auf die Geräusche des Regens und das verhaltene Klirren der Ketten war es still im Hof. Immer mehr Fackeln verloschen. Feuchter Rauch lag in der Luft.

Nass bis auf die Knochen hielt Jonas Ausschau. Nicht weit von ihm entfernt hing ein Alb in seinen Ketten. Jonas erkannte sein schimmerndes weißes Haar. Neben dem Alb lehnte eine kleine Gestalt an der Wand, nicht größer als ein Achtjähriger. War das ein Wicht? Jonas' Blick wanderte weiter, weiter, noch weiter …

Da! Ausgestreckte Arme in einem schmutzig weißen Hemd! Der Kopf war dem Gefangenen auf die Brust gesunken, das nasse, schwarze Haar hing ihm tief ins Gesicht.

Ruben!

Jonas zuckte. Konnte er …?

Dann lief er einfach los, huschte über den Platz, durch den Fackelschein, auf die Mauer gegenüber zu.

»Ruben!«, flüsterte Jonas. »Ruben!« Er stand direkt vor ihm. Der tropfende Vorhang seines Haars reichte Ruben bis ans Kinn. »Ich bin es! Jonas!«

Ruben warf stöhnend den Kopf zurück. Sein Auge starrte ins Leere. Es saß hoch oben in seiner Stirn.

»Ru…?« Jonas verstummte und sah dem Monokel entgeistert ins Gesicht. Er hatte sich getäuscht.

»Was …«, stöhnte der Monokel. »Was willst du … noch?«

Einen Moment lang stand Jonas bloß da, hilflos und sehr verzweifelt. Dann schlug er die Kapuze zurück. »Ich bin kein Jünger«, flüsterte er.

Der Monokel lehnte den Kopf gegen die Wand und schloss das Auge. »Lass mich!«, sagte er.

Aber Jonas wollte ihn nicht lassen. »Hör mir zu!«, zischte er. »Ich suche jemanden. Einen Menschen. Groß. Mit Haaren wie du. Und auch so einem Hemd. Faramund hat ihn hergebracht. Hast du ihn gesehen? Ist er hier irgendwo?«

Ohne sein Auge zu öffnen, schüttelte der Monokel den Kopf. Das Hemd klebte ihm am Körper. »Ich habe niemanden gesehen«, sagte er so leise, dass Jonas ihn nur mit Mühe verstand. »Verschwinde von hier, Junge. Verschwinde! Sonst endest du wie ich.«

»Wo könnte der Mann sein? Wo?« Jonas wollte nicht lockerlassen. Er zitterte am ganzen Körper.

Mit einem Ruck beugte der Monokel sich vor. Die Ketten knirschten. Sein lebloser Blick wanderte zum Tor hinüber, durch das die Jünger verschwunden waren. Seltsam haltlos schwankte sein Kopf auf den Schultern. »Lauf«, stöhnte er. »Lauf schon. Sie haben dich gesehen.«

Jonas fuhr herum. Zwei Jünger passierten das Tor. Sie traten auf den Hof.

»Lauf«, flüsterte der Monokel kraftlos. Das Kinn sank ihm auf die Brust, das schwarze Haar fiel ihm wieder ins Gesicht.

Für einen Augenblick war Jonas wie gelähmt. Er sah zum Tor hinüber, durch das er gekommen war. Die Jünger kamen näher, scheinbar ohne Eile. Das Tor stand offen.

Jonas lief.

Einer der Jünger bellte etwas. Weniger als ein Wort.

Jonas stürzte auf das Tor zu. Die Kutte behinderte ihn. Er hörte die Schritte hinter sich. Er rannte. Die Lichter der Fackeln schossen an ihm vorbei, Schlieren, Feuerschweife. Die Schritte hinter ihm wurden lauter.

Er passierte das Tor, lief weiter, blieb stehen. Das zweite Tor war verschlossen! Wie eine Wand ragte es vor ihm auf.

Wohin?

Jonas hörte sich keuchen. Er riskierte nicht einmal den Blick zurück. Rechts wie links verlief ein schmaler Gang zwischen den hohen Mauerringen. Er lief nach links, in tiefste Dunkelheit hinein. In dem schmalen Gang zwischen den Mauern hallten seine Schritte wie Donnerschläge. Er hetzte voran, die Jünger im Nacken.

Er hatte es nicht geschafft! Er hatte Ruben nicht gefunden! Er würde selbst in Gefangenschaft geraten! *Hüte dich vor dem Hirten!*

Der Gang endete abrupt vor einer Mauer. Plötzlich standen Jonas Tränen in den Augen. Es war vorbei! Dann entdeckte er die Stiege. Wie Nester klebten die Stufen seitlich an der Mauer und führten steil hinauf, hoch in die regennasse Dunkelheit.

Es gab nichts zu überlegen. Jonas raffte die lästige Kutte und stolperte hinauf. Es gab kein Geländer. Er musste sich in Acht nehmen. Er nahm die Hände zu Hilfe. Stufe für Stufe. Hinter sich hörte er die Jünger keuchen. Sie waren so nah!

Jonas' Hand griff ins Leere und er verlor das Gleichgewicht. Unter den Händen spürte er nasses, glitschiges Holz. Er hatte ein Podest erreicht, eine Art Plattform, ein ganzes Stück unterhalb des Mauerfirsts. Er rappelte sich auf. Vor ihm ein hölzernes Geländer, darunter, tief unten, der Kanal. Der Regen prasselte auf das schwarze Band des Wassers.

Springen? Sollte er springen?

Jonas drehte sich um. Die Jünger standen vor ihm wie eine Wand.

Jonas schloss die Augen. Zu spät.

Als er sie wieder öffnete, kam es ihm vor, als stieße ein großer Vogel auf ihn herab. Eine Gestalt schwang sich vom Mauerfirst und landete mit einem gewaltigen Poltern genau zwischen ihm und den Jüngern. Jonas taumelte zurück bis an das hölzerne Geländer der Plattform. Die Gestalt trug einen Hut. Ein untersetzter Mann mit breiten Schultern.

»Verdammte Banditen!«, schimpfte er und baute sich vor den Jüngern auf.

Die Jünger wichen zurück.

»Ihr seid nicht!«, zischte der Mann. Das klang wie ein Befehl.

Jonas klammerte sich an das Geländer.

»Ihr seid nicht!« Der Mann sprach jetzt leise und bedrohlich.

Ein Jünger ging in die Knie. Der andere wand sich wie unter Schmerzen.

»Gespinste«, flüsterte der Mann mit dem Hut. »Ihr seid nicht!«

Jonas lief ein Schauer über den Rücken. Wie ein Zauberer klang der Mann, wie Zaubersprüche das, was er sagte.

»Gespinste.«

Die Jünger waren zu Boden gegangen. Jonas hörte sie wimmern. Er zwinkerte, dann waren sie fort. Weg. Spurlos verschwunden. Er rieb sich die Augen. Dort, wo die beiden Jünger sich eben noch gewunden hatten, war nur noch Holz, auf das der Regen trommelte.

Jonas lehnte sich schwer gegen das Geländer. Dann sank er selbst auf die Knie und schlug die Hände vor das Gesicht.

Sein Kopf war leer, unendlich leer. Erst nach und nach spürte er wieder den Regen in seinem Nacken.

»Steh schon auf.« Der Mann war an ihn herangetreten. Das Wasser triefte von der breiten Krempe seines Huts.

Jonas gehorchte. Mühsam kam er auf die Beine. Er sah zu dem Mann hoch, erkannte einen langen, tropfenden Schnurrbart.

»Du bist ein sagenhafter Dummkopf«, grollte der Mann.

Jonas starrte ihn bloß an.

»Du hast nichts verstanden. Gar nichts.« Ohne Vorwarnung trat der Mann wuchtig gegen das Geländer. Das Holz splitterte. Dann trat er noch einmal. Die Latten brachen, fielen. Tief unten hörte Jonas sie auf die Wasseroberfläche klatschen. »Und jetzt ab. Anders kommst du hier nicht raus.«

Unendlich langsam wand Jonas den Kopf. Er verstand nicht. Er war so müde. So erschöpft.

»Jetzt spring schon, du Schwachkopf!«

Jonas sah auf das schwarze Wasser dort unten. Es würde ihn einfach verschlucken.

»Was?«, krächzte er.

Aber da hatte der Mann ihm schon einen Schubs gegeben und Jonas flog. Er war in der Luft. Hoch über dem schwarzen Kanal.

Das 33. Kapitel
Das Gedankentheater

Das Wasser platzte. Dann schwebte er immer tiefer hinab wie auf den Grund eines Traums. Der Fehler war zu atmen. Hustend und spuckend tauchte Jonas wieder auf, schnappte nach Luft, hustete wieder. Wie ein Köder an irgendjemandes Angel trieb er schließlich an der Oberfläche. Regen sprenkelte das Wasser, ein Streifen Mondlicht schaukelte auf dem Kanal. Plötzlich war ihm fürchterlich kalt. Einmal noch sah er zur Klostermauer hinauf, doch da war nichts außer dem Schattenriss des geborstenen Geländers. Sein unheimlicher, raubeiniger Retter war spurlos verschwunden.

Jonas trieb richtungslos davon, schneller werdend, auf ein unsichtbares Gurgeln zu, das nach und nach zu einem Rauschen wurde. Die vollgesogene Kutte zerrte an ihm, aber immer noch war Jonas wie gelähmt. Was seine Arme und Beine taten, taten sie von selbst. Sein Kopf war immer noch leer.

Kaum dass Jonas das Wehr unter der Klostermauer ausmachen konnte, war er schon hindurch, schlug sich den Ellbogen an, wurde kalt überspült und dann hustend wieder ausgespuckt. Blind trieb er durch ein stilles Gewölbe, in das der Regen nicht drang. Immer wieder schluckte er Wasser und sein Husten hallte von den unsichtbaren Mauern zurück.

Erst als das Mondlicht ihn wieder einfing, kam er halbwegs zu sich. Er spürte die feinen Stiche des Regens und fühlte sich mit einem Mal schrecklich verloren. Die Klostermauern lagen hinter ihm, vor ihm der stille, schnurgerade Kanal, die Wasserstraße der Flüsterstadt. Die Arme wurden ihm schwer. Plötzlich sehnte er sich geradezu nach Ole und Fiet, nach den stickigen Räumen ihres Verstecks und den vernagelten Fenstern.

Bibbernd sah Jonas zur Kaimauer hinüber. Das Wasser stand tief. Er würde nicht bis an die Mauerkante reichen können. Dort hochstemmen konnte er sich also nicht. Aber er musste doch raus aus diesem Kanal! Bei Brand, fiel ihm ein, hatte er an einem frühen Morgen einmal eine Maus gefunden, die über Nacht in einem halbvollen Eimer ertrunken war. Mit einem Span hatte er sie aus dem Wasser gefischt, ein schlaffes Etwas mit durchnässtem Fell und aufgeweichten Pfoten. Ein paar Züge lang schwamm er mit der Kraft der Verzweiflung, dann zwang er sich, ruhiger zu werden.

Er spähte zur anderen Seite hinüber. Ein mächtiges Gebäude grenzte dort direkt an den Kanal. Jonas versuchte, sich den großen Platz, die Mitte des alten Callamaar, in Erinnerung zu rufen. Das Gebäude konnte das Theater sein, er hatte es auf dem Weg zum Kloster passiert. Für einen Augenblick stürzte alles wieder auf ihn ein – die Prozession der inbrünstig betenden Jünger, der zu Tode erschöpfte Monokel im Hof, die Flucht und der Mann mit dem Hut, der ihn gerettet hatte.

Gerettet. Aber wie? Durch … Zauberei? Er erinnerte sich – Fiet hatte von einem Mann gesprochen. Jemandem, der nach ihm fragte … Jonas wischte sich schnell durch das nasse Gesicht und schwamm dann weiter. Die Jünger waren einfach verschwunden, dachte er. Sie hatten sich *aufgelöst*. Er wollte lieber gar nicht daran denken.

Im dünnen Mondlicht schien das Gerippe eines Geländers auf. Von der Rückseite des Theaters führte es fast bis ans Wasser hinunter. Eine Anlegestelle vielleicht, für längst versunkene Boote. Jonas sammelte die ihm verbliebenen Kräfte und schwamm darauf zu. Er musste so schnell wie möglich vom Kloster weg. Er musste Ole finden.

Immer noch regnete es Nadeln. Jonas fror, die Kutte war schwer. Er hatte Ruben nicht befreit.

Klatschend schwappte der Kanal an die nackten Mauern des großen Gebäudes. Noch bevor das Geländer in seine Reichweite kam, schlug sich Jonas das Knie an. Stufen! Er hatte Stufen unter den Füßen! Da führte eine Treppe ins Wasser hinein! Das Knie tat gleich nicht mehr weh.

Jonas richtete sich auf. Die Kutte klebte ihm am Körper und das Wasser lief nur so an ihm hinab. Er bekam das Geländer zu fassen. Rost zerbröselte unter seinen kalten, tauben Fingern. Im Schatten der hoch aufragenden Hauswand atmete er durch und warf einen Blick zum Kloster hinüber. Dort unter der fetten schwarzen Mauer floss der Kanal hindurch. Drüben an der Brücke vor dem großen Klostertor rührte sich nichts. Jonas wurde nicht verfolgt. Der Mann mit dem Hut hatte ganze Arbeit geleistet.

Tropfend erklomm Jonas die Stufen und erreichte eine Tür. Einen anderen Weg gab es nicht. Er griff nach der Klinke, zum Glück ging die Tür auf. Er trat in einen finsteren Korridor und tastete sich Schritt für Schritt weiter. Durch die offene Tür rauschte der Regen, Kanalwasser schwappte in seinen Schuhen. Drinnen war es angenehm trocken, die Luft war abgestanden, aber von der Hitze des Tages noch warm.

Wie ein Blinder streckte Jonas die Arme vor und nach wenigen Metern gelangte er an eine weitere Tür. Es musste noch andere Ausgänge geben als den zum Kanal, und am besten fände er einen, der nicht auf den großen Platz hinausführte. Jonas' Finger strichen über das Türblatt, die Farbe löste sich in Schichten. Als er die Tür einen Spaltbreit öffnete, rann ein schwaches Licht über die Spitzen seiner Schuhe. Er trat in ein früher gewiss einmal prächtiges Foyer. Jetzt lag der Staub fingerdick auf dem kostbaren Parkett, an den Wänden Bilder in Rahmen mit Schlagseite. Die Lüster an der Decke schliefen, das Licht kroch durch den breiten Spalt einer gehörig verzogenen Flügeltür. Hinter ihr musste es strahlend hell sein.

Einen Moment hielt Jonas inne. Was, wenn die Augen des Hirten hier in den Wänden säßen? Nass, wie er war, mit zurückgeschlagener Kapuze, hatte er nicht das Gefühl, noch als Jünger durchzugehen. Aber was blieb ihm schon übrig?

Wenn doch Ole jetzt da wäre, dachte er. Oder Lunette.

Er ging auf Zehenspitzen weiter. Als er das Geräusch zum ersten Mal hörte, fror er in der Bewegung ein. Ganz steif stand er da und tropfte auf das Parkett, als tickte eine Uhr.

Hinter der Flügeltür klang es, als würde jemand geohrfeigt.

Dann wurde es wieder still.

Vorsichtig setzte sich Jonas erneut in Bewegung.

»Bravo! Bravobravobravo! Bravissimo!«

Die Ohrfeigen folgten jetzt dicht hintereinander. Wer immer da geschlagen wurde, musste Höllenqualen leiden.

»Zugabe!«, rief es jetzt hinter der Tür. »Zugabe!«

Jonas stutzte. Das klang nach Freude, nicht nach Wut oder Schmerz. Kurz entschlossen huschte er zur großen Tür. Wollte er Ole und Fiet finden, würde er Hilfe brauchen. Und was immer ihn dort hinter der Tür erwartete, ein Jünger Faramunds konnte es eigentlich nicht sein.

»Hurra!«, kam es jetzt durch den Spalt.

Dann wieder Stille.

Ganz langsam öffnete Jonas die Tür und stand plötzlich im grellen Licht. Vor ihm ein Meer aus Stühlen, in einem satten Rot bezogen, Reihe um Reihe, bis tief in den Raum. Unter der Decke brannten glitzernde Kronleuchter, und ganz am Ende des riesigen Raums erhob sich, begrenzt von den tiefen

Falten eines schweren, dunklen Vorhangs, eine leere, schwarze Bühne.

Die Ohrfeigen setzten wieder ein. Direkt vor der Bühne, in der allerersten Stuhlreihe saß ein Mann und klatschte wie wild in die Hände.

»Wie treffend!«, rief er mit einer meckernden Stimme. »Wie außerordentlich treffend!«

Jonas konnte nur seinen Kopf sehen, dicht behaart, und darunter einen buckeligen Rücken.

»Bravo! Famos!«

Jonas rang mit sich. Sollte er den Mann ansprechen? Oder könnte er Ole und Fiet vielleicht doch alleine finden?

»Hallo?«, sagte er schließlich zaghaft. »Hallo?«

Kaum hatte der Mann ihn gehört, sprang er auch schon auf. Unwillkürlich wich Jonas zurück. Der Mann war ein … ja, was?

Schon kam er näher, buckelig und mit klappernden Hufen.

Jonas starrte ihn an. *Hufe?*

»Ein Besucher!«, meckerte dieses seltsame Wesen und rieb sich, immer noch näher kommend, die behaarten Hände. »Zu dieser Stunde!«

Jonas hörte sich auf das Parkett tropfen. Er rührte sich nicht.

Der Mann hatte einen ziemlich großen Schädel und seine struppigen, gelblich weißen Koteletten mündeten in einen steif nach vorne weisenden Ziegenbart. Vor allem aber ragten aus seinen Hosenbeinen keine Füße, sondern … Hufe.

»Na, so was.« Klappernd kam dieses rätselhafte Wesen zum Stehen und musterte Jonas von oben bis unten. »Ich hätte dich mit einem der Jünger verwechseln können, junger Mann. Womit du mir einen unverzeihlichen Schrecken eingejagt hättest. Das dürfte ja wohl klar sein.«

Jonas starrte bloß zurück. Ein Faun, dachte er dann. Der Mann musste ein Faun sein.

»Gu-guten Abend«, stotterte er. Etwas anderes fiel ihm nicht ein.

»Guten Abend?«, meckerte der Faun. »Es ist tief in der Nacht. Früher Morgen schon bald. Eben ist die Spätvorstellung zu Ende gegangen! Zweiundzwanzig Zugaben! Der Saal hat getobt!« Mit einer eleganten Bewegung seines Arms wies er auf die leere Bühne am Ende des Saals. »Heute wurde *Die Prinzessin Fantasmagoria* gegeben. Ein beispielloser Publikumserfolg!« Er ließ den Arm sinken und schaute wieder auf Jonas herab.

Jonas sah zur leeren Bühne hinunter. Spätvorstellung? Er verstand nicht.

»Oh! Ich weiß, was du jetzt denkst!«, meckerte der Faun. »Niemand auf der Bühne! Niemand im Parkett! Kein Licht! Keine Kulissen! Und so weiter und so fort. Ja, ja!« Er ruderte mit den Armen. Immerhin aus seinen Ärmeln lugten Hände.

»Es ist ein Gedankentheater, musst du wissen!«, meckerte der Faun. »Gespielt wird nur in meinem Kopf! Ja, ja. Ich stelle mir die *Prinzessin Fantasmagoria* vor! Mit allem Drum und Dran! Den schön bemalten Kulissen! Dem Licht! Den Schauspielern! Früher habe ich noch die Kleiderpuppen aus der Garderobe auf die Bühne geschoben. Um meiner Fantasie auf die Sprünge zu helfen. Aber mittlerweile muss ich mich nur dort vorn in die erste Reihe setzen und schon geht das Spiel los. Alles in Gedanken natürlich.« Der Faun tippte sich an den quadratischen Schädel. Dann fing er an, sich seinen Ziegenbart zu zwirbeln. »Und wer bist du? Ein Gefährte Fiet Fingers, wie mir scheint. Ja? Der Freund Ole Monds? Ja? Jonas? Ja? Jonas Nichts. Oh! Ich habe von dir gehört. Habe ich.« Er nickte mehrmals.

Die Flüsterer flüstern von dir, dachte Jonas. Es hätte ihm Angst machen können, dass der Faun von ihm wusste, aber eigentlich beruhigte es ihn eher. Er hatte sich so allein gefühlt in diesem verdammten Kanal. Und die verschwundenen Jünger und der Mann mit dem Hut lauerten in seinen Knochen wie ein Fieber.

»Darf ich mich vorstellen?«, meckerte der Faun. »Lubbe nennt man mich.« Er verbeugte sich schwungvoll. »Ich war – darf ich es sagen? – einst der Liebling dieses Theaters. Bejubelt! Beklatscht! Gefeiert! Von früh bis spät!« Er legte Jonas einen Arm um die Schultern und führte ihn hufeklappernd den Gang neben den Stuhlreihen hinab in Richtung Bühne.

Jonas wusste kaum, wie ihm geschah. Eigentlich war er bloß erleichtert.

»Alle großen Rollen habe ich da oben gespielt.« Lubbe plauderte munter drauflos. »Junge Götter, strenge Väter, alte Despoten. Am besten aber war ich als König in der *Prinzessin Fantasmagoria*. Ich war der König *und* sein Pferd!« Er lachte meckernd. Dann sah er Jonas an. »Du bist wohl noch nicht vielen Faunen begegnet, wie?«

Jonas schüttelte den Kopf. »Sie sind der erste«, sagte er dann.

»Na, so was!« Lubbe lachte wieder. »Da hast du also gleich den berühmtesten getroffen!«

Jonas versuchte mitzulachen, der Höflichkeit halber.

Aber Lubbe wurde auf einmal ernst. »Kein Spaß, Jonas Nichts. Kein Spaß! Es gab Zeiten, da war Callamaar mit Plakaten von mir gepflastert! Der grrrroße Lubbbbbbe!«, meckerte er unvermittelt los. Dann flüsterte er beinahe. »*Meine* große Zeit. Dagegen nimmt sich dein bisschen Berühmtheit wahrlich gering aus, Jonas Nichts.«

Jonas stutzte. »Wie meinen Sie das?«

Mittlerweile hatten sie den Rand der Bühne erreicht. Lubbe strich sich wieder den Bart, die andere Hand hatte er malerisch über die Kante der Bühne drapiert. »Na! Wie wohl? Wen der Hirte sucht und nicht findet …« Lubbe machte eine irgendwie vielsagende Geste. »Außerdem … diese Augen, Junge … diese Augen … Nicht einmal schlecht. Sehr wirkungsvoll. Mit den beiden verschiedenen Farben, meine ich. Für die Bühne natürlich nicht geeignet. In den hinteren Reihen sieht sie kein Mensch! Das merken die gar nicht im Publikum, dass du so hübsche Augen hast!« Lubbe grinste beinahe teuflisch. »Wieso bist du eigentlich so unvorteilhaft nass?«, erkundigte er sich dann.

Jonas überlegte einen Augenblick, bevor er antwortete. Wie viel konnte er preisgeben? »Ich bin in den Kanal gefallen«, sagte er schließlich. »Die Jünger waren hinter mir her.«

»Oho!«, rief Lubbe. »Wie aufregend! Schade, dass du kein Publikum hattest bei deiner gelungenen Flucht. Du hattest doch keine Zuschauer, oder?«, erkundigte er sich eifersüchtig.

Jonas dachte an den Mann mit dem Hut. »Nein«, murmelte er. »Keine Zuschauer.« Er machte eine Pause.

Lubbe nickte, mitleidig und erleichtert zugleich.

»Können Sie mir helfen, Fiet Finger zu finden?«, fragte Jonas dann. »Ich habe ihn verloren, und ich weiß nicht, wo er sich versteckt.«

»Tja.« Lubbe räusperte sich. »Ich könnte es zumindest versuchen. Aber vorher sollten wir deine Sachen trocknen. Du wirst sonst krank, Jonas Nichts.« Dann stahl sich ein Lächeln in seinen Bart. »Außerdem würde ich dir gern etwas zeigen, junger Mann. Ja, ja.«

Lubbe war buckelig und wirkte auf seinen Hufen nicht besonders sicher, aber auf die Bühne flog er mehr, als dass er sprang.

Dann half er Jonas hinauf und gemeinsam liefen sie über das weiche Holz der Bühnenbretter. Jonas hatte kaum Zeit, den hohen Bühnenraum zu bestaunen. Eilig lotste Lubbe ihn an den Kulissen vorbei, riesige dünne Platten aus bemaltem Holz, die seitlich der Bühne an der Wand lehnten. Im schwindenden Licht der Leuchter im Saal erkannte Jonas gerade noch das märchenhafte Schloss, das auf die oberste Kulisse gemalt war, dann schob ihn Lubbe schon durch eine schwere Tür.

Es ging einen dunklen Korridor mit vielen Türen entlang. Jonas tropfte. Lubbe klapperte mit den Hufen.

Dann blieb der Faun stehen. »Psst!«, machte er. Er kramte in seiner Rocktasche und holte etwas hervor, das Jonas erst als Kerzenstummel erkannte, nachdem Lubbe den Docht entzündet hatte. Es wurde ein wenig heller.

Lubbe öffnete eine Tür. »Sieh mal«, flüsterte er und leuchtete in den angrenzenden Raum hinein.

Jonas schrak zurück. Dort in der Stirnwand des Zimmers saß ein riesiges Auge, das geschlossene Lid mit Blumen bedruckt wie die Tapete ringsum. Sobald das schwache Kerzenlicht in den Raum fiel, öffnete es sich träge und glotzte mit seltsam verhangenem Blick an Jonas vorbei.

»Keine Angst!«, raunte Lubbe. »Ich habe es ausgetrickst. Schau mal von hier!« Er schob ihn ein wenig zur Seite, sodass Jonas durch die offene Tür auch die dem Auge gegenüberliegende Wand sehen konnte. Dort hing ein großer Spiegel. Das Auge starrte direkt hinein.

Lubbe lachte leise. »Es sieht nichts anderes, junger Mann. Nur sich selbst! Und es ist ganz verliebt in sich. Kaum dass ich Licht mache, starrt es sein Ebenbild an. Stundenlang. Nicht, dass ich es ausprobiert hätte, aber ich glaube, du könntest einen Bockstanz aufführen – vor seiner Nase sozusagen – und es würde dich nicht sehen.« Leise kichernd schloss er wieder die Tür. »Wenn der Ehrgeiz als Zwerg zur Welt kommt, nennt man ihn Eitelkeit«, sagte er boshaft.

»Ist es das, was Sie mir zeigen wollten?«, fragte Jonas. Er wurde langsam unruhig. Er wollte zu Ole und Fiet und am besten gleich jetzt in die Gassen hinaus. Dass seine Kutte triefnass war, scherte ihn nicht. Ihm war kalt, das war alles.

»Nein, nein.« Lubbe richtete den Kerzenstummel in den Gang. »Das war nur ein kleines Vorspiel, junger Mann. Erst etwas Lustiges, dann das Erhabene, damit das Erhabene noch erhabener wirkt. Habe ich recht?«

Ohne eine Antwort abzuwarten, führte Lubbe ihn weiter den Korridor entlang und ließ ihm ein paar Türen weiter mit großer Geste den Vortritt. »Meine Garderobe, Jonas Nichts. Die Garderobe des grrrroßen Lubbbbe! Früher häuften sich die Blumen hier zu duftenden Bergen! Glückwunschkarten statt Tapeten! Und hatte ich die Tür verschlossen, dann schlugen die Autogrammjäger sie beinahe ein! Ja, ja. So war das!«

Jonas trat in den dunklen Raum, und Lubbe beeilte sich, die Kerzen eines Leuchters zu entzünden. An der einen Wand stand ein Schminktisch mit einem Spiegel, an einer anderen ein enormer Schrank, an der dritten ein Ofen und ein Bett ohne Matratze.

»Oh! Ach so.« Lubbe hatte Jonas' Blick bemerkt. »Leider, leider, junger Mann, muss ich im Schrank schlafen. Die Zeiten sind fürchterlich und auch ich muss mich vor den Jüngern verstecken.« Er klapperte zum Schrank hinüber und riss dessen Türen auf. Von herabhängenden alten Kostümen halb verborgen, lag dort auf dem Schrankboden die verschwundene Matratze. Lubbe schnappte sich eine Decke, die darübergebreitet war, und machte sich dann daran, den Ofen zu entzünden. »Schnell, schnell, Jonas Nichts«, meckerte er. »Die nassen Sachen ausgezogen, die Decke übergeworfen, und dann gibt's zur Belohnung meine Überraschung.«

Bald darauf wurde es Jonas warm. Der Ofen bullerte, seine Sachen hingen über der Lehne des davorgestellten Stuhls, er selbst saß auf dem harten Bettgestell. Das alles hätte halbwegs tröstend gewirkt, hätte er nicht so eilig fortgewollt. Ole und Fiet mussten ihm helfen, Ruben war an einem schrecklichen Ort.

Sollte er ihnen von Core und den Sonneberger Figuren erzählen? Sollte er sein Geheimnis endlich preisgeben?

Lubbe hatte von irgendwoher einen schäbigen, kleinen Koffer herbeigezaubert und wühlte in den darin aufbewahrten Papieren. »Hier!«, krähte er schließlich und wedelte mit einem reichlich verknickten Blatt. »Das wird dich interessieren! Du interessierst dich doch für die Vergangenheit, oder?«

»Ich muss bald los«, sagte Jonas. »Wirklich. Bitte.«

Aber Lubbe redete wie ein Wasserfall. »Dieser Brief ist vom König, Jonas. Von Leopold höchstselbst. Du glaubst ja gar nicht, wie oft er früher hier war! Fast jeden Abend kam er vom Palast herüber. Und in alles hat er sich eingemischt. Kostüme! Bühnenbilder! Das war seine große Leidenschaft. Warte! Ich lese dir seinen Brief vor!«

Sollte das die Überraschung sein? Jonas seufzte. Alte Briefe von Leopold brachten ihn nicht weiter.

»*Erhabener Freund!*«, rief Lubbe jetzt. »Ja, ja. So hat er mich angeredet.« Er sah wieder auf den Brief in seinen behaarten Händen und scharrte dabei mit den Hufen. »*In überirdische Sphären ward ich gestern entrückt, sobald sich der Vorhang hob und dein Spiel begann! Unbewusst warst du, göttergleicher Mime, von jeher der Quell meiner Freuden! Ein Freund, der mir wie keiner zum Herzen sprach, mein*

Lehrer und Erzieher! Mein Traumdeuter! Und gestern war ich – wieder – aufs Neue – sei's versichert – angegriffen von Entzücken! Durch deine Kunst! Dein Spiel!« Lubbe sah auf, der Triumph blitzte in seinen Augen. »*Dein König Wonnevoll – Leopold!*«, schloss er mit einem hörbaren Ausrufezeichen.

Jonas hatte kaum zugehört. Er war zum Ofen hinübergegangen und hatte begonnen, sich seine klammen Kleider anzuziehen. »Wollen wir jetzt gehen?«, fragte er. »Ich habe es wirklich eilig.«

Enttäuscht legte Lubbe den Brief zurück in den Koffer. »Und die Überraschung?«, fragte er dann beleidigt.

Jonas zog sich die feuchte Kutte über den Kopf. Dann sah er den Faun fragend an.

»Schau.« Lubbe zog ein weiteres Blatt aus seinem Koffer. »Ich gehe jetzt mal nachsehen, ob die Luft da draußen rein ist. Und in der Zeit liest du das hier. Und das hier *wird* dich interessieren. Oh ja!« Er reichte Jonas das Papier und entschwand beleidigt klappernd durch die Tür.

Jonas starrte auf das Blatt. Es war vergilbt und mit nur wenigen winzigen, gestochen scharfen Zeilen bedeckt. Plötzlich wurde es Jonas heiß. Diese Schrift hatte er schon einmal gesehen! Aufgeregt suchte er unter seiner feuchten Kutte herum. Es dauerte eine Ewigkeit, bis er Claras Heft aus der Innentasche seiner Joppe gefingert hatte. Es war vor Nässe ganz weich, und seit es mit ihm in den Kanal gefallen war, waren vermutlich auch die letzten Sätze, die er hatte entziffern können, nicht mehr lesbar. Mit zitternden Fingern schlug er das Vorsatzblatt auf. Die Tinte war verwischt. Aber war diese knappe Notiz, die dort gestanden hatte – *Erstes Heft, CF* – nicht mit den gleichen winzigen Buchstaben geschrieben worden?

Jonas starrte auf den Brief und begann zu lesen.

Verehrter Lubbe,
habe Sie gestern in der Prinzessin Fantasmagoria gesehen und hätte gern bei Ihnen vorgesprochen. Allein, ich bin hier fremd und von den Wundern Callamaars wie erschlagen. So fehlte mir der Mut, mich persönlich zu offenbaren. Seien Sie jedoch versichert, dass Ihre Kunst tief in meine Seele hineingewirkt hat. Nichts geht über das Fantasmagorische hinaus! Nichts daneben hat Bedeutung!

Ihr unbekannter Bewunderer
Arnon Blau

Das 34. Kapitel
versammelt die Jünger Faramunds

Arnon Blau.« In Lubbes leerem Zimmer knackte es. Die Kerzen flackerten. Der Brief zitterte in Jonas' Händen. Jonas sagte es noch einmal, seine Stimme war belegt. »Arnon Blau.« Der Mann mit den ungleich langen Beinen, Claras Sekretär, der vor einer Ewigkeit verschwunden war, ohne auch nur seine Kleider mitzunehmen, war in Callamaar gewesen. Er hatte die *Prinzessin Fantasmagoria* gesehen und er hatte Lubbe – dem König *und* dem Pferd – voller Bewunderung geschrieben. Jonas ließ den Brief sinken. Jetzt war es gewiss – Arnon Blau war durch den Schrank gegangen!

Jonas schlug erneut Claras durchnässtes Heft auf. Doch die Schrift war jetzt für alle Ewigkeit verwischt. Niemand würde mehr nachlesen können, dass einmal ein kleines Mädchen namens Alma über die fabelhafte Stadt Callamaar gewacht hatte. Dieser letzte lesbare Satz war jetzt so unlesbar wie alle übrigen Sätze auch.

Callamaar. *Das klingt schon so ausgedacht, Junge!*, hatte Tabbi gesagt.

Was sollte ein kleines Mädchen hier getan haben? Wie hatte sie über die Straßen, Häuser, Plätze und den Kanal wachen können? Über die Flüsterstadt wachte doch der Hirte.

Ohne zu wissen, warum, riss Jonas das Heft in der Mitte durch. Plötzlich wollte er nur noch nach Hause. Aber wo war das? Bei Brand?

Als Lubbe zurückkam, war Claras Heft schon in dem kleinen Ofen verbrannt. Jonas saß frierend auf dem nackten Bettgestell. Er wusste selbst nicht genau, warum er das Heft zerrissen und ins Feuer geworfen hatte. Er wollte einfach nicht mehr. Er wollte kein Spiel mehr spielen, dessen Regeln er nicht kannte.

Lubbe baute sich im Türrahmen auf, seine Brust hob und senkte sich schnell. Er war gelaufen. Jonas hatte ihn schon von weitem eilig heranklappern hören. »Wir kommen da nicht raus, Jonas Nichts«, sagte der Faun atemlos. »Ich habe so was noch nicht gesehen! Der ganze Platz ist voller Jünger! Sie haben ein Podest gezimmert. Hol mich der Henker, aber ich habe noch nie so viele Jünger auf einem Haufen gesehen!«

Jonas' erster Gedanke war, dass sie ihn suchten. Sein zweiter galt Ruben. »Ein Podest?« Er dachte an den Prozess in Kanaria, und ihm wurde noch viel kälter, als ihm ohnehin schon war.

Lubbe nickte aufgeregt.

»Was für ein Podest?«

Der Faun kratzte sich den Bart. »Eine Bühne, würde ich sagen. Aber kann schon sein, dass ich Bühnen sehe, wo gar keine Bühnen sind. Berufskrankheit.«

Jonas stand auf. »Zeig mir das«, sagte er und wunderte sich selbst, wie fest seine Stimme klang; fast so, als hätte er Lubbe gerade einen Befehl gegeben.

Sie liefen durch den Korridor, aber diesmal ging es nicht über die Bühne, sondern eine schmale eiserne Wendeltreppe hinauf. Höher, immer höher stiegen sie, Lubbe donnernd voraus, als scherte ihn der Lärm, den er machte, gar nicht. »Da ist etwas im Schwange, Jonas Nichts«, keuchte der Faun immer wieder. »Oh ja!« Er war ganz außer sich.

Die Wendeltreppe endete an einer Luke, die Lubbe mit

einiger Mühe aufstemmte. Kaltes graues Tageslicht kroch durch den Spalt, draußen roch es nach einem feuchten, frühen Morgen. Sie kletterten hinaus. Ringsum Schornsteine, verteilt über ein von Regenpfützen übersätes Dach, so weit und so flach wie ein Feld.

»Höher geht's nicht«, japste Lubbe.

Jonas klapperten die Zähne. Er schlang die Arme um die feuchte Kutte und sah sich um. Zu seiner Rechten lag das Kloster, die Türme wie zum Greifen nah. Nach vorn und zur anderen Seite hinaus sah er über die schäbigen Dächer der Flüsterstadt hinweg bis zur weit entfernten Stadtmauer. Der Regen hatte aufgehört, doch der Wind trieb immer noch einen Brei aus Wolken vor sich her. Von der Sonne keine Spur, der Himmel milchig. Jonas war müde, nervös und er fühlte sich krank.

»Da lang«, raunte Lubbe und trabte voraus.

Jonas konnte dem Faun nur noch mit Mühe folgen. Als er zum Rand des Daches robbte, Lubbe hinterher, taten ihm alle Knochen weh.

Sie waren verdammt weit oben. Als Jonas auf den Platz hinuntersah, wurde ihm flau. Als er begriff, wie viele Jünger sich dort unten versammelt hatten, schloss er die Augen. Vielleicht waren es hundert, vielleicht waren es mehr. Er schluckte schwer, bevor er wieder hinsehen konnte. Mitten auf dem weiten Platz hatten sie tatsächlich ein Podest gebaut, um das sie nun in langen Reihen standen, die Hände in den Ärmeln, die Köpfe unter ihren Kapuzen verborgen. Keiner von ihnen rührte sich. Dort unten herrschte eine garstige Stille.

»Frag mich nicht, Jonas Nichts.« Lubbe lag neben ihm und schüttelte den Kopf. »Frag mich nicht, was da vor sich geht.«

Jonas sah den großen Platz zum ersten Mal im Licht. Ais Tempel diagonal gegenüber der Tempel Cais, schmutzig braune Ruinen beide, traurige Häuflein in den Winkeln des enormen Platzes, die Stümpfe der zerbrochenen Säulen wie die Latten eines Zauns. Für die Schutzgeister führte kein Weg nach Callamaar zurück. Dem Theater schräg gegenüber lag Leopolds alter Palast, farblos und kalt. Nicht mehr als eine leere Hülle war von ihm geblieben, Hunderte toter Fenster, dahinter verlassene Räume.

Faramunds Jünger starrten unverwandt in Richtung Kloster. Jonas folgte ihrem Blick. Zunächst blieb das große Tor geschlossen, dann jedoch schwang es wie von Geisterhand auf. Was nun vom Platz aufstieg, klang wie ein vielstimmiges Stöhnen. Alle Klostertore, eins hinter dem anderen, standen jetzt offen, und Jonas kam es vor, als sähe er in einen tiefen Schlund.

Der Wind strich über sein Haar und auf dem Dach zitterten die Pfützen. Quälend lange geschah nichts, bis der Klosterschlund noch mehr Jünger ausspuckte. Jonas sah, wie sie Mauerring für Mauerring, Tor für Tor näher kamen. Diesmal jedoch waren sie nicht allein. Noch bevor sie den großen Platz erreicht hatten, erkannte Jonas den traurigen Haufen in ihrem Gefolge – zerlumpte Gestalten, die Köpfe gesenkt, die Rücken gebeugt. Bald hörte er die Ketten der Gefangenen klirren, ein heller, unter dem undurchsichtigen Himmel verlorener Ton.

Je näher sie dem Podest kamen, desto besser konnte Jonas sie erkennen. Alben mit schimmerndem Haar, große, breitschultrige Monokel, da ein hinkender Faun und dazwischen, halb von einem wild behaarten Fängge verborgen, ein Wicht mit weit aufgerissenen, riesigen Augen. Schritt für Schritt schleppten sie sich voran, von einer Reihe Jünger geführt, von zwei weiteren zu beiden Seiten eingekesselt.

»Die Armen«, hörte er Lubbe neben sich flüstern.

Erst als die vorangehenden Jünger das Podest erreicht hatten, kam die traurige Prozession zum Stehen und teilte sich. Das Podest war jetzt ganz von Leibern umstanden. Zu drei Seiten Jünger, an der vierten bildeten die Gefangenen eine schmale Gasse.

Jonas starrte sich die Augen aus dem Kopf. War Ruben dabei? Er suchte die Reihen ab. Als er den Monokel aus dem Hof entdeckte, das weiße Hemd und das schwarze Haar, zuckte er einmal. Doch er wusste es besser.

Wieder stöhnte der ganze Platz. Eilig sah Jonas zum Kloster hinüber und erkannte gleich Faramunds fahlen, nackten Schädel. Ein Weihrauchfässchen schwenkend, schritt der Abt langsam durch das große Tor. Die Wolken, die von seinem Fass aufstiegen, waren so farblos wie der Himmel.

Die Jünger auf dem Platz fielen auf die Knie, nicht ohne vorher dafür gesorgt zu haben, dass auch die Gefangenen niederknieten. Dann begannen sie zu beten.

»Hirte! Sieh Dein Kind, das hier kniet,
Hirte! Wo Dein Wille geschieht.
Hirte! Stürzt die alte Welt ein,
Hirte! Wird die Deine bald sein.«

Jonas jagten Schauer über den Rücken. Die Jünger wiederholten ihr Gebet wieder und wieder, bis das »Hirte!« am Beginn jedes neuen Verses wie ein scharfes, heiseres Bellen klang.

Faramund war stehen geblieben, mechanisch das Weihrauchfass schwenkend.

»Er kommt!«, flüsterte Lubbe aufgeregt. »Heilige Scheiße, er ist es selbst!«

Im Tor erschien ein Mann auf einem langsam dahintrottenden Esel. Der Mann war groß, seine Beine hingen, von den Falten der weiten Kutte verborgen, fast bis auf den Boden herab. Seine Hände lagen reglos in seinem Schoß, das Gesicht war von der Kapuze völlig verborgen.

»Ist das …?«, flüsterte Jonas. Der Reiter kam ihm vor wie der Tod.

»Ja«, sagte Lubbe leise. »Das ist er.«

Jonas wandte sich zu ihm um. »Der Hirte?«

»Schh!«, zischte Lubbe ärgerlich, aber aus seinem Ärger wurde gleich Verblüffung. »He!«, stieß er hervor.

Jonas erstarrte.

»Ist das dein Freund?«, flüsterte Lubbe.

Jonas antwortete nicht. Aber es war wirklich Ruben, der da hinter dem Esel herstolperte! Sein Hemd war zerrissen, die Hände hatte man ihm vor den Bauch gebunden, das Haar hing ihm schmutzig ins Gesicht. Der Hirte zog Ruben an einem Strick hinter sich her! Jonas stöhnte auf.

»Sei doch froh!«, zischte Lubbe neben ihm. »Er ist am Leben!«

Entsetzt sah Jonas zu, wie die Dreiergruppe sich der Gasse der Gefangenen näherte. Faramund, den Weihrauch schwenkend, der Hirte auf seinem Esel, Ruben.

Die Jünger beteten unaufhörlich. »*Hirte!*«, bellten sie. »*Hirte!*«

Jonas packte der Zorn. Er ballte die Fäuste, bis die Fingerknöchel weiß hervortraten und biss die Zähne so fest zusammen, dass der Kiefer schmerzte.

»Ruhig, Jonas Nichts.« Lubbe tastete nach ihm und legte ihm die Hand auf den Rücken. »Tu jetzt nichts, was du später bereust!«

Der Hirte ritt durch die Gasse. Als er das Podest erreicht hatte, glitt er von seinem Esel. Er war groß und hager, Faramund wirkte klein neben ihm. Ruben blieb erschöpft stehen. Er taumelte. Der Abt hielt den Esel.

»*Hirte!*«, bellten die Jünger ein letztes Mal, dann wurde es totenstill.

Mit einem einzigen Schritt erklomm der Hirte das Podest. Er breitete die Arme aus und hob sie dann zum bleichen Himmel empor. So verharrte er eine Weile, dann riss er abrupt seine Kapuze zurück.

»Nein!«, entfuhr es Jonas.

»Was … was ist denn?« Lubbes Hand tastete schon wieder nach ihm.

»Nein«, sagte Jonas noch einmal. »Irmingast«, flüsterte er dann.

»Was?«, flüsterte der Faun. »Was sagst du?«

Plötzlich hatte Jonas das Gefühl, zu fallen. Er fiel immer tiefer und tiefer, ins Bodenlose. Irmingast! Der Mann dort unten auf dem Podest war Irmingast! Irmingast war der Hirte.

»Jonas? Jonas Nichts?« Lubbe rüttelte an ihm, bis Jonas die haarige Hand des Fauns abschüttelte.

Auf einmal konnte sein Hals den Kopf nicht mehr tragen. Jonas barg die Stirn in seinen kalten Händen. Er musste verstehen! Er versuchte, seine Gedanken zu ordnen, aber das war beinahe unmöglich. Es gab so vieles, das er nicht verstand. Eines aber begriff er doch – Alma und Irmingast waren keine Verbündeten. Sie waren Gegner! In der Welt hinter dem Schrank kämpften sie um die Macht. Der Hirte und die Kaiserin.

Vielleicht wusste es Alma nicht einmal, schoss es Jonas durch den Kopf. Vielleicht hatte sie gar keine Ahnung, dass Irmingast sich vor oder nach ihr ins Spielzimmer schlich. Ruben jedoch musste es gewusst haben. *Du bist nicht 12. Du bist*

13! Die geheimnisvolle erste Botschaft, die er Jonas noch bei Brand zugesteckt hatte, machte plötzlich Sinn. Der Zettel sollte Jonas vor Irmingast schützen – dem Hirten. Aber warum ließ Irmingast Ruben jetzt am Leben? War Ruben seine Geisel?

»Die Zeit ist gekommen!«, hörte Jonas den Hirten jetzt mit Irmingasts Stimme rufen. Mühsam hob er den Kopf.

Irmingast streckte die Hände wieder gen Himmel. »Habt ihr gewartet?«, rief er den Jüngern zu.

»JA«, kam es als heiseres, vielstimmiges Flüstern zurück.

Irmingast hatte auf ihn geschossen, durchfuhr es Jonas. Claras Testament bedeutete dem Pfarrer nichts, wenn er Almas heimlicher Gegner war. Aber *warum* hatte Irmingast auf ihn geschossen? Warum?

»Habt ihr gehofft?«, rief Irmingast jetzt.

Weil er zwölf war? Eigentlich hätte Irmingast das gar nicht wissen können.

»JA«, raunten die Jünger.

Nur weil er zwölf war? Jonas war damals noch nicht einmal im Spielzimmer *gewesen*. Er hatte von Cores Prophezeiung noch nicht einmal *gewusst*.

»So seht die Macht des Hirten!«, brüllte Irmingast. Er drehte sich auf dem Podest herum. Seine Hände wiesen jetzt genau auf den alten Königspalast.

Jonas' Blick wanderte für einen Moment zu Faramund hinüber, der still vor dem Podest verharrte. Warum hatte sich einer der Sieben Irmingast angeschlossen?

Die Jünger beteten wieder. »*Hirte!*«, bellten sie. »*Stürzt die alte Welt ein, Hirte! Wird die Deine bald sein.*«

»SEHT SEINE MACHT!«, brüllte Irmingast noch einmal und seine Stimme überschlug sich.

Ein gewaltiges Knacken folgte, so gewaltig, als würde der

Himmel bersten. Jonas schaute zum Palast hinüber. Von dieser Seite war der Lärm gekommen. Es knackte noch einmal. Vom Palast puffte eine Staubwolke auf, die Fassade verrutschte wie ein Lächeln, das sich in Entsetzen verwandelt.

»SEHT SEINE MACHT!«, schrie Irmingast in irrer Begeisterung. »SEHT!«

Die Säulen des Königspalasts brachen wie Zweige, dann geriet die gesamte Fassade ins Rutschen. Selbst oben auf dem Dach des Theaters war der Lärm ohrenbetäubend. Eine riesige Wolke aus Schutt stieg jetzt auf, in der das Gebäude langsam versank. Ohne dass Irmingast ihn auch nur berührt hätte, stürzte der Palast in sich zusammen.

Die Jünger auf dem Platz stöhnten vor Entzücken.

Jonas starrte auf Irmingast hinab. Wie konnte das sein? Dann sah er ratlos zu Lubbe hinüber. Doch der Faun wirkte wie versteinert. Konnte Irmingast zaubern?

Als der Staub sich gelegt hatte, ragte da, wo eben noch Leopolds Palast gestanden hatte, bloß noch ein Berg unkenntlicher Trümmer auf.

»Eure Hoffnungen«, rief Irmingast jetzt, »werden erfüllt. Ihr habt nicht vergebens gewartet.« Er hielt inne, um die Arme wieder zum Himmel zu strecken. Als er den Kopf in den Nacken warf, spiegelte sich der fahle Himmel in seinen Brillengläsern. »Erst die Stadt …«, rief er dann. Fast sang er es.

»DIE STADT«, flüsterten die Jünger im Chor.

»Dann das Schloss …«

»DAS SCHLOSS«, antworteten die Jünger.

»Schließlich der Wald …«

»DER WALD …«

»… und die Welt!« Irmingast ließ die Arme sinken.

Einen Augenblick herrschte Stille.

»So hört mich!« Irmingasts Ton war jetzt schärfer als zuvor, schneidend. »Brecht auf und zieht durch die Berge und über den See! Brecht auf, damit auch Kanaria unser werde.«

»KANARIA«, kam es heiser zurück.

»KANARIA!«, schrie Irmingast.

»KANARIA!«, krächzten die Jünger.

»So nehmt meinen Segen.« Irmingasts Hände strichen durch die Luft, wieder und wieder. Unten am Fuß des Podests schwenkte Faramund sein Weihrauchfass. Die Jünger erhoben sich und begannen erneut zu beten.

»Grundguter Hirte,
Halt die Hand über uns,
Segne, schütze, schaffe uns,
Schalte, walte,
Du willst, Du weißt,
Sind wir, dann sind wir,
Was Du uns heißt.«

Auf einmal war der ganze Platz in Bewegung. Während Irmingast reglos auf seiner Bühne verharrte, schlossen die Jünger ihre Reihen, trieben die Gefangenen zusammen, und dann setzte sich ihr Tross langsam stadtauswärts in Bewegung. Die Ersten verschwanden schon unter dem grauen Gewölle der toten Allee, als Irmingast endlich vom Podest glitt, die Kapuze überzog und sich wieder auf den Esel setzte. Faramund führte das Tier.

Für einen Augenblick war Ruben der Letzte, der, allein und in sich zusammengesunken, auf dem Platz stand. Erst der ruckende Strick schien ihn aus seiner Betäubung zu holen. Der Diener wankte, fiel beinahe und stolperte dann hinter dem Esel her.

Jonas sah ihm nach, solange er konnte. Das Gebet der

Mönche verlor sich auf der Allee, und Ruben wurde ein Fleck, ein Punkt, eine Ahnung. Dann war er ganz verschwunden. Der große Platz war leerer als je zuvor.

Nach Kanaria, dachte Jonas. Sie ziehen nach Kanaria! Ole hatte recht gehabt. *Der Hirte kommt!*

Die Zeit schien still zu stehen. Jonas' Blick irrte umher, vom verwaisten Kloster über den öden Platz bis zu den Trümmern des Palastes und weiter. Dort drüben lag Cais Tempel – vielleicht hatte Irmingast auch ihn einzig mit seiner Willenskraft zerstört.

Weder Jonas noch Lubbe rührten sich. Wie erschlagen lagen sie da, bäuchlings auf das nasse Dach gestreckt. Jonas war so kalt. Er hatte allen Mut verloren. Sollte er wieder Ruben folgen, um einmal mehr nichts, nichts und wieder nichts ausrichten zu können?

»Schau mal«, sagte Lubbe da verwundert. »Ist das nicht Fiet?«

»Wo?«, fragte Jonas mit schwacher Stimme. Er sah immer noch auf den Platz hinab, aber er konnte nichts mehr erkennen. Die Tränen standen ihm in den Augen und liefen ihm die Wangen hinab. Er weinte, lautlos, und merkte es erst jetzt.

»Da unten«, sagte Lubbe. »Da. Schau doch! Sie sind gerade an Ais Tempel vorbei.« Lubbe sprang auf und ruderte wild mit den Armen. »Sie haben uns entdeckt. Sie winken zurück!«, rief er aufgekratzt. »Fiet Finger und Ole Mond! Jetzt schau doch endlich, Jonas Nichts! Fiet und Ole kommen dich holen!«

Das 35. Kapitel
Peregrin Aber löst ein Rätsel

Peregrin Aber sah schwarz. Es war ein undurchdringliches, vollkommenes Schwarz, so schwarz, dass die Redewendung wahr wurde – Peregrin Aber konnte nicht einmal die Hand vor Augen sehen. Und hätte nicht manchmal die Pritsche unter seinem Hintern geknarrt, er wäre sich nicht sicher gewesen, dass er überhaupt noch irgendwo war. Mittlerweile fürchtete er um seinen Verstand, und um ihn nicht zu verlieren, versuchte er sich ein ums andere Mal daran zu erinnern, wie die Zelle, in der er saß, eigentlich aussah. Leider hatte er sie nur für wenige Augenblicke gesehen, und das war viele Stunden her. Wie viele, konnte Peregrin Aber nicht mehr sagen. Er verlor das Gefühl für Raum *und* Zeit und fühlte sich grässlich dabei.

Er seufzte so laut als irgend möglich und rutschte einmal auf der Pritsche hin und her. Ihr Knarren, sein Seufzer und sogar das vertraute Zwicken und Zwacken in seinem Rücken hatten eine beruhigende Wirkung.

»Ich bin noch da«, sagte er in die Finsternis der Zelle hinein.

In vollkommener Dunkelheit, hatte er entdeckt, fiel sogar das Geradestehen schwer. Man schwankte.

Peregrin Aber kehrte zu seiner Erinnerungsarbeit zurück. Gespenstisch ähnlich waren sich die Soldaten gewesen, die ihn im Park aufgegriffen hatten. Aber das war ein grundverkehrter Gedanke, weil er den Advokaten verunsicherte.

»Nichts da!«, brummte er also, ruckte einmal mehr hin und her, genoss den vertrauten Schmerz in seinem Kreuz und stellte sich zu seiner Erheiterung den zeternden Prinzen Leopold vor. Eine ganz und gar unmajestätische Schimpfkanonade hatte der abgefeuert, als ihn die Soldaten abgeführt hatten. Ein »Pack« hatte er sie genannt, dem man »sehr scharf den Kopf waschen« müsse. »Schandmäßig angespien« würden sie werden, sobald es im Land wieder mit rechten Dingen zuginge und ihre »falsche, schamlos lügnerische« Herrin endlich dahin geschickt worden wäre, wo der Pfeffer wachse.

Peregrin Aber bedauerte sehr, nicht mit dem Prinzen eingekerkert worden zu sein. Leopold hatte, obwohl er zweifellos ein Wirrkopf war, doch einen gewissen Ordnungssinn. Zudem waren Almas Feinde Peregrin Abers Freunde.

Leider jedoch hatten die Soldaten Peregrin Aber in die entgegengesetzte Richtung entführt, an dieser in absurdem Übermaß prachtvollen Kutsche vorbei. Tatsächlich hatte Peregrin Aber hinter ihren geschlossenen, zweifellos kaiserlichen Vorhängen Alma vermutet. Dazu hatte ihn zweierlei gebracht. Zum einen war er ja selbst durch diesen geheimnisvollen Schrank im Spielzimmer gekommen – warum also sollte Alma nicht denselben Weg genommen haben? Zum Zweiten schenkte der Advokat der Erzählung des Marquis de Lunette einiges Vertrauen. Der Marquis verfügte über einen hellen Verstand. Peregrin Aber war ganz froh, Tabbi in dessen Nähe zu wissen.

»Hoffentlich sind sie wirklich entkommen«, seufzte er.

Alma allerdings hatte sich, so sie denn überhaupt in dieser überbordenden, goldglänzenden Kutsche saß, nicht gezeigt. Von Soldaten umringt, war Peregrin Aber durch den Park gestolpert – jeder Schritt ein Nadelstich – und schließlich auf einen kopfsteingepflasterten Platz gelangt. Das Gebäude dort –

in dem der Advokat nun festsaß – war zweifellos eine Kaserne, auch wenn die Dunkelheit, als er hergebracht wurde, schon so weit fortgeschritten war, dass sein Eindruck flüchtig blieb. Im Fackelschein hatte man ihn dann eine Treppe zum Kerker hinabgeführt, und er hatte, sekundenweise, einen Blick auf jene Zelle erhascht, deren völlige Unsichtbarkeit ihm jetzt so schwer zu schaffen machte. Nackte Wände aus großen Steinquadern, eine mit Eisen beschlagene, zentimeterdicke Tür, dazu die Pritsche, die an zwei straff gespannten Ketten von der Mauer hing.

»Mehr Licht«, sagte Peregrin Aber halblaut, »wäre schön.« Du lieber Himmel, dachte er dann. Er führte Selbstgespräche! So weit war es mit ihm gekommen!

Im selben Moment hörte er ein Schlüsselbund rasseln. Der Schlüssel rumorte im Schloss, die Tür wurde aufgesperrt. Peregrin Aber hätte nicht gedacht, dass Licht wehtun könnte. Als die Tür aufschwang, sprang die Helligkeit ihn an wie ein blutrünstiger Tiger. Peregrin Aber schlug die Hände vor das Gesicht. Er war der Verzweiflung nahe. Endlich Licht! Und er konnte schon wieder nichts sehen!

»Ja bitte?«, sagte er geblendet und war sich der Unangemessenheit dieser schüchternen Äußerung schmerzhaft bewusst. Irgendein Gegenstand wurde in die Zelle getragen und auf dem nackten Kerkerboden abgestellt. Etwas aus Holz.

»Du kannst gehen«, hörte Peregrin Aber eine tiefe Stimme murmeln.

»Oh!« Mit seiner Freilassung hatte der Advokat nicht gerechnet. »Einen Augenblick, bitte«, sagte er schnell. »Ich kann gerade nichts sehen.« Versuchsweise nahm er die Hände von den Augen und blinzelte. Brutale Helligkeit – sonst nichts.

Wieder hörte er Schritte, dann fiel die Tür wieder ins Schloss. »*Er* kann gehen«, sagte die tiefe Stimme. »Sie nicht.«

Enttäuscht sank Peregrin Aber auf seiner Pritsche zusammen. Wozu noch die Augen öffnen, dachte er. Er versuchte es dennoch. Das Licht tat jetzt weniger weh.

Vor ihm, auf einem Stuhl, saß ein breitschultriger Militär in prächtiger Uniform. Seinen Kopf krönte ein stolzer Dreispitz, die Wangen bedeckte ein krauser Backenbart. Auf den nackten Boden hatte er einen mehrarmigen Kerzenleuchter gestellt.

Peregrin Aber hatte den Mann schon einmal gesehen. Im Park, fiel ihm ein, war er es gewesen, der die Soldaten befehligt hatte. Bölkend hatte er auf dem Pfad gestanden.

»General?«, sagte Peregrin Aber vorsichtig.

»Genau«, sagte der Militär. »General Grimbert. Sie sind Peregrin Aber. Ich bin im Bilde.«

Peregrin Aber nickte betreten. Er wäre auch gern im Bilde gewesen. »Ich bin Advokat«, sagte er leise.

General Grimbert streckte das markante Kinn vor und sah ihn verständnislos an. Offensichtlich wusste er von Peregrin Aber am Ende doch nicht mehr als den Namen.

»Tut nichts zur Sache, was ich bin«, sagte Peregrin Aber mutlos.

Es kam zu einem einigermaßen peinlichen Schweigen.

»Die Kaiserin schickt mich«, brummte der General schließlich.

Peregrin Aber biss sich auf die Unterlippe. Alma! O Gott!

»Ich soll Sie zu ihr bringen«, sagte der General.

Peregrin Aber biss fester. Natürlich. So hatte es kommen müssen.

»Unangenehme Sache«, sagte Grimbert.

Peregrin Aber nickte und schöpfte Hoffnung. Wenn der General einzig Almas Vollstrecker wäre, warum sollte er sich dann einen Stuhl in die Zelle tragen lassen und das Gespräch suchen?

»Die Kaiserin ist jähzornig«, sagte Grimbert in beinahe beiläufigem Ton und setzte sich ordenklimpernd auf seinem Stuhl zurecht. »Außerdem hat sie eine Peitsche.«

Peregrin Aber durchfuhr es kalt. Folter! Vergebens suchte sein Blick Halt an den nackten Wänden des Kerkers. Verbarg sich hinter Grimberts zur Schau gestellter Verhandlungsbereitschaft letzten Endes nichts als Grausamkeit? Spielte er mit Peregrin Aber wie die Katze mit der Maus?

»Verstehen Sie, worauf ich hinaus will, Meister Aber?« Der General lehnte sich zurück und verschränkte die Arme vor der breiten, tressenbesetzten Brust.

»Nein«, hauchte Peregrin Aber. In was für einen Alptraum war er da geraten! In was für einen schrecklichen Alptraum!

»Hm«, machte der General, sichtlich enttäuscht.

Peregrin Aber riss sich am Riemen. »Sie …«, fing er mühsam an. »Sie bieten mir einen Handel an, General?«

Grimberts Miene hellte sich auf. »Genau«, sagte er.

»Und welchen?« Verzweifelt besann sich Peregrin Aber auf seine Stärken. Hatte er nicht viele vorteilhafte Vergleiche im Gerichtssaal ausgehandelt? Er würde die Chance, die sich da gerade so unerwartet auftat, nutzen! Oh ja!

Grimbert senkte die Stimme. »Ich tausche Schmerzen gegen eine Erklärung, Meister Aber«, sagte er und zwinkerte verschwörerisch.

»Ich verstehe nicht ganz«, sagte Peregrin Aber.

Grimbert nickte. »Hören Sie«, fing er an. »Ich habe so einiges mitgehört. Die Kaiserin ist ganz versessen auf einige *Figuren*. Sie ist in ihren Gemächern umhergegangen und hat von einigen *Sonneberger Figuren* geredet. Zu sich selbst geredet. Sie will wissen, wo diese Figuren sind. Und zwar von Ihnen.«

Peregrin Aber starrte den General fassungslos an. War das denn die Möglichkeit? Konnte Alma so verrückt nach diesen vermaledeiten Figuren sein wie Jonas und Tabbi? Der Advokat räusperte sich. »General«, sagte er mit möglichst tiefer Stimme. »Bei diesen Figuren handelt es sich um simples *Spielzeug*! Ist Ihnen das bewusst?«

Doch Grimbert winkte ab. »Es ist mir ganz gleich, worum es sich handelt!«, sagte er mit kaum unterdrücktem Zorn in der Stimme. »In jedem Fall sind diese Figuren unwichtig!« Er beugte sich vor. »Es geht um den *Hirten*, Meister Aber! Sagen wir es nur rundheraus!«

»Um *wen*?« Peregrin Aber fasste nach seinem Zylinder. Er hatte ihn die ganze Zeit über nicht abgesetzt. Er wahrte Haltung. Je größer die Not, desto wichtiger die Form, hatte er sich gesagt.

»Sie kennen den Hirten nicht?« Jetzt war der General fassungslos.

Peregrin Aber schüttelte den Kopf.

»Nun gut«, sagte Grimbert. »Sie sind ja auch nicht von hier.« Er lehnte sich wieder zurück, die Orden klimperten abermals an seiner Brust. »Ich mache es kurz«, sagte er. »Der Hirte, Meister Aber, ist der Feind. Und es spricht einiges dafür, dass dieser Feind anrückt. Wenn nicht jetzt, dann bald.«

Der Hirte, dachte Peregrin Aber. Was für ein selten dämlicher Name! Würde dieser Hirte demnächst seine Schafe auf Alma hetzen? Ihm, Peregrin Aber, wäre es nur recht!

»Der Hirte«, fuhr Grimbert fort, »hat bereits einen kaiserlichen Gefangenen in seine Gewalt gebracht. Einen gewissen Ruben.«

»Ach!«, entfuhr es Peregrin Aber.

»Und er sucht einen gewissen Jonas Nichts.«

»Nein!« Peregrin Aber stand plötzlich senkrecht vor seiner Pritsche. »Autsch!« Der Rücken. Er setzte sich wieder. »Reden Sie weiter«, sagte er atemlos.

»Nun. Ich bin für den Schutz des Schlosses verantwortlich«, sagte Grimbert. »Ich und meine Soldaten.«

»Ja, ja«, sagte Peregrin Aber schnell. »Reden Sie über Jonas Nichts, meine ich. Klären Sie mich auf!«

»Ich weiß nichts über Jonas Nichts«, sagte Grimbert beleidigt.

»Nicht?«

»Der Hirte sucht ihn. Die Kaiserin sucht ihn.« Grimbert klang jetzt ungnädig. »Aber das ist ein Nebenkriegsschauplatz, Meister Aber. Der Junge bleibt ein Junge. Ein Kind! Und ich bin nicht gekommen, um mit Ihnen über so einen Lausebengel zu reden.«

Peregrin Aber nickte, scheinbar verständig. Schmerz gegen Erklärung. Für den Augenblick musste er an sich selber denken. Jonas' Spur würde er aufnehmen, sobald er selber aus diesem Schlamassel entronnen wäre. »Worüber wollen Sie dann reden, General?«

Grimberts Miene straffte sich. »Über den Krieg«, sagte er würdevoll.

»So?«, sagte Peregrin Aber verunsichert.

»Schauen Sie«, fuhr Grimbert fort. »Die Kaiserin hat sich verrannt. Sie ist abgelenkt. Sie hat den Sinn für das wirklich Wichtige verloren und denkt über einen Lausejungen nach. Und über sein Spielzeug, wie Sie sagen. Die Landesverteidigung also liegt allein in meinen Händen.« Er seufzte. »Aber mir gehen gerade jetzt die Soldaten aus.« Er machte eine Pause. »Sie *desertieren*«, sagte er angewidert. »Und das, Meister Aber, hat mit Ihnen zu tun.«

»Mit *mir*?«

»Genau.« Der General sah ihn scharf an. »Meine Soldaten verschwinden seit vorgestern. Und vorgestern sind Sie auf der Insel gelandet. Sie und Ihre Leute, die mir entwischt sind.«

»*Vor*gestern?«, fragte Peregrin Aber verdattert. Er war *vor*gestern gelandet? Er hatte bereits *zwei* Nächte in dieser Zelle verbracht? Er seufzte schwer. Peregrin Aber, sonst ein Mann mit vollem Terminkalender und für seine Pünktlichkeit berühmt, war aus der Zeit gefallen.

»Also?«, sagte Grimbert streng.

»Was also?« Zwei Nächte! Peregrin Aber schüttelte den Kopf. Dann wurde ihm bewusst, dass Grimbert ihm gerade verraten hatte, dass Tabbi entkommen war, was ihn mit einer wohligen Wärme erfüllte. Tabbi hatte sich nicht so einfach schnappen lassen! Gratulation!

»Was haben Sie damit zu tun?«, drängte Grimbert erneut.

»Womit?« Peregrin Aber versuchte sich zu konzentrieren. Er hatte sich ablenken lassen. Den Faden verloren. Was war nur mit ihm los?

»Mit dem Verschwinden meiner Soldaten zum Donnerwetter!«, grollte Grimbert.

Peregrin Aber zuckte einmal. »Persönlich nichts«, sagte er dann langsam. Aber wenn der General ihn – wie auch immer – vor Alma beschützen sollte, musste er ihm eine Erklärung liefern. »Könnten Sie mir die Sachlage vielleicht etwas genauer auseinandersetzen, General?« Er versuchte Zeit zu gewinnen. Hier war Vorsicht geboten.

Grimbert schien einen Augenblick zu überlegen. Dann zog er ein Papier aus der Innentasche seines Uniformrocks. »Meine Leute setzen über den See, Meister Aber. Sie fliehen ans andere Ufer. Und ich habe den Verdacht, dass ihnen dabei geholfen wird. Hier.« Er reichte Peregrin Aber das Papier. »Lesen Sie und liefern Sie mir eine Erklärung! Andernfalls kann ich Ihnen die kaiserliche Peitsche nicht ersparen.«

Mit zitternden Fingern griff Peregrin Aber nach dem Blatt. »Eine Petition?«, fragte er dann ungläubig, denn so lautete die Überschrift. *PETITION* – in großen Buchstaben. »Eine Bittschrift?«

»Von Bitte kann wohl keine Rede sein«, sagte Grimbert empört. »Das sind *Forderungen*, Meister Aber! Lesen Sie weiter!«

Peregrin Aber starrte auf das Blatt.

PETITION

Länger, als unsere Erinnerung reicht, haben wir, die Trabanten des Kaiserreichs Kanaria, unser Leben namenlos, gesichtslos, gedankenlos und ohne eigene Geschichte verbracht. Das ist, so erklären wir, unwürdig. Deshalb erklären wir unseren Wunsch nach

eigenen Namen,
eigenen Gesichtern,
eigenen Gedanken,
eigenen Geschichten.

Bis zur Erfüllung dieser Wünsche erklären wir uns für unabhängig.

Die Unterzeichner (in Ermangelung besserer Namen) – *Acht, Zwei, Sieben, Zwölf, Drei, Elf, Neun, Vier und Zehn*

Trabanten? Das Räderwerk von Peregrin Abers geschultem Verstand war in Gang gesetzt. Er konnte förmlich spüren, wie die Zahnräder im Innern seines Schädels ineinandergriffen. Trabanten! Namenlose und gesichtslose und gedankenlose Trabanten. Natürlich! Das waren diese seltsam gleichförmigen Diener im Park! Die ununterscheidbaren Soldaten, die ihn eingekerkert hatten! Und deshalb waren sich auch Tilla und Bror und dieser vermaledeite Sonnenanbeter Kolman so ähnlich! Sie waren auch Trabanten. Ehemalige Trabanten wahrscheinlich. Nicht, dass Peregrin Aber die Zusammenhänge schon wirklich durchschaute, aber plötzlich machte diese verrückte Geschichte, die Kolman ihm erzählt hatte, Sinn. Irgendwie – Peregrin Aber machte sich lieber keine Gedanken über die Art und Weise – war es Jonas Nichts gelungen, diesen Menschen Namen und Gesichter zu geben! Das war es, was Kolman gemeint hatte, als er von seiner *Erweckung* sprach! Und diese Erweckung setzte sich fort!

Peregrin Abers Finger suchte die Zeile mit den Namen der Unterzeichner. *ACHT*. So hatte sich der sonderbare Gelbe auf dem Steg genannt, bevor sie zur Insel übergesetzt waren. Kolman hatte ihn erweckt und ihm diese neuen Ideen von eigenen Gesichtern und Geschichten in den Kopf gesetzt! So musste es sein! Peregrin Aber wurde Zeuge einer groß angelegten Befreiungsbewegung! Genau das war es!

Der Advokat schmunzelte. Eine Befreiungsbewegung! Das gefiel ihm. »Hören Sie, General«, sagte er unvermittelt und ließ die famose Petition sinken. »Ich kann Ihr Rätsel lösen. Aber zu meinen Bedingungen. Bringen Sie mich zu Ihrer Kaiserin, ersparen Sie mir die Schmerzen und erhalten Sie mein Leben. *Danach* werde ich reden.« Dann stand er von seiner Pritsche auf, eigenartig beschwingt und beweglich, und sah dem General Grimbert aufmüpfig ins Gesicht.

Peregrin Aber genoss das helle Licht des Tages. Er fühlte sich wie in Drachenblut gebadet. Aufrecht stolzierte er neben dem General durch den Park und nicht einmal der Anblick des verstiegenen, völlig überkandidelten Schlosses konnte ihn aus der Fassung bringen. Der Widerstand gegen die widerliche Kaiserin, so schien es ihm, formierte sich bereits, der junge Jonas Nichts spielte – wie auch immer – eine entscheidende Rolle dabei, und selbst der General fiel seiner Herrin heimlich in den Rücken.

Peregrin Aber lächelte zufrieden, als er, nicht schmerzfrei, aber beinahe mühelos, die Stufen der Gesandtentreppe erklomm. Er kam sich vor wie in den Kulissen eines Theaters. Wirkte die Pracht ringsum nicht wie gemalt? Der protzige Marmor an den Wänden, all diese rosig-dicken Menschen auf den Ölbildern und überall dieses aufdringliche, schreiende Rot!

Angabe, dachte Peregrin Aber, als er zum Deckengemälde hinaufsah, pure Angabe! Und obendrein Ausweis unverbesserlicher Geschmacklosigkeit. Er selbst, überlegte er, als er im Rücken des Generals vor einer stucküberladenen Tür im ersten Obergeschoss auf Einlass wartete, war gewiss nicht frei von Eitelkeit. Doch zu Größenwahn, wie er in diesem Schloss zum Ausdruck kam, hatte er, Peregrin Aber, nie geneigt.

Dann ging die Tür auf, und den Advokaten beschlich der Gedanke, dass sein Handel mit Grimbert womöglich genau das war – größenwahnsinnig. Was, wenn der General sich nicht an ihre Vereinbarung hielt? Was, wenn er ihm die Peitsche gar nicht ersparen konnte?

»Zur Kaiserin!«, herrschte Grimbert den Trabanten an, der katzbuckelnd die Tür geöffnet hatte, und Peregrin Aber wünschte sich, auch dieser arme Tropf hätte bereits Kenntnis von der Petition seiner Brüder.

Der Trabant machte wortlos Platz.

Peregrin Aber folgte Grimbert in einen spiegelglänzenden Saal und machte sich innerlich auf alles gefasst. »Mut. Nur Mut«, murmelte er.

Doch dann kam schon Alma über ihn, rauschend wie ein räuberischer Vogel im Sturzflug. In einem durch und durch goldfarbenen, überlangen Kleid mit bis auf Ballongröße gebauschten Ärmeln eilte sie knisternd aus dem angrenzenden

Raum herbei, brandrot im Gesicht und mit bebenden Haarschnecken. »Auf die Knie, Unwürdiger!«, kreischte sie.

Peregrin Aber wusste gar nicht, wie ihm geschah. Grimbert drückte ihn rücksichtslos auf das gebohnerte Saalparkett. Peregrin Abers Rücken rebellierte. Er verlor seinen Zylinder.

»Herrscherin zu Wasser und zu Lande«, piepste der Trabant im Hintergrund, verstummte dann aber.

»Stinkender Fisch von einem Anwalt«, keifte Alma.

So, genau so hatte Peregrin Aber die Baroness in Erinnerung. Grimberts Hand lag um seinen Nacken wie eine Eisenschelle.

»Verräter! Rechtsverdreher! Nichtswürdiger!« Almas Stimme überschlug sich. »Wo sind die Figuren? Wo? WO? Raus mit der Sprache!«

Grimbert drückte noch ein wenig fester. Peregrin Aber war äußerst beunruhigt. Schauspielerte der General noch? Oder war ihm schon ernst?

»Baroness«, keuchte Peregrin Aber. »Ich weiß nicht, wovon Sie reden.«

Grimberts Griff lockerte sich.

»*Baroness?* Halte Er seinen dreckigen, schamlosen Mund, Zwerg! Vor Ihm steht eine *Kaiserin*!«, brüllte Alma. Peregrin Aber sah von ihr nicht mehr als den goldglänzenden Rocksaum. Darunter stampfte sie wütend mit dem Fuß auf. »WO SIND DIE FIGUREN?«

Sie war verrückt. Die Baronin Alma Fink zu Wunderlich war wahnsinnig. Warum nur hatte er das nicht schon viel früher begriffen?

»Oh! Ich verstehe.« Almas Stimme kippte. Plötzlich klang sie eiskalt. »Hol Er die Peitsche, Soldat. Dieser Wurm da wird schon reden, wenn er sich erst unter den Hieben windet.«

Als Grimbert ihn losließ, plumpste Peregrin Aber unvorteilhaft auf das Parkett. Er würde nicht zu Alma hochsehen, befahl er sich. Er würde durchhalten. Der Advokat schloss die Augen. Und wenn er dieser Wahnsinnigen einfach irgendeine Geschichte über diese lachhaften Figuren auftischte? Dass Tabbi sie verwahrte, würde er allerdings nie und nimmer preisgeben. Nie und nimmer! Die Figuren waren ihm egal, aber Tabbi würde er nicht in Gefahr bringen.

Grimberts soldatische Schritte näherten sich wieder. Peregrin Abers Blick fiel auf seine gewichsten Stiefel und den baumelnden Riemen einer Peitsche. Sich versichernd sah er zu Grimbert auf, aber dessen Miene war gefährlich unbewegt.

»Sieht Er die Peitsche da?«, zischte Alma.

Peregrin Aber, bäuchlings auf dem Parkett, nickte unterwürfig. Was, wenn ihn diese Peitsche wirklich traf? Oh, oh, oh.

»Ein letztes Mal also«, keifte Alma. »Wo sind die Figuren?«

»Ich weiß es wirklich nicht …«, jammerte Peregrin Aber und musste sich dabei nicht einmal verstellen.

»Schlag Er zu! Los!«

Peregrin Aber hielt den Atem an. Die Peitsche sauste pfeifend auf ihn herab – der Riemen klatschte gleich neben seinem Ohr auf das Parkett.

»Oooooooo!«, rief Peregrin Aber, vermutlich einen Augenblick zu spät.

»Na?«, kreischte Alma. »Schmeckt Ihm das?«

»Oooooooo!«, machte Peregrin Aber wieder und jubilierte innerlich. Grimbert hatte Wort gehalten! »Was für Schmeeeerzen!«

»Wo hat Er die Figuren?«, geiferte Alma.

»Ich …« Was um Himmels willen sollte er jetzt sagen? »Baroness«, fing er noch einmal von vorne an.

»Baroness? Dummkopf!« Almas Stimme vibrierte. »Los! Zuschlagen!«

Und wieder sauste die Peitsche herab. Peregrin Aber spürte ihren Luftzug. Mehr allerdings nicht.

»Auauauauauau!«, jammerte er.

»Ha!«, krähte Alma. »Und? Wird Er jetzt reden?«

»Bei meiner Ehre! Ich weiß wirklich nicht …«

»Peitsche!«

Diesmal jedoch wurde Peregrin Abers tremolierender Schmerzenslaut – »Aiaiaiaiaiaiaiai!« – unterbrochen. Die Saaltür sprang auf, Peregrin Aber hörte es wohl, und jemand polterte ungeschickt herein.

»Kaiserin!«

Peregrin Aber riskierte einen Blick, das Gesicht vorsichtshalber wie unter Schmerzen verzogen. Völlig verdattert stand ein livrierter Diener in der Tür.

»Was stört Er, Idiot?«, schimpfte Alma.

Der Diener versank förmlich zwischen seinen Schultern.

»RAUS!«, kreischte Alma. »RAUS!«

Der Trabant machte einen Schritt zurück. »General?«, hauchte er.

»WAS?«, donnerte Grimbert.

»Wir werden angegriffen, General«, sagte der Diener schnell.

»WAS?«, donnerte Grimbert wieder. Diesmal allerdings klang er nicht ärgerlich, sondern heillos verunsichert.

»Jünger Faramunds setzen über den See. Die ersten sind schon im Park.« Der Diener schlug die Hände vor das Gesicht. »Es sind so viele!«

Peregrin Aber hörte, wie die Peitsche auf das Parkett fiel. Und im nächsten Augenblick sah er Grimbert zur Tür hinausstürzen. Die dem General versprochene Erklärung, dachte der Advokat, musste warten. Dann linste er zur Peitsche hinüber. Würde Alma jetzt selbst Hand anlegen? Doch die gewalttätige Kaiserin von Kanaria rauschte schon in Richtung Fenster.

Was sollte das eigentlich heißen – *angegriffen*? Und wer waren die *Jünger Faramunds*?

Während Peregrin Aber mühselig auf die Füße kam, fiel ihm dieser Hirte ein, den der General erwähnt hatte. Einigermaßen ratlos stand er im Saal, bückte sich dann nach seinem Zylinder und pfropfte ihn sich auf den Kopf. Sollte er die Gelegenheit zur Flucht ergreifen? Die Tür stand offen, immerhin. Allerdings hatte der Diener dort seinen Posten nicht verlassen. Peregrin Aber tastete nach seinem wehen Rücken – der Sturz auf das Parkett hatte keineswegs zu seiner Genesung beigetragen. Dann humpelte er auf das Fenster zu.

»Angegriffen«, murmelte er. »Du lieber Himmel!«

Alma stand dort wie erstarrt. Sie schien ihn völlig vergessen zu haben und rührte sich auch nicht, als Peregrin Aber sich, mit gehörigem Sicherheitsabstand, neben sie stellte.

Er sah in den Park hinaus. Zwischen den großen, mit geschmacklosen Figuren überladenen Brunnen wimmelte es von bösartig anmutenden dunklen Zwergen. Die Gesichter von Kapuzen verborgen, rückten sie unaufhaltsam zum Schloss vor. Und von dort drüben, vom Waldrand, kamen immer mehr! Weit entfernt, am äußersten Rand des Parks, unweit der Kaserne, meinte Peregrin Aber den General zu erkennen. Grimbert ruderte wüst mit den Armen und trieb eine Gruppe gelb gewandeter Soldaten vor sich her, die sich mit flatternden Rockschößen in wilder Flucht vom Schloss entfernten und dabei Hüte und Säbel verloren wie vom Sturm geschüttelte Bäume ihr Laub. Nach und nach verschwanden sie aus Peregrin Abers Blickfeld, der General, wütend die Fäuste schüttelnd, als Letzter. Kanarias Soldaten, so schien es, waren endgültig desertiert.

Peregrin Aber verharrte regungslos am Fenster, bis diese dunklen, kapuzenbewehrten Zwerge die Treppe zur Schlossterrasse erreicht hatten. Dort stellten sie sich reihenweise auf. Nur in der Mitte ließen sie eine Gasse.

Sehr leise hörte Peregrin Aber Alma zetern. Mal zischte sie wie eine Schlange, mal heulte sie wie ein Hund, alles aber fast tonlos.

Er spähte wieder zum Waldrand hinüber. Dort war Bewegung. Peregrin Aber kniff die Augen zusammen. Da ritt ein Mann auf einem Esel, geführt von einem dicken Mönch. Was sollte das nun wieder bedeuten?

Gebannt folgte Peregrin Aber ihrem Weg. Der Mönch führte Esel und Reiter seelenruhig über die strahlend weißen Kieswege des Parks, an den kunstvoll beschnittenen Hecken und den leuchtenden Brunnen vorbei, bis zu den Reihen der still ausharrenden Zwerge und dann durch die Gasse, die diese gelassen hatten, hindurch. Schließlich glitt der Reiter – hochgewachsen, hager, Kutte, Kapuze – vom Eselsrücken.

Eine gespenstische Vorstellung, dachte Peregrin Aber. Aber ein *Krieg*? Peregrin Aber hatte das ein oder andere Geschichtsbuch gelesen. Wenn das hier ein Krieg war, dann gehorchte er höchst eigenartigen Gesetzen.

Am Fuß der Treppe blieb der Mann stehen. Offensichtlich war er der Zwergenanführer. Er riss die Arme hoch.

Die Zwerge begannen etwas aufzusagen. Aber was? Peregrin Aber mühte sich gewaltig, es zu verstehen.

»Hirte! Stürzt die alte Welt ein,
Hirte! Wird die Deine bald sein.«

Hirte. Also doch. Aber was sollten diese Verse bedeuten? Ob dieser hagere Kerl unter der Kapuze jener Hirte war?

Alma stützte sich schwer auf das Fensterbrett. Peregrin Aber hörte sie keuchen.

Draußen vor dem Fenster schlug der Anführer seine Kapuze zurück, und noch bevor Peregrin Aber einen klaren Gedanken fassen konnte, hörte er Alma in höchsten Tönen, grässlich verzerrt, schreien.

»Er! Er ist es! Dieser … dieser grässliche Mann!« Sie fasste sich an den Hals. Sie würgte. Taumelte zurück bis fast in die Mitte des Saals. Dann sank sie ohnmächtig zu Boden. Ihre Röcke rauschten, als sie fiel, es gab einen hässlichen Plumps, als sie auf das Parkett schlug.

Für einen Augenblick sah Peregrin Aber entgeistert auf die feiste, alte Frau, wie sie da steif zwischen Bergen von goldglänzendem Stoff lag. Dann vergaß er seine gute Kinderstube, ließ die gestürzte Kaiserin liegen, wo sie lag, und sah wieder zum Fenster hinaus.

Es dauerte bemerkenswert lange, bis er begriff, wer dort unten an der Treppe stand. Und als er es begriff, wusste er immer noch nichts damit anzufangen.

»Irmingast«, sagte Peregrin Aber, laut und ungläubig.

Die Zwerge hatten ihren raunenden Vortrag die ganze Zeit über nicht unterbrochen. Irmingast hob wieder die Hände. In seinen Brillengläsern spiegelte sich der blaue Himmel.

»Unmöglich«, murmelte der Advokat. Obwohl … Passte diese ungeheuerliche Hochstapelei dort draußen nicht zu Irmingast, dem, wie Peregrin Aber wusste, falschen Pfarrer?

Vor dem Fenster riss Irmingast den Mund mit den langen Zähnen auf. Der Advokat verstand nicht, was er sagte, aber es erschütterte ihn doch. Das ganze Schloss nämlich schien auf einmal zu wackeln.

Unten bleckte Irmingast, wild mit den Armen fuchtelnd, erneut seine Zähne. Es knackte ganz enorm im Gebälk. Plötzlich rieselte Staub von der Decke.

»Himmelherrgott!«, entfuhr es Peregrin Aber. Hatte Irmingast mit diesen Erschütterungen zu tun? Hatte er das Schloss für diese schäbige Gaukelei präpariert? Sprengsätze angebracht oder dergleichen?

Fiel ihm, Peregrin Aber, jetzt auch noch das Dach auf den Kopf?

Dann barst das Fenster, es regnete Scherben. Peregrin Aber wich entsetzt zurück, wankte, fing sich wieder, und kaum dass er zwei Schritte zwischen sich und das Fenster gebracht hatte, rutschte die ganze Fensterfront krachend ab – wie eine abgehängte Gardine.

Entsetzt schlug sich Peregrin Aber eine Hand vor den Mund. Eine gewaltige Staubwolke puderte seinen Anzug.

Das 36. Kapitel
Schau in die Ferne

Als Jonas aufwachte, war seine Haut ganz weich. Er hatte geschwitzt. Von fern hörte er Wasser plätschern. Er setzte sich auf und sog die frische, kühle Morgenluft ein. Oben im Himmel, über dem lichten Dach der Bäume, stritten die Krähen. Für einen Moment wusste er nicht, wo er war, und wähnte sich in Wunderlich. Wie die Krähen flogen! Und derselbe dichte, unruhige Himmel – jetzt, am frühen Morgen, noch von einem letzten Streifen Rosa gesäumt.

Jonas' Blick fiel auf die Schlafenden. Ole lag gleich neben ihm – unter der schweren, schmutzigen Decke schauten nur sein blasses Gesicht und sein kupferroter Schopf hervor, heillos verstrubbelt. Drüben neben dem Aschehäufchen, das vom Feuer übrig geblieben war, lag Fiet, die Miene selbst im Schlaf noch ernst. Nur Tanger war nicht mehr da. Wo er gelegen hatte, waren die Grashalme platt gedrückt, daneben die zurückgeschlagene Decke.

Jonas fühlte sich schwach. Er war krank, das war es. Er hüllte sich in seine Arme. Er hatte in seiner Joppe geschlafen und jetzt roch er den sauren Schweiß des Fiebers. Daran, dass sie hier ihr Lager aufgeschlagen hatten, konnte er sich gar nicht erinnern. Tanger hatte ihn getragen, das wusste er noch. Als wäre Jonas ein Säugling, hatte der Monokel ihn sich mit einem Tuch auf den breiten Rücken gebunden. Schrecklich kalt war Jonas gewesen, dann heiß, dann musste er, von Tangers weit ausholenden Schritten gewiegt, eingeschlafen sein.

Jonas stellte es sich vor – zwei kleine Gestalten, Ole und Fiet, und ein Riese mit einem Kranken auf dem Rücken, wie sie den langen Weg aus der menschenleeren Flüsterstadt nahmen. Durch das Tor – ein anderes Tor als das, durch das sie gekommen waren – und dann hügelaufwärts, erst durch felsiges Gelände, dann über weite, struppige Grasflächen, bis es dunkel wurde und sich Jonas' Erinnerung endgültig verlor.

»Du hast Fieber«, hatte Fiet noch auf dem weiten Platz vor dem Theater gesagt, eine Hand auf Jonas' Stirn. »Du glühst.«

Wie in Trance hatte Jonas die tote Allee hinabgestarrt. Nichts und niemand hatte sich mehr in der Flüsterstadt gerührt. Leopolds alter Palast lag in traurigen Trümmern.

Ole hatte Jonas' Hand genommen. »Es ist jetzt Krieg«, hatte er bloß gesagt. »Wir müssen in die Ferne. Zu Suleman.« In Jonas' Kopf hallte das Wort nach. Die Ferne. Die Ferne.

Dann war alles sehr schnell gegangen. Lubbe hatte noch lange vor seinem großen, leeren Theater gestanden und gewunken. »Ich komme nicht mit«, hatte er gesagt, bevor sie aufgebrochen waren. »Ich gehöre hier hin. Geht nur! Ja, ja.«

Schau in die Ferne. Jonas fiel Claras Grabstein ein. Die Krähen zeterten immer noch. Die Weide am Grab mit ihren herabhängenden Zweigen. Peregrin Aber, wie er sich dem Herrenhaus zuwandte, und Ruben – stumm, das hatte Jonas damals geglaubt.

Noch auf dem Weg aus der Stadt hatte er Fiet, Ole und Tanger von Irmingast erzählt. Dass Irmingast Pfarrer war, dass er wie Alma durch den Schrank gekommen sein musste. Aber Fiet hatte ihn mit einer verblüffend einfachen Frage zum Schweigen gebracht.

»Und was ändert das?«

Jonas schlug die Decke zur Seite und stand auf. Er hatte

weiche Knie, aber das Fieber war gesunken. Sein Kopf war einigermaßen klar.

Und wenn es doch etwas änderte?, dachte er. Einmal mehr hatte er nichts von den Sonneberger Figuren erzählt. Was, wenn sie den Unterschied machten? Aber sie waren doch Spielzeug! Sollte er Fiet Finger mit Spielzeug kommen?

»Besser?« Ole lag noch genauso da wie eben, nur seine Augen waren jetzt offen. Sie waren so blank, dass sie glänzten.

Jonas schaute auf ihn hinab. »Ich glaube schon«, sagte er.

»Das Fieber kommt wieder. Verlass dich drauf. Besser, du hüllst dich in die Decke.« Fiet war gleich auf den Beinen, hellwach und spürbar angespannt.

Jonas bückte sich und legte sich die Decke locker um die Schultern.

Tanger kam zurück. Der bauchige Lederschlauch, den er an einem Gurt über die Brust trug, war dunkel vor Feuchtigkeit. Der Monokel hatte Wasser geholt. »Ich habe ein Auge gesehen«, rief er schon von weitem. »Drüben an der Brücke.«

Sie liefen gleich hin, Jonas mit einigem Abstand. Er war nicht so schnell wie die anderen.

Nicht weit von ihrem Lagerplatz wand sich ein kleiner Fluss durch die locker mit Bäumen bestandene Wiese, über das Wasser bog sich eine schöne, alte Brücke aus Stein.

»Halt!« Noch ein Stück von der Brücke entfernt wies Tanger mit dem Finger auf das steinerne Geländer. Da saß das Auge, gelb wie das einer Katze, nur größer. Selbst aus dieser Entfernung konnte Jonas erkennen, wie die schwarze Pupille wuchs und wieder schrumpfte. Ein Raubtier, dachte er.

»Hat es dich gesehen?«, fragte Fiet.

Tanger erhob sich und zuckte die Achseln. »Ich weiß nicht.«

»Wir gehen trotzdem durch den Fluss«, sagte Fiet leise. »Drüben. Stromaufwärts.«

Plötzlich war Jonas schwindlig. Seine Knie knickten ein.

Ole fasste ihn gleich unter die Arme. »Du musst ihn wieder tragen, Tanger«, sagte er sachlich.

Schrecklich unnütz kam Jonas sich vor. Wie ein Frosch klebte er an Tangers Rücken, festgeschnürt wie Feuerholz. Manchmal schmiegte er die Wange an den Rücken des Monokels und döste.

Sie folgten dem Fluss eine ganze Weile, bis sie an eine Furt gelangten. Das Ufer war hier sandig und flach, der Fluss breiter, das Wasser beinahe so glatt wie das eines Sees. Auf der anderen Seite grenzte eine fette Wiese ans Ufer, dahinter erhob sich ein Hügelkamm. Fiet ging voraus, und obwohl er so klein war, reichte ihm das Wasser selbst in der Mitte des Flusses nicht weiter als bis zu den Hüften. Ole folgte ihm, der große Monokel als Letzter. Jonas auf seinem Rücken musste nicht einmal die Füße heben. Sie wurden nicht nass. Er hörte Tangers im Wasser rauschende Schritte und roch den Fluss, die Sonne blitzte auf seiner Oberfläche.

Sie erklommen das andere Ufer und liefen durch das hohe Gras. Dann ging es den Kamm hinauf und oben angekommen blieb Fiet für einen Augenblick stehen. Vor ihnen, kammabwärts, erstreckten sich Wälder, so weit das Auge reichte. In tausend Farben Grün schmiegten sich die Bäume dort aneinander, ein Wald ging in den nächsten über, hügelauf und hügelab. Darüber, im weiten Himmel, Vögel, ganz frei, im Flug.

Fiet und Ole standen still beieinander, vom Anblick wie gebannt. Sie schienen einzuatmen, was sie sahen. »Schau«, sagte Fiet Finger schließlich und sah zu Jonas herauf. Zum ersten Mal überhaupt wirkten seine Züge entspannt. »Das«, sagte er mit belegter Stimme, »ist die Ferne.«

Es war warm geworden und sonderbar schön. Der Himmel war blau und beinahe wolkenlos und unter den Bäumen tanzten Flecken aus Licht. Bald raschelte altes Laub unter Tangers Füßen, darüber wuchsen Moos und Gräser, ein Hauch von frischem Grün. Der Wald wurde immer dichter und feierlicher. Glatte Stämme griffen mit den starken Fingern ihrer Wurzeln in die Erde, im Schatten der Laubdächer duftete es und war angenehm kühl.

Jonas lehnte den Kopf an Tangers Rücken, schloss die Augen und lauschte. Zweige knackten, es raschelte im Laub, sanft flüsterte es in den Wipfeln über ihnen. Irgendwo, nicht weit entfernt, rief ein Häher. »Piü! Piü!«

Fiet folgte kaum wahrnehmbaren Hohlwegen. Der Boden war wellig, und wenn Tanger in eine Senke hinabstieg, lag Jonas fast auf seinem Rücken. Oft rannen kleine Bäche durch die Talsohlen, an glatt gewaschenen Felsen vorbei. Wo das Sonnenlicht sich durch das Geflecht der Bäume drängte, glitzerte es auf dem sprudelnden Wasser oder flimmerte für einen Augenblick über dem Pfad.

»Wie schön es hier ist«, sagte Jonas irgendwann und Ole bedankte sich mit einem Lächeln. Er kommt nach Hause, dachte Jonas und lächelte zurück. Für diesen Augenblick waren alle Sorgen weit. Die Ferne verdiente ihren Namen.

Jonas musste eingeschlafen sein, jedenfalls schreckte er auf und schlang die steifen Arme gleich um Tangers Brust. Der Monokel war stehen geblieben, ebenso Ole und Fiet.

»Ole Mond! Unglaublich! Das ist Ole Mond!«

Der helle Ruf kam von oben und Jonas legte den Kopf in

den Nacken. Gleich über ihm kam Bewegung in den Wipfel, das Blätterdach rauschte, einzelne Äste schnellten wippend vor und zurück und dann rutschte in halsbrecherischem Tempo ein Alb den starken, glatten Stamm herab. Sein weißes Haar leuchtete, dann stand er schon vor ihnen, mit einem breiten Lachen.

»Hat er dich eingefangen, unser Fiet?« Ohne eine Antwort abzuwarten, schloss der Alb Ole in die Arme, klopfte ihm fröhlich auf den Rücken und gab dann Fiet und Tanger die Hand. Er war ganz in braunes Leder gekleidet und auf dem Rücken trug er einen mannshohen Bogen sowie einen Köcher voller langer Pfeile. Das strahlend helle, schimmernde Haar fiel ihm bis auf die Schultern.

»Walrider«, sagte Fiet feierlich.

Jonas hatte den Namen schon einmal gehört. Ole hatte ihn erwähnt, damals, auf dem Weg zum Steinbruch.

»Walrider ist Truts Sohn«, sagte Ole und seine Augen blitzten.

Die Miene des Albs wurde ernst. »Ihr habt ihn gesehen?«, fragte er.

»Wir waren am Steinbruch«, sagte Ole. »Jonas und ich. Es geht ihm gut.« Er verzog die Mundwinkel. »Einigermaßen.«

Walrider nickte. Dann sah er zu Jonas hoch. Seine Augen leuchteten heller als Kerzen in der Nacht. »Willkommen, Jonas«, sagte er. »Bist du verletzt?«

Jonas' Mund klebte. Er packte Tanger noch fester.

»Er ist krank«, sagte Fiet. »Er hat gefiebert.«

Der Alb nickte wieder, strich sein Haar zur Seite und rückte Bogen und Köcher zurecht. »Dann kommt«, sagte er knapp. »Suleman wird euch gleich sehen wollen.«

Walrider führte sie noch ein ganzes Stück tiefer in den Wald, bis sie auf eine verborgene Lichtung stießen. Wie ein grasgrüner See lag sie inmitten der dicht gedrängten Bäume, in zwei Hälften geteilt von einem munteren Bach, über den ein Balken gelegt worden war. Am Rande der Lichtung, sorgfältig unter den Bäumen verborgen, standen ein paar Schutzhütten aus rohem Holz, die flachen Dächer mit Laub bedeckt.

Kaum, dass sie die Lichtung betreten hatten, wurden Rufe laut. Ein Dutzend Gestalten kam aus Richtung der Hütten gelaufen, ein gewaltiger, dicht behaarter Fängge war dabei – bestimmt zwei Köpfe größer als Tanger –, das Haar eines weiteren Albs leuchtete. Am Bachufer, nicht weit von dem Balken, der als Brücke diente, tauchte ein kleiner Kopf auf und schaute aus riesigen, fast tellergroßen Augen zu den Neuankömmlingen herüber. Krempel! Jonas erkannte ihn gleich. Eine seltsame Scheu überfiel ihn. Er war bei den Rebellen angekommen. *Krempel*, schoss ihm durch den Kopf, *ist in Abwesenheit lebenslanger Verbrechen gegen die Wahrscheinlichkeit für schuldig befunden.* Wie lange trug er diesen Steckbrief nun schon mit sich herum …

Hufschlag unterbrach ihn. Jonas fuhr herum, so gut das auf Tangers Rücken ging, und sah ein weißes Pferd auf die Lichtung galoppieren. Immer mehr Rebellen kamen ihnen jetzt entgegen, alle in Leder gekleidet und viele bärtig, aber Jonas hatte nur Augen für den prächtigen Schimmel und seinen Reiter. Wie eine Gestalt aus einem Traum kam er ihm vor, und plötzlich sah er sich selbst, mit Tabbi in seinem Zimmer in Wunderlich auf dem Bett sitzend und die größte der Sonneberger Figuren hin und her wendend. Der türkische Reiter war gekommen! Ein Mann im blauen Kaftan, mit einem weißen Turban auf dem Kopf, der ein weißes Pferd mit rotem Zaumzeug führte.

Mit offenem Mund starrte Jonas auf Suleman Mond, der

den Schimmel zügelte, aus dem roten Sattel sprang und auf sie zueilte. Suleman Mond war zu stolz, um zu laufen, aber er ging schnell, mit weit ausholenden Schritten. Unter dem hellen Turban war sein Gesicht tief gebräunt, auf seiner Oberlippe wuchs ein tiefschwarzer Bart, so dicht wie eine Bürste.

Es gab keinen Zweifel mehr! Wo immer der Puppenspieler war und warum auch immer Faramunds Abbild fehlte – die Sonneberger Figuren stellten die Sieben dar! Allenfalls mochten Leopold, Grimbert oder Fiet andere Kleider tragen, als man ihren kleinen Abbildern aus Brotteig, Sand und Leim aufgemalt hatte, ein Irrtum aber war ausgeschlossen. Nur – in seiner Verwirrung fasste Jonas nach Tangers Schulter – Claras Bild war vor Jahrzehnten gemalt worden! Damals war sie noch ein Kind gewesen und seitdem war ein ganzes Leben vergangen! Wie konnte Core auf diesem Bild sein, wenn doch die anderen sechs noch immer keine Greise waren? Leopold war fast noch jung, Grimbert ein Mann in den besten Jahren. Etwas, das Lunette gesagt hatte, fiel Jonas ein. *Du musst dir vorstellen,* hatte der Marquis gesagt, *ich war, als wir das Land, das wir heute Kanaria nennen, zum ersten Mal betraten, fast schon ein alter Mann.*

»Endlich! Der Junge ist da!«, rief Suleman Mond und seine Stimme zitterte vor Freude.

Ole war stehen geblieben, halb erschreckt, halb erfreut, und sein Onkel fasste ihn fest an beiden Schultern, streng und erleichtert zugleich.

»Du bist heil, Junge. Du bist heil!« Suleman schüttelte Ole und strich ihm dann fast schon grob über das Haar. »Das tust du nie wieder, hörst du? Nie wieder läufst du mir weg!«

Mit einem Ruck befreite sich Ole aus dem Griff seines Onkels und wich einen Schritt zurück. »Der Hirte ist nach Kanaria gezogen«, sagte er und das klang wie ein Vorwurf.

Die Rebellen ringsum ließen ein Murmeln hören. Es mochten jetzt dreißig von ihnen auf der Lichtung stehen.

Suleman Mond erhob sich. Seine niedrige Stirn lag in tiefen Falten.

»Wir müssen angreifen, Onkel. Wir müssen endlich angreifen! Sonst ist es zu spät.« Ole hatte die Arme vor der Brust verschränkt. Er klang schrill. Unverwandt schaute er seinem Onkel ins Gesicht. Verbissen sah er aus.

Suleman wandte sich an Fiet Finger. »Stimmt das, Fiet?«

»Gestern früh sind sie losgezogen. Sie dürften schon da sein.«

»Seid ihr sicher, dass sie angreifen wollen?«

Fiet Finger nickte.

Suleman Mond senkte den Kopf und legte die Hand ans Kinn. In Gedanken versunken tat er einige Schritte. »Wir beraten uns heute Abend«, sagte er schließlich. »Ich muss nachdenken.«

Beinahe verächtlich sah Ole zu ihm hinauf.

In einer der Hütten machte Tanger für Jonas ein Bett. Die Dämmerung brach herein, schon schimmerte der beinahe volle Mond am Himmel und Jonas glühte jetzt wieder. Gegen den Schüttelfrost hüllte er sich fest in die schwere Decke und schlief ein, als stürzte er in ein tiefes Loch. Als er wieder zu sich kam, war sein Mund trocken und hart wie Stein. Seine Augen brannten, seine Handflächen waren schweißnass, die Finger steif. In der Hütte roch es nach Harz. Von der Lichtung kam ein tieforangefarbener Schein. Mühsam robbte Jonas zum Eingang der Hütte, eine Tür gab es nicht.

Mitten auf der Lichtung, unter einem schwarzen, von funkelnden Sternen übersäten Himmel, prasselte ein großes Feuer. Darum herum hockten die Rebellen, ein Kreis schwarzer

Schatten im leckenden Licht. Suleman Mond stand als Einziger aufrecht, den Feuerschein auf seinen Zügen. Er sprach – was er sagte, konnte Jonas aber nicht verstehen. Ob auch Ole da saß? Neben den anderen?

Nach und nach erkannte Jonas sie alle. Walrider mit dem leuchtenden Haar und neben ihm der riesenhafte Fängge. Dort drüben saß im Schneidersitz Fiet, zwei Plätze weiter Tanger mit seinem kahlen Kopf, und da, mitten zwischen den bärtigen, ledernen Gestalten Ole. Wie weit weg er jetzt war! Hatte er überhaupt noch nach Jonas gesehen? Jonas fühlte sich abgeschoben und verlassen. Er war krank und niemand, so kam es ihm vor, interessierte sich jetzt noch für ihn. Dort drüben am Feuer wurde jetzt entschieden, wie es weitergehen sollte, und ihn hatten sie in dieser Hütte abgelegt. Was würde geschehen, wenn die Rebellen in den Kampf ziehen sollten, so wie Ole es wollte? Würden sie Jonas dann einfach hier zurücklassen? Mutterseelenallein in diesem Wald?

»Scht«, machte da jemand und Jonas spürte einen sanften Druck auf seiner Schulter. Es war Krempel, Jonas hatte ihn nicht mal kommen gehört. Staunend sah Jonas den Wicht an, die großen Augen und die schmale, gewundene Nase dazwischen. Krempel musterte ihn schweigend.

»Ich … ich habe Ihr Bild«, sagte Jonas stockend. Er wollte mit Krempel reden! Er wollte mit irgendjemandem reden! Nur nicht allein sein jetzt. Ungeschickt suchte er in der Innentasche seiner Joppe nach dem Steckbrief. Als er ihn herauszog, riss er ein, er war ja in der Flüsterstadt nass geworden. Jonas reichte ihn Krempel dennoch. »Hier.«

Der Wicht hockte sich neben ihn und faltete das Blatt auseinander. Viel konnte er in der Dunkelheit bestimmt nicht erkennen, aber es glitt doch ein Lächeln über sein bärtiges Gesicht. Wie klein seine Hände waren!

»Und?«, sagte Krempel leise. »Findest du, dass ich gut getroffen bin?«

Jonas wusste nicht, wie antworten. »Ich habe den Steckbrief in Kanaria gefunden«, sagte er. »An einem Baum.« Die Worte blieben ihm beinahe am Gaumen kleben. Seine Stimme war belegt.

Krempel hielt das Blatt dem Feuerschein entgegen. »*Im Namen der unfehlbaren Höchsten Kaiserlichen Hoheit*«, las er spöttisch. »Na ja.« Er zauste sich den Bart. »Vielleicht sollte ich das Bild bald dahin zurückbringen, wo es herkommt. Was meinst du?«

»Nach Kanaria?«, fragte Jonas und erschrak. War es schon beschlossen, dass die Rebellen losziehen würden? Was würde dann aus ihm werden?

»Wer weiß? Es hatte seinen Platz, da, an diesem Baum. Und Ordnung muss doch sein, oder?« Krempel erhob sich. Er war nicht größer als ein kleines Kind, mit ebenso dünnen Armen und Beinen. »Jetzt schlaf, Jonas Nichts«, flüsterte er und zupfte die Decke zurecht. »Wir reden morgen. Wenn das Fieber gesunken ist.«

Das 37. Kapitel,
in welchem ein Verdacht keimt und eine Entscheidung fällt

»Geht's dir besser?« Ole machte einen langen Hals und streckte den kupferroten Schopf in die Hütte. Blass lag Jonas da, vom Fieber der vergangenen Nacht wie ausgelaugt. Seine Lippen schmeckten salzig. Er stemmte sich auf die Ellbogen.

»Jetzt sag schon. Besser? Oder nicht?« Wie ein Eichhörnchen war Ole auf dem Sprung. Er kam nicht mal herein.

Jonas setzte sich auf. »Was habt ihr beschlossen? Gestern?«, krächzte er. Vielleicht konnte er Ole für einen Augenblick festhalten. Vielleicht würde Ole sich sogar zu ihm setzen – und erzählen.

Doch Oles Antwort fiel knapp aus. »Noch gar nichts. Suleman kann sich nicht entscheiden.« Ole probierte ein Grinsen. Es misslang, und doch war es der Versuch, Jonas etwas vorzuspielen. Ging es nach Ole, dann sollte Jonas gar nichts erfahren.

»Brauchst du was? Hast du vielleicht Hunger?«, fragte Ole ungeduldig. Bestimmt wollte er weiter und nichts von dem verpassen, was gerade im Lager vor sich ging. Bestimmt fand er es lästig, nach Jonas zu sehen.

Hunger? Jonas war sich nicht sicher, aber er nickte, um Ole zu erlösen. Sollte er doch gehen!

»Dann bringt dir jemand was.« Ole lächelte höflich und hob linkisch die Hand. Dann war er schon verschwunden.

Jonas krabbelte zum Eingang und sah ihm eine Weile nach,

wie er über die Lichtung eilte und am Bach den großen Fängge begrüßte. Dann gingen die beiden zusammen weiter, und als sie unter den Bäumen auf der anderen Seite verschwanden, hörte Jonas Ole lachen.

Er zog sich wieder in die Hütte zurück, starrte traurig auf die Astlöcher in den Wänden und hörte dem Treiben draußen zu. Stimmen, die näher kamen und sich wieder entfernten, dann und wann klapperte etwas. Ein Topf vielleicht.

Suleman konnte sich also nicht entscheiden … Was, wenn er, Jonas, jetzt einfach aufstünde und ginge? Hier im Lager würde ihn ja doch niemand vermissen. Aber würden seine Kräfte dafür reichen? Jonas fuhr sich durch das verklebte Haar und überlegte. Wenn die Rebellen nach Kanaria zögen, um den Hirten anzugreifen, könnte er sich ihnen vielleicht anschließen und Ruben mit ihrer Hilfe doch noch befreien. Andererseits – zögerte Suleman nicht wahrscheinlich deshalb, weil er den Kampf gegen den Hirten für aussichtslos hielt? Jonas hatte Irmingast zaubern sehen. Was konnten die Rebellen gegen eine solche Macht schon ausrichten? Waren Suleman und seine Leute am Ende nicht immer nur geflohen? Vor Alma und ihrem Häscher Grimbert? Vor den Prozessen gegen die Unwahrscheinlichkeit? Was sollten sie Irmingast entgegensetzen, wenn sie sich schon vor Almas Trabantensoldaten hatten verstecken müssen?

Jonas seufzte. Wenn doch nur irgendjemand etwas über den Spinnenpalast wüsste! Dorthin und nirgends sonst hatte Ruben ihn geschickt! *Such den Spinnenpalast!* Vielleicht war der Spinnenpalast die letzte Chance. Vielleicht war er immer die einzige Chance gewesen.

Bis Krempel im Eingang auftauchte, blieb Jonas regungslos liegen.

»Hunger? Das ist ein gutes Zeichen.« Der Wicht trug einen

dampfenden Napf aus Holz. »Brühe«, sagte er und zwinkerte mit einem unwahrscheinlich großen Auge.

Jonas setzte sich zurecht und nahm den Napf. Auch der Löffel war aus Holz, ziemlich grob geschnitzt und nicht besonders sauber. Während Jonas vorsichtig die heiße, fette Brühe löffelte, saß Krempel still bei ihm und sah zu. Neben dem zarten Wicht kam Jonas sich richtig grobschlächtig vor.

»Meinst du, ein kleiner Spaziergang würde dir guttun?«, fragte Krempel, als der Napf leer war.

Jonas war überrascht. Drüben am Feuer kamen immer mehr Rebellen zusammen. Man diskutierte aufgebracht und manchmal wehte ein hitziges Wort herüber. Hatte Krempel denn überhaupt Zeit? Wollte er nicht an den Beratungen teilnehmen?

»Komm! Das schaffst du schon.« Krempel hatte sich erhoben und streckte Jonas die schmale Hand entgegen. »Ich würde dir gern etwas zeigen.«

Als sie die Hütte verließen, schenkte Krempel den in kleinen Grüppchen zusammenstehenden Rebellen nicht einmal einen Blick. Stattdessen ging es gleich in den Wald. Jonas sog die würzige Luft tief in seine Lunge. Seine Schritte raschelten im alten Laub, kleine Zweige brachen unter seinen Sohlen, und manchmal strich Jonas selbstvergessen über die langen, lichtgrünen Wedel der Farne, die unter den Bäumen wuchsen. Er fühlte sich besser, wie durch das Fieber gereinigt.

Die meiste Zeit schwiegen sie, aber es war ein einträchtiges, zufriedenes Schweigen. Nur einmal auf ihrem Weg machte Krempel den Mund auf. »Weißt du«, sagte er. »Augen wie deine habe ich schon einmal gesehen.«

Jonas schaute überrascht zu ihm hinunter. Der Wicht reichte ihm nicht einmal bis zur Schulter. So was hatte noch nie jemand gesagt. Bislang waren Jonas' »Geisteraugen« für jeden, dem er zum ersten Mal begegnete, neu gewesen.

»Doch, doch«, sagte Krempel, als hätte er Jonas' Gedanken lesen können. »Ich kann mich nur beim besten Willen nicht erinnern, wo ich sie schon einmal gesehen habe.« Er ging weiter. Offensichtlich erwartete er gar keine Antwort.

Nach einer geraumen Weile erreichten sie einen mit alten Bäumen bestandenen, von Laub bedeckten Hügel, der steil in eine Senke abfiel. Dort unten, zwischen Felsen und Geröll, plätscherte eine Quelle. Leise musizierend strömte das klare Wasser aus den Felsen hervor, sammelte sich zwischen den Steinen und rann dann durch die Senke. Die Sonne brach durch das dichte Grün des Laubdachs darüber und verteilte ihre hellen Flecken wie Spielkarten auf Laub, Felsen und Wasser.

Krempel blieb stehen. »Schau«, sagte er und zeigte auf eine mächtige Kastanie, ein gutes Stück weit von der Quelle entfernt. »Dort bin ich damals hinaufgeklettert. Man hat einen guten Blick von da oben.«

Jonas wusste nicht recht, wovon Krempel sprach. »Damals?«, fragte er.

»Damals.« Der Wicht nickte. »Als Core gestorben ist.«

Jonas erinnerte sich. Krempel hatte Cores Tod beobachtet! Ole hatte davon erzählt. »Da war ein Mann bei ihr, nicht wahr?«, sagte er.

Krempel wiegte den Kopf hin und her. »Ich wusste gar nicht, dass Core hier war. Ich bin in den Baum geklettert, um Ausschau zu halten. Und dann, nach einer Weile, hörte ich etwas. Da unten.« Er deutete mit dem bärtigen Kinn zur Quelle hinunter. »Und da hockte sie. Um zu trinken vielleicht, ich weiß nicht. Sie hatte ihre Marionette dabei, wie immer.«

Ihre Marionette! Jonas dachte an den Flecken Bunt auf Claras Porträt in der Bibliothek.

»Ich wollte ihr schon etwas zurufen«, fuhr Krempel fort, »aber dann ging plötzlich alles ganz schnell.« Er schluckte. Es fiel ihm offenbar nicht leicht, zu erzählen, was er damals beobachtet hatte. Jonas starrte ihn gebannt an.

»Sie ist einfach zusammengebrochen. Wie ein Messer zusammengeklappt. Und dann tauchte wie aus dem Nichts dieser Mann auf.«

»Was für ein Mann?« Alle Muskeln in Jonas' Körper hatten sich verhärtet. Plötzlich hatte er einen Verdacht. Irmingast! Hatte Irmingast Core ermordet?

Krempel ging in die Hocke und zerbröselte zwischen seinen dünnen Fingern Laub. »Ich konnte ihn nicht richtig sehen. Als Core stürzte, habe ich mich gleich an den Abstieg gemacht. Wie ein Äffchen bin ich runter von dem Baum da.« Er erhob sich und deutete wieder auf die Kastanie. »Er hatte dunkles Haar. Dunkle Kleider.«

Jonas ballte die Fäuste. Irmingast!

»Wie ein Irrer kam er diesen Hügel hier hinabgestürmt. Er stolperte. Er stolperte dauernd. Irgendwas war mit seinen Beinen nicht in Ordnung. Er hinkte ziemlich.«

»Er hinkte?« In seiner Aufregung hatte Jonas den Wicht an der Schulter gepackt. Irmingast hinkte nicht, aber Arnon Blau hinkte! Tabbi hatte es erzählt. »So, als wäre eins seiner Beine kürzer als das andere?«

Krempel sah ihn überrascht aus seinen großen Augen an. »Ja. Vielleicht.« Dann verwandelte sich seine Überraschung in eine fast zufriedene Neugier. »Du weißt mehr, als Ole wahrhaben will, Jonas Nichts. Ich habe es geahnt.«

Jonas ließ Krempel los. Es war ihm peinlich, dass er ihn gepackt hatte. »Erzähl weiter«, sagte er. »Bitte!«

Krempel musterte ihn immer noch. »Viel mehr weiß ich nicht zu erzählen. Leider. Während ich herunterkletterte, verlor ich die Quelle aus den Augen. Und bis ich unten war, war der Mann schon fort. Ich hörte ihn noch durch den Wald laufen, aber ich konnte ihm nicht nach.« Auf einmal war Krempels Stimme belegt. Er räusperte sich und wischte sich die Augen. »Core …«, brachte er nur noch mühsam heraus, »… Core verging vor meinen Augen. Wie …« Er stockte abermals. »Wie ein Geist löste sie sich auf. Sie lag da, ganz leblos, und wurde immer durchscheinender. Sie wurde durchsichtiger und durchsichtiger, bis ich das Laub sehen konnte, auf dem sie lag. Es ist nichts übrig geblieben von ihr. Nichts.« Kopfschüttelnd senkte er den Blick und fuhr sich noch einmal über die Augen.

Jonas schwieg betreten. Er versuchte sich vorzustellen, was Krempel geschildert hatte. Für Fragen war es nicht der richtige Augenblick. Er hob den Kopf und sah zwinkernd ins sonnenbeschienene Laubdach hinauf.

»Aber da war noch etwas.« Krempel hatte sich wieder gefasst.

»Was?« Jonas sah ihn an. Ihm war jetzt selber zum Heulen zumute. Ohne zu wissen, warum, sah er Claras Grab vor sich. Die langen Zweige der Weide strichen über den Stein.

»Ich bin mir nicht sicher«, sagte Krempel leise. »Ich habe mir das Bild, wie sie dalag, tausendmal ins Gedächtnis gerufen und bin mir trotzdem nicht sicher. Aber es könnte sein … es kommt mir so vor, als ob …«

»Als ob was?«, fragte Jonas heiser. Sein Hals kratzte auf einmal.

»Es kommt mir so vor, als hätte die Marionette nicht mehr bei ihr gelegen«, sagte Krempel schnell. »Core lag da. Sie wurde immer durchscheinender. Aber an die Marionette … daran, dass die Marionette bei ihr lag, kann ich mich nicht erinnern. Ich sehe sie einfach nicht in meiner Erinnerung, verstehst du?«

Verstehen? Jonas dachte an Arnon Blau. Warum sollte er die Marionette gestohlen haben? Und welchen Grund könnte er gehabt haben, Core zu ermorden? Dann kamen die Worte wie von selbst aus seinem Mund, schnell und knapp und abgehackt.

»Hast du den Namen Arnon Blau schon einmal gehört?«

»Nein.«

»Kennst du den Spinnenpalast?«

Krempel schüttelte den Kopf.

»Werdet ihr nach Kanaria ziehen? Gegen den Hirten?«

Krempel zögerte. Dann wandte er sich ab, tat zwei seiner kleinen Schritte und drehte sich wieder zu Jonas um. »Ich weiß die Antwort nicht«, sagte er langsam. »Ich weiß aber auch, dass es nicht so schrecklich wichtig ist, ob wir jetzt gehen oder später oder ob der Hirte jetzt kommt oder später. Suleman macht sich die Entscheidung schwer, weil er weiß, dass wir verlieren werden. Seit Cai nicht mehr über uns wacht, Jonas, sind wir zum Untergang verdammt. Es ist Cai, die uns verlassen hat. Alles andere folgt nur daraus.«

Cai. Jonas fuhr sich ratlos durch sein verklebtes Haar. Ein Schutzgeist, hatte Lunette gesagt, sei eine Sache des Glaubens.

»Lass uns zurückgehen«, murmelte Krempel.

Auf der Lichtung wartete eine Überraschung auf sie. Statt wie seit Stunden in Grüppchen zu diskutieren, drängten sich die Rebellen nicht weit vom heruntergebrannten Feuer zu einer Traube zusammen. Jonas und Krempel sahen bloß ihre Lederrücken und wie sie drängten und schubsten. Immer wieder wurden Rufe laut, dann schüttelte jemand die Faust.

»Hör nicht auf ihn!«

»Verräter!«, rief jemand.

Krempel hatte es plötzlich eilig, und Jonas, der erstaunt stehen geblieben war, hatte Mühe, ihm zu folgen. Kurz entschlossen drängte sich der Wicht zwischen den Leibern hindurch. Jonas hinter ihm nutzte die Gasse, die Krempel sich frei kämpfte. Er hörte jetzt Sulemans Stimme, alles übertönend.

»So lasst ihn doch wenigstens ausreden!«

Jonas drängte sich neben Walrider, den Alb, und jetzt hatte er einen freien Blick. Niemand anders als der General Grimbert hatte dort vor der Wand aus Rebellen Aufstellung genommen, so kerzengerade und stolz wie immer. Sein Uniformrock allerdings stand offen, das Hemd darunter war schmutzig und zerrissen. Den Hut musste Grimbert verloren haben, sein Haar war wirr und verschwitzt, die Augen rot vor Anstrengung und Aufregung. Vor ihm hatte sich Suleman aufgebaut, die Arme fest vor der Brust verschränkt, und gleich hinter seinem Onkel stand Ole, dicht neben Fiet.

»Er war es doch, der uns Unwahrscheinliche gejagt hat! Und jetzt sollen wir ihm zuhören?«, rief jemand aus der Menge.

Suleman Mond breitete die Arme aus. Die Geste verfing. Murmelnd wurde es still.

Jonas' und Grimberts Blicke trafen sich für einen kurzen Augenblick. Der General zog eine Braue in die Höhe, als würde er Jonas wiedererkennen. Was um Himmels willen tat Grimbert hier?

Der General verschränkte die Arme vor der Brust und wandte sich an Suleman. »Ich weiß, dass es zwischen uns lange Zeit nicht zum Besten stand«, sagte er steif.

Höhnisches Gelächter von hinten.

Grimbert hob, nicht anders als Suleman, die Arme. »Bitte!«, sagte er und senkte den Blick. »Ich …« Er stockte und trat von einem Bein auf das andere. »Was soll's!«, brummte er dann plötzlich, hob den Kopf und reckte sein kantiges Kinn. Er sah die versammelten Rebellen unverwandt an. Jedem Einzelnen schien er in die Augen schauen zu wollen, und während sein Blick wanderte, wurde es mucksmäuschenstill.

»Verdammt ja! Ich habe euch gejagt«, brummte er schließlich. »Seht mich an! Ich habe einen Fehler gemacht! So sieht einer aus, der einen Fehler gemacht hat.« Er schlug sich mit der flachen Hand vor die Brust. »Wie ein dummer Köter bin ich der Kaiserin hinterhergelaufen. Mir war nicht immer wohl dabei, bestimmt nicht! Und ich habe mehr von euch entwischen lassen, als ihr ahnt. Aber das reicht als Entschuldigung wohl nicht aus.« Er sah wieder in die Runde. »Trotzdem, Freunde! Jetzt, in der Not, müssen wir zusammenstehen. Der Hirte hat Kanaria erobert!«

Jonas wand sich, wie unter Schmerzen. So schnell war es also gegangen. Irmingast musste Kanaria regelrecht überrannt haben. Wie machtlos alle anderen gegen ihn waren!

In die Gruppe der Rebellen kam Unruhe.

»Hört mich an!«, sagte Grimbert. »Meine Soldaten sind geflohen und in alle Winde zerstreut. Ich bin hergekommen! Ohne zu rasten! Und wenn ihr wollt, könnt ihr mich jetzt über eurem Feuer rösten! Ihr könnt mich aufs Rad binden! Ihr könnt mich vierteilen! Mir ist es egal! Gekommen aber bin ich, um eure Hilfe zu erbitten! Ich bin einer der Sieben, vergesst das nicht! Einer der Sieben – so wie Suleman und Fiet. Und wenn die, die von den Sieben noch übrig sind, jetzt nicht zusammenstehen, dann tun sie es, verdammt noch mal, nie wieder!« Grimbert hielt aufgewühlt inne und schnappte, von seiner langen Rede erschöpft, nach Luft.

Die Rebellen schwiegen betreten. Jonas sah zu Walrider hinauf. Der Alb war bewegt. Dann warf er einen Blick auf Ole und dessen Onkel. Sulemans Stirn war von Sorgenfalten durchfurcht. Oles Gesicht schien in Flammen zu stehen.

»Du willst, dass wir – ausgerechnet wir – der Kaiserin zu Hilfe eilen?«, fragte Suleman nach einer Weile. »Ist das dein Ernst?«

Die Rebellen ließen wieder ein Raunen hören. Neben Jonas schüttelte Walrider den Kopf.

Grimbert räusperte sich. »Nicht der Kaiserin sollt ihr helfen und das wisst ihr auch! Haben euch diese Jungen da etwa nicht gesagt, wie es steht?« Er zeigte erst auf Ole, dann auf Jonas, und Jonas stieg das Blut ins Gesicht. Er spürte, wie die Blicke der Umstehenden ihn trafen.

»Ja, Ole Mond! Ja, Jonas Nichts!«, knurrte Grimbert. »Ich bin schon noch draufgekommen, wen ich damals in Kanaria vor mir hatte! Abends, auf dem Exzerzierplatz. Ich habe eine Weile gebraucht. Aber als Faramund erschien und der Prozess platzte, da wusste ich, dass ihr es wart. Und? Habe ich euch verraten? Gejagt? Nein! Und auch diesen kleinen, runden Advokaten habe ich verschont, als er nach Kanaria kam. Diesen, diesen …«

Jonas durchfuhr es plötzlich heiß und kalt. Sein Mund stand offen.

»… Peregrin Aber, so heißt er«, sagte Grimbert.

In Jonas machte sich eine wilde, unbändige Freude breit. Das Wasser stieg ihm in die Augen. Peregrin Aber war durch den Schrank gegangen! Er war ihm gefolgt! Er hatte ihn nicht vergessen!

Ole und Fiet flüsterten sich etwas zu und sahen zu ihm hinüber. Wenn es noch eines Beweises bedurft hatte, dass Jonas' Geschichte stimmte – hier war er.

»War …«, krächzte Jonas. »War er allein?« Sein Gesicht glühte jetzt, aber diesmal war es nicht das Fieber. Alle Augen waren auf ihn gerichtet.

Grimbert räusperte sich. »Da war noch eine Frau bei ihm. Sie ist entkommen.«

Jonas' Augen schwappten über. Eine warme Träne lief ihm über die Wange. Tabbi! Die herzensgute Tabbi! Er lächelte und schüttelte den Kopf und wischte sich endlich das Gesicht.

Der General fasste jetzt wieder Suleman und Fiet ins Auge, die sich die ganze Zeit über nicht gerührt hatten. »Die Frau und Lunette sind geflohen. Ebenso alle Trabanten. Soldaten, Diener, Richter, Köche.«

Tabbi und Lunette, dachte Jonas. Und der Hermes! Kanaria war verloren, aber die Freunde waren noch da. Wo auch immer sie gerade steckten, sie waren dem Hirten entkommen. Er suchte Oles Blick, aber Ole hatte nur Augen für Suleman und Grimbert. Die beiden Männer standen sich gegenüber, als wüssten sie nicht, ob sie sich in die Arme fallen oder einander die Zähne ausschlagen sollten.

»Wer ist noch im Schloss?«, fragte Suleman.

»Leopold und die Kaiserin sind gefangen. Und dieser kleine Advokat.«

Jonas ballte die Fäuste. Peregrin Aber war in Irmingasts Hände gefallen! Und Ruben?

Grimbert fuhr fort. »Der Hirte und Faramund sind ins Schloss eingezogen. In das, was vom Schloss noch übrig ist, soll das heißen. Der Hirte hat fürchterlich gewütet. Das halbe Schloss liegt in Trümmern. Überall wimmelt es jetzt von Jüngern. Und meine Kaserne ist voller Gefangener. Eure Freunde haben sie da eingekerkert! Auch Alben, Fängge, Faune! Selbst die Gefangenen aus dem Steinbruch haben sie hergebracht!«

Neben Jonas wurde eine Stimme laut. »Ist mein Vater dabei?«, fragte Walrider mit fester Stimme. »Trut?«

»Ich weiß es nicht«, sagte Grimbert. »Ich nehme es an. Ich bin auf dem Weg hierher am Steinbruch vorbeigekommen. Es war niemand mehr da.«

Suleman Mond war einen Schritt zur Seite getreten. Er hatte den Kopf gesenkt und fuhr sich wieder und wieder mit dem Handteller über den Schnurrbart. Dann begann er auf und ab zu schreiten.

Alle Blicke lasteten jetzt auf ihm, und Walriders Albenhaar leuchtete, als schlüge es Funken. Die Stimmung war umgeschlagen, Grimbert hatte die Rebellen auf seine Seite gebracht. Jonas wusste nicht, wie die Beratungen gestern und über den Tag verlaufen waren, aber er war sich sicher – jetzt *wollten* die Rebellen nach Kanaria ziehen.

»Ihr könnt eure Leute befreien«, sagte Grimbert, und wenn er auch zu den Rebellen sprach, so sah er doch Suleman dabei an. »Ihr befreit sie jetzt oder ihr befreit sie nie!«

Suleman Mond war stehen geblieben, ein Stück weit von allen anderen entfernt. Er sah gequält aus. »Kanaria ist zerstört, sagst du?«, fragte er leise. »Der Hirte ist mächtig.«

»Und wird mächtiger von Tag zu Tag«, knurrte Grimbert. »Sogar die Steine sind ihm mittlerweile zu Befehl. Ich habe es gesehen. Er hebt die Hand und die Mauern fallen. Worauf wartest du, Suleman Mond?«

Einen Augenblick lang war es still in der Runde. Dann trat Walrider vor. »Er wartet auf die Prophezeiung«, sagte er. »Dass sie sich erfüllt.«

Ein abfälliges Murmeln wurde laut.

Ole blickte jetzt aufgeregt nach allen Seiten.

»Suleman wartet auf ein Zeichen«, fuhr Walrider fort. »Und er wird noch warten, wenn sein Bart schon weiß ist.«

Suleman funkelte den Alb böse an. Aber er schwieg.

»Wir haben lange genug gewartet«, rief jemand in Jonas' Rücken.

»Lass uns gehen, Suleman!«

»Ja! Lass uns gehen!«

Suleman Mond stand da wie versteinert, während die Rebellen immer lauter wurden.

»Wir brechen heute noch auf!«

»Wir warten nicht länger!«

»Wir wollen uns nicht mehr verstecken, Suleman!«

Grimbert hatte eine ganze Weile geschwiegen, jetzt trat er auf Suleman zu und legte ihm beide Hände auf die Schultern. Wie viele Jahre war es her, fragte sich Jonas, dass diese beiden Männer sich berührt hatten? Und wie gut mussten sie sich kennen, nach all diesen Jahren, immer noch!

Suleman Mond hatte den Kopf gesenkt, bis sein Kinn auf der Brust lag. Grimbert lehnte seine Stirn gegen Sulemans Turban. Für einen Augenblick standen die beiden einfach so da. Dann befreite sich Suleman und trat einen Schritt zurück. Als er sich an die Rebellen wandte, waren sein Mund und seine Augen schmal. »Wir brechen in einer Stunde auf«, sagte er mühsam.

Das 38. Kapitel,
in welchem Jonas Ole ein Geschenk macht

Alles war in Aufruhr. Die Rebellen waren von einer regen Geschäftigkeit beseelt. Zu allen Seiten der Lichtung schwärmten sie aus, redend oder rufend und heftig gestikulierend. Bald darauf schritten Grimbert und Fiet die Schutzhütten ab. Ole schleppte einen mit Pfeilen gespickten Köcher und schien selbst wie ein Bogen gespannt. Bald schon türmte sich die Ausrüstung vor den Hütten. Worte wie »Rammbock« oder »Leiter« wurden gebellt und wehten wie Schlachtenlärm herüber. Nur Jonas, Krempel und Suleman Mond waren auf der Lichtung zurückgeblieben, jeder für sich, allein mit seinen Gedanken.

Jonas hatte so viel erfahren. Peregrin Aber und Tabbi waren durch den Schrank gegangen; Tabbi und Lunette hatten sich, hoffentlich, zusammengetan; und Ruben war zwar immer noch gefangen, aber jetzt wusste Jonas immerhin wieder, wo. In Gedanken versunken, schlenderte er zu dem kleinen Bachlauf hinüber, der die Lichtung in zwei Teile teilte. Munter rann das klare Wasser durch sein schmales Bett. Vielleicht, überlegte Jonas, saßen Peregrin Aber und Ruben im selben Kerker; vielleicht waren sie wenigstens nicht mehr allein …

Als er zu Suleman und Krempel hinüber äugte, flüsterten die beiden miteinander, und schließlich brach auch Suleman zu einer der Hütten auf. Mit so weit ausholenden Schritten, dass sich sein Kaftan spannte, lief er über die Lichtung.

»Ole?«, hörte Jonas ihn rufen. »Ole Mond!«

Während Jonas beobachtete, wie Suleman seinen Neffen erreichte, ihn an der Schulter fasste und in den Schatten einer Hütte führte, kam Krempel näher. Still sahen sie zum Waldrand hinüber. Suleman hatte zu reden begonnen, die Hand auf der Schulter seines Neffen, bis Ole sie mit einer rüden Geste abschüttelte.

»Er wird ihn nicht mitnehmen«, sagte Krempel trocken.

»Was?«, fragte Jonas verdattert.

Ole wandte sich abrupt ab. Er wollte weglaufen, aber Suleman hielt ihn kurzentschlossen fest.

»Suleman wird Ole nicht mitnehmen«, sagte Krempel. »Alle wollen gehen, also bleibt Suleman keine Wahl – er lässt sie. Aber das, was ihm mehr bedeutet als sein eigenes Leben, das lässt er hier. Sein Pferd – und Ole.«

»Du meinst …?« Jonas war heillos überrascht. Sollte Ole allein in der Ferne zurückbleiben?

»Du wirst auch nicht mitgehen, Jonas«, sagte Krempel.

Drüben am Waldrand schlug Ole um sich, bis Suleman seine Arme packte.

»Was auch immer geschieht, wenigstens euch Kinder müssen wir verschonen.«

»Aber …«, rief Jonas.

»Aber was?«, fragte Krempel streng. Er blinzelte nicht einmal.

»Ich …« Jonas stotterte. »Ruben! Und Peregrin Aber! Ich muss doch … Peregrin Aber ist mein Vormund!«

»Wir werden auch sie befreien, Jonas Nichts. So wie unsere Leute. Falls wir überhaupt jemanden befreien.«

»Aber wie sollen wir …« Es war hoffnungslos. Die Sätze schienen an Krempel abzuprallen, noch bevor Jonas sie ganz ausgesprochen hatte.

Ole schien seinen Widerstand jetzt aufgegeben zu haben. Er ließ die Schultern hängen, sein Blick war leer. Suleman redete und redete.

»Wir können doch nicht …?«, probierte es Jonas noch einmal.

»Ihr könnt hierbleiben, natürlich könnt ihr das«, sagte Krempel und seine Stimme duldete keinen Widerspruch. »Überall ist es jetzt sicherer als in Kanaria. Ihr kommt hier schon zurecht. Ole ist in Lagern wie diesem aufgewachsen. Und es gibt reichlich Vorräte.«

Verstört sah Jonas zum Waldrand hinüber. Ole stand da wie versteinert, und als Jonas klar wurde, wie wütend Ole jetzt sein würde, wurde ihm angst und bange.

Die Rebellen waren zum Aufbruch bereit, noch bevor die Stunde um war. Mit Bogen und Speeren bewehrt, hatten sie sich um die Feuerstelle versammelt. Tanger und der große Fängge trugen lange Leitern, viele hatten sich Säcke voller Proviant über die Schulter geworfen. Manchmal leuchtete Grimberts gelbe Uniform auf.

Einer nach dem anderen waren Walrider, Krempel und Fiet aus der Hütte gekommen, in die Ole sich verkrochen hatte. Zwischen den Stämmen, ein Stück weit im Wald, stand Sulemans Schimmel in einem Pferch und zupfte an den wenigen Halmen, die dort wuchsen. Jonas wartete immer noch am Ufer des Bachlaufs – worauf, wusste er nicht. Er hätte gern mit Ole geredet, aber Ole sprach mit niemandem. Wie ein verwundetes Tier hatte er sich zurückgezogen.

Als Suleman schließlich kopfschüttelnd aus Oles Hütte trat, lösten sich Krempel und Fiet aus der Menge und kamen auf Jonas zu. Einen Augenblick lang schienen sie nicht zu wissen, was sie sagen sollten. Fiets Züge waren noch härter als sonst und Krempel vergrub die kleinen Hände in den Hosentaschen.

»Hör zu«, fing Fiet schließlich an. »Warte nicht länger als eine Woche. Höchstens zehn Tage.«

Jonas sah ihn verständnislos an.

»Wenn du bis dahin keine Nachricht von uns hast, schlägst du dich bis zu deinem Schrank durch.« Fiet hielt inne, die Lippen so schmal wie ein Strich. »Ole findet den Weg«, fuhr er dann fort. »Nimm ihn mit. Verlasst das Land. Beide.«

Jonas war verblüfft. Mit einem solchen Vorschlag hatte er nicht gerechnet. Ole würde das Land niemals verlassen. Wusste Fiet das nicht? Und auch er selbst hatte seit seinem Entschluss, Ole zu folgen, nur noch ein einziges Mal überlegt, zurück nach Wunderlich zu gehen.

Wunderlich. Ein kurioser Gedanke holte ihn ein. Gab es das Herrenhaus überhaupt noch? Ohne Tabbi, ohne Ruben? Ohne Alma und den entsetzlichen Irmingast? Jonas starrte an Fiet vorbei und dachte an Brand und an Elsa, an den Hof und den Räuberwald aus Tannenzapfen. Der Wieflinger war auch nicht mehr da. Hatte er ihn nicht über die Felsen steigen sehen, die Kanaria von der Flüsterstadt trennten? Wann war das gewesen?

Jonas streckte Fiet die Hand hin. Eine Antwort hatte er nicht für ihn. Eines Tages würde er zurückkehren, durch den Schrank, durch das verstaubte Spielzimmer, nach Wunderlich und zu den Hügeln, über die der Wind pfiff. Aber nicht jetzt. »Danke für alles«, murmelte er. Was hätte er sonst sagen können?

»Wir danken dir«, sagte Krempel. Plötzlich glänzten seine riesigen Augen. »Du wirst es richtig machen, so oder so. Vertrau auf dich selbst, Jonas Nichts! Willst du dir das merken?« Auch er gab Jonas die Hand, so wie Fiet.

»Seid ihr fertig?« Vielleicht hatte Suleman sie beobachtet. Wahrscheinlicher hatte er zur Hütte hinübergesehen, in der sich Ole vor allen Blicken verbarg.

»Wir kommen«, antwortete Fiet. Er legte Jonas die Hand auf die Schulter. Krempel nickte Jonas zu. Dann wandten sich die beiden Männer, einer klein und einer winzig, ab und gingen geradewegs zu ihren Kameraden hinüber. Suleman rief ein Kommando, und dann setzten sich die Rebellen – Suleman und Grimbert an ihrer Spitze – in Bewegung. Sie würden ohne Rast marschieren, die ganze Nacht und noch länger. Am Waldrand drehte sich Walrider noch einmal um und winkte. Er war der Letzte, der zwischen den Stämmen verschwand.

Was nun? Jonas wusste nicht, wohin er sich wenden sollte. Er fühlte sich verlassen und unendlich nutzlos. Die Hütten mit ihren leeren Eingängen stierten ihn an wie einen ungewollten Fremden, das Bachwasser lief achtlos an ihm vorbei, die Bäume ringsum rotteten sich gegen ihn zusammen. Ole war da und nicht da, wie ein Gespenst.

Jonas wusste nicht, wie viel Zeit vergangen war, als er schließlich langsam auf eine der Hütten zuging. Die Sonne stand tiefer jetzt, balancierte auf einem der Baumwipfel und für einen Moment war Jonas von ihrem hellen, sich brechenden Licht geblendet. Was nun?

Die Hütte war bis auf ein platt gedrücktes Lager aus Reisig leer. Es roch nach Harz, Laub und Erde. In einem Winkel, halb in den Boden getreten, fand Jonas den abgebrochenen Schaft eines Pfeils, klaubte ihn auf und spielte damit, bis seine Hände vergaßen, was sie taten. Irgendwann hockte er sich, ohne es recht zu bemerken, auf das Bett aus Reisig. Die Sonne sank. Das helle Holz der Hüttenwand färbte sich grau. Es wurde kühler, der Geruch des Waldes kam näher, und ohne die Dämmerung hätte Jonas glauben können, dass seit dem

Morgen keine Zeit vergangen war. Ole jedenfalls stand genauso wie in der Früh im Eingang und benutzte beinahe die gleichen Worte.

»Es geht dir viel besser, nicht wahr? Kein Fieber mehr, ja?«

Jonas starrte auf Ole, wie er da im Eingang lehnte, auf den schon vergessenen Schaft in seiner Hand, dann wieder auf Ole. Er wusste nicht, was er sagen sollte. Er war befangen.

»Komm! Du siehst schon viel besser aus!«, sagte Ole aufgekratzt. »Du hast es überstanden!«

»Ja«, sagte Jonas langsam. »Sieht so aus. Bestimmt.« Er hatte ja wirklich kein Fieber mehr, jedenfalls fühlte er sich nicht mehr krank. Warum wollte er das nicht so ohne weiteres zugeben?

»Prima.« Ole grinste, so wie Ole immer grinste, von Ohr zu Ohr, als sei gar nichts geschehen. Niemand ist hier zurückgelassen worden, sagte dieses Grinsen, keiner hat sich beleidigt und verletzt in eine Hütte verkrochen. Jonas begriff. Ole würde kein einziges Wort über die vergangenen Stunden verlieren und Jonas würde es besser genauso halten.

»Ich zeig dir alles. Das ganze Lager. Was hältst du davon?«, sagte Ole viel zu laut.

Sie ließen nichts aus. Ole führte Jonas kreuz und quer über die Lichtung. In der Vorratshütte lupfte er den Deckel eines jeden Fasses, schnürte Säcke auf – und wieder zu –, fuhr mit der Schütte durch einen Berg von Bucheckern oder Mehl.

»Kannst du Brot backen, Jonas Nichts? Hier in diesem Kästchen werden die Feuersteine verwahrt … Da ist der Zunder … In der Früh muss man die Decken am Feuer trocknen. In den Hütten ist es feucht … Dort drüben im Wald, da vorn etwa – siehst du? – wächst Kresse.«

Ole redete ohne Unterlass und seltsam befremdet hörte Jonas ihm zu. Und als Ole, wie nebenbei, in Wirklichkeit aber furchtbar umständlich, von den Sternen zu sprechen begann und wie man sich an ihnen orientieren könne, als er bald darauf scheinbar zufällig den besten Weg nach Kanaria beschrieb – »Weißt du noch, Jonas, der Wald, wo wir uns getroffen haben?« –, da wusste Jonas, dass auch Ole ihn verlassen würde. Unbemerkt, während Ole redete und erklärte und plauderte und scheinbar vom Hölzchen aufs Stöckchen kam, hatte sich die Gewissheit, dass es so war, angeschlichen und stand Jonas auf einmal in ihrer ganzen erschreckenden Größe vor Augen. Ole würde gehen. Vielleicht hatte er sogar darüber nachgedacht, Jonas mitzunehmen, aber wenn, dann hatte er diesen Plan verworfen und sich stattdessen vorgenommen, Jonas alles zu erklären. Jonas sollte allein im Lager zurechtkommen können und Ole nutzte die Zeit bis zu seinem heimlichen Aufbruch. *So machst du Feuer, Jonas; so backst du Brot; so findest du deinen Schrank.*

In der Dämmerung wanderten sie einmal mehr über die Lichtung und Ole redete immer noch. Jonas jedoch hörte ihm nicht mehr zu. Er war wütend und traurig und einsamer, als er es sein würde, nachdem Ole sich erst davongestohlen hätte. Aber da war noch etwas, und deshalb hielt Jonas den Mund, statt Ole anzuschreien oder ihm besser noch an die Gurgel zu gehen. Jonas hatte Mitleid mit Ole Mond. Je verzweifelter Ole Erklärung an Erklärung reihte, ohne auch nur zu ahnen, dass Jonas ihm lange nicht mehr zuhörte, desto besser konnte Jonas sich vorstellen, was in den zurückliegenden Stunden in Ole vorgegangen war. Er wusste sogar, was Suleman Mond seinem Neffen mit auf den Weg gegeben hatte, es konnte nicht anders sein. Suleman hatte gewusst, dass er Ole nicht im Lager würde halten können, es sei denn, er packte seinen Neffen bei der Ehre. Ole war stolz und deshalb hatte sein Onkel Jonas vorgeschoben. Jonas konnte nicht wissen, was genau Suleman gesagt hatte, aber er war sich sicher, dass Suleman von Jonas' Fieber gesprochen hatte, davon, dass sie alle kein Recht hatten, Jonas, den Fremden, in den Kampf um Kanaria zu verwickeln, und dass einer für Jonas im Lager würde sorgen müssen. Und einer, das hieß Ole, Jonas' Freund. Vielleicht war das der Moment gewesen, da Ole dort drüben im Schatten der Hütte seinen Widerstand aufgegeben hatte und versteinert war. Dann hatte er sich in der Hütte verkrochen, seine Wunden geleckt und nach einem Ausweg gesucht. Dass er, der kleine Erlöser, wie Lunette gesagt hatte, nach Kanaria musste, daran konnte er keinen Augenblick gezweifelt haben. Aber Ole wollte Jonas eigentlich nicht allein lassen. Wenigstens wollte er nicht das Gefühl haben, Jonas zu verraten.

Jonas betrachtete seinen schwierigen Freund. Wie blass er war! Wie sehr er sich mühte! Die Hände immer in Bewegung, die Stimme stets auf der Kippe, vielleicht, ohne dass Ole es wusste, den Tränen nahe. Ole Mond redete und redete, um nicht schuldig zu werden.

»Ach ja. Wir müssen das Pferd noch versorgen.« Ole fingerte nach seinem Ohrring, wie immer, wenn er nervös war.

»Was?«, fragte Jonas.

»Das Pferd.« Ole war stehen geblieben. »Wir müssen das Pferd noch in den Unterstand bringen. Für die Nacht.«

Jonas sah zum Himmel hoch. Kleine Lichter blitzten dort oben, unendlich fern. »Ach so.« Er verschränkte die Arme. Er war so weit von Ole entfernt wie diese Sterne. Er kannte Ole viel besser als Ole ihn, deshalb. »Mach du das. Ich ...« Jonas überlegte kurz und zeigte dann zu der Hütte hinüber, in der sich Ole stundenlang verborgen hatte. »Ich will mich ein bisschen ausruhen.«

Oles Augen weiteten sich. »Du … Dir geht es doch nicht wieder schlechter?«

Jonas versuchte ein Lächeln. Ole fürchtete bloß für sich selbst. Er war sein eigener Gefangener. »Keine Sorge«, sagte Jonas. »Mach du nur. Ich bin in Ordnung.«

Er ließ Ole stehen und lief über das nachtgraue Gras. Als er die Hütte erreichte, hörte er Ole mit dem Schimmel sprechen. Dann ging er hinein und gleich auf das Bündel zu. Er hatte gewusst, dass er es hier finden würde. Es lag neben dem Reisiglager, fein säuberlich verschnürt. Ole hatte schon gepackt.

Bevor Jonas den Kerzenstummel, der auf einem niedrigen Holzklotz klebte, ansteckte, sah er noch einmal hinaus. Ole führte das Pferd zu seinem Unterstand, hell hob sich der Schimmel gegen die Dunkelheit ab. Im flackernden Kerzenlicht suchte Jonas nach dem richtigen Zettel. Alle waren sie speckig geworden, und der Fetzen Papier, den Ruben ihm zuallererst in die Hand gedrückt hatte – *Du bist nicht 12! Du bist 13! Egal, wer dich fragt* – war hoffnungslos eingerissen und zerknüllt.

»Ich bin zwölf.« Jonas lächelte.

Der Zettel, den er suchte, war einigermaßen in Ordnung, auch wenn man vielleicht wissen musste, was darauf stand, um es noch entziffern zu können. Jonas murmelte den kurzen Satz wie eine Beschwörung.

»*Ich beschütze dich*.«

Das hatte Ruben geschrieben.

Jonas steckte das Stückchen Papier schnell in Oles Bündel. Der Schimmel war versorgt, wahrscheinlich waren auch Sattel und Zaumzeug bereitgelegt. Ole stapfte schon auf die Hütte zu, wild entschlossen, dachte Jonas, und traurig. Die Kerze flackerte, er sah auf das Bündel, das Ole zu tragen hatte. Jonas konnte ihn nicht halten. Ole war nicht frei.

Das 39. Kapitel,
in welchem Jonas sich selbst begegnet

Jonas konnte nicht schlafen, aber Ole zuliebe rührte er sich nicht. Es würde leicht sein, Ole zu täuschen. Er wartete ja nur darauf, dass Jonas schlief. Er wollte getäuscht werden. Jonas bemühte sich, tief und regelmäßig zu atmen. Draußen rumorte der Wald. Bestimmt waren die Tiere der Nacht jetzt unterwegs.

Nach einer kleinen Ewigkeit setzte Ole sich auf. Es knackte, als er sich von seinem Reisiglager erhob. Alles kam, wie Jonas es erwartet hatte. Ole tastete nach seinem Bündel – hatte er wirklich geglaubt, Jonas würde es übersehen? Dann schlich er zum Ausgang. Dort hielt er inne, kam noch einmal zurück und beugte sich zu Jonas herab. Auf einmal war er ganz nah. Jonas spürte seinen Atem.

»Es tut mir leid«, flüsterte Ole. Seine Stimme war rau. »Aber ich kann nicht anders. Ich muss die Prophezeiung erfüllen.« Er schluckte laut. »Verzeih mir. Irgendwann.«

Rückwärts schlich sich Ole davon, Jonas verfolgte jeden seiner Schritte.

Es ist gut, hätte er am liebsten gesagt. *Jetzt geht jeder seinen Weg. Pass auf dich auf!*

Aber wenn er jetzt den Mund aufmachte, würde es für Ole nur noch schwerer werden. Es mochte verrückt klingen, aber Ole würde nur ein noch schlechteres Gewissen haben, wenn er Jonas jetzt in die Augen schauen müsste. Und gehen würde er so oder so. Ole hatte noch nie auf Jonas gehört; er hörte nur auf sich selbst.

Als Ole verschwunden war, wartete Jonas noch einen Augenblick, dann robbte er zum Hütteneingang. Oben am nachtschwarzen Himmel klebte ein voller Mond und tauchte die Lichtung in sein kaltes Licht. Ole machte sich drüben am Unterstand zu schaffen. Eilig sattelte er den Schimmel und zäumte ihn auf. Natürlich hatte er am Abend schon alles bereitgelegt. Dann band er sein Bündel an den Sattel, führte den Schimmel auf die Lichtung und saß auf, ein Junge auf einem großen Pferd. Noch bevor Ole zur Hütte herübersah, zog Jonas sich in ihren Schatten zurück. Gedämpfter Hufschlag. Ole war fort.

Jonas kroch zu dem kleinen Holzklotz hinüber. In der Finsternis der Hütte brauchte es eine Weile, bis der Kerzenstummel brannte. Jonas kramte in seiner Hosentasche und hielt den Zettel schließlich ins Licht.

JONAS
NICHTS

So lange hatte er all diese Zettel mit sich herumgetragen, sogar Krempels Steckbrief hatte er verwahrt – bloß, um sich an etwas festzuhalten. Aber bis auf den einen, den er Ole mitgegeben hatte wie einen Zauberspruch, war jeder dieser Zettel doch nur eine Frage gewesen. An Fragen konnte man sich nicht festhalten. Es war an der Zeit, Antworten zu bekommen. *Vertrau auf dich selbst*, hatte Krempel gesagt.

Jonas blies die Kerze aus und trat auf die Lichtung. Er könnte jetzt in die Vorratshütte gehen und sich ein Bündel mit Proviant schnüren, ein Bündel, wie Ole es hatte. Er könnte die Hütten nach einem vergessenen Messer durchstöbern, einem zurückgelassenen Bogen und einer Handvoll Pfeile. Er könnte den Sternen dort oben folgen und hoffen, dass sie ihn nach Wunderlich oder nach Kanaria führen würden. Jonas sog die kühle Nachtluft ein. Nichts von alledem würde er tun.

Er lief über das feuchte Gras bis zum Bach. Erst am Abend hatte er begriffen, dass es *dieser* Bach war, an dessen Quelle Core gestorben war.

Jonas ging in die Hocke, den Zettel noch immer in der Hand. Das Mondlicht glitzerte auf dem Wasser.

JONAS
NICHTS

Er streckte den Arm aus und ließ den Zettel fallen. Das Papier drehte sich einen Augenblick lang auf den Strudeln und trieb dann schaukelnd davon. Sekundenlang war es noch zu sehen, ein Flecken Weiß, der mit der Strömung tanzte, bis er in der Nacht verschwand.

Jonas erhob sich zufrieden. Dann brach auch er auf, dem Bachlauf folgend, hinein in die geheimnisvolle Dunkelheit der Ferne.

Jonas folgte dem gurgelnden Bach stundenlang. Die Nacht füllte alle Ritzen des Waldes. Die alten Bäume stöhnten im Schlaf, die jungen wisperten und warteten neugierig auf das Morgenlicht. Es kam als grauer Streifen am Horizont, ein lichter Faden im Gewölbe ineinander verflochtener Äste. Lange hatte sich Jonas durchs Unterholz gekämpft, jetzt war der Weg frei. Die Buchen hatten den Boden mit ihren Eckern bedeckt, bis kein noch so winziger Flecken Erde mehr frei geblieben war. In ihren Hallen duldeten sie nichts außer sich selbst. Jonas lief wie über einen Teppich.

Schließlich brachen die ersten Farben durch das dichte Laub, erst rote, dann orange, dann flirrende gelbe Lichter, die bald darauf in den aufziehenden Schwaden verschwammen. Schwaden? Es war, als schwebten Wolken durch den Wald. Jonas war stehen geblieben, zum ersten Mal. Nebel konnte das kaum sein, es war wärmer geworden, feuchter.

Jonas ging weiter, langsamer jetzt, und war bald ganz von den warmen Schwaden eingehüllt. Wie Schemen tauchten die dunklen Stämme der Bäume jetzt auf, fransten an den Rändern aus und waren gleich wieder im milchigen Dunst verschwunden. Wie ein Blinder streckte Jonas die Arme aus und seine Hände tauchten in die feuchten Schleier. Nicht einmal seine Füße konnte er noch sehen, doch Angst hatte er keine.

Er ging weiter und weiter, bis die Säulenhalle des Buchenwalds sich auf eine breite Lichtung öffnete. Hier zogen die Schwaden himmelwärts und gaben den Blick frei auf ihren Ursprung, einen dampfenden See, in den der Bach, dem Jonas die ganze Zeit über gefolgt war, mündete.

Jonas trat ans Ufer, hockte sich hin und tauchte die Hände vorsichtig ins Wasser. Der See musste von einer heißen Quelle gespeist werden. Das Wasser war weich und so warm, als sollte es einen Waschzuber füllen.

Jonas strich sich mit den nassen Händen durch das Gesicht und begann dann, seine Joppe aufzuknöpfen. Er zog Schuhe, Socken, Hemd und Hose aus und watete langsam ins Wasser hinein. Als er eintauchte, umfing ihn eine wohlige Wärme. Genüsslich wusch er sich den Schmutz der langen Reise und den Fieberschweiß von der Haut, tauchte unter und ließ

Luftblasen aufsteigen. Dann schwamm er mit ruhigen, stillen Zügen in den See hinaus, legte sich auf den Rücken und ließ sich treiben. Vom Sonnenlicht schwefelgelb gefärbte Schwaden verhüllten alles rings um ihn herum. Vielleicht stand die Welt gerade kopf und Jonas badete im Himmel, eingeschlossen in eine Wolke.

»Jonas? Jonas Nichts! Wo steckst du, zum Teufel!«

Die Stimme war rau und laut und ganz anders als alles, was Jonas umgab.

»Jetzt zeig dich schon, zur Hölle!«

Jonas blieb, wo er war. Er paddelte lautlos, das Wasser war so herrlich weich. Die Stimme kam vom gegenüberliegenden Ufer. War sie, worauf er heimlich gewartet hatte? Denn gewartet hatte er doch – auch wenn er keine Worte für dieses Warten gefunden hatte.

»Verdammt noch eins! Glaubst du wirklich, dass ich mir Blasen laufe für dich, damit du dich dann vor mir versteckst? Was glaubst du eigentlich, wer du bist? He! Antworte mir wenigstens!«

Jonas schwieg. Die Schwaden machten ihn ganz und gar unsichtbar.

»ANTWORTE MIR!«, brüllte es.

Jonas starrte in den milchweißen Dampf. Er legte den Kopf schief, selbstvergessen mit den Armen rudernd. Wer war das?

»Du bist da im Wasser, stimmt's?« Die Stimme klang jetzt etwas versöhnlicher.

Kannte Jonas sie nicht? Ja. Irgendwoher kannte er diese Stimme. Hatte er deshalb keine Angst?

»Hör mal zu, du kleiner Verbrecher. Ich kann auch schwimmen, hörst du?«

Jonas lächelte. Er wusste nicht, warum.

»He! Ich kann wirklich schwimmen! Erinnerst du dich

noch an die Sache mit dem Hühnerstall-Gefängnis? Lange her, ich weiß. Teufel, was bin ich da geschwommen! Um mein Leben gepaddelt bin ich in dieser Dreckspfütze. Und wenn du mir nicht dieses Floß gebaut hättest … aus diesen Zweigen und dem Bindfaden, weißt du noch? … Na ja, ohne wär ich wohl ersoffen!«

Während die Stimme sprach, umspielte das warme Wasser Jonas' Körper. Dumme Frage! Natürlich konnte er sich erinnern! Den Bindfaden hatte er sich damals von Elsa geborgt.

»Und später …« Die Stimme klang weicher als zu Beginn, so, als hätte es sich der, der da sprach, gemütlich gemacht, vielleicht ein Pfeifchen angezündet und die Beine hochgelegt, um in Erinnerungen zu schwelgen. »Später …« Die Stimme brach ab, und als sie wieder auftauchte, klang sie so knurrig wie eh und je. »Zum Teufel, Jonas Nichts! Dieses Boot, das du mir in Wunderlich aus deiner Mütze gebaut hast, hat mir verdammt noch mal nicht getaugt! Keine Ratte hätte sich da drauf gewagt! Abgesoffen bin ich damit! Wie 'ne Katze in 'nem Sack voll Steine untergegangen! Und wenn mich dieser Fischer – Bror heißt er, Bror – nicht aus dem Wasser gezogen hätte …« Die Stimme unterdrückte einen barbarischen Fluch.

Bror? Jonas lag jetzt ganz ruhig auf dem Wasser. Er dachte nach, wie er noch nie nachgedacht hatte. Oder war denken das falsche Wort? Vielleicht war er verrückt geworden. Das war immerhin möglich. Wenn er nicht verrückt geworden war allerdings, dann … Jonas tauchte unter, einmal ganz tief in das warme Wasser, sodass sich seine Haare wie Algen in der sanften Strömung wiegten. Prustend tauchte er wieder auf. Der Mann, dem diese Stimme gehörte, konnte ihn bestimmt hören. Aber das machte nichts. Jonas wusste ja, wer dieser Mann war.

Das Problem war nur, dass es diesen Mann nicht gab.

»He!«, rief Jonas über das Wasser zum Ufer hinüber. »Du hast Bror gesehen?« Das warme Wasser lief ihm über die Wangen.

Die Antwort kam ein wenig verzögert. »Redest du also doch mit mir, was? Gut so.« Pause. »Ja, verdammt! Ich habe Bror gesehen. Hab ihm sogar einen Brief mitgegeben für den Advokaten. Sie waren alle in diesem Dorf. Bror und Tilla und Kolman und Arne. Und der Doktor und Tabbi.«

»Und du!«, rief Jonas. »Du warst auch in der Nähe!«

»Ja, zur Hölle! Aber ich musste weiter. Einer musste ja auf dich aufpassen!«

»Aufpassen?«

»Jetzt tu nicht so!«, kam es ärgerlich zurück. »Was glaubst du denn, wer dich im Kloster rausgepaukt hat? Hä?«

»Du etwa? Warst du das?« Jonas tauchte noch einmal unter, ein Fisch im Wasser.

»Ich war das, verdammt noch mal ja!«, hörte er, als er wieder hochkam. »Hätte mir den Hals brechen können dabei! Rauf auf die Mauer! Runter von der Mauer! Und diesen Rotzlöffeln von Jüngern sagen, dass sie mal bloß ein paar flüchtige Gedanken sind! Gespinste!«

Flüchtige Gedanken. Gespinste. Jonas schwamm drei, vier Züge auf die Stimme zu. Immer noch war er umgeben von Wolken aus Dunst. Er war unsichtbar. »Gespinste sind sie?«, rief er. »So wie du?«

»So wie ich. Hab nicht behauptet, dass ich was Besseres wär.«

Jonas lauschte seinem Plätschern.

»Jetzt komm schon!«, kam es ungeduldig durch den Dunst. »Die Einzelheiten später! Du weißt, wer ich bin! Tu also nicht so.«

»Ich tue nicht so«, rief Jonas zurück. »Du bist der Wieflinger. Aber den Wieflinger gibt es nicht.«

Vom Ufer kam ein brüllendes Gelächter. »So?«, prustete es. »Dafür bin ich aber verdammt lebendig, Jonas Nichts! Hier ist mein Bauch! Hier sind meine Arme! Zweihundert Pfund Wieflinger! Ein ganz schön großer Kerl!« Er lachte zufrieden. »Und jetzt zwirbele ich meinen Schnurrbart, Jonas Nichts! Haare wie Zwirn, weißt du noch? Hör also mit dieser dämlichen Besserwisserei auf und komm aus dem Wasser raus! Du musst ja schon ganz aufgeweicht sein!«

»Ich bleibe hier«, rief Jonas. »Du bist ein Kiesel. Und ich bin verrückt.« Er lachte jetzt auch. Das war ungewohnt. Er hatte ewig nicht gelacht.

»Du bist ein unverbesserlicher Dummkopf, Jonas Nichts. Du bist sogar ein ausgemachter Idiot! Und wenn du nicht bald anfängst, an dich zu glauben, Junge, dann werden wir hier alle noch verrecken! Du ersäufst da in deinem Riesenzuber, ich steh mir hier die Beine in den Bauch, und in Kanaria gehen die Lichter aus! Zur Hölle! Ist es das, worauf du es anlegst?«

»Nein.« Jonas war das Lachen vergangen. »Du hast Bror gesehen? Wirklich?«

»Verdammt, ja! Wie oft soll ich das noch sagen! Ich hab Bror gesehen! Bror, den du dir ausgedacht hast! Ist das Beweis genug?«

Beweis wofür?, dachte Jonas. Er schwamm noch ein wenig näher zum Ufer. Der Wieflinger konnte nur noch ein paar Meter entfernt sein. Der Dunst war nach wie vor undurchdringlich, aber das Wasser wurde merklich flacher.

»Meine Sachen sind noch am anderen Ufer«, sagte Jonas.

»Quatsch! Die hab ich schon geholt. Jetzt mach!«

Plötzlich trat er aus der Nebelwand heraus – der Hut, der Bart, der massige Körper. Der Wieflinger war gekommen.

Jonas hatte Boden unter den Füßen, zähen Uferschlamm zwischen den Zehen. Er schwamm nicht mehr, er stand. Das warme Wasser lief an ihm herab.

Der Wieflinger reichte ihm die Pranke. »Na endlich«, brummte er.

Während er sich anzog, musste Jonas den Räuber immer wieder ansehen. Die buschigen, überlangen Brauen über den kleinen, schwarzen Augen, die eisenharten Bartstoppeln auf den Wangen, der Bauch, der über den breiten Gürtel schwappte. Sollte Jonas sich das alles ausgedacht haben? Jede Kleinigkeit? Von dem Schmierfleck auf der Lederweste bis zu den schäbigen Flicken auf der ausgebeulten Hose?

Jonas knöpfte das Hemd zu, das Tabbi ihm geschenkt hatte. Es war lange nicht mehr weiß. Dann schlüpfte er in seine Jacke. Der See dampfte, aber die Sonne kam immer mehr durch.

»Wer bist du, Wieflinger?«, fragte Jonas leise.

»Hm.« Der Wieflinger lupfte den Filzhut und wühlte in seinem ungewaschenen, zottigen Haar. »Verdammt schwere Frage. Aber wenn ich's bedenke, würde ich sagen, ich bin du.« Er setzte den Hut wieder auf, Deckel auf Topf.

Lächelnd schüttelte Jonas den Kopf. »Das kann nicht sein«, sagte er. »Du bist ganz anders als ich.«

»Schon.« Der Wieflinger wirkte plötzlich verlegen. »Und trotzdem bin ich so was wie ein Teil von dir, würde ich sagen. Ich muss dir deshalb ja nicht ähnlich sein, oder? Jedenfalls weiß ich Dinge, die ich eigentlich nicht wissen kann. Nehme an, ich weiß sie, weil du sie weißt. Bin dem Marquis de Lunette nie begegnet, kenne ihn aber doch, irgendwie. Zum Beispiel.«

»Mein flüchtiger Gedanke.« Jonas lächelte immer noch. »Und das war alles wahr, was ich mir ausgedacht habe? Hast du wirklich in dem Tannenzapfenwald gelebt? Auf dem Hof? War das alles wahr?«

»Na ja«, brummte der Wieflinger. »Wahr. Nicht wahr.« Er machte eine abfällige Geste. »Ich bin nicht sicher, ob es darum geht. Ich habe das alles erlebt. So viel kann ich sagen.«

»Warum bist du nicht bei mir geblieben im Kloster?«, fragte Jonas. »Du hast mich gesucht in der Flüsterstadt. Fiet Finger hat mir erzählt, dass jemand nach mir gefragt hat. Du hattest mich doch gefunden. Das warst doch du, oder?«

»Ja, das war ich.« Der Wieflinger nickte. »Obwohl ich nicht geglaubt hätte, dass du wirklich so dämlich sein würdest, Irmingast direkt in die Arme zu laufen. Sich ins Kloster zu schleichen! Herrgott! Gut, dass ich zur Stelle war.«

Jonas sah verlegen auf das nasse Gras zu seinen Füßen. Die Sonne schien jetzt warm in seinen Nacken. »Du hast meine Frage nicht beantwortet«, sagte er.

»Ich habe nach dir gesucht, weil ich dachte, dass du weiter wärst. Mehr begriffen hättest. Konnte ja nicht ahnen, dass du Ruben befreien wolltest, als wärst du kleiner Pimpf eine ganze Armee.« Der Wieflinger murmelte ein paar unverständliche Flüche. »Dachte, du wärst bereit für den Spinnenpalast. Warst du aber nicht.«

»Ich habe jeden nach dem Spinnenpalast gefragt«, sagte Jonas. Er hatte auf einmal das Gefühl, sich rechtfertigen zu müssen. »Niemand wusste, wo er ist.«

Beinahe verächtlich sah der Wieflinger ihn an und strich sich über die unmöglichen langen, fadendicken Schnurrbarthaare. »Das kann auch keiner wissen«, brummte er. »Da hättest du bis zum Sankt-Nimmerleins-Tag fragen können, Jonas Nichts. Hab selber eine ganze Weile gebraucht, um das zu begreifen.«

»Was zu begreifen?« Jonas spürte die alte Unruhe zurückkehren. Der Wieflinger war nicht gekommen, um Guten Tag zu sagen. Er hatte mehr im Sinn. Er wusste, wo der Spinnenpalast war. Das war es.

»Wo ist er?«, fragte Jonas und seine Stimme zitterte.

»Der Palast? Falsche Frage.« Der Wieflinger verschränkte die Arme vor der Brust und legte die tiefe Stirn in steile Falten. »Falsche Frage, falsche Frage, falsche Frage. Wie immer.«

»Ich verstehe nicht«, sagte Jonas zaghaft.

Der Räuber war hörbar verärgert. »Die Frage lautet nicht *wo*, sondern *wie*.«

Jonas starrte ihn mit riesigen Augen an.

»Da staunst du, was?«, knurrte der Wieflinger. »Aber so ist es. Nicht wo, sondern wie.« Er nickte bekräftigend. »Du kapierst es nicht, hä?« Er zog eine Braue hoch. »Der Spinnenpalast ist kein Ort, sondern ein Zustand.«

Jonas schüttelte den Kopf, als hätte er eine Fliege im Ohr.

»Ja, ja«, sagte der Wieflinger. »Er ist nichts, wonach man die Augen offen hält. Eher findet man ihn, wenn man die Augen schließt.«

Jonas schloss die Augen, unwillkürlich.

»Aber ich warne dich«, hörte er den Wieflinger brummen. »Er ist nicht weniger gefährlich deshalb. Ganz im Gegenteil.«

Jonas nickte gehorsam, als würde er verstehen.

»Bist du so weit?«, fragte der Wieflinger.

Jonas zögerte.

Der Wieflinger schwieg.

»Wie …?« Jonas musste sich räuspern. »Wie sieht er denn aus, der Spinnenpalast?«

»Zur Hölle mit dir!«, schimpfte der Räuber. »Das ist nun die dümmste aller möglichen Fragen! Woher zum Teufel soll ich denn wissen, wie er aussieht? *Du* musst es wissen! Du! Herrgott!«

Jonas stand stocksteif da. Ich, dachte er. Wieso ich?

»Also? Bist du so weit?«, drängte der Wieflinger.

Hinter Jonas' Lidern war es einfach nur schwarz. Und dass der Räuber so beharrlich schwieg, machte es auch nicht besser. Was wollte er denn von ihm?

»Verflixt noch mal!«, schimpfte der schließlich wieder los. »Hier stehe ich vor dir! Ein Prachtexemplar von Räuber, das du dir ausgedacht hast! Und in Kanaria, da am See, hast du ein ganzes Dorf zum Leben erweckt! Bist bloß ein bisschen Boot gefahren, hast ein wenig geträumt und schwupps! – kommt dieser Bror an und zieht mich aus dem Wasser! Und jetzt willst du mir weismachen, du kannst dir keinen Spinnenpalast vorstellen? Mann! Mann! Mann! Das geht dann doch über meine Begreifungskraft hinaus!«

Vorstellen, dachte Jonas. »Ich wusste nicht …«, sagte er. Er hatte es ja wirklich nicht gewusst! Tilla, Kolman, Bror, Arne und der Wieflinger. Er hatte doch wirklich nicht gewusst, dass es sie gab! Jonas verschränkte die Hände vor der Brust, legte sie ineinander, verknotete hilflos die Finger.

Doch!

Er wusste es! Er konnte sie sehen! Da vor dem kleinen, weißen Haus! In einer Traube standen sie zusammen auf dem staubigen Platz unter der Eiche. Sie sahen zur Insel hinüber. Tilla und viele andere Leute und … Tabbi! Da war Tabbi, die er sich nun gewiss nicht ausgedacht hatte! Tabbi! Und Lunette!

»Der Spinnenpalast …«, flüsterte Jonas.

»Ja?«, knurrte der Wieflinger. »Jetzt komm schon, Junge! Komm schon! Lass hören, wie das Ding aussieht! Lass hören!«

»Eine alte Ruine«, flüsterte Jonas. »Eine Klosterruine. Blassgrauer Stein. Leere Bogenfenster. Das Dach ist lange abgedeckt. Die Dachsparren sind fort. Drinnen, im Hof, wächst eine Blutbuche – ihre dunkelroten Blätter ragen schon über den einsamen Giebel hinaus. Und alles …«

Wo kam das her?

»Weiter«, brummte der Wieflinger.

»Alles ist von Spinnweben bedeckt. Alles ist voller Netze. Das Tor, der Baum. Spinnweben überall.«

»Gut«, sagte der Wieflinger. »Dann sind wir so weit. Mach endlich die Augen auf.«

Jonas gehorchte. Auf der Lichtung, nicht weit vom Ufer entfernt und von den milchigen Schwaden des Sees umweht, erhob sich der Spinnenpalast genau so, wie Jonas ihn beschrieben hatte.

Das 40. Kapitel
Peregrin Aber erlebt ein Wunder

Peregrin Aber setzte sich. Er hatte sich redlich bemüht, seinen Rock sauber zu bekommen, jedoch ohne Erfolg. Immer noch sah er aus, als hätte er – in seinem Gesellschaftsanzug! – eine Stallwand gekalkt. Er setzte den Zylinder ab und wischte mit dem schmutzigen Ärmel über den früher einmal glänzenden Biberfilz. Aber er verteilte nur die weiße Schmiere, die von Wänden und Decken auf ihn herabgerieselt war.

Er seufzte. Anzug und Zylinder waren hin, so wie das Schloss hin war – im Prinzip. Immerhin war die Fassade eines ganzen Flügels zerstört. In den hochherrschaftlichen Zimmerfluchten könnten die Kanarienvögel jetzt Nester bauen. Der Raum, in dem Peregrin Aber sich befand, hatte allerdings noch alle vier Wände und eignete sich somit zu dem Gefängnis, zu dem er umfunktioniert worden war.

Zweifelsohne hatte es sich zuvor um ein Speisezimmer gehandelt. Die Wände ringsum waren mit dem kostbarsten Porzellan verziert – Arbeit genug für eine ganze Porzellanmanufaktur, die sich nun wiederum dumm und dämlich daran würde verdienen können, all diesen penetrant pastellfarbenen Zierrat wiederherzurichten. Kaum ein Stück Porzellan nämlich war heil geblieben, während Irmingast das Schloss in seinen Grundfesten erschüttert hatte. Kerzenständer lagen zerbrochen am Boden, Vasen waren überall von den Simsen gefallen und in hundert Scherben zersprungen, und der überdimensionierte, schreiend bunte Porzellanlüster, der ursprünglich über dem Esstisch gehangen haben musste, an dem Peregrin Aber jetzt saß, lag wie das Gerippe einer gierig geplünderten Weihnachtsgans auf dem Parkett.

Peregrin Aber konnte sich lebhaft vorstellen, wie der Lüster, während Irmingast draußen so unheilvoll wirkte, nach Art einer Schiffslaterne im Sturm hin- und hergeschwungen war, um dann von seinem eigenen Gewicht von der Decke gerissen zu werden und auf dem Fußboden zu zersplittern. Natürlich fiel dem Advokaten jetzt wieder der Leuchter in der Halle von Wunderlich ein und gleich knirschte er mit den Zähnen. Irmingast! Irmingast, der gleich zwei Mordanschläge auf den armen Jonas verübt hatte und letzten Endes auch ihn, Jonas' gesetzlichen Vormund, kaum verschonen würde.

Doch Peregrin Aber hatte keine Angst! Einzig Abscheu empfand er, wenn er an den falschen Pfarrer dachte. Wahrhaftig, Peregrin Aber schäumte dann vor Wut! Seit einer Ewigkeit wartete er nun vergebens darauf, dass dieser Feighals sich zeigte und nicht länger diese bösartigen kleinen Schergen vorschickte, um seine Gefangenen hierhin oder dorthin zu schubsen!

Tatsächlich war Peregrin Aber zunächst wieder in die Kaserne verbracht worden – in einen Kerker, der dem ersten, in dem er gesessen hatte, zum Verwechseln ähnlich sah. Zu diesem Zeitpunkt war der Advokat, er konnte es nicht leugnen, am Boden zerstört gewesen. Zwar hatte er den Einsturz einer ganzen Fensterfront glücklich überlebt, gleich auf der erstbesten Treppe seines Fluchtwegs jedoch war er von Irmingasts kuttentragenden Kindersklaven aufgegriffen worden. Eine höchst unangenehme Erfahrung, die keineswegs dadurch gemildert wurde, dass Peregrin Aber diese Mönchlein bald als zu ihren Untaten verführte Kinder erkannte. Im

Gegenteil! Irmingast wurde noch verabscheuungswürdiger dadurch!

Aus dem düsteren Verlies jedoch hatte man Peregrin Aber alsbald wieder zurück ins Schloss verfrachtet und schnurstracks in dieses hochnoble Gefängnis von Speisezimmer gebracht. Gleich zweierlei Gefühle hatten sich Peregrin Abers bemächtigt, als man ihn hineingeschubst hatte. Freudig erregt war der Advokat gewesen, als ihm niemand anders denn der Prinz Leopold in vollendeter Höflichkeit wieder auf die Beine half. Dann jedoch hatten ihn sogleich Gefühle des Ekels übermannt. In der entlegensten Ecke des Raums nämlich hatte er Alma entdeckt, feist und verstaubt, ein Trauerspiel aus Schmutz und Gold.

Peregrin Aber stützte die Ellbogen auf die Tischplatte und sah zur gestürzten Kaiserin Kanarias hinüber. Seit Stunden hatte sie sich nicht bewegt. Immer noch lehnte sie reglos an der Wand, und hätte sich ihre Brust nicht wechselweise gesenkt und gehoben, man hätte sie für tot halten können. Zweifelsohne war sie eine gebrochene Frau. Frisur und Kleid waren ruiniert, besonders erschreckend aber war ihr leerer, glasiger Blick, der nichts mehr wahrnahm. Sogar die gelegentlichen Zornesausbrüche des Prinzen waren an ihr vorbeigegangen, vermutlich drangen sie selbst dann nicht bis an ihr Ohr, wenn Leopold sich die entwürdigendsten Strafen für sie ausdachte. Kübelweise Kuhmist solle man ihr über das bäuerliche Haupt gießen, hatte er gefordert, damit sie ja nicht wieder auf die Idee käme, ihre mindere Herkunft durch einen Kaisertitel zu verschleiern.

Mittlerweile jedoch schien Leopold sich beruhigt zu haben. Jeder Zoll ein König, stand er am Fenster und sah durch die zerbrochenen Scheiben hinaus in den Park. Offensichtlich hatte ihm der Einsturz des halben Gebäudes nichts anhaben können. Seine Uniform, die Stiefel, sogar seine sorgsam frisierten Locken waren nach wie vor tadellos.

»Oha!«, meldete der Prinz sich jetzt nach langer Zeit des Schweigens wieder zu Wort. »Es ist so weit. Wie ich sehe, bahnt sich dieser Nichtswürdige gerade seinen Weg durch die Trümmer.«

Natürlich hatte Peregrin Aber seinen letzten Verbündeten ins Vertrauen gezogen. Allerdings war er sich nicht sicher, inwieweit der Prinz ihm zugehört hatte. Den Schrank im Spielzimmer von Wunderlich hatte er zwar für »wahrhaft poetisch« erklärt, sich sonst aber nicht weiter damit befassen wollen. Und dass der Hirte, wie Leopold Irmingast nach wie vor zu nennen beliebte, ein Gauner war, sei ihm, so hatte der Prinz würdevoll dargelegt, ohnehin seit jeher klar gewesen.

Peregrin Aber erhob sich, legte gewohnheitsmäßig die Hand prüfend in sein Kreuz und gesellte sich, so schnell das eben ging, zu Leopold ans Fenster. Eben noch erhaschte er einen Blick auf Irmingast, wie der in seiner lächerlichen Kutte über die von Trümmern übersäte Sonnenterrasse stakste und dann im Schloss verschwand.

»Er kommt zu uns, Prinz, nicht wahr?«, murmelte der Advokat.

»Gewiss«, antwortete Leopold ungerührt und sah wieder hinaus.

»Ich bewundere Ihre Gelassenheit, Prinz. Das muss ich sagen.«

Leopold beugte sich gönnerhaft ein klein wenig zu Peregrin Aber herab. »Es wird uns nichts geschehen«, sagte er mit einem sanften Lächeln. »Das Gute obsiegt, gelehrter Freund. Immer.«

Peregrin Aber hob zweifelnd die Augenbrauen.

»Liest Er denn nur Gerichtsakten und keine Märchen?«, fragte Leopold.

»Äh …« Peregrin Aber errötete. Der Prinz war ein eigenartiger Mensch. Sehr gefühlvoll, zweifellos. Aber doch auch äußerst unvernünftig. In der Auseinandersetzung mit Irmingast würde er vermutlich keine Hilfe sein.

Peregrin Aber fasste die Tür des Speisezimmers ins Auge. Nun denn!, sagte er sich und wartete, dass die Tür endlich aufschwang.

Wie von einem eisigen Hauch umweht, trat Irmingast ins Zimmer. Er war allein. Ruckartig schloss er die Tür, sah sich einmal prüfend um und schlug dann die Kapuze zurück.

Mutig hielt Peregrin Aber den spiegelnden Brillengläsern stand.

»Willkommen, Herr Doktor«, sagte Irmingast in vollendeter Falschheit. »Willkommen in meinem Reich!«

Peregrin Aber schwieg eisern.

Irmingast lachte bösartig.

»Lachen Sie nicht!«, sagte Peregrin Aber streng.

»Nein? Soll ich nicht?« Irmingast bleckte seine widerwärtig langen Zähne. »Nun, Doktor, mir ist einfach nach Lachen zumute. Denn das hier …« In einer vermutlich weltumspannenden Geste breitete er die Arme aus. »… ist jetzt alles meins!« Er hielt inne und lächelte das schmierigste aller Lächeln. »Haben Sie sich sehr gewundert, Doktor, als Sie den Schrank im Spielzimmer entdeckt haben? Das war mehr, als Ihr kleines Paragraphenhirn ertragen konnte, was?«

»Ich war überrascht. In der Tat.« Mit einem schnellen Blick versicherte sich Peregrin Aber seiner Mitgefangenen. Leopold stand immer noch am Fenster. Anders als Alma jedoch, die weiterhin wie tot an der Wand lehnte, nahm er Irmingast immerhin zur Kenntnis.

Dessen Aufmerksamkeit allerdings schien ihm, Peregrin Aber, allein zu gelten. »Überrascht. So, so.« Irmingast rieb sich die langen, schmalen Hände. »In Wirklichkeit haben Sie nichts von alldem hier für möglich gehalten!«, sagte er dann scharf. »Sie haben Claras verräterisches Testament als Unfug abgetan! In Ihrer blinden Selbstzufriedenheit hat nicht einmal der vierte Passus Sie aufmerken lassen! Erinnern Sie sich überhaupt noch? *Jonas ist es lebenslang verboten, das Spielzimmer zu betreten.* Und Sie? Sie haben dieses Spielzimmer nicht einmal aufgesucht! Ha!«

Peregrin Aber verengte die Augen zu Schlitzen. Worauf wollte dieser Widerling hinaus? Wollte er ihm etwa *Versagen* vorwerfen? Ein Versagen als *Vormund*?

»Ich gebe zu …« Irmingast hatte begonnen, vor der Tür auf und ab zu wandern. »Ich gebe zu, dass mein Plan, hätten Sie anders gehandelt, gefährdet gewesen wäre.« Er blieb stehen, schüttelte selbstvergessen den Kopf und marschierte wieder los, die Hand am Kinn. »Wenn Sie begriffen hätten, Doktor, was dort im Spielzimmer vor sich ging – was dort seit Jahren vor sich ging! Wenn Sie auch nur geahnt hätten, *dass* dort etwas vor sich ging … Jawohl, mein Plan wäre ernstlich in Gefahr gewesen.« Irmingast blieb abrupt stehen und stierte den Advokaten an. »Von dem Jungen wusste ich, Doktor. Ich wusste, dass es ihn gab. Aber ich wusste nicht, dass man ihn außer Landes gebracht hatte! Ich habe ihn hier gesucht! Hier! *Hinter* dem Schrank!« Er schüttelte wieder den Kopf.

Peregrin Aber sah ihm fassungslos zu. Er verstand kaum ein Wort, wollte sich das aber keinesfalls anmerken lassen. Fraglos sprach Irmingast von Jonas Nichts. Aber was sollte das bitteschön heißen – *außer Landes gebracht*?

»Nur deshalb habe ich gezögert, Doktor«, zischte Irmingast. »Ich war mir nicht *sicher*. Ich hatte einen Verdacht, das schon. Da waren seine Augen zum Beispiel. Diese sonderbaren Augen ...« Irmingast wies mit einem dünnen Zeigefinger auf seine Brillengläser. »Wo war ich stehengeblieben?«, fragte er dann. Offensichtlich hatte er beim Gedanken an den jungen Jonas den Faden verloren.

»Sie haben gezögert, sagten Sie.« Er würde ihn reden lassen, dachte der Advokat. Sollte er, Peregrin Aber, dieses Schloss jemals bei lebendigem Leib verlassen, würde er diesen Hochstapler nämlich vor Gericht zerren und dann würde jeder Anhaltspunkt wertvoll sein. Für einen glücklichen Moment sah sich Peregrin Aber schon an seinem Kanzleischreibtisch sitzen, den Schreiber Werk nach allem Nötigen schicken und eine feurige Klage verfassen.

»Gezögert, ja«, murmelte Irmingast. »Und so meinen Plan gefährdet. Hätten Sie ... Sie!« Irmingasts Zeigefinger bohrte sich in die Luft und zeigte auf Peregrin Aber. »Hätten Sie mir durch Ihre Untätigkeit nicht Aufschub gewährt, hätte alles noch schiefgehen können! Nach so vielen Jahren!« Er ließ den Arm sinken, mitgenommen, wie es schien, von der bloßen Erinnerung an die überstandene Gefahr. »Aber dann wusste ich Bescheid!«, bellte Irmingast. »Als der Junge die Figuren zu suchen begann, war mir alles klar.« In Irmingasts spitzem Gesicht glomm ein boshaftes Lächeln. »Nicht, dass der Junge wusste, was er da tat. Aber ...« Der Zeigefinger schraubte sich jetzt in die Höhe, Irmingasts Stimme wurde schrill. »ICH wusste es! Ich wusste, wer er war!« Er schien sich zu beruhigen. »Also«, sagte er, »habe ich den Leuchter präpariert.«

»Vergebens«, bemerkte Peregrin Aber trocken.

»Pech!«, zischte Irmingast.

»Und dann haben Sie Schurke auf den Jungen geschossen!«

»Und ihn leider Gottes verfehlt.« Irmingast wanderte wieder. Sekundenlang war nur das Knirschen der Porzellanscherben zu hören, auf die er trat.

Schließlich kam Irmingast näher und blieb bloße zwei Armlängen von Peregrin Aber entfernt stehen. »Es gibt zwei Gründe, warum Sie noch am Leben sind, Doktor.«

Peregrin Abers Stirn legte sich in Sorgenfalten, glättete sich aber gleich wieder. Er würde kein Zeichen von Schwäche zeigen! Keines!

»Der erste Grund«, sagte Irmingast, »ist natürlich der Junge. Sogar diesen tumben Tor von Diener, Ruben, habe ich am Leben gelassen. Und warum?« Irmingast zischte wieder. »Weil dieser Jonas Nichts ein lächerlich gutes Herz hat! Er folgt diesem Diener wie ein Hündchen! Er glaubt ernsthaft, er könnte ihn befreien.« Irmingast lachte auf. »Zweimal ist er mir knapp entwischt. Aber diesmal werde ich ihn kriegen. Und Sie, Doktor, sind wie Ruben mein Unterpfand. Sie sind Lockvögel!«

Während Irmingast sprach, war Peregrin Aber die Zornesröte ins Gesicht gestiegen. »Unmensch!« Der Fluch stahl sich durch seine zusammengebissenen Zähne.

Irmingast lachte bloß wieder. »Womit wir zum zweiten Grund kämen, dem Sie Ihr Leben verdanken.« Er grinste teuflisch. »Schauen Sie her, lieber Doktor!« Er nestelte an seiner Brust herum und streifte sich schließlich etwas ziemlich Kleines, das er an einer Kette um den Hals getragen hatte, über den Kopf. »Hier. Kommt Ihnen das bekannt vor?« Er hielt es Peregrin Aber entgegen – eine kleine, braune Figur auf einem verräterischen grünen Podest.

Eine der Sonneberger Figuren!, schoss es Peregrin Aber durch den Kopf. Wie viele gab es denn noch davon? Er fasste das kleine Ding ins Auge. Ein kahlköpfiger, beleibter Mönch in einer braunen Kutte. Was konnte es mit diesen Figuren nur auf sich haben?

»Und?«, rief Irmingast. »Haben Sie so was schon einmal gesehen, Doktor? In Wunderlich etwa?«

Peregrin Aber zuckte nicht einmal mit der Wimper.

»Ach was!«, schnaubte Irmingast. »Als ob Sie mir die Wahrheit sagen würden! Los! Ziehen Sie sich aus! Ich will sehen, ob Sie die Figuren nicht etwa am Körper tragen.«

»Bitte?«, entfuhr es Peregrin Aber.

»ZIEHEN SIE SICH AUS!«, brüllte Irmingast.

Einen Augenblick lang war Peregrin Aber schier verzweifelt. Immerhin war eine Dame im Zimmer! Er äugte zu Alma hinüber. Zugegeben, sie hatte nicht mehr viel Damenhaftes an sich. Außerdem lag sie in dieser eigenartigen Starre. Peregrin Aber knöpfte schnaufend seinen Rock auf und streifte ihn von den Schultern.

»Her damit!«, zischte Irmingast. Eilig ließ er den kleinen Mönch irgendwo zwischen den Falten seiner Kutte verschwinden. Dann grapschte er nach dem Rock und tastete die Taschen ab. Sie waren leer.

»Die Hose!«, fauchte er.

»Also!«, rief Peregrin Aber empört. »Ich muss doch sehr bitten!«

»DIE HOSE!«

Peregrin Aber löste die Hosenträger und kämpfte sich mit großer Mühe aus seinen Beinkleidern. Die Schuhe, die er keinesfalls ausziehen würde, waren im Weg. Außerdem waren derartige Bewegungen Gift für seinen Rücken.

Irmingast untersuchte die Hosentaschen. Dann warf er die Hose auf den scherbengespickten Boden. »Wer hat die Figuren, Doktor? Reden Sie! Ich rate es Ihnen!«

In Hemd und Unterhosen stand Peregrin Aber da, doch einen Rest von Würde hatte er sich bewahrt. Er stellte sich die tapfere Tabbi vor, wie sie mit Jonas' kleinem Pappköfferchen voller Sonneberger Figuren im Park verschwand. »Ich habe nicht die geringste Vorstellung, mein Herr«, sagte er stolz.

Irmingast schnaubte verächtlich. »Ich nehme an, der Junge wird sie haben. Außer …« Er legte wieder die Hand ans Kinn, grübelnd. »Außer er hat sie seinem kleinen fuchsroten Freund gegeben. Das wäre natürlich eine Möglichkeit.« Er wiegte den Kopf hin und her. »Aber auch für den ist gesorgt«, murmelte er dann mit einem hämischen Grinsen. »Auch der kommt nicht weit.«

»Sage Er, werter Freund und Untertan«, meldete sich da plötzlich Leopold zu Wort. Er meinte Peregrin Aber – Irmingast würdigte er keines Blickes mehr. »Findet Er nicht auch, dass es hier irgendwo raucht? Ich meine, es liegt Feuer in der Luft.«

»FEUER?« Irmingast stürzte ans Fenster.

»Schau Er doch«, sagte Leopold in lässigem Plauderton, fasste Peregrin Aber an der Schulter und führte ihn zu dem Fenster, das er die ganze Zeit mit Beschlag belegt hatte. »Sieht aus, als ob die Kaserne brennen würde, nicht wahr? Da. Sieht Er? Der Rauch steigt dort drüben über die Wipfel.«

Irmingast hatte sein Fenster mit solcher Wucht aufgerissen, dass das zerbrochene Glas in Scherben auf das Parkett regnete.

Peregrin Aber glaubte zu träumen. Ja, wurde das Schloss denn schon wieder angegriffen? Der Blick aus dem Fenster ließ kaum einen anderen Schluss zu. Drüben durch den Wald huschte einmal mehr eine Handvoll recht finsterer Gestalten. Diese waren mit Pfeil und Bogen bewehrt, wenn ihn seine Augen nicht täuschten.

Irmingast fluchte gottlos, fand dann aber gleich seine Fassung wieder. »AUCH GUT!«, brüllte er in den Park hinaus. »DANN BESIEGE ICH EUCH EBEN ALLE AUF EINEN STREICH!« Er riss die Arme hoch.

Peregrin Aber zuckte zusammen, als die Bäume am Waldrand wie Streichhölzer zerbrachen. Die Angreifer stoben auseinander und brachten sich, die Hände schützend über ihre Köpfe haltend, mühsam in Sicherheit.

Als hätte er einen Anfall, zuckte Irmingast mit den Armen. Immer mehr Bäume stürzten krachend zu Boden.

»Himmel!«, rief der Advokat. »Die Armen!« Die Angreifer waren wirklich in höchster Not! Was konnte es nur sein, das Irmingast eine solche Macht verlieh? Zauberei? Peregrin Aber glaubte nicht an Zauberei. Alles in ihm sträubte sich dagegen. Lieber würde er seinen Augen nicht trauen.

Vor dem Fenster hatten sich zwei höchst wundersame Gestalten ins Freie des Parks gerettet. Die eine war winzig klein, noch kleiner als Irmingasts kindliche Schergen, und selbst aus der Entfernung konnte Peregrin Aber ihre übergroßen Augen erkennen. Die zweite Gestalt wiederum hatte langes, unwirklich schimmerndes, weißes Haar und bewegte sich mit großer Anmut. Beide hatten Arme und Beine und alles Übrige, was den Menschen auf einen Blick zum Menschen macht – wirklich menschlich aber wirkten sie dennoch nicht!

»Wer … Was … Also! Wer ist *das*, Prinz?«, stammelte Peregrin Aber.

»Ein Alb und ein Wicht«, antwortete Leopold umstandslos. Der Prinz schien nicht im Mindesten überrascht. »Es ist äußerst befriedigend für mich, dass sie zurückkehren. Man hat ihresgleichen hier lange verfolgt. Allerdings hätte ich mir ihre Rückkunft lieblicher gewünscht.« Er schüttelte abfällig den Kopf. »Mir ist alles Militärische ein Graus! Eine Schlacht! Wie abscheulich! Wie stillos!« Er warf einen vernichtenden Blick auf den zuckenden Irmingast, der schon mit seiner nächsten Teufelei befasst war.

Kaum nämlich, dass die beiden Fabelgestalten dem Schloss in wilder Flucht näher kamen, explodierte einer der gewaltigen Brunnen im Park, als würde er von innen heraus zersprengt. In großen Brocken regnete es Marmor – Elefantenrüssel, Löwentatzen, abgebrochene herrenlose Flügel! Der ganze gefährliche Zierrat!

»Oooo!«, stöhnte Peregrin Aber, als der Wicht, von einem Brocken getroffen, zu Boden ging.

»HA!«, jubilierte der niederträchtige Irmingast am Fenster.

Draußen kniete der Alb vor seinem Kameraden nieder.

Eine bange Sekunde verging.

Dann schulterte dieses leuchtende Wesen den kleinen Kerl und rannte – von seiner Last, wie es schien, kaum behindert – in Richtung des zerbrochenen Waldes zurück.

Doch Irmingast hatte dieses Scharmützel noch nicht verloren gegeben. Auch der zweite Brunnen brach wie ein Vulkan auseinander. Wieder hagelte es Trümmer. Doch geschickt wich die Lichtgestalt ihnen aus, schlug Haken und setzte über die niedrigen Hecken. Schließlich verschwand der Alb mit einem letzten, waghalsigen Sprung im Wirrwarr der niedergemähten Stämme.

»Bravo!«, rief Peregrin Aber und schaute gleich ängstlich zu Irmingast hinüber.

Der war Gott sei Dank anderweitig beschäftigt. Drohend schüttelte er die Fäuste, stieß sich dann wütend vom Fenster ab und stürmte wortlos aus dem Raum. Krachend fiel die Tür zu. Gleich darauf kratzte der Schlüssel im Schloss.

»Scheusal!«, rief Peregrin Aber diesem Erzschurken noch hinterher.

Gleich darauf erschrak er beinahe zu Tode.

Alma war wie von der Tarantel gestochen. Einem dicken, fetten, glänzenden Käfer gleich krabbelte sie auf die Tür zu.

»Was zum Henker …«, entfuhr es Peregrin Aber. Dann fiel sein Blick auf die kleine, braune Figur. Irmingast hatte sie unmittelbar vor der Tür verloren. Offensichtlich hatte er sie in seiner Erregung nur nachlässig in seiner Kutte verstaut. Da lag der Mönch nun zwischen all dem zerdepperten Porzellan auf dem Parkett.

Peregrin Aber reagierte blitzschnell. Mit flinken Trippelschritten war er sogleich an der Tür und schnappte sich die Figur, gerade als Alma ihre Wurstfinger nach ihr ausstreckte.

»Nichts da!«, rief er, barg die Figur und fühlte sich für einen kurzen Moment wie ein siegreicher Feldherr, der nur noch den Fuß auf die Brust des Unterlegenen zu setzen braucht. Ein Blick an sich hinab jedoch zerstreute das Hochgefühl. Knöpfstiefel, ein nacktes Knie, Unterhosen, Oberhemd. Außerdem hatte er sich auf einen Wettlauf um eine dieser Figuren eingelassen. Um Spielzeug! Wie peinlich!

Alma war, kaum hatte sie ihre Niederlage eingesehen, wieder in ihre unheimliche Starre verfallen. Bäuchlings lag sie da, die Wange an den Boden geschmiegt, die Augen blicklos.

Misstrauisch besah sich Peregrin Aber seine Beute. Ein dicker, zudem eher unfreundlich dreinblickender Mönch.

Na und?

»Sagen Sie, Prinz«, rief Peregrin Aber leutselig, um die Peinlichkeit der Situation halbwegs zu überspielen. »Ist Ihnen diese Figur vielleicht bekannt?« In seinem lächerlichen Aufzug stapfte er auf Leopold zu und hielt ihm den kleinen Mönch hin.

Leopold musterte die Figur ohne sonderliches Interesse.

»Ein Abbild Faramunds, würde ich sagen«, murmelte er. »Ganz ohne Wert, wenn Er mich fragt.«

Faramund? Peregrin Aber wollte gerade nachfragen, als ihm eine schiere Unmöglichkeit für Sekunden die Sprache verschlug. Er schüttelte sich. Ein Schrecken jagte den nächsten! Und wie lange das nun schon so ging!

»P-P-P-Prinz?« Peregrins Hand zitterte wie die eines Greises, als er auf den Tisch wies.

»Nanu?«, sagte Leopold. »Sollte es etwa Essen geben? Ist es denn schon Abend? Habe ich etwas bestellt?«

»P-P-P-Prinz!«, stotterte Peregrin Aber, die Stimme auf dem Gipfel höchster Not. »Der T-T-T-Tisch verschwindet im Fußboden.«

Der Prinz jedoch schien den neuerlichen Schrecken für keinen zu halten. Ein einziger Schritt seiner langen Beine führte ihn an den Rand des Abgrunds, der sich dort so unvermittelt auftat. »Hallo?«, rief Leopold in das Loch hinab. »Was wird denn aufgetragen?«

Es war kaum als Antwort zu bezeichnen, was von unten heraufdrang. Eher war es eine Art Quietschen.

Vorsichtig, den kleinen Mönch wie einen Talisman an der Brust bergend, trat auch Peregrin Aber auf das Loch zu. Der Tisch verschwand mitsamt dem Parkett! Wenn er in das Loch hinabsah, konnte er immer noch die Tischplatte ausmachen, auf der eine einsame Porzellanscherbe hin und her wippte.

Peregrin Aber taumelte zurück bis zum Fenster. Seine Nerven waren jetzt ernsthaft angegriffen. Er atmete schwer und fasste sich an den Kopf. Auf einmal verspürte er einen furchtbaren Druck hinter der Stirn.

Es quietschte immer noch. Leopold spähte neugierig in die Tiefe.

Peregrin Abers Herz schlug jetzt wie eine Herde Rindviecher in wilder Flucht. Er rang nach Atem.

»Ja, wer ist Er denn?«, hörte er Leopold verwundert sagen.

Peregrin Aber spürte, wie seine Sinne schwanden. Sein Sichtfeld verkleinerte sich merklich, Nebel wallte an den Rändern, und doch … eindeutig … Es war Rubens Kopf, der dort über den Rand des vermaledeiten Lochs lugte und Zentimeter für Zentimeter höher stieg.

Ruben!

Peregrin Aber sackte zusammen.

»Doktor! Herr Doktor?«

Peregrin Aber spürte eine Hand, die flatternd seine Wangen tätschelte. Er schlug die Augen auf.

Ruben!

Schon wieder!

Peregrin Aber lag auf dem Fußboden, deutlich konnte er eine Scherbe spüren, die in seinen Hintern stach.

»Sie?«, flüsterte er. Der Diener sah fürchterlich aus. Er war blass und seine Augen lagen tief in dunklen Höhlen. Außerdem waren seine Augenbrauen versengt und ein deutlicher Rußfleck zierte seine Stirn.

»Herr Doktor!«, sagte Ruben und augenblicklich fühlte Peregrin Aber seine Sinne wieder schwinden. Eine grässliche Übelkeit stieg in ihm auf. Ruben war doch stumm!

»Beruhigen Sie sich, Herr Doktor«, sagte Ruben.

»AAARG!« Mit einem markerschütternden Schrei war Peregrin Aber auf den Beinen und drängte sich rücklings gegen die Fensterbank. Er war irre geworden! Sein Verstand hatte ihn verlassen!

»Schscht«, machte Ruben und legte in einer altvertrauten Geste den Finger an die Lippen.

Die Wirkung auf Peregrin Aber war erstaunlich. »Sie können sprechen, Ruben?«, flüsterte er.

Ruben erhob sich. »Ja und nein, Doktor. Ich kann das jetzt nicht erklären, aber es ist alles in Ordnung. Beruhigen Sie sich nur und hören Sie mir zu!«

Peregrin Aber nickte erregt. Ruhig, nur ruhig, sagte er sich innerlich, als wäre er ein nervöses Pferd.

»Ich habe hier noch zu tun, aber Sie müssen fliehen.« Ruben streckte ihm die offenen Handflächen hin. »Der Tisch hier lässt sich hinunterkurbeln. Unten wartet ein Freund, der Sie und den Prinzen im Empfang nehmen wird. Erschrecken Sie nicht, wenn Sie ihn sehen. Es ist ein Alb. Trut ist sein Name.«

Peregrin Aber hörte sich keuchen. »Wo kommen Sie her, Ruben?«, schnaufte er.

»Wir waren in der Kaserne gefangen.« Ruben sprach langsam und in kurzen, verständlichen Sätzen. Wie dankbar ihm Peregrin Aber dafür war! »Dann haben die Rebellen die Kaserne in Brand geschossen. In dem Durcheinander konnten wir alle fliehen. Trut und ich haben in einer Zelle gesessen. Wir sind hergekommen, um …« Er hielt inne. »Ein Zufall, dass wir hier auf Sie stoßen, Doktor«, sagte er dann in verändertem Ton. »Haben Sie Irmingast gesehen?«

Peregrin Aber nickte eifrig. Immer noch drängte er sich gegen die Fensterbank.

»Hatte er eine dieser Figuren bei sich? Eine der Sonneberger Figuren?«, fragte Ruben.

Peregrin Aber nickte erneut. Er wollte Ruben den kleinen Mönch zeigen, er barg ihn ja immer noch an der Brust, aber seine Hände waren wie vom Starrkrampf befallen.

»Wo ist er hin?« Ruben machte jetzt einen äußerst entschlossenen Eindruck.

»I… ich habe diese Figur!«, stieß Peregrin Aber hervor und streckte Ruben unter äußerster Anstrengung die Hand hin.

Rubens Augen blitzten, als er den kleinen Mönch entdeckte. »Großartig«, murmelte er und über seine verhärmten Züge huschte ein Lächeln. »Prinz! Doktor! Klettern Sie auf den Tisch! Wir dürfen keine Zeit verlieren!«

Der Advokat gehorchte unmittelbar. Auf steifen Beinen stakste er zum Tisch und ließ sich von Ruben hinaufhelfen. Leopold hockte sich auf die Tischplatte, als bestiege er einen Thron.

»Trut?«, rief Ruben.

Quietschend setzte sich das höllische Gerät in Bewegung. Mit zitternder Hand stülpte sich Peregrin Aber den Zylinder über. Erst als seine Nase auf Höhe des Fußbodens war, fiel sein Blick auf Alma. Lang auf das Parkett gestreckt lag sie da, Irmingasts letzte, leblose Gefangene.

Das 41. Kapitel
Der Spinnenpalast

Die Spinne war bis zum äußersten Ende des zitternden Halms geklettert. Dort oben streckte sie sich, als stünde sie auf Zehenspitzen. Ein ganzes Bündel hauchfeiner Fäden trat aus ihrem winzigen Körper aus, bis ein durchscheinendes Seidenband wie ein Schleier im Wind wehte. Die unmerkliche Brise kam vom Wasser her. Zwei-, dreimal prüfte die Spinne ihr flüchtiges Segel, dann ließ sie los. Die warme Luft trug sie himmelwärts und trieb sie schließlich auf den Spinnenpalast zu. Bloß für einen Augenblick war Jonas von dieser Winzigkeit gebannt.

»Es ist Zeit«, knurrte der Wieflinger und stemmte die Hände in die Hüften. »Worauf wartest du?«

»Auf nichts.« Jonas stand auf – der Grashalm, der eben noch eine ganze Welt bedeutet hatte, wurde zu einem unter unendlich vielen.

Der Spinnenpalast grüßte mit hauchdünnen Fahnen. Alle Netze, die ihn überspannten, bebten im Wind. Kein noch so schmaler Pfad führte zu diesem rätselhaften Gebäude, ringsum war bloß die tiefgrüne Wiese. Niemand, dachte Jonas, ist je von hier bis dort gegangen, kein Weg führt zu keiner Tür.

Einen Torbogen gab es zwar noch, dort aber, wo die Torflügel hätten sein müssen, spannte sich ein gewaltiges Spinnennetz, rund wie ein Rad. Eine Weile betrachtete Jonas die langen, glitzernden Fäden, dann schob ihn der Wieflinger weiter.

Schließlich standen sie am Eingang.

»Jetzt liegt es an dir«, sagte der Räuber.

Jonas sah an der Ruine hinauf. Wie Haut spannten sich die feinen Netze über die Mauern. Zerstörte, vom Wind verwirbelte Spinnweben baumelten herab wie Zöpfe aus Staub. Heerscharen winziger Spinnen huschten kreuz und quer über den Stein.

»Du kommst nicht mit?«, fragte Jonas.

Der Wieflinger schüttelte den Kopf. »Das ist deine Sache.«

»Was soll ich dort?« Jonas wies auf das riesige Rad zwischen den Torpfosten. Eine große Spinne hockte reglos auf einem der Fäden.

Der Wieflinger blies die Backen auf. »Was für eine Frage, Jonas Nichts!«, stöhnte er. »Antwort sollst du bekommen! Was sonst?«

»Antwort von wem?« Vom Torbogen seilte sich eine nächste Spinne ab, klein, an einem haarfeinen Faden.

»Weiß ich es?«, sagte der Wieflinger ungehalten. »Ruben hat dich hergeschickt. Und da bist du.«

»Aber …«

»Aber was zum Teufel? Als Ruben gefangen genommen wurde, hat er seine letzten Worte dafür ausgegeben, dich hierherzuschicken. Ist ohnehin eine Schande, dass du dir so viel Zeit gelassen hast. Er wird sich etwas dabei gedacht haben, oder?«

Jonas nickte mit gesenktem Kopf.

»Ab mit dir!« Der Wieflinger gab ihm einen Schubs und Jonas stolperte auf das große Spinnenrad zu. »Jetzt geh schon!«, rief er, als Jonas vor dem großen Netz zögerte. »Geh!«

Jonas überwand sich. Er tat den einen Schritt. Das Rad riss. Gleich klebten ihm die Spinnfäden im Gesicht. Er spuckte,

Spinnweben klebten an seiner Lippe. Viel zu spät riss er schützend die Arme hoch.

»Nicht so zimperlich!«, rief der Wieflinger.

Jonas wischte sich über das Gesicht, schüttelte die klebrigen Fäden von den Fingern und ging weiter.

Nackte, harte, kaum bewachsene Erde im Hof. Dort, noch ein ganzes Stück entfernt, stand die Blutbuche. Zwischen ihren dicken Ästen spannten sich dichte, glitzernde Fangnetze.

Rings um den Stamm des Baums lagen Mauerreste, manche dunkel bemoost, alle durch dichte, vor Feuchtigkeit glänzende Netze miteinander verbunden. Jonas erinnerte sich an die Trümmer in der Flüsterstadt, die den Weg zu Lunettes Turm versperrt hatten. Voller Augen waren sie gewesen. Aber Jonas war sich sicher – bis in den Spinnenpalast reichte Irmingasts Macht nicht.

Der Spinnenpalast war ein stiller Ort. Zwischen seinen Mauern war es schattig und kühl.

Jonas hielt die Ellbogen an den Körper gepresst. Halb geduckt stand er da, ganz steif, weil er nichts berühren wollte. Auch ohne Irmingast war er auf der Hut.

Was würde ihn hier erwarten?

Schüchtern sah er sich um. Vom ursprünglichen Gebäude waren meistenteils nur noch die Außenmauern übrig. Über den Giebel dort drüben spannte sich statt eines Dachs einzig der Himmel. Bloß ein Gebäudeteil, gleich rechts, war heil geblieben. Drei dicht von giftgrünem Moos bewachsene Stufen führten dort zu einem Türstock hinauf. In den rostigen Angeln jedoch hing keine Tür mehr, stattdessen verwehrte ein Vorhang aus Spinnweben den Zutritt.

Jonas sah über diese sonderbare Tür hinaus nach oben. Grauer, dunkler Stein. Zwei, drei Fenster hoch, vier, fünf, sechs Fenster breit – alle von Spinnweben vollkommen zugekleistert.

Er ging in die Hocke und sah einer kleinen Spinne auf ihrem beschwerlichen Weg über die bemoosten Stufen zu. Einen Moment lang vergaß er, wo er war, und folgte einzig dem Tasten, Halten, Stemmen der acht dünnen Spinnenbeine. Dann stützte er die Hände auf seine Oberschenkel und stand wieder auf. Alle Spinnen hatten acht Beine.

»Hier geht es rein«, rief er dem Wieflinger zu. Wartete der Räuber überhaupt noch auf ihn? Vielleicht war er ja schon wieder verschwunden. Vielleicht war er überhaupt nie da gewesen und Jonas hatte geträumt.

Doch das vertraute Knurren kam prompt. »Na, dann rein mit dir in Herrgottsnamen! Aber halt! Merk dir den Weg raus, junger Mann! Hörst du?«

Jonas nickte. Dabei konnte ihn der Wieflinger ja gar nicht sehen.

»Hörst du?«, rief der Wieflinger von draußen.

»Ja«, sagte Jonas leise. Dann noch einmal, lauter. »Ja!«

Ängstlich darauf bedacht, die tapfere kleine Spinne nicht zu zertreten, nahm er die wenigen Stufen. Das Netz zwischen den Türpfosten konnte er nicht verschonen. Er bewunderte es einen Augenblick lang, bis er die Hände ausstreckte und sie in den weichen, klebrigen Vorhang tauchte. Wie ein Handschuh schlossen sich die Fäden um seine Finger. Jonas bekam sie bündelweise zu fassen und riss, bis die Spinnweben dick wie Seile vom Türstock baumelten. Er säuberte sich die Hände, so gut es ging, und tauchte dann unter den verbliebenen Fetzen hindurch ins Innere des Gebäudes.

Der Raum, den er betrat, war vollkommen leer – bis auf die allgegenwärtigen Spinnennetze, die sich wie Stoffbahnen unter der Decke bauschten. In allen vier Zimmerecken spannte sich je ein gewaltiges Rad, das Fenster war vollkommen von Spinnweben verhangen. Nur trübes, graues Licht drang in den Raum. Die Luft war so trocken und staubig, dass Jonas husten musste. Wie Gebell kam der Husten von den Wänden zurück. Jonas' erster, zaghafter Schritt hallte dumpf.

Ob ihn jemand hörte?

Ob an diesem verwunschenen Ort außer den Spinnen überhaupt jemand war?

Jonas hätte dem Wieflinger gern etwas zugerufen. Doch er ließ es lieber. Stattdessen legte er den Kopf schief und sah misstrauisch zur Decke empor. Wenn man nur lange genug hinschaute, sah man es hinter den dichten Schleiern krabbeln.

»Scht«, machte Jonas und legte einen Finger an die Lippen.

Sprach er jetzt mit den Spinnen?

Von drinnen wirkte das Gebäude viel größer als von draußen. Durch den eingesponnenen Türrahmen am anderen Ende des Raums konnte man grau in grau eine ganze Zimmerflucht erahnen. Wie viele Fenster hatte Jonas draußen gezählt?

»Ist da jemand?«

Jonas erschrak vor seiner eigenen Stimme.

»Ist jemand hier?«

Nichts rührte sich.

Jonas durchbrach auch das nächste Spinnennetz, die Fäden blieben an seinen Sachen kleben.

Der angrenzende Raum sah nicht anders aus als der erste. Leer, farblos und staubig, Spinnweben überall. Jonas' Mund war trocken. Unter seinen Schuhen knirschte körniger Staub.

Er ging weiter, Zimmer für Zimmer, bis seine Brust ganz von Spinnweben verklebt war. Nach einer halben Ewigkeit stieß er auf eine Spindeltreppe. In engen Windungen schraubte sie sich in das nächste Stockwerk hinauf. Das Treppengehäuse jedoch war wie mit schmutziger Zuckerwatte gefüllt, nicht eine Stufe konnte man noch sehen.

Jonas tastete nach dem Treppengeländer, hielt sich daran fest und schob einen Fuß in den Spinnwebenberg, bis er auf Widerstand stieß. Da war die erste Stufe! Jonas verlagerte das Gewicht auf den vorausgeschickten Fuß und fing an, sich durch die Spinnweben nach oben zu kämpfen. Erst reichten ihm die klebrigen Fäden bis zur Hüfte, dann bis an die Brust. Er musste wieder husten.

Auf halber Treppe blieb er stehen. War da nicht ein Geräusch gewesen? Oberhalb der Treppe?

Er spitzte die Ohren. Ein Schritt? Vielleicht?

»Ist da wer?«, rief er. »Ist da jemand?«

Er lauschte.

Nichts.

Gerade wollte er weitersteigen, da hörte er eine schwache Stimme.

»Nicht!«

»Hallo?«, rief Jonas.

»Nicht!«

Wer immer da sprach, er hatte noch mehr Angst als Jonas.

»Ich bin auf der Treppe«, sagte Jonas. »Ich komme jetzt rauf. In Ordnung?« Er wollte beruhigend klingen.

Wer konnte da oben nur sein?

»Nicht! Da ist keine Treppe.«

Jonas hatte bereits die nächsten zwei Stufen erklommen. Er verharrte mitten in der Bewegung.

Keine Treppe?

»Komm nicht hoch! Nicht!«, wimmerte es.

»Aber …« Jonas fasste das Geländer fester und fand die nächste Stufe. »Aber ich bin doch schon auf der Treppe!«, rief er.

»Nein! Nein!«, kam es dünn zurück. »Du täuschst dich.«

Jonas hatte die letzte Windung der Treppe erreicht und konnte jetzt, über die wallenden Weben hinweg, ins nächste Stockwerk sehen. Leere, graue Wände in totem, grauen Licht. War da wirklich jemand? Jonas hörte wieder Schritte. Eilige Schritte.

»Halt! Laufen Sie nicht weg! Hier bin ich!« Halb zog sich Jonas die letzten Stufen hinauf, stolperte, weil er nicht sah, wohin er trat, und polterte schließlich auf ebenen Boden. Der Fußboden hier war ganz mit Spinnweben bedeckt. Ein wenig sahen sie aus wie Nebel.

Zunächst wusste Jonas nicht, wohin. »Ich tue Ihnen nichts«, rief er.

Der andere versteckte sich vor ihm. Er hatte Angst. Oder?

Etwas kratzte.

Wie staubig es hier war! Wie grau! Alle Farben fehlten.

Jonas stand in einem schmalen Gang und schaute auf drei leere Türrahmen. Das eine Ende des Gangs führte zu einem spinnwebenverklebten Fenster. Sonst nichts – keine Möbel, keine Vorhänge. Nur Fäden und Staub.

»Geh weg!«, kreischte der andere.

Erschrocken trat Jonas einen Schritt zurück, ruderte mit den Armen und glaubte schon die Treppe hinabzustürzen. Stattdessen stieß er gegen eine Wand. Er fuhr herum. Die Treppe war fort! Aber er war sie doch gerade erst hinaufgestiegen!

»Siehst du?«, zeterte es. »Keine Treppe!« Die Stimme kam aus einem der angrenzenden Zimmer und da krallte sich auch schon eine Hand um den Türrahmen. Nicht einmal sie hatte eine Farbe. Ihre Haut war dünn und durchscheinend.

Jonas verdrängte den Gedanken an die verschwundene Treppe. »Wer sind Sie?«, fragte er.

Die Hand verschwand. Jonas hörte sonderbar unregelmäßige Schritte, die sich entfernten.

»Jetzt warten Sie doch!« Er lief in das Zimmer hinein. Es war riesig, so groß wie ein Saal. Ganz an seinem Ende sah er eine Gestalt. Es war ein Mann. Sein Rock war weiß vom Staub, über den Kragen fielen lange, dünne Haare. So schnell er konnte, hinkte er durch den Bodennebel der Spinnfäden davon.

»Halt!« Etwas in Jonas rastete ein. Auf einmal wusste er, wer da vor ihm flüchtete. Der Mann hinkte. Wie eine pendelnde Waage.

»Arnon Blau!«, rief er und seine Stimme grollte plötzlich vor Zorn. »Arnon Blau!« Er hätte sich auf ihn stürzen können. Dieser Mann dort hatte Core auf dem Gewissen!

Die Gestalt hatte die gegenüberliegende Wand erreicht und presste sich rücklings gegen sie. Arnon Blau saß in der Falle. Es gab nur die eine Tür.

Jonas ging langsam auf ihn zu. Wie ein Einsiedel sah der Kerl aus, ein schütterer Bart fiel ihm bis auf die Brust. Wie ein Irrer presste er die Handflächen gegen die Wand und riss die Augen auf. Rote, entzündete Augen.

»Geh weg!«, kreischte er. »Hier ist niemand! Niemand!«

Jonas blieb stehen, noch ein halbes Dutzend Schritte von Arnon Blau entfernt. Warum hatte Ruben ihn hergeschickt? Um Arnon Blau zu finden, der Core ermordet hatte?

Voller Wut musterte er die armselige, heruntergekommene Gestalt, bis Arnon Blaus angstverzerrte Züge sich von einem Augenblick auf den nächsten völlig veränderten. Er strahlte plötzlich über das ganze, leichenblasse Gesicht.

»Du?«, rief er, stürzte nach vorn und fiel vor Jonas auf die Knie. »Du?« Mit zitternden Fingern griff er nach Jonas' Wangen, zog dessen Kopf zu sich heran und sah ihn verzückt an.

»Diese Augen!« Er lachte weich. »Genau so. Eins grün und eins blau.«

Jonas riss sich los. Etwas in ihm war geplatzt. »Du Schwein!«, brüllte er, so laut, wie er noch nie gebrüllt hatte. »Du hast sie umgebracht!« Er zitterte am ganzen Körper. Speichel lief ihm über die Lippen.

Arnon Blau, immer noch auf den Knien, sah ihn fassungslos an. »Was habe ich?«, fragte er tonlos.

»Du hast Core ermordet!«, schrie Jonas. »An der Quelle! Krempel hat dich gesehen!«

Arnon Blau senkte den Kopf. Das lange, angegraute Haar fiel ihm über die Schultern. Dann stützte er sich mühsam mit einer Hand ab und stand langsam auf.

In Jonas' Ohren rauschte es.

»Du tust mir bitter Unrecht«, sagte Arnon Blau sehr leise. Er lächelte schmal, wie unter Schmerzen.

»Krempel hat dich gesehen!«, brüllte Jonas wieder. »Krempel hat gesehen, wie du weggelaufen bist!« Seine Stimme verlor an Kraft.

»So?«, sagte Arnon Blau schwach. »Weglaufen hat er mich sehen. Und? Bin ich deshalb ein Mörder?«

»Sie war tot!« Das Brüllen tat Jonas jetzt weh. »Und außer dir war niemand da!«

»Ja«, sagte Arnon Blau rau.

»Warum?«, krächzte Jonas. »Warum hast du das getan?«

Für ein paar quälend lange Sekunden war es ganz still in dem großen, leeren Raum. Ratlos standen sich Jonas und Arnon Blau gegenüber. Ein Ankläger und ein Angeklagter – für den Augenblick waren beide bloß traurig.

»Ich habe es nicht getan«, flüsterte Arnon Blau dann. Er klang überhaupt nicht wie einer, der sich verteidigen musste.

Aber Jonas *wollte* wütend sein! Er ballte die Fäuste. Es strengte ihn an.

Doch Arnon Blau hatte sichtbar keine Angst mehr vor ihm. Ganz ruhig stand er da, so schief, wie er gewachsen war. Dann fuhr er sich über die hohe, bleiche Stirn. »Verrat mir noch eins, bevor du kurzen Prozess mit mir machst«, sagte er. »Wie haben sie dich genannt?«

»Was?« Jonas wurde schwindlig.

»Wie haben sie dich genannt? Welchen Namen haben sie dir gegeben?«

Mit Mühe stammelte er seinen Namen. »Jonas.«

Arnon Blau wiederholte ihn leise. »Du kennst die Geschichte mit dem Wal, oder? Der Wal, der den biblischen Jonas ausgespuckt hat. Hat Ruben dich so genannt? Oder war es Clara? Es war Clara. Habe ich recht?«

Clara? Die tote alte Frau? Wie konnte sie ihm seinen Namen gegeben haben? »Ich verstehe nicht«, stammelte Jonas.

»Nein«, sagte Arnon Blau. »Du verstehst nicht. Wie könntest du auch? Hör zu. Ich habe Core nicht ermordet.«

Plötzlich wünschte Jonas sich fort. Die Wut war weg und hatte alle seine Kräfte aufgezehrt. Für einen Moment blitzte die Erinnerung an Elsa auf. Sie hatte ihm vom Propheten Jona erzählt. In der Küche, bei Brand, an einem verregneten Nachmittag. Er wusste es noch. Jona war ein ängstlicher Mann gewesen, so stand es in der Bibel, die Elsa kannte, ohne sie lesen zu können. Jona war weggelaufen. Dann hatte ihn der Wal geschluckt und da ausgespuckt, wo er hingehörte.

»Hör doch!«, sagte Arnon Blau. »Ich habe Core nicht ermordet.«

»Nein?«, flüsterte Jonas.

»Nein. Bestimmt nicht. Aber ich war bei ihr, als sie starb. Ich war deinetwegen da.«

Jonas starrte den bleichen Mann an wie ein Gespenst.

»Ja, deinetwegen. Ich war da, um dich zu holen. Kennst du die Prophezeiung? Cores Prophezeiung?«

Jonas' Hals wollte seinen Kopf nicht mehr tragen. »In der Stunde von Cores Tod sollte ein Junge geboren werden, der …« Er konnte nicht weiterreden. Es war schwer genug, auf den Beinen zu bleiben.

»Genau«, sagte Arnon Blau. »Bist du in Wunderlich gewesen?«

Jonas nickte. Selbst das kostete Anstrengung.

»In der Bibliothek?«

Jonas nickte wieder. Sein Herz raste.

»Hast du Claras Porträt dort gesehen?«

»Ja.« Er kriegte den Mund kaum noch auf.

»Core ist darauf zu sehen. Die Puppenspieler-Figur. Clara hält sie in der Hand.«

»Ich weiß«, flüsterte Jonas.

»Und du bist auch auf dem Bild.« Arnon Blau langte in seine Rocktasche. »Mach deine Hand auf.«

Ganz langsam, wie betäubt streckte Jonas sie ihm hin.

Behutsam legte Arnon Blau etwas winzig Kleines hinein.

»Was ist das?«, flüsterte Jonas. Er sah auf seine Hand. Es war bunt. Es war eine Sonneberger Figur, oder besser – ein Teil davon. Jonas erkannte sie gleich. Es war die winzige Marionette, die zu dem Puppenspieler gehört hatte. Sie war nicht größer als ein Fingerglied. Jemand schien sie abgebrochen zu haben.

Jonas beugte sich über dieses Bisschen aus Brotteig, Sand und Leim, bis das kleine Gesicht ganz nah war. Die Augen der Marionette waren nicht mehr als zwei Farbtupfer, flüchtig mit dem Pinsel aufgetragen. Ein Tupfen war grün und der andere hellblau.

Arnon Blau flüsterte. »Das bist du, Jonas.«

Das 42. Kapitel
erzählt eine unglaubliche Geschichte von fast allem

Ich? Jonas fragte zum hundertsten Mal. »Das bin ich?« Er hockte auf dem nackten, staubigen Fußboden, den Rücken gegen eine kahle, kalte Wand gelehnt. Der Saal war so groß wie ein Feld. Ein Feld, auf dem Spinnweben wuchsen. Die winzige Figur barg Jonas wie einen Vogel in seiner Hand.

Arnon Blau saß neben ihm, die Ellbogen auf die angewinkelten Knie gestützt. »Jetzt eins nach dem andern, Jonas«, sagte er mit ruhiger Stimme. »Hast du noch andere Figuren in Wunderlich gesehen?«

»Ja.« Jonas konnte seinen Blick nicht von der Figur wenden. »Fünf Figuren habe ich gefunden«, sagte er. »Erst den König, den Soldaten und den Mann mit dem Fernrohr. Später hat Tabbi mir den Jungen und den türkischen Reiter gebracht.« Er sah zu Arnon Blau auf und direkt in dessen rot geränderte Augen. »Ich weiß, dass sie die Sieben darstellen.«

»Hast du die Figuren behalten?«, fragte Arnon Blau.

»Ich habe sie versteckt«, sagte Jonas. »In einem Koffer. Und den Koffer …« Er zögerte einen Augenblick. Keiner Seele hatte er dieses Versteck verraten. Tabbi war beschäftigt gewesen, und er hatte sich unbemerkt fortgestohlen, um den Koffer zu holen. Es kam ihm vor, als wäre das hundert Jahre her. »Den Koffer habe ich im Kartoffelkasten vergraben«, sagte er endlich. »In der Speisekammer. In Wunderlich. Unter den Kartoffeln.«

Arnon Blau lächelte. »Gut gemacht«, sagte er. »Hast du sie alle kennengelernt? Da draußen? Lunette und Leopold, Suleman und Fiet? Sie alle?«

Jonas lächelte. »Ja.« Für einen Moment, als Arnon Blau *da draußen* sagte, wurde ihm klar, dass er einen Weg aus dem Spinnenpalast würde finden müssen. Die Spindeltreppe gab es nicht mehr. Ob der Wieflinger helfen könnte? Er wünschte es sich. Er wünschte sich, dass der Wieflinger käme, ihn zu holen.

»Und irgendwann ist dir die Ähnlichkeit aufgefallen«, sagte Arnon Blau.

»Ja.« Jonas war wieder so konzentriert, dass es wehtat. Sein Kopf war so hart und schwer wie ein Fels. Er sah auf die winzige Figur in seiner Hand. Es war wunderbar, sie zu haben, und entsetzlich zugleich.

»Alles passte, nicht wahr? Du findest einen kleinen, bunten König und begegnest Leopold. Eine der Figuren hat ein Fernrohr und Lunette ist ein Sterngucker. Wo kann da der Zusammenhang sein, hast du dich gefragt. Ganz einfach, stimmt's? Die Sonneberger Figuren sind Modelle! Sie stellen die Menschen dar, denen du hier begegnet bist.«

»Ja«, flüsterte Jonas. Er hatte lange gebraucht, um das zu verstehen, aber schließlich hatte er es begriffen. Und nun gab es seltsamerweise auch ein Modell von ihm selbst. Eine Jonas-Figur, die zwar so winzig war, dass sie ihm kaum ähneln konnte, die aber seine Augen hatte. Seine »Geisteraugen«.

Mit einiger Mühe kämpfte sich Arnon Blau auf die Beine, nur um eine Weile nachdenklich vor Jonas auf und ab zu hinken. Sein linkes Bein war eine ganze Handbreit kürzer als das andere.

»Du musst mir jetzt gut zuhören, Jonas«, sagte Arnon Blau

endlich. »Und es kann sein, dass du mir kein Wort glauben wirst. Bist du bereit?«

War es nicht schrecklich einfach, »ja« zu sagen? War er nicht den ganzen langen Weg gekommen, um jetzt »ja« zu sagen? Warum fiel es ihm dann so schwer?

»Hast du dich je gefragt, wer dein Vater ist?«

Jonas blieb stumm. Er starrte auf die Figur in seiner Hand, auf den grünen und den blauen Farbtupfer in dem winzigen Gesicht. *Weißt du, was deine Augen sehen?* Das hatte Trut ihn gefragt, damals in der Nacht am Steinbruch. Jonas streckte die Figur Arnon Blau entgegen. Er hatte schon lange niemanden mehr nach seinem Vater gefragt. »Hat Leopold einen Vater?«, flüsterte er. »Hat Fiet einen?«

Arnon Blau schüttelte den Kopf. »So wenig, wie du einen Vater hast.« Er sah ihn besorgt an. »Hältst du es aus?«, fragte er.

»Erklär es mir«, sagte Jonas.

Arnon Blau hatte sich wieder umständlich neben ihn gehockt. Er hatte die Handflächen aneinandergelegt und drückte seine Nase gegen den Kamm aus Fingerspitzen. Er suchte nach den richtigen Worten und nahm sich Zeit dafür.

Jonas lehnte den Kopf zurück, bis er an die Wand stieß. Er schloss die Augen. Es pochte hinter seinen Schläfen. Er war bereit. Er würde es aushalten. Er hatte alles ausgehalten bislang.

»Es ist schwer zu verstehen, Jonas«, sagte Arnon Blau endlich, »aber diese Figuren sind keine Abbilder. Alles sträubt sich dagegen, ich weiß, und doch ist es so. Niemand hat die Sonneberger Figuren nach dem Vorbild der Sieben geformt, hörst du? Die Figuren waren zuerst da. Es gibt die Sieben, weil es die Figuren gibt. Nicht andersherum. Das Gleiche gilt für dich.«

Es war ganz still im Raum.

»Es war ein Spiel, Jonas«, flüsterte Arnon Blau. »Es ist unfassbar, ich weiß. Aber es war ein Spiel.«

Hinter Jonas' geschlossenen Lidern tauchte Tabbi auf. Noch einmal stand sie in der Küche in Wunderlich. Es war der Tag, als er in Almas Zimmer die ersten Figuren und das kleine Heft gefunden hatte. *Clara und Alma haben in ihren Spielen gelebt*, sagte Tabbi gerade. *Sie haben sich ein anderes Leben ausgedacht. Im Spiel.* Jonas hatte es nicht vergessen, und Arnon Blau irrte sich. Was er da sagte, war nicht unfassbar. Jonas hatte einen Kiesel gehabt. Er hatte den Wieflinger erfunden. Er war dem Wieflinger begegnet. Der Räuber wartete auf ihn – jetzt, in diesem Moment, draußen vor dem Spinnenpalast. Jonas wusste, wie wirklich ein Spiel war.

Er holte tief Luft, er holte sie aus den tiefsten Tiefen seines Bauchs. Es wäre alles ganz einfach, dachte er. Völlig verrückt, aber am Ende ganz einfach. Das Spiel war Wirklichkeit geworden, so, als wäre er, damals bei Brand, in den Räuberwald aus Tannenzapfen hinabgestiegen. Wenn es nur nicht diese Figur mit dem grünen und dem blauen Auge gäbe, die er in seiner Hand verbarg! Dann wäre alles ganz einfach.

»Vor beinahe siebzig Jahren«, hörte er Arnon Blau sagen, »brachte der alte Baron die Sonneberger Figuren nach Wunderlich. Er war auf Reisen gewesen und hatte sie irgendwo gekauft. Die Figuren waren ein Geschenk für Clara und Alma. Clara hat mir viele Jahre später von dem Morgen erzählt, als sie sie ausgepackt haben. Die beiden waren damals noch kleine Mädchen. Clara hat den Puppenspieler hochgehoben und *Das ist meiner!* gerufen. Und Alma hat sich gleich den König geschnappt. Das ging so, bis nur noch der Sterngucker übrig war, der Mann mit dem Fernrohr. Es waren sieben Figuren – die kann man nicht gerecht teilen. Am Ende hat Clara nachgegeben, das war wohl meistens so. Alma bekam den Sterngucker. Und dann sind sie zum Turm gelaufen, hoch in ihr Spielzimmer. Und das Spiel begann.« Durch seine Nase stieß Arnon Blau Luft aus, Jonas konnte es hören. »Dieses Spiel währt immer noch«, sagte er leise. »Du steckst mittendrin, Jonas, in diesem Spiel.«

Manchmal ist Alma tagelang im Spielzimmer, hatte Tabbi in der Küche gesagt. Jonas wusste schon lange, wo Alma dann war. Und jetzt wusste er auch, was sie dann tat. Sie spielte.

»Nach und nach«, hörte er Arnon Blau fortfahren, »bekamen alle Figuren Namen. Mittlerweile hatten die Mädchen einen Hauslehrer, sie lernten Französisch und Clara taufte den Sterngucker Marquis de Lunette. Lunette heißt auf Französisch Fernrohr.«

Für einen Augenblick hatte sich Jonas in Arnon Blaus Erzählung treiben lassen wie in dem warmen Wasser des Sees draußen. Jetzt hob er den Kopf und öffnete die Augen. »Aber Lunette war doch Almas Figur«, sagte er.

Arnon Blau nickte. »Lunette, Leopold, Grimbert und Faramund gehörten Alma.«

»Faramund auch?«, fragte Jonas.

»Psst!«, machte Arnon Blau. »Faramund auch. Aber eins nach dem andern.«

Jonas legte wieder den Kopf zurück und schloss die Augen. Solange die Geschichte, die Arnon Blau zu erzählen wusste, nicht unmittelbar mit ihm selbst zu tun hatte, solange er noch nicht darin vorkam, war es gut.

»Clara hat sich alle Namen ausgedacht, Jonas. Von ihr stammen alle Geschichten, auch wenn sie vieles Alma zuliebe erfunden hat. Ich glaube nicht, dass es einen König gegeben hätte, wenn es allein nach Clara gegangen wäre. Sie war wie die Figuren, die sie sich ausgesucht hat. Ein Puppenspieler, aus dem sie eine Puppenspielerin gemacht hat, ein verwegen dreinschauender Junge, ein schmucker türkischer Reiter. Den Jungen hat sich Clara zuerst als kleinen Taschendieb vorgestellt. Daher der Name – Fiet Finger.« Arnon Blau seufzte schwer.

Alles, was Tabbi ihm über Clara und Alma erzählt hatte, kehrte zu Jonas zurück. Die Abgeschiedenheit, in der die beiden aufgewachsen waren, Claras sprühende Fantasie, der nicht zu schlichtende Streit, zu dem es irgendwann gekommen war, Claras lange Krankheit und ihr Tod. *Schau in die Ferne.* Noch die Grabinschrift, die sie sich gewünscht hatte, erzählte von ihrem immerwährenden Spiel.

»Bald«, sagte Arnon Blau, »ergriff das Spiel völlig von den Mädchen Besitz. Sie schufen eine ganze Welt. Sie gründeten Callamaar, die Hauptstadt ihres Spiels. Und Clara füllte Hunderte von kleinen Heftchen, in denen sie niederschrieb, was geschehen war. Für Leopold wurde ein Palast gebaut, Alma war ganz versessen darauf. Und Core bekam ein Theater.«

Jonas dachte an Lubbe und wie er den Faun vor einer leeren Bühne angetroffen hatte. In Claras Gedankentheater hatte Lubbe sein Gedankentheater errichtet. Jonas lächelte versonnen.

»Weißt du, woher der Name kommt? Callamaar?«, fragte Arnon Blau.

Jonas machte sich nicht die Mühe zu antworten. Er lehnte einfach an der Wand, die Augen so fest geschlossen, wie es nur ging.

»Sie haben den Namen aus den Buchstaben ihrer Namen zusammengesetzt«, sagte Arnon Blau. »Clara und Alma. Callamaar.«

Beinahe hätte Jonas gelächelt. *Callamaar.*

»Als es die Stadt erst gab«, fuhr Arnon Blau fort, »hat sich

Clara nicht mehr mit den ursprünglichen Sieben begnügt. Sie hat Faune erfunden, Alben und Wichte. Hunderte von Wesen hat sie sich ausgedacht! Und alle hat sie mit so viel Leben gefüllt, dass sie selbst gar nicht mehr notwendig war, damit diese Wesen einander kennenlernten, Pläne schmiedeten oder auf Wanderschaft gingen.«

»Hat Clara auch Ole erfunden?«, fragte Jonas.

»Wen?«

»Ole Mond«, sagte Jonas. Er lehnte immer noch an der Wand. »Ole ist zwölf. Wie ich. Er ist Sulemans Neffe.« Er machte die Augen auf und sah Arnon Blau ins Gesicht. »Und er ist mein Freund.« Er meinte das so. Ole hatte keine Wahl gehabt im Lager. Er hatte Jonas nicht verraten. Sein ganzes Leben hatte Ole geglaubt, Cores Prophezeiung erfüllen zu müssen. Und dann war er Jonas begegnet. Und womöglich hatte er viel früher als Jonas selbst begriffen, wem Cores Prophezeiung wirklich galt.

Arnon Blau nickte nachdenklich. »Ich bin schon so lange im Spinnenpalast gefangen«, sagte er. »Ich kenne mich da draußen nicht mehr aus.« Er lächelte zaghaft. »Suleman hat einen Neffen?«

»Ja.« Ole Mond nicht zu kennen kam Jonas wie ein Ding der Unmöglichkeit vor.

»Wenn er einen Neffen hat«, sagte Arnon Blau, »und der Neffe zwölf ist, dann …« Er grinste auf einmal und rieb sich verwundert die Stirn. »Weißt du, Jonas … Wie soll ich das erklären?« Er rieb heftiger. »Stell dir ein Buch vor, ja?«

Jonas nickte eifrig. Es war schön, an Ole zu denken. Ole brauchte gar nicht da zu sein, um Arnon Blau ein Grinsen zu entlocken. Das passte zu ihm.

»Und dieses Buch«, sagte Arnon Blau, »erzählt eine Geschichte. Dem, der es liest, erzählt es eine Geschichte. Was aber passiert mit der Geschichte, wenn keiner sie liest? Geschieht trotzdem, wovon sie erzählt? Geht sie weiter? Braucht sie den Leser? Oder braucht sie ihn nicht?«

Jonas überlegte. »Sie braucht ihn nicht«, sagte er. Bestimmt war es so. So musste es sein.

»Ich glaube auch«, sagte Arnon Blau. »Die Geschichte geht weiter, ganz für sich. Und so ist es wohl auch mit Claras Spiel. Es geht weiter. Es braucht Clara nicht, es braucht mich und meinesgleichen nicht. Ole Mond wird geboren, dein Freund. Das ist gut.«

»Ja«, sagte Jonas aus tiefster Überzeugung. Wenn Arnon Blau zu Ende wäre mit seiner Geschichte, wenn sie, irgendwie, einen Weg aus dem Spinnenpalast fänden, dann würde er Ole suchen. Genau das würde er tun!

»Allerdings«, sagte Arnon Blau. »Das Spiel verwahrlost – ohne Clara.« Er hielt inne.

Jonas hatte sich wieder gegen die Wand gelehnt.

»Du hast von Ai und Cai gehört, nehme ich an. Den Schutzgeistern.«

»Sie sind nicht mehr da«, sagte Jonas mit geschlossenen Augen. Hinter seinen Lidern tauchte Krempel auf. *Es ist Cai, die uns verlassen hat*, hatte er gesagt. Der Wicht stand wieder oberhalb der Quelle. Sie beide, Jonas und Krempel, sahen in die Senke hinab, wo der Bach entsprang, der Jonas hergeführt hatte. *Alles andere folgt nur daraus*, sagte Krempel.

»Ja, sie ist nicht mehr da. Beide sind nicht mehr da«, murmelte Arnon Blau. »Aber weißt du auch, wer Ai und Cai waren?«

Jonas dachte an sein Spiel, an die langen Nachmittage auf dem Hof und an den Räuberwald aus Tannenzapfen. Wer hatte den Wieflinger denn aus der Pfütze gerettet? Wer hatte ihm denn das Floß gebaut?

»Ai und Cai«, sagte Arnon Blau, »sind Alma und Clara. Wer spielt, bestimmt. Wer spielt, ist so mächtig wie ein Schutzgeist. Denk dir doch, Alma und Clara hatten die Figuren in der Hand. Ganz buchstäblich in der Hand.«

Jonas riss die Augen auf. »Cai hat ihre Leute verlassen, als Clara gestorben ist!«, entfuhr es ihm.

»Nicht ganz.« Arnon Blau streckte die Beine aus, stöhnte leise und rieb sich die Hüfte. »Wir kommen jetzt allmählich zu dem Teil der Geschichte, den ich selbst miterlebt habe«, sagte er. »Alles andere weiß ich nur von Clara.«

Jonas machte sich ganz klein an seiner Wand. Er hatte die Finger fest um die winzige Figur geschlossen. Sie kamen der Wahrheit, vor der er sich so fürchtete, bedrohlich näher. Diesmal schloss er die Augen, als zöge er einen Vorhang zu.

»Du musst dir vorstellen«, begann Arnon Blau erneut, »dass das Spiel nun schon viele, viele Jahre währte. Clara und Alma waren erwachsen darüber geworden und auch ein wenig sonderbar. Sehr sonderbar sogar. Sie hatten einfach nicht aufgehört, in der Welt ihres Spiels zu leben, und die andere, die wirkliche Welt darüber fast vollkommen vergessen.« Für eine Weile versiegte seine Stimme.

Die Stille wurde drückend.

Jonas strich mit dem Daumen über die winzige Figur in seiner Hand. Irgendwann, vielleicht vor langer Zeit, hatte jemand diese Figur bemalt und vielleicht war ihm darüber die grüne oder die blaue Farbe ausgegangen. Oder aber dieser jemand war unterbrochen worden und hatte, als er mit seiner Arbeit fortfuhr, einfach nach dem falschen Pinsel gegriffen.

»Nicht jede Fantasie ist gleich, Jonas«, fing Arnon Blau schließlich von Neuem an. »Nicht jede Fantasie ist arglos. Claras Welt, ihre erdachte Welt, meine ich, enthielt alles, wonach sie sich sehnte. Einen wilden Wald, Fabelwesen, jede

Menge Abenteuer – es war ein guter, bunter Traum. Alma hingegen wollte Macht. Sie träumte davon, eine große Herrscherin zu sein und nicht bloß eine im hintersten Winkel des Landes vergessene Baronin. In ihrem Spiel sollten ihre Träume wahr werden. Wenn es nach ihr gegangen wäre, dann hätte es in diesem Spiel keine Fängge und Faune gegeben. Alma wollte, dass alles so aussähe wie in der Wirklichkeit. Dass ihr Traumreich einem Weltreich täuschend ähnlich sähe. Sie wollte, dass sich ihre Macht täuschend echt anfühlte.«

»Deshalb hat sie die Unwahrscheinlichen verfolgt!«, rief Jonas. Er erinnerte sich an das, was der Richter in Kanaria zu Prozessbeginn verlesen hatte. *Alles Unwahrscheinliche beleidigt die Wirklichkeit Kanarias.*

»Ja«, sagte Arnon Blau. »Deshalb die Prozesse gegen die Unwahrscheinlichkeit. Aber du bist auch den Trabanten begegnet, nicht wahr? Schau. Die Trabanten sind alles, was Almas Fantasie zuwege bringt. Leblose Gestalten, die sich aufs Haar gleichen und deren einziger Daseinszweck es ist, Almas Großartigkeit zu spiegeln, ihr zu huldigen und sie zu bedienen. Aber ich greife vor. So weit sind wir noch nicht. Hör zu!«

Jonas lehnte sich wieder zurück, aber so ruhig wie eben wollte er nicht mehr werden. Er stand ja selbst schon an der Tür der Geschichte, die Arnon Blau zu erzählen hatte. Und Arnon Blau ahnte nichts von Tilla, Kolman, Arne und Bror – den Trabanten, die aufgehört hatten, Trabanten zu sein. *Am See hast du ein ganzes Dorf zum Leben erweckt*, hatte der Wieflinger gesagt.

»Es gab also Streit zwischen Clara und Alma«, sagte Arnon Blau. »Einerseits war es Claras Fantasie, die die Welt, in der Alma glänzen wollte, zustande gebracht hatte. Andererseits wollte Alma es sein, die alles bestimmte.«

Jonas war noch einmal bei Lunette im Schloss. Der Himmel vor den Fenstern war rabenschwarz, wie damals, als es auf den Prozess zuging. Und Jonas hörte wieder Lunettes gedämpfte Stimme. *Ai und Cai hatten gestritten. Und wir Sieben lebten seitdem in zwei Reichen – in Kanaria und in der Ferne.*

»Sie haben sich getrennt«, sagte Jonas leise. »Lunette, Leopold, Grimbert und Faramund mussten, weil Alma es so wollte, in das neue Schloss nach Kanaria. Und Core, Fiet und Suleman zogen in die Ferne.«

»Genau so war es«, sagte Arnon Blau. »Und aus Ai, dem Schutzgeist, wurde die Kaiserin von Kanaria. Schon als Ai jedoch hatte Alma begonnen, Core, Claras Lieblingsfigur, zu bedrohen – nur, um Clara zu verletzen. Jetzt wurde eine offene Auseinandersetzung daraus, die die Sieben spaltete. Wäre es nach Alma gegangen, hätte es Krieg gegeben. Aber denk daran, Jonas – Lunette, Leopold und Grimbert, sogar Faramund, so, wie er damals war, waren Claras Vorstellungskraft entsprungen, nicht Almas. So, wie sie waren, waren sie *für* Alma erdacht, aber *von* Clara. Alma hatte nie vollkommene Macht über sie. Leopold blieb immer eine Märchengestalt. Grimbert hielt, wenn es drauf ankam, stets an seinen Prinzipien fest. Und Lunette … Alma hat Lunette nie wirklich besessen. Er war der Siebte, die übrige Figur, weißt du noch? Der Marquis de Lunette gehört in erster Linie sich selbst.«

Jonas dachte an den Hermes. Daran, wie der Küchentrabant, kurz bevor der Prozess gegen Ruben begann, in Lunettes Räume gekommen war und seine Kaiserin verraten hatte, weil sein *Gefühl* das so wollte. Konnte nicht auch Lunette Trabanten Gesichter geben? Sie zum Leben erwecken? Ein wenig zumindest?

»Ich kam bald darauf nach Wunderlich«, sagte Arnon Blau. »Clara hatte mich als Sekretär angestellt, was Alma gar nicht recht war. Ich war neugierig, Jonas, und ich fand den Schrank. Zunächst habe ich mich nicht weit hineingewagt. Ich war ja wie vor den Kopf geschlagen, als ich die Schranktüren zum ersten Mal öffnete und, ohne es zu verstehen, sah, was aus dem Spiel geworden war. Ich habe Clara dann zur Rede gestellt und sie dazu gebracht, mir alles zu erzählen. Sie war damals schon eine alte Frau, und ich glaube, sie sorgte sich um ihre Welt. Die Welt ihres Spiels, meine ich. Also hat sie mich und Ruben ins Vertrauen gezogen. Sie hat uns von ihren Sorgen erzählt und uns angefleht, das Spiel nicht Alma zu überlassen, sollte ihr einmal etwas zustoßen. Wir haben es beide versprochen, und ich begann die abertausend Geschichten, die Clara aufgeschrieben hatte, zu sortieren und zu katalogisieren – wie es ein Sekretär eben tut. Clara wollte es so, es war ein Dienst, den sie dem Spiel und den ich ihr erwies. Aber meine Arbeit war vergeblich. Noch in der Nacht, als Clara krank wurde, hat sie Ruben gebeten, die Hefte zu verbrennen. Ich nehme an, er hat es getan.«

Erstes Heft, CF. Jonas sah die wenigen Buchstaben wieder vor sich. Es war ja Arnon Blau gewesen, der das auf das Vorsatzblatt geschrieben hatte. Damals, in Almas Zimmer, hatte Jonas zum ersten Mal von ihm erfahren. Und ja, Ruben *hatte* die Hefte verbrannt, denn Jonas hatte nur noch dieses eine gefunden. Irgendwie musste es Alma an sich gebracht haben, dachte er. Vielleicht hatte auch sie eine Seite, die sich gern an die glücklichen Tage mit Clara erinnerte.

Für einen Moment bereute Jonas, das letzte Heft verbrannt zu haben. Aber dann erinnerte er sich daran, wie gut es sich angefühlt hatte, als es in Lubbes Ofen zu Asche zerfiel. Es war eine Last weniger gewesen.

»Es war nicht leicht für Ruben und mich«, sagte Arnon Blau. »Dann und wann, wenn Alma schlief, haben wir uns in den Schrank geschlichen, aber …« Seine Stimme flatterte plötzlich. »… wir blieben Zuschauer, Fremde. Wir besaßen keine Figuren, wir konnten dem Spiel nichts hinzufügen. Doch selbst wenn wir es gekonnt hätten … Wir … wir konnten nicht spielen!« Er hielt inne. Er schien seine Kräfte zu sammeln, um die Geschichte zu Ende zu bringen. »Ruben und ich hätten, wenn überhaupt, nicht mehr als Almas Trabanten zustande gebracht und keiner von uns beiden wollte das.« Arnon Blau seufzte tief. »Ich hätte so gern gespielt«, sagte er. »So gerne. Letztlich bin ich deshalb hier. Weil ich nicht spielen konnte und es nicht einsehen wollte. Ich habe so lange vor leeren Wänden gesessen, bis es nur noch leere Wände gab.«

Jonas machte die Augen auf und schaute in den farblosen, spinnwebenverhangenen Saal. Die Wände waren ja gar nicht leer – nicht so leer jedenfalls, wie Arnon Blau glaubte. Es waren die Spinnen, die hier erzählten. Die winzigen Spinnen sprachen mit hauchdünnen Fäden.

»Clara hingegen«, fuhr Arnon Blau fort, »vermochte schier alles. Sie hat Ruben eine Stimme geschenkt, Jonas, stell dir das vor! Weil Clara es sich vorstellen konnte, konnte Ruben im Spiel sprechen! Er ging durch den Schrank und ich konnte ihn hören. Beim ersten Mal ist mir schier das Herz stehen geblieben!« Arnon Blau schüttelte den Kopf, als könne er es immer noch nicht glauben.

Jonas sah zu den Spinnennetzen an der Decke hinauf. Er hatte plötzlich Tränen in den Augen. Vielleicht war es bloß die Rührung über dieses große Geschenk. Vielleicht aber weinte er jetzt auch um Clara, vielleicht um das große Spiel, das so eine böse Wendung genommen hatte.

»Erzähl die Geschichte zu Ende«, sagte er. Es machte jetzt keinen Sinn mehr, die Augen zu schließen. Von nun an würde er sie offenhalten müssen. Er wog die kleine Figur in seiner Hand. Es gab sie länger als ihn. Er würde sich daran gewöhnen, dass es sie gab.

Arnon Blau nickte. »Ruben und ich sind grundverschieden, Jonas. Und so gingen wir auch ganz verschieden mit dem Spiel um. Ruben ging nur in den Schrank, wenn er musste, wenn Clara es wollte. Das Spiel war ihm immer unheimlich, ich bin mir sicher, er witterte die Gefahr. Ich hingegen konnte mich an all den Wundern gar nicht sattsehen. Und irgendwann kehrte ich nicht mehr nach Wunderlich zurück. Ich trieb mich rum, vor allem in Callamaar. Ich war dabei, mich im Spiel zu verlieren, Jonas. Ich war schon auf dem Weg in meinen grauen Palast.«

Sogar seine Kleider waren noch in seinem Zimmer, hatte Tabbi gesagt, Jonas erinnerte sich. Arnon Blau war verloren gegangen.

»Weiter«, drängte er, als Arnon Blaus Stimme brüchig wurde.

Arnon Blau räusperte sich. »Ich war nicht der Einzige, der nach Wunderlich gekommen war«, sagte er mit immer noch belegter Stimme. »Irmingast hatte sich eingeschlichen.«

An seiner Kutsche, hörte Jonas Tabbi sagen, *ist ein Rad gebrochen. Damals, hier in der Nähe. Und als es wieder heil war, hat Alma ihn gebeten zu bleiben*. Die Geschichte ging jetzt mit Riesenschritten auf ihr Ende zu.

»Irmingast ist schlau«, sagte Arnon Blau, »und seine Fantasie ist finster. Wahrscheinlich hat er nicht lange gebraucht, um den Schrank zu finden. Aber er hat sich nichts anmerken lassen. Ruben und ich haben es viel zu spät bemerkt – viel zu spät *verstanden*. Heute weiß ich, dass Irmingast Alma die Faramund-Figur gestohlen hat. Der Mönch ebnete ihm den Weg in das Spiel. Irmingast bestimmte jetzt über einen der Sieben!«, sagte Arnon Blau düster.

Dann fuhr er fort. »Faramund verließ auf Irmingasts Geheiß Kanaria, ging zurück nach Callamaar, wo keiner der Sieben mehr lebte, und baute nach und nach das Kloster. Ich war dabei, Jonas. Ich war oft in der Nähe, aber ich habe nichts geahnt. Und Clara und Ruben mussten ja glauben, dass Alma in Callamaar am Werk wäre. Faramund war schließlich ursprünglich ihre Figur.«

»Und dann?«, fragte Jonas. Er war unruhig. Das böse Ende war nah.

»Dann«, sagte Arnon Blau tonlos, »geschah das Schreckliche. In Wunderlich und in der Ferne. Clara, musst du wissen, verbarg die Core-Figur damals schon vor Alma. Sie hatte eine Heidenangst, dass Alma sie zerbrechen würde, wenn sie ihr nur in die Hände fiele. Ich war damals schon in Callamaar, und wann immer ich Gelegenheit hatte, besuchte ich die Vorstellungen des großen Lubbe, des berühmten Schauspielers. Die *Prinzessin Fantasmagoria* hatte ich schon ein paar Dutzend Mal gesehen. Lubbe spielt in diesem Theaterstück einen König …« Plötzlich schmunzelte Arnon Blau. »… und sein Pferd. Lubbe ist ein Faun, weißt du? Er hat Hufe.« Arnon Blau wurde wieder ernst. »Und an diesem Abend, während ich Lubbe zusah, der oben ein König und unten ein Pferd war, verstand ich, wie sich Cores Prophezeiung erfüllen würde. Ich kannte ja die Core-Figur. Ich stellte sie mir vor und begriff, dass auch sie zweierlei war. Die Puppenspielerin und die Puppe, verstehst du? Ein Ding enthält ein zweites – das war es, was ich verstand. Was, dachte ich mir also an diesem Abend, würde denn geschehen, wenn Alma die Core-Figur zerbräche? Dann würde die kleine Marionette ganz für sich allein auf dem Podest stehen. Eine neue, winzig kleine Figur! Und auf einmal machte Cores rätselhafte Prophezeiung Sinn. So. Schau!«

Die Marionette lag flach auf Jonas' ausgestreckter Handfläche. Mit ihren dünnen Beinen klebte sie auf dem grünen Podest, und wenn man ganz genau hinschaute, ließen sich die Stümpfe der feinen Fäden aus Brotteig, Sand und Leim noch erahnen, die sie einst mit Core verbunden hatten.

»Alma hat Core ermordet«, sagte Jonas dumpf.

»Ja. Sie hat die Figur aufgestöbert und zerbrochen. In Wunderlich. Aber wenigstens dich konnte ich retten.« Arnon Blau kämpfte sich wieder auf die ungleichen Beine. Er sprach jetzt schnell, beinahe überschlug sich seine Stimme. »Ich stürzte aus dem Theater, und, so schnell ich nur konnte, reiste ich in die Ferne. Dahin, wo, wie ich wusste, die lebendige Core war. Es war Glück im Spiel, Jonas, viel Glück, denn ich fand Core nicht eine Sekunde zu früh.«

»An der Quelle«, sagte Jonas.

Arnon Blau hinkte aufgeregt umher. »An der Quelle. Gleichzeitig überschlugen sich in Wunderlich die Ereignisse, Ruben hat mir später Bericht erstattet. Alma hatte ihr schändliches Werk vollbracht. Und als Clara die Reste ihrer Lieblingsfigur fand, traf sie der Schlag. Buchstäblich. Sie wurde nie mehr gesund. Danach war sie auf den Rollstuhl angewiesen, der Turm und das Spielzimmer blieben bis zu ihrem Tod unerreichbar für sie. So verließ Cai ihre Leute. Clara konnte nicht mehr spielen. Sie war zu krank.«

Arnon Blau schnappte nach Luft und erzählte atemlos weiter. »Core muss gleich gewusst haben, dass sie nicht mehr auf die Beine kommen würde. Noch in derselben Nacht jedenfalls, auf dem Krankenbett, schickte sie Ruben mit der kleinen Figur, die du da in der Hand hältst, in den Schrank. Claras Hoffnung war, dich zu finden, dich, die zum Leben erwachte Marionette. Und so lautete auch Rubens Auftrag. Er sollte dich aufstöbern und einen sicheren Platz für deine Figur finden, damit niemand sie je würde zerbrechen können.«

Arnon Blau fuhr sich mit beiden Händen über das Gesicht. »Es war eine Geburt, Jonas. Du warst eine Marionette, solange du an Cores Fäden hingst. Als sie gestorben war jedoch, als Alma ihre Figur in Wunderlich gerade zerbrach, hielt ich an der Quelle ein Kind in meinem Arm. Ruben sollte dieses Kind finden, aus dem Spiel holen und an einen Ort bringen, den Alma nicht würde finden können. Alma nicht und Irmingast nicht, wie sich bald darauf herausstellte.«

Jonas hatte atemlos zugehört. Das war seine Geschichte, die Arnon Blau da erzählte, und es war die unglaublichste Geschichte der Welt. Während Arnon Blau sprach, Wort an Wort und Satz an Satz reihte, hatte er mit sich gerungen. Ein Teil von ihm hatte diese Geschichte nicht hören wollen. Aber es gab keine andere Möglichkeit, sich zu ihr zu verhalten, als sie anzunehmen. Das war er, Jonas Nichts. Wie richtig Brand gelegen hatte, als er ihm diesen Namen gab.

»Ruben hat mich zu Brand gebracht«, sagte Jonas.

Arnon Blau nickte. »Ja, sein alter Freund Brand. Bei ihm wärst du sicher, hat er gesagt.«

»Wo seid ihr euch begegnet, Ruben und du, damals?« Wie ruhig Jonas auf einmal wieder war. Die alte Geschichte war jetzt beinahe aus. Aber die neue hatte schon begonnen. Sie hatte begonnen, als Ruben und Peregrin Aber auf den Hof gekommen waren. Die Geschichte, die dort begonnen hatte, war noch nicht zu Ende.

»Vor den Toren Callamaars«, sagte Arnon Blau. »Im Schatten der entstehenden Klostertürme. Es dauerte nur ein paar Minuten. Ruben nahm dich, das Kind, und gab mir die Figur.

Wir drehten das Spiel einfach um, Jonas. Das war die rettende Idee. Deine Figur hier, in der Welt des Spiels, und du dort, bei Brand – weit, weit weg. Weder Alma noch Irmingast sind je darauf gekommen, wo du stecken könntest, nicht wahr?«

»Irmingast ist darauf gekommen«, sagte Jonas. »Viel später.« Irmingast hatte den Leuchter präpariert. Irmingast hatte auf ihn geschossen. Jonas stand auf. Seine Beine waren vom langen Sitzen ganz steif. »Aber vorher hat er alle Jungen, die damals geboren sind, zu Faramunds Jüngern gemacht. Bis auf Ole und mich.«

»In der Hoffnung, du wärest unter ihnen.« Arnon Blau war endlich zur Ruhe gekommen. Er sah Jonas an, voller Erwartung. »Du musst das Spiel von ihm befreien«, sagte er. »Von ihm und Alma. Und weil du bist, der du bist, findest du aus dieser Hölle auch heraus.« Er breitete die Arme aus, als wollte er den Spinnenpalast ein letztes Mal umarmen. »Du hast alle Macht über das Spiel«, sagte er feierlich. »Alle Macht, die du willst. Du brauchst keine Sonneberger Figur, um zu spielen. Du brauchst keinen der Sieben. Denn du bist einer von ihnen. Du bist der Achte von sieben. Der Freiste von ihnen. Und du bist ein Kind. Du kannst spielen. Und jetzt erkennst du das Spiel als Spiel. Verstehst du mich? Du bist wie Clara und Core in einer Person. Du bist das Spiel selbst, Jonas. Du bist sein Herr und sein Knecht. Der Schutzgeist aus seiner Mitte.«

Die winzige Figur war jetzt ganz warm, so lange hatte er sie in seiner Hand gehalten. Jonas ließ sie in seine Tasche gleiten, dahin, wo er so lange den Zettel mit seinem Namen verwahrt hatte. Dann trat er langsam an ein Fenster, das da zuvor nicht gewesen war. Er wunderte sich nicht einmal darüber. Er trat an ein Fenster, das Fenster war da. Arnon Blau hatte recht. Es war jetzt sein Spiel. Und er würde spielen.

Er schaute auf das Spinnennetz, das sich dort zwischen den dicken Mauern spannte. Eine kleine Spinne saß darin. Vorsichtig streckte Jonas ihr den Finger hin und sie kletterte darauf. Eilig krabbelte sie über seine Handfläche und verschwand in seinem Ärmel.

»Ich bin so weit«, sagte Jonas. »Lass uns gehen.« Er drehte sich um.

Im Türrahmen stand der Räuber und schnaufte. Spinnweben hingen von seinem Hut. »Widerlich, diese Treppe«, brummte der Wieflinger.

Das 43. Kapitel
Tabbi riecht nach dicker Suppe

Sie kämpften sich die Spindeltreppe hinab. Der Wieflinger knurrend voraus, dann Jonas und schließlich der hinkende Arnon Blau. Er war vor Ergriffenheit ganz stumm. Sie wanderten durch die Zimmerfluchten im Erdgeschoss. In den leeren Türrahmen spannten sich schon neue Netze. Als sie endlich ins Freie traten, schlug sich Arnon Blau, von der Sonne geblendet, die Hände vor das Gesicht. Im hellen Licht des Tages wirkte er noch bleicher. Seine Schläfen waren von einem Netz blauer Adern durchzogen.

Der Wieflinger nahm die drei bemoosten Stufen in den Hof mit einem einzigen, ungeduldigen Schritt. Er schob sich den Filzhut in den Nacken, las sich die letzten Spinnweben aus den unwahrscheinlich langen Haaren seines Schnurrbarts und stemmte die Hände in die Hüften.

»Und jetzt, Jonas Nichts?«

Jonas blinzelte in den strahlend blauen Himmel hinauf. Die Sonne war auf dem Weg zu ihrem höchsten Punkt.

Arnon Blau nahm langsam die Hände vom Gesicht. Sein langes, strähniges Haar war verfilzt und staubig. Wie ein von der Welt vergessener Wilder sah er aus. »Nichts?«, fragte er überrascht. »Jonas *Nichts*?« Plötzlich schmunzelte er, streckte die bleiche Hand aus und strubbelte durch Jonas' Haar. »Erklär es mir später«, sagte er dann. Er streckte sich und schien gleich ein paar Zentimeter größer zu werden. Dann holte er tief Luft und schaute zum großen, leeren Tor hinüber. »Jetzt bring uns dahin, wo wir gebraucht werden, Jonas *Nichts*«, sagte er und lächelte wieder.

»Was?«, fragte Jonas leise.

»Bring uns, wohin du willst.« Arnon Blau sah ihn fast herausfordernd an. »Schließ die Augen. Mach von deiner Macht Gebrauch. Hinter dem Tor, da ist das, was du willst. Das, was du dir *vorstellst.*«

Jonas war verunsichert. Hinter dem Tor war doch eine feuchte Wiese, der dampfende See, der Buchenwald.

»Jonas?«

Er grübelte immer noch. »Was ist mit dem See?«, fragte er schließlich.

»Welcher See?« Arnon Blau war ehrlich überrascht.

Jonas lächelte still in sich hinein. Wie es aussah, würde niemand anders je in den Wolken aus Dunst dort draußen hinter dem Tor baden. Aber es gab ja noch den anderen See, den großen. Tabbi war dort, Tilla und Lunette. Jonas hatte sie gesehen, als er tropfend vor dem Wiefinger stand. Er musste ins Trabantendorf. Und dann zur Insel hinüber. Er musste Ole finden. Fiet. Krempel. Peregrin Aber. – Und Ruben.

Er durfte keine Zeit mehr verlieren.

»Also?«, fragte Arnon Blau und hinkte die Treppe hinunter, Jonas hinterher. »Was erwartet uns hinter dem Tor, Meister?«

Verwundert drehte sich Jonas zu ihm um. Meister?

Arnon Blau strahlte ihn an, ein zugewuchertes Gespenst mit entzündeten Augen. »Du bist der Herr des Spiels«, sagte er fröhlich. »Nicht vergessen.«

»Wie lange wollt ihr hier denn noch rumstehen, zum Teufel?« Dem Wieflinger war der Geduldsfaden gerissen.

Als Jonas durchs Tor ging, schloss er die Augen. *Hinter dem Tor da ist das, was du willst*, hatte Arnon Blau gesagt. Doch eine Schrecksekunde lang stieg ihm der Geruch warmen Wassers und feuchter Schwaden in die Nase. Was, wenn sie am Ende bloß wieder auf der Wiese stünden, den Spinnenpalast im Rücken und meilenweit von Kanaria entfernt? Was, wenn seine Vorstellungskraft versagte? Warum sagten Arnon Blau und der Wieflinger nur nichts? Starrten sie schon stumm vor Enttäuschung auf den wehenden Palast mit seinen Fahnen aus Spinnweben? War hinter dem Tor nicht, was er wollte?

Doch die Sekunde verging. Jetzt wehte Jonas eine angenehme Brise um die Nase. Der Wind roch schwach nach Rauch. Weit entfernt miaute ein Pfau. Und Jonas konnte Stimmen hören, viele von unten aufsteigende Stimmen, ein betriebsames Raunen.

Jonas machte die Augen auf. Kanaria! Sie waren angekommen! Er sah den himmelblauen Spiegel des Wassers und die gezackte Uferlinie der anderen Seeseite. Und er sah Rauch von der Insel aufsteigen – schwere, bleigraue Wolken, wie die Nachhut des Sturms, der in die Bäume des Schlossparks gefahren sein musste, sie entwurzelt und zerbrochen hatte und wie Reisig verwirbelt und aufeinandergetürmt. Es gab keine Wipfel mehr, die den Blick auf das Schloss verstellten, und aus der Entfernung sah es aus, als hockte Almas Palast tief im Innern der Insel auf einem frisch errichteten Scheiterhaufen. Doch einstweilen war es die Kaserne, die brannte. Lichterloh, unter quellendem Rauch.

Jonas begriff – er sah auf ein Schlachtfeld. Die Rebellen hatten die Insel erreicht und kämpften. Bestimmt hatten sie die Kaserne in Brand geschossen. War Ole irgendwo da unten? Waren Ruben und Peregrin Aber dem Feuer entkommen?

Auch der Wieflinger und Arnon Blau schauten stumm zur

Insel hinüber. Der Wind griff nach Arnon Blaus dünnem, staubverkrustetem Haar.

Jonas drehte sich um. Nur, um sicherzugehen. Aber da war kein Spinnenpalast mehr. Ein Waldstück grenzte an eine ihm wohlbekannte Lichtung, ein Pfau zerrte sein eingefaltetes Rad über das Gras. Von dort drüben war Jonas einmal gekommen. Mit Ole. Vor einer kleinen Ewigkeit.

Jonas wandte sich ab. Zu seinen Füßen lag das Trabantendorf. Er spähte den Hügel hinab, machte die vertrauten Reetdächer aus, die sich bis an das Seeufer drängten, und hörte wieder das leise Summen der Stimmen.

»Kommt«, sagte er und Arnon Blau und der Wieflinger folgten ihm schweigend den Hügel hinab.

Als Jonas den Zaun erreichte, musste er lächeln. Es war derselbe verkrautete, kleine Garten, dasselbe geduckte, weiße Häuschen. Sogar die alten, verblichenen Fischernetze hingen noch da. Nur das Boot war verschwunden. Als er mit Ole hier entlanggeschlichen war, hatte es aufgebockt im Garten gestanden. Jetzt waren nur noch die Böcke übrig. Einer von ihnen war umgestürzt und lag im hohen Gras. Ein Zitronenfalter wehte durch den Garten.

Diesmal stand die Hintertür des Häuschens offen, doch es war niemand zu sehen. Die Stimmen waren jetzt lauter. Hinter dem Haus, auf dem Dorfplatz, hörte Jonas Kinder rufen und Männer brummen, er hörte Schritte und das Poltern, Rumpeln, Scheppern, Klappern einer allgemeinen Geschäftigkeit. Als er das erste Mal hergekommen war, hatte er einzig das gleichförmige Kratzen eines Besens gehört. War die Frau, die diesen Besen damals geschwungen hatte, wirklich kein Trabant mehr? War wirklich Tilla aus ihr geworden?

Als Jonas auf den schmalen Pfad einbog, der um das Haus führte, ließ er seine Hand über den Zaun streichen und spürte der feinen Maserung der Holzlatten nach. War das Tillas Stimme inmitten all der anderen?

Plötzlich war Jonas schrecklich aufgeregt. Er blieb stehen und stützte eine Hand gegen die Hauswand. Genau hier hatte er mit Ole gestanden und um die Ecke gelugt. Wie wenig hatte er damals gewusst!

Er spürte den Wieflinger hinter sich. Arnon Blau hinkte heran. Jonas wischte sich die schwitzigen Handflächen an der Hose ab, dann trat er aus dem Schatten der Hauswand, um gleich wie angewurzelt stehen zu bleiben.

Das Trabantendorf war nicht wiederzuerkennen. Die gekalkten Hauswände, die reetgedeckten Dächer, der sandige Platz mit der Eiche und der Steg aufs Wasser hinaus – das alles war unverändert. Die bleierne Stille jedoch, die auf dem Dorf gelastet hatte, war verflogen. Jetzt wimmelte es von Leuten!

Unter der Eiche standen lange Tische und Bänke. Dicht gedrängt saß man dort beieinander, aß, trank, redete und gestikulierte aufgeregt. Andere, große oder kleine Gruppen standen am Ufer und wiesen immer wieder aufs Wasser hinaus, zu den Rauchwolken über der Insel hinüber oder zu dem halben Dutzend voll besetzter Boote im See, das auf den Steg zuhielt. Eine Horde Kinder jagte über den Platz, es waren eins, zwei, drei … sieben. So viele Kinder hatte Bror.

Jonas stand da und staunte. Die halbe Welt des Spiels war hier versammelt, Wahrscheinliche und Unwahrscheinliche, unterschiedslos. An den Tischen saßen eigentümlich abgerissene, magere Fängge und Wichte neben Trabantenbauern und Trabantenfischern. Und zwischen ihnen leuchtete im hellen Sommerlicht mit schöner Regelmäßigkeit die gelbe Uniform eines Trabentensoldaten auf. Das Gleiche galt für die Gruppen am Ufer, wo gerade eines der Boote anlegte. Es musste von der umkämpften Insel gekommen sein. Zwei Trabantensoldaten wateten ins flache Wasser hinaus und griffen einem erschöpften Monokel unter die Arme. Schwer auf die beiden Gelben gestützt, erreichte er das Ufer, und Jonas erkannte ihn gleich – das halblange, schwarze Haar und das schmutzig weiße Hemd. Es war der Monokel, dem er im Klosterhof begegnet war. Jonas' Herz hüpfte. Die Rebellen hatten die Gefangenen befreit! Irmingast hatte sie in die Kaserne schaffen lassen und die Rebellen hatten sie befreit! So musste es sein.

Gleich irrte Jonas' Blick wieder über den Platz und suchte Ruben. Steckte er hier irgendwo? War auch er übergesetzt? War er frei?

So sehr suchte Jonas nach einem großen, schlanken Mann mit schwarzen Haaren, dass er die große, grobknochige Frau gar nicht bemerkte. Sie war aus der Tür des weißen Häuschens getreten und trug einen schweren, dampfenden Kessel vor sich her. Sie rief der Gesellschaft an den Tischen etwas zu. Dann wanderte ihr Blick ganz zufällig herüber.

»JONAS!«

Sie ließ den Kessel fallen, eine Suppenfontäne platschte in den Sand, noch bevor der Kessel umkippte und sein dampfender Inhalt über den Dorfplatz rann.

Aber da war Tabbi schon auf dem Weg zu ihm. Mit flatternder Schürze, die Arme ausgebreitet, stürzte sie auf Jonas zu. »JUNGE!«

Für Worte war kein Platz. So fest schlang Tabbi ihre Arme um ihn, dass er nach Atem ringen musste. Tabbi, die nach Frühstück riechen konnte und jetzt nach dicker Suppe roch.

»Da bist du ja! Mein Gott! Ich war ganz krank vor Sorge!« Tabbis harte Hände strichen über sein Haar und seine Wangen, dann schlossen sie sich wie Schraubstöcke um seine Oberarme und schüttelten ihn. »Wo bist du bloß so lange gewesen?«

Jonas sah in Tabbis hageres Gesicht. Einmal mehr hatte sich ihr Dutt gelöst und eine Haarsträhne baumelte über der steilen Falte auf ihrer Stirn. Tabbis Augen standen unter Wasser. Sie schluchzte zweimal, zog dann die Nase hoch und wischte sich mit dem Handrücken über die Augen. »Jetzt wird alles gut. Nicht wahr?« Mittlerweile heulte und lachte sie gleichzeitig.

Jonas strahlte. Er fühlte sich plötzlich ganz leicht und kein bisschen allein. Er wollte etwas sagen. Aber was?

»Tabbi«, sagte er.

»Ja!«, sagte Tabbi und strahlte zurück.

Jonas drückte sie fest. Eine ganze Weile blieben sie so, ganz nah beieinander, ohne Augen für das, was sie umgab. Dann löste sich Jonas langsam aus ihrer Umarmung.

»Ist Ruben hier, Tabbi?«

»Nein.« Tabbi erhob sich, eine Hand immer noch auf Jonas' Schulter. Sie schüttelte den Kopf. Ihr Lächeln wurde schmaler. »Sie haben viele Gefangene herübergerudert, aber Ruben war nicht dabei. Und der Doktor leider auch nicht. Aber der Marquis ist da. Er sitzt drinnen im Haus.« Ihre Stimme hellte sich wieder auf. »Ein wunderbarer Mann, nicht wahr, Jonas? Oh, wo soll ich bloß anfangen?« Sie legte die Hände an ihre Wangen. Sie war jetzt fahrig. »Wir wissen Bescheid, Junge«, sprudelte es dann aus ihr heraus. »Der Herr Marquis hat uns alles erzählt.« Zum ersten Mal überhaupt schien sie Arnon Blau und den Wieflinger zu bemerken, die still am Rand gestanden hatten. Wie seltsam die beiden auf sie wirken mussten! Der vierschrötige Räuber mit seinem wilden Hut und Arnon Blau, der aussah, als wäre er gerade seinem Grab entstiegen.

»Das sind Freunde«, sagte Jonas, als er Tabbis misstrauischen Blick bemerkte. »Freunde von mir.«

Auf dem Dorfplatz war es still geworden. Niemand saß mehr auf den Bänken unter der Eiche. Alle waren aufgestanden und starrten Jonas an. Keiner rührte sich. Kein Wicht und kein Fängge, kein Trabant. Einer der Soldaten hatte sich die Perücke vom Schädel gerupft und knetete auf ihr herum. Selbst Brors ungestüme Kinder jagten nicht mehr über den Platz. Dicht standen sie beisammen, und als eines von ihnen auf Jonas zeigte, begannen alle sieben aufgeregt zu tuscheln. Der Monokel am Ufer stützte sich noch immer auf die beiden Soldaten. Alle drei starrten Jonas an, als hätten sie eine Erscheinung.

Der Wieflinger trat einen Schritt näher und stellte sich schützend neben ihn.

»Sie haben auf dich gewartet«, flüsterte Tabbi. »Der Marquis hat eine Rede gehalten. Er hat ihnen gesagt, dass du kommst.«

Jonas spürte, wie er rot wurde. Heißes Blut stieg ihm bis unter die Haarwurzeln. Sie hatten auf ihn gewartet! Was um Himmels willen hatte Lunette ihnen erzählt?

Jonas sah in die Runde. Wie sehr sich die Trabanten jetzt voneinander unterschieden! Der eine war dick, der andere dünn, in den Augen von manchen blitzte es, während andere verlegen zu Boden sahen. Der, der so aufgeregt seine Perücke knetete, hatte eine Glatze. Jonas lächelte schief. Dort drüben, mitten im Pulk unter der Eiche, sah er Tilla stehen, eine große Suppenkelle in der Hand. Jonas erkannte sie gleich. Was für lustige Sommersprossen sie hatte! Hatte er sich auch die Sommersprossen ausgedacht?

»Du bist der Achte von sieben, hat der Marquis gesagt«, hörte er Tabbi raunen. »Aber ich bin ja schon eine alte Frau. Ich muss das nicht verstehen.«

Jonas griff nach ihrer Hand, so wie er es in Wunderlich getan hatte. »Bring mich zu Lunette«, sagte er.

Das 44. Kapitel
Der Achte von sieben

Tabbi führte ihn zu Tillas weißem Häuschen, der Wieflinger und Arnon Blau folgten ihnen wie eine Eskorte. Auf dem Dorfplatz wurden die Hälse gereckt. Niemand ließ Jonas jetzt aus den Augen.

Er spähte noch einmal zur Insel hinüber. Immer noch stieg Rauch auf. Er musste sich beeilen. Er starrte auf die niedrige Tür.

Tabbi klopfte an, als wäre sie in Wunderlich und brächte Clara oder Alma oder Peregrin Aber den bestellten Tee. »Marquis?«, rief sie leise.

Als keine Antwort kam, drückte sie die Tür auf.

Jonas blieb stehen, erst schüchtern, dann ungläubig.

Lunette saß am Küchentisch, so in Gedanken versunken, dass er ihr Kommen gar nicht bemerkte. Auf der Tischplatte stand Jonas' aufgeklapptes Pappköfferchen – das Köfferchen, das Elsa ihm geschenkt hatte und das eigentlich in Wunderlich hätte sein sollen, in der Speisekammer, unter den Kartoffeln vergraben. Daneben hatte der Marquis die Sonneberger Figuren aufgebaut. Jonas erkannte den kleinen, stolzen König, den strammen Soldaten, den Jungen mit dem kecken Blick und schließlich den schmucken türkischen Reiter mit seinem prächtigen, weißen Pferd. Den Mann mit dem Fernrohr hielt Lunette in der Hand. Nur dass die Figur gar kein Fernrohr mehr hatte.

Es war abgebrochen.

Auf dem Boden lag eine alte Zeitung. Bestimmt waren die Figuren in sie eingewickelt gewesen.

»Marquis?«, sagte Tabbi leise, weil Jonas so hartnäckig schwieg.

Lunette fuhr hoch, als hätte man ihn geweckt, und auch Jonas erwachte aus seiner Starre. Der alte Lunette! Die vertraute Adlernase und die eingefallenen, gepuderten Wangen. Die graue Perücke, das Rüschenhemd und die glänzenden, himmelblauen Kniebundhosen. Lunette war heil und gesund und seine alten Augen strahlten.

»Da bist du also!«, rief er und warf die Arme in die Luft. »Habe ich nicht gesagt, dass wir uns wiedersehen, Jonas Nichts?«

Jonas fiel ihr Abschied am Inselufer ein. Er sah Lunette noch winken. Wo war nur der Hermes? Der liebe, gute Hermes?

»Wie geht es dir, Jonas? Geht es dir gut?« Der Marquis war aufgesprungen.

»Ich …«, krächzte Jonas, »… ich bin froh.« Mehr brachte er im Moment nicht heraus.

Tabbi fasste nach seiner Hand und drückte sie.

Lunette stand einfach da, in dem niedrigen Raum reichte sein Kopf bis fast unter die Decke. Er lächelte Jonas an und hielt ihm dann die Sonneberger Figur entgegen. »Schau«, sagte er. »Des Rätsels Lösung.« Er ging auf Jonas zu, der immer noch in der Tür stand, und kniete sich dann vor ihn hin. Mit seinem alten, krummen Finger zeigte er auf die Bruchstelle der Figur, genau dahin, wo zuvor das dünne, schwarze Fernrohr gewesen war. »Da hatten sie das Fernrohr angeklebt«, sagte er leise. »Wir haben es noch. Es ist im Koffer. Tabbi meint, es müsse auf unserer wilden Flucht abgebrochen sein. Die Figuren wurden im Koffer ganz schön durchgeschüttelt, weißt du? Wir mussten ja schnell weg von der Insel. Die Kaiserin war uns auf den Fersen.« Lunette sah zu Tabbi hoch und zwinkerte ihr zu.

Jonas starrte auf die Figur. Wie immer sie hierher gekommen war … Er dachte nach.

»Aber du und ich, Jonas«, fuhr Lunette fort, »wir beide wissen es besser, nicht wahr?« Er schmunzelte. »Das Fernrohr ist viel früher abgebrochen, richtig? Es ist abgebrochen, als ich den guten Hermes schickte, es zu holen. Damals, nach dem Prozess. Und es ist zuerst in diesem kleinen Koffer dort abgebrochen, habe ich nicht recht? Erst ist es im Koffer abgebrochen, weil die Figuren darin aneinanderschlugen, und dann ist dem Hermes dieses kleine Missgeschick passiert. Wie gut, dass ich ihn nicht gescholten habe! Denn er konnte ja gar nichts dafür, nicht wahr? Er *musste* es einfach abbrechen. Das ist die eiserne Regel des Spiels. So, wie es der Figur ergeht, so geht es uns im Leben. Weil dieses kleine Ding hier abgebrochen ist, musste mein großes Fernrohr auch kaputtgehen. Stell dir bloß vor, es wäre der Kopf gewesen, der nicht gehalten hätte. Dann stünden wir hier nicht mehr beieinander. Dann wär's aus mit mir gewesen.« Er schüttelte sich. »Sagenhaft, nicht wahr?«

Jonas nickte. Der Marquis war schlau. Viel schlauer, als er selbst gewesen war. Lunette hatte nicht mehr als die Figuren gebraucht und den Bericht, den Jonas ihm gegeben hatte, um zu verstehen. »Es waren Almas und Claras Figuren«, flüsterte er.

»Jawohl«, sagte der Marquis mit leuchtenden Augen. »Almas und Claras Figuren. Oder wollen wir sagen … Ais und Cais?« Lunette räusperte sich. »Warum hast du mir nie von den Figuren erzählt, Junge?«

Jonas zuckte hilflos mit den Schultern und senkte den Kopf. Die Figuren waren sein Geheimnis gewesen. Das Päckchen, das er zu tragen hatte – so wie Ole seins. Sie hatten es sich beide nicht ausgesucht.

»Einerlei!« Der Marquis erhob sich etwas mühsam. »Vielleicht hätte ich helfen können, wenn du mir früher davon erzählt hättest. Mir sind nämlich alle Lichter aufgegangen, als Tabbi mir die Figuren gezeigt hat. Vielleicht muss das so sein, wenn man sich erst selbst in der Hand hält.« Er sah wieder auf die kleine Figur in seinen Fingern. Ihr Rüschenhemd, die Schärpe, die himmelblauen Hosen. Sein Ebenbild im Miniaturformat. Dann trat er zum Küchentisch und stellte seine Figur vorsichtig zu den anderen. »Es ist auch ein bisschen gespenstisch, Jonas Nichts«, sagte er.

»Ja«, flüsterte Jonas. Lunette hatte recht. Jonas hatte plötzlich eine Gänsehaut.

»Und weißt du was?« Lunette war wieder an ihn herangetreten. Er hatte die Hand an sein spitzes Kinn gelegt und schaute auf ihn herab. »Als ich die Figuren erst gesehen hatte und als ich von Tabbi erfuhr, wo sie herkamen und wie sie sie gefunden hatte, da konnte ich mich auch an Cores Marionette erinnern. Es hat eine Weile gebraucht, zugegeben. Aber als ich erst auf der richtigen Spur war, habe ich mir das Hirn zermartert. Und ich konnte mich erinnern, in der Tat! Cores Marionette hatte ein blaues und ein grünes Auge. Ich habe nur lange genug hier an diesem schäbigen Tisch sitzen müssen, dann sah ich sie wieder vor mir. Und dann …« Lunette breitete die Arme aus. »… dann wusste ich, wer du bist. Der Achte von sieben – so habe ich es den Leuten da draußen erklärt. Ich habe Core Unrecht getan. Ihre Prophezeiung machte Sinn! Im Augenblick ihres Todes wurde ja wirklich ein Junge geboren. Du wurdest damals geboren! Und du hast uns gefunden. Du bist wahrlich und wahrhaftig zu uns gekommen.«

Während Lunette redete, hatte Jonas seine Hand in die Tasche gesteckt, jetzt zog er sie wieder hervor. Auf seiner Handfläche lag die winzige Marionette.

»Ja«, seufzte Lunette und beugte sich darüber. »Das ist einzigartig, nicht wahr? Du bist, was die Kaiserin nie hätte werden können, Jonas. Ein Teil des Spiels und nicht bloß sein Herrscher.« Er streckte sich wieder und legte Jonas eine Hand auf die Schulter. »Jetzt musst du uns nur noch beweisen, dass auch ein Schutzgeist in dir steckt. Ich nehme an, dass du Clara und ihre Core nicht enttäuschen willst. Immerhin bist du beider Erbe. Ich meine … wenn man die Geschichte von drinnen und draußen zusammensetzt. Du kennst dich auf beiden Seiten dieses sonderbaren Schranks aus.«

Jonas nickte wieder. Das Herz war ihm jetzt schwer. Plötzlich war er Clara, der er nie begegnet war, ganz nah. Was für Qualen sie ausgestanden haben musste! Um ihn und um ihr Spiel hatte sie gefürchtet, und obwohl sie wusste, dass er die einzige Hoffnung für ihr Spiel war, hatte sie ihm in ihrem letzten Willen verboten, das Spielzimmer zu betreten. Sie hatte sich für ihn und gegen das Spiel entschieden. Sie hatte ihm Wunderlich vererbt, aber die Gefahren des Spiels ersparen wollen. Doch vielleicht hatte sie ja heimlich gehofft, dass er ihr Verbot missachten würde. Einfach darauf vertraut, dass am Ende noch alles gut werden würde, irgendwie.

Jonas drehte und wendete diesen Gedanken noch, als es auf dem Dorfplatz zu einem Tumult kam. Mit einem Mal riefen die Leute, ein paar begannen zu laufen, Jonas hörte den Wieflinger fluchen.

Er stürzte hinaus, Lunette und Tabbi dicht hinter sich. Draußen vor der Tür brauchte er einen Moment, um zu begreifen, was geschah.

Das Pferd trabte aufgeregt über den Platz, den Hals hoch

erhoben, den Schweif steil aufgestellt. Die Leute sprangen zur Seite und brachten sich in Sicherheit.

Es war Sulemans Schimmel, schoss es Jonas durch den Kopf. Er sah noch Ole vor sich, den Jungen auf dem großen Pferd, nachts, im Mondschein, im Lager. Aber in dem prächtigen roten Sattel saß niemand mehr!

Tilla lief neben dem Pferd, aber sie kriegte den lose baumelnden Zügel nicht zu fassen. Dann stellte sich der Wieflinger dem Schimmel tollkühn in den Weg.

»Ho!«, rief er und griff blitzschnell in die Zügel.

Der Schimmel kam tänzelnd zum Stehen.

Die Menge auf dem Dorfplatz raunte.

»Das ist Oles Pferd!«, flüsterte Jonas beklommen. »Ole hat es geritten.«

Der Marquis de Lunette pfiff durch die Zähne. Sein Blick irrte über den Platz.

Auch Jonas suchte die Umgebung ab. Wo konnte Ole stecken? Woher war das Pferd gekommen?

Alle auf dem Platz schienen jetzt den Atem anzuhalten. Jonas konnte spüren, wie ihre Blicke auf ihm lasteten.

Da war der See, da das Ufer. Wo es nicht bebaut war, war es dicht bewachsen. Kein Pferd würde sich freiwillig durch so dichtes Gestrüpp schlagen. An die Büsche grenzten einige wenige Bäume, dicht an den Hügel gedrängt, der hinauf zu der Lichtung führte.

Unter der Eiche löste sich jemand aus der Menge. Tilla kam auf ihn zu. Sie wirkte befangen. Nervös rückte sie sich die Haube zurecht und strich ihre Schürze glatt. Als sie vor Jonas stand, suchte sie aufgeregt nach Worten.

»Da«, sagte sie endlich schüchtern und zeigte mit ausgestrecktem Arm den Hügel hinauf. »Das Pferd ist da runtergekommen.«

»Danke«, sagte Jonas. Er fühlte sich unbehaglich. Warum starrte Tilla ihn so an?

Während er angestrengt zur Hügelkuppe hinaufsah, machte Tilla Anstalten, sich wieder zurückzuziehen, blieb dann aber doch, wo sie war. Sie fuhr immer wieder über den Stoff ihrer Schürze. »Wir haben dich gehört«, stieß sie schließlich hervor. »Auf dem See. In dem Boot. Damals. Arne hat dich gehört. Du hast unsere Namen geflüstert.«

»Ja«, sagte Jonas. Seine Stimme war belegt.

»Wir«, stammelte Tilla und knetete ungestüm ihre Schürze, »sind dir sehr dankbar dafür. Sehr. Wir …« Ohne den Satz zu Ende zu bringen, machte sie auf dem Absatz kehrt und lief eilig zu ihren Leuten zurück.

Jonas war wieder rot geworden. Halb blind starrte er auf den Hügel.

Dort oben rührte sich nichts.

Wo war Ole?

Unter der Eiche wurde Tilla mit einem Tuscheln empfangen.

Mit halbem Ohr hörte Jonas, wie jemand das Pferd wegführte. Die Hufe klapperten.

»Besser, wir schauen nach«, murmelte Lunette.

Aber es kam nicht dazu. Zuerst fiel ein langer, breiter Schatten den Hügel hinab. Dann erkannte Jonas hoch über sich auf der Hügelkuppe Faramunds massige, gedrungene Gestalt, den fleckigen, blanken Schädel. Und im selben Moment krampfte sich alles in ihm zusammen. Der Mönch zerrte Ole vor sich her! Er hatte einen seiner feisten Arme fest um Oles schmalen Körper geschlungen. Ole rührte sich nicht. In der anderen Hand hielt Faramund ein Messer. Für einen schrecklichen Moment blitzte die Klinge im Sonnenlicht. Sie lag genau an Oles Kehle.

Es war, als würde der Dorfplatz stöhnen. Wie eine Welle brandete der Schreckenslaut gegen den Hügel.

»Das ist der andere Junge!«, rief Tilla.

Lunette entfuhr ein Fluch.

Für einen Augenblick wurde Jonas schwindlig. Er fasste nach dem Arm des Marquis.

»Seht ihr mich?« Faramunds dünne Stimme tat Jonas in den Ohren weh. »Hört ihr mich?«

Unwillkürlich rückten die Leute auf dem Platz enger zusammen.

Jonas' Hand verkrallte sich in Lunettes Ärmel. Oles Gesicht war grau. Mit weit aufgerissenen Augen sah er zu ihm herab. Aber er war am Leben! Jonas versuchte, sich zu beruhigen. Wenn Faramund Ole töten wollte, dann hätte er es schon getan.

Lunette schüttelte Jonas' Hand ab. »Was willst du, Faramund?«, rief er hinauf. Seine Stimme bebte vor Empörung.

Faramund lächelte bösartig und fasste Ole noch fester. »Soll ich mit dir verhandeln, Lunette?«, kam es zurück. »Mit dir? Die Kaiserin ist geschlagen. Leopold ist in den Händen des Hirten. Und Suleman und Fiet sind das bald auch. Es geht zu Ende mit euch!«

Lunettes Kiefer mahlten. Der Zorn stand ihm im Gesicht. »Was willst du, Faramund?«, rief er wieder. »Rede!«

Der Mönch antwortete nicht gleich. Voller Verachtung ließ er den Blick über den Dorfplatz schweifen. Ole hing wie tot vor seiner Brust. »Gut«, rief er schließlich mit spitzer Stimme. »Dann rede ich eben mit dir.« Er zog den hilflosen Ole ein Stückchen höher. »Ich will tauschen, Lunette. Das Leben dieses Jungen gegen deinen Jungen da. Und gegen die Figuren!«

Auf einmal rauschte alles. Jonas war plötzlich wie taub. Der Tumult in seinen Ohren übertönte alles. Er hörte nicht, wie Tabbi, der Wieflinger und Arnon Blau sich hinter ihn stellten. Er hörte nur, was Faramund gesagt hatte. Er hörte es wieder und wieder, immer lauter.

Erst als Lunette nach einer schieren Ewigkeit wieder den Mund aufmachte, ließ das Lärmen nach.

»Was für Figuren, Faramund?«

Ole sah Jonas jetzt direkt ins Gesicht. Halb flehentlich und halb, als wollte er ihn um Verzeihung bitten.

So laut, wie es eben in Jonas gewesen war, so still wurde es jetzt. Er war der Herr des Spiels. Er musste etwas tun. Statt hier herumzustehen, musste er handeln.

Faramund lachte höhnisch. »Spiel nicht mit mir, Lunette! Schick deinen Jungen zu mir hoch. Mit den Figuren. Schick deinen Jungen hoch und ich schicke meinen zu dir runter. Sonst …« Das Messer kam Oles Kehle noch näher. Die flache Seite der Klinge drückte sich in Oles Haut.

»Wir haben keine Figuren, Faramund!«, rief Lunette, aber da hatte sich Jonas schon in Bewegung gesetzt. Er hörte die Stimme des Marquis nicht einmal. Er hatte keinen Blick für niemanden. Er ließ seine Freunde stehen und ging an allen, die sich auf dem Dorfplatz drängten, vorbei. Er war fester entschlossen, als er es jemals gewesen war. Hätte er Faramunds Figur gehabt, dann hätte er mit ihr gespielt und der Mönch wäre in Minutenschnelle ein anderer gewesen – vielleicht ein dicker, lebenslustiger Mönch, der auf Weinfässern ritt und schon zur Mittagszeit Trinklieder grölte. Aber Faramunds Figur war genau die, die fehlte. Was blieb Jonas also anderes übrig? Wie eine Flamme auf einen Kerzendocht springt, so war ihm dieser Gedanke gekommen. Er hatte Arnon Blaus Worte aus dem Spinnenpalast ja noch im Ohr. Er war der Herr *und* der Knecht des Spiels. Und wenn er nicht der Herr sein konnte, dann würde er eben der Knecht sein. Er würde sich fügen. Und hoffen. Er würde darauf vertrauen, dass am Ende noch alles gut werden würde. So wie vielleicht Clara darauf vertraut hatte.

Nicht einmal vor Tillas Tür hielt er inne. Er trat in den niedrigen Raum, ging auf den Tisch zu und sammelte die Figuren ein. Im Koffer lagen das abgebrochene Fernrohr und sein Kiesel. Jonas lächelte, als er ihn wiedersah. Der Wieflinger! Er legte den König, den Soldaten, den Jungen und den türkischen Reiter dazu, griff nach dem Sterngucker und holte schließlich auch die winzige Marionette aus seiner Hosentasche. Durfte er das? Er riskierte viel. Er riskierte alles. Hätte Irmingast erst alle Figuren in seiner Hand, würde seine Macht über das Spiel vollkommen sein. Selbst Lunette könnte er sich dann gefügig machen, und wenn nicht, dann könnte er ihn einfach zerbrechen. Dennoch klappte Jonas den Koffer zu, nahm ihn und ging wieder hinaus. Es würde anders kommen, auch wenn er nicht wusste, wie. Jonas hatte keine Angst, als er erneut den Dorfplatz überquerte.

Kurz bevor er den Fuß des Hügels erreicht hatte, stellte sich ihm der Wieflinger in den Weg. Der Räuber sah verzweifelt aus. Diesmal war er es, der nicht weiterwusste.

»Lass ihn«, hörte er Arnon Blau sagen. »Jonas weiß, was er tut.«

Der Wieflinger trat zu Seite.

Jonas nickte erst ihm zu, dann Tabbi, Arnon Blau und Lunette. Die Miene des Marquis war wie eingefroren. Tabbi zitterte. Nur Arnon Blau lächelte ihm still zu. Dann legte er den Kopf in den Nacken und schaute zum Hügelkamm hinauf. Faramund schaute grinsend auf ihn hinab. Ihre Blicke trafen sich, aber Jonas wendete seinen nicht ab. »Lass ihn los!«, rief er Faramund zu. »Ich komme.«

Der Mönch zögerte, offenbar hatte er mit größerem Widerstand gerechnet. Aber Jonas kümmerte das nicht. Er ging einfach weiter. Als die Steigung begann, beugte er sich leicht vor und barg Elsas Köfferchen vor seiner Brust.

Wie still es jetzt war. Jeder auf dem Dorfplatz hielt den Atem an.

Oben auf dem Hügelkamm ließ Faramund Ole los. Ole fiel und rappelte sich auf. Er sah zu Jonas herab und schüttelte verzweifelt den Kopf. Aber Jonas nickte auch ihm zu. Er stieg weiter. Ole stolperte los, den Hügel hinab.

Auf halber Strecke begegneten sie einander und für den Bruchteil einer Sekunde berührten sich ihre Hände. Dann war Ole vorbei. Er rutschte den Hang hinab. Er weinte.

Faramund war jetzt noch fünf, vier, drei Schritte entfernt. Er streckte die Arme aus. In der einen Hand hielt er immer noch das Messer. Jonas überlegte nicht einmal, ob er noch weglaufen könnte. Ungerührt sah er in Faramunds teigiges Gesicht.

Das nutzlose Messer, dachte er. Dein nutzloser Plan. Er wusste selbst nicht, woher seine stille Gewissheit rührte.

Noch zwei Schritte. Noch einer. Faramund griff schon nach seinem Arm. Seine kleinen, in den Wangen vergrabenen Augen stachen.

Jonas hatte den Hügelkamm erreicht. Faramunds Hand krallte sich in seinen Arm. Er streckte dem Mönch den Koffer hin. Faramund ließ seinen Arm nicht los. Beinahe zärtlich betrachtete er den Koffer, ein stiller Moment des Triumphs. Doch sein Griff war schon nicht mehr ganz so fest. Jonas sah auf Faramunds bleiche, feiste Hand. Sie verschwamm an den Rändern. Sie löste sich auf wie Nebel. Sie ließ los.

Jonas war nicht einmal überrascht. Wie unbeteiligt sah er zu, als Faramund in die Knie ging. Lautlos sackte der Mönch ins Gras. Sein bleicher Schädel wirkte schon milchig. Er fiel aufs Gesicht. Unter dem immer fadenscheiniger werdenden

Stoff seiner Kutte wurden die ersten Halme sichtbar. Faramunds massiger Leib wirkte plötzlich flach, immer farbloser, bis er ganz verschwand. Nur sein Kopf leuchtete noch einen Moment, ein heller, konturloser Fleck im struppigen Gras, eine letzte, körperlose Lache. Dann nichts mehr. Es war, als hätte es Faramund nie gegeben.

Jonas barg den Koffer wieder an seiner Brust. Für einen kurzen Moment überschwemmte ihn die aufgeschobene Angst, bis sie schließlich einer bleiernen Traurigkeit Platz machte. Einer der Sieben war tot. Er hatte das nicht gewollt. Aber hatte er es nicht geahnt? Hatte er nicht gespürt, dass Faramund nicht mehr derselbe war? Etwas musste geschehen sein, noch bevor der Mönch hier aufgetaucht war. Etwas, das alles veränderte.

Jonas sah auf den Dorfplatz hinab, plötzlich in freudiger Erwartung. Ruben stand dort, mitten auf dem sandigen Platz, das Haar vom Wind verwirbelt, mit zerrissenem Hemd. Der Diener grinste und streckte Jonas die Arme entgegen. Er hielt etwas in den Händen. Er wollte es Jonas zeigen.

Jonas nickte. Jetzt wusste er, was sich verändert hatte. Es war Faramunds Figur, die Ruben ihm zeigte. Sie war in zwei Teile zerbrochen. Der Diener hielt ein Bruchstück in jeder Hand. Ruben hatte Faramund zerbrochen.

»HIER! HIER!«, rief es da.

Aus Jonas' Lächeln wurde ein Lachen.

Peregrin Aber wankte über den Platz. Der Erbprinz Leopold und Trut, der Alb aus dem Steinbruch, folgten ihm auf dem Fuße. Der Advokat schwenkte aufgeregt seinen Zylinder.

»NA ENDLICH!«, rief er. »NA ENDLICH!«

Wieso bloß war Peregrin Aber in seinen Unterhosen unterwegs?

Das 45. Kapitel
behandelt in gebotener Kürze die Gefühle des Peregrin Aber

Auch Peregrin Aber hatte Gefühle, er konnte sie nur nicht recht ausdrücken. Ein körperlicher Mensch war er nie gewesen und jetzt hatten ihn auch noch die Worte verlassen. Von all den sonderbaren Gestalten, die auf dem Dorfplatz versammelt waren, machte er sich keinen Begriff, mochten sie nun Zwerge oder Riesen sein, Elfen oder Einäugige. Und auch, was auf dem Hügelkamm geschehen war, erschloss sich dem Advokaten nicht. Der Mönch dort oben hatte sich buchstäblich in Luft aufgelöst, und es hätte Zeiten gegeben, da hätte Peregrin Aber gegen eine solche Beobachtung aufs Schärfste protestiert. Das Beste aber war – mittlerweile war es ihm gleich. Peregrin Aber hatte feuchte Augen. Er hatte den Jungen wieder! Seinen Jungen! Nach so viel Leid und Mühsal hatte er ihn endlich wieder!

Ein wenig verloren hatte Peregrin Aber dagestanden, als Jonas den Hügel herablief, mit heißem Herzen und feuchten Händen hatte er zugesehen, wie Ruben den Jungen in die Arme schloss und wie Jonas bald darauf den blassen, kleinen, rothaarigen Jungen umarmte. Dann war Peregrin Aber selbst zur Tat geschritten und hatte Jonas so fest er nur konnte die Hand gedrückt. Was er dem Jungen gesagt hatte, wusste er gar nicht mehr. Es war am Ende vielleicht auch nicht so wichtig.

Tabbi hatte ihn herzlich begrüßt, der Marquis hatte ihm

freundschaftlich die Schulter geklopft, und jetzt stand Peregrin Aber nicht weniger verloren als eben, aber glücklich auf dem sandigen Dorfplatz herum.

Ruben, das war ihm nicht entgangen, hatte sich bei Jonas entschuldigt und zu einer langen Erklärung angesetzt, der Peregrin Aber schon deshalb kaum hatte folgen können, weil er sich einfach nicht daran gewöhnen wollte, dass Ruben sprach. Doch wenn er jetzt, während der ganze Dorfplatz in Aufruhr war, darüber nachdachte, dann schien es ihm, als wäre es Ruben um Clara gegangen. Jawohl, um Clara, und warum Ruben Jonas so lange vom Spielzimmer ferngehalten hatte. So lange, bis Schüsse gefallen waren und Jonas nur noch die Flucht durch den Schrank blieb.

Ruben hatte sogar den vierten Absatz des Testaments erwähnt – jene vermaledeite Passage, die Jonas den Zutritt zum Spielzimmer verwehrte. Eigentlich betraf das ihn, den Advokaten, der das Testament aufgesetzt hatte, ja unmittelbar. Andererseits gingen Peregrin Aber die Vorwürfe, die Irmingast ihm gemacht hatte, nicht aus dem Kopf, und vielleicht hatte er, als Ruben sprach, gar nicht richtig zuhören *wollen*. Hatte er, Peregrin Aber, etwa versagt? Als Anwalt? Als Vormund? Als Mensch?

Er scharrte mit dem Füßen im Sand.

Nein!, sagte er sich dann. Wenn er sich jetzt an Rubens Erklärung zu erinnern versuchte, dann war, was geschehen war, letztlich gar nicht zu verhindern gewesen. Das ganze Durcheinander verdankte sich am Ende doch Claras Unentschiedenheit. Einerseits hatte sie den Jungen zu diesem Wirt, Brand, schaffen lassen; andererseits hatte sie Jonas, als es ans Sterben ging und ihr klar wurde, dass sie Alma nicht überleben würde, dann doch zurückgeholt. Einerseits hatte sie dem Jungen das Spielzimmer verboten; andererseits hatte sie Jonas überhaupt erst in die Nähe dieses gefährlichen Schranks gebracht. Und zwar hatte sie den Jungen vor der Welt hinter diesem Schrank schützen wollen; gleichzeitig aber hatte sie insgeheim darauf gehofft, ausgerechnet Jonas könne in dieser Welt Ordnung schaffen.

Was für eine scheußliche Zerrissenheit, dachte Peregrin Aber. Früher hätte er sich fraglos darüber aufgeregt und der armen Clara – konnte sie ihn in ihrem kühlen Grab nun hören oder nicht – die bittersten Vorwürfe gemacht. Mittlerweile allerdings war er milder gestimmt als früher. Auch er war ja geprüft worden und hatte so einiges durchgemacht. Und wenn überhaupt noch etwas sicher war, dann dass gar nichts sicher war, sobald erst dieser Schrank, diese Sonneberger Figuren, sobald, kurzum, dieser Jonas Nichts ins Spiel kam. Peregrin Aber hatte sich verändert, und er bemerkte wohl, dass auch Jonas nicht mehr derselbe war.

Es mochte nicht messbar sein, aber der Junge war gewachsen. Seine buntscheckigen Augen strahlten wie niemals zuvor, und zugleich umgab ihn eine bemerkenswerte Ruhe. Jonas war sich seiner Sache gewiss, und all diese fabelhaften Wesen um ihn herum schienen das zu spüren. Sie umringten ihn ehrfürchtig und hörten ihm andächtig zu. Sie wollten alle mit ihm gehen, ihm folgen – so viel hatte Peregrin Aber mitbekommen.

Dort am Ufer standen sie jetzt alle beisammen, die Einäugigen und die Elfen, die Riesen und die Zwerge, Tillas Brüder und Schwestern, die sich Stunde für Stunde weniger ähnlich zu sein schienen, und dazu dieses langhaarige Hinkebein, diese zwielichtige Gestalt mit dem ausladenden Filzhut und der blasse, rothaarige Junge. Natürlich standen auch Tilla, die gute Tabbi, der wackere Prinz, der gewitzte Marquis und Trut, das leuchtende Fabelwesen, das so freundlich gewesen war, dieses Monstrum von Tisch hinunterzukurbeln, bei Jonas. Genau genommen war Peregrin Aber der Einzige, der abseits stand.

Doch dem Advokaten war das ganz recht. Zweifellos plante man, zur Insel überzusetzen, immer wieder nämlich wurden Klagen laut, es gäbe nicht genug Boote für alle. Peregrin Aber jedoch wollte auf gar keinen Fall auf dieses Schlachtfeld zurück. Er hatte den beißenden Rauch, die zersplitterten Bäume, das Rennen, Rufen, Raufen in böser Erinnerung. Im Nachhinein kam es ihm vor, als wäre er in Unterhosen durch die Unterwelt geirrt und hätte nur, weil er glücklich an Rubens Hemdzipfel hing, zurück ans Tageslicht gefunden.

Natürlich hätte er am liebsten auch Jonas daran gehindert, zur Insel überzusetzen. Doch Vormundschaft hin oder her – Peregrin Aber fühlte sich derzeit außerstande, Jonas etwas zu verbieten. Der Junge hatte das Heft in der Hand, das war offensichtlich, und womöglich war er sogar dem scheußlichen Irmingast gewachsen. Wenn Jonas sprach, was in der hitzigen Debatte am Ufer selten vorkam, verstummten alle anderen.

Und so war es auch jetzt. Jonas Nichts schien ein letztes Wort gesprochen zu haben, und stirnrunzelnd, aber untätig sah Peregrin Aber zu, wie er sich an die Spitze dieses außerordentlichen Zuges setzte.

Was hatte Jonas nur vor? Seinen kleinen Koffer in der Hand, spazierte er den Steg entlang, aufs Wasser hinaus. Und alle folgten ihm. Zuerst Ruben und der rothaarige Junge, anschließend Lunette, der Tabbi galant den Arm gereicht hatte, das Hinkebein und der Mann mit dem Hut, dann der Prinz mit der freundlichen Tilla und schließlich alle anderen. Es mussten weit über hundert sein, Bauern, Fischer, Soldaten und die bunte Schar jener, die auf der Insel gefangen gewesen waren. Es war eine richtige Prozession.

Nur – wohin sollte sie führen? Wollten sich alle nun, Jonas voraus, wie die Lemminge ins Wasser stürzen? Wollten sie zur Insel *schwimmen*? Einige Boote lagen doch am Ufer, darunter auch das, mit dem Peregrin Aber übergesetzt war – seekrank natürlich, mit vom Schaukeln der Wellen verdorbenem Magen. Warum um Himmels willen machte man nicht wenigstens von diesen Booten Gebrauch?

Peregrin Aber schob sich den ruinierten Zylinder in den Nacken und kratzte sich verwundert die kahle Stirn.

Jonas ging immer weiter.

Hatte ihn, Peregrin Aber, nun auch noch der Gesichtssinn verlassen? War er das Opfer einer optischen Täuschung?

Er kniff die Augen zu, so wie es sehr kleine Kinder tun, wenn sie sich etwas wünschen. Was er sich wünschte, wusste Peregrin Aber dabei gar nicht so genau. Vielleicht einmal mehr, dass nicht wahr war, was er da beobachtete.

Doch als er die Augen wieder aufmachte, half kein Leugnen mehr. Der Steg wurde länger und länger! Es war, als würde Jonas mit jedem Schritt, den er tat, eine weitere Planke anfügen, sodass der Steg immer weiter aufs Wasser hinaus führte.

Und Jonas schritt immer noch munter aus. Schon wurden die, die da so vertrauensvoll über das Wasser wandelten, auf die wachsende Entfernung kleiner und kleiner, bis sie schließlich ganz ineinander verschwammen und zu einem bunten Haufen wurden, der bald schon das Inselufer erreichen würde.

Mein Gott!, dachte Peregrin Aber, ein Steg so lang wie eine Straße, geschaffen mit weniger als einem Fingerschnippen! Und für einen Moment war er versucht, seinen Verstand einzuschalten und nach allen Regeln der Kunst wegzuerklären, was er da sah. Immerhin waren seine Nerven zerrüttet! Ein Wunder wäre es nicht, wenn er jetzt weiße Mäuse sähe.

Dann jedoch stellte er sich vor, nicht an diesem, sondern am andern Ufer zu stehen und nicht diese sonderbare Prozession zu beobachten, sondern sich selbst. Peregrin Aber, ein kleiner, dicker Mann auf dünnen Beinen, in schlotternde Unterhosen gewandet und mit einem schmutzigen Zylinder auf dem Kopf. Von der andern Seite aus betrachtet, könnte er, der einflussreiche Advokat, der Vormund des Jonas Nichts, ja ebenso gut ein Spielzeug sein, mit einem Tröpfchen Leim dort, unter einer Eiche aus Pappmaché, festgeklebt.

Peregrin Aber grinste breit. Eine Eiche aus Pappmaché! Ein Tröpfchen Leim für den Advokaten! Was gab ihm die Gesellschaft dieses Jonas Nichts nur für Gedanken ein!

Das 46. Kapitel,
in welchem ein Puppenhaus verschwindet

Jonas sah nicht zurück. Er hielt den Koffer fest im Arm. Ruben und Ole waren an seiner Seite. Beißender Rauch über der Insel. Kahlschlag. Aus dem Augenwinkel sah er, wie auch Tabbi und Lunette, Leopold und Tilla, Arnon Blau und der Wieflinger, Trut und alle anderen das Ende des langen Stegs erreichten. Am Inselufer herrschte plötzlich drangvolle Enge. In Jonas' Rücken wurden Rufe laut, teils entsetzt, teils zornig.

Der Park lag in Trümmern. Alle Bäume waren entwurzelt und rettungslos ineinander verhakt. Die dicht belaubten Wipfel lagen wie Gesichter im Dreck, das helle Holz der Bruchstellen wie offene Wunden.

Pfade gab es am Ufer keine mehr. Überall verwehrten Stämme den Weg. Jonas kletterte über den ersten, kroch unter einem zweiten hindurch, und alle folgten ihm. Man hörte sie reden, stolpern, schimpfen – es waren so viele. Nur Ruben und Ole sprachen kein Wort. Sie waren sehr ernst.

Nach mühsamer Kletterei erreichten sie endlich den alten bleichen Weg. Auch hier lagen die Bäume kreuz und quer, trotzdem ging es sich leichter. Sie folgten einem Zickzackkurs, an allen Hindernissen vorbei, ein Strom von Gestalten, der sich zum Schloss hin wand.

Ein Stück vom Wegesrand entfernt leuchtete zwischen zersplitterten Stämmen weißer Marmor auf. Die fallenden Bäume hatten den riesenhaften Kanarienvogel von seinem Sockel geholt. Jonas erinnerte sich gut an ihn. Er hatte so raubtierhaft gewirkt. Jetzt hatte sich sein Schnabel in die Erde gebohrt, die ausgebreiteten Flügel waren abgebrochen, der Rumpf war halb von einem herabgerauschten Wipfel verborgen.

Jonas hielt einen Augenblick inne. Die Insel würde nie mehr so werden, wie sie gewesen war, dachte er. Der alte Wald würde vermodern und ein neuer würde sich auch über den Wegen schließen und alle Denkmäler unter frischer Erde begraben.

Doch zum Nachdenken blieb keine Zeit mehr, Jonas hörte Grimbert noch bevor er ihn sah. »Tapfere!«, donnerte der General und seine Stimme wehte wie eine kräftige Böe zu ihnen herüber. Jonas, Ole und Ruben verließen den Pfad und bahnten sich erneut einen Weg durch die Verwüstung.

»Tapfere!«, hörten sie Grimbert wieder rufen, während ihnen die Äste entgegenschlugen und ihre Hosenbeine in Zweigen hängen blieben. »Nehmt den Ruhm«, brüllte Grimbert, »denn er wird euer sein!«

Schließlich entdeckte Jonas den General auf einem Haufen frisch ausgehobener Erde. Grimbert hatte seinen Dreispitz verloren, Haar und Bart starrten vor Schmutz, er schwang einen abgebrochenen Säbel und sprach in einem Ton, als wollte er dem großen Lubbe, dem berühmtesten Schauspieler Callamaars, Konkurrenz machen. »Von heute an bis an das Weltende«, rief er gerade mit gewaltiger Stimme, »wird man dieses Tages gedenken!« Grimbert war ganz rot im Gesicht und sehr ergriffen.

Aber hörte dem General überhaupt jemand zu?

Zu Grimberts Füßen war ein gutes Dutzend Rebellen damit beschäftigt, einen Graben auszuheben. Tanger und der große Fängge schaufelten die Erde mit bloßen Händen, ohne auch nur aufzusehen, und ein Wicht machte sich mit einer eilig zusammengezimmerten Schaufel zu schaffen.

Jonas kletterte über den letzten quer liegenden Baumstamm und erreichte eine offene, nur noch von Baumstümpfen bestandene Fläche. So weit das Auge reichte, waren Rebellen am Werk. Sie schafften Äste und Zweige zur Seite, spitzten Stämme zu Pfählen, sägten und hämmerten. Die schlimmste Verwüstung hatten sie schon beiseitegeräumt, und so war eine kleine Lichtung entstanden, die wie ein riesengroßes Vogelnest aussah. Von drei Seiten war sie mit Gräben und einem Wall aus Trümmerholz umgeben, an der vierten, gleich an der Grenze zum Schlosspark, hatten die Rebellen eine notdürftige Palisade aus Baumstämmen errichtet. Was die Rebellen hier trieben, war so vom Schloss aus nicht zu sehen.

Grimbert redete immer noch, blind für alles, was um ihn geschah. »Doch«, hob er jetzt an und fuchtelte wild mit seinem Säbelstumpf, »noch hält der Feind das Feld, Freunde! Noch ist Kanaria nicht gewonnen!«

Jonas meinte Sulemans blauen Kaftan zu erkennen, halb von einer Gruppe Rebellen verborgen, die gestikulierend beisammenstanden.

»Macht euch deshalb bereit für die finstere Nacht, Tapfere!«, donnerte Grimbert auf seinem Haufen. »Grabt euch ein! Haltet die Stellung! Pariert ihren Ausfall!«

Jonas trat auf die Lichtung.

»Wenn der Sieg erst ganz – ganz! – unser ist, werden noch …« Grimberts Blick fiel auf die Neuankömmlinge. »… eure Enkel … davon …« Der General verstummte. Mit offenem Mund stierte er Jonas, Ruben und Ole an, hob dann den Kopf und sah auch all die anderen kommen. Hundert und mehr Gestalten, die über die Baumstämme setzten – Bauern, Fischer und Soldaten, Alben, Wichte, Monokel. Das ganze Dorf war gekommen. Zweige und Äste brachen, Blätter rauschten, erste Rufe erschollen. Ein gelber Soldat tauchte neben Jonas auf winkte seinem alten General, dem er eben erst weggelaufen war, fröhlich zu. Entgeistert hob Grimbert auf seinem Hügelchen die Hand und winkte sehr, sehr langsam zurück. In diesem Moment sah er aus wie der letzte der Trabanten.

Der Hermes kam als Erster auf Jonas zu. Er hatte sich aus einer der Gruppen auf der Lichtung gelöst und eilte aufgeregt herbei. Seine Schürze hatte er verloren, doch die Perücke mit dem Saucenfleck trug er noch.

»Sie haben sie befreit! Die Rebellen haben alle Gefangenen befreit!«, war das Erste, was der Hermes sagte. Es sprudelte nur so aus ihm heraus, ganz ohne entschuldigende Worte. Der Hermes strahlte. »Der Hirte hat sich im Schloss verschanzt. Seit ich hier bin, ist nicht mehr gekämpft worden. Keine Jünger weit und breit. Sie verstecken sich vor uns! Sie verstecken sich!« Er blies die Backen auf, sehr erleichtert und ein wenig ungläubig.

Jonas lächelte ihn an. Ein paar Schritte entfernt standen Kolman, Arne und Bror. Jonas kamen sie vor wie alte Bekannte. Seit sie ihn entdeckt hatten, waren sie vor Ergriffenheit ganz stumm. Kolman brabbelte etwas in seinen Bart, Jonas sah, wie er unaufhörlich die zugewachsenen Lippen bewegte. Arne und Bror waren zu Salzsäulen erstarrt. Tilla hatte ihn ziemlich genauso angesehen. Jonas gewöhnte sich allmählich daran.

Er nickte ihnen zu und überließ sie dem Schwarm von Menschen in seinem Rücken. Er suchte Fiet und Suleman. Er begann zu laufen, als er sie entdeckte.

»Fiet!«

Die Augen des kleinen Mannes leuchteten rot vor Erschöpfung aus dem rußgeschwärzten Gesicht. Suleman folgte ihm auf dem Fuße. Sein Turban hatte sich schmutzig grau gefärbt, sein Schnurrbart war versengt. Für große Worte waren die beiden zu müde.

»Sie haben gesagt, dass du kommst«, sagte Fiet, als Jonas ihn erreicht hatte. »Lunette hat den Hermes geschickt, damit er es ausrichtet.«

Suleman zog seinen Neffen an sich und streichelte zärtlich über Oles roten Schopf.

Fiet begrüßte Ruben und fasste ihn am Arm. »Du bist zurück«, sagte er leise. »Das ist gut.«

Als Jonas die beiden in stummem Einverständnis dastehen sah, stellte er sich vor, wie sie einander zum ersten Mal begegnet waren – es konnte ja nur wenige Stunden her sein. Er stellte sich vor, wie sich die brennenden Pfeile auf das Dach der Kaserne gesenkt hatten, wie die ersten Flammen aus dem Gebäude schlugen und die Luft in den Kerkern drinnen knapp wurde. Dann hatten die Jünger Faramunds, die so lange für unbesiegbar gegolten hatten, die Flucht ergriffen, und kaum, dass sie von der brennenden Kaserne zum Schloss hinübergehastet waren, waren die Rebellen geduckt aus dem niedergemähten Wald über den gepflasterten Platz gelaufen. Fiet, stellte Jonas sich vor, war dabei gewesen, Suleman, Tanger und der große Fängge. Er war es, der das Tor eingetreten und die Zellentüren gesprengt hatte. Dann waren Hände gereicht und ergriffen worden, die Gefangenen waren durch die Korridore gerannt. Der Rauch war immer dichter geworden, es war so heiß gewesen. »Hierher! Raus!«, hatte jemand gebrüllt. Die ersten Balken waren zerborsten, es hatte Funken geregnet. Und irgendwo in diesem Tumult, in einem dieser Augenblicke, da jede Bewegung einfriert und der Lärm selbst für Stille sorgt, waren Ruben und Fiet sich begegnet. Nur wenige, schnelle Worte hatten sie gewechselt, um gleich darauf weiterzuhetzen. Fiet zu seinen Leuten, Ruben zum Schloss. Fiet und Ruben, dachte Jonas, waren aus dem gleichen Holz. Sie brauchten nur wenige Worte, um sich zu verstehen.

»Wir haben getan, was wir konnten«, sagte Suleman.

Jonas sah zu ihm auf.

Suleman schluckte. »Krempel ist verletzt. Schlimm.« Er sah über die Schulter zur Palisade hinüber.

Walrider kniete dort, Trut, sein Vater, war schon bei ihm. Krempel lag am Boden, halb an die Palisade gelehnt. Ein Häuflein Elend mit einem blutigen Verband um den Kopf.

»Er stirbt«, sagte Fiet leise und sah schnell zu Boden.

Ole vergrub sein Gesicht in Sulemans Kaftan.

Jonas berührte Fiet an der Schulter und ging zu Krempel hinüber.

Der Wicht war bei Bewusstsein, seine lange, gewundene Nase jedoch war spitzer denn je, die riesigen Augen wirkten stumpf, die Haut war fahl. Ein schwaches Lächeln rann durch Krempels Bart, als er Jonas erkannte, doch es versickerte gleich.

»Ich wär schon hinüber ohne …« Der Wicht tastete nach Walriders Hand. Seine Stimme war schwach. Er war kaum zu verstehen.

»Der Brunnen«, flüsterte der Alb. »Er ist uns nur so um die Ohren geflogen. Ein großer Brocken hat ihn getroffen.« Er sah auf Krempel hinab. Walriders Glanz war stumpf.

»Tu was«, sagte Trut leise.

Jonas kniete sich hin. Zum ersten Mal, seit er das Trabantendorf erreicht hatte, fühlte er sich unbeobachtet. Die Stellung der Rebellen wimmelte von Menschen, ehemaligen Trabanten, Fänggen, Faunen, Monokeln, Alben, Wichten. Nach einer Ewigkeit waren sie wieder vereint und umringten die letzten der Sieben – Lunette, Fiet, Suleman Mond, Leopold und den herbeigeeilten Grimbert. Sie hatten in einem Feldlager zusammengefunden, und doch sah die Szene so friedlich aus. Für den glücklichen Moment hatten sie Jonas ganz aus den Augen verloren. Sogar Tabbi, bemerkte er, stand jetzt abseits, staunend und unbeteiligt. Jonas hatte so lange das Gefühl gehabt, nicht dazuzugehören, und jetzt kehrte dieses Gefühl zurück. Etwas jedoch war anders. Es tat nicht mehr weh.

Jonas dachte an Cai. Wie hatte sie damals ihre Leute beschützt? War sie aus den Himmeln des Spielzimmers zu ihnen hinabgeschwebt, um die Wunden der Verletzten zu heilen? Hatte Clara ein neues, winziges, in Tapete gebundenes Heft aufgeschlagen, um aufzuschreiben, wie am Ende doch alles gut wurde?

Krempel zuckte, als Jonas die Hand nach seinem Verband ausstreckte. Dann schloss er die Augen. Seine Lider schimmerten violett.

»Faramund ist tot«, flüsterte Jonas ihm zu. Er empfand das nicht als gute Nachricht. Faramund hätte doch wieder einer der Sieben sein können, ein lebenslustiger Mönch, Trinklieder auf den Lippen, Schweißperlen auf der geröteten Stirn. Es war anders gekommen.

»Faramund ist tot«, flüsterte Jonas noch einmal. »Aber du hast nicht einmal einen Kratzer.« Er hatte begonnen, den Verband abzuwickeln. Als er ihn schließlich auf den Boden warf, war Krempels Kopf heil.

Trut brach in schallendes Gelächter aus. Dann hieb er

Krempel mit solcher Wucht auf die Schulter, dass der Wicht husten musste.

Walrider war aufgesprungen. »Krempel ist gesund!«, brüllte er über die Lichtung. »Krempel ist gesund! Jonas hat ihn gesund gemacht!«

All das Summen und Brummen verstummte schlagartig. Mehr als hundert Augenpaare waren plötzlich auf Jonas gerichtet und er duckte sich gleich. Für den Jungen beim Wirt Brand, schoss es ihm durch den Kopf, war so viel Aufmerksamkeit nichts. Nicht einmal der junge Herr in Wunderlich, der er werden würde, könnte sich daran gewöhnen. Er versuchte die Stimme zu heben, aber der Versuch misslang. Was herauskam, war doch eher leise, wie gewohnt.

»Kommt mit«, sagte er einfach.

Dann half er dem verdutzten Krempel auf die dünnen Beine.

Ein Puppenhaus – das war das Erste, was Jonas dachte, als er an der Palisade vorbei in den verwüsteten Park hinaustrat. Das Gelände war von Trümmern übersät. Die Brunnen waren zerstört, nur ihre gezackten Stümpfe ragten noch aus den stillen Wassern der Becken. Die Marmorfiguren, die sich zuvor fast bis zum Himmel aufgetürmt hatten, waren ringsum verstreut. Ein marmorner Pferdekopf ragte aus dem Kegel einer Hecke, ein halber Elefant lag in einer der Blumenrabatten begraben und wandte Jonas seinen gewaltigen, erdverschmierten Rücken zu.

Jonas wusste noch gut, wie er das erste Mal hier gestanden hatte. Das Wasser hatte damals auf den Beckenrändern Klavier gespielt. Jetzt war es drückend still und der Blick wehte wie ein einsamer Wind über die Trümmer und dann die von Kratern durchlöcherte Treppe hinauf bis zum Schutthaufen der alten Sonnenterrasse. Herabstürzendes Mauerwerk hatte die Topfpalmen unter sich begraben und die steinernen Figuren hatten sich vom First und den Balkonen gestürzt und kopfüber in die Trümmer gebohrt.

Kanaria war eine Ruine. Beide Seitenflügel waren eingestürzt und der Rest – ein Puppenhaus eben. Bis auf einen kleinen Teil war die komplette Front eingestürzt, man sah in die hochherrschaftlichen Räume regelrecht hinein. Und aus der Entfernung hatte man das Gefühl, all die vergoldeten Schränke, Kommoden, Tische und Stühle in die Hand nehmen und hierhin oder dorthin stellen zu können, ganz wie es einem gefiele. Musste man ein Riese sein, um sich vor dieses Puppenhaus zu knien?

Nur die Puppen fehlten. Auf den ersten Blick war das Schloss verwaist, und Jonas brauchte eine ganze Weile, bis er hinter den vom Schutt verschmierten, halbblinden Scheiben der Terrassentüren die Jünger entdeckte. Er war, ohne dass irgendjemand ihn daran zu hindern versuchte, an den Trümmern vorbei auf das Schloss zugegangen. Hinter ihm knirschten viele Schritte auf den Wegen. Das ganze Lager war ihm gefolgt und fächerte sich nun zu einer endlos langen Reihe auf. Jonas voraus, alle anderen dicht nebeneinander, so erreichten sie die große Treppe zur Terrasse.

Jonas stieg die flachen, breiten Stufen alleine hinauf, vorsichtig die Krater meidend. Manche Stufe war in tausend Stücke zerbrochen, auf einer lag eine abgebrochene Löwenpranke, weiß und allein.

Faramunds Jünger standen in einem ungeordneten Haufen im einigermaßen heil gebliebenen Vestibül, ein paar von ihnen drückten sich die Nasen an den Scheiben platt – wie Kinder, drinnen, an einem Regentag. Kaum einer trug noch seine Kapuze, und Jonas sah in teils ratlose, teils verängstigte, vor allem aber ganz gewöhnliche Jungengesichter. Er hatte die Terrasse jetzt erreicht, den See aus Ziegeln, Scherben, zu Pulver zerriebenem Putz und gefallen Statuetten.

Dann hörte er Irmingast zischen.

Es jagte ihm nicht einmal einen Schrecken ein. Ohne Eile sah er zum letzten verbliebenen Balkon hinauf. Es kam ihm vor, als würden die Säulen, die den Balkon stützten, schon wanken.

Irmingast lehnte über der Brüstung und fauchte. Seine Brille war verschmiert, sein Gesicht rot, der Hals geschwollen, eine dicke, blaue Ader trat an der Seite hervor. »Bastard!«, zischte er. »Kleiner, schmutziger Teigklumpen!« Er presste die langen Zähne aufeinander, halb besinnungslos vor Wut.

Jonas sah ihn ruhig an.

Aus der Fassade löste sich ein Ziegelstein und krachte in die Trümmer der Terrasse. Schutt stob auf – und legte sich wieder. Doch das war nur, was es war, ein stürzender Stein, nichts weiter.

Irmingasts Brust hob und senkte sich, er atmete schwer, seine langen Finger krallten sich um die Balkonbrüstung. Doch seine Anstrengung war vergebens. Auf welche Bosheit auch immer er aus war, welche Zerstörung auch immer er sich ausmalte – der Hirte hatte all seine Kraft verloren, als Faramunds Figur zerbrach. Ruben hatte Irmingasts Schlüssel zum Spiel zerstört. Auf Irmingasts Geheiß würden keine Wälder mehr niedergemäht, keine Schlösser mehr zermalmt. Die Augen des Hirten hatten sich geschlossen. Die flatternden Lider in der Flüsterstadt waren verschwunden, das blanke, eitle Auge in Lubbes Garderobe hatte zum letzten Mal in den Spiegel gestarrt. Schon jetzt war es so, als hätte es diese Augen nie gegeben.

Jonas hob den Koffer, so hoch er konnte, und sah in Irmingasts verzerrtes Gesicht. Der Pfarrer wusste, was der Koffer enthielt.

»Gib sie mir!«, zischte er. »Gib mir die Figuren!« Er beugte sich gierig über die Balkonbrüstung und streckte einen zitternden Arm aus.

Jonas kümmerte sich gar nicht um ihn. Er legte den Koffer auf eine zerbrochene, lang hingeschlagene Säule, klappte ihn auf und holte langsam heraus, was von Faramund übrig war. Als er Irmingast die Bruchstücke hinhielt, knackte der Balkon. Irmingast winselte und ging in die Knie, bis die Balkonbrüstung ihn völlig verbarg. Jonas hörte ihn hemmungslos schluchzen. Er tat ihm nicht leid. Irmingast weinte bloß um seine verlorene Herrschaft.

Jonas wandte sich ab und spähte durch die schmutzigen Scheiben ins Vestibül. Er sah in die verstörten Gesichter der Jungen, die keine Jünger mehr waren, und streckte die Arme aus, je ein Stück der Figur auf den offenen Handflächen.

In die Gruppe hinter den Türen kam Bewegung. Jonas konnte nicht verstehen, was die Jungen jetzt riefen, aber sie sperrten die Augen auf, gestikulierten aufgeregt und zeigten ein ums andere Mal nach draußen. Schließlich riss sich der Erste die Kutte vom Leib, dann der Zweite, der Dritte, der Vierte, schließlich bestimmt auch all die, die Jonas nicht sehen konnte.

Als die Terrassentüren aufgingen und knirschend gegen den Schutt gedrückt wurden, als er die ersten zaghaften Schritte hörte und sich die Ersten der Jungen ihren Weg durch die verstreuten Trümmer bahnten, da hatte Jonas die Augen schon geschlossen. Er musste einen Platz für diese Jungen finden. Hinter seinen Lidern sah er Callamaar.

Das Theater stand in alter Pracht, ein gewaltiges Plakat über dem Eingang verkündete in enormen Buchstaben:

DER GROSSE LUBBE
IN
DIE PRINZESSIN FANTASMAGORIA

Und da kam der berühmte Faun auch schon die Treppe hinab, in leichtem, beschwingtem Trab. Er trug einen Strohhut auf dem Kopf, eine leuchtend rote Binde um den Hals und ließ seinen eleganten Spazierstock tanzen. Jonas spürte den Luftzug. Die ersten Jungen drängten sich an ihm vorbei.

Kaum hatte Lubbe den Fuß der Treppe erreicht, da drehte er sich um, schob den Hut in den Nacken, sah verzückt zum Plakat hinauf und schnalzte mit der Zunge.

»Der grrrroße Lubbe«, sagte er zufrieden.

Die Jungen sah er nicht kommen. Johlend jagten sie die Treppe hinab und holten ihn von den Füßen. Lubbe wusste gar nicht, wie ihm geschah. Er fand sich im Staub wieder, mit geprelltem Hosenboden, und rieb sich verwundert die Augen. Die wilde Horde der Jungs stürmte schon weiter.

Wer weiß, vielleicht hatten sie ihn gar nicht bemerkt.

Er lächelte.

Jonas öffnete die Augen und sah die davonrasenden Jungs gerade noch über die Brücke verschwinden, dahin, wo jetzt kein Schwarzes Kloster mehr war. Am Fuß der Treppe standen seine Freunde in einer endlos langen Reihe. Suleman, Krempel, Tanger und Fiet, Leopold und Grimbert, Arne, Kolman, Tilla und Bror, Walrider, Trut, der große Fängge und der Monokel mit dem schwarzen Haar, Ruben und Arnon Blau und der Wieflinger ganz in Jonas' Nähe, nur ein paar Schritte die Treppe hinab. Die Jungen waren verschwunden, sie tobten schon durch das alte, das neue Callamaar. Wie unverschämt der Wieflinger grinste!

Jonas hörte Irmingast wimmern. Dann tauchte sein Kopf noch einmal über der Balkonbrüstung auf. Die Brille war verschwunden, zum allerersten Mal sah Jonas Irmingasts Augen. Sie flackerten und fanden nirgends Halt.

»Du kriegst mich nicht, du Bastard«, zischte Irmingast mit schwächer werdender Stimme. »Ich geh nicht zurück. Das hier … das hier …« Irmingast verdrehte die Augen, bis nur noch das Weiße sichtbar war. »Das hier ist alles meins.«

Jonas zwinkerte nicht einmal, als Irmingast wieder hinter der Balkonbrüstung verschwand. Er wartete nur. Dann endlich knirschte Staub auf dem Balkon. Etwas schleifte. Schließlich war es still. Irmingast war ins Schloss gekrochen.

Jonas sah ins leere Vestibül und dann an der zerstörten Fassade hinauf. Für einen Augenblick nur erschien dort oben Almas bleiches, leeres Gesicht hinter einem schmutzigen Fenster. Seltsam verwischt sah es aus und verschwand wie ein Spuk.

Jonas legte Faramunds traurige Reste in den Koffer, schloss den Deckel und holte tief Luft. Es gab nur noch wenig zu tun. Er bückte sich, und die kleine Spinne, die so lange in seinem Ärmel ausgehalten hatte, huschte über seinen ausgestreckten Unterarm, den Handteller, die Fingerspitzen bis auf die Trümmer. Sie blieb nicht allein. Hunderte folgten ihr kribbelnd über Jonas' Haut, tausend andere waren schon da. Sie alle erklommen ihren spitzen Gipfel – einen Mauerbrocken, das Bruchstück einer Säule, ein zerborstenes Fensterbrett oder die Füße einer Statuette, die kopfüber im Schutt steckte. Dann streckten die Spinnen sich, als stünden sie auf Zehenspitzen, schickten ihre hauchdünnen Segel aus und flogen davon – auf den neuen Spinnenpalast zu.

Sanft landeten sie, wohin ein lauer Wind sie eben trieb – in die offen liegenden, grauen Räume, in denen schon kein

Möbelstück mehr stand, oder hoch hinauf auf das flache Dach. Sie machten sich gleich an ihr Werk und trieben ihre Fäden aus. Bald würden ihre Netze die Ruine überspannen, die Fenster verhängen, neue, klebrige Wände errichten und die unauffindbaren Treppengehäuse mit staubig grauer Zukkerwatte füllen.

Jonas war schon auf dem Weg treppab. Er hatte den Koffer im Arm. Irmingasts banges Rufen hörte er zwar, doch er hörte nicht hin.

Das 47. Kapitel
nimmt Abschied

Als sie den Steg erreichten, wehten über dem neuen Spinnenpalast schon die ersten staubgrauen Fahnen. Die Kaserne war bis auf die Grundmauern niedergebrannt. Nichts war es wert, mitgenommen zu werden, alles würde zerfallen, überwuchert, vergessen. Jonas trat auf den Steg – das herrlich hohle Geräusch von Schritten auf Holz über Wasser. Drüben am Ufer sah er Peregrin Aber stehen. Er freute sich auf seinen Advokaten.

Ganz für sich, mit seinen Gedanken allein, lief er über den See. Die nächsten Stunden würden ihm schwer werden. Abschied nehmen war schwer, aber so hatte er sich entschieden. Er wollte nach Wunderlich zurück, er wollte Brand und Elsa besuchen, am liebsten würde er sie ganz ins Herrenhaus holen. Dort war doch Platz, und was sollten sie auf dem Hof, was sie in Wunderlich nicht könnten? Kühe halten? Brot backen? Er würde Tabbi fragen. Bestimmt würde sie sich auf Elsa freuen. Und war Brand nicht Rubens alter Freund?

Die Sonne schien jetzt prall auf den See, es roch gut auf dem Wasser, nach Sommer und warmer Haut.

Hinter sich hörte Jonas schnelle, schwere Schritte. Es war der Wieflinger, der zu ihm aufschloss.

Eine Weile ging er einfach neben ihm her und schöpfte Atem. Er musste gelaufen sein, holterdipolter über den Steg. Ob irgendjemand zurückschaute und sah, wie der Steg schrumpfte?

Der Wieflinger räusperte sich. Vielleicht wusste er nicht, wie anfangen.

Jonas linste schelmisch zu ihm hinauf. Der Räuber war aufgeregt, seine Wangen leuchteten rosig.

»Ja?«, fragte Jonas wie nebenbei, dabei wusste er recht gut, was der Wieflinger wollte. Der Räuber war doch ein Teil von ihm, das hatte er selbst so oder so ähnlich gesagt. Und wollte nicht wenigstens ein Teil von ihm, Jonas, bleiben? Hier, im grasgrünen Kanaria, am blauen See und seinem gezackten Ufer, in den verwinkelten Gassen von Callamaar, den harten, grauen Bergen oder den verwunschenen Wäldern der Ferne?

»Ja, Wieflinger?«, fragte Jonas noch einmal.

»Abschiede sind nichts für mich«, brummte der Räuber und zog sich die Krempe in die Stirn. »Ich sag's also rundheraus.«

»Was?«, fragte Jonas.

»Na ja.« Der Wieflinger murmelte das mehr vor sich hin. »Ich dachte, ich bleibe hier, Jonas Nichts. Mal sehen. Vielleicht geh ich in die Berge. Oder die Ferne. Hat mir da ganz gut gefallen.«

Jonas nickte.

Sie gingen weiter, mit dumpfen Schritten über den Steg, in ihrem Rücken alle, alle anderen. Peregrin Aber winkte. Er wurde immer größer. Zylinder, Oberhemd, Unterhose, alles.

»Hab mich sonst nicht verabschiedet«, brummte der Wieflinger. »Ist nichts für mich, wie gesagt. Und wir sind doch fertig hier, oder?«

»Fast«, sagte Jonas. »Fast fertig.« Er schluckte. »Willst du den Kiesel haben?« Der Kiesel war im Koffer.

»Was?« Der Wieflinger schaute ihn verdutzt an.

»Meinen Kiesel«, sagte Jonas. »Dich.« Er sah aufs Wasser

hinaus. Er spürte eine leise Wehmut. Sie saß in seinem Hals, fest gepfropft wie ein Korken.

»Ach so«, sagte der Wieflinger. »Nein. Ich glaube nicht, dass ich den will. Pass gut auf ihn auf. Bin gespannt, was mir so alles zustößt.« Er grinste breit und zwirbelte seinen Bart.

»Und wenn dir nichts zustößt?«, fragte Jonas. Irgendwann würde er groß sein, erwachsen. Er würde nicht wie Clara spielen, nicht sein Leben lang.

»Hm«, machte der Wieflinger. »Wie hat Arnon Blau das gesagt?« Er grinste noch breiter. »Die Geschichten gehen von selber weiter. So ähnlich hat er das gesagt, stimmt's? Ich meine, wahrscheinlich hat er das mächtig viel schwieriger ausgedrückt, aber darauf läuft's hinaus.«

Jetzt grinste Jonas auch. »Hörst du eigentlich alles, was ich höre?«, fragte er.

»So ziemlich.« Der Wieflinger legte ihm eine Hand auf die Schulter. »Lebe wohl, Jonas Nichts«, sagte er.

Jonas biss sich auf die Lippe und sah dem Wieflinger zu, wie er Vorsprung gewann und mit weit ausholenden Schritten aufs Ufer zuhielt. Das herrlich hohle Geräusch von Schritten auf Holz über Wasser – leiser werdend. Dann sprang der Räuber an Land, lupfte, als er Peregrin Aber passierte, den Hut, bog um die erstbeste Ecke und war fort.

»Lebe wohl«, sagte Jonas, aber nur mit den Lippen.

Bald darauf herrschte im Dorf der alte Trubel. Die Bänke unter der Eiche waren wieder voll besetzt und neue wurden herbeigeschafft. Wenn die Sonne erst sänke und auf der feinen Linie zwischen Himmel und See balancierte, würde das Fest in vollem Gange sein. Noch aber diskutierte man, was denn überhaupt geschehen war. Jonas hörte Kolmans Bass über den Dorfplatz dröhnen, seine Version der Geschichte war die lauteste. Am Ufer beratschlagte eine Gruppe ehemaliger Trabanten. Sie probierten Namen an sich aus und vielleicht erfanden sie sich auch Geschichten. Wie Lois, ein Bauer aus einem Dorf an der anderen Seeseite, einmal seine Sense verloren hatte und drei Jahre später beim Mähen bös über sie stürzte. Wie Meret, eine Fischersfrau, Kolmans Cousine dritten Grades, beim Ausnehmen einer Renke ausgerechnet auf den verlorenen Fingerring ihrer Großmutter stieß. Der Hermes redete am längsten. Eine Weile sah Jonas ihm zu, und manchmal erwischte er sich dabei, wie er ungläubig den Kopf schüttelte. Das Spiel war ein Spiel für sich. Manchmal war das schwer zu verstehen.

Drinnen in dem kleinen, weißen Haus staffierten Tabbi und Tilla Peregrin Aber aus, Arnon Blau war ihnen hinterhergehinkt. Der Advokat hatte sich für seinen Aufzug allzu sehr geschämt. Er wollte Hosen.

Seitab, rund um einen eckigen Tisch, den sie in den Schatten von Tillas Haus gerückt hatten, beratschlagten die verbliebenen Fünf. Der Marquis, Fiet und Grimbert, Suleman mit einem müden Ole Mond an seiner Seite. Nur Leopold saß ein wenig abseits im Staub, an die Hauswand gelehnt. Von irgendwoher hatte er einen Stummel von Stift und einen Bogen Papier besorgt und zog nun wilde, lange Linien. Auf Jupiter stürmte es wieder, aber diesmal war kein Zorn im Spiel. Eher war es eine haltlose Art Begeisterung.

Leopold sah erst auf, als Jonas' Schatten auf das Papier fiel.

»Ach du, kleiner Froschkönig«, sagte er leutselig. »Hast du deine Familie wieder? Alle gesund? Hat dein Schwesterchen zu essen?«

Jonas verschlug es die Sprache. Glaubte Leopold denn immer noch an das Märchen, das er sich für Jonas ausgedacht hatte? Damals im großen Saal, in dem der Prinz ganz allein getanzt hatte? War Leopold denn nicht eben noch auf der Insel gewesen und hatte Jonas, dem Achten von sieben, zugesehen?

Plötzlich grinste Leopold schelmisch. »Hör mal, Hänselchen«, sagte er aufgeräumt. »Ich hatte mal ein Schloss. Ein Stadtschloss. In Callamaar.« Er hob den Zeigefinger und zog die Augenbrauen steil nach oben. »Große Stadt«, sagte er erklärend.

»Ich weiß«, sagte Jonas.

»Ja?« Leopold nickte eifrig. »Natürlich. Das weiß ja jedes Kind«, sagte er dann. »Aber«, fuhr er dann fort, »jetzt höre ich, dass mein Schloss zerstört worden ist. Der wackere Fiet Finger hat mir davon erzählt. Alles Schutt und Trümmer. Gar nicht schön.« Er schüttelte den Kopf.

»Nein«, sagte Jonas. Er verkniff sich ein Grinsen.

»Und da habe ich mir gedacht«, rief Leopold aus, »mein Volk baut mir ein neues. Schau Er! Da sind die ersten Pläne!« Er streckte Jonas den Bogen hin.

Wildes Gekritzel. Jonas machte interessierte Miene.

»Da der obere Burghof«, rief Leopold und fuhr mit so ausladender Geste über das Blatt, dass er damit jede der wirren Linien hätte meinen können. »Der Bergfried! Das Ritterhaus! Die Arkaden! Herrlich, nicht wahr? Es wird ein Märchenschloss! Ein richtiges Märchenschloss. Hoch oben in den Bergen will ich es bauen! Oben!« Er reckte wieder den Zeigefinger. »Auf steiler Höh', umweht von Himmelsluft!« Abrupt riss er das Blatt zurück auf seine Knie und kritzelte gleich ungestüm weiter. »Hör Er!«, presste er dabei hervor. »Wahrste, Stein gewordene Poesie. Nichts Prosaisches!«

»Majestät?«, sagte Jonas.

»Ja? Was?« Leopold klang plötzlich ungehalten. Alle Störung war ihm jetzt zuwider. »Und eine Grotte will ich! Eine romantische, dunkel funkelnde Grotte! Da!« Er hieb auf den Papierbogen ein.

Jonas legte das Köfferchen ab und holte Leopolds Figur hervor. Er spürte jetzt die Blicke der Übrigen in seinem Rücken. Lunette und die anderen hatten den Koffer bemerkt.

Jonas hielt Leopold die Figur hin. »Wollt Ihr die haben, Majestät?«, fragte er. »Sie stellt Euch dar. Euch selbst.«

Aber Leopold warf nur einen flüchtigen Blick auf die Sonneberger Figur und schüttelte gleich den Kopf. »Was soll ich mit dem Tand?«, sagte er herrisch und vertiefte sich wieder in seinen Entwurf.

Jonas legte die Figur zurück zu den andern. Dann trug er den offenen Koffer wie ein Tablett zum Tisch hinüber.

»Sei bloß vorsichtig«, sagte Lunette. »Das ist eine kostbare Fracht.«

Dann starrten alle in das bunte Durcheinander zwischen den dünnen Wänden aus Pappe.

»Ich dachte«, fing Jonas nach einer Weile an, »jeder sollte seine …«

Lunette unterbrach ihn. »Du willst fort?«

Jonas nickte.

»Für immer?«

Jonas zuckte die Schultern. Wer wusste das schon? Er sah zu Ole hinüber, aber der senkte den Blick. War Ole traurig? War es das? Würde er Jonas vermissen wie Jonas ihn?

»Wir«, sagte Lunette schleppend, »hätten dich gern hierbehalten. Wir haben beratschlagt. Wir wollen zurück nach Callamaar. Alle.« Er sah in die Runde.

Grimbert, Suleman und Fiet nickten. Leopold war nach wie vor mit seinem Plan beschäftigt. Manchmal hörte man ihn brabbeln und leise juchzen.

Jonas griff in den Koffer. Als Erstes zog er den kecken Jungen heraus und reichte ihn Fiet. Dann kam der Soldat an die Reihe, den er Grimbert in die Hand drückte. Lunette bekam nicht nur den Sterngucker, sondern auch das abgebrochene Fernrohr, und zuletzt reichte Jonas Suleman den prachtvollen türkischen Reiter. Nur für Ole hatte er keine Figur, Ole war keiner der Sieben. Jonas griff nach der Marionette. Dann barg er sie in seiner Hand.

Am Tisch herrschte Schweigen. Alle sahen sie auf ihre Figur, alle ein wenig verwundert.

Schließlich ergriff Lunette das Wort. »Ich glaube, Jonas«, sagte er, »wir wollen die Figuren nicht behalten. Ich meine jedenfalls nicht.« Entschlossen legte er den Sterngucker zurück in den Koffer. Er sah Jonas an. »Wir alle brauchen jemanden, der auf uns aufpasst. Nicht wahr?«

Jonas ging dieser Satz noch nach, da hatte auch Suleman seine Figur schon zurückgegeben. Da lag der türkische Reiter nun, neben dem zerbrochenen Faramund, neben dem Sterngucker, neben dem Kiesel.

»Hier.« Fiet legte seinen Jungen dazu. »Mach deine Sache gut, Jonas«, sagte er.

Nur Grimbert schien noch mit sich zu ringen. Er wendete seinen strammen Soldaten bewundernd hin und her und holte sehr tief Luft, bevor er ihn ziemlich rüde in den Koffer warf. »Sei's drum«, dröhnte er und klang dabei, als mache er sich Mut.

Da waren sie wieder alle beisammen im Koffer. Nur die Marionette fehlte. Die Jonas-Figur.

»Ole?«, fragte Jonas.

Ole hatte die ganze Zeit in den Koffer gestarrt, jetzt hob er den Kopf. Jeder konnte sehen, dass er sich schämte. Ole Mond schämte sich dafür, keiner der Sieben zu sein. Er schämte sich dafür, dass Cores Prophezeiung nicht ihm gegolten hatte. Er schämte sich dafür, dass er Jonas in der Ferne verlassen hatte. Er schämte sich sogar dafür, dass Faramund ihn als Geisel genommen hatte. Doch das war alles Unsinn. Ole war Ole und gut. Er hatte keinen Grund, sich zu schämen. Viel besser wäre er stolz auf sich.

Jonas streckte Ole den Arm hin, die Hand verschlossen. »Wir alle brauchen jemanden, der auf uns aufpasst«, sagte er. »Nicht wahr?« Er öffnete die Finger wie einen Blumenkelch. In seiner Hand lag die Marionette. »Nimm sie«, sagte er.

Oles Augen schwammen.

»Bitte«, sagte Jonas.

Ole streckte die Hand aus. Jonas spürte seine Finger, als er die Marionette nahm. »Ich werde verdammt gut darauf Acht geben«, sagte Ole und kniff die Lippen zusammen. »Ist ja nicht das erste Mal«, sagte er, »dass ich auf dich aufpasse.«

Das letzte Kapitel
macht Licht

Am Ende kann man immer bloß winken. Jonas winkte, als er auf dem Hügelkamm stand und noch einmal auf das Dorf hinabsah. Er winkte auf der Lichtung, weil so viele ihm nachgestiegen waren, er winkte vom Waldrand aus und noch einmal, als sie schon lange, lange über die Ebene gezogen waren. Bei diesem, dem letzten Mal sprengte am Horizont Ole heran, auf Sulemans Schimmel. Sobald Jonas ihn sehen konnte, zügelte Ole sein Pferd und brüllte. Er brüllte bloß, er brüllte so laut er konnte, gegen allen Schmerz an. So ist das, wenn man Abschied nimmt.

Für die nächste Stunde war Jonas untröstlich. Weder Arnon Blau noch Ruben, weder Tabbi noch ein unheimlich aufgeräumter Peregrin Aber in viel zu langen Hosen konnten ihn aufheitern. Erst als die Sonne sich an ihren Abstieg machte und Jonas sich vorstellte, wie im Dorf jetzt gefeiert würde, ging es ihm besser.

Die Tür war nichts, woran man sich gewöhnen könnte. Eine Tür ohne Angeln, sie hing einfach in der Luft. Darüber Schäfchenwolken wie ausgestanzt und der rosa gestrichene Himmel – dahinter, auch wenn es keiner von ihnen noch glauben konnte, ein ungeheiztes, dunkles Turmzimmer, vor den geschlossenen Blendläden Schnee.

Ruben hatte auf dem letzten Stück unaufhörlich geredet, er hatte von Clara erzählt und davon, wie schwer es ihm gefallen war, all das, was er wusste, für sich zu behalten. Nichts davon jedoch hatte er nicht schon gesagt, Ruben redete, weil er es nur ein paar Schritte weiter nicht mehr können würde.

»Machen Sie sich nichts draus, Ruben«, trompetete Peregrin Aber irgendwann. »Es wird sowieso viel zu viel geredet.« Ständig zog sich der Advokat die Hosenbeine hoch, und wenn er es vergaß, geriet er ins Stolpern.

Als sie vor der Schranktür standen, ließ Peregrin Aber einen erleichterten Seufzer hören. Dann stieß er die Türen auf und kalte, abgestandene Luft schlug ihnen entgegen.

Als Jonas ins Spielzimmer trat, stieß der Advokat schon gegen den Tisch, der dort stand, die alten Bastelbögen segelten lautlos auf den Teppich. Fluchend und rumpelnd kämpfte sich Peregrin Aber bis zum Fenster vor, hinter Jonas schloss Tabbi die Schranktür.

Plötzlich war es finster.

Dann hörte man den Advokaten mit dem eingerosteten Fenstergriff ringen und mit einem »Hurra!« die Blendläden aufstoßen.

»AH!«, rief Peregrin Aber entzückt. »LICHT!«

Schneehelle flutete den Raum. Jonas kam es vor, als wäre er gerade erst aufgewacht.

Für einen Moment standen alle da, als müssten sie sich die Augen reiben. Tabbi, die Hand immer noch auf dem Schrankschlüssel, Ruben, irgendwo mitten im Raum, und Arnon Blau mit einem Ausdruck im Gesicht, als sähe er all das, was er sah, zum allerersten Mal. Den von Alter und Feuchtigkeit verzogenen Schrank, den Tisch und die Stühle, die vollgestopften Regale, all das Spielzeug aus alter Zeit.

Erst nach und nach kam Bewegung in sie. Peregrin Aber stand am offenen Fenster und sog theatralisch die kalte Winterluft ein, Ruben äugte, sich die Stirn reibend, hinüber zum

Schrank, dessen Türen wieder leise aneinanderschlugen, und Arnon Blau hinkte entschlossen dem Ausgang zu.

Peregrin Aber passte ihn ab, und als Arnon Blau die Tür mit dem vertrauten Schaben öffnete, legte er ihm, sich streckend, einen Arm auf die Schulter.

»Sagen Sie, Blau«, hörte Jonas den Advokaten sagen, während die beiden die Wendeltreppe hinabstiegen, »Sie waren doch Sekretär, nicht wahr? Könnten Sie sich vorstellen, in einer Kanzlei zu arbeiten?«

Bald klapperten nur noch ihre Absätze auf den steinernen Stufen.

Ruben grinste Jonas an, eine spöttische Bemerkung, die er nicht loswerden würde, auf den Lippen. Er breitete lachend die Arme aus und zauste Jonas' Haar. Dann sah er erwartungsvoll zu Tabbi hinüber.

Sie schien zu verstehen. »Genau!«, rief sie. »Jetzt wird gekocht! Ich habe einen Bärenhunger.« Sich schon die Ärmel hochkrempelnd, ging sie auf die Tür zu, dann hörte man auch sie auf der Treppe.

Ruben warf Jonas einen fragenden Blick zu.

Kommst du?

»Gleich«, sagte Jonas.

Ruben bückte sich unter dem Türrahmen hindurch.

»Gleich«, sagte Jonas noch einmal.

Rubens leiser werdende Schritte. Dann war es still.

Jonas sah sich um. Zum ersten Mal war es im Spielzimmer hell. Sein Blick glitt über das Pferd auf Rädern, die Porzellanpuppen mit ihrem schütteren Haar, das staubbedeckte Puppenhaus. Die Krippe hatte Jonas zuvor nicht bemerkt. Ein geschnitzter Ochse, ein umgefallener Josef, ein kleines, weißes Christuskind. Der Esel fehlte.

Jonas trat langsam zum Tisch und legte Elsas Köfferchen

ab. Dann machte er es auf und holte eine Figur nach der anderen heraus. Fein säuberlich stellte er sie auf. Lunette und Leopold, Grimbert, Suleman und Fiet. Vielleicht ließe sich ein anderer Faramund kleben, vielleicht nicht. Zuletzt legte er den Kiesel auf den Tisch, den wilden, freien Wieflinger.

Es war kalt im Spielzimmer. Fröstelnd trat er ans Fenster und sah hinaus in den verschneiten Hof. Wie weiß und glatt und unberührt es dort draußen war. Er blieb lange so stehen und sah seinen Atemwolken hinterher.

Dann hörte er Tabbi rufen, ihre Stimme schallte über den Hof.

»Jonas!«, rief sie. »Jonas!«

Er kam von weit her.

»Das Essen ist fertig!«

Im Sommer 1826 schenkte der Pfarrer Brontë seinen Kindern Charlotte, Branwell, Emily und Anne zwölf Holzsoldaten. Branwell wurde damals gerade neun, Charlotte war zehn, Emily und Anne waren sieben und sechs Jahre alt. Zusammen spielten die Brontës nun über viele Jahre eines der erstaunlichsten Spiele aller Zeiten. Die zwölf Holzsoldaten besiedelten die Traumreiche Angria und Gondal und gründeten eine gläserne Stadt. Die 3 × 5 cm kleinen Hefte, die davon erzählen, sind bis heute nur schwer zu entziffern. Unwahrscheinlich, dass Tabby, die Köchin der Brontës, sie je gelesen hat.

Ein halbes Jahrhundert später baute der bayerische »Märchenkönig« Ludwig II. auf einer Insel im Chiemsee ein Schloss. Wer Herrenchiemsee heute besichtigt, läuft an einem bronzenen Pfau vorbei durchs Vestibül, steigt die Gesandtentreppe hinauf, staunt über die große Spiegelgalerie, das Porzellankabinett oder die blaue Kugel in Ludwigs Schlafzimmer. Der Höhepunkt eines Besuchs auf Herrenchiemsee jedoch ist, finde ich, das »Tischlein-deck-dich«.

W. F.

Inhalt